Andreas Gross

HOCHLAND

Der Himmel über dem K2

Roman

EDITION ALLGÄU

Impressum

Andreas Gross: Hochland – Der Himmel über dem K2

EDITION ALLGÄU
im Verlag HEPHAISTOS
Lachener Weg 2
D-87509 Immenstadt-Werdenstein
www.edition-allgaeu.de

Satz: Ramona Klein

Titelbild (Montage): Stefan Haußner
• K2 morning, aufgenommen von Mamaev Andrei, 2013
https://commons.wikimedia.org/wiki/File:K2_morning.jpg?uselang=de
• Gaston Rébuffat auf dem Aiguille de Roc, 1944;
https://miepvonsydow.wordpress.com

Druck:
Digitaldruck Tebben GmbH
Märzenburgweg 8
D-87640 Biessenhofen

ISBN: 978-3-95905-050-1

Vorwort

Was bringt einen dazu, mit vollbepacktem Trekking-Bike über 7000 Kilometer vom Allgäu bis in den Hindukusch zu radeln, um anschließend auch noch den schwierigsten Berg der Erde, den K2, auf seiner gefährlichsten Route zu besteigen? Ist es wirklich nur der Drang, etwas Unerhörtes zu wagen und an die eigenen Grenzen zu gehen, der die beiden jungen Oberstdorfer Bergführer Tom und Jo antreibt? Oder verbirgt sich hinter ihrer Suche nach dem »Hochland« vielleicht noch etwas ganz anderes?

Der Erzähler Johannes, kurz Jo, klärt den Leser gleich zu Beginn über das eigentliche Anliegen der Unternehmung auf. Sein Vorbild ist Göran Kropp, der 1996 von Schweden bis in den Himalaya radelte und im Alleingang den Mount Everest bestieg. Ziel der Reise ist es, die Welt der Flachländer, die über ihren Alltagsgeschäften selten den Blick zum Himmel heben, hinter sich zu lassen, an den höchsten Bergen der Welt die eigenen Grenzen auszuloten und sie vielleicht zu sogar überschreiten, um in das mythische »Hochland« vorzudringen, wo Jo sich neben dem Bergerlebnis eine spirituelle Erneuerung und Selbstfindung erhofft. Bereits im Verlauf der dreimonatigen Anfahrt werden die beiden Allgäuer einer harten Bewährungsprobe unterzogen, an die Grenzen ihrer Leidensfähigkeit geführt und immer wieder Hohn und Spott von Leuten ausgesetzt, welche die »höhere Zielsetzung« ihrer Mission nicht wahrzunehmen willens oder imstande sind – oder sie vermarkten wollen, wie die geschäftstüchtige Kärntner Unternehmerin und deren ambitionierte Töchter, die sich an ihre Fersen heften, um mit ihnen zu Ruhm und Ehre zu gelangen.

Im zweiten Teil steht der Kampf am Berg im Vordergrund: Probleme mit einer meuternden Trägerkolonne auf dem Marsch zum Basislager, das zermürbende Warten auf geeignetes Wetter, der mühsame Aufbau einer Lagerkette, Kälte und Ausgesetztheit beim Klettern in der Wand, Überleben in der Todeszone und die Ohnmacht angesichts höherer Gewalten wie Lawinen und Sturm. Ob die Hochländer-Expedition ihr Ziel erreicht oder dem Berg zum Opfer fällt, bleibt bis zuletzt die spannende Frage.

Im Roman »Hochland« findet sich vieles vereint: Eine turbulente und an Abenteuerlichkeit kaum zu überbietende Story an ständig wechselnden Schauplätzen – mithin Reiseliteratur im besten Sinn –, ein Bergsteigerroman, der anhand der Besteigungsgeschichte des K2 und der dramatischen Schilderung des Kampfes der Protagonisten in der Südwand das Dilemma des modernen Alpinismus zwischen Selbstvermarktung, Profit, Challenge, Risikoabwägung und verantwortungslosem Leichtsinn aufzeigt, und ein Entwicklungsroman mit einer spirituellen Komponente, der den Leser über dem Kampf auf Leben und Tod am Berg immer wieder mit den Grundfragen unserer Existenz konfrontiert.

Als sei das noch nicht genug, entpuppt sich das Buch schon auf den ersten Seiten als ein Stück Mundartliteratur – die Dialoge zwischen den Hauptpersonen Jo und Tom und Gritt und Gwen sind zum großen Teil in Oberallgäuer – genauer gesagt Oberstdorfer Mundart – bzw. im Kärntner Dialekt abgefasst. Ein am Ende des Buches angehängtes Glossar hilft bei der Entschlüsselung schwer zu erschließender Wörter, bietet aber auch Informationen zu Fachbegriffen, Orten, Geschichte und Personen. Allein die Dialoge im Allgäuer Dialekt lohnen die Lektüre – und das nicht nur für die einheimischen Leser. Will man die Seele eines Volkes verstehen, dann erlerne man seine Sprache, sagte schon Herder. Will man den urigen Menschenschlag in den Tälern des Oberallgäus in seiner liebenswerten Kauzigkeit kennenlernen, dann lese man dieses Buch.

»Nun steckt aber in jedem Fall von Liebe, auch im alltäglichsten, der Grenzfall. Denn bei allem, was wir tun, denken und fühlen, möchten wir manchmal bis zum Äußersten gehen. Der Wunsch wird wach, die Grenzen zu überschreiten, die uns gesetzt sind. Es ist auch mir gewiss, dass wir innerhalb in der Ordnung bleiben müssen, dass es den Austritt aus der Gesellschaft nicht gibt und wir uns aneinander prüfen müssen. Innerhalb der Grenzen aber haben wir den Blick gerichtet auf das Vollkommene, das Unmögliche, Unerreichbare, sei es in der Liebe, der Freiheit oder jeder reinen Größe. Im Widerspiel dieses Unmöglichen mit dem Möglichen erweitern wir unsere Möglichkeiten. Dass wir es erzeugen, dieses Spannungsfeld, an dem wir wachsen, darauf, meine ich, kommt es an, dass wir uns orientieren an einem Ziel, das sich freilich, wenn wir uns nähern, noch einmal entfernt.«

Ingeborg Bachmann (Dankesrede zur Verleihung des Hörspielpreises der Kriegsblinden 1959)

Eintrag 6. Juni 1787:
»Noch fünf Wochen, dann wird meine Vision wahr. Erhabenheit wird triumphieren.
Hatte gestern einen Traum, dass ich auf dem Gipfel stehe und die Welt sich selbst erklärt. Alles war von oben einsichtig, alles hing in klaren Strukturen zusammen. Im Traum erschien mir mein Urenkel, der alles in Sprache fassen konnte, was ich erahnte. Ich war eins mit der Vergangenheit, Gegenwart und Zukunft. Ich konnte wie durch ein Fenster in die Salons von London und Paris schauen und sah die Menschen über mich sprechen…«

2. August:
»Wir sind auf dem Gipfel. Welch ein Anblick! Mein Körper zittert vor Erregung, meine Gedanken vibrieren vor Klarheit! Niemals zuvor fühlte ich mich so demütig und gleichzeitig so erhaben. Ich bin Teil des Universums, der Mittler zwischen Erde und Unendlichkeit. Jahre der Arbeit haben mir dieses Gefühl nicht gegeben. Der Weg zurück in die Niederungen wird schwer werden. Kann ich die Idee des Erhabenen in mir erhalten?«

Aus dem Tagebuch von Horace Bénédict de Saussure, Erstbesteiger des Mont Blanc

Andreas Gross

Hochland

Der Himmel über dem K2

Erstes Buch: Die Anreise

Erste Etappe

Aufbruch

Es war Anfang Mai und früh am Morgen, als Johannes Schädler und Thomas Niederacher bei zwölf Grad Celsius und Nieselregen mit schwerbepackten Trekkingbikes am Kurpark in Oberstdorf zu ihrer großen Reise in den Hindukusch aufbrachen. Die Allgäuer Berge waren in Wolken gehüllt und das Nebelhorn machte seinem Namen Ehre. Man schrieb das Jahr 2015 – die Flüchtlingsströme aus dem Süden hatten sich noch nicht über Europa ergossen und die Populisten aller Couleurs noch nicht Zwietracht unter den Völkern gestiftet. In der südlichsten Marktgemeinde Deutschlands herrschte bis auf das Wetter und die üblichen Querelen im Gemeinderat ohnehin meist heile Welt. Sich freiwillig in den Hindukusch zu begeben und das auch noch mit dem Fahrrad wäre kaum einem ihrer Bewohner je in den Sinn gekommen. Die meisten Oberstdorfer schüttelten die Köpfe über die Unternehmung und hatten dafür nur spöttische Kommentare übrig.
Vor Jo und Tom lagen über 7000 Kilometer bis zum Zielort Skardu in Nordpakistan, hinter ihnen ein schier endloser Schriftverkehr mit iranischen und pakistanischen Behörden wegen Ein- und Durchreisevisa, Besteigungspermits etc. und ein Fitnessprogramm, das dem der Leichtathletik-Olympioniken gleichkam. Fast 50.000 € hatten sie an Sponsoren- und Spendengeldern zusammengekratzt, aber trotzdem noch für Ausrüstung und Permits Schulden aufnehmen müssen. Jo's Vater schimpfte, er habe »Schulda wia Schitterbiiga«* und die Unternehmung mache ihn arm, bevor sie überhaupt begonnen habe. Außer den nächsten Angehörigen und ein paar von den engsten Freunden waren zu dieser frühen Stunde nur der zweite Bürgermeister Fritz Sehrwind, der Hauptsponsor und Inhaber der World-of-Outdoor-GmbH Franz Schratt, Chris von der Bergschule TransAlpin, Toms Feuerwehrkommandant Peter Vogler und ein Vertreter der örtlichen Presse erschienen. Die übrigen Freunde und Bekannten schliefen ihren Rausch aus von der Abschiedsparty am Abend zuvor.

»A minder's Weattr hettet dr uib it üüssüeche kinne*[1]«, ätzte Feuerwehrkommandant Peter Vogler in Oberstdorfer Mundart*, einer urtümlichen Variante des Alemannischen.
Chris widersprach. Auf dem K2 tobe im Moment ein Jetstream mit 200 Stundenkilometern bei minus dreißig Grad. Dagegen sei das Wetter hier doch richtig heimelig.
Sponsor Franz Schratt hielt eine längere Ansprache, in der er die Bedeutung seiner Firma bei der finanziellen Förderung von Hochgebirgsexpeditionen hervorhob und diverse alpinistische Unternehmungen, die seine Firma in den letzten Jahren unterstützt hatte, im Einzelnen aufführte. Im Übrigen hoffte er unter Anspielung auf das verheerende Erdbeben in Nepal ein paar Tage zuvor, der K2 stehe noch und die Anfahrt raube ihnen nicht die Kräfte, bevor sie den Berg erreichten.
»Dea schwätzt as wia a Baotrtraagar*«, raunte Tom.

Fritz Sehrwind, der zweite Bürgermeister, der sich für den Anlass immerhin eine Krawatte umgebunden hatte und seine saure Miene wegen des frühen Amtsgeschäfts mit einem schiefen Lächeln zu überspielen suchte, lobte das finanzielle Engagement der Marktgemeinde für den Spitzensport und die Marktgemeinde Oberstdorf als Zentrum des deutschen Alpinismus. In den Redepausen, wenn er auf seinen Merkzettel blickte, hörte man das Trällern einer Amsel und das Tschilpen der Spatzen, die zwischen den Bänken vor dem Pavillon umherhüpften. Zum Schluss empfahl er den Buben, immer auf dem rechten Weg zu bleiben und überreichte ihnen einen mit dem Wappen Oberstdorfs bedruckten Wimpel mit der Bitte, ihn am Gipfel des K2 zu hissen, falls sie je dorthin gelangen sollten.
»Iatz sind'r g'richt*, Büebe!«, schloss er mit einem undefinierbaren Lächeln. »Aber i sag uib glei – es wiard e'na aond tuu* voar dr duss sind uss'm Gai*! Bliebet daohuim, wao nes am schinschte isch und gänd uff d'Heafats* – dao händr mea drvuu!«

---

[1] *Übersetzungshilfen zum Allgäuer Dialekt* und weitere Wort- und Sacherklärungen finden sich im Glossar am Ende des Buches*

Einige der Anwesenden applaudierten matt. Das Vertrauen in den Erfolg ihrer Unternehmung schien sich in Grenzen zu halten.

Jo's Mama malte ihrem Sohn zum Abschied mit dem Daumen ein Kreuz auf die Stirn und seine kleine Schwester Amelie heulte. Jo's Vater boxte ihm in die Rippen und sagte in Anlehnung an die Worte Michl Dachers, Teilnehmer bei der Messner-Expedition von 1979* und erster Deutscher auf dem K2: »Rießet'n raa, dean Kooge*!« Christian, der Leiter der Bergschule TransAlpin*, versprach ihnen für den Fall einer pünktlichen Ankunft im Juli in Skardu, wo sie auf das Allgäuer Team stoßen sollten, zwei Bier kaltzustellen. Luisa, Jo's Jugendfreundin, umarmte ihn zum Abschied und wünschte ihm viel Glück. Dann standen sie einander gegenüber und wussten nichts zu sagen. Luisa kaute mit gesenktem Kopf auf ihren langen blonden Zöpfen. Jo bekam Sorge, dass er den Schwung verlieren würde, den er brauchen würde, um bis zum Hindukusch zu gelangen. Er versprach Luisa, sie auf dem Laufenden zu halten, drückte ihr einen Kuss auf die Stirn und bestieg das Bike. Tom ließ bei der Abfahrt einen Jüssgar* hören, der die Kurgäste in den Pensionen und Hotels in der Umgebung aus dem Morgenschlaf riss.

Tom, wegen seiner Waghalsigkeit und Tollkühnheit in der Allgäuer Kletterszene inoffiziell als »Wilda Hünd*« bekannt, hatte die Idee zu der Unternehmung gehabt. Einmal im Leben müsse man etwas Unerhörtes wagen und an seine Grenzen gehen, um vor sich und dem Herrgott bestehen zu können. Mit kaum verhohlener Geringschätzung blickte er auf die Flachländer herab, die in einer Welt ohne Berge den Sinn für das Höhere verloren hatten und im Grunde ein Leben ohne echte Perspektiven führten.
Kennengelernt hatte man sich bei einem Schnupperkurs Outdoor-Klettern der Jugendsektion des Alpenvereins. Jo war als Anfänger dem schon bergerfahrenen Tom als Partner zugeteilt worden. Von Natur aus mit einem gesunden Selbstbewusstsein ausgestattet, hielt Jo sich locker der Wand gewachsen, die sich über ihm auftat. Doch kaum war er zwei Seillängen hochgestiegen, steckte er fest wie an den Fels getackert. Wenn er nach unten schaute, begann sich alles zu drehen wie in einem Schleuderkarussell. Und wenn er nach

oben blickte, wo sich die Jungmannschaft mit scheinbar spielerischer Leichtigkeit an den Ritzen und Spalten emporhangelte, fühlte er die Angst im Darm blubbern wie Brausepulver. Zitternd starrte er auf die glatte Felswand vor sich, unfähig sich zu rühren, bis Tom ihn zu seiner großen Schmach vor allen Augen am Seil herunterließ wie einen Sack. Der abschätzige Blick und das hochmütige Grinsen im braungebrannten und von schwarzen Locken umrahmten Gesicht des Bauernsohns demütigten ihn mehr als die herabsetzenden Titulierungen »Wässr!*« und »Schiißfiidlar*«, mit der Tom ihn bedachte, als er ihn vom Seil knüpfte.

Von da an wollte Jo es wissen. Er wollte wissen, wer wirklich in ihm steckte – der Scheißkerl oder derjenige, für den er sich insgeheim hielt. Er trat in den Alpenverein ein und schloss sich dem Jugendkader der Sektion an. Wann immer sich ihm von nun an eine Möglichkeit bot, tauschte er die Geborgenheit im Flachland gegen den Kitzel des Überlebenskampfes am Berg ein. In den unzähligen Stunden und Tagen, die er mit Tom in den Kletterwänden zunächst des Allgäus, dann der Hochalpen verbrachte, lernte er allmählich mit der Angst umzugehen, sie für seine Zwecke nutzbar zu machen. Jedes Mal, wenn er sie besiegt hatte, kam er seinem wahren Ich – oder dem, was er dafür hielt – ein Stück näher. Dieses Ich war viel größer als er. Er fühlte sich darin geborgen wie ein Tropfen im Meer, gleichzeitig aber auf eine fast sündige Art und Weise über alles erhaben. Es war ein neues, unbekanntes Terrain, das er da beschritt; er nannte es »Hochland*«.

Mit jeder gemeisterten Herausforderung wich die ursprüngliche Angst einem Glücksgefühl, das süchtig machte – süchtig nach dem magischen Moment, der einen aus der Zeit heraushob und das Dasein in seinem umfassendsten Sinn bewusst werden ließ. Wenn sie kletterten, wallte das Leben in ihnen auf, quoll in ihnen über und eine große, unzerstörbare Freude erfüllte sie. Um immer mehr davon zu bekommen, steigerten sie die Anforderungen und reduzierten die Sicherheitsvorkehrungen. Am Schluss kletterten sie auf heimischem Terrain fast nur noch Free Solo*, als wären sie unsterblich. Irgendwann gingen ihnen die Routen aus, erschienen ihnen die heimischen Berge zu mickrig, die Alpen zu klein. Als inzwischen staatlich geprüfte Berg-

führer nahmen sie an einer Allgäuer Himalaya-Expedition teil und bestiegen neben zwei Siebentausendern in Tibet mit dem Cho-Oyu* ihren ersten Achttausender.
Beim Flug nach Hause sah Jo zum ersten Mal den K2. Völlig unerwartet trat er aus den Wolkenschleiern, vom Licht überflutet. Er war größer, als Jo ihn sich vorgestellt hattte, und viel gewaltiger. Es schien nichts zu geben, was vor diesem Berg Bestand hatte. Der Anblick ließ ihn nicht mehr los. Er kannte niemand in seinem Bekanntenkreis, der ihn bestiegen hatte. Im ganzen Oberallgäu schien es niemand zu geben*. Er galt als zu schwierig und auch zu teuer, weil angeheuerte Träger aus der Region Gepäck und Material durch das 60 Kilometer lange Baltorotal hinaufschleppen mussten*. Dann las er von Reinhold Messners Alpinstil-Besteigung des K2 zusammen mit Michl Dacher mit nur drei Lagern. Tom war sofort Feuer und Flamme. Das könnten sie auch, meinte er, vielleicht sogar noch schneller.
Jo hatte dann die Idee mit der Anfahrt aus eigener Kraft. So wie Göran Kropp*, der Mitte der Neunziger mit seinem ganzen Krempel von Schweden bis nach Nepal geradelt und anschließend im Alleingang den Everest bezwungen hatte. Tom brauchte nicht lange überredet zu werden. Das war genau die Art von Verrücktheit, die auch er bewunderte. Eine Verrücktheit, die einen hinaustrug über die Flachländer mit ihrer einfach gestrickten Denke und ihren billigen Träumen. Nach dem Motto: »Wenn schu v'rruckt, naocha g'schied*!«
Um die Unternehmung vorzubereiten, brach Jo sein Lehramtsstudium für Religion und Deutsch in Augsburg ab. Er hatte nach vier Semestern den Eindruck gewonnen, dass es ihm dem, was er eigentlich wissen wollte, nicht näherbrachte. Erfahren, wer er wirklich war, würde er am ehesten an einem Achttausender, wo man sich nichts vormachen konnte, weil sich dort jeder Fehler und jede Schwäche erbarmungslos gegen einen kehrten und keine Ausflüchte galten. Und mit dem K2 und der Anfahrt dahin, davon war er überzeugt, hatten sie die ultimative Herausforderung gefunden, an der sie nur wachsen oder zerbrechen konnten.

Voller Unternehmungslust und im Duett laut jodelnd verließen sie ihren Heimatort und machten sich auf die große Reise durchs Dummelsmoos* und seine von der ersten Löwenzahnblüte gelbleuchtenden Wiesen, wo ihnen schellenbehängtes Jungvieh laut muhend und mit aufgestellten Ohren das Geleit gab. Die Wolken hatten ihre Schwärze verloren und ließen am Horizont kurz einen Streifen Himmel frei, blendend hell wie eine Verheißung. Für einen Moment fühlten sie sich wie Konquistadoren aus einer Zeit, als es noch wirkliche Eroberungen zu machen und echtes Neuland zu entdecken gab. Sie waren Pioniere, die noch nie Gewagtes unternahmen, mit dem Rad durch neun Länder unterwegs zum sagenumwobenen Bergsteigermythos, dem K2, dem schwierigsten Berg der Erde.

Bald jedoch machte die Euphorie des Aufbruchs einer gewissen Ernüchterung Platz. Bergauf erwies sich die Fortbewegung auf den Trekkingrädern mit den vollgepackten einrädrigen Anhängern mühsamer als gedacht.
»Naa schiabet alle Hailige, nüüf kui Teifl*!«, schimpfte Tom und stemmte sich verbissen in die Pedale.
Im Tannheimertal verfinsterte sich der Himmel. Jo blickte zu den Schubladen voll grauen Gewölks über ihm und hoffte, es werde sich ihnen zuliebe in den Nachbartälern entladen. Doch der Regen scherte sich nicht um sie und drang mit seinen feinen Strahlen schamlos durch ihre imprägnierte Regenkleidung wie der Missmut in ihre Gemüter. Als Tom am Gaichtpass einen Platten hatte und zur Reparatur sämtliche Packtaschen vom Anhänger lösen musste, erreichte die Stimmung einen ersten Tiefpunkt.
»Noo kinne br umkehre, Jo«, raunte Tom verschwörerisch, während er sich verzeifelt mühte, den Reifenheber unter das enge Felgenband zu schieben.
»Iatz simbr doch schu a güets Schtuck furt vu dahuim– de Rescht packe br öu no, Tom!«, versuchte Jo Optimismus zu verbreiten.

Zum Glück klarte es bald wieder auf. Die Berge erschienen erst als im Nebel wabernde konturlose Gebilde, offenbarten im aufblitzenden Sonnenlicht schließlich ihre wahre Gestalt. Tom, offenbar übermütig geworden, schlug vor, die Strecke nach Imst über das Hahntennjoch* abzukürzen. Jo wollte ihm begreiflich machen, dass es zeitlich gesehen keine Abkürzung sei, weil sie sich dadurch 900 Höhenmeter zusätzlich einhandelten. Tom hielt dagegen, der Feiertagsverkehr über den Fernpass sei mörderisch. Jo fand, 22 % Steigung am Hahntennjoch seien noch viel mörderischer. Doch Tom, von Natur aus mit einer gehörigen Portion Allgäuer »Gschtäärgrindegkeit*« ausgestattet, war nicht von seinem Plan abzubringen.

In Namlos tranken sie in der Dorfbäckerei einen Milchkaffee und suchten von der hübschen Bedienung hinter der Ladentheke vergeblich zu erfahren, wie der Ort seinen Namen verloren hatte. Als sie sich stehend in die Pedale tretend den schmalen Gebirgspass hinaufquälten und die umliegenden Bergspitzen wie Schemen gehässig vor ihnen her tanzten, röhrten Scharen von getunten Motorrädern an ihnen vorbei und erinnerten sie daran, dass das Hahntennjoch als Dorado der motorisierten Biker galt.

»So viel kasch gar it v'rschlaage, wia'n es güet täät*«, grantelte Tom.

Wohl weil ihn sein schlechtes Gewissen plagte, lud er Jo auf halbem Weg zur Passhöhe im Weiler Bschlabs ins »Gasthaus zur Gemütlichkeit« ein. Sie kamen an den Stammtisch bei vier älteren Bauern zu sitzen, die gerade ihren sonntäglichen Frühschoppen abhielten. Während Tom und Jo ihre Speckknödelsuppe schlürften, musterten die »Leachtlar*« sie unverhohlen, aber gutmütig, wie Weidekühe einen vorbeiziehenden Wanderer, und freuten sich an ihrem Appetit.

Einer von ihnen, der mit seiner urtümlichen Tracht und seinem markanten Profil einem Defregger-Gemälde entsprungen schien, wollte wissen, woher sie kamen.

»Vu Oberschdoarf«, brummte Tom.

»So so, aus Oberschdorf im Allgai«, sagte das Bäuerlein und feixte.

Was er daran so lustig finde, fragte Jo.

»Wisset dir, wieso ma zum Herrgott »du« seit?«, fragte der Alte.

Tom und Jo schüttelten arglos die Köpfe.

»Dass d'Oberschdorfer au mit'm Schwätze kennet!«

Die Bauern ließen ihrer Erheiterung freien Lauf. Tom, der nichts auf seinen Heimatort kommen ließ, wartete, bis wieder Ruhe eingekehrt war, und fragte dann, ob sie wüssten, warum der Pfarrer ihm nach seiner letzten Beichte zehn Vaterunser aufgebrummt habe.

»Hosch ebbas Schlimm's verbroche?«, fragte einer der Alten, den sie Vitus nannten.
»Woll bigott«, antwortete Tom mit ernster Miene. »Dr Pfaarar haot g'muit, dees sei schu nääch an ar Toatsind*«.
»An ar Todsünd? Ja, um Gott's Wille! Was hosch denn g'macht, Bua?«
»I hao isan Heargott im Zoan an Tirolar g'heiße!«
Die Bauern stutzten erst, nahmen es aber dann mit Humor und lachten. Einer klopfte Tom anerkennend auf die Schulter.
»Du bisch echt bschosse*, Kerle! Kumm, sauf noo ebbas mit eis, i gib ein' aus!«
Tom lehnte mit dem Hinweis auf die Strecke, die vor ihnen lag, dankend ab.
»Wo fahrt's ihr denn heit noo hin?«, fragte Vitus. »Bis Imscht oder am End gar noo weitr?«
»Uff Pakischtan«, antwortete Tom.
Die Mienen der Männer wechselten zwischen ungläubigem Erstaunen und Belustigung.
»Mit'm Fahrrad?«
Tom nickte.
»Und was wollt's ihr da?«
»Uff de K2«, sagte Tom so lapidar, dass ihm sofort alle glaubten. Dann trat eine Stille ein, die beinahe etwas Andächtiges hatte.
»Ihr seid's ja net ganz bei Troscht«, meinte Vitus schließlich. »Koa Mensch radelt um d'halbe Welt, um auf an Berg zum Klettern, von dem ma mit ziemlicher Sicherheit nimmer z'ruckkemmt!«
»Mir schu!«, sagte Tom trotzig.
»Warum fliegt's ihr denn net?«, fragte ein anderer.
»Oder nehmt's wenigschtens a E-Bike?«, frotzelte ein Dritter.
Tom starrte auf die Tischdecke, murmelte: »Weil dees a jeeda kaa!«, stürzte den Rest seiner Radlerhalben in sich hinein, stand auf und bezahlte.

Sie gelangten an diesem Tag immerhin noch bis Schwaz* hinter Innsbruck. Im Postpark stellten sie zum ersten Mal ihre Einmannzelte auf und kochten gerade Wasser, als ein älterer Herr mit einer livrierten, grasgrünen Uniform und Schirmmütze mit einem Schäferhund an der Leine aus dem Unterholz

trat. Er stellte sich ihnen ganz förmlich als Oberforstmeister Bredow vor und fragte, ob sie eine Nächtigungsgenehmigung hätten.
Tom wechselte einen Blick mit Jo und gab Flachländeralarm. Der Schäferhund beschnupperte die Spaghetti am Boden.
»Aus, Blondie!«, rief der Oberforstmeister und zog den Hund am Brustgurt.
Wo man denn die Nächtigungsgenehmigung bekäme, fragte Tom.
»Auf dem Gästeamt in Schwaz«, sagte der Oberforstmeister mit vorwurfsvollem Unterton, als hätten sie gegen eine Grundregel gesellschaftlichen Miteinanders verstoßen.
Aber das sei doch jetzt sicher schon geschlossen, sagte Tom.
Herr Bredow nickte und erklärte mit ernster Miene, dass sie die Genehmigung natürlich im Voraus hätten beantragen müssten. Seines Wissens sei das Campieren im Stadtpark aber ohnehin verboten.
Dann gebe es ja auch keine Nächtigungsgenehmigung, meinte Tom.
Das könne sein, sagte Herr Bredow.
Blondie schnüffelte an der Butter.
»Mistviech!«, rief der Oberforstmeister und riss den Hund weg. Blondie jaulte.
Im Übrigen, fuhr Herr von Bredow fort, gebe es genügend Campingplätze in der näheren Umgebung, die viel mehr Komfort böten und auch – er räusperte sich kurz – die entsprechenden sanitären Einrichtungen. Zum Beispiel die Campinganlage »Plankenhof« in Sill, das »Alpencamping Mark« in Weer oder das »Camping Inntal« in Strass. Besonders empfehlen könne er außerdem die Campinganlagen am Achensee: das »Karwendel Camping«, das »Seecamping Wimmer« oder das »Camping Schwarzenau«.
Tom und Jo waren schon am Zusammenpacken.

Sie campierten auf dem Friedhof von Schwaz. Zwischen den Grabmälern fiel das flache Einmannzelt nicht groß auf. Sogar einen Brunnen zum Waschen gab es.
Ihre erste Etappe feierten sie beim Schein einer geklauten Grabkerze mit einer Flasche Rotwein, die Tom die ganze Strecke mitgeschleppt hatte. Sie saßen auf der aufblasbaren Matte vor dem Zelt. Die Dämmerung färbte die

Berge dunkel, der Himmel war blass. Hoch oben schimmerte die schmale zunehmende Sichel des Mondes.
Ob ihm der Abschied von Luisa schwergefallen sei, fragte Tom.
Sie kämen ja bald wieder, antwortete Jo.
»Wenn's g'wiis isch.«
»Wenn was g'wiis isch?«
»Dass br leabeg huimkummet*.«
Jo spürte, wie ihm ein Schauer über den Rücken lief. Vielleicht bedrückte ihn ja auch der Ort, an dem sie verbotenerweise weilten.
Sie kämen zurück, beschwichtigte er. Und Luisa könne warten, die sei ja noch jung.
»Und a Dearflare«, spöttelte Tom.

Luisa kam aus Tiefenbach und war aus Oberstdorfer Sicht eine »Dearflare« und damit nicht dem inneren Kreis der Dorfgemeinschaft zugehörig. Kennengelernt hatte Jo sie bei einem Trachtenfest in Schöllang vor zwei Jahren. Ihre zu einem Kranz gewundenen blonden Zöpfe über der hohen Stirn und ihr Blick, der eine unbeschwerte Lebensfreude ausstrahlte, gefielen ihm. Doch obwohl sie als lokale Schönheit gelten konnte, sahen die Oberstdorfer auf sie herab, als sei sie eine »Ringgschmeckte*« oder gar eine »Fremde«, wie man im Gai alle diejenigen zu bezeichnen pflegte, die von der Abkunft her nicht eindeutig Allgäuerisch und des alemannischen Idiolekts nicht mächtig waren. Vielleicht hatten das und sein ständiges Unterwegssein auf Klettertouren dazu geführt, dass Jo sich auch nach zwei Jahren Bekanntschaft mit Luisa noch auf keine engere Bindung eingelassen hatte.

Ob er etwas gegen die Mädchen aus Tiefenbach habe, fragte Jo.
Tom grinste.
»Allat no bessr as a Boarzare* oder a Millnuudlare*«, lachte Tom. »Mindr isch, dass du seal kui g'schieda Oberschdoarfar* bisch!«
Jo's Mutter war eine »Ingkhierete*« und stammte aus Bad Hindelang, einem Kurort in einem der Nachbartäler, wo sich der Oberallgäuer Dialekt für das geschulte Ohr ganz leicht anders anhörte, was wohl mit ein Grund war,

warum sich die Bewohner gerne voneinander abgrenzten und gegenseitig aufeinander herabblickten.
»Du brüüchsch mi drum it öü no vrnuitse*. Weags deam haon'i z'Oberschdoarf oft gnüe aag'fräämet*«, schimpfte Jo.
»Ma seit it allat Mulle, ma seit öü Katz*«, beschwichtigte Tom. »Mei, du bisch halt a Mischling, Jo, dao müesch drmit leabe!«
Auch wenn Jo wusste, dass Tom ihn nur im Spaß stichelte, war es genau diese fast schon sprichwörtliche Arroganz der Bewohner der südlichsten Marktgemeinde Deutschlands, die ihn immer wieder in Rage brachte.
»Du waisch schu, wieso d'Oberschdoarfar d'Tröüfkändl* so wit nüüf hänket?«
»Du wirsch br's g'wiis glei sage.«
»Weil se de Kriigl* so hoach traget, dass se suus aaschlage tääte.«
Tom kicherte, da sei etwas dran – und vielleicht zu Recht. Die Oberstdorfer hielten sich schließlich nicht ohne Grund für etwas Besonderes. Sie hätten schließlich das schönste Dorf, die höchsten Berge und die hübschesten Mädchen im ganzen Allgäu.
»Brooglar*!«, rief Jo.
Tom lachte und meinte, die Sache habe sich ohnehin bald erledigt.
»Wao mir hiifaahret, macht ba kui G'schiss drum, ob du a Oberschdoarfar oder Hindelangar bisch!«
Er blinzelte Jo verschwörerisch an.
»Und was d'Luisa aagaoht, isch güat, dass de se dahuim laosch. Dao dünda* git's öü nette Fehla*. Ma müess s'Wassr it de Baa naatrage*!«
Tom schlug damit ein Thema an, dass sie bei der Tourenplanung völlig außer Acht gelassen hatten.
Jo wies darauf hin, dass sie nicht auf Brautschau waren, sondern auf einer Mission, die all ihre Kräfte und damit einen tugendhaften Lebenswandel erfordere.
Tom, der im Ort mit seinem wilden schwarzen Lockenschopf, dem goldenen Ohrring und dem Schalk in seinen Augen bei den Mädchen »s'Griss*« hatte und im Ort als alter Herzensbrecher bekannt war, prustete vor Lachen einen Mund voll Rotwein, den er sich gerade zugeführt hatte, über die Matratze.
»Du aolte Drecksöü!«, schimpfte Jo.

»Süü heißt dees z'Oberschdoarf!«, belehrte ihn Tom.
In Oberstdorf war die Diphthongierung der Vokale im Gefolge der neuhochdeutschen Lautverschiebung noch nicht so weit fortgeschritten wie im Ostrachtal.
»Dees wird an Haiggl haong*! Na bisch haolt a Drecksüü!«
»Dia sind bi de Fehla denn gaonz gean gseah«, grinste Tom mit erhobenem Zeigefinger.
»Iatz giesch de und flackesch uff d'Buugrat*!«, schimpfte Jo und mahnte die dringend benötigte Bettruhe für die schwere, morgen vor ihnen liegende Etappe an. »Mir händ bigott* moan an üüsg'wachsene Pass vor iis!«

In der Nacht träumte Jo schlecht. Es schien, als ob die Toten ihm zwar nicht das Bleiberecht streitig machten, aber doch neugierig waren, wer sich bei ihnen eingenistet hatte. Eine alte Frau drang bis in seinen Traum vor. Sie hieß Kreszenzia Pankofer, hatte im Krieg drei Söhne und ihren Mann verloren und ein gramzerfurchtes Gesicht, aber gütige Augen. Mit denen sah sie ihn an, als wäre er ihr Sohn.
»Mei, Bua, was duet's ihr eich an!«, rief sie. Dann verriet sie ihm, die hohen Berge seien besessen von den Geistern der Verunglückten, die Stein- und Schneelawinen auf die Besteiger losschickten.
»Die wolln ihre Ruh ham!«, flüsterte sie, streckte ihren krummen Zeigefinger in die Höhe und blickte Jo mit weit aufgerissenen Augen an. Wie in einem Prisma sah er darin die Lawine, die auf ihn zuschoss und wusste genau, es gab kein Entkommen. Das Schlimmste aber war, dass er am Seil mit mehreren Leuten hing. Er würde sie alle mit hinunterreißen.
»Kehr um, solang's no geht, Bua!«, hörte er Kreszenzia raunen.

Der Pass

Die Großglockner-Passstraße erstreckt sich über eine Länge von 34 Kilometern und überwindet bei einer durchschnittlichen Steigung von 10 % eine Höhendifferenz von 1748 Metern. Mit einem Rennrad ohne Gepäck, bei wenig

Verkehr und gutem Wetter eine ideale Trainingsstrecke und für Trainierte in drei Stunden locker zu bewältigen.
Heute aber herrschten andere Bedingungen: Nebel, Graupelschauer, vier Grad Celsius und zähflüssiger Verkehr. Die Autos, die von oben kamen, trugen dicke Schneehauben, was Chaos auf der Passhöhe erwarten ließ. Tom trieb zur Eile, denn falls der Pass geschlossen würde, säßen sie in der Falle.
Jeder Tritt in die Pedale war ein Kraftakt; Nässe, Kälte, Durst und Hunger zehrten aus. Die Abgase der vorbeiziehenden Autos reizten die Atemwege und machten ganz wirr im Kopf. Anfangs zählte Jo jeden Pedaltritt; dann, als er zum dritten Mal bei Tausend angekommen war, nur noch jeden zweiten oder dritten. Die vor ihm liegenden Höhenmeter türmten sich vor ihm auf wie ein Achttausender, die Gedanken drehten sich im Kreis und im dichter werdenden Nebel fühlte er sich wie in einer Grauzone zwischen Wahn und Wirklichkeit.
»Was dind mir dao eigentle?«, fragte Jo, als sie bei der 25. Kehre angelangt waren und kein Ende in Sicht schien.
»Dees fraog i mi öü schu dia gaonz Zit«, stöhnte Tom.

Als sie das Fuscher Törl erreichten, ließ die zunehmende Helligkeit darauf schließen, dass sich die Wolken lichteten. Tatsächlich durchstießen sie wenig später die Wolkendecke.
»Obhaiter*!«, rief Tom und stieß einen Juchzger aus.
Es schien, als seien sie in eine andere Welt getreten. Geblendet und noch immer ein wenig fassungslos starrten sie auf die wabernden Nebelmassen, die sie gerade noch eingehüllt hatten und denen sie so unerwartet entkommen waren. An einigen Stellen ragten die Gipfel der höheren Berge daraus hervor wie Inselriffe aus dem Meer. Jo taten diejenigen leid, die dort unten im Trüben saßen und keine Ahnung hatten, dass nur ein paar hundert Meter über ihnen der Himmel offen stand.
»Wenn dees kui güet's Zaiche isch!«, sagte Tom und machte sein erstes Foto.

In der Jausenstation wärmten sie sich auf. Tom breitete seine nassen Klamotten über sämtliche Heizkörper der Gaststube, legte sich auf eine Bank und schlief. Jo hielt Wache bei Hagebuttentee. Der Bedienung flüsterte er ins Ohr, Sie solle ihn doch bitte schlafen lassen, sein Freund sei auf dem Weg zum Gipfel des K2 – vielleicht käme er ja wenigstens im Traum dorthin. Dann schickte er eine SMS mit seiner Position und drei Herzchen an Luisa und an seine Familie eine Ansichtskarte mit der Passstraße zwischen sechs Meter hohen Schneewänden und den kryptisch anmutenden Worten: »Die erste Hürde ist genommen, der Alpenhauptkamm überwunden. Habe das Gefühl, in eine andere Welt hinabzustürzen, aus der wir nur verwandelt wiederkehren.«

Tom musste er schließlich wachrütteln. Er war leicht benommen und murmelte etwas von einer Feuerwehrprobe und anschließendem Umtrunk im Gasthof Adler. Jo schleppte ihn zur Theke, bestellte ihm einen Milchkaffee und packte die inzwischen trockenen Sachen Toms in seinen Rucksack, den er vor die Tür neben sein Rad stellte. Inzwischen hatte es schon wieder zugenebelt und leicht zu schneien begonnen.

Durchgefroren, aber ohne weitere Zwischenfälle kamen sie in Heiligenblut* an. Dem Ort mit seiner spitzgiebligen Kirche und den tief in die Hänge hineingeduckten Häusern unter den hohen, in apricotfarbenes Abendlicht getauchten verschneiten Bergen haftete etwas Mystisches an. Gerne wäre Jo den Legenden um die Reliquie*, die dem Ort seinen Namen gaben, genauer nachgegangen, aber andere Aufgaben standen an – wie zum Beispiel die Quartiersuche. Der Friedhof, dicht gespickt mit schmiedeeisernen Grabkreuzen und von eher musealer Natur, schien nach näherer Besichtigung zum Campieren wenig geeignet. Als Tom für eine Internetrecherche sein Handy suchte, bemerkte er, dass er seinen Rucksack oben am Fuscher Törl vergessen hatte.

»Ja, verreck am Schatte*!«, stöhnte Jo und sackte vor Schreck auf den Rinnstein, vor dem sie standen.

»Dees kut vu dea hüüre Bressierarie*«, schimpfte Tom.

Jo sah sich erneut die zahllosen Serpentinen in Schneetreiben, Kälte und Dunkelheit hinaufquälen. Doch Tom war bereits auf der anderen Straßenseite und streckte den vorbeifahrenden Autos seinen Daumen entgegen. Schon der zweite

Wagen hielt. Tom bat Jo, im Dorfstüberl zu warten und stieg in den Ferrari einer adretten Mitvierzigerin, die Jo beim Wegfahren durch die halb heruntergelassene Seitenscheibe mit einem breiten Lächeln von oben bis unten musterte. Auch wenn es nicht abschätzig gemeint war, fühlte Jo sich doch taxiert und nicht ganz ernst genommen. Außerdem störte ihn die Sonnenbrille, die sie in die Stirn geschoben hatte. Die Frau machte einen auf Show, und er wusste aus Erfahrung, wie leicht Tom dieser Masche auf den Leim ging.

Im Dorfstüberl fragte er an, ob er die Räder unterstellen dürfe. Als der Wirt, der sich ihm als Anton vorstellte, die Gespanne mit dem vielen Gepäck sah, wurde er neugierig. Jo erklärte das Notwendigste. Antons breites, gutmütiges Gesicht wurde vor Staunen immer länger.
»Ihr seid's meine Gäscht!«, sagte er spontan, führte Jo in die Abstellkammer und zeigte ihm das Matratzenlager mit einem strahlenden Lächeln, als sei es die VIP-Suite. Dann lud er sie für den nächsten Morgen zum Frühstücksbüffet ein, um sie zu feiern und seinen Gästen endlich einmal eine echte Sensation zu bieten. So etwas dürfe Heiligenblut doch nicht an sich vorbeigehen lassen! Jo wiegelte ab, bis zum K2 hätten sie noch einen langen Weg vor sich, aber Anton meinte, bereits die Idee sei eine Sensation.

Als Tom zwei Stunden später mit dem letzten Pendelbus zurückkehrte, spendierte Anton den Buben Kaasnudln, die er ihnen persönlich an den Tisch brachte. Mit einem wohlmeinenden Lächeln versicherte er ihnen, sie seien mit extra viel Butter angemacht, um sie mit dem nötigen Schmalz für ihre lange Reise auszurüsten.
»Zum Schmaolz g'heart Hopfe und Maolz*«, grinste Tom, was Anton prompt dazu veranlasste, ihnen auch noch eine Maß frisch gezapften Maibock auf den Tisch zu stellen.

Beim Essen berichtete Tom, sein Rucksack sei noch an der gleichen Stelle gestanden, wo Jo ihn hingestellt hatte.
»'s Hüüs vrluurt nuits, haot's Wieble g'seit, wia se d'Sock uss'm Krütthaafe zooge haot*«, zitierte er grinsend aus seinem Allgäuer Schprüchleschatz.*

»Aber a wink neabe dr Kappe bisch nettglii gwea*«, spöttelte Jo.
Oben schneie es übrigens, fuhr Tom unbeeindruckt fort. Wenn es so weiter ginge, sei der Pass morgen wieder geschlossen. Aber das wäre nicht wirklich schlimm, fügte er hinzu. Sie hätten es ja hinüber geschafft. Und die weiteren Aussichten für ihre Tour seien gut, fast fantastisch.
»Wieso?«, fragte Jo, und ein ungutes Gefühl beschlich ihn.
»Die Aolt«, sagte Tom und zwinkerte mit dem linken Auge, »dia laot nuits üüs*.« Er setzte die Handkante auf den Oberschenkelansatz: »An Minirock bis daohea!«
»Und?«
»Und aaglachet haot se mi – s'isch graad a Froid gwea!«
Jo fragte, was er mit der Alten wolle. Und ob er noch ganz bei Trost sei.
»Dia haot zwoa Fehla – dia ui isch uisezwuinzg, dia aonder zwai Jaohr elter. Kasch dr's üüssüeche!«
Und dann rückte Tom heraus, dass Frau Ebeling – oder Barbara, wie er sie nannte, verwitwete Alleininhaberin eines Industriekonzerns in Klagenfurt, sie in die Villa zu ihren Töchtern Gritt und Gwen – beide übrigens in der Kletterszene aktiv – nach Pörtschach am Wörthersee eingeladen hatte – nur zwanzig Kilometer von Wernberg weg, wo sie ohnehin durchmüssten.
Das seien vierzig Kilometer hin und zurück, rechnete Jo vor.
Aber in einer Villa am Wörthersee, sagte Tom, umsonst! Und das Beste sei, die Mädchen seien jetzt allein dort, weil Barbara bis Freitag in Innsbruck geschäftlich zu tun habe.
Was er sich davon verspreche?
»Drie Tääg Luude*! Und a Leabe wia d'Veegele im Haompfsaome*!«
Jo protestierte und wies auf ihren Zeitplan hin.
»Zitt zum V'rhole isch nia g'schtohle«, hielt Tom dagegen.
»Du haosch öü gschwindr a Üüsreed wia a Müüs a Loo*«, grummelte Jo und gestand ihm einen Tag zu.

Pörtschach

Als sie am nächsten Morgen beim Frühstück saßen, fuhr ein Bus mit der Sängergesellschaft aus Riezlern im Kleinwalsertal samt Musikkapelle vor. »Des kaa ja it aondersch sing!«, jubelte Tom und fühlte sich an die Geschichte von Kappelars Maarte erinnert, der am Gipfel des Aconcagua zufällig auf seine Oberstdorfer Nachbarin Mariele Bartenschlager getroffen hatte. Nachdem sich die Truppe im Bräustüberl niedergelassen hatte, stellte Anton die beiden Allgäuer K2-Aspiranten vor. Unter den Klängen der Blasmusik ließen Tom und Jo sich feiern, als hätten sie den Berg schon hinter sich, tranken Maibock aus dem Maßkrug und blieben bis nach dem Weißwurstessen. Man verständigte sich auf Hoch- und Niederalemannisch* und beschwor die gute Nachbarschaft der Oberstdorfer und Kleinwalsertaler*. Nachdem der Chor zum Abschied »Muss i denn zum Städtele hinaus« gesungen hatte, spielte die Kapelle den Königgrätzer Marsch und die Standartenträger schwenkten ihre Fahnen, als zögen sie in den Krieg.

Bei leichtem Rückenwind ging es meist bergab. Sie fuhren wie im Rausch. Eine unbestimmte Erwartung erfüllte sie wie die Vorfreude auf ein großes Ereignis. Wasserfälle, Wälder, Wiesen und Bäume in der Frühlingsblüte zogen vor den weißen Berggipfeln der Hohen Tauern an ihnen vorüber wie Bilder im Panoptikum. Über allem ein leerer Himmel von jähem Blau. Tom begann vor Freude zu jodeln, was er sonst nur auf Berggipfeln tat. Jo wünschte sich, er könne seinen Schwung nutzen, um sich hoch über die Welt der Flachländer zu erheben – hinauf zu den unsichtbaren Pässen, die Himmel und Erde verbanden, in die unermesslichen Räume über den geographischen Meridianen und Linien, die die Welt wie ein undurchdringliches Maschengitter überzogen, um schließlich dorthin zu gelangen, wo der Seele Flügel wuchsen und sie zu jenem magischen Fluchtpunkt trugen, der die unfertige Welt im Unendlichen vollendete.

Acht Stunden später erreichten sie den Villenort Pörtschach am Wörthersee* und fragten sich zum Wohnsitz der Ebelings durch. Das Anwesen, auf das sie schließlich stießen, war eine stilvolle Villa mit großem Garten und Seeblick.

»Uin Taag und it mea!«, sagte Jo, als er die Klingel drückte.
Die Tür öffnete sich und eine ältere Dame mit Sattelnase, wulstigen Lippen und Schürze erschien.
»Was wollen Sie?«, fragte sie kurz angebunden und kniff die Augen zu, als könne sie die Eindringlinge damit auf Distanz halten.
»Zu Frau Ebeling«, sagte Tom.
»Die gnädige Frau ist geschäftlich unterwegs.«
»Mir sind dia Raadlar«, sagte Tom lapidar.
Die Frau krauste argwöhnisch die Stirn.
»Die Radler?«
»Frau Ebeling hat uns Ihre Adresse gegeben«, setzte Jo erklärend hinzu, »und uns zum Übernachten eingeladen.«
»Ach – ihr seid's des – die G'spinnerten!« Sie stieß ein herzhaftes Lachen aus. »Tschuldigts bittscheen – i bin die Emmi – kummt's eina!«
Sie traten ins Foyer.
»Die gnädigen Fräuleins san grod im Pool – oba ihr könnt's schon amol eire Radln versorgn und eier Zimmer beziehn. I hob der gnädign Frau versprochn, dass's eich an nix fehln soll. Fühlt's eich wie dahaam!«

»Löüft doch!«, grinste Tom und rieb sich die Hände, als sie vom Balkon ihres Zimmers den Wörthersee im Abendrot betrachteten. Jo's Bauchgefühl sagte ihm etwas anderes.
Auf der Treppe hinab zum Pool kam ihnen ein hochgewachsenes blondes Püppchen mit Stupsnäschen und blauen Kulleraugen entgegen, ein Badetuch um Brust und Hüften gewunden.
»I wollt eich grad holn«, sagte sie. »I bin die Gritt!«
Sie reichten sich die Hände.
»Du muaßt da Tom sein«, sagte Gritt zu Jo. Jo schüttelte den Kopf und stellte Tom und sich vor.
Gritt lachte.
»Ihr seid's olso dia Varrucktn, die an K2 auferadeln wolln!«
Die Vorstellung, den K2 mit dem Rad zu erobern, amüsierte Jo. Er nickte grinsend, ohne das Missverständnis zu klären.

»Zeerscht amaol miasset mir dao hii«, stellte Tom richtig.
»Erst amol«, insistierte Gritt mit in die Hüfte gestemmten Händen, »seid's ihr unsre Gäst. Mama hot uns ongwiesn, eich fürstlich zum Bewirtn. Wollt's nit eina kumman – mir san grod in da Sauna!«
Tom stutzte, blickte hilfesuchend zu Jo.
»I bi no nia in'ar Sauna gwea. Du, Jo?«
Jo erinnerte sich dunkel an einen Saunabesuch mit seinem Vater in der Oberstdorfer Therme und nickte.
»Irgendwonn isses immer des erste Mol«, meinte Gritt lächelnd.

Als sie die Sauna betraten, erspähte Jo im Dämmerlicht die jüngere Schwester auf der Pritsche liegend. Sie gab sich nicht einmal die Mühe, ihre Blößen zu bedecken, als sie sich aufrichtete und ihnen die Hand reichte. Mit ihren vinylschwarzen, zu einem Pferdeschwanz straff nach hinten gebundenen Haaren, dem großen Mund mit seinen aufgeworfenen Lippen und den vorspringenden Wangenknochen sah sie einer Indianerin ähnlicher als ihrer Schwester.
»Des is da Tom und des do da Johannes«, stellte Gritt sie vor. »Und des is die Gwen. Eigentlich Gwendolin. Mama hot schon immer a Faible für ausgfollne Noman g'hobt*.«
»Hallo Tom, Hallo Johannes«, sagte Gwen mit einer für ein Mädchen ziemlich tiefen Stimme und grinste, »setzt's eich doch – gonz obn san die best'n Plätz!«
Jo folgte ihrer Anweisung und meinte, eigentlich hieße er nur Jo.
»Jo«, sagte Gwen, »was für ein praktischer Name, so kurz und bejahend!«
Sie schenkte ihm ein Lächeln, das bei ihrem großen Mund mit den leicht vorspringenden Zähnen fast über ihr ganzes Gesicht reichte. Ein flaues Gefühl breitete sich in seiner Magengrube aus, so als hätte er in der Kletterwand den Halt verloren und sause ohne Sicherung in die Tiefe.
»Dea kaa fei öü Noai sage*!«, warnte Tom.
Gwen musterte Tom amüsiert.
»Jetzt waaß i, warum die Mama an Noarrn an eich g'fressn hot«, kicherte sie und knuffte Jo mit dem Ellenbogen in die Seite. »Ihr seid's zwaa echte Naturburschn und hobt's noch den »Charme des Urwüchsigen«, wie sie das nennt.«
Jo versuchte, die naheliegende Assoziation mit Hinterwäldlern zu verdrängen.

»Auf jedn Foll seid's ihr kaane Piefkes*«, meinte Gritt.
Zu Tom gewandt fragte Gwen: »Aber wieso host'n du dei Untergatt'n* noch on? Bist' g'schaamig*?«
»I hao it g'wisst, dass ba dao hinna blutt wia a g'schloffes Miesle sing müass*«, bekannte Tom kleinlaut und schälte sich verlegen aus dem letzten ihm verbliebenen Bekleidungsstück.
»Vor uns derfst da jede Blöße gebn – mir varraotn nix«, spöttelte Gwen und setzte wieder ihr freches Grinsen auf.
Tom hüstelte.
»Dabei hätt er doch goar kaan Grund g'schaamig zum sein«, meinte Gritt und beide Mädchen kicherten.
Selten hatte Jo Tom so wortkarg erlebt. Er bekam richtiggehend Mitleid mit ihm, schöpfte aber andererseits Hoffnung. Vielleicht würde Tom bald alles so peinlich, dass er Reißaus nahm und sie ihre Tour pünktlich fortsetzen konnten.

Zunächst wurde es Tom nur heiß. Er stöhnte und fragte, wie man sich so etwas wie Sauna freiwillig antun könne. Es sei, als ob man sich in einen Backofen setze. Ob er den Damen vielleicht nicht knusprig genug sei?
»Ihr duat's eich noch viel schlimmere Sochn an«, sagte Gritt und goss drei Schöpfkellen Wasser auf. »Bis zum Himalaya radeln zum Beispiel.«
»Bis zum Karakorum bloaß«, stöhnte Tom und krümmte sich unter dem heißen Dampfschwall zusammen, als hätte er Bauchgrimmen.
»Wollt's ihr ins Guinness-Buch der Rekorde oder wos?«, fragte Gwen, wischte sich den Schweiß aus der Stirn und blickte Jo unverhohlen an. Jo staunte, wie hoch sie ihren Kopf auf dem langen Hals trug und sah ihr zum ersten Mal richtig in die Augen. Sie waren von einem stechenden Hellgrau, wie illuminiert. Ihr Blick hatte etwas Furchtloses und zugleich Verschwörerisches.
»Darum geht's uns überhaupt nicht«, erwiderte er und zuckte leicht zusammen, als ihre Blicke sich trafen, wie von einem elektrischen Schlag.
»I find's guat, was ihr machts, Buabn«, lenkte Gritt ein und erzählte, früher seien sie beide mit ihrem Vater viel in den Karawanken und Julischen Alpen geklettert – bis zum vierten und fünften Schwierigkeitsgrad. Seit seinem Tod

vor drei Jahren kraxelten sie alleine weiter – meist in der Halle oder an den Kletterwänden in der Gegend.

»I mecht so gean wieder amol wos G'scheits im Team mochn!«, seufzte Gwen und goss lächelnd Wasser auf.

Tom duckte sich unter dem heißen Dampfschwall wie unter einem Peitschenhieb.

»Und – i – mecht – am liabschte – nüüs!«

»Dann geh doch!«, riefen Gritt und Gwen unisono und lachten.

Zum Abendessen erschienen die Mädchen in kurzen Trachtendirndln mit tiefem Dekolleté und hochgestecktem Haar. Irritiert nahm Jo zur Kenntnis, dass sich Gwen mit ihren langen Beinen und den High Heels auf Augenhöhe befand. Er stupste Tom, der schamlos auf Gritts Brüste starrte, hatte aber selbst Mühe, die Augen von Gwens Lippen loszureißen.

»S'Gwennerl mit ihra Goschn und ihr'm G'stöll wär des perfekte Model, oba sie muass amol die Firma übernehm'n«, sagte Gritt.

»Muass i überhaupt nit!«, protestierte Gwen. »Und ins Modelbusiness ziagt's mi schon glei goar nit. Viel liaba gangert i mit eich auf'n Bearg als auf an Laufsteg.«

»Dao sottesch aber zimmle belze* sing!«, gab Tom zu bedenken.

Gwen lachte.

»Belze« – wos haaßt'n des?«

»A dicks Feal haong«, dolmetschte Tom.

»Als Solo-Freeclimber ist Tom im Allgäu ein »Wilda Hünd*«, setzte Jo erklärend hinzu.

»Du schu öü!«, beharrte Tom.

Gritt kicherte.

»Zwei wilde Hund mit am dicken Fell! Mir hom zwar lei* Hoar auf'm Kopf, oba a Schneid homa schon aa, wenn's braucht. Die Watzmann-Ostwand sama zamm mit'm Voata, wie a noch g'lebt hot, ols klaane Deandln schon klettert. Und's Gwennerl hot mit'm Alpinkader echt wilde Sochn g'mocht, zum Beispiel den Freneypfeiler am Mont Blanc, die Dibona-Kantn an da Großn Zinne und die Marmolata Südwand.«

Tom pfiff anerkennend durch die Zähne und hob das Bierglas.
»Uf uib, dir wilde Henna*!«
Die Mädels lachten und stießen mit ihnen an.
»Auf eich, ihr wildn Hund!«

Emmi servierte Kartoffelauflauf mit Gemüse und Salat, weil Gritt und Gwen Vegetarierinnen waren. Zum Glück unterließ Tom als eingeschworener Fleischesser alle abschätzigen Kommentare und lobte stattdessen Emmis Kochkünste. Die Mädels mit ihrer unkomplizierten, aber selbstbewussten Art flößten ihm Respekt ein, was Jo hoffen ließ, Tom würde auf Distanz bleiben und sie könnten morgen ihre Reise fortsetzen.
»Ihr miasst's fei mindestens bis Sunntog bleibn«, widersprach Gritt beim Nachtisch über Kaiserschmarrn mit Zwetschgenröster, als hätte sie seine Gedanken gelesen. »Mama möcht eich unbedingt näher kennenlernan und olls über eire Unternehmung erfoahrn, hot sie am Telefon ong'wiesn.«
»Gean«, meinte Tom schmunzelnd. »Wenn's uib nix üüsmacht.«
Jo protestierte vorsichtig, indem er auf ihren Zeitplan hinwies. Tom entgegnete, sie hätten genügend Spielraum und müssten erst Anfang Juli in Skardu sein. Bei einer Tagesleistung von 150 Kilometern am Tag schafften sie das aber leicht. Mit dem Zeitpolster könnten sie eine ganze Woche bleiben, schloss er seine Berechnung ab.
Ob er jetzt ganz verrückt geworden sei, protestierte Jo. Das Zeitfenster benötigten sie für alle Eventualitäten wie Pannen, Krankheit oder nötige Ruhepausen. Selbst Göran Kropp habe für die Strecke über vier Monate gebraucht.
Das hier sei eine nötige Ruhepause, entgegnete Tom. Und Kropp wäre über tausend Kilometer weiter geradelt bis nach Kathmandu.
»Bravo«, rief Gritt. »Ihr bleibt's, solang ihr wollts.«
Wer dieser Göran Kropp sei, wollte Gwen wissen.
»Ein Verrückter«, sagte Jo.
Tom erklärte das Nötigste und erwähnte auch, dass Göran ein paar Jahre später beim Klettern an einem viel niedrigeren Berg abgestürzt sei.
»Und des is eier Vorbild?«, fragte Gwen und sah Jo aus ihren hellgrauen Augen düster an.

Vorbild nur, was die Anfahrt betreffe, stellte Jo richtig. Der K2 sei eine weitaus größere Herausforderung. Auf dem Everest seien seit der Erstbesteigung schon zehntausend Leute gewesen, auf dem K2 gerade einmal 400. Und von denen wären über 80 nicht mehr heruntergekommen.

»Noch a Grund mehr, da goar nit erst naufz'gehn«, meinte Gritt.

»Daohuim schtearbet d'Lit*«, sagte Tom.

»Mocht's doch mit uns zamm a Tour!«, schlug Gritt vor. »Zum Beispiel auf die Skoljka in de Julischn Alpn – die is schon schneefrei!«

»Mit uib hebba schu amaol gwiis kuin Dwiillang*!«, lachte Tom und stieß mit den Mädchen an.

Aus Jo's Tagebuch, Dienstag, 5. Mai:

Schönstes Frühlingswetter bei leichtem Südwind, der die weißen Segel der Yachten auf dem tiefblauen See bläht. Heute steht Sightseeing auf dem Programm. Gritt und Gwen zeigen uns die touristischen Highlights ihres Heimatorts: die Blumen- und Kapuzinerinsel, das Wörtherseeschlössl und die Heiligerkirche. In ihren kessen Lederminis, Worker-Boots und Schiebermützen sind sie der Hingucker auf allen Promenaden und Gassen, durch die wir blödelnd flanieren. Noch mehr verwirrt mich ihre Fähigkeit, in Sekundenbruchteilen zwischen ernsten Tönen und explosivem Gelächter zu wechseln.

Mit dem Dampfschiff Thalia begeben wir uns auf Rundfahrt. Am Ufer reiht sich Villa an Villa – Gritt verrät uns einige der prominentesten Besitzer, darunter Flick, Porsche und Horten, schränkt aber ein, dass der Wörthersee die besten Zeiten hinter sich hat und die Villen und Bungalows die meiste Zeit leer stehen. Gwen zeigt auf die von zwei Türmchen umrahmte gelbe Fassade des Schlosshotels Velden, Drehort der RTL-Fernsehserie »Ein Schloss am Wörthersee«, und meint augenzwinkernd, das würde sie ihrem Prinz zur Hochzeit vermachen, wenn er nur endlich käme. Am Anleger schießt Tom sein zweites Foto – Gwen, hinter mir stehend, die Arme vor meiner Brust verschränkt, die rechte Wange an meine linke gelegt, hinter uns der glitzernde See und die noch schneebedeckten Karawanken. Es dauert, bis Tom die richtige Einstellung findet. Gwen scheint es zu genießen und reibt ihre Backe an meiner. Ich spüre ihre Körperwärme wie etwas, dass von mir Besitz ergreifen will. Ich muss mich vorsehen – »Länzeg wearet*

d'Fehla fänzeg«, sagt der Volksmund. Und Gritt hat mich gewarnt, ihre Schwester könne hexen.*
Toms urwüchsiger Charme kommt auch weiterhin gut an. Dass Gritts Augen immer dann aufleuchten, wenn Tom das Wort ergreift, irritiert mich zwar, aber ich sehe keine Möglichkeit irgendwie einzugreifen, muss ich doch selbst auf der Hut sein. Gwen quittiert unsere zufälligen Blickkontakte jedes Mal mit einem Lächeln, das zunehmend aufmunternden Charakter annimmt.
Selbst mit der Allgäuer Mundart scheinen sich die Mädchen zunehmend zu arrangieren. Als Tom vor einer öffentlichen Toilette fragt: »Miasset d'Wiebr öü uff d'Löüe?«, kriegt Gritt einen Lachanfall. »Naa«, meint sie immer noch lachend, »i hob ma wegn dein' Dialekt scho ins Höserl brunzt!«*

Mittwoch, 7. Mai:
Mit Gwen in Klagenfurt im Robert-Musil-Museum, das auch eine Dauerausstellung zu Werk und Schaffen der Lyrikerin Ingeborg Bachmann beherbergt. Gwen spricht die Gedichte in den Vitrinen und auf den Schautafeln leise nach, als bete sie Mantras, lässt sich von den befremdeten bis belustigten Blicken der übrigen Besucher nicht aus der Ruhe bringen. Auf einer großen Stellwand mit einer Lithographie von Cy Twomblys* blauen Rosenkelchen liest sie mit ihrer dunklen Stimme und in leicht kärntnerisch eingefärbtem Deutsch andächtig die darunter wie von Geisterhand gepinselten Worte:*

»Wohin wir uns wenden
im Gewitter der Rosen,
ist die Nacht von Dornen erhellt,
und der Donner des Laubs,
das so leise war in den Büschen,
folgt uns jetzt auf dem Fuß.«

Gwen verharrt schweigend.
»Was ist?«, frage ich.
»Rosng'witter«, flüstert sie, »hearst des nit?«
Bisher kannte ich nur die spöttelnde, übermütige Gwen, bin überrascht über ihre

gefühlige Seite und frage mich, ob wir uns nicht schon zu nahe gekommen sind über dem wortlosen Verstehen, das auf einmal zwischen uns ist. Ich muss mich vorsehen, dass ich, verführt von einer Macht, der selbst das Hochland nicht gewachsen ist, mein eigentliches Ziel nicht aus den Augen verliere.

Tom hat am gleichen Tag mit Gritt das Werksgelände und die Industrieanlagen des Ebeling-Konzerns besichtigt, ist schon von der Größe des schier unüberschaubaren Werksgeländes mit seinen vielen Montage- und Lagerhallen, Fertigungsanlagen und Bürokomplexen schier erschlagen.
»D'r Giegar z'Oberschdoarf isch a Kääslaade drgeege«, beteuert er und berichtet, Gritt sei von den Angestellten und Betriebsräten wie eine Kronprinzessin hofiert und unter Bücklingen als »Juniorchefin« tituliert worden. Es fehlte nur noch, dass man ihr die Füße küsste.*
»Mi haobba it gaonz so äschtimiert«, setzt er seufzend hinzu.*

Tom hat aus Andeutungen von Emmi erfahren, dass die Mädchen offenbar gerade in einer Phase der beruflichen Umorientierung stecken und Beziehungskrisen unterschiedlicher Art hinter sich haben. Sie raunte ihm verschwörerisch ins Ohr, wir sollten uns wie echte »Tschentlemän« benehmen, dann ständen unsere Chancen nicht schlecht.
Tom, der in Gritt, wie er mir offen gesteht, »a wink vrnaafet isch«, bewertet die Situation nach seiner Art als Glücksfall, wie er nur einmal im Leben eintritt. »Rieche Fehla und an Beatlarkääs laot ba it rief weare*«, zitiert er. Ich sehe das nicht nur aus dem Grund anders, weil unsere Zeitplanung durcheinander gerät, sondern weil ich die Mädels, falls sie überhaupt ernsthaftes Interesse an uns haben, nicht aufs Neue in Beziehungsprobleme bringen möchte. Für unsere gegenwärtige Unternehmung wären dauerhafte Bindungen jedenfalls ausgesprochen kontraproduktiv, abgesehen davon, dass ich mich schwerlich als Leiter eines Industriekonzerns vorstellen kann.*
Auf der anderen Seite reizt mich die Aufgabe, Gritt und Gwen wenigstens ansatzweise aus ihrer Verhaftung in das Flachland-Denken zu lösen und ihnen die Augen für die wahre Natur unserer Unternehmung zu öffnen, weswegen ich mich allmählich auch mit unserer Zwangspause abzufinden beginne.

Für den Abend schlugen die Mädchen vor, der Szene-Disco in Velden einen Besuch abzustatten. Sie sei zwar ein bisschen altbacken in der Musikauswahl, dafür könne man die Tanzfläche nach Belieben mit eigenen Einlagen aufmischen. Tom – eigentlich kein Fan von Discos – fand, dass man den Gastgeberinnen etwas schuldig sei. Weil sie in Radlerklamotten nicht eingelassen worden wären, staffierte Emmi sie mit Haferlschuhen, Lodenhosen, Flanellhemden aus Papa Ebelings Hinterlassenschaft aus. Die Mädels gingen uni in Trachtenhöschen, Schnürmieder und Stiefeletten und hatten sich zusätzlich überdimensionale Sonnenbrillen und Papphütchen aufgesetzt. Der Türsteher fragte, ob sie die Karnevalssaison einläuten wollten. Die Gäste scharten sich um sie und gafften, als Tom purzelbaumschlagend die Tanzfläche durchmaß, barfuß einen Schuhplattler zu Technomusik tanzte, im Handstand einen Tequila Sunrise mit dem Strohhalm trank und zwischendurch jodelte. Beim Limbotanz wurde Jo von den Mädels in die Mangel genommen. Jedes Mal, wenn er die Latte riss, musste er ein Kleidungsstück opfern. Das inzwischen angewachsene Publikum grölte. Trotz aller Verrenkungen schaffte er es aber am Ende nicht mehr unter der Latte durch und musste, wegen seiner Weigerung die Unterhose auszuziehen, einen Solotanz an der Stange hinlegen.

Schlimmer könne der K2 auch nicht sein, keuchte Jo, als sie an der Bar Pina Colada tranken, den ihnen der Barkeeper spendiert hatte.
Aus den Lautsprechern tönte »Welcome to the Dangerzone« von Vanilla Ninja.
»O.k.«, sagte Gritt und legte Jo die Hand auf die Schulter, »dann brauchst aa goar nimma aufe. Loss ma's göltn – oda, Gwen?«
»Kloar«, erwiderte Gritt, »des gilt schon – und zwar für eich beide. Eire Mutprobn hobt's b'stondn. Ihr woarts spitze, Buabn!«
Tom hob die Hand mit gestrecktem Zeigefinger und sagte auf Hochdeutsch mit leichtem Zungenschlag, das sei erst die Flachland-Mutprobe gewesen. Es gehe aber um mehr. Wenn man die Gesetze des Flachlands zu beherrschen gelernt habe, dann müsse man sich ins Hochland aufmachen und nicht im Flachland versacken, sonst verdorre man an Geist und Gemüt – Amen!
»Host da des selba zammg'reimt?«, fragte Gritt belustigt.

Tom verneinte und zeigte auf Jo, seinen Lehrmeister. Der habe immerhin vier Semester Religion studiert.
»Wos?«, rief Gwen und starrte ihn ungläubig an, »du aa?«
»Religion und Deutsch«, ergänzte Jo.
»So a Zuafoll, i hob aa amol Religion und Psychologie g'studiert. Aus purer Neigier. Drei Semester. Nocha hot's ma g'reicht.« Mit einem süffisanten Grinsen fügte sie hinzu: »Vom Hochland hob i da oba nix g'hört!«
Das sei auch erst im vierten Semester dran, erklärte Tom.
»Wos is denn an eierm Hochland so b'sonders?«, fragte Gritt.
»Dünne Luft und Höhenkrankheit«, spöttelte Gwen.
Beide lachten.
Keiner, der dort oben gewesen sei, käme als der Gleiche zurück, sagte Jo.
»Und viele goar nimma«, unkte Gritt.
Die Jungs fühlten sich nicht ernstgenommen und schwiegen. Der Disc-Jockey spielte erst »Anton aus Tirol«, dann »Der Berg ruft« von K 2 und drehte die Lautstärke voll auf, um sie zum Weitertanzen zu animieren. Sie klatschten, sangen die Refrains mit und tranken Spritz mit Aperol. Als »Atemlos durch die Nacht« von Helene Fischer folgte, schimpfte Gritt, die Musik im Club sei auf dem Niveau vom Musikantenstadl angelangt und drängte nach Hause.

Hochland

Sie nahmen den letzten Bus zurück nach Pörtschach und stiegen am Bahnhof aus. Auf dem Weg zur Villa wollte Gwen wissen, was es mit dem Hochland denn nun wirklich auf sich habe.
Das sei erstens nicht so einfach in Worte zu fassen und zweitens nicht für jeden bestimmt, sagte Jo.
»Viele sind berufen, doch nur wenige auserwählt«, ergänzte Tom mit erhobenem Zeigefinger.
Gwen knuffte Jo lachend in die Seite: »Ihr vascheißert uns doch!«
»Lass alles fahren und folge mir, Kind«, rezitierte Jo, »dann werden dir die Augen geöffnet!«

Gwen stampfte wütend mit dem Fuß auf und nahm ihn von hinten in den Schwitzkasten.
»I loss di erst wieda aussa, wenn du mir d'Woahrheit sogst!«, raunte sie ihm ins Ohr.
»Eecha*«, rief Tom, »tüe isam gaischtliche Fiarar nix z'laid!«
Gwen ließ ihre Zungenspitze in Jo's Ohrmuschel kreisen. Er lachte schreiend. Bei seinem Versuch sie abzuschütteln, landeten sie am Boden. Gwen kam auf ihm zu sitzen und begann ihn zu kitzeln. Jo staunte, wieviel Lachen sie aus seinem Körper hervorholte. Irgendwann, als sein Vorrat erschöpft war, tat es weh und er gab nach.
»Ich will's probieren!«, keuchte er.

Bei Kerzenschein und Sekt mit Passoa im Wohnzimmer der Villa wurden die Mädchen zunächst darauf hingewiesen, dass sie ab sofort zum Kreis der Eingeweihten gehörten und über die Sache Stillschweigen zu wahren hatten, da sie ja eigentlich nicht mitteilbar war und von profanen Ohren oft missverstanden werde.
»Ihr macht's es oba spannend«, gluckste Gritt.
Ob die Einweihung mit einem Aufnahmeritual verbunden sei? fragte Gwen mit einem verschmitzten Lächeln.
»Dees kut noo«, schmunzelte Tom.

Jo erzählte einleitend, einer alten Sage der Baltis zufolge befinde sich im Schwarzen Gebirge, auch Karakorum genannt, ein Berg, der das Dach der Welt trage und Himmel und Erde verbinde. Das sagenumwobene Hochland, welches die Tibeter »Shambala« oder »Shangri-La*« nannten, sei nur über diesen Punkt, den Gipfel des Chogori*, zu erreichen.
»Seid's ihr auf Bergtour oder Pilgerschaft?«, wunderte sich Gwen.
Eine Bergtour sei immer beides, erwiderte Jo und erklärte sodann, wofür das »Hochland« allgemein stehe – nämlich für all das, was einen aus einer gewöhnlichen Existenz mit ihren Ängsten und Nöten, ihrer Banalität und Langeweile heraushebe. Im besten Sinn sei es das Überschreiten der eigenen Grenzen hin zu etwas Höherem, Größerem.

»Olso, die Flachländer san die Spießer«, folgerte Gritt.
Es sei ganz einfach, erklärte Tom mit leichtem Zungenschlag, die Flachländer lebten in zwei Dimensionen und sähen nicht über den Tellerrand hinaus, die Hochländer in drei und könnten alles auch von oben anschauen.*
»Jetz werd's esoterisch«, raunte Gwen.
»Bescheiden seid's ihr jedenfolls schon amol nit«, lachte Gritt.
Der Hochlanderfahrung könne man sich prinzipiell auf ganz unterschiedliche Arten annähern, fuhr Jo fort. Die Voraussetzungen dafür seien immer die gleichen – völliges Aufgehen in einer Sache, totale Hingabe daran und die daraus resultierende Selbstvergessenheit, die auf längere Sicht hin auch persönlichkeitsverändernd dahingehend wirke, dass man sich nicht mehr so wichtig nehme und sich als Teil eines Ganzen empfinde.
»Flow*«, sagte Gwen, »des nennt si Flow, soviel i von der Psychologie her noch waaß. Kennan tua i's allerdings eher vom Sex.«
Tom hüstelte.
»Do is es oba eher onders rum«, meinte Gritt, »do is doch des Teil des Ganze, um wos es geht!«
Die Mädchen kicherten.
Tom bat um mehr Ernsthaftigkeit.
Sie hätten sich auf die spezielle Hochlanderfahrung über das Bergsteigen fokussiert – das Klettern erweise sich für sie als die nächstliegende Möglichkeit sie zu erkunden. Wenn alles gut lief, dann gerieten sie dabei in eine Art Trance, in der sie mit dem Felsen und der umgebenden Natur eins wurden. In diesem Zustand sitze jeder Griff, passe jeder Tritt, ertasteten die Hände die optimalste Route mit traumwandlerischer Sicherheit wie im Schlaf – und doch wären alle Sinne aktiv und arbeiteten mit höchster Präzision.
Gwen hing an Jo's Lippen.
Es sei das Gefühl zu leben, fuhr er fort, ganz im Augenblick und gesteigert zu leben und mit allen Sinnen auf eine Sache konzentriert zu sein. Das sei auch notwendig, denn anders könne man den Gefahren, denen man ausgesetzt sei, gar nicht begegnen. Jede Unaufmerksamkeit, jede Nachlässigkeit räche sich sofort und könne unter Umständen tödliche Folgen haben. Auf der anderen Seite sei der Sieg über den Berg auch ein Sieg über sich selbst und seine Ängste.

Mit jedem Mal der Selbstüberwindung wachse man wieder ein Stück über sich hinaus. Insofern sei Klettern viel mehr als Sport – es sei ein Zu-sich-Kommen, wie man es sonst nur in meditativen oder kontemplativen Übungen erlebe*. Das Bewusstsein scheine über seine normalen Grenzen hinaus erweitert und einer höheren Führung zu unterstehen, die Angst vor dem drohenden Absturz mache dem Gefühl der Geborgenheit Platz – einer Geborgenheit, aus der man genauso wenig herausfallen könne wie aus der Wand, solange man sich der inneren Führung ohne Vorbehalte überließe. Diese Hingabe, dieses Aufgehen in der Tätigkeit, in der Natur und die damit verbundene Geborgenheit sei es, was sie suchten und manchmal auch fänden. Es sei ein unbeschreibliches Glücksgefühl*, ein Rausch, der lange nachwirke und eine Art Sucht erzeuge nach diesem anderen Seinszustand, den sie »Hochland« nannten.

»Genau des hob i beim Klettern mit'm Alpinkader aa immer g'suacht«, seufzte Gwen mit vor Erregung geröteten Wangen. »I mecht so gearn wieder amol auf an Bearg aufe mit aaner schneidign Truppn!«

Für sie klinge das alles ziemlich gefährlich, meinte Gritt. Ob sie denn gar keine Angst hätten, irgendwann mal aus der Wand zu fallen?

Natürlich, räumte Jo ein. Aber das sei Teil des Spiels.

»Spui nennt's ihr des?«, wunderte sich Gwen.

Ja, räumte Jo ein und zwinkerte Tom zu. Er sehe es als ein Spiel, auch wenn es einen tödlichen Ausgang nehmen könne. Gerade darin bestehe der Reiz. Eine Episode aus ihrer frühen Bergsteigerzeit könne als Beispiel dienen, wohin die Sucht nach dem Hochland auch führe.

»Iatz kut a wilde G'schicht*!«, sagte Tom. »Heebet na fescht!«

Es war während ihrer frühen Kletterzeit, begann Jo, als sie ihre Kräfte und ihren Mut noch am Schwierigkeitsgrad der bewältigten Felswände maßen und sich mit Seilen sicherten. Sie befanden sich an einer Kletterwand in den Dolomiten mit einem Schwierigkeitsgrad zwischen V und VI. Es schien alles Routine. Sie hatten vier oder fünf Seillängen hinter sich gebracht und bewegten sich im Zustand der Schwerelosigkeit, wie sie sich nach einiger Zeit konzentrierten Kletterns fast von selbst einstellt. Ihre Hände arbeiteten mit traumwandlerischer Sicherheit, suchten nach Griffen, tasteten sich in die

Risse, fühlten, verwarfen, arbeiteten sich höher. Der Abgrund unter ihnen und der leichte Schwindel, der sie beim Hinabblicken überfiel, wirkten euphorisierend wie eine Droge. Sie fühlten sich so sicher, als schwebten sie über allem, gehalten vom Vertrauen in ihre Kräfte, den Fels und etwas Größeres, in das sie Tritt um Tritt hineinwuchsen. Sie ertasteten den Berg wie ein Kunstwerk, das sein innerstes Geheimnis nur preisgab, weil man ganz eins wurde mit ihm. Es war das pure Hochlandgefühl.

Dann kam die Schlüsselstelle, ein leichter Überhang. Tom war im Vorstieg, als er plötzlich den Halt verlor und aus der Wand fiel. Im Stürzen riss er erst den ersten Klemmkeil aus dem Felsen, dann den zweiten. Jetzt gab es nur noch einen Haken, der ihn vom Abgrund trennte. Im Vorbeifliegen rief er Jo zu: »Hoffetle heebt a!«

Er hielt. Aber Tom verletzte sich beim Sturz und hing 20 Meter unterhalb von Jo mit einem gestauchten Knie, unfähig, aus eigener Kraft zu Jo hochzuklettern. Jo war, weil sie keine Sicherungsklemmen benutzten, vom Sturzgewicht Toms so heftig gegen die Wand geschleudert worden, dass er eine Schultergelenksfraktur erlitten hatte. Sie waren beide zur Bewegungslosigkeit verurteilt – keiner konnte Free Solo weiterklettern und Hilfe holen.

Ihre Rufe verhallten ungehört; Handys hatten sie damals noch nicht dabei. Die Nacht war fürchterlich, an Schlaf nicht zu denken. Jo zählte die Sekunden, die Minuten, die Stunden, schwor sich dutzendmal, nie wieder einen Fuß auf einen Berg zu setzen. Am Ende bewunderte er alle diejenigen, die so viel mehr gesunden Menschenverstand als sie hatten und dort blieben, wo ihnen keine Gefahren – zumindest keine selbstverursachten – drohten. Er verfluchte sich, weil sie nicht den bequemen Fußweg, der von hinten auf den Berg führte, genommen hatten, sondern eine überhängende Steilwand, und nun die Rettungskräfte ihretwegen einen Einsatz und womöglich ihr eigenes Leben riskieren mussten.

In dieser Nacht schwor er dem Hochland ab und wurde wieder zum Flachländer.

Die Rettung kam am nächsten Morgen. Irgendjemand hatte sie rufen gehört und die Bergrettung alarmiert. Mit einem Helikopter wurden sie nach fünf-

zehn Stunden aus der Wand geholt. Jo weinte, als er wieder festen Boden unter den Füßen hatte.
»Ünderm Fiidle«, verbesserte Tom. »Vu iis haot kuina mea schtaonde kinne!«
Sechs Wochen später stiegen sie bereits wieder in eine Wand ein, um erneut Hochland zu schnuppern. Die Leute erklärten sie für verrückt.
»Mir händ uifach it aondersch kinne«, grinste Tom.
»Ihr seid's holt Junkies und süchtig noch de Bearg«, sagte Gwen und löste ihre schweißnasse Hand aus der von Jo. »Aber wisst's a, wos des Schlimmste an der Sochn is? Eire Sucht is ansteckend!«
Sie sei doch sowieso schon längst infiziert, lächelte Tom.
Gritt ließ sich nicht so leicht einwickeln.
»Wieso miasst's ihr auf an Ochttausender, wenn ma die Erfoahrung an jeder Kletterwand in di Alpen aa mochn kann?«, fragte sie.
Mit der Zeit brauche man eben immer mehr Raum, um das auszudrücken, was man leisten könne, erwiderte Jo. Am Ende böten nur noch die großen Berge der Welt die passende Kulisse für die Erfahrung, die sie suchten.
»Angeber!«, lachte Gritt.
»I tritt eierm Club bei«, rief Gwen, »jetzt sofort!«
»I aa«, sagte Gritt. »Nit wegn di Bearg, sundan weil ihr so wilde Hund seid's. Des g'follt ma.«
»Irgendwia isch a jeda a wilda Hünd«, meinte Tom. »Dia maischte wisset's bloaß it.«
»Mechst du maan amol kennenlernan?«, fragte Gritt und legte ihr Bein auf Toms Schoß.
»Woll bigott!«, lachte Tom und schlug Gritt auf den Oberschenkel. »Dees mächt i!«
»Nocha muasst oba morgn früh aufstehn!«
»Wieso na dees?«
»Weil i in da Früah an klaanen Sprint moch! Um Siemne weck i di! Und jetzt geh i schlofn. Guat Nocht!«
Nachdem Gwen sich ihrer Schwester angeschlossen hatte, blieb Tom etwas ratlos zurück.
»Und i hao schu g'muit, es gaoht a Waase*!«, lamentierte er.

Am nächsten Morgen klopfte Gritt pünktlich um halb Sieben. Tom stöhnte, wälzte sich schließlich aus dem Bett, zog seine Joggingklamotten an und verschwand.

Eine halbe Stunde später klopfte es wieder. Diesmal war es Gwen, die fragte, ob sie hereinkommen dürfe.

Sie setzte sich an den Bettrand, im Morgenmantel.

»I hob die ganze Nacht Alpträume g'hobt. Vo daaner Gschicht.«

»Das tut mir leid«, sagte Jo.

»Eier Hochland is die Sehnsucht noch'n Tod.«

»Nein, es ist die Sehnsucht, das Leben bis an seine Grenzen auszukosten.«

»Des is des Gleiche.«

»Man muss nur seine Grenzen kennen.«

»Bei dem, wos ihr vorhabt's, braucht's ihr vor ollem Glück. Und dafür gibt's kaa Garantie.«

Jo musste ihr Recht geben.

Gwen streifte den Bademantel ab und legte sich neben ihn. Sie glühte.

»Wenn du dobleibst, könntst' irgendwonn vielleicht amol olls von mir hobn, wos d'willst«, murmelte sie, den Kopf an seine Brust gebettet.

Jo küsste sie auf die Stirn und sagte: »Wenn ich dableibe, kann ich nicht sein, was du willst, was ich bin.«

Gwen sah ihn listig an.

»Na muasst mi holt mitnehman.«

»Das geht nicht.«

Gwen stülpte ihre Lippen zu einer Schnute auf.

»Wieso nit?«

»Weil es absolut verrückt wäre!«

»Ihr seid's doch aa varruckt!« Schmollend fügte sie hinzu: »I möcht a Hochländer wearn – genau wie ihr!«

»Sei vernünftig, Gwen, du kannst nicht mit.«

»Die meist'n Leit führ'n so a longweilig's Lebn. Ihr mocht's wos draus. Und weard's noch berühmt dazua!«

»Ruhm ist das Letzte, was wir suchen«, erwiderte Jo. Irritiert stellte er fest, wie die Wärme ihres Körpers allmählich auf ihn überging.

»So«, sagte Gwen mit einem sphinxhaften Lächeln, »des glaubst du?«
Jo nickte verständnislos.
»Mir zwaa ham uns g'fundn. In lei drei Tog. Des passiert nit oft.«
Gwen grinste.
»Nit amol mir.«
Jo schwieg.
In Gwens Augen glomm ein Funke, dessen Überspringen er fürchtete. Es war die Versuchung, alle selbstgesetzten Grenzen niederzureißen, gemeinsam etwas Unerhörtes zu wagen.
Er probierte, sie auf andere Gedanken zu bringen.
»Du hast doch sicher an jedem Finger einen Verehrer. Lauter potente Unternehmersöhne.«
Gwen schnaubte verächtlich durch die Nase.
»Die san doch lei aufs Göld aus. Mit solche Schnösl möcht mi die Mama unter d'Haubn bringan, weil s'an Firmenerben braucht.«
»Dann bin ich sowieso kein ernsthafter Kandidat für dich.«
Gwen kicherte, legte sich auf ihn und fixierte ihn mit ihren hellgrauen Augen.
»Doch. Für mi schon. Genau deswegn!«
Als sie sachte auf ihm zu schaukeln begann, merkte er, wie sich an ihm etwas gegen sie aufrichtete, was er nicht unter Kontrolle hatte.
»Jetzt entführ i di ins Hochland!«, flüsterte sie.
Aus den Augenwinkeln erhaschte er ihr triumphierendes Grinsen, als sie sich aufsetzte und sich aus den Hüften zu wiegen begann, fast so, wie ein Reiter sein Pferd antreibt. Die rhythmische Bewegung erzeugte in Jo eine lustvolle Spannung zwischen dem Drang nach Entgrenzung und dem nach Verschmelzung. Der Wunsch nach Entgrenzung wiederum beinhaltete das Wissen um etwas Größeres, eine kosmische Geborgenheit, in die er sich fallen lassen konnte. Mit geschlossenen Augen trieb er langsam einem Abgrund entgegen, den er fürchtete und gleichzeitig ersehnte.
Mit einem entrückten Lächeln gab sie ihn schließlich frei. Einen magischen Moment lang verweilte er auf dem Gipfel der Selbstentgrenzung und des Einsseins mit allem, fiel dann stöhnend zurück in seine alte Form und in die

Arme Gwens. Merkwürdigerweise war es nicht die Entgrenzung, es war das Zurückfallen, was ihm am Ende die höchste Lust bereitete.
Gwens Schrei klang wie Jubel. Sie hatte sich und ihm eine Hochlanderfahrung der anderen Art* beschert.
Jo dankte es ihr mit Küssen auf ihr erhitztes Gesicht.
»Hexe!«, titulierte er sie.
Immer noch heftig schnaufend raunte sie ihm ins Ohr: »Merk da aans, Jo: I hob am End noch immer kriegt, wos i will!«

Sie lagen noch in der Umarmung, als Tom verschwitzt und mit rotem Kopf hereinplatzte.
»Dees dearf ja it waohr sing«, schimpfte er und stellte sich mit in die Hüfte gestemmten Armen vor Jo's Bett auf, »i schind be aab und dir machet Flachlaond-akrobatik!«
Gwen kicherte.
»Di hom's ja gonz scheen z'ammgricht!«
»Dees kaasch lütt sage! Liabr rais i uff de Everescht, als no uimaol mit ding Schweschtr!«
Und er erzählte, dass ihn Gritt nicht nur über die große Laufrunde über zehn Kilometer, sondern anschließend auch noch über 300 Meter Schwimmen in den 14 Grad kalten See gescheucht habe.
»A so a Lüedr«, schimpfte er, »i glöüb, dia will be lahmlege!«
In diesem Moment steckte Gritt den Kopf herein und fragte mit neckendem Unterton: »Gehst noch mit in d'Sauna, Tom?«
»Nuuii!«, schrie Tom, »kasch denke! Am End fall i noo toat um – na haosch ding Dreck!«
»Und wenn i da danoch dein Oarsch gonz sanft massiern tat?«
Tom stutzte.
»Ja, dees isch ebbas aonders. Für dees hock i sogar a Wiele i dean Bachoofe ning!«
Den Nachmittag verbrachten Tom und Jo damit, den Mädchen ihre Route zu erläutern. Als Städtenamen wie Belgrad, Sofia, Istanbul, Samsun, Erzurum, Täbriz, Teheran, Isfahan und Islamabad fielen, leuchteten ihre Augen, als

ginge es ins Märchenland von Tausend-und-eine-Nacht. Und dann boten die Mädchen ihnen an, sie mit dem Wagen bis Skardu als Supporter zu eskortieren. Sie hätten für den Sommer sowieso eine Auszeit geplant und bereits überlegt, ob sie sich einem Kärntner Konvoi mit Hilfsgütern für die Erdbebenopfer in Nepal anschließen sollten.

»Nocha lernen mir d' Wölt kennan und ihr hobt's a nette G'söllschaft«, sagte Gritt. »Und vielleicht ab und zua a woarme Mohlzeit, wenn's eich ordentlich aufführt's.«

»Was mocht's'n ihr sonst obends im Zelt ganz allaan?«, wollte Gwen wissen. »Im Internet hob i g'lesn, dass der Göran Kropp aa sei Maderl dabei g'hobt hot – des Fotomodel Renata Chlumska*, wo ihn die gonze Zeit begleitet hot und sogar mit ihm z'ruck nach Schweden g'radelt is. Das nenn i Liebe!«

Jo verkniff sich die Bemerkung, dass Göran sein »Model« nur alle paar Wochen in sein Zelt gelassen hatte, weil er um seine Kondition fürchtete.

»Mir san vielleicht kaane Models, oba s'is doch kloar, dass mir dabei sein wolln, wenn ihr auf Expedition gehts, jetz, wo ma Hochländer san!«, fügte Gwen hinzu.

Jo hatte von Anfang an befürchtet, die Mädchen benutzten sie als Trittbrett für ihre Urlaubspläne. Als sie aber vorschlugen, sie bis ins Basislager des K2 zu begleiten, schrillten bei ihm die Alarmglocken.

»Ihr wisst nicht, was ihr da von uns verlangt!«, versuchte er abzuwiegeln.

»Wieso?«, fragte Gwen. »Wollt's ihr uns vielleicht nit dabei hobn?«

»Darum geht es nicht. Aber das ist keine gebuchte Trekkingreise mit allem Komfort, sondern eine Reise ins Ungewisse mit allen Schikanen wie Unwetter, Kälte, unwegsamem Gelände, Straßenbanden, Terroristen, Krieg und so weiter. Und der K2 ist nicht der Watzmann, sondern der schwierigste Berg der Erde.«

»Und wenn uns des olls nit obschreckt«, fragte Gwen und fixierte Jo aus den Augenschlitzen, »was nocha?«

Jo fühlte sich in die Ecke gedrängt und schwieg.

»Was maant'n da Tom dazua?«, wollte Gritt wissen.

»I waiß it«, sagte Tom schulterzuckend. »Aber komoot wär's beldr schu*. Na hätt i z'Aobet allat an aagweermte Schlaofsack und ebbas zum Druffflacke!«

Die Mädchen lachten und Jo hatte den Schwarzen Peter allein. Ihm blieb nur die Hoffnung auf Frau Ebelings Einspruch.
Am Abend gab es Käsefondue mit Fendant, anschließend servierte Emmi heißen Apfelstrudel mit Vanillesauce. Während sie beim Nachtisch saßen, rief Barbara Ebeling an und teilte mit, dass sie morgen eintreffe. Die »Buabn« sollten sich auf jeden Fall noch ein paar Tage freihalten, weil sie eine große PR-Aktion plane.
Gritt war begeistert.
»Mama hat an guatn Kontakt zur Presse«, versicherte sie. »Und vielleicht kummt's ihr ja sogar ins Fernsehn!«
Jo protestierte, weil sie am nächsten Tag fahren und nicht in einen Presserummel geraten wollten.
»Des braucht's, wenn ma so wos macht«, sagte Gritt. »Und gebt's zua – ihr tuat's es doch aa deswegn!«
Jo entgegnete, es sei ein unvermeidliches Nebenprodukt ihrer Aktion, aber nicht ihr eigentliches Anliegen.
Gritt wollte das nicht glauben.
»Seid's amol gonz ehrlich – taat's ihr eich die gonze Schinderei aa an, wenn kaana wos davon erfoahrt?«
Jo meinte ja, aber selbst Tom widersprach. Er war der Ansicht, dass sie mit ihrer Aktion nicht nur Werbung für sich machten, sondern auch für alle Hochländer und die, die es noch werden wollten.
Jo musste schließlich klein beigeben.
»Na gut – dann werden wir halt auch noch berühmt«, seufzte er und alle lachten.

Freitag, 9. Mai:
In der Nacht träume ich von einem hohen Berg mit abweisenden Flanken aus Schnee und Eis auf allen Seiten. Es ist, als müsse ich eine uneinnehmbare Festung erklimmen, im Schlepptau mit einer Seilschaft, die an mir hängt wie ein schwerer Anker. Als mir die Kräfte schwinden, habe ich nur die Wahl, mich von dem Ballast in den Abgrund ziehen zu lassen oder das Seil unter mir durchzuschneiden. Ich kann mich für keines von beidem entscheiden, verharre wie gelähmt an meinen Eispickel geklammert.

»Flieg, du Feigling!«, rufen mir die Leute zu, als könne das ihre Rettung sein.
»Ich kann nicht fliegen!«, rufe ich zurück.
»Dann lerne es!«, schreit die Seilschaft wie im Chor und zieht mich hinab.

Promotion

Gleich nach ihrer Ankunft ließ Barbara Ebeling Tom und Jo in ihr Arbeitszimmer bitten und erwartete sie vor einem pompösen Schreibtisch aus schwarzem Mahagoni. Sie hatte das gleiche kantige Profil und aufgeworfenen Lippen wie ihre jüngste Tochter, wirkte aber in ihrem eleganten hellgrauen Kostüm entschieden seriöser als vor vier Tagen – eine hübsche Frau auf ihre harte Art. Bevor sie zur Begrüßung schritt, musterte sie die beiden von oben bis unten.
»Das also sind die Allgäuer Sportskanonen und Spitzenbergsteiger! Fesche Buabn seid's, das muass ma eich lossn!«, sagte sie schließlich mit einem Schmunzeln.
Tom und Jo schwiegen.
»Aber eines möcht ich gern von eich wissn.«
Sie blickten fragend.
»Wos habt's ihr mit meinen Mädels g'mocht?«
Sie blickten verwundert.
»Total den Kopf verdreht!«, rief Barbara so laut, dass sie beide zusammenzuckten. »Oba schon wie!«
Jo senkte den Blick, obwohl er sich keiner Schuld bewusst war. Tom versuchte sich das Grinsen zu verkneifen.
»Sie hom eich gern!«, sagte Barbara. »So gern, dass sie olles für eich tun würdn. Olles!«
Tom hüstelte.
»Sogar zu diesem Wahnsinnsberg foan!«
Jo seufzte.
»Habt ihr sie denn wenigstens aa gern?«
Sie nickten.

Erst jetzt kam Frau Ebeling auf sie zu, mit feuchten Augen, umarmte sie und gab jedem von ihnen ein Küsschen auf die Stirn.
»I bin die Barbara, und jetz setzt's eich her, dass ma g'scheit miteinonder redn kennan!«

Auf ihren ausdrücklichen Wunsch informierten sie Barbara anschließend über ihre Route und die bergsteigerischen Anforderungen bis zum Basislager. Obwohl sie mögliche Gefahren für Gritt und Gwen gar nicht ansprachen, schüttelte sie immer wieder den Kopf und sagte: »Was will i mochn – ich kann's ihnen ja nimmer verbietn!«
Wo denn das Problem sei? fragte Tom.
»Eigentlich solln sie ja in absehbarer Zeit die Firma übernehmen. Und jetz gehn sie auf eine Reise, wo man nicht weiß, wie sie endet«, sagte Barbara mit feuchten Augen.
Tom lief daraufhin zu Bestform auf und versicherte ihr in seinem gepflegtesten Hochdeutsch, sie hätten schon allein deshalb ein Auge auf die Zwei, weil sie viel zu hübsch seien, um sie aus dem Blick zu lassen.
»Ganz wie die Mutter eben«, fügte er mit seinem charmantesten Lächeln hinzu. Und die erschiene ihm im Moment fit genug, die Firma auch mal eine Weile allein zu führen!
Barbara lächelte geschmeichelt, fasste beide Jungs an den Händen und rang ihnen mit Tränen in den Augen das Versprechen ab, auf ihre Prinzessinnen gut aufzupassen.
Den Einwand, ihre Töchter seien zu Hause bestimmt am sichersten aufgehoben, wagte Jo gar nicht mehr vorzubringen.

Anschließend eröffnete Barbara ihnen, sie habe sich natürlich auch schon Gedanken um den Ablauf und ein verbessertes Merchandising der Unternehmung gemacht. Obwohl ihre Töchter mit ihrem Mann, als er noch lebte, etliche schwierige Berge erklommen hätten und Gwen mit dem Kärntner Jugendkader sogar extreme Klettertouren absolviert habe, müssten sie ausreichend auf die besonderen Gegebenheiten und Gefahren des Extrembergsteigens vorbereitet und mit der nötigen Ausrüstung sowie Visa und eventuell auch Permits ausgestattet werden. In etwa fünf bis sechs Wochen könnten sie dann mit dem Filmteam im Supporter nachkommen. Um diese Zeit sollten die Buben mit den Bikes die iranische Grenze erreicht haben. Sie werde unterdessen die nötigen Schritte einleiten, um ihnen mit einer PR-Kampagne großen Stils unter die Arme zu greifen. Falls alles wie geplant liefe, dann springe neben Ruhm und Ehre für die Buben eine beträchtliche Summe heraus, mit der sie nicht nur alle Unkosten bestreiten, sondern auch ein hübsches Sümmchen nebenher verdienen könnten.

Von welcher Summe sie genau spreche? fragte Tom.

»Ihr seid's, grob g'rechnet, jeder eine Viertelmillion wert, Buabn!«

»Grob g'reachnet«, echote Tom und blickte Jo mit großen Augen an.

»Vielleicht sogar's Doppelte, wenn ma die Mädel g'schickt in die Unternehmung einbaut.«

Tom klappte die Kinnlade herunter.

»Wieso haot is dees voorhea kuina g'seit?«, staunte er.

»Ihr braucht's holt jemand, der eich g'scheit promotet!«, lachte Barbara und klatschte in die Hände.

Der erste Schritt sollte ein Treffen mit den örtlichen Pressevertretern und dem lokalen Fernsehen am Montag in Pörtschach sein. Für Mitte nächster Woche war eine öffentliche Präsentation in Klagenfurt für die potentiellen Sponsoren aus der näheren Umgebung geplant. Barbara hoffte, auf diese Weise genügend Gelder einzutreiben, um ihnen und ihren Töchtern die Reise so sicher und komfortabel wie möglich zu machen. Die Pläne für die weitere Vermarktung ihrer Unternehmung und die finanziellen Rahmenbedingungen würden anschließend vertraglich festgemacht – die »Buabn« bekämen natürlich ihren Anteil zugesichert.

Um welchen Anteil für welche Leistungen es genau gehe? fragte Tom.

Presseberichterstattung, Fotos, Film, Vorträge und Bücher, erklärte Barbara. Der Anteil hänge von der Gewinnausschüttung ab, betrage aber mit Sicherheit nicht unter 30 %.

Tom und Jo wechselten verstohlen Blicke.

Wer die Vorträge halten solle? fragte Jo.

»Na, ihr natürlich«, antwortete Barbara mit einem nachsichtigen Lächeln und fügte hinzu, bis Montag hätten sie eine gute Gelegenheit zum Üben. Sie sollten sich schon ein bisschen was zurechtlegen, was sie den Pressevertretern zu sagen beabsichtigten.
Höflicherweise erkundigte sie sich an dieser Stelle, ob sie damit einverstanden seien.
Tom räusperte sich, meinte, dass ein bisschen Werbung ihre Sache sicher unterstütze und stimmte zu. Jo hatte zwar Bedenken wegen der Einhaltung des Zeitplans und die schwer überschaubaren vertraglichen Verpflichtungen, die auf sie zukamen, gab aber seine Zustimmung zum morgigen Interview. Barbara dankte ihnen überschwänglich und kündigte an, ihre Töchter würden sie gleich zum Einkauf nach Klagenfurt geleiten, damit sie sich dem Anlass entsprechend präsentieren könnten – die Kosten übernehme natürlich sie. Zum Schluss durften sie eine Erklärung unterschreiben, wonach sie bis zur endgültigen vertraglichen Fixierung alle Rechte an der Vermarktung der Unternehmung an die Ebeling GmbH übertrugen.

Der Einkaufsbummel durch die Modegeschäfte von Klagenfurt zog sich hin, weil ziemlich unterschiedliche Vorstellungen darüber herrschten, was für den Werbe-Auftritt der Jungs am präsentabelsten sei. Tom plädierte für Knickerbocker, Jo für Trachtenlederhosen, doch die Mädels fanden das zu piefig. Am Ende einigten sie sich auf dreiteilige Slimfit-Anzüge von Hugo Boss mit Zierstichen am Revers und Kissing Buttons an den Manschetten für den Preis eines hochwertigen Trekking-Bikes.
»Bisch du huit a Wäächa – i deam Sunntaghääs gliechesch glei viil mea*!«, spottete Tom, als sie sich vor dem Spiegel betrachteten.
»Du brüüchsch br gar it hääl tuu*, du rüüsputzeda Schpaagehansl*!«, grinste Jo. »Ma kint muine, du deiesch maschkregaonge*!«
Die Mädchen entschieden sich für hochgeschlitzte und rückenfreie Neckholder Ballkleider in Rot, um ihrem Auftritt ein bisschen »Pepp« zu verleihen. Für das Action-Shooting besorgten sie sich Nike-Basecaps mit Swoosh-Logo und High-Cut-Bikerhöschen aus Elasthan. Danach schleppten sie die Jungs in den Hair-Salon, wo die Friseuse große Mühe hatte, Toms wilde Rastas in

eine akzeptable Form zu bringen. Gwen schimpfte, weil ihr Versuch, Jo einen Sideswoop zu verpassen, an seinem entschiedenen Widerstand scheiterte.
»Du Tschopperle* waaßt echt nit, wos fesch is!«

Sonntag, 12. Mai:
»Am Vormittag begleiten wir Barbara und ihre Töchter zum Sonntags-Gottesdienst in die Pfarrkirche von Pörtschach »Heiliger Johannes der Täufer«. »Do mecht i amol heiratn!«, ruft Gwen, als wir uns der Kirche nähern und macht im Dirndl einen Luftsprung, »am liabstn zum Patrozinium an Johannis!« Barbara, ganz die Standesräson, gibt ihr einen Klapps auf den Hintern, mahnt sie zu Anstand und Besonnenheit. In der Kirche stehen wir mit der Pörtschacher Prominenz in der ersten Bankreihe, lauschen dem Kirchenchor und den Gospelsongs: »Take my hand, precious Lord«, »Amazing Grace« und »I saw the light«. Beim letzten Song ist Gwen Vorsängerin und bringt mit ihrem Mezzo-Sopran die Herzen aller zum Schmelzen. Ich werde dabei von ihr ein paarmal mit einem Lächeln bedacht, als ob das Lied mir gelte.«*

Am Nachmittag unternahm man bei schönstem Wetter einen Ausflug auf die Hohe Gloriette. Gwen und Gritt, in Hotpants und ausgelassener Stimmung, ließen sich von Jo und Tom »uff'm Güügehaafe*« den steilen Anstieg hinauftragen, angeblich, um ihre Kondition zu testen. Als Tom schimpfte, die »Pfündsfehla«* wögen mehr als ein Winterling*, wurde er zur Strafe von den Mädchen durchgekitzelt, bis er um Gnade japste.
Als sie auf dem Rundwanderweg auf eine Herde Kühe stießen, erzählte Tom in einer Anwandlung von Heimweh von seiner Zeit als Galtalphirte im Allgäu und wie er die Tage auf der Viehweide verbrachte, das schellenbehangene Jungvieh um ihn herum mit breiten Mäulern und langen Zungen genüsslich schnaubend das Gras rupfend.
»Gleagele händ se br öü 's G'sicht und d'Waada abg'schleapfet weag'm Saolz«, schmunzelte er. »Dia händ bigott Zünga wia Riebiese*!«
Gritt lachte, das klinge ja geradezu erotisch.
»Nix Schiiner's git's uff dr Wealt as wia an Summr uff d'r Hoachalp!«, fuhr Tom unbeirrt fort. »Acht Wucha rüüs us'm Saich*, aone Fernseh, Telefon

und Öüto, blaoß ab und züe a Fremda* – dao mechtesch z'letscht gar numma naa i's Taal. Z'Nacht dia Schteane heal wia Edelschtui, am Taag nix as de blöüe Himml iibr uim und s'Viih z'friide uff dr Haolde b'm Mulfe*. Wenn de amaol hindrsinncg* bisch, naa lüeg uifach de Kiah b'm Grüebe* züe, dees richt de wiidr!«

»Des hört sich ja nit g'rad an, als ob du amol a Industriekaufmann wearn willst«, bemerkte Gritt süffisant.

»Wia muisch iatz dees?«

»Wia i's g'sogt hob, Tom.«

Tom schluckte.

»Dees truigt.* Du müesch denke, Gritt, dass i uff dia Wies schu mit am Hüüfe Rindviichr z'tind g'hett hao*.«

»Du Ochs, du!«, lachte Gritt. »Na geh doch zu daane Kuahlan, do bist besser aufg'hobn ols bei de Leit!«

Zum Pressetermin am Montagvormittag erschienen in der eigens angemieteten kleinen Galerie im Stadthaus am Theaterplatz Miriam Paier von der auflagenstarken »Kronen Zeitung«, Harald Innerkofler von den »Unterkärntner Nachrichten« und Carola Karas von der »Kleinen Zeitung«. Anwesend waren auch etliche Fotografen, ein Fernsehfilmteam und einige potentielle Sponsoren. Martin Weberhofer vom ORF Kärnten moderierte. Tom und Jo standen in ihren Hugo-Boss-Anzügen im grellen Licht der Strahler wie Toyboys neben Gritt und Gwen mit ihren geschlitzten Abendkleidern und hochgesteckten Frisuren und schwitzten an Stirn und Händen. Auf einem riesigen Flatscreen wurden sie angekündigt als »Allgäu-Kärntner-K2-Expedition« und hatten sogar ein eigenes Logo – das von der Ebeling-GmbH.

Barbara hatte wirklich an alles gedacht.

Martin stellte vor laufender Kamera zunächst die Hauptakteure vor. Dabei erfuhren sie, dass sie neben Gritt und Gwen auch ein Filmteam bis ins Hochlager begleiten würde, dessen Zusammensetzung allerdings noch nicht endgültig feststand. Kontakte zu einem namhaften Bergfilmer, der demnächst von einem Projekt in Patagonien zurückkehrte, waren aber bereits geknüpft.

Daraufhin bat man sie an die Mikros auf der Bühne zu einer Erläuterung ihres Vorhabens und einer kurzen Routenbeschreibung.
»Dao git's it viil zum Sage«, brummte Tom, der nur schwer in seine Rolle als Selbstvermarkter hineinfand, »mir wänd mit'm Rad zum K2 und naocha nüüf uff dean Siache so g'schwind es gaoht*!«
Ein belustigtes Raunen ging durch die Reihen der Anwesenden.
Jo fügte hinzu, dass sie die klassische Anfahrtroute nähmen, die schon Göran Knopp vor ihnen benutzt hatte, als er zum Everest radelte, aber nicht nach Nepal, sondern nur bis Pakistan.
Wie sie denn auf die Idee gekommen seien, fragte Martin.
»So halt«, meinte Tom und zuckte mit den Schultern.
Bei einem Treffen ihrer Alpenvereins-Sektion, sagte Jo. Dort fiel dem Tourenwart auf, dass noch kein Oberstdorfer auf dem K2 gewesen sei.

Heiterkeitsausbruch bei den Anwesenden. Martin bat sie um einen kurzen Abriss ihrer alpinistischen Vita. Tom erklärte, auch da gebe es nicht viel zu erzählen. Er sei seit Kindesbeinen alles hochgeklettert, was irgendwie in seiner Reichweite lag – von Kastanienbäumen, Hausfassaden und Schindeldächern angefangen bis hin zu den Kletterwänden des Allgäus* Wildenverschneidung und Schneck Ostwand. Nachdem er in der Jungmannschaft des Alpenvereins Jo kennen gelernt hatte, habe man fortan gemeinsam auch schwierigere Führen im weiteren Umkreis in Angriff genommen – in Südtirol, im Wallis und im Mont-Blanc-Gebiet. Vor zwei Jahren seien sie mit einer Expedition der örtlichen Sektion erstmals in größere Höhen vorgedrungen und hätten zwei Siebentausender in Tibet bestiegen. Am geplanten Achttausender, dem Cho Oyu, mussten sie allerdings hundert Meter unter dem Gipfel wegen Schlechtwetter umkehren.
Martin meinte, das sei so gut wie bestiegen und bewunderte ihren Schneid.
Dann folgten Fragen zu ihrem Vorbild Göran Kropp.
Die Idee mit dem Fahrrad – sei die nicht geklaut? wollte Carola wissen.
Tom holte tief Luft.
Soviel er wisse, sagte Jo, bevor Tom lospoltern konnte, wäre Görans Unternehmung nicht copyright-geschützt.

Ob sie denn wie Göran Kropp auch ihre gesamte Ausrüstung und Essensvorräte für die Besteigung dabei hätten, fragte einer der potentiellen Sponsoren.

»D'Üüsrischting schu«, antwortete Tom, »aber's Easse it. Mir sind doch kui Schwaobe*!«

Einige der Anwesenden lachten.

Jo wies darauf hin, dass ihre Unternehmung ja schon deshalb keine reine Wiederauflage von Görans Tour sei, weil sie mit dem K2 als dem schwierigsten Berg der Erde ein anspruchsvolleres Ziel gewählt hätten.

»Aber warum dann die Anreise mit dem Fahrrad?«, wollte Martin wissen. »Ist das nicht ein bisschen spleenig im Zeitalter von Transrapidzügen und Düsenjets?«

Dahinter stehe eine Weltanschauung, antwortete Jo, nämlich die Philosophie der maximalen Einfachheit der Mittel im Bergsport, die auch Reinhold Messner und andere Bergsteigergrößen verträten*. Göran Kropp habe diese Weltanschauung auf die Anreise zum Berg ausgedehnt, was an sich nur logisch sei, wenn man es genau betrachte. Er wollte damit ein Zeichen setzen gegen die zunehmende Kommerzialisierung, Technisierung und den Massentourismus im Extrembergsport, der neben ökologischen Schäden auch zu immer mehr Todesopfern führe.

Ob diese Veranstaltung hier nicht auch im Zeichen des Kommerzes stehe, fragte Carola.

Gritt schnappte sich das Mikrofon, bevor Jo zu einer Antwort ansetzen konnte, und erwiderte, ohne Werbung und Kommerz gehe heute, wie jedermann wisse, gar nichts mehr. In ihrem Fall müsse sich das Ganze wie jedes andere Projekt auch ja schließlich irgendwie finanzieren, selbst wenn die Jungs nur auf die allernötigsten Mittel zurückgriffen. Im Übrigen könne sie bezeugen, dass Tom und Jo es nicht auf Publicity angelegt hätten, sondern von ihnen und ihrer Mama zur heutigen Promotions-Veranstaltung gedrängt worden seien, weil die ehrenwerte und absolut außergewöhnliche Unternehmung sonst Gefahr liefe, von anderen billigen, effekthascherischen und marktschreierischen Events ins Abseits gedrängt zu werden.

Barbara, Gwen und Martin klatschten.

Welche Rolle sie denn bei dem Projekt spielten? wollte Miriam von den Mädchen wissen. Sei ihre Teilnahme bei der Expedition als Erbtöchter des größten Kärntner Industriekonzerns vielleicht auch nur ein Werbegag?
Diesmal griff Gwen sich das Mikro.
»Mir san nit bloß Deko oder Noschhaserln, falls ihr des maant's – aa wenn i obends zum Aufwärmen vielleicht schon amol zum Jo in sein Schlofsackerl schlupf«, antwortete sie im Landesidiom, zeigte nebenbei viel Bein im geschlitzten Kleid und erntete freundliches Gelächter von den Anwesenden. Dann erklärte sie, die Begleitmannschaft habe keinesfalls die Absicht, den Hauptakteuren Gepäck oder Kilometer abzunehmen, sondern fahre in erster Linie zur Dokumentation der Unternehmung mit. Daneben stehe natürlich auch der Aspekt der zusätzlichen Sicherheit und der Hilfe in Notfällen. Was den Aufstieg zum Basislager anbetreffe, sagte sie, während sie Jo in die Augen sah: »Mir könnan doch unsere Buabn nit allaan lossn, wenn's da obn um Leb'n oder Tod geht!«
Gritt nickte zustimmend, das Publikum applaudierte begeistert.
Wie sie sich denn kennengelernt hätten, fragte Martin die Mädchen, und was sie bewogen habe, bei der Tour mitzumachen?
»Kennenglernt«, antwortete Gritt, »hama uns in da Sauna. Da konnt ma glei sehn, ob olls an de Buabn dron is, wos ma am Berg und sonst so braucht!«
Herzhaftes Gelächter im Publikum.
»I hao br's doch glei denkt, dir üüsgfuchste* Wiebr!«, rief Tom.
Und was das andere anbetreffe, meinte Gwen lächelnd und blickte Jo an, so habe es sich einfach ergeben. Liebe eben. Auf den ersten Blick!
»Und das gleich auch noch im Doppelpack, meine verehrten Damen und Herren«, sagte Martin in die laufende Kamera und wies auf Gritt und Tom, »ist das nicht einen Applaus wert?«
Zum Beifall des Publikums und Blitzgewitter der Fotografen durften die Pärchen sich küssen.
Zum Schluss wollte Martin noch wissen, wie es mit der sprachlichen Verständigung aussehe. Gebe es denn überhaupt Berührungspunkte zwischen der Allgäuer Mundart und dem Kärntnerischen?«

»Wo a Liab isch, brüücht's it viil Woart«, antwortete Tom. »Gleagele äärbesletes 'na haolt a wink schpäätr, aber am End simbr noo allat uiswoare, wenn's d'ruff aakumme isch. Haoschbe*?«
Martin hatte die Augenbrauen fragend hochgezogen.
»Ich nehme an«, sagte er zur Kamera gewandt, »Sie haben genauso viel wie ich verstanden, verehrtes Publikum – nämlich gar nix! Aber ich bin sicher, die Verständigung zwischen unseren Pärchen funktioniert auf anderer Basis trotzdem hervorragend!«
Die Journalisten schmunzelten.

Martin hob abschließend noch einmal die Bedeutung der Unternehmung hervor als Trendsetter für den bescheidenen Bergtourismus, wie er es nannte, aber auch die enorme sportliche Leistung, die dahinter stand. Für Pörtschach und für ganz Kärnten sei es ein Glücksfall, dass die Buben gerade hier Unterkunft und, wie es schien, auch Beistand auf Herzensbasis gefunden hätten. Er sei sich sicher, dass zwei Allgäuer Naturburschen mit ihren bildhübschen Begleiterinnen heute die Sympathien aller gewonnen hätten und die wagemutige und völkerverbindende Unternehmung von den geschätzten Anwesenden mit großer Anteilnahme verfolgt und finanziell unterstützt werde. Er jedenfalls wünsche ihnen viel Glück und Erfolg und hoffe, dass sie auf dem Rückweg wieder Station in Pörtschach machten!

Im Anschluss an den Pressetermin war Fotoshooting angesagt. Im Radlerdress posierten sie erst an der Uferpromenade, dann vor den touristischen Sehenswürdigkeiten und der Seekulisse Pörtschachs, einmal mit Gepäck und Anhänger, einmal im Stehen, einmal im Sitzen, einmal mit den Mädels im Kleid neben ihnen stehend, einmal mit den Mädels in sexy Biker-Outfits auf der Rahmenstange sitzend, einmal mit Barbara zusammen im Stehen.
Jetzt fehlten nur noch die Nacktfotos, grummelte Tom am Ende zermürbt.

Nach der Veranstaltung gestand Barbara, sie sei ja so stolz auf die »Buabn« und drückte ihnen zum Ausdruck ihrer ganz persönlichen Wertschätzung ein Busserl auf die Stirn. Von Gwen und Gritt bekamen sie ebenfalls Küsse

und Komplimente – Tom für seinen bühnenreifen Mundartauftritt und Jo für seine Auslassungen über den bescheidenen Extrembergsteigertourismus. In einem Punkt rückte Gwen allerdings sein Statement zurecht.
»A Extrembergsteiger is von Natur aus nit bescheidn, sonst würd er nit so hoch aufe wolln!«
Jo gab ihr Recht. Die Unternehmung war ein Widerspruch in sich.
Nachdem der Trubel vorbei war, meinte Tom, dass sie jetzt ganz schön im Zugzwang seien mit dem K2. Jo flachste, dass man ja das Filmteam zum Gipfel schicken könnte, falls es mit ihnen nicht klappe.

Sicherheitshalber rief er bei TransAlpin in Oberstdorf an. Chris hatte für sie bekanntlich eine Begleitmannschaft zusammengestellt, die sie in Skardu erwarten und sie beim Anmarsch und beim Lageraufbau unterstützen sollte. Er schien ziemlich geschockt, dass sie erst am Wörthersee waren.
»Habt's ihr noch Badeurlaub g'macht oder was?«
Jo sagte, sie würden die Zeit schon wieder reinholen, aber zwei Mädchen mitnehmen ins Basislager.
Chris lachte und meinte, verarschen könnte er sich selber.
Jo versicherte ihm, das sei sein Ernst.
Erstmal herrschte Funkstille. Dann fragte Chris, ob er sie noch alle hätte.
Jo versuchte ihm die Sachlage mit dem Filmteam und den Sponsoren schmackhaft zu machen, doch das brachte Chris erst recht auf die Palme.
»Seid's ihr jetzt komplett überg'schnappt? Entweder ihr allein oder ohne uns!«
Jo sagte, sie seien kurz davor, den Vertrag zu unterschreiben.
»Wenn ihr des wirklich macht's, dann seid's ihr raus aus dem Team!«, rief Chris in den Hörer. »Dreht von mir aus euer eignes Ding, aber wie ihr dann auf den Berg kommt, das ist eure Sache!«
Damit legte er auf.
»Dees haot ja so kumme miasse!«, sagte Tom, der alles über Lautsprecher mitgehört hatte.
»Scheiße«, sagte Jo.
Tom fand, jetzt würde es eine echte Solonummer – wie bei Göran. Ein Himmelfahrtskommando!

Das sei es von Anfang an gewesen, bestätigte Jo und gestand, dass er sich bei der Sache sowieso nicht wohlfühle. Die ganze Zeit schon.
Welche Sache er genau meine? fragte Tom.
Den Rummel, den Barbara um sie veranstalte. Sie hätten sich doch die größtmögliche Einfachheit der Mittel bei der Durchführung ihrer Unternehmung zum Ziel gesetzt und nun seien sie Objekte einer ausufernden Presse- und Sponsorenkampagne. Und dann die Verträge – wer wüsste, was sie sich da einbrockten. Am Ende kämen noch Regressforderungen auf sie zu, wenn sie scheiterten, und sie hätten bei Gott schon genug Schulden.
Aber die Mädchen, sagte Tom, die nähmen sie doch mit?
Das genau sei der Hauptgrund, warum er am liebsten gleich abhauen würde. Sie könnten die Mädchen unmöglich mitnehmen. Sie zögen sie in etwas hinein, was keiner von ihnen überblicke. Oder wolle er vielleicht die Verantwortung für sie übernehmen?
Tom machte ein langes Gesicht, schwieg aber.

Dienstag, 12. Mai:
*Den Nachmittag in Gwens Zimmer verbracht. Sie liest mir ein paar ihrer Lieblingsgedichte vor, darunter »Schön-Rohtraut**« *und »Das verlassene Mägdlein**« *von Eduard Mörike. Die gefühlsgeladenen Texte und Gwens ernster, fast trotziger Gesichtsausdruck beim Lesen bilden einen herben Kontrast, wie vieles an ihr. Ich stelle sie mir am Berg vor, in der Wand, doch meine Phantasie reicht dazu nicht aus.*
Zarte Romantik und so viel Wildheit, sage ich, als sie geendet hat. Gwen meint, auf mich treffe doch das Gleiche zu, nennt mich »Grenzgänger« und zeigt mir, vielleicht um mich auf andere Gedanken zu bringen, ihre Sammlung psychologischer, spiritueller und okkultistischer Literatur. Ich bin erstaunt über ihre Belesenheit, aber auch ein wenig befremdet, finde einiges davon unseriös. Gwen lächelt über den Begriff, meint, vieles im Leben sei nicht seriös und doch wichtiger Teil davon. Ich bitte um Beispiele. Die Liebe, sagt Gwen, die sei doch unseriös – zumindest in mancher Hinsicht. Ich grinse, kann ihr nicht einmal widersprechen. Und das Hochland sowieso, fügt sie hinzu. Wir lachen. Den Hang zum Okkultismus habe sie übrigens von ihrer Großmutter, einer Heilerin, die noch über das*

alte Wissen verfügte, erklärt sie. Ob sie selbst okkulte Fähigkeiten besitze, frage ich. Ein klein wenig, antwortet sie, ohne weiter auf meine Frage einzugehen, und zeigt mir Bilder von ihren Klettertouren mit der Jugendsektion und ein paar Siegerurkunden von den Bergläufen, an denen sie teilgenommen hat, wohl um mich günstig zu stimmen im Hinblick auf ihre Teilnahme an unserer Unternehmung. Ich gestehe ihr eine gute Kondition und klettertechnisches Können zu, versuche ihr aber zu vermitteln, dass es einen himmelweiten Unterschied mache, ob man in den Alpen oder in den Regionen der Achttausender unterwegs sei, wo ganz andere Gefahren lauerten – zum Beispiel die tückische Höhenkrankheit, die manche K2-Aspiranten schon beim Anmarsch zum Basislager ereilt habe. Gwen schüttelt den Kopf und will wissen, ob ich etwas gegen sie hätte. Wieso? frage ich. Wenn ich sie wirklich gern hätte, würde ich ihr doch vertrauen und sie unter allen Umständen dabei haben wollen, entgegnet sie. Es ist genau anders herum, widerspreche ich, doch sie möchte mich offenbar nicht verstehen und schubst mich schmollend weg.*

Für den Abend hatte Barbara sich eine Überraschung ausgedacht. Nach dem Essen wurden sie in den Salon gebeten; die Firmenvorstände und Geschäftsführer mit Gattinnen waren ebenfalls eingeladen. Nach dem Sektempfang erschienen die Mädchen in glitzernden schwarzen Paillettenkleidchen, bedankten sich mit einem artigen Knicks bei den Anwesenden fürs Kommen und kündigten eine musikalische Kostprobe aus ihrer Zeit als Sängerinnen im Klagenfurter Kirchenchor an, wo sie für das Jubili im Gregorianischen Choral auch im Jodeln ausgebildet worden waren.
Tom, ehemaliger Bassjodler bei der Oberstdorfer Jodelgruppe, staunte nicht schlecht.
»A Fehl, wao johlet, dr Teifl holet*«, raunte er.
Die zum Vortrag bestimmten Stücke, erklärte Gwen in ihrem kärntnerisch eingefärbtem Hochdeutsch, kämen ihrer Meinung nach dem am nächsten, was der Theologe Augustinus von Hippo als das »wortlose Ausströmen einer Freude, die so groß ist, dass sie alle Worte zerbricht«, bezeichnet habe – eine Freude, die vielleicht an das heranreiche, was das Hochland, zu dessen Erkundung sie bald gemeinsam aufbrächen, für sie darstelle.

Sie stimmte daraufhin den Juchitzer aus dem Repertoire von Hubert von Goisern* an. Das Stück kam völlig ohne Worte aus und fasste in einfacher und unverfälschter Weise die Lebenslust und die Freude der Alphirten angesichts einer grandiosen Naturkulisse in Jubel- und Jodellaute. Gritt begleitete ihre Schwester abwechselnd als Zweitstimme und Echo, Gwen übernahm die Solopartien mit dem langgezogenen Jubelschreien, die sie mit geschlossenen Augen und zurückgelegtem Kopf intonierte. Virtuos und fast spielerisch wanderte ihre Stimme bei den Jodeleinsätzen zwischen Brust- und Kopfstimme auf und ab, nur die beim Atemholen hervortretenden Sehnen am Halsansatz und der Knacklaut beim Kehlkopfschlag verrieten die Kraftanstrengung dabei.
Jo fühlte sich in ein Hochland der anderen Art entführt*. Selbst der bodenständige Tom gab klein bei und meinte, ihm seien »d'Hennebrupfa üüfgfahre*«, ein Ausdruck, der für den eher gefühlsscheuen Allgäuer den Zustand höchster emotionaler Ergriffenheit bezeichnet.
»Dräåne* haot allat gseit, mit Johle kasch de Heargott seal zum Jüssge bringe*!«

Nach mehreren weiteren musikalischen Kostproben – zum Teil Eigenkompositionen – und einem lang anhaltenden Applaus bedankten sich die Mädchen bei den Anwesenden fürs Zuhören und Tom und Jo im Speziellen für die Aufnahme in ihr Team und versprachen ihnen augenzwinkernd eine weitere Probe ihrer Jodelkünste auf dem Gipfel des K2. Barbara lobte in einer kurzen Ansprache ihre Mädchen, die über die Himmelsmacht Musik die Zuhörer berauschten und höhere Welten aufscheinen ließen, nach denen zu streben sie nicht aufhören dürften. Dass ihre Töchter Brigitte und Gwendolin nun wohl bald aufbrächen, diese höheren Welten an den Achttausender des Karakorums zu suchen, erfülle sie einerseits mit Stolz, andererseits aber auch mit einer gewissen Bangigkeit wegen der dort lauernden Gefahren. Der Macht der Liebe, die so unvermittelt über ihre Mädchen hereingebrochen sei, habe sie natürlich nichts entgegenzusetzen, doch sie flehe die Allgäuer Buben als besorgte Mutter an, auf ihre Augensterne gut aufzupassen und sie ja heil wiederzubringen, denn schließlich ruhe die Zukunft des Unternehmens auf ihren Schultern.

Tom hüstelte, Gritt grinste und Gwen schenkte Jo einen Blick zwischen Trotz und Ergebenheit. Obwohl er sich von Barbaras Ansinnen überfordert fühlte, machte er gute Miene zum bösen Spiel und wiederholte Toms Versprechen, das Wohl der Mädchen immer im Auge zu haben, worauf sich die Herrschaften freundlich von ihnen verabschiedeten und die Jugend sich selbst überließen.

Als Gwen fragte, wie ihnen die Darbietung gefallen habe, kniete Jo vor ihr nieder, küsste ihre Hand und bekundete seine tiefe Ergriffenheit über ihre Jodel- und Gesangskünste. Dann ernannte er sie mit feierlichem Pathos zur Königin des Hochlands und Gritt als ihre Statthalterin, auserkoren ihnen musikalisch den Weg zu weisen in die himmlischen Gefilde, und bat um weitere Darbietungen. Die Mädchen lachten, nannten ihn einen Blödian und meinten, jetzt seien erst einmal sie an der Reihe. Man kam schließlich überein, dass jeder ein Stück seiner Wahl vortragen durfte. Tom nickte Jo zu und gemeinsam gaben sie den Joram-Lee- Song »Wilde Hünd*« zum Besten, der den wagemutigen Pionieren der Oberstdorfer Skispringer- und Kletterszene ein Denkmal setzte. Die Mädchen klatschten, vermissten aber ihre Namen in der Heldenlitanei der Allgäuer Kletterer. Gritt war erstaunt, dass selbst der Allgäuer Dialekt sich in so etwas wie Gesang verwandeln ließ und drückte den Buben ein anerkennendes Busserl auf die Backen.
Was sie damit sagen wolle? fragte Tom mit funkelnden Augen, doch Gwen hatte bereits das Solo im dritten Satz des Violinkonzerts in D-Dur von Ludwig van Beethoven angestimmt. Jo betrachtete mit einem Ziehen im Bauch, wie sie ihre Wange an die Geige geschmiegt und die Lippen zur Schnute aufgestülpt, grazil mit dem Bogen über die Saiten strich. Als sie ihn während des Spiels mit der gleichen Hingabe anblickte, mit der sie den Bogen führte, wurden ihm die Knie weich. Für einen kurzen Moment sah er sich in seinem Entschluss wanken, spürte den Bann, in den sie ihn geschlagen hatte, fast als etwas Physisches – ein Wall aus wilden Rosen, zart, aber mit spitzen Dornen bestückt.
Nachdem sie applaudiert hatten, meinte Gritt, auch die Musik transportiere einen ins Hochland – nur viel leichter als beim Klettern – im Flug sozusagen. Absolut, antwortete Tom und bekam dafür ein Küsschen.

»No, dann wern ma vo jetzt an jeden Obend gemeinsam a paar Liaderln singan und den K2 musikalisch erklimmen!«
»I glöüb, dees git an bease Abschtuurz«, lachte Tom, »bi minar Singarie!«
Gwen zog sich wegen des morgen anstehenden Pressetermins frühzeitig zurück, drückte sich beim Gute-Nacht-Kuss aber noch einmal an Jo's Brust, als plage sie eine düstere Vorahnung.
»Was ist?«, fragte er.
»I waaß es nit.«
»Ich weiß um Rosen, die in stillen Gärten stehn*«, raunte er ihr ins Ohr, um sie zu beschwichtigen.
Gwen sah ihn überrascht an.
»Des is aans vo maanen Lieblingsgedichterln!«, rief sie und begann zu rezitieren: »Oh, wer um alle Rosen wüsste, die rings in stillen Gärten stehn – oh, wer um alle wüsste – «
Gwen stockte, als wisse sie nicht weiter.
» – müsste wie im Rausch durchs Leben gehen«, ergänzte Jo lächelnd.
Leise und mit gesenkten Wimpern sprach Gwen die Schlussverse des Gedichts: »Du brichst herein mit rauen Sinnen, als wie ein Wind in einem Wald – und wie ein Duft wehst du von hinnen, dir selbst verwandelte Gestalt«, wischte sich ein Tränchen von der Backe und ließ ihn stehen.

Flucht

Als Jo in der Nacht wieder von der Lawine träumte und davon, wie sie die ganze Seilschaft unter ihm wegriss, war ihm mit einem Mal schlagartig klar, dass sie nicht länger bleiben durften. Er weckte Tom, der sich über einen sofortigen Aufbruch erwartungsgemäß wenig begeistert zeigte. Da Jo keine Lust auf lange Diskussionen hatte, kündigte er an, dann eben alleine zu fahren, und begann seine Sachen zu packen.
Ob sie nicht wenigstens noch zwei Tage bleiben könnten, bettelte Tom, sie hätten es Barbara doch versprochen!
Gar nichts hätten sie – und schon viel zu viel Zeit verplempert!

Tom ließ den Kopf hängen.
»Dees wird di no ruie* – i d'Gaggl schliafe* und dia Fehla uifach hocke laong«, murrte Tom.
Jo blieb stur, schrieb einen kurzen Abschiedsbrief für Barbara und ihre Töchter, in dem er sein Bedauern ausdrückte, die Tour nicht wie geplant mit den Mädchen durchführen zu können. Ihre Flucht sei nicht Ausdruck von verschmähter Zuneigung, sondern Zeichen aufrichtiger Liebe und Sorge, die sie beide für ihre Töchter empfänden, da sie deren Sicherheit bei der Unternehmung nicht garantieren könnten. Und was deren Vermarktung anbetreffe, so würden sie sich nach ihrer erfolgreichen Rückkehr gerne in den Dienst der Sache stellen, die man für sie angedacht habe.
Er heftete das Blatt an die Wohnzimmertür und schlich mit seinen Sachen die Treppen hinunter. Zum Glück ließ sich die Garage, in der ihre Räder untergestellt waren, auch von innen öffnen. Als er schon drauf und dran war allein los zu radeln, kam Tom mit seinen Taschen.
»Du kinnscht mit dr Nääs schlittle, so hänkscht' de Grind* naa«, spöttelte Jo.
»I bi bocksear*!«, grantelte Tom.
»Weag's was iatz dees?«, stellte sich Jo unschuldig.
»Weil du a gschtäärgrindega Läffass* bisch!«, schimpfte Tom, schnallte sein Gepäck fest und folgte Jo durch den einsetzenden Nieselregen in den anbrechenden Morgen.

Toms Routenplaner zeigte Klagenfurt als Zielrichtung an, doch Jo wusste, dass der Karawankentunnel für Fahrräder gesperrt war und sie nur über den Wurzenpass nach Slowenien gelangten. In Villach nahmen sie die falsche Abzweigung und wären fast auf die Autobahn geraten. Beim Versuch die Autobahn zu umgehen, verfehlten sie den angepeilten Weg und landeten schließlich in Maria Elend im Pinzgauer Rosental*. Sie waren im Kreis gefahren.
Da es zu schütten begann, suchten sie Unterschlupf im Dorfgasthaus. Sie saßen am Stammtisch im leeren Schankraum unter dem Gehörn eines Zwölfenders und eines Wildschweinschädels mit grimmigen Hauern, an der Wand gegenüber ein Gemälde vom Türkensieger Prinz Eugen nach der Schlacht von Belgrad im Goldrahmen. Leichenberge von gefallenen Turbanträgern

türmten sich unter den Hufen seines Schimmels, geflügelte Engelsputten tummelten sich über seinem Haupt.
Tom starrte mürrisch vor sich hin, hatte nicht einmal seine nassen Sachen abgelegt. Auf seinem Smartphone entdeckte Jo eine SMS von Gwen: »Wo seid ihr?« Hinter dem Tresen tickte eine Kuckucksuhr. Alle Viertelstunde, bevor der Kuckuck hervorkam, hörte man, wie das Räderwerk im Innern des Gehäuses zu rappeln begann. Irgendwann schnellte der Kuckuck heraus und sonderte seinen Ruf ab – leicht leiernd und mit einem sonderbaren Knacken zwischen den Silben.
»Dea haot a Gingge*«, sagte Tom.
»Und naocha?«, fragte Jo.
»Was naocha?«, fragte Tom gereizt zurück.
»Was isch naocha?«
»Nix isch naocha.«
»Es git allat a Naocha*!«, beharrte Jo.
»Wenn d'it glei üüfhearsch mit deam dumme Gschwätz, na süüf i dii i Gründ und Boode ning*!«
Man schwieg sich wieder geraume Zeit an. Nachdem der Vogel zweimal seine Vorstellung gegeben und Gwen ein zweites Mal gesimst hatte, bestellte Tom an der Theke zwei Bier beim grantig blickenden Wirt. Es vergingen fast zehn Minuten, bevor der mit seinen viel zu großen Filzpantinen hinter dem Tresen hervor über die schwarzbraun lackierten Holzdielen schlurfte, wortlos die Gläser auf dem Tisch abstellte und ihre Bierdeckel mit einem Strich versah. Schwer schnaufend schlurfte er von dannen.
Tom zwinkerte Jo zu.
»Gschied süüfe isch allat noo bessr as dumm drheaschwätze!«
Jo nickte. Sie tranken die Gläser auf einen Zug leer, Tom etwas schneller als Jo.
»Noo zwai Halbe!«, rief Tom dem Wirt zu.
Der Wirt, der noch nicht einmal die Theke erreicht hatte, drehte sich um und starrte sie ungläubig an. Dann schüttelte er den Kopf und schlappte weiter. Nach fünf Minuten rückte er mit neu befüllten Gläsern an.
Tom zwinkerte Jo zu. Der nickte und sie tranken ex. Diesmal war Jo der Gewinner.

Sie hielten den Wirt am Laufen. In den kurzen Ruhepausen, die sie ihm gönnten, legte er einen Vorrat an gezapftem Bier an.

Nach der fünften gewonnenen Runde sagte Tom: »Und iatz mächt i vu dir wisse, ob du ding Fehl magsch oder it!«
Jo zuckte mit den Achseln.
»Lüttr wündrgeale Wuurza*.«
»Iatz sag schu!«
»Dr glingg Holtsche fint am End de greachte*.«
Tom starrte ihn an.
»Was soll nocha dees haiße?«
»Es git sottage und sottage. Und naocha git's no dia aondre, aber dees sind dia mindschte*.«
»Dees isch a süübleeds Gschwätz , abr kui Antwoart!«
»Wea wit fraoget, wird wit gwiise.*«
»Wenn de bleed düesch, na süüf i wittr, bis i umfall«, drohte Tom.
»Friele mag i se«, grummelte Jo und nahm einen tiefen Zug.
»Und waorum laosch se na hocke?«
»Will i se mag.«
»Dees verschtaond i it.«
»I öü it«, sagte Jo und bestellte noch zwei Bier.
Nach der sechsten Runde sackte er in ein moralisches Tief. Er hatte 23 neue SMS von Gwen bekommen, alle mit dem gleichen Wortlaut: »Fickt euch doch ihr doofen Piefkes!«
»Wieso grad drieezwuinzg?«, fragte Tom.
»Dees müeß a Virus sing«, sagte Jo.
»Na lüeg bloaß, dass'n loaswirsch«, brummte Tom.

Über weiteren zwei Halben heckte Tom Pläne aus, wie man nach dem gegenwärtigen Stand der Dinge vorzugehen habe. Schließlich kam er zu dem Ergebnis, das einzig Senkrechte sei, sofort umzukehren, die Mädchen zu heiraten und Direktoren eines millionenschweren Industriekonzerns zu werden. Er für seinen Teil habe sich sogar schon überlegt, wie sie die Firma unter sich aufteilten. Er würde die Baumaschinenabteilung nehmen, Jo die Solar- und Windkraftanlagen. Vielleicht könnten sie das Ganze auch zusammenlegen und Baumaschinen mit Solarantrieb konstruieren. Oder Windkraftanlagen, die gleichzeitig Beton mischten. Da ließe sich doch einiges für die Umwelt tun!

Jo winkte müde ab.

Sie seien auf dem Weg zum K2 und nicht in den Rachen des Kapitalismus. Die Mädels wären ein tragisches, aber notwendiges Opfer ihrer Unternehmung.

Tom fragte, ob er wirklich von Menschenopfern spreche.

»Es sind bloaß zwoa jünge Fehla«, versuchte Jo zu beschwichtigen.

Tom schimpfte ihn einen Kannibalen und fragte den Wirt – er nannte ihn aus irgendeinem Grund Eugen -, ob man ein schönes und reiches Mädchen, das einem zugetan sei, einfach sitzen lassen dürfe. Eugen sah ihn finster an und schwieg. Tom verstand das als Bestätigung und meinte, sie sollten ihre heutige Etappe zu Ende fahren. Bis Klagenfurt seien es nur dreißig Kilometer und von da nur fünfzehn Kilometer bis Pörtschach. Es gebe nämlich noch weitere Alternativen für ihn.

Welche? brummte Jo.

Zum Beispiel Gwen heiraten und mit ihr nach Oberstdorf ziehen.

Jo hielt das für keine gute Idee. Eine Reingeschmeckte mehr und dann auch noch aus Kärnten – sogar ein Flintenweib wie Gwen würde da floppen. Die Oberstdorfer seien schon genug mit den Walsern geplagt*.

Tom aber war voll in Fahrt und nicht von seinem Plan abzubringen.

Jo solle sich bloß einmal die Mitgift vor Augen halten. Damit könne man ein Schloss auf den Karatsbichl bauen, den Rechtlern* allen Grund abkaufen und den Gemeinderat endlich wieder funktionsfähig machen!

Barbara Ebeling vergebe ihre Töchter gewinnbringend an den Geldadel und nicht an bettelarme Bergführer, hielt Jo dagegen und hatte auch den passenden Spruch parat: »Ma dearf d'Fiaß it heachr haolte as ba saiche kaa*!«

»Wo d'Liab hiifellt, blibt se flacke«, zitierte Tom seinerseits. »Und wenn's uff an Mischthüüfe isch*!«

»Leedeg g'schtoarbe isch öü it vrreckt*«, beendete Jo den Disput.

Sie leerten die Gläser auf Ex. Diesmal stießen sie zur gleichen Zeit auf Grund. Tom sah das als gutes Zeichen an.
»Gottes Wege sind unerforschlich«, rezitierte er mit erhobenem Zeigefinger und ließ einen Furz. »Noo isch Pole it vrloare! Ma dearf bloaß dr Noat kuin Schwüng laong*!«
Jo musste pissen.
Auf dem Gang zum Klo drehte sich der Raum tückisch und der Boden wölbte sich ihm entgegen. Beim Pinkeln befahl er sich, nicht besoffen zu sein, verfehlte aber trotzdem das Pissoir.
Tom lachte, als er seine vollgepinkelte Hose sah.
»Hettesch gschiedr ündr de Tiisch g'saicht – so wia'n i!«
Nach der nächsten Halben fühlte Jo sich hundeelend und fing zu heulen an. Tom stimmte mit ein und jammerte, dass er nie mehr ein Mädchen wie Gritt finden würde – schon gar nicht ein so millionenschweres. Und außerdem – mit den Mädchen an ihrer Seite wären auch die Erfolgsaussichten bei ihrer Unternehmung viel größer!
»Wenn d'Katz a Rooß wär, kinnt ba d'Bämm nüüfritte*«, erwiderte Jo müde.
»Du bisch dr bleedscht Hünd uff dr gaonze Wealt!«, schrie Tom ihn plötzlich an.
»Vu mir üüs«, brummte Jo.
»Dir sobba vum Süümeal koche*, du gschtäärgrindega Siach*!«
»Tüe, was de wit!«
»Dii sott dr Blitz b'm Schieße treaffe*!«
»Es gaoht, bis Gott a Gniage haot*!«
Tom lachte.
»Mit deam Kerle kasch doch bloaß noo uss dr Hütt fahre und neabedet naahocke*!«
Er hob die Hand zum Schwur.
»Kui Wiebrgschichtle mea uff dr Fahrt*!«
Sie tranken darauf.
Nach der neunten Runde bekam Tom ohne ersichtlichen Grund einen Lachanfall und kotzte unter den Tisch.

»Mit a wink am Schwünd müess ba allat reachne*«, verteidigte er sich lallend vor dem Wirt, der ihnen mit grantiger Miene Lokalverbot erteilte. Sie torkelten in den Abstellschuppen, wo ihre Räder standen, legten sich auf den Bretterboden und schliefen sofort ein.

Am Abend erwachten sie von den Tritten und Flüchen Eugens. Immerhin hatte es zu regnen aufgehört. An einem Brunnen säuberten sie sich und tranken von dem angeblich heilkräftigen Wasser, das sie beim Campen in einem nahegelegenen Wäldchen auch zum Kochen der Suppe verwendeten. Tom fand, sie seien von dem vielen Vodice, wie das heilige Wässerchen hieß, mehr als reingewaschen von ihren vormittäglichen Verfehlungen, aber Jo wollte nicht daran erinnert werden und setzte lieber auf Alka-Seltzer, um sein Kopfweh loszuwerden.

Am nächsten Morgen weckte ihn Tom mit einem Jodler und hielt eine Tasse heißen Kaffees in sein Zelt. Draußen war schönstes Wetter. Jo klagte über höllisches Kopfweh.
Über Kollateralschäden wie diese müsse man hinwegsehen, schulmeisterte Tom. Schließlich stehe Großes auf dem Spiel.
Was genau er damit meine? fragte Jo.
Das wisse er doch selbst am besten.
Nichts wisse er.
Dann täte er ihm leid, sagte Tom und zeigte ihm den Routenplaner. Er war bester Stimmung, weil er eine neue Strecke über den Loiblpass* ausgemacht hatte, die sie ohne Umwege aus dem Pinzgau nach Slowenien führen würde.
»Mir händ is uff de kiirzeschte Weag verfahre«, frohlockte er.
Jo gab zu bedenken, dass sie trotzdem einen Tag verloren hatten.
»A Taag mit am Rüüsch isch it vrloare«, widersprach Tom. »Und dean Rüüsch haot es brüücht!«
»Haoschbe öü g'herig i de Senkl g'schtellt*.«
»Ii?«, fragte Tom verwundert.
»Woll bigott. Aag'fahre wia d'Söü im Sack*!«
Tom rieb sich die Augen.

»Iatz gang züa! Wao i doch dia güat Schtünd seal bii*!«
Jo war nicht ganz seiner Meinung, beließ es aber dabei, weil er sich freute, dass Tom wieder in der Spur war.
Sie folgten der Straße entlang der Drau bis Ferlach. An einem Kiosk entdeckte Tom in der »Kleinen Zeitung« ein Foto von Gritt und Gwen in ihren sexy Trikots auf den Bikes posierend untertitelt als »Die Kärntnerinnen des Tages«. Die »Unterkärntner Nachrichten« widmeten ihnen mit der Schlagzeile »Mit dem Bike zum K2« den Aufmacher im Lokalteil, und in der »Kronen Zeitung« war ihr Bild unter Vermischtes zu finden mit einem Verweis auf das Interview, das heute auf ORF eins ausgestrahlt werden würde.
»Viliecht haosch es doch richtig vrschmeckt*, Jo«, meinte Tom.

Nach Unterloibl wand sich das kurvenreiche Pässchen fast 1000 Höhenmeter bis zum Scheiteltunnel hinauf. Die Sonne brannte erbarmungslos herab, doch sie waren froh, sich auf diese Weise ein wenig entgiften zu können. Tom witzelte, man würde sich noch an ihrem Schweiß einen Rausch holen. Und als er am Parkplatz vor dem Tunnel ein österreichisches Polizeiauto sah, unkte er, das sei bestimmt eine Alkohol-Kontrolle, weil sie fünf Kilometer gegen den Wind nach Fusel stänken.
Tatsächlich winkte sie ein Polizeibeamter mit Schnauzbärtchen heran.
Wo sie denn hinwollten?
Nach Laibach, antwortete Jo.
Ob sie nicht wüssten, dass der Loibltunnel für Fahrräder gesperrt sei?
Jo blickte Tom fragend an.
Tom bedauerte, auf seinem Routenplaner sei kein Tunnel eingezeichnet. Der müsse neu sein. Ob es denn keine Passstraße gebe?
Die sei ebenfalls gesperrt, meinte ein zweiter Beamter, der inzwischen aus dem Streifenwagen ausgestiegen war.
Es tue ihm leid, beharrte der Schnauzbärtige, aber sie müssten, falls sie nach Slowenien wollten, über den Wurzenpass. Der sei auch für Fahrräder geöffnet.
Das wären rund hundert Kilometer Umweg, sagte Tom. Und 1500 Höhenmeter umsonst!
»Wir sind auf dem Weg zum K2«, fügte Jo hinzu, »und in Eile.«

»Ist des a neie Disco, des K2?«, fragte der eine Polizist.
»Des is a Bearg, du Dulli«, sagte der Schnauzbärtige zu seinem Kollegen. »Im Himalaya.«
»Im Karakorum«, verbesserte Tom.
»Dann hobt's ihr aber noch a weite Onfoat!«, staunte der eine Polizist.
»Eben drum!«, sagte Jo.
Der Schnauzbärtige blickte sie von oben bis unten an wie zwei Geistesgestörte, winkte sie schließlich genervt weiter.
»Gebt's ja Obacht«, rief ihnen der eine Polizist nach, »do drübn fangt da Balkan an!«
»Dea faocht doch schu ben uib aa*!«, rief Tom zurück.

Zweite Etappe
Balkan

Laibach

Sie bezogen Quartier in einer Absteige im Künstlerviertel Metelkova*. Die Gebäude waren von der alternativen Szene besetzt und entsprechend heruntergekommen. Beim Bummel durch das Viertel kamen sie sich vor wie in einer Kulisse für einen postapokalyptischen Film. Die mit Graffiti besprühten und mit bemalter Pappe verklebten Häuser befanden sich mehrheitlich in desolatem Zustand und wurden nur durch abenteuerliche Stützkonstruktionen vor dem Zusammenbruch bewahrt. Ungeachtet dessen herrschte überall ein buntes Treiben vorwiegend junger Menschen, die zu Gruppen durch die Gassen flanierten und zu den hämmernden Rhythmen von Straßenbands oder Beatboxes tanzten oder sangen. Die Emo-Mädchen mit ihren halbrasierten Schädeln und Trauerrändern um die Augen in abgewetzten Lederjacken, zerrissenen Strumpfhosen und schweren Stiefeln muteten Jo wie Zombies an, waren aber sehr lebendig, klatschten den Vorbeigehenden auf den Hintern und kreischten dabei vor Lachen. Auf ihre Anfrage, ob es heute einen bestimmten Anlass zum Feiern gebe, erhielten sie die Auskunft: »No, the people here are always happy!«
»Vo deana sobba an Bruuslat* zu iis nüüfschicke, dass se öü amaol luschtege Lit seachet, dia massege Oberschdoarfar*«, meinte Jo.

In einer Szenenkneipe in Laibach kamen sie an einen Tisch mit Studenten zu sitzen und wurden sogleich einem Crashkurs in Slowenisch unterzogen. »Na zdravje!« deklarierte Tom zu seiner Lieblingsvokabel und sorgte durch ständiges Zuprosten dafür, dass die Gläser nie lange voll blieben.
»Wohin geht Ihre Reise?«, erkundigte sich eines der Mädchen namens Julika in fast akzentfreiem Deutsch. Sie trug einen riesigen Nasenring, als warte sie nur darauf, von einem Freier daran nach Hause geführt zu werden.
Nach Pakistan, sagte Tom, mit dem Bike zum K2, dem zweithöchsten Berg der Erde.

»Mit dem Fahrrad?«, hakte Julika mit gefurchter Stirn nach.
Tom nickte und die Mädchen brachen in unbändiges Gelächter aus. Jo überlegte, ob es nicht besser wäre, künftig Auskunft über das Ziel ihrer Reise zu verweigern, anstatt sich immer wieder öffentlichem Gespött auszusetzen.
»Warum tun Sie das?«, wollte Julika wissen, nachdem sie sich wieder beruhigt hatte.
»Just for fun – nur zum Spaß«, sagte Tom und zuckte mit den Schultern.
Die Mädchen wechselten Blicke und begannen erneut zu kichern.
»What's so funny?«, brummte Jo genervt.
»Don't you have to work – müsst ihr denn nicht arbeiten?«, fragte das Mädchen mit Augen geschminkt wie ein Waschbär und einer feuerroten Strähne im gegeelten Haar, das sich ihnen als Sanja vorgestellt hatte.
»Biking and Climbing is hard work – Biken und Klettern sei harte Arbeit«, erwiderte Tom.
»But it's useless!«, entgegnete Sanja.
»Yes«, sagte Jo und dachte an Reinhold Messner, der seine Tätigkeit als Bergsteiger immer als etwas Unnützes bezeichnet hatte*, »it's useless.«
Tom schickte Jo einen fragenden Blick.
Sie seien Dummköpfe, sagte Sanja. Sie verschwendeten Zeit und Energie, anstatt nützliche Arbeit für ihr Land zu leisten.
Jo pflichtete ihr bei, das stimme. Aber sie müssten es einfach tun.
»Why?«, fragte Sanja.
Jo schwieg.
Sanja schlug mit der Hand auf den Tisch und rief: »Wake up, boys, wake up! Go home, work, build a house and raise a family – wacht auf, Jungs – geht heim, arbeitet, baut ein Haus und gründet eine Familie!«
»Later«, sagte Jo – »später.«
»Later you will be too old – später werdet ihr zu alt sein!«
»Du kasch br doch uff d'Kiarbe kumme*!«, erwiderte Tom patzig.
Zu Jo raunte er: »Dees sind alls no Kommunischte dao hünda. Dia händ bloaß d'Aarbat im Sii*!«
»Nasvidenje*«, rief er den Mädchen zu, erhob sich und machte die Geste des Schlafens. »We have hard work to do!«

»Nasvidenje!«, antworteten die Mädchen und lachten.
»Good luck, you fools!«, rief Sanja ihnen hinterher. »Go and fuck the mountain!«

Überlandfahrt

Donnerstag, 14. Mai:
Kurz vor Zagreb wird Jo auf der Überlandstraße vom Seitenspiegel eines Pick-ups erfasst und mitsamt Gespann in den Graben geschleudert, kommt mit aufgeschürften Knie und geplatzter Seitentasche zum Glück glimpflich davon. Tom sieht es als gutes Omen, zieht aber fortan die Nebenstrecken vor.

Freitag, 15. Mai:
Wir durchqueren eine Gegend, die fast pathetisch ist in ihrer Einsamkeit. Die Felder ringsumher so weit wie das Meer, die wenigen Siedlungen entlang der Route verlassen. In halbfertigen Rohbauten hängt Wäsche, doch Menschen bekommen wir so gut wie nie zu Gesicht. Dazwischen dehnt sich eine Straße, die dem Auge nur wenige Anhaltspunkte bietet. Die Verse eines Gedichts von Hugo von Hofmannsthal kommen mir in den Sinn:

… Und Straßen laufen durch das Gras, und Orte
Sind da und dort, voll Fackeln, Bäumen, Teichen.
Und drohende, und totenhaft verdorrte…

Wozu sind diese aufgebaut? Und gleichen
Einander nie? Und sind unzählig viele?
Was wechselt Lachen, Weinen und Erbleichen?

Was frommt das alles uns und diese Spiele,
Die wir doch groß und ewig einsam sind
*Und wandernd nimmer suchen irgend Ziele?**

Mehrmals habe ich das Gefühl, ich träte auf der Stelle und die Straße rolle mir entgegen. Fast wünsche ich mir die Alpenpässe zurück, wo man wenigstens das Erfolgserlebnis des Höhengewinns hatte.

Am Abend campierten sie in einem Wäldchen hinter der serbischen Grenze. Sie scheuten die Campingplätze nicht nur wegen der Gebühren, sondern auch, weil sie das meist spießige Camperklientel meiden und lieber die Ungebundenheit in der freien Natur genießen wollten. Die Luft war lau und roch nach umgepflügtem Ackerboden. Sie brieten Mais und Kartoffeln über einem kleinen Feuer und tranken zum Tee schwarzgebrannten Slibowitz, den Tom an einem Bauernhof erstanden hatte.

»Ma hocket z'Aobet gean hii, wemba de gaonze Taag g'seasse isch*«, witzelte Tom, dessen Hinterteil auf den Flachetappen genau wie das von Jo gelitten hatte.

Ob er nicht auch das Gefühl habe, dass ihre Unternehmung hart am Rande der Nutzlosigkeit angesiedelt sei, fragte Jo, ohne darauf einzugehen.

Tom blickte erstaunt auf.

»Dir gaoht no des bleed Gschwätz vu deana Fehla naoch!«

»Dia händ beldr Reacht«, erwiderte Jo.

»Iatz laosch aber d'Fiattr seache*!«, meinte Tom kopfschüttelnd.

Tom war auf einem Bauernhof aufgewachsen, wo Arbeit und Beruf zwangsläufig den zentralen Stellenwert im Leben einnahmen und Urlaub oder Reisen in ferne Länder als unerschwinglich und Sport als unnützer Luxus galten. Noch sein Großvater war auf Berge nur zur Hochmahd gestiegen oder um eine verirrte Geiß einzufangen und zeit seines Lebens nie über Kempten und Lindau hinaus gekommen. Tom selbst hatte man den Besuch einer weiterführenden Schule verwehrt, damit er möglichst früh Geld verdiente und den Eltern nicht auf der Tasche läge. Für ihre Unternehmung hätte ihm sein Vater auch dann kein Geld zugeschossen, wenn er welches gehabt hätte. Als er von dem Plan zum ersten Mal hörte, sagte er nur: »Uib händ se ja i's Hian g'schisse*!« Zu ihrer Abreise war er folgerichtig gar nicht erst erschienen.

Bei Jo zu Hause war der finanzielle Rahmen zwar nicht ganz so eng gesteckt, aber überflüssigen Luxus konnte sich sein Vater als Holzschnitzer und Kunstsammler ebenfalls nicht leisten. Auch wenn Jo sich mit Bergführen inzwischen seinen eigenen Lebensunterhalt ganz gut verdiente, so hatten ihm seine Eltern den Abbruch des Lehramtsstudiums doch nie verziehen. Ihrer Unternehmung standen sie kritisch gegenüber, und Jo hatte es nur Chris und seiner Überzeugungsarbeit zu verdanken, dass sie letztlich doch zustimmten und für den Kredit, den sie aufnehmen mussten, bürgten. Die Schulden waren ein unsichtbarer, aber schwerer Ballast, der Jo auf der Fahrt zuweilen mehr niederdrückte als das wirkliche Gepäck.

»Kumm, süüf nammas, dees hilft«, sagte Tom und reichte ihm den Slibowitz. Widerwillig nahm Jo einen Schluck und fragte Tom, wie er denn darüber denke.
»Dao git's nix zum Denke. Mir radlet iatz zu deam Bearg und na gämbr nüüf!«
Ob es ihn nicht störe, dass die meisten Leute sie für Spinner hielten.
Tom sah ihn mit seinen blauen Augen unter den buschigen Augenbrauen amüsiert an.
»Sit wenn loosescht* du uff des Gschwätz vu de Lit* – dia händ doch kui Ahning it, wo mir hiiwänd!«
»Mir öü it, wenn ba's gnöü nimmt«, erwiderte Jo.
»Dao haosch wool reacht«, lachte Tom, »abr ma kaa halt an Fuurz it uff a Breat naagle*.«

In der pannonischen Tiefebene pausierten sie an einer Raststätte neben einem Bus mit serbischen Schulmädchen. Sie trugen blaue Blazer, karierte Faltenröcke, weiße Kniestrümpfe und schwarze Lackschuhe. Während Tom und Jo auf einer Bank ihre Brote aßen, inspizierten sie staunend die Radgespanne und fragten, ob man damit wirklich fahren könne. Tom bot zwei der Mädchen eine Spazierfahrt an und platzierte eines vor sich auf die Lenkerstange und eines hinten auf den Packtaschen. Während er ein paar Runden auf dem Parkplatz drehte, kreischten sie vor Vergnügen. Die übrigen standen kichernd und fotografierten oder filmten mit ihren Handys.

Auf die Frage, warum sie so viel Gepäck dabei hätten, erklärte Tom, sie seien auf Weltreise, woraufhin die Mädchen die Gespanne noch andächtiger betrachteten und baten, Selfies mit ihnen schießen zu dürfen. Tom und Jo posierten ungefähr zwanzig Mal mit jeweils anderen Gruppierungen. Als die Mädchen hörten, dass sie heute Station in Belgrad machten, gerieten sie außer sich. Sie seien von dort, erklärten sie, und kämen gerade von einem Ausflug nach Zagreb zurück. Einige schrieben ihre Adressen auf Zettel, die sie ihnen mit der Bitte in die Hände drückten, sie doch unbedingt zu besuchen. Eines der Mädchen blickte Tom geradezu flehend an, als sie ihm eine Visitenkarte mit der Adresse eines Hostels reichte. »I'm Anka«, flüsterte sie mit geröteten Wangen, »and my mum will be so happy to meet you!«
Als sie losfuhren, bildeten die Mädchen unter Anleitung ihrer beiden Betreuerinnen ein Spalier, riefen »Dovidschenja!« und sangen ein Lied, das sich fast wie eine Nationalhymne anhörte. Auch wenn sich schiefe Töne hineinmischten, hatte Jo zum ersten Mal auf der Reise das Gefühl, an etwas Großem teilzunehmen.

Belgrad

Kurz vor Belgrad gerieten sie in ein Gewitter und wurden nass bis auf die Haut. Dafür tat sich ein riesiger Regenbogen am Himmel auf. Er hatte zwei rosa Nebenbögen und begleitete sie bis in die Vororte Belgrads. Tom sah es wie immer als gutes Omen an. Unweit der Festung Kalemegdan* bot ihnen ein betagtes weißhaariges Männlein, das im livrierten Gehrock und den weißen Gamaschen wie ein Überbleibsel aus der k. u. k. Donaumonarchie wirkte, seine Dienste als Fremdenführer an und half ihnen bei der Suche nach dem Hostel. Nebenbei belehrte es sie in gestelztem Deutsch mit ungarischem Akzent, Belgrad sei im Laufe der Geschichte nicht weniger als dreiunddreißigmal erobert worden – unter anderem von den Skythen, Kelten, Römern, Hunnen, Sarmaten, Ostgoten, Slawen, Ungarn, Türken, Österreichern, Deutschen und von manchen dieser Völker gleich mehrmals.
»Und iatz kummet mir!«, grinste Tom.

Als sie in das nach außen hin unscheinbare Gebäude mit seiner bröckeligen Altbaufassade und der Aufschrift »Youth Hostel« auf dem Messingschild neben dem Klingelknopf eintraten, trauten sie ihren Augen nicht. Die Empfangshalle war mit rotem Damast ausgeschmückt und ganz in UV-Licht getaucht. Weiter hinten im Foyer saßen mehrere Teenies in »Arbeitskleidung« – Latex-Miniröcken, bauchfreien Tops, Nietengürteln und Stöckelschuhen – auf Barhockern am Tresen, wippten mit dem übergeschlagenen Bein und nippten an Sektgläsern, kauten schmatzend Kaugummis, rauchten oder spielten an ihren Handys.

Bevor Jo und Tom ihrem ersten Reflex folgen und das Etablissement wieder verlassen konnten, hatte sie eine ältere, dick geschminkte Matrone, die sich ihnen als Dunja vorstellte, bereits in Beschlag genommen.

»What can I do for you? – Was kann ich für Sie tun?«, fragte sie mit ihrer tiefen Raucherstimme.

Als Jo ihr Ankas Kärtchen zeigte, lächelte sie kurz und geleitete sie ohne weitere Umschweife in eine leicht angestaubte Suite mit Himmelbett, Brokatvorhängen und Kristalllüstern im zweiten Stock.

Tom betrachtete das Himmelbett mit leuchtenden Augen.

»How much – wieviel?«, fragte er.

»No money«, antwortete Dunja und hob die Hände, »you guest of mine!«

Sie waren Gäste des Hauses.

Tom lachte »wia a Raohmschleackar*« und meinte, sein Traum könne heute in Erfüllung gehen – zum Nulltarif! Schon immer habe er sich gewünscht, einmal in einem Himmelbett zu schlafen.

»In einem Teenie-Puff!«, entrüstete sich Jo.

Was die Mädchen anbetreffe, so gehörten sie bestimmt zum Zimmerservice und brächten nachher ein Betthupferl vorbei, flachste Tom.

Jo fand das nicht witzig und meinte, sie müssten die Alte eigentlich anzeigen, weil Prostitution in Serbien verboten sei*, ließ sich aber schließlich überreden, der Einladung Dunjas an die Bar zu folgen – mit dem Hintergedanken, den Mädchen dabei ordentlich ins Gewissen zu reden.

Die stellten sich ihnen artig vor und erklärten auf Nachfrage, sie fungierten in ihrer Freizeit als Hostessen für einsame Touristen, denen sie gegen ein bisschen Taschengeld die örtlichen Sehenswürdigkeiten zeigten.

Tom grinste und raunte Jo zu, dass man zur Entdeckung dieser Sehenswürdigkeiten wahrscheinlich bloß die Beine der Mädels hinauffahren müsste bis »daohii, wao n'es schii isch*«.

Ob sie denn noch zur Schule gingen, fragte Jo und erntete Gelächter. Damla, eine hochbeinige Brünette, deren Schmollmund einen aufreizenden Kontrast zu ihrer strengen Frisur und ihrem kantigen Gesicht bildete, legte den Arm um seine Schulter, drückte ihm ein rotes Kussmal auf die Wange und klärte ihn in ganz passablem Englisch auf, sie seien alle bereits über sechzehn und damit nicht mehr schulpflichtig.

Ob sie denn wie Schulmädchen aussähen? fragte Sibinka, eine knuffige Brünette mit gepiercten Lippen, die sich an Tom herangemacht hatte, und zog ihr Top hoch.

Tom pfiff anerkennend und meinte, ihre Titten sähen schon ziemlich erwachsen aus.

Wie alt er sie schätze? fragte Damla mit einem erwartungsvollen Grinsen.

Vierzehn, sagte Jo.

Damla kreischte, klatschte sich auf den Oberschenkel und zog ihm das Ohr lang.

Tom signalisierte »Wieberalarm«.

Dunja lud sie ein mit ihnen zu speisen. Sie hätten heute eigentlich geschlossen, da sich die älteren Hostessen auf einem Galadiner auf der Polizeikommandantur befänden.

»So viel zu diinar Aazeig«, meinte Tom grinsend.

Damla stöckelte, ihren Hintern kokett schwenkend, ins Esszimmer voran.

»All you can eat«, sagte sie und wies auf das Büffet neben dem gedeckten Tisch.

Toms Augen strahlten und Jo wusste, dass die Mädchen gewonnen hatten.

Beim Essen unterhielt Tom die Mädchen mit Geschichten aus seiner wilden Jugend und erzählte unter anderem, wie er auf einer Schneehexe über die Schattenbergschanze gesprungen und danach drei Wochen im Gipskorsett gelegen sei. Dann zeigte er den Mädchen, wie man im Allgäu Kühe melkte, indem er Sibinkas Brüste als Anschauungsmaterial benutzte, und verriet ihnen, woher der Allgäuer Käse sein unvergleichliches Aroma hatte.

»Mäidle, wia macht ba denn an Kääs?
Ma tüet'n in a Kiibele
und druckt'n naa mit'm Fiidele –
drum isch bi'n iis dr Kääs so rääß*!«

Malina dolmetschte, wo Toms Übersetzungshilfen ins Englische nicht ausreichten. Die Mädchen lachten schon wegen der drolligen Art, wie Tom seinen Vortrag pantomimisch untermalte. Dunja versorgte sie währenddessen reichlich mit Bier, Wein und Champagner.
Irgendwann fragte Damla, ob sie Lust auf Shisha hätten. Es gebe eine eigene Shisha-Lounge hier. Tom war aus dem Häuschen. Er besaß selbst eine Wasserpfeife und hatte sich im Allgäu schon öfter in entsprechenden Etablissements herumgetrieben.
In der Lounge, wo sie aus den Schläuchen der Wasserpfeifen das Aroma von Ingwer, Kokos und Cannabis inhalierten, erzählte Jo aus ihrer Zeit als Freeclimber, in der sie am blanken Fels ohne Sicherung so oft Todesmut bewiesen, als hätten sie beliebig viele Leben zur Verfügung.
Einmal befanden sie sich in einer Wand, wo es weder vor noch zurückging. In Reichweite gab es keinen Vorsprung, wo sie mit den Fingern Halt gefunden hätten, keinen noch so kleinen Querspalt, auf die sie die Spitzen ihrer Kletterschuhe setzen konnten. Zurück ging es auch nicht, weil sie die oft nur zentimeterbreiten Tritte und Griffe im Abstieg nicht mehr gefunden hätten.
»Stuck in the shit – wir steckten in der Scheiße!«, brachte Tom es auf den Punkt.
»So what did you do – was habt ihr gemacht?«, fragte Sibinka.
Tom antwortete, er hätte zufällig einen Korkenzieher im Rucksack gehabt. Den habe er in eine Ritze im Fels gedreht und sei daran hochgestiegen. Weiter oben habe er einen Spalt gefunden, an dem er sich hinaufziehen konnte. Der weitere Aufstieg sei dann zum Glück kein Problem mehr gewesen. Ihr Leben aber verdankten sie einem Korkenzieher!
»German steel!«, sagte Tom.
Die Mädchen klatschten.
»You are so screwed up – ihr seid so verrückt!«, sagte Sibinka und alle lachten.

»You like danger, don't you?«, fragte Damla.
Jo erklärte, dass sie nicht die Gefahr liebten, sondern das Hochgefühl danach.
Damla meinte, das sei wie bei den SM-Kunden. Die liebten auch nicht den Schmerz, sondern das Hochgefühl danach. Es sei wie ein Trip.
Jo fand den Vergleich abartig. Immerhin füge man sich ja beim Sport den Schmerz, sofern man davon überhaupt sprechen könne, freiwillig zu.
Ihre Kunden auch, meinte Damla. Und sie kämen immer wieder. Nach Schmerz könne man süchtig werden!
»Yes – genau«, sagte Tom und verfiel wie immer, wenn er soff, in ein miserables Englisch, »it's all a Sucht! Sport, sex, beer and shisha. The whole life is a Sucht. We are all Junkies!«
»Do you wanna try it?«, fragte Damla zu Jo gewandt mit einem spitzbübischen Grinsen.
»What?«, fragte Jo.
»Pain. And how it can turn you on – Schmerz. Und wie er dich antörnen kann.«
Jo hielt den Zeitpunkt für gekommen, Tacheles zu reden. Er fragte Damla, ob sie sich denn gar nicht schäme.
Damla sah ihn verwundert an.
Schäme? Weshalb?
Junge Mädchen, die man zur Prostitution zwinge, halbe Kinder, die man mit der Peitsche auf Erwachsene losließe – das sei doch pervers!
»But it's our job!«, protestierte Damla.
»Why don't you look for a proper job – warum sucht ihr euch denn nicht einen ordentlichen Beruf?«
Damla schüttelte den Kopf und funkelte ihn aus geschlitzten Augen böse an.
Sie vergeudeten ihr Leben, fuhr Jo fort und die Worte Sanjas flossen ihm zu, als wären es seine eigenen. Jede von ihnen habe das Potential zu etwas Großem, könne sich in einem Beruf verwirklichen, heiraten, Kinder kriegen – etwas Nützliches für ihr Land tun!
»You are such an idiot!«, zischte Damla, »you don't know what you're talking about – du hast ja keine Ahnung, wovon du redest!«
Jo antwortete, er verstehe, warum sie das nicht hören wolle. Sonst müsste sie sich nämlich schämen. Er jedenfalls schäme sich für sie.

Damla versetzte ihm eine schallende Ohrfeige.
Jo fragte, womit er sich das verdient habe.
Sie fühle sich von ihm beleidigt und in ihrer Ehre verletzt.
»Welche Ehre?«, fragte Jo.
Damla lief rot an, erhob sich und stöckelte an die Bar zu Dunja.
Sie seien verlorene Kinder, erklärte Malina, Straßenkinder ohne Elternhaus, die hier ihre Zuflucht gefunden hätten. Draußen ging es ihnen noch viel dreckiger, da bliebe ihnen nur die Straßenprostitution. In einem Land mit über fünfzig Prozent Jugendarbeitslosigkeit habe man ohne Schulabschluss keine Chance. Und die Schulen nähmen sie jetzt ohnehin nicht mehr. Genauso wenig wie Männer von Stand und Ehre. Es sei ein Teufelskreis.
Wenn er zurückkehre vom K2, würde er sie über die Grenze schmuggeln, sagte Tom. Ins Allgäu, nach Oberstdorf.
Tom war nicht mehr bei Sinnen.
»You're all welcome to Oberstdorf!«, rief Tom in die Runde, »we will open up a puff* there with the beautifullest girls from Serbia!«
Die Mädchen lachten und klatschten, während Damla die Rechnung brachte. Als Abschlussposten stand da eine Zahl: Eintausendvierhundertfünfundvierzig Euro.
Sie hätten nicht vor, das Etablissement zu kaufen, sagte Jo.
Damla zeigte ihnen die Karte mit den Getränkepreisen. Eine Flasche Bier kostete 30 Euro, mit »Begleitung« das Doppelte. Eine Flasche Champagner 150 bzw. 300 Euro.
Soviel Geld hätten sie nicht dabei, meinte Tom. Und ob das Ganze nicht etwas zu hoch gerechnet wäre. Schließlich seien sie eingeladen worden.
Das gelte nur für das Essen, nicht für die Getränke, sagte Damla.
Aber sie hätten doch gar nichts mit ihnen gehabt! protestierte Tom.
Das sei egal, antwortete Sibinka. Ihre Gesellschaft reiche schon. Das sei übrigens alles auf der Getränkekarte vermerkt.
Nur blöd, dass man sie ihm vorher nicht gezeigt habe, wandte Tom ein.
Die persönliche Betreuung könne nachgeliefert werden, meinte Damla spitz. Jetzt gleich im Behandlungsraum für widerspenstige Kunden.
Er ließe sich von sowas nicht einschüchtern, sagte Tom. Notfalls könne er

Schmerz ertragen. Das sei gut – je größer der Schmerz, desto größer das Vergnügen, grinste Damla und gab Dunja ein Zeichen.
Sie seien im falschen Film, sagte Tom.
Oder im falschen Leben, sagte Jo.

In diesem Moment betraten zwei uniformierte Männer den Saal. Zuerst hielt Jo sie für Polizisten, doch bei näherem Hinsehen wurde ihm klar, dass es sich um hauseigenes Personal handelte, »Gorillas«, wie sie jeder Nachtclub besaß.
Die Beiden besprachen sich kurz mit den Mädchen und postierten sich dann so, dass der Weg zum Ausgang versperrt war.
Was denn nun mit der Bezahlung sei? fragte Damla und baute sich mit in die Hüften gestemmten Armen vor ihnen auf.
Tom rechnete vor, dass jeder von ihnen drei Bier und anteilig eine Flasche Champagner konsumiert habe plus einen Pfeifenkopf Shisha. Das mache bei normaler Rechnung in einem normalen Nachtclub maximal dreihundert Euro. Die wären sie bereit zu zahlen, obwohl es immer noch viel zu viel sei und sie eigentlich mehr Gastfreundschaft erwartet hätten.
1445 Euro und keinen Cent weniger, beharrte Damla.
Soviel hätten sie nicht, brummte Tom und zuckte die Achseln.
Damla stellte ihnen daraufhin Branko und Ratimir vor, die in ihrem Etablissement für Ordnung und Sicherheit sorgten. Solange man sich an die Hausordnung hielte, seien es die liebenswürdigsten Menschen, sie könnten aber auch ganz anders.
»Ordnung muss sain!«, posaunte Branko mit einer Stimme wie Godzilla.
»Wenn is uina vu uib Kooge aariehrt, naocha zeig i uib, wo Bartl de Moscht holet«, rief Tom mit grimmiger Miene und erhob sich.
»Du bezahlen oder tote Mann!«, brummte Branko und packte Tom am Hemdkragen.
»Pratzen weg!«, rief Tom und rammte Branko das Knie in den Unterleib. Als Ratimir eingreifen wollte, sprang Jo auf, um ihm einen Schlag ins Genick zu versetzen, doch Damla fiel ihm von hinten in den Arm. Gleich darauf traf ihn eine Faust mit solcher Wucht in den Magen, dass er nach Luft japsend

zu Boden ging. Während Damla ihm die Hände auf den Rücken fesselte, machten Branko und Ratimir sich über Tom her, der trotz erbitterter Gegenwehr schließlich klein beigeben musste.

Wenig später hingen sie mit nach hinten gestreckten Armen gefesselt von der Decke des »Behandlungsraums«. Die uralte Methode Menschen zu quälen gehörte zur »Weißen Folter«, die keine Spuren hinterließ – außer man kugelte sich die Arme aus -, war aber auf Dauer ziemlich schmerzhaft.
Jo versuchte sich irgendwie mit seiner Lage zu arrangieren. Mit den Zehenspitzen konnte er zwar den Boden erreichen, doch das schaffte ihm keine wirkliche Entlastung. Die überdehnten Schultergelenke sandten weiter Wellen des Schmerzes aus.
Dem Stöhnen Toms entnahm er, dass es ihm nicht besser ging.
Jetzt käme er nicht einmal mehr in den Genuss des Himmelbetts, jammerte Tom. Immer schon habe er in einem Himmelbett schlafen wollen. Schon als Kind. Und nun, wo er endlich einmal eines ausprobieren könne, zöge man es ihm unter seinem Hintern weg und hänge ihn wie Schlachtvieh auf.
Er sei an allem schuld, stöhnte Jo. Nur wegen des Himmelbetts wären sie hiergeblieben!
»Kui Wiebrgschichtle mea uff dr Fahrt!«, sagte Tom reumütig.
»Kui Wiebrgschichtle mea!«, wiederholte Jo.
»Dees hämbr fei schu amaol g'schwoare«, stellte Tom fest.
Jo nickte und litt schweigend weiter vor sich hin.

Zwischen den Schmerzwellen fragte sich Jo, ob ihre Unternehmung vielleicht hier schon zu Ende war und malte sich die Schlagzeilen in den Zeitungen daheim aus: »Gipfelsturm endet im Teeniebordell«, »Folterkeller statt K2« oder »Oberstdorfer Bergsteiger im Belgrader Rotlichtmilieu verschollen«.
Er hätte zu gern gewusst, wie Leute so dumm sein konnten, sich freiwillig Schmerzen zu unterziehen. Noch viel irritierender aber erschien ihm die Frage, ob sie angesichts der Strapazen, die sie bei ihrer Unternehmung auf sich nahmen, nicht auch zu dieser Kategorie von Menschen zählten*.

Die Stunden verrannen, doch die Zeit schien auf der Stelle zu treten. Der Schmerz begann sich in Jo einzunisten wie etwas, das von ihm Besitz ergreifen wollte und erst dann seine endgültige Bestimmung fand, wenn er ihn als gerechte Strafe sah. In seiner Pein wünschte er sich schließlich sogar Damla herbei, um vor ihr zu Kreuze zu kriechen und Abbitte zu leisten. Als irgendwann das Licht anging und sie geblendet auf die Erscheinung in der Tür starrten, glaubte Jo schon, sie sei gekommen. Doch es war Vala.
Sie befreite sie mit geübten Bewegungen aus ihrer Hängeposition. Während Tom und Jo sich mit schmerzverzerrten Gesichtern im Gebrauch ihrer Arme übten, bedeutete Vala ihnen, sie müssten so schnell wie möglich weg, bevor ihnen irgendjemand in die Quere käme, sonst würde es ihnen übel ergehen. Ihre Sachen aus dem Zimmer hatte sie bereits mitgebracht.
»Danke«, stöhnte Tom, der seine Arme immerhin schon wieder heben konnte.
Jo fragte, warum zum Teufel sie das täte.
Statt einer Antwort legte Vala den Finger auf den Mund und wies auf ihre Klamotten in der Ecke. Während sie sich ankleideten, stand Vala Wache an der Tür.
Tom jubelte, weil seine Brieftasche mit der Kreditkarte noch unangetastet in der Jacke steckte.
»Let's get out of here!«, drängte Vala
Über einen Hintereingang schlichen sie in die Garage. Im Licht von Valas Taschenlampe befestigten sie die Packtaschen an den Bikes.
Ob sie bis zum Bahnhof mitfahren könne, fragte Vala. Hier könne sie nicht länger bleiben.
Natürlich, meinte Tom. Wohin sie denn wolle?
»To Vlora in Albania. That's where my home is.«
Albanien liege nicht auf ihrer Route, sagte Tom und konnte schon wieder scherzen. Sie müsse schon den Zug nehmen.

Gerade als sie die Räder aus der Garage schoben, trat Branko mit einer riesigen Dogge aus der Eingangstür über ihnen.
»Tiho, Milka!«, zischte der Wachmann und stieg mit dem Hund an der straffen Leine die Treppe herab.

Der Hund hatte bereits Witterung aufgenommen, kläffte und jaulte abwechselnd schwanzwedelnd in ihre Richtung.
Sie sprangen auf die Räder und fuhren los, Vala vor Jo auf der Rahmenstange sitzend. Während sie mit schmerzenden Schultergelenken über das Kopfsteinpflaster hoppelten, erfasste sie der Lichtkegel einer Stablampe.
»Stop or I'll shoot!«, brüllte der Gorilla.
»Fuck you, Branko!«, rief Vala.
Branko fackelte nicht lange. Drei Schüsse fielen. Man nahm zum Eintreiben der Zeche offenbar sogar Tote in Kauf. Ein Querschläger surrte haarscharf an Jo's Ohr vorbei, die beiden anderen Patronen sausten über sie hinweg in den Nachthimmel, an dem ein paar trübe Sterne standen. Jo biss die Zähne zusammen und trat kräftig in die Pedale, kam aber nur schleppend voran, da er mit dem Knie ständig an Valas Beine stieß.
Wieder drei Schüsse. Wieviel Patronen passten in ein Revolvermagazin? Wieviel Leben hatten sie gut? Vala hielt sich den Oberarm, doch es war nur ein Streifschuss durch den Stoff ihrer Jacke. Branko ließ die japsende Dogge von der Leine. Milka kam in gestrecktem Lauf und mit hochgezogenen Lefzen auf sie zu.
Jo überlegte gerade, ob Damlas Peitsche dem qualvollen Tod durch Hundebisse nicht doch vorzuziehen wäre, als Tom vom Rad sprang und sich dem Hund mit ausgestreckten Armen in den Weg stellte.
Entweder war er übergeschnappt oder er wollte freiwillig den Heldentod sterben.
»Fahret züe!«, rief er Jo und Vala zu, steckte die Finger in den Mund und stieß einen gellenden Pfiff aus. Milka spitzte die Ohren und drosselte das Tempo.
»Braava Hünd!«, rief Tom, kniete nieder und streckte die geöffnete Handfläche nach ihm aus. »Kumm hea dao – du bisch doch kui Beasa! Mir tind'r öü nuits*!«
Milka näherte sich im Schritttempo leise knurrend mit geducktem Kopf und angelegten Ohren.
»Bite ga! – beiß ihn!«, rief Branko, der Dogge schwerfällig hinterher humpelnd und vergeblich den Abzug der leergeschossenen Pistole drückend.

Tom begann leise zu jodeln, einen Vierstimmigen solo, wurde langsam lauter. Der Hund knurrte erst, jaulte verwirrt, wedelte schließlich mit dem Schwanz und legte sich vor Tom nieder.
Jo, der neben seinem Bike stehend alles mitverfolgt hatte, glaubte es nicht.
»S'isch wia mit de Lit«, sagte Tom, während er Milkas Nacken kraulte, »ma müaß bloaß mit e'na schwätze!«
Jo ernannte Tom zum Hundeflüsterer.
Branko, keine zehn Meter mehr entfernt, schimpfte auf den Hund ein, der auch dann brav am Boden sitzen blieb, als sie sich auf die Räder schwangen und die Straße Richtung Innenstadt hinabsausten.

Auf der gelben Fassade des Hauptbahnhofs proklamierte ein Plakat in Übergröße das neue Belgrad. Die Mädchen, die in hautengen Latexhosen und hochhackigen Stiefeln darunter promenierten, wirkten wie ein Marketing-Gag.
Der erste Zug nach Tirana ging in zwei Stunden.
Von da aus würde sie schon weiterkommen, meinte Vala. Aber sie habe nicht genug Geld für das Ticket.
Jo zwinkerte Tom zu. Jeder von ihnen gab ihr einen Hunderter.
Ohne sie wäre es noch viel teurer geworden, meinte Tom.
Vala wurde vor Freude rot bis über beide Ohren.
»Thanks for opening my eyes – Danke, dass ihr mir die Augen geöffnet habt!«
Jo sagte, auch ihm seien die Augen über so manches aufgegangen und wünschte ihr viel Glück.

Montag, 18. Mai, Jagodina:
Als wir am Morgen aus den Zelten kriechen, staunen wir nicht schlecht. Ringsum ist alles mit einer fünf Zentimeter dicken Schneeschicht bedeckt – und das Mitte Mai am 44. Breitengrad! Tom jubelt, das seien die Eisheiligen, aber mir wäre warmes Frühlingswetter entschieden lieber.
Mit Gamaschen, Überhosen, Handschuhen und Stirnbändern unter den Helmen machen wir uns auf den Weg nach Jagodina. Auf der stark befahrenen Überlandstraße überziehen uns die Schwerlaster mit Fontänen aus Wasser und Schneematsch. Als wir nach sechs Stunden ankommen, sind wir nass wie Wasserratten

und durchgefroren wie nach einer Nacht im Hochlager am K2. Ich folge Tom ohne Widerspruch in die Sauna im Aquapark und ertrage auch die Aufgüsse, die er neuerdings besonders erfrischend findet.

Dienstag, 19. Mai:
Gelangen bei durchwachsenem Wetter noch bis Bela Palanka, 40 Kilometer vor der bulgarischen Grenze. Ein Bauer erlaubt uns, auf seinem Feld zu campen und schickt seinen Buben am nächsten Morgen mit einer Schale heißer Milch und ein paar Semmeln vorbei. Tom meint, das sei ja wie daheim beim »Mill-Brocke«. Wir bedanken uns mit einem zweistimmigen Jodler vor unserer Abfahrt.*

Sophia

Mittwoch, 20. Mai:
Nehmen die zusätzlichen Höhenmeter auf der B-428 statt der vielbefahrenen E-80 bis Pazar in Kauf. Tom hat Dünnpfiff – alle 20 Minuten Stopps und kein Klopapier! Kurz nach Dimitrograd bulgarische Grenzkontrolle. Wir werden rausgewunken und gefilzt. Verbringen eineinhalb Stunden im Warteraum zusammen mit einer serbischen Mama und ihren vier kleinen Kindern. Helfe ihr beim Wickeln des Kleinsten. Das Kind hat ebenfalls Durchfall, der stinkt wie Seuche. Tom kotzt und ist »stüüchewieß« oder »wieß wia's Kätzle am Büü«, wie man im Allgäu kreidebleiche Gesichtsfarbe umschreibt.
Gespräch mit Tom wegen Weiterfahrt. Er will sich durchbeißen.
Anfahrt auf Sofia: Zur Abwechslung mal wieder Höhenmeter! Tom japst, hält aber durch. Temperatur oben: 13 Grad, ein arktischer Tiefausläufer hat den gesamten Balkan gestreift. Die Stadt liegt auf 600 Meter über dem Meer, ringsum von verschneiten Bergen eingeschlossen, die wegen Smog oder Nebel leider nur hin und wieder sichtbar sind. Gigantisch, wenn sie hervor-brechen – es könnte der Himalaya sein. Wir fragen uns zu einem Campingplatz durch, müssen die ganze Stadt durchqueren. Moscheen, Kirchen, viele Parks und Plätze, aber auch Wohnsilos und heruntergekommene Viertel. Auffällig viele Prostituierte, auch ganz junge, trotz der Kälte in kurzen Höschen, die den Hintern nur zur Hälfte bede-

cken. Tom muss zweimal anhalten. Einmal spurtet er zu einer öffentlichen Toilette, findet sie aber verschlossen vor und entlädt sich davor. Zum Glück sind nur wenige Passanten unterwegs.

Nach langer Suche erreichen wir »Camping Varna«, schlagen unsere Zelte neben einem alten VW-Camping-Bus aus Hildesheim mit den typischen Hippie-Graffitis und Bildchen auf. »Some people are so poor – all they have is money*«, steht da unter einem großen Buddha, »Don't worry, be Hippie!« über einem Shit rauchenden Smiley, »Imagine« über dem Peace-Symbol.
Tom hat Schüttelfrost, ich koche Pfefferminztee für ihn. Da steigt ein Mädchen in Röhrenjeans, Stulpenstiefeln und einem weißen Kapuzen-Pullover mit einer Tasse Tee aus dem Bus und fragt, ob ich zufällig Zucker habe. Zufällig ja, sage ich und gebe ihr welchen. Sie heißt Isa, hat ihr dunkelblondes Haar zu einem Pferdeschwanz zurückgebunden, blaue Augen und erinnert mich wegen ihres großen Mundes und der leicht vorstehenden Zähne an Gwen, spricht aber astreines Hannoveraner-Deutsch. Obwohl es nett aussieht, macht es mich nervös, wenn sie beim Reden ständig lächelt. Ich erfahre, dass Isa und Alexa, ihre Freundin, in ein buddhistisches Retreat nach Nordindien wollen und staune nicht schlecht: Zwei Mädels aus Hildesheim, gerade das Abi hinter sich, mit einem alten VW-Bus auf Reise um die halbe Welt, lasse mir aber nichts anmerken, bin nur etwas irritiert von Isas Dauerlächeln, das ich sicher ganz irrtümlich auf mich beziehe und das vielleicht nur ein Geburtsfehler ist. Als ich Toms Schüttelfrost erwähne, bietet Isa mir ihren Bus mit Standheizung zum Aufwärmen an.
Im Bus herrscht eine Affenhitze. Alexa, eine zierliche Brünette mit fein geschnittenem Gesicht und Brille, liegt im Shorty hinten auf der aufgeklappten Liege und liest. Als sie Toms angeschlagene Verfassung bemerkt, räumt sie bereitwillig ihr Lager und kümmert sich um ihn.
»Dein Freund hat Fieber«, sagt sie, »ziemlich hoch sogar.«
Jetzt erst, als sie die Lesebrille abnimmt, bemerke ich ihre hübschen Augen mit dem leicht verschatteten, ernsten Blick. Ich frage, ob ich Tom ins Krankenhaus bringen soll.
»Ins Krankenhaus? Bist du jeck?«

Sie kramt in ihrer Hausapotheke, zieht ein Röhrchen heraus und steckt Tom drei Globuli in den Mund.
»In ein oder zwei Tagen ist er wieder auf dem Damm. Heute kann er hier schlafen – wir kümmern uns um ihn!«
Damit werde ich vor die Tür gesetzt.

In der Nacht blieb es bis auf das Gebell der Wachhunde in den umliegenden Gehöften ruhig. Trotzdem schlief Jo schlecht und träumte, die Nutten aus der Stadt kämen, zippten den Reißverschluss am Zelt auf und fielen über ihn her, entpuppten sich aber als Branko und Ratimir, die ihn im Auftrag von Damla suchten und in den Behandlungsraum brachten.

»Scream when it gets really bad – schrei, wenn es richtig wehtut!«, lachte Damla und schwang die Peitsche. Als er aus dem Traum hochschreckte, ließ das Gebell der Hunde vermuten, dass er den Schrei nicht nur geträumt hatte.

Am nächsten Tag ging es Tom schon wieder besser. Gegenüber Isa und Alexa spielte er aber weiter den kranken Mann, um seinen Pflegeplatz nicht zu verlieren. Er hatte die Nacht zwischen den beiden Mädchen liegend verbracht, die ihm immer wieder die Stirn mit einem nassen Waschlappen betupften, Wadenwickel anlegten und ihm heißen Kamillentee einflößten.
»So gean bin i no nia marood* gwea«, raunte er Jo mit einem matten Lächeln zu.

Alexa verbrachte am Vormittag eine ganze Stunde mit geschlossenen Augen im Lotossitz auf einer Art Gebetsteppich im Freien sitzend, die angewinkelten Arme erhoben, und Daumen und Zeigefinger einen Kreis bildend. Sie wirkte völlig in sich ruhend und zufrieden.
»Was tut sie da?«, fragte Jo.
Isa lächelte.
»Zu sich kommen. Versenkung ist der einzige Weg, um an den Grund des Seins vorzustoßen. Doch nur ganz wenigen Auserwählten gelingt dies, weil

man dazu die persönliche Sicht der Dinge überwinden und sich nicht mehr als Individuum begreifen darf.«
»Und was befindet sich am Grund des Seins?«
»Laut Buddha und anderen Erleuchteten das Nichts*«, flüsterte Isa lächelnd. »Es handelt sich allerdings um ein Nichts, das alles ist.«
Jo sah sie mit heruntergeklappter Kinnlade an.
»Mach dir gar nicht erst die Mühe, es zu verstehen!«, lachte Isa.
Jo rang sich trotzdem zu einer Frage durch.
»Was hat man davon?«
»Dass einen nichts aus der Fassung bringt«, erwiderte Isa mit einem schelmischen Augenzwinkern.

Den restlichen Tag nutzten die Mädchen zum Sightseeing, Tom und Jo zur Regeneration. Zum Abendessen gab es Banize – ungesüßten Käsestrudel, dazu Kaltschale aus geschnittenen Salatgurken, gemahlenen Walnüssen, Dill und Joghurt und einen ziemlich süßen Wein. Tom hatte noch keinen rechten Appetit und beschränkte sich auf Wein, was Alexa nicht gut fand, weil es die Wirkung des homöopathischen Mittels minderte.
»A Müülvool Wing kaa kui Schaade sing«, zitierte Tom. »Allat noo bessr an Rüüsch as a Fiabr!«
Ob das ein deutscher Dialekt sei, was sie da sprächen? fragte Isa, nachdem Jo übersetzt hatte.
Tom erklärte pikiert, das sei Alemannisch und damit Urdeutsch*. Deutscher als die norddeutsche Variante, die sie benutzten.
Isa lachte und meinte, leider habe sich aber die norddeutsche Variante durchgesetzt und ihr Kauderwelsch nicht.
Tom erboste das Wort Kauderwelsch, worauf Isa den Arm um ihn legte und ihn tröstete, dass sie ihren Dialekt ja ganz putzig fände, aber nur leider nicht verstände!
Tom bot daraufhin an, den Mädchen Allgäuerisch beizubringen, was Isa und Alexa dankend, aber amüsiert ablehnten.
»Wo um Himmels Willen sollen wir das denn sprechen?«, fragte Isa lachend.
»Im Allgäu natürlich!«, sagte Tom, immer noch gekränkt.

»Wo ist das denn, der Allgäu?«, fragte Alexa.
Tom meinte schockiert, hier handle es sich doch wohl um eine fundamentale Bildungslücke, erklärte den Mädchen die geographische Lage des Allgäus* und erwähnte dabei auch die Orte Oberstdorf und Bad Hindelang.
Alexa kannte Oberstdorf immerhin von der Vierschanzentournee und Isa hatte schon von einem Käse namens Hindelang gehört.
Der aber gar nicht aus dem Allgäu, sondern aus Oberbayern stamme, stellte Tom richtig.
Ob das nicht das gleiche sei? fragte Alexa.
Tom schlug die Hände vors Gesicht und schwieg.
Jo sprang ihm bei. Das Allgäu gehöre zwar geographisch größtenteils zum Freistaat Bayern, sei politisch aber Teil des Regierungsbezirks Oberschwabens und eine der beliebtesten Urlaubsregionen Deutschlands. Zwei Allgäuer hätten übrigens als erste im Bauernkrieg 1525 fundamentale Menschenrechte formuliert*, die dann von den Philosophen der Aufklärung übernommen wurden und zur Französischen Revolution führten.
Isa rümpfte die Nase und meinte, mit Anstiftung von Kriegen und Revolutionen könne man bei ihr keinen Staat machen.
Aber vielleicht mit der Viehzucht, intervenierte Tom. Das Allgäuer Braunvieh* sei, was die Qualität der Milch anbetreffe, den meisten anderen überlegen. Im Allgäu lebten die glücklichsten Kühe in der Welt. Wer einmal einer Allgäuer Milchkuh in die Augen geschaut habe, der könne nie wieder traurig sein.
Das Land der glücklichen Rindviecher, das sei doch mal was, frotzelte Alexa. Ob sie sich auch dazu zählten?
Tom zog eine Flunsch und schwieg beleidigt.
Die Mädchen lachten und meinten, man könne ja Stadt-Land-Fluss spielen, um die gegenseitigen Deutschland-Kenntnisse zu testen. Die Siegermannschaft dürfe bestimmen, in welcher Sprache man sich künftig unterhalte – auf Alemannisch oder Hochdeutsch! Tom war einverstanden und sie kämpften fünf Runden lang darum, möglichst schnell deutsche Städte- und Ortsnamen, Flüsse, Berge, Sehenswürdigkeiten, berühmte Persönlichkeiten und Dialekte zu den gelosten Anfangsbuchstaben zu finden. Bei Bergen und Flüssen lagen Tom und Jo klar vorne, aber die Mädels wussten mehr Sehenswürdigkeiten

und berühmte Persönlichkeiten von Rang und erkannten lokale Bergsteigergrößen und Ausflugsziele des Oberallgäus wie die Breitachklamm* oder die Heini-Klopfer-Schanze* nicht an. Am Ende gewannen sie knapp und Tom musste sich einer Ausspracheschulung in Hannoveraner-Deutsch unterziehen, bei der die Mädchen Tränen lachten über Toms Unvermögen, stimmhafte s-Laute oder ein nicht-gerolltes »r« zu bilden.

Am nächsten Tag führte Isa sie in die Stadt aus und zeigte ihnen zunächst die Alexander-Newski-Kathedrale*, eine imposante Mischung aus Moschee und Kirche. Nach einem Spaziergang durch den Stadtpark wollte Tom als großer Tierliebhaber in den Zoo. Ohne zu ermüden sah er erst den Seidenäffchen im Affengehege und anschließend den Tigerbabies im Raubtierhaus zu und war kaum wegzubewegen. Nachdem sie einen Treffpunkt vereinbart hatten, überließen sie ihn den Raubtieren und schlenderten durch das Terrarium, die Vogelhalle und das weitläufige Aquarium. Vor dem falschen Clownfisch mit seinen eigentümlichen weißen Streifen, die ihn vor entsprechendem Hintergrund manchmal wie segmentiert erscheinen ließen, blieb Isa stehen, bewunderte lächelnd sein Versteckspiel hinter den Seeanemonen und fragte unvermittelt, was sie eigentlich auf dem Berg suchten.
Der Anstoß zu ihrer Unternehmung sei der Wunsch gewesen, ihre Grenzen zu überschreiten und dorthin vorzudringen, wo noch nie ein Mensch war, antwortete Jo.
»Zu Gott?«
»Vielleicht«, sagte Jo, »falls es ihn gibt.«
»Du fürchtest den Tod, nicht wahr?«
Ihre Frage verwirrte ihn; noch mehr der Verdacht, dass er sein Ziel gerade irgendwie aus den Augen verloren hatte.
»Nein«, erwiderte er, »das Nichts danach. Ich möchte etwas in die Ewigkeit mitbringen, damit mein Leben nicht umsonst war.«
Zum ersten Mal sah Isa ihn ganz ernsthaft an, wenn auch nur kurz. Dann hielt schon wieder das Lächeln Einzug in ihr hübsches Gesicht.
»Wir sollten Tom aus dem Raubtierhaus holen!«, sagte sie und zog ihn an der Hand mit sich wie ein Kind.

Nach dem Abendessen wollte Alexa Genaueres über ihre Unternehmung wissen. Jo zeigte ihnen den Etappenplan, beschrieb die Anmarsch- und Aufstiegsroute zum K2 in groben Zügen und erwähnte dabei auch ihren Traum vom Hochland, der sie dazu inspiriert hatte.

Das höre sich mystisch, aber auch gefährlich an, meinte Alexa. Ob sie denn nicht mitkommen wollten, die Befreiung des Geistes im indischen Retreat auf eine weitaus ungefährlichere Art zu erlangen?

Jo gestand, die Alternative einer spirituellen Reise stelle eine große Verlockung dar, sie aber lieber über irdische Pfade an das Ziel ihrer Träume zu gelangen versuchten. Durch jahrelanges Training seien sie nun mal eben so konditioniert.

Tom meinte, dass er lieber eine überhängende Wand im zwölften Schwierigkeitsgrad klettere als sieben Tage unter einem Baum auf die Erleuchtung zu warten.

Die Mädchen lachten.

Isa fand es schade, dass sie nicht auf den Everest stiegen, denn dann hätten sie die gleiche Anreise.

Der sei nach dem Erdbeben in Nepal im Moment nicht besteigbar*, im Übrigen völlig überlaufen, sagte Tom.

Aber bis Istanbul könne man doch eine Art Fahrgemeinschaft bilden, schlug Isa vor.

Jo wandte ein, dass sie vom Tempo her nicht mithalten könnten, worauf Alexa meinte, darauf würde sie keine Wetten abschließen, sooft wie der Bus in die Werkstatt müsse.

Da seien sie ja gerade an den Richtigen geraten, meinte Tom. Vor seiner Zeit als Bergführer habe er als Automechaniker gearbeitet. Zwar nicht bei VW, sondern bei Mercedes, aber einen Bulli würde er locker auseinander- und wieder zusammenbauen, der habe noch nicht den ganzen elektronischen Schickschnack wie die Autos von heute.

Ob das ein Angebot sei, wollte Isa wissen.

Bis Istanbul vielleicht – dann könne man ja weiter sehen, sagte Jo. Vorausgesetzt, dass es ihnen nichts ausmache, dass sie nur Tagesetappen von 140 bis 160 Kilometern schafften.

Alexa gestand, sie seien sich auf dem Balkan als allein reisende Mädchen schon manchmal ein bisschen komisch vorgekommen. Und die patriarchalische Gesellschaftsordnung* sei in den islamischen Ländern, die vor ihnen lägen, vorherrschend.
Ob sie denn keine männlichen Begleiter zum Mitfahren gefunden hätten? wollte Tom wissen.
Die hätten sich das nicht getraut, so weit mit dem Auto, antwortete Alexa und lachte. Und außerdem – sie drückte Isa einen Kuss auf den Mund – seien sie beide in ja schon einer festen Beziehung!
Isa war knallrot geworden, sah erst Tom und dann Jo mit einem schiefen Lächeln an und meinte doppeldeutig, ein bisschen Platz sei aber trotzdem immer noch in ihrem Bus, wenn es mal hart auf hart komme.
Jo nickte verständnisvoll und lächelte, um die Mädchen vom fassungslosen Gesicht Toms abzulenken.

»Iatz hämbr de Dreck«, fasste Tom die Situation beim Zähneputzen im Waschraum zusammen. »I hao ja glei gseit, kui Wiebrgschichtle meah!«
Ob er denn ernste Absichten gehabt habe? fragte Jo.
»Dees it, aber mit dr uine hätt i gean amaol de roate Mong aaglüeget*«, gestand Tom.
»Mit dr Isa?«, fragte Jo lächelnd.
»Nui, mit dr aondre. Dass du uff d'Isa schpinnsch, hätt ja a Blinda aone Brille gseah!«
»Gar it«, sagte Jo und wurde rot.
Tom kicherte und hätte sich fast am Zahnputzschaum verschluckt.
»Du bisch a miseraabla Liagnar!«, spottete er.
»Und iatz?«, fragte Jo.
»Moan in allar Fria fahre br. I misch be doch it in ar Läschbegschicht ning!«
Und so kappten sie zum zweiten Mal gerade geknüpfte Beziehungsbande, ohne sich zu verabschieden.

Harmanli

In der Nähe von Harmanli in Bulgarien machten sie Rast. Die Räder an einen Holzschuppen gelehnt, aßen sie Kümmelbrot, Schafskäse und Oliven und tranken Wasser mit Mineralpulverzusatz. Große Kastanien spendeten Schatten vor den flutenden Strahlenkaskaden der grellen Mittagssonne.
»Z' Oberschdoarf isch ba schu b'm Hoibe*«, sagte Tom. Es klang fast ein bisschen wehmütig.
»Du wirsch doch amend it Huimweah haong«, fragte Jo.
»Nui«, antwortete Tom. »Dahuim isch d'Aarbat und dia haon i no lang gnüe. Dia nägschte vierz'g Jaohr.«
Jo wollte wissen, ob er denn bis an sein Lebensende Bergführer bleiben wolle.
»Wenn es br it v'rtlaidet, schu«, erwiderte Tom. »I hao ja nuits aonders g'leanet.«
Jo schmunzelte über den abgegriffenen Spruch, der Tom nicht gerecht wurde. Tom war ein Tausendsassa, der sich mit fast jedem Handwerk hätte durchschlagen können – zur Not auch als Komödiant, Zirkusartist oder Straßenmusikant.
»Und du, Jo?«
Jo antwortete, er habe keine Ahnung. Aber Touris auf die Trettach oder über den Heilbronner Weg führen sei keine Perspektive für den Rest seines Lebens.
Tom schüttelte lächelnd den Kopf, während er mit dem Schnitzmesser einen Apfel in mundgerechte Stücke schnitt.
»Du brüüchsch a Fehl, dia wao dr a wink a Fuir ünd'rem Fiidle macht, dees isch alls! Und i wisst schu uine!«
»Sag nix!«, flehte Jo. »Suus gaoht se br gar numma uss'm Sii!«

Der Wind hatte nachgelassen und einer Hitze Platz gemacht, die die Luft zum Flirren brachte und ihnen den Schweiß im Sitzen auf die Stirn trieb. Weil sie gut im Zeitplan lagen, gönnten sie sich ein Mittagsschläfchen. Jo träumte von den hellgelben Frühlingswiesen zu Hause, flocht für Luisa einen Löwenzahnkranz und krönte sie damit. Als er zum Kuss ansetzte, waren es aber Gwens Lippen, die sich ihm darboten. Er erwachte mit einem Seufzer.

Das tiefblaue Wasser des Sees reizte ihn. Nur mit der Radlerhose bekleidet watete er durch den Uferschlamm hinein und genoss die von allen Seiten herandrängende Kühle. Tom, obwohl sonst eher wasserscheu, folgte in einigem Abstand. Weiter draußen versuchte Jo auf den Grund hinab zu tauchen, schaffte es aber auch nach mehrmaligen Anläufen nicht, obwohl ihm der Wasserdruck in den Ohren dröhnte. In zehn Metern Tiefe stieß er endlich auf festen Boden. Als er aus dem trüben Halbdunkel hinaufblickte, schien die Wasseroberfläche fast unerreichbar fern – heftig wippende, spiegelnde Flächen im Sonnenlicht, dazwischen die winzige Gestalt Toms, die zu ihm herunterspähte.
Jo spürte die Atemnot als etwas, dass ihm fast greifbar die Luftröhre verschloss, wollte sich aber lange nicht aus der dunklen Geborgenheit, die ihn wie eine Glocke umgab, lösen. Der Gedanke, dass die so unterschiedlichen Welten hier unten und da draußen im Grunde eins waren, faszinierte ihn. Den Schwindel, der sich seiner allmählich bemächtigte, nahm er als etwas Befreiendes wahr, ebenso wie das helle Licht, das sich vor seinen Augen auftat.

Eine Hand fasste nach ihm und zog ihn hoch. Jo folgte ohne eigene Schwimmbewegungen, während sich die Luft aus seiner Lunge stoßweise in kleinen Bläschen verflüchtigte. Erst kurz vor der Wasseroberfläche packte ihn die Atemnot mit solcher Gewalt, dass er einen Schwall Wasser einsog und beim Auftauchen unter heftigem Würgen und Husten wieder ausspuckte um dann gierig nach Luft schnappend wild mit den Händen auf das Wasser patschte, als könne er sich mir so mehr Luft zuführen. Tom zog ihn im Rettungsgriff ans Ufer wie eine Übungspuppe.
Um's Oarschleacke, sagte Tom, selber kreidebleich, um's Oarschleacke wärsch hi, Kerle!

Jo wusste selbst nicht, was da über ihn gekommen war. Es schien, als hätte alles, was davor gewesen war, nur ein Ziel, als hätte ihn die Straße hierher geführt und sei hier zu Ende.
Am Ufer liegend, schirmte er seine Augen mit der Hand vor dem gleißenden Sonnenlicht. Fast sehnte er sich in das dämmrige Halbdunkel des Seegrunds zurück.

Das nächste Mal, wenn er abtauchen wolle, solle er ihm vorher Bescheid geben, schimpfte Tom. Was in aller Welt habe er da unten gesucht?
Ming Rüah, antwortete Jo.
Tom rollte die Augen, blickte zum Himmel und dann wieder zurück. Dabei bemerkte er, dass die Räder weg waren.
Ja leack br doch am Fiidle, stöhnte er.

Drei Stunden später saßen sie in der Polizeikommandatur von Harmanli. Ein langer Fußmarsch lag hinter ihnen, quer durch die Außenbezirke der Stadt. Man hatte sie ohne Ausweise gar nicht vorlassen wollen. Niemand sprach Englisch oder Deutsch.
Irgendwann erschien der Präfekt, der sich ihnen als Ivan Petrow Atanassow vorstellte, ein schmerbäuchiger Mann mit Zwirbelbart und einem Schielblick, der sie beide zugleich ins Visier nehmen konnte.
»Passport – die Pässe!«, befahl Ivan.
Sie hätten keine Pässe mehr, sagte Jo auf Englisch. Die Pässe seien ihnen gestohlen worden.
Dann könnten sie nicht in Bulgarien bleiben.
Aber wo sollten sie hin?
Von woher kämen sie?
Aus Deutschland.
Dann müssten sie dahin zurück.
Das könnten sie nicht.
Warum nicht?
Weil sie keine Pässe hätten!

So lief das Gespräch eine Weile, bis Ivan auf die Idee kam, Fotos von ihnen zu machen und Fingerabdrücke abzunehmen.
»For Interpol!«, sagte Ivan und lachte.
Tom fand das gar nicht witzig – noch weniger, dass man sie für die Nacht in die Ausnüchterungszelle sperrte.
»Free lodging – freie Unterkunft!«, lachte Ivan, »tomorrow we see more – morgen sehen wir weiter!«

Tom schimpfte, sie seien unter falschen Voraussetzungen in der Zelle gelandet. Ernüchterter als er im Moment könne man gar nicht sein.
Ja – jetzt seien sei am Boden der Tatsachen angekommen, murrte Jo. Tiefer könne man kaum noch sinken.
Haosch doch allat noo ding Leabe, sagte Tom. Was dätsch iatz, wenn de in deam Sea versoffe wärsch?

Am nächsten Tag verfrachtete man sie trotz ihres Protestes in das berüchtigte Flüchtlingsauffanglager von Harmanli*. Hierhin wurde alles gesperrt, was unter den hereindrängenden Flüchtlingsströmen aus Asien oder Afrika von der Grenzpolizei aufgegriffen worden war. Das ursprünglich für tausend Bewohner konzipierte Lager war mit inzwischen über 3000 gestrandeten Flüchtlingen hoffnungslos überfüllt.

Im Innern des Gebäudes vermischten sich Kindergeschrei, Musik aus Transistorradios und das Sprachengewirr zu einer einzigen Kakophonie. Der knatternde Dieselmotor des Stromaggregats schlug den Takt dazu. Sie wurden in einem Zimmer mit zwei Syrern, einem Eritreer und drei Senegalesen untergebracht, teilten die wässrige Suppe, das schimmlige Brot und die Läuse mit ihnen. Entlang der Wände befanden sich Etagenbetten mit rostigen Eisengestellen und durchhängenden Liegeflächen aus geflochtenem Draht und Spiralfedern. Vom einzigen Kühlschrank bahnte sich eine Kakerlake den Weg zu den Essensresten in der Zimmerecke. Es roch nach Schweiß, Urin, Knoblauch und Zigarettenqualm.
Einer der Eritreer namens Abebe bot ihnen eine Zigarette als Willkommensgruß an. Seine Haut hatte die Farbe von dunklem Milchkaffee und seine schwarzen Haare rankten sich wie Rosmarinsprossen in die Höhe. Sie lehnten dankend ab, setzten sich in die einzig freie Ecke und sahen dem vor Unterdrückung und Folter aus Äthiopien geflohenen Abebe beim Daf-Trommeln zu.
Seine Hände schienen ihr eigenes Spiel zu treiben, losgelöst vom schmächtigen Körper mit dem schmalen Kopf und dem verhärmten Gesicht. Aus dem sanften Fingerspiel und der wischenden Bewegung der Hände entwickelte

sich zwischen Abebe und der Trommel allmählich ein andächtiges Zwiegespräch. Mitten im Spiel ließ er plötzlich die Trommel fliegen, fing sie im Flug und bearbeitet sie erneut mit den Fingern. Lange kommunizierte er versonnen mit ihr, bevor er Tempo und Druck der Schläge steigerte, sich dann in einen Rausch hineinspielte, bis seine Finger, Hände und die Trommelfläche zu einem einzigen rasenden Wirbel verschmolzen. Ganz plötzlich erlahmte das Spiel, wurde so kraftlos und lethargisch wie der Gesichtsausdruck Abebes. Dann herrschte Stille im Raum, nur von weitem drang das Heulen eines Kleinkindes herein.

Lange Zeit saß Abebe wie in Trance, schien in sich hinein zu lauschen, raffte sich schließlich noch einmal auf, drosch unbarmherzig auf die Trommel ein und trieb sie mit fliegenden Händen mit aller Macht zu einem hämmernden Finale an, bevor er die Trommel niedersinken ließ und ein Lachen anstimmte, das heisere Lachen eines Kettenrauchers.

»This is my retreat – das ist mein Rückzugsort«, grinste er und ließ seine blendend weißen Zähne sehen, »my piece of heaven – mein Stück Himmel«.

Jo nickte. Er war über dem Spiel Abebes in einen Trance-Zustand geraten, der auch ihn erahnen ließ, dass es jenseits des schweren Erdendaseins irgendwo eine Sphäre geben müsse, in der die Leichtigkeit des Seins über alles Elend dieser Welt triumphierte*.

Im Gemeinschaftsraum wurden sie von Ali, einem Syrer, über ihre Herkunft befragt. Als er endlich verstand, dass sie aus Deutschland kamen, war er fassungslos.

»Refugees from Germany – Flüchtlinge aus Deutschland!«, rief er mit lachendem Unterton.

Rasch versammelte sich eine ganze Blase von Neugierigen um sie. Jo klärte sie über das Ziel ihrer Reise, den Diebstahl und ihre darauffolgende Einweisung in das Lager auf. In den Augen der Leute lasen sie die übliche Ratlosigkeit.

»So etwas Verrücktes habe ich noch nie gehört!«, rief Kito aus Ruanda und kreischte vor Lachen. »Diese Deutschen fahren 5000 Meilen mit dem Fahrrad, um irgendeinen dummen Berg zu besteigen!«

»Not stupid mountain – kein dummer Berg«, meinte Ali. »K2 is second-highest and most dangerous mountain in the world – der K2 ist der zweithöchste und gefährlichste Berg der Erde!«
Kito schüttelte seinen Kopf in Unverständnis.
»Why you look for danger on mountain – warum sucht ihr die Gefahr auf einem Berg? Life down here is dangerous enough – das Leben hier unten bietet Gefahren genug!«
»Not for people from Germany – nicht für Menschen aus Deutschland«, grinste Ali. »Their life is so boring that they must look for adventure elsewhere – ihr Leben ist so langweilig, dass sie woanders Abenteuer suchen müssen.«
Nadschibullah aus Afghanistan lachte und rief: »Make your way through my country and you get plenty of adventure – much more dangerous than your mountain – nehmt die Anfahrt über mein Land und ihr kriegt alle möglichen Abenteuer geboten – noch viel gefährlicher als euer Berg!«
Jo nickte und schenkte Nadschibullah ein müdes Lächeln.

Ali empfahl ihnen, die Vermittlungsdienste von Scheich Nabo in Anspruch zu nehmen, eines Jesiden, bei dem alle Fäden zusammenliefen. Mit ein bisschen Glück und viel Geld bekämen sie dann unter Umständen sogar ihre Pässe zurück.
Jo bedankte sich, gab Ali aber zu verstehen, dass es ihnen im Moment eben genau am Allernötigsten fehle: Geld.
Da hätten sie etwas gemeinsam, nickte Ali.
Ali war mit seiner Frau und fünf Kindern hier und bekam umgerechnet fünf Euro Überbrückungshilfe pro Tag. Das reiche nicht für Essen und Trinken für seine sechsköpfige Familie, geschweige denn für Kleidung, Windeln oder was sonst noch an Lebenswichtigem anfiele, klagte er. Aber, fügte er hinzu, auch wenn die Flucht beschwerlich gewesen und das Essen und die Sanitäranlage im Lager kaum menschenwürdig seien: Immer noch besser als ein Leben in Syrien, wo die ständigen Bombardements das Leben zur Hölle machten. Wenn es so weiter ginge, befinde sich bald halb Syrien auf der Flucht. Und dann werde eine Flüchtlingswelle wie ein Tsunami über Europa kommen – und nichts und niemand könne sie stoppen*!

Am Abend boten Ali und Kito im Vorhof des Lagers musikalische Unterhaltung – Abebe mit seiner Daf, Kito mit einer Kalimba. Wenig später gesellten sich Ali mit einer Oud – einer Art Laute – und Nadschibullah mit einer afghanischen Maultrommel hinzu. Zunächst spielte jeder sein Instrument solo, dann übten die Vier das Zusammenspiel, fanden aber keinen gemeinsamen Rhythmus, bis Tom und Jo einen Jodler anstimmten, den die Band instrumental und gesanglich zu untermalen begann. Die anfangs kleine Schar von Mitsängern unter den Zuhörern bekam rasch Verstärkung. Männer, Frauen und Kinder aus einem Dutzend verschiedener Nationen bildeten rasch ein interaktives Publikum, das mitsang, klatschte und die Vorgaben ideenreich auf seine Weise variierte. Ein Feuer wurde entzündet, und während die Musik der Band von vielstimmigen Gesängen umrahmt wurde, tanzten die Burschen mit untergehakten Armen darum herum oder sprangen hindurch. Zur Erfrischung brachte man Shishas, Tee und Gebäck. Kito strahlte und meinte, so ein Happening habe das Lager noch nicht erlebt.
Ali nutzte eine Pause, um die Anwesenden zu begrüßen, die Bandmitglieder vorzustellen und die zwei unfreiwillig im Lager gestrandeten Deutschen, die sich auf Durchreise nach Pakistan befanden, um dort den K2, den zweithöchsten Berg der Erde, zu besteigen, nun aber hier festsaßen, weil ihnen hier vor Ort die Räder geklaut worden waren – mit hoher Wahrscheinlichkeit von einer Diebesbande aus dem Lager!
Ein Raunen lief durch die Reihen. Der Lagerratsvorsitzende, ein hochgewachsener und graubärtiger Kenianer namens Milele, erhob sich und meinte, es sei eine Schande, was sich einige unter ihnen erlaubten – Armut berechtige nicht dazu, andere zu bestehlen oder zu betrügen! Diese Schande falle auf das gesamte Lager zurück und besudle auch den Ruf der ehrbaren Leute unter ihnen. Er fordere die Diebe auf, das gestohlene Gut unverzüglich und unversehrt bei Scheich Nabo abzuliefern.
Tom, sonst eher medienscheu, dankte Ali und Milele für ihren Appell und fügte hinzu, dass ihre Unternehmung in Deutschland und Österreich ein großes mediales Interesse gefunden habe* und es sicher kein gutes Licht auf das Flüchtlingslager von Harmanli werfe, wenn ihre Reise hier ende. Er hoffe, dass sich mit der vereinten Hilfe der Lagerinsassen in der Angelegenheit

bald etwas bewege und sie ihre Reise fortsetzen könnten. Zum Dank wolle er etwas für die Völkerverständigung tun, die hier im Lager von einigen Leuten trotz der Sprachbarrieren bereits vorbildlich praktiziert werde. Die einzige Sprache, die alle auf Anhieb verständen, ganz gleich, welchem Volk sie angehörten, sei die Universalsprache Musik. Mit ihr könne man sogar Allgäuerisch und Suaheli unter einen Hut zwingen!

Und dann brachte er gemeinsam mit Jo dem Publikum geduldig die Refrains des »Wemba«-Lieds* des Allgäuer Mundartkabarettisten Josef Haberstock aus Bad Hindelang – besser bekannt als »Broadway Joe*« – bei, wies den Trommlern und Saitenzupfern ihre Einsätze zu und wechselte sich mit Jo bei den Solisteneinsätzen ab. Unter den ostafrikanischen Flüchtlingen löste das Lied mit seinen sprachverwandt klingenden Lautfolgen große Erheiterung aus. Nachdem die Bantu sich bereits bei den Refrains lautstark eingebracht hatten, führten sie den Song nach der letzten Strophe fort und erweiterten es durch eigene Verse auf Suaheli. Andere Sprachgruppen stimmten mit ein, erfanden neue harmonisch passende Varianten und Melodien, steppten und tanzten und schlugen klatschend oder trommelnd den Takt dazu. Am Ende sang, klatschte und tanzte alles im Saal in friedlicher Eintracht miteinander – sogar die Wärter, die ein Auge zudrückten und die Sperrstunde bis Mitternacht hinausschoben.

Am nächsten Morgen gab Ali ihnen zu verstehen, dass tatsächlich Bewegung in die Sache gekommen sei, verweigerte aber genauere Auskünfte und verwies sie an seinen »Boss«.

Scheich Nabo, ein hagerer Fünfziger mit Zigarette im Mundwinkel, einem rötlichen Zwirbel-Schnurrbart und verschmitzten Augen unter der braunen Cord-Schiebermütze, begrüßte sie mit einem festen Händedruck und einem verschwörerischen Zwinkern seiner stechend grauen Augen in seinem Büro.

Die gute Nachricht sei, begann er ohne große Umschweife, nachdem sie Platz genommen hatten, ihre Räder samt Gepäck seien gefunden worden.

Tom atmete erleichtert auf.

Was seien die schlechten Nachrichten? fragte Jo.

Der Scheich brach in ein asthmatisch klingendes Gelächter aus.

Es gebe keine! Sie seien Glückspilze und könnten morgen ihre Reise fortsetzen!

Lang und breit berichtete er von den Schwierigkeiten, der Schieberbande, die laut Meldungen aus dem Lager für den Diebstahl verantwortlich war, die Räder mitsamt dem Gepäck als Gesamtpaket abzuhandeln, da sie die Ware lieber in Einzelteile zerlegt und so gewinnbringender verkauft hätte. Aber er habe sie davon überzeugen können, dass sie keinen Verlust dabei hätten, erklärte Nabo mit einem breiten Grinsen.

Tom und Jo wechselten Blicke. Es war offensichtlich, dass Nabo den Preis hinaufzutreiben versuchte.

»Wieviel?«, fragte Jo, um die Sache abzukürzen.

»Alles inklusive sechstausend Euro«, erwiderte Nabo, ohne mit der Wimper zu zucken.

Jo versuchte sich den Schreck nicht anmerken zu lassen und fragte, wie er auf eine Summe käme, die den Wert der Bikes und aller übrigen Gegenstände deutlich überstiege.

Hierzulande löse man allein gestohlene Pässe für mehrere tausend Euro aus, erklärte Nabo mit einem nachsichtigen Lächeln. Aber weil sich der Lagerälteste Milele und etliche weitere gute Freunde für sie eingesetzt hätten, sei er bereit, mit dem Preis auf viertausend Euro herunterzugehen, auch wenn das einen großen Verlust für ihn bedeute.

Tom stöhnte, das sei immer noch viel mehr, als ihre Ausfallbürgschaft zu leisten bereit wäre.

Die Bikes waren tatsächlich unversehrt, das Gepäck weitgehend unangetastet. Allerdings fehlten die Smartphones – ein herber Schlag für sie, schon allein wegen der eingespeicherten Adressen und Apps. Am Ende kam ihnen Scheich Nabo deshalb noch einmal mit fünfhundert Euro entgegen, fluchte mit gut gespielter Theatralik auf seine eigenen Leute, die so »unehrlich« waren, ihnen die Handys zu klauen. Man könne eben heute niemandem mehr auf dieser Welt vertrauen, nicht einmal den Ganoven, die doch, wie man wisse, eine geradezu sprichwörtliche Ehre besäßen.

Er erteilte ihnen den Rat, künftighin immer ein wachsames Auge auf ihren Besitz zu haben und verabschiedete sie mit der Versicherung, sie seien ihm richtig teuer geworden.

»Really dear«, sagte er wörtlich.
»So tier wia a Gealdschießar*«, spöttelte Tom. »Fählt bloaß no, dass a zum Bleare afoocht!«

Nachdem sie die Schecks eingelöst und das Geld an Nabo ausbezahlt hatten, blieben für beide zusammen noch knapp tausend Euro übrig.
Jo fragte konsterniert, von welchem Geld sie die laufenden Kosten auf der Weiterreise bestreiten sollten.
»Vum Singe und Beattle«, antwortete Tom mit einem resignierenden Schulterzucken.

Zum Abschied am nächsten Morgen bildete ein Teil der Lagerinsassen unter der Anleitung von Ali und Abebe ein langes Spalier bis zur Pforte und klatschte und sang das syrische Segenslied »Jannah, Jannah!*« für sie. Jo fühlte sich eigenartig berührt davon, als erteile man ihnen jetzt erst den wahren Segen zu ihrer Reise. Zu einer Reise, der, so schien es ihm, über der Abfahrt mit den vielen verwirrenden Ereignissen in kurzer Folge das klare Ziel abhandengekommen war.

Mittwoch, 27. Mai:
Harmanli, ein trostloser Ort wie viele andere auf unserer Reise, wäre unter normalen Umständen im Reisebericht unerwähnt geblieben. Nun ist er zu einer Schlüsselstelle geworden, wo unsere Unternehmung fast ein vorzeitiges Ende gefunden hätte.
Die drei Tage im Lager haben uns zumindest eines gelehrt: Bescheidenheit. Selbst die einfachen Mittel, die wir bei der Anreise nutzen, sind Luxus im Vergleich zu dem, was vielen Menschen auf diesem Planeten an Besitz und Möglichkeiten zusteht. Ganz zu schweigen von der Nutzlosigkeit unseres Projekts, das weder wertschöpfend noch in irgendeiner Weise geeignet ist, die Not oder Armut auf dieser Welt zu lindern.
Und trotzdem haben viele der Flüchtlinge unsere Anwesenheit als Lichtblick empfunden. Dass Menschen ihre Kraft und ihr Können in ein Projekt steckten, das weitgehend losgelöst von Gelderwerb und Existenznöten nur der Selbstverwirkli-

chung dient, vermittelt ihnen vielleicht eine Ahnung davon, was Freiheit im besten Sinn bedeutet. Umgekehrt durften wir erleben, wie selbst die erbärmlichen Lebensumstände, in denen die Flüchtlinge leben, Hilfsbereitschaft, Anteilnahme, Humor und sogar künstlerisches Engagement nicht ganz auszulöschen vermögen. Es sollte auch uns Ansporn sein, die Rückschläge und Widrigkeiten auf unserer Reise gelassener zu ertragen.

Dritte Etappe
Türkei

Istanbul

Donnerstag, 28. Mai:

Wir haben es geschafft – der Orient ist erreicht!

Tom ist fassungslos angesichts der endlosen Reihen von uniformen Wohnsilos in den Vororten der 14-Millionen-Metropole.

»Juu – wohnet dao iiberall Lit din?«, fragt er kopfschüttelnd.

Die Anfahrt ist der reinste Nervenkitzel. Dreißig Kilometer vor der Stadt wird die Überlandstraße plötzlich zur mehrspurigen Autobahn – ohne Vorwarnung und ohne eine alternative Strecke für Fahrräder zu bieten. Der rechte Fahrstreifen, auf den wir als die langsamsten Verkehrsteilnehmer angewiesen sind, mutiert an den Ausfahrten übergangslos zur Abbiegespur, so dass wir, um nicht in irgendwelchen Vororten zu landen, rechtzeitig vorher auf die linke Spur wechseln müssen. Dort sehen wir uns aber sogleich einem Strom mit Projektilen ausgesetzt, die sich uns manchmal bis auf Tuchfühlung nähert. Tom meint, wenn wir das überleben, könne uns nichts mehr schrecken.

Freitag, 29. Mai, Karaköy:

Um 6.30 Uhr Aufbruch zum »Allahu-ekber«-Gesang der Muezzins von den Minaretten ringsum. Die durch übersteuerte Mikrophone und ausgeleierte Lautsprecher oft zum Jaulen verzerrten Gesänge werden uns bis in den Hindukusch begleiten. Heute ist Besuch der Deutschen Schule angesagt – wir erhoffen uns nützliche Tipps für die Durchquerung der Türkei.

In Karaköy geraten wir mitten in den Berufsverkehr. »Kalabalik« ist das erste türkische Wort, das wir im wahrsten Sinn erfahren. Bis zur zweieinhalb Kilometer entfernten Deutschen Schule am Galataturm brauchen wir zwanzig Minuten. Selbst mit dem Bike ist in den engen Straßen kein Durchkommen, so dicht stehen die Autos aneinander; der Lärm ist infernalisch, vor allem die Kompressorhupen der Lkw's und Busse. Das Gesetz des Stärkeren gilt hier noch unumschränkt – die*

Vorfahrt nehmen sich die Fahrer mit dem größten Vehikel, ungeachtet der Verkehrsschilder oder selbst der Ampeln. Wir stehen mit den Fußgängern am untersten Ende der Hackordnung, fühlen uns ohne Stoßstangen und Knautschzonen dem Ganzen ziemlich hilflos ausgeliefert und lernen mit den Rädern geduldig im Stau stehend die sprichwörtliche asiatische Gelassenheit kennen.

Gerade noch rechtzeitig vor Schulbeginn erreichten sie das Wärterhäuschen am Eingang zur Deutschen Schule. Der Kapici wollte sie ohne Schuluniform nicht einlassen und wies auf die in Scharen vorbeiziehenden Schüler in schwarzen oder grauen Hosen, weißen Hemden und blauen Blazern und Krawatten. Nachdem sie eine Leihkrawatte über ihre T-Shirts gewunden und Fund-Jacken übergezogen hatten, erhielten sie vom zweiten Direktor schließlich Aufenthaltserlaubnis für den Vormittag.
Man geleitete sie zum Sportplatz der Schule, wo sich wie jeden Morgen vor Unterrichtsbeginn alle Schüler zum »Tören*« versammelten und die türkische Nationalhymne sangen. Der Direktor stellte sie den anwesenden Schülern und Lehrern als »globetrottende Allgäuer« und K2-Aspiranten vor; die türkische Direktorin übersetzte für die anwesenden türkischen Schüler und Lehrer. Der Applaus war wohl auch deshalb verhalten, weil von den türkischen Schülern kaum einer den K2, geschweige denn das Allgäu kannte.

Nach drei Stunden Unterrichtshospitation in der sechsten Jahrgangsstufe, die von den türkischen Schülern zur Umstellung auf den Unterricht in Deutsch zweimal durchlaufen wurde, machten sie während der Pause im Lehrerzimmer Bekanntschaft mit den deutschen Lehrern. Sie hatten sich für drei bis maximal sechs Jahre für den Auslandsschuldienst beworben und kamen aus allen Bundesländern. Die meisten von ihnen waren aus purer Abenteuerlust hier und um der Routine zu entfliehen – das doppelte Gehalt wirkte als zusätzlicher Anreiz – hatten sich mit ihrer Situation vor Ort inzwischen gut arrangiert und meinten, der Wohlfühl-Faktor hierzulande sei höher als zu Hause, auch wenn vieles wieder relativiert würde durch Erdogans autokratisches Gebaren, das Verkehrschaos, den Wintersmog, die Bürokratie und die mangelnde Perfektion in einigen Bereichen wie Strom- und Wasserversorgung. Die Frage Toms, ob sie denn auf Dauer hierzubleiben gedachten, verneinten die meisten allerdings mit der Begründung, dass bei ihnen die türkische Wesensart, das Unvermeidliche mit Gelassenheit hinzunehmen, letzten Endes dann wohl doch nicht genügend ausgeprägt sei. Ein Sportlehrer namens Florian Nettelbeck aus Hergatz im Allgäu versuchte mit Tom auf Allgäuerisch zu kommunizieren, was er besser nicht getan hätte, denn als Tom Floris eingeschwäbelten Dialekt hörte, ging er rasch wieder auf Distanz, weil es ihm davon, wie er Jo zuraunte, »d'Zeacheneegl üüfgschtellt hab*.«

Als sie am Kaffeetisch von ihrer Unternehmung berichteten, verriet ihnen ein Deutschlehrer namens Hartmut Hettich aus Mainz, er sei in den letzten Sommerferien ihre Route mit dem Campingbus bis nach Pakistan gefahren und lud sie für den Nachmittag zu einem Bericht darüber zu sich nach Hause ein. Den Rest des Vormittags verbrachten sie in Hartmuts Klassen und lernten neben den rein türkischen auch eine Klasse mit deutschstämmigen Schülern und sogenannten »Rückkehrern« kennen – türkische Jugendliche, in Deutschland aufgewachsen, jetzt aber wieder in der Türkei wohnend. Eine ganze Stunde lang diskutieren sie mit ihnen über die Frage, wo es sich besser lebe, und erfuhren, dass viele der Rückkehrer-Kinder gar nicht mehr unbedingt nach Deutschland zurück wollten, auch wenn sich ihnen die Möglichkeit dazu biete. Auf ihre Frage, was sie denn an der Türkei besser fänden, erhielten sie die einhellige Antwort, man sei hier nicht so unter Stress und die Leute hätten mehr Zeit für einander. Jo überlegte in einem Anflug von Zynismus, ob damit auch die Zeit gemeint sei, die die Leute miteinander im Stau verbrachten. Doch selbst Hartmut, der inzwischen schon das vierte Jahr hier war, bestätigte den Eindruck seiner Schüler und fand, dass der Wohlfühl-Faktor hierzulande höher sei als zu Hause, auch wenn vieles wieder relativiert würde durch Erdogans autokratisches Gebaren, das Verkehrschaos, den Wintersmog und die mangelnde Perfektion in vielen Bereichen. Die Frage Toms, ob er denn auf Dauer hierzubleiben gedenke, verneinte Hartmut allerdings mit der Begründung, dass bei ihm die türkische Wesensart, das Unvermeidliche mit Gelassenheit hinzunehmen, letzten Endes dann wohl doch nicht genügend ausgeprägt sei.

Arnavutköy

Das Treffen mit Hartmut und seiner Frau Elsbeth am Nachmittag war von der besonderen Art. Schon allein Elsbeths wegen, deren leicht dekadente Schönheit Jo auf eine irritierende Weise faszinierte. Die kupferroten Haare über der hohen Stirn. Ihr weißer Teint und die ebenmäßigen Gesichtszüge einer klassischen Büste. Ihre zarten, leicht aufgestülpten Lippen, die sie mit der Zungenspitze immer wieder benetzte. Die Melancholie ihrer grünen Augen unter den meist nur halbgeöffneten Lidern. Ihr schlanker Hals, ihre zerbrechlich wirkende Gestalt. Ihr Duft nach Jasmin und Ambra.

Bei schönstem Wetter saßen sie vor dem gekühlten Apel-Cidre im Schatten von zwei Sonnenschirmen auf der Terrasse des geräumigen Villen-Appartements im Vorort Arnavutköy mit Blick auf die Bosporusbrücke und lauschten dem Rauschen des Südwinds Lodos in den Blättern der Silberpappel und Hartmuts Reisebericht.

Bereits die Beschreibung der Anfahrt hatte es in sich – nach seiner Schilderung ein ständiges Auf und Ab entlang der Schwarzmeerküste, durch die Gebirgsregionen Ostanatoliens, Irans und Belutschistans mit Pässen von bis zu 3000 Metern Höhe. Hartmut empfahl ihnen, bis Samsun die längere, aber weniger befahrene und landschaftlich reizvollere Küstenstraße am Schwarzen Meer entlang zu nehmen. In Kurdistan stellten zwar freilaufende Hunde und Steine werfende Kinder eine gewisse Gefahr dar, gegen die man sich aber wappnen könne. Gegen die Hunde empfehle er einen Dog-Dazer*, gegen die Steinewerfer eine Luftpistole. Jenseits der türkischen Grenze gebe es außerhalb der großen Städte nur endlose Flachetappen auf schnurgeraden Highways durch menschenleere Gebiete und durch Wüsten, die mit ihrer Kargheit und Eintönigkeit schon beim Autofahrer ein Gefühl hilflosen Ausgeliefertseins hervorriefen – wieviel mehr wohl bei einem armseligen Radfahrer. Dazu kämen aber noch Temperaturen von bis zu 50 Grad Celsius und die ständige Gefahr der Dehydrierung.

Ja, die Hitze! klagte Elsbeth und fächelte sich Luft zu, vor ihr gebe es kein Entkommen. Obwohl sie so gut wie nackt unter dem Tschador gewesen sei, habe sie sich ständig feucht und klebrig gefühlt.

Während Tom ein Grinsen unterdrückte, versuchte Jo Elsbeths Feuchtgebiete gedanklich genauer zu begrenzen.
Alles müsse bei den Frauen durch den Tschador verhüllt sein, fuhr Elsbeth fort – bis auf die Hände und die Augen – als ob die Männer sich nicht unter Kontrolle hätten! In Gom im Iran habe sie erlebt, wie man eine Frau im knielangen Rock verfolgt und die Waden blutig gepeitscht hätte – sei das nicht schrecklich?
Elsbeth strich mit ihren grazilen Händen über ihre formvollendeten Beine, als könne sie die Striemen daran ertasten.
Die Verschleierung habe durchaus ihren Sinn, belehrte Hartmut seine Frau und schilderte, wie sie im Tal des Todes, der Dasht-i-Lut-Wüste, in einen Sandsturm geraten seien und es nur den Tüchern vor dem Gesicht zu verdankten, dass sie nicht am Sand erstickt seien.
Sie glaubte, sagte Elsbeth, ihr letztes Stündlein habe geschlagen. Dabei kam es noch schlimmer. Nachdem der Sturm vorbei war, mussten sie mit den meterhohen Verwehungen auf der Straße kämpfen und mit bloßen Händen den Sand beiseite schaufeln – und das in der Hitze! Blasen habe sie sich geholt – und das bei ihren zarten Händen!
Hartmut tätschelte Elsbeths Hände und berichtete weiter, zwischen Dalbandin und Ahmad Wal im Westen Pakistans sei der Highway wegen eines Massakers der Baluchen an zufällig vorbeifahrenden Touristen acht Tage gesperrt gewesen und der Aufenthalt in einer nahegelegenen Absteige ohne fließend Wasser, sanitäre Anlagen und geregelte Verpflegung zum Überlebenstraining geworden.
In Plastikflaschen hätten sie Wasser von der nächsten Oase geholt, kommentierte Elsbeth, eine Woche nur von Konserven gelebt und wie Hunde Löcher gebuddelt, um ihre Notdurft zu verrichten!
Hartmut drückte Elsbeth ein Küsschen auf die Wange und fuhr fort, im Norden Pakistans seien sie von den politischen Unruhen in der Gegend eingeholt worden, versehentlich auf von der Al-Qaida-Miliz kontrolliertes Gebiet geraten und nur mit knapper Not der Gefangennahme entgangen,. Da habe er sich ernstlich gefragt, ob man bei dem Sicherheitsrisiko Reisen in diese Länder noch anraten könne.

Elsbeth fügte hinzu, ein paar Wochen zuvor sei ein englisches Ehepaar von den Taliban entführt, als Geiseln bis zum Hals in den Boden eingegraben worden und bei lebendigem Leib verdurstet, weil das Lösegeld nicht rechtzeitig eingetroffen wäre. Sei das nicht entsetzlich?
Hartmut legte den Arm um seine Frau und riet ihr, einfach nicht mehr daran zu denken!
Elsbeth schob Hartmuts Arm weg und entgegnete, das könne sie nicht, denn die Vorstellung verfolge sie noch heute bis in ihre Träume. Überhaupt sei die ganze Fahrt ein einziger Alptraum gewesen – sie verstehe nicht, wie sich das jemand freiwillig und auch noch mit dem Fahrrad antun könne!
In die Klage Elsbeths mischte ein Schiffshorn sein dumpfes Brummen.
Hartmut versuchte, das, wie er zugab, etwas düstere Gesamtbild der Reise mit dem Hinweis auf die Naturschönheiten und Kulturdenkmäler am Rande der Route aufzuhellen. Im Hinblick auf die drohenden Gefahren von Seiten der Bevölkerung könne er sie übrigens beruhigen, denn auf den Überlandstraßen Rad fahrende Touristen genössen in den arabischen Ländern eine gewisse Sonderstellung, da sie als Halbverrückte gälten, mit denen man sich besser nicht einließe. Sie hätten also trotz allem gewisse Überlebenschancen.
Tom blickte grimmig drein.
Allat no bessr halbverruckt als it gaonz bache*, raunte er Jo ins Ohr.

Als Hartmut sie vor die Wahl stellte, mit Lehrern der Deutschen Schule im nahegelegenen Park der Sommerresidenz der Deutschen Botschaft Tarabya Fußball zu spielen oder die Gemäldegalerie seiner kunstschaffenden Frau zu besichtigen, waren Tom und Jo uneins. Tom, als ehemaliges Mitglied des FC Oberstdorf und FC-Bayern-Fan, tendierte mehr zum Kicken, während Jo sich eher zur Muse und – im Hinblick auf die Touren-Kilometer, die noch vor ihm lagen – zur Muße hingezogen fühlte. Hartmut meinte nach einem Seitenblick auf Elsbeth und deren bestätigendes Nicken, es sei kein Problem – dann würden sie sich eben aufteilen. Nachdem er Tom mit Trikot und passenden Schuhen versorgt hatte, überließ er Jo der Obhut seiner Frau und versprach, in spätestens zwei Stunden wieder hier zu sein.

Sie saßen am Teetisch, tranken die Glaskaraffe mit Cidre leer und lauschten dem Rauschen der Silberpappel.
Warum in aller Welt sie sich das eigentlich antäten? fragte Elsbeth irgendwann, während ein Windstoß den Saum ihres Chiffonkleids anhob.
Was, fragte Jo.
Diese Unternehmung. Diesen Wahnsinn.
Jo schwieg und sah sie an. Ihre jadegrünen Augen verrieten echte Neugier.
Er suche doch etwas, das spüre sie genau, sagte sie mit einem Lächeln, das etwas zerbrechlich wirkte.
Sie zupfte am Saum ihres Kleides, aber ohne ihre Beine wirklich zu bedecken, und ließ ihre Zungenspitze langsam über ihre Lippen gleiten.
Vielleicht Bestätigung?
Bestätigung? Nein, nicht wirklich.
Was dann?
Die Spitze ihres Stöckelschuhs stieß an seine Wade, als sie die Beine übereinanderschlug.
Er wisse es nicht genau. Vielleicht eine weitere Grenze überschreiten. Das Höchste, das Größte, das Ende von allem erreichen. Das worauf alles hinauslief. Und darauf sein Leben neu begründen.
Verwundert nahm er zur Kenntnis, dass er gerade eine neue Hochland-Konzeption entworfen hatte.
Sie habe es geahnt, sagte Elsbeth mit einem Leuchten in den Augen, das ihn vage an den verheißungsvollen Blick Gwens erinnerte, sie habe es vom ersten Moment an geahnt.
Was geahnt? fragte Jo.
Sie seien beide Grenzgänger, sagte sie, fasste seine Hand und bat ihn ihr zu folgen.

Elsbeth besaß ein eigenes Atelier im Untergeschoss. Sie malte nur abstrakt. Riesige Tableaus voller leuchtender Farben.
Jo geriet beim Betrachten der grellen Farben und Kompositionen in einen Sog. Die Bilder waren Korridore in andere Welten, in denen andere Gesetze galten. Statt Dimensionen Licht und Farbe, statt Fläche Unergründlichkeit und Tiefe.

Wer ihr Meister sei, fragte er.
Ihr Meister wäre sie selbst, antwortete Elsbeth mit einem verlegenen Lächeln. Meistens sei es aber so, dass sie im Schaffensprozess von etwas überwältigt werde, etwas Größerem als sie selbst. Wenn es ihr gelinge, sich ihm beim Malen mit jeder Faser ihres Seins hinzugeben, dann gerate sie manchmal in einen Rausch. Sie trete aus sich heraus wie aus einer Hülle und lasse ein anderes Ich zum Vorschein kommen, vielleicht ihr wahres.
Elsbeth blickte versonnen.
Einmal habe Hartmut sie am Morgen am Boden liegend gefunden, nackt, mit Farbe beschmiert. Sie selbst sei im Rausch zum Kunstwerk geworden.
Jo stellte sich Elsbeth als Ausstellungsobjekt vor, bemalt und nackt an die Wand gepinnt. Die Vorstellung hatte etwas Blasphemisches.

Sie gingen von Tableau zu Tableau, standen vor den Bildern, als entzifferten sie geheimnisvolle Schriftzeichen.
Sie erzählte von ersten Erfolgen bei Ausstellungen. Fünf Bilder habe sie schon verkauft, eines an ein Kunstmuseum.
Jo fragte, was ihr Mann von den Bildern halte.
Elsbeth sah ihn einen Moment an durchdringend an, als wolle sie abschätzen, auf was seine Frage hinauslief.
Hartmut lässt mich gewähren, sagte sie leise, aber er versteht mich nicht wirklich.

Ein Bild zog ihn besonders an. Es nannte sich »Rhapsodie in Blau« und zeigte einen tiefblauen Grund und den Blick hinauf in eine gleißende Helle. Er sah sich auf dem Boden des Sees sitzen, bevor Tom ihn heraufholte, spürte wieder die Geborgenheit, aber auch die beängstigende Enge dort unten. Ein Tunnel hätte ihn auf der anderen Seite hinausgeführt ans Licht, wenn Tom nicht gekommen wäre, da war er sich sicher.

Er gestand Elsbeth, er fühle sich hingerissen, aber auch erdrückt von ihren Bildern. Hingerissen, weil sie eine Grenze überschritten, einen Weg aufzeigten zu etwas sonst Unzugänglichem, Verbotenem.

Sie legte ihm die Hände auf die Schultern. Wieder war dieses uneindeutige Lächeln um ihren Mund, wieder dieses fremdartige Leuchten in ihren Augen.
Hinreißend? fragte sie und fuhr mit der Zungenspitze über ihre Lippen.
Jo nickte.
Aber erdrückend?
Besitzergreifend, antwortete er.
Elsbeths Augen nahmen einen neuen Ausdruck an.
Grenzüberschreiter! flüsterte sie.
Vom ihrem Blick ermutigt, tauchte er ein in ihren wundersamen Duft aus Ambra und Jasmin, küsste ihre Hand.
Elsbeth stand zitternd, als warte sie ab, wie weit er gehen würde.
Als er an ihrer Ellenbogenbeuge angelangt war, hörten sie oben Schritte.

Tom und Hartmut waren völlig verschwitzt.
Dees haot güet taong, d'Süü wiedr amaol so richteg rüüs z'laong, meinte Tom.
Hartmut, ohne jeden Argwohn, fragte Jo, wie ihm die Bilder seiner Frau gefallen hätten.
Hinreißend, sagte Jo. Geradezu überwältigend. Elsbeth besitze zweifellos eine große Leidenschaft und ein großes Talent.
Ja, das stimme, bestätigte Hartmut. Im Kunstschaffen sei seine Frau ein anderes Wesen – völlig ohne Hemmungen und Ängste*.
Elsbeth hatte die Augenlider halb geschlossen, doch ihre Wangen waren von einem leichten Rot überzogen.

Als sie aufbrachen, bedauerte Hartmut, dass er wegen eines anstehenden Besuchs leider nicht am Stammtisch der Fußballer teilnehmen und ihnen deswegen auch das Gästezimmer nicht zum Übernachten anbieten könne. Er glaubte jedoch, dass sich dort sicher jemand finden würde, der ihnen Unterkunft gewährte, und ließ es sich nicht nehmen, sie persönlich nach Emirgan zu fahren.

Emirgan

Sie saßen um einen Plastiktisch unweit der Durchgangsstraße unter einem gefleckten Eukalyptusbaum, tranken Bier aus Krügen mit Deckeln, weil die Kneipe in Emirgan gegenüber der Moschee lag und der Wirt um seine Lizenz fürchtete, falls der Imam mitbekam, dass er vor Allahs Augen Alkohol an Ungläubige ausschenke.

Findig seien sie ja, die Türken, wenn es um die Umgehung von Vorschriften gehe, erklärte ihnen ein vollbärtiger Kollege mit Nickelbrille namens Achim und verriet, dass bei den Muslimen ein geläufiger Trick, das Alkoholverbot zu umgehen, darin bestand, zum Raki ein Glas Wasser zu trinken. Da beides die gleiche Farbe habe, könne Allah nicht sehen, ob man den Anisschnaps oder das Wasser zu sich nehme. In ihrem Fall genügten die Deckel auf den Krügen.

Tom lachte und wollte wissen, ob die Muslime wirklich so dumm seien, wie sie ihren Gott verkauften.

Das sei bei den Christen nicht viel anders, meinte Robert, der sich als Mathematik- und Physiklehrer vorgestellt hatte.

Wieso? fragte Tom.

Ein Gott, der für Almosengeben und Herunterschnurren von Gebeten Sündenerlass erteile, sei ja auch nicht gerade ein Muster für Gerechtigkeit und Weisheit, antwortete Robert.

Tom musste ihm Recht geben.

Wie sie denn überhaupt auf die Idee gekommen seien mit ihrer Unternehmung? fragte Alfred, der Deutsch- und Geschichte unterrichtete und aussah wie Rowan Atkinson.

Jo entgegnete, die Frage sei ihnen auf der Reise schon ein Dutzend Mal gestellt worden und die Antwort jedesmal ein bisschen anders ausgefallen.

Wie sie denn heute ausfiele? bohrte Alfred nach.

Jo zuckte mit den Schultern und meinte, man dürfe sich die Frage nicht zu oft stellen, sonst komme man vom Weg ab. Gewisse Dinge tue man einfach, vielleicht, weil sie noch nie jemand vor einem getan habe oder weil man das Gefühl habe, dass man anders seinem Leben keinen Sinn geben könne.

Die Stille, die eintrat, hatte etwas Beklemmendes.
Oskar aus Bremen, der die Unterstufenklassen unterrichtete, brach das Schweigen.
Eine Holländerin habe versucht, mit dem Traktor zum Südpol zu gelangen. Ob sie davon gehört hätten?
Sie verneinten.
Dreieinhalb Jahre dauerte es, bis sie Kapstadt erreichte, berichtete Oskar. Unterwegs sammelte sie die Träume und Wünsche der Menschen, die ihr begegneten. Dann allerdings verpasste sie den Eisbrecher, der sie in die Antarktis bringen sollte.
»Und dann?«, fragte Tom.
Kehrte sie zurück nach Holland, schrieb ein Buch und hielt Motivationsvorträge. Dafür bekam sie einen neuen Traktor gesponsert und wurde in die Antarktis geflogen. Inzwischen sei sie mit zwei Begleitfahrzeugen wieder unterwegs zum Südpol, wo sie bei ihrer Ankunft einen großen Schneemann bauen und in seinem Bauch die Wünsche einbuddeln wolle, die sie gesammelt habe*.
»Ganz schön absurd«, sagte Kuno, ein Musiklehrer, der mit seinem Bubengesicht aussah wie ein in die Jahre gekommener Teenager.
Jo wollte wissen, was Oskar mit der Geschichte sagen wolle.
Vielleicht liefe demnächst jemand auf den Händen um die Welt, antwortete Oskar. Oder jemand komme auf die Idee, ein Loch durch die Erde zu graben. Einfach so. Der Verrücktheit seien keine Grenzen gesetzt.
Das Leben sei doch an sich schon verrückt genug, fand Achim. Man habe sich bloß daran gewöhnt und empfinde es deshalb als normal.
Man dürfe Verrücktheit nicht mit Spinnerei verwechseln, warnte Oskar.
Wie man das unterscheiden könne? fragte Jo.
Was dabei letztlich herauskäme, antwortete Achim, daran könne man es sehen. Spinner bewegten nur sich selbst, Verrückte manchmal die Welt.

Istinye

Unterschlupf fanden sie bei Kuno in Istinye, einem Nachbarort von Emirgan. Sie saßen bis nach Mitternacht zusammen auf dem Balkon seiner Wohnung mit Blick auf den mondbeglänzten Bosporus und tranken Birnenschnaps aus Kunos Badener Heimat. Kuno war Junggeselle und erst das zweite Jahr in Istanbul, hatte sich aber schon alle Tricks angeeignet, die das Fortkommen in der Großstadt erleichterten. Er fuhr wie ein Henker und trickste beim Durchmogeln im Stoßverkehr sogar die gerissensten türkischen Fahrer aus. Er wusste, dass man alle handgeschriebenen Rechnungen in den Restaurants kontrollieren musste und wies die Taxifahrer zurecht, wenn sie Umwege fuhren um die abzurechnende Kilometeranzahl zu erhöhen. In vier Jahren, sagte er, sei er türkischer als die Türken und hätte bei der Rückkehr wahrscheinlich Assimilationsprobleme in Deutschland.

Tom, der schon ziemlich einen in der Krone hatte, meinte, das ginge ihm jetzt schon so. In Oberstdorf brauche er wahrscheinlich einen Navi um sich zurechtzufinden, und am Feuerwehr-Stammtisch einen Dolmetscher, weil er seinen Dialekt verlernt habe.

Kuno lachte und fragte, ob er etwa Heimweh hätte.

Das nicht, sagte Tom, aber manchmal frage er sich, ob er so viel fremde Länder bereisen müsse, nur um festzustellen, dass es daheim am schönsten sei.

Wie er denn das jetzt schon wissen könne? fragte Kuno erstaunt.

Das wisse er eben. Ein echter Allgäuer lasse nichts über seine Heimat kommen.

Kuno protestierte.

Bei allem Respekt vor seiner Heimat, aber hier – in dieser Weltmetropole, wo sich Orient und Okzident berührten – seinen Blick zu verschließen vor den Kulturschätzen von Jahrtausenden – das sei ja geradezu grotesk!

Tom kippte seinen fünften Schnaps hinunter und erzählte die Geschichte von »Maale*« Frieda, die in den Sechziger Jahren mit dem katholischen Frauenbund von Oberstdorf eine dreitägige Reise mit dem Bus nach Südtirol unternahm. Als sie bei schönstem Wetter in Meran ankamen, begab sie sich, anstatt wie ihre Begleiterinnen das herrliche Bergpanorama von der Hotel-

terrasse zu bewundern, schnurstracks in ihr Zimmer, setzte sich auf ihr Bett und schluchzte: »Joo, wenn i bloaß schu wiedr daohuim wär!«
Genauso ginge es ihm im Moment auch, sagte Tom, wünschte ihnen gute Nacht und torkelte ins Gästezimmer.

Samstag, 30. Mai, Beyoglu:
Wir absolvieren das obligate Besichtigungsprogramm: Hagia Sophia, Blaue Moschee, Topkapi-Palast und den Großen Basar. Die moderne Innenstadt mit den glitzernden Fassaden der Banken und Hotels, der Flaniermeile und dem Geschäfteviertel gleicht denen der westeuropäischen Metropolen. Nur die Passanten verraten etwas von den zwei Welten, die hier aufeinanderprallen: Straßenverkäufer mit Sesamgebäck im Bauchladen neben Yuppies mit Smartphone, blondierte Türkinnen mit Highheels und Minirock neben vollverschleierten Burka-Trägerinnen, Manager mit Anzug und Krawatte neben Bettlern und Kindern, die Schuhe putzten, statt in die Schule zu gehen. Vieles deutet allerdings daraufhin, dass die Verwestlichung der Türkei unter Erdogan und seiner Islamisierungspolitik bald an ihr Ende kommt.
Kuno hat eigens für uns einen türkischen Guide engagiert. Sinan, der als Gastarbeiter mehrere Jahre in einer oberbayerischen Großgärtnerei verbracht hat, hält uns fünf Stunden lang die Schuhputzer und Bettler vom Leib, kontrolliert die Geldscheine beim Wechseln auf zusätzlich aufgeklebte Nullen und zeigt uns im Basar, wie man den Preis einer Ware durch geschicktes Taktieren mit den Händlern drücken kann. Zum Billigtarif erstehen wir gebrauchte Smartphones und erhalten wieder Anschluss an die digitale Welt.
Man müsse nur die Ruhe bewahren, erklärt er uns in seinem türkisch akzentuierten und leicht oberbayerisch eingefärbten Deutsch, immer wohlwollend bleiben, aber nie zeigen, dass man etwas unbedingt haben wolle – dann fiele es einem irgendwann von selber zu.
»Es isch wia mit de Wiebr«, meint Tom.

Deutsches Konsulat

Am Abend waren sie zu einem Vortrag im Deutschen Generalkonsulat eingeladen. Herr Kröger, der zweite Direktor der Deutschen Schule, hatte das Zusammentreffen eingefädelt, da zufällig gerade zwei ehemalige Schülerinnen ein humanitäres Entwicklungsprojekt in Nepal vorstellten und sie in diesem Rahmen auch über ihre Unternehmung berichten sollten. Ihre Begeisterung darüber hielt sich in Grenzen, doch sie fühlten sich aufgrund der freundlichen Aufnahme in der »Deutschen Kolonie« zu der Gefälligkeit verpflichtet.
Kuno, der die musikalische Umrahmung des Abends leitete, lieh ihnen das passende Outfit für den Anlass und fuhr sie in die Stadt. In der Empfangshalle des Konsulats trafen sie beim Stehempfang mit Sekt und Orangensaft etliche Lehrer vom Alman Lisesi wieder, darunter auch Oskar, Achim, Alfred und Hartmut mit Frau. Elsbeth trug ein knallrotes Paillettenkleid, schillerte wie eine Discokugel und wirkte genau so zerbrechlich. Als ihre Blicke sich trafen, versuchte Jo ein Lächeln, doch Elsbeth blieb hinter der Maske ihres anderen Ichs verborgen.

Frau Wolke, die Generalkonsulin, begrüßte sie mit Handschlag, betitelte sie als Helden der Berge und gab ihnen zu verstehen, dass sie das Nachprogramm bildeten. Der Vortrag im Festsaal des Konsulats über das humanitäre Entwicklungshilfeprojekt »Happy Children e. V.*« in Kathmandu wurde gehalten von Ulya und Gizem, zwei Mädchen aus deutsch-türkischen Familien, die beide vor zwei Jahren ihr Abitur an der Deutschen Schule gemacht hatten.
Nach dem Lied »Der Mai ist gekommen« des Kinderchors unter Kunos Leitung begann Ulya mit einer Schilderung der Situation vor Ort und berichtete, der immerwährende Kampf der nepalesischen Bevölkerung gegen Hunger und Armut sei nach den verheerenden Erdbeben zu einem Kampf ums Überleben geworden. Tausende Menschen wären der Katastrophe zum Opfer gefallen, viele der überlebenden Kinder verwaist. Lebten davor bereits mehr als die Hälfte der Menschen unterhalb der Armutsgrenze, so seien es jetzt zwei Drittel. Jedes zweite Kind sei chronisch unterernährt, die Kindersterblich-

keitsrate eine der höchsten der Welt. Auf einen Arzt kämen umgerechnet mehr als 30.000 Menschen, auf alle Kinder Kathmandus nur ein einziges Krankenhaus, das jetzt zudem vom Erdbeben stark in Mitleidenschaft gezogen worden sei.

Eine Bilderserie zeigte nepalesische Kinder in Slums oder in der Trümmerlandschaft der Erdbebenkatastrophe hungernd, bettelnd und stehlend, in Müllbergen wühlend, unter Brücken und vor Geschäften unter einem Stück Pappe schlafend.

Gizem stellte anschließend das Projekt selbst vor, bei dem sie als Auszubildende und Streetworkerin mitwirkte. Der Verein »Happy Children e. V.« setze es sich zur Aufgabe, den Ärmsten der Armen in Kathmandu und Umgebung zu helfen. Im Moment beherberge das Happy-Children-Heim über 150 Kinder, die verwaist oder von ihren Familien verstoßen seien. Sie erhielten neben Unterkunft und Verpflegung auch medizinische Betreuung und kostenlose Schulbildung. Darüber hinaus wohnten im Heim auch etliche Mütter, die aus der Armut oder schwierigen Ehen in das Heim geflüchtet seien.

Es folgten Bilder des Heims und der Kinder sowie genauere Erläuterungen zur Organisation und den weiteren Zielen des Projekts. Geplant war neben dem Neubau eines Kinderheimes im Kathmandu-Tal und einer Krankenstation für die umliegenden Dörfer auch der Aufbau eines Ausbildungszentrums für chancenlose Jugendliche.

Zum Schluss erklärte Ulya, der Verein finanziere sich ausschließlich über Spenden und sei daher auf die Solidarität aller angewiesen – insbesondere in der schweren Zeit nach der Erdbebenkatastrophe. Sie hoffe, dass die im Saal Anwesenden bereit seien, diese durch eine kleinere oder größere Gabe zum Ausdruck zu bringen.

Die beiden Mädchen erhielten einen lang anhaltenden Applaus, der am Schluss in Standing Ovation überging. Die Generalkonsulin sagte, selten habe sie ein Projekt menschlich so angerührt, dankte den Beiden und überreichte ihnen im Namen des Nothilfe-Programms des Auswärtigen Amtes einen Scheck über 5000 €.

Nach dem vom Oberstufenchor dreistimmig vorgetragenen Lied »Heimat, deine Sterne« bat Frau Wolke die beiden Allgäuer auf die Bühne, die »auf dem Weg zu einem wahren Himmelssturm« gerade in Istanbul Station machten.

Tom schob wie stets Jo die Aufgabe des Referierens zu. Jo stellte zunächst klar, dass sie sich auf einer Selbstfindungsreise befänden, von der sie nicht wüssten, wohin sie letztlich führe. Im Moment wäre zwar noch der K2 das Ziel, aber ihm komme es manchmal so vor, als rücke er in immer weitere Ferne, je mehr sie sich ihm näherten. Vielleicht sei es ja letztlich egal, ob sie jemals seinen Gipfel erreichten. Herausforderungen gebe es überall und unzählige Menschen auf diesem Planeten täten jeden Tag ohne viel Aufhebens Dinge, die die schwierigsten Achttausender-Besteigungen an Tatkraft, Mut und Idealismus überträfen. Angesichts der Nächstenliebe und Mitmenschlichkeit, die in einem Projekt wie »Happy Children e. V.« zum Ausdruck komme, verblassten die kühnsten Bergsteigerträume ohnehin zur Bedeutungslosigkeit. Im Moment seien sie nur glücklich, in dieser geschichtsträchtigen Stadt unter so viel gastfreundlichen und hilfsbereiten Menschen sein zu dürfen und etwas von der westlichen Getriebenheit zugunsten der hierzulande so geschätzten Gelassenheit gegenüber Dingen, die entweder nicht von Belang oder nicht zu ändern seien, einzutauschen. Diese Gelassenheit beziehe sich natürlich nicht auf die Not der Menschen und speziell der Kinder in Nepal – hier könne jede Spende, und sei sie noch so klein, Großes bewirken.

Der verhaltene Applaus deutete daraufhin, dass viele der Anwesenden sich markigere Worte und ein bisschen mehr Konkretes zu der Unternehmung gewünscht hätten. Tom fragte leise, ob er sich jetzt aus dem Seil aushängen wolle. Jo antwortete, sie seien doch immer schon Freikletterer gewesen. Frau Wolke trat ans Mikro und meinte, es handle sich wohl um die sprichwörtliche Allgäuer Bescheidenheit, die in der Ansprache zum Ausdruck gekommen sei. Sie sehe gleichwohl etwas Heldenhaftes und Herausragendes in der Unternehmung, etwas, was den Mut und den Pioniergeist früherer Jahrhunderte atme, und wünschte ihnen viel Glück bei ihrem Vorhaben, wo immer es sie auch hinführe. Mit diesen Worten überreichte sie ihnen ein Geleitschreiben des deutschen Konsulats, das sie bei den Grenzübertritten in den Iran und nach Pakistan und bei eventuell auftretenden Schwierigkeiten mit den Behörden von Nutzen sein könne.

Als sie am Ausgang als eine der Letzten ihre Geldscheine in dem Körbchen deponierten, bedankte sich Ulya bei Jo für die anerkennenden Worte und meinte, es sei eine sehr bemerkenswerte Ansprache gewesen.
Was ihr denn daran gefallen habe, wo er doch so gut wie nichts gesagt habe, fragte er.
Die Sache mit dem alltäglichen Heldentum, antwortete Ulya und lächelte, das sei wunderbar auf den Punkt gebracht! Allerdings habe er seine eigene Unternehmung zu klein gemacht.
Wieso? fragte Jo.
Mit dem Rad 3000 km durch den Balkan – was für eine Leistung!
Es gebe Leute, die wären schon um die ganze Welt geradelt.
Aber der K2 – das sei doch eine ganz andere Herausforderung!
Jo zuckte die Achseln.
Was zähle es schon, ob einer mehr oder weniger da oben gestanden sei.
Warum täten sie sich das Ganze dann an? fragte Gizem.
Das hätte er sich in letzter Zeit auch immer öfter gefragt. Seit heute wüsste er es.
Tom sah ihn erstaunt an.
Um damit berühmt zu werden und möglichst viel Geld zu verdienen.
Tom klappte die Kinnlade herunter.
Und es dann für Sachen wie die ihre zu spenden, fuhr Jo fort. Schließlich habe er über ihrem Projekt entdeckt, worum es wirklich gehe. Von heute an stehe ihre Unternehmung unter einem anderen Stern.
Ulya fragte, ob er das ernst meine.
Sie könne ihn beim Wort nehmen. Falls ihr Projekt jemals etwas abwerfe, spende er einen Teil davon für die Kinder Nepals.
Und er, was er erübrigen könne, nachdem er seine Schulden getilgt habe, fügte Tom hinzu.

Ulya hatte Tränen in den Augen.
Schade, dass sie morgen in aller Frühe zurückflögen – sie hätte die »Helden der Berge« gerne näher kennengelernt. Aber vielleicht nähmen sie ja den Rückweg über Kathmandu und kämen bei ihnen vorbei?
Sie reichte Jo einen Flyer von »Happy Children e.V.«
Das wäre gut möglich, sagte Jo.
Dann könne sie ihnen nur noch viel Glück bei der Besteigung wünschen! meinte Ulya und beide Mädchen drückten sie zum Abschied.

Sonntag, 31. Mai:
Adieu, Istanbul, der Abschied fällt schwer. Die drei Tage in der »deutschen Kolonie«, wie der Clan der deutschen Lehrer und ihrer Familien spöttisch betitelt wird, waren prall gefüllt mit Eindrücken und Erfahrungen verschiedenster Art, die unser Weltbild »bis wiit iiber Kempte naa«, wie Tom sagen würde, erweitert haben. Ausgerechnet er, der bei unserer Ankunft in der Bosporusmetropole mit dem Verkehr, der Sprache und der Bescheißermentalität der Händler und Verkäufer haderte, ist zu einem Bewunderer türkischer Gastfreundschaft und Lebensart geworden. Ich kann ihn nur damit trösten, dass wir noch über 1500 Kilometer Türkei vor uns haben. Auch anderweitig sind die Weichen neu gestellt. Dank Ulya und Gizem steht unsere Unternehmung von nun an zudem im Dienst einer guten Sache. Das Hochland hat eine ganz neue Dimension hinzugewonnen – vielleicht diejenige, die es allein rechtfertigt, sich dafür abzuschinden.*

Şile

Mit Kuno verbrachten sie noch zwei Tage an der Schwarzmeerküste bei Şile* nordöstlich der Bosporus-Metropole. Ihre Radgespanne auf Kunos Van gepackt quälten sie sich drei Stunden durch die morgendlichen Verkehrsstaus und die städtischen Wucherungen mit ihren uniformen Wohnbaracken und von Abfall übersäten planierten Rodungen im Norden Istanbuls. Als sie gegen Mittag das Meer erreichten und eine Küste, wo eine wilde weiße Brandung gegen schwarze Klippen donnerte, fühlte es sich gut an, dem Großstadtmoloch und seiner drangvollen Enge entkommen zu sein. Sie bezogen eine kleine, auf Stelzen gebaute Pension abseits der überlaufenen und verschmutzten Touristenstrände und der Zeltstädte der Istanbuler Wochenendausflügler*.

Tom war zum ersten Mal am Meer. Fasziniert schaute er den Surfern zu, die hinter der Brandung oft mehrere Minuten auf der Lauer lagen, bis sich die Gelegenheit für einen kurzen Ritt am Wellenkamm entlang ergab.

Viel Warten für ein kurzes Vergnügen, fand Kuno.

S'isch wia mit de Wiebr, meinte Tom, wollte dann trotz der starken Brandung baden. Es tat seiner Euphorie keinen Abbruch, als ihn die Wellen einwickelten und er Salzwasser schluckte beim Versuch, in ruhigere Gefilde hinauszugelangen. Schließlich kaufte er sich an einem Strandladen eine Luftmatratze, mit der er sich über Wasser halten konnte, was auch ganz gut klappte, bis der Wind drehte und ihn aufs offene Meer trieb, von wo er trotz heftigen Paddelns nicht mehr hereinkam. Es blieb ihnen schließlich nichts anderes übrig, als die Küstenwache zu alarmieren, die Tom mit dem Motorboot weit draußen auffischte und in den Hafen von Şile brachte, von wo Tom die fünf Kilometer zu Fuß zurück zur Pension marschieren musste. Nach seiner Ankunft war er erst einmal genervt von allem, zumal er sich einen heftigen Sonnenbrand zugezogen hatte.

»Dao haot es be bätsch amaol iibrvoartlet*«, gestand er kleinmütig – etwas, was bei Tom eher selten vorkam.

Das Lammkotelett mit Pommes und das Efes-Bier am Abend versöhnten ihn halbwegs, dafür übermannte ihn bald die Müdigkeit und er schlief noch am Tisch ein.

Am späten Nachmittag traf wegen der Staus auf den Ausfallstraßen mit einiger Verspätung Kunos Bekannte Sevgim ein, von Beruf Bankangestellte und nebenher Bauchtänzerin auf Bestellung. Auf der Terrasse des Strandrestaurants lästerte sie zunächst einmal auf Englisch über ihre Landsleute ab. Jedes Wochenende fielen türkische Großfamilien über die Küste her wie die Lemminge, hockten den ganzen Tag mit ihren fetten Ärschen auf Plastikstühlen am Strand, stopften sich mit Backwerk und Grillfleisch voll, um an-

schließend nichts als ihren Unrat zu hinterlassen. Das Schlimmste aber seien die Frauen, die vollverschleiert mit schmutzigen Klamotten ins Wasser gingen, um dort ihre rituellen Waschungen zu verrichten*.
»Am End saichet se no ning, dia Kuttebrunzar*!«, schimpfte Tom.
Kuno lachte und meinte, Sevgims Landsleute würden sich dafür wohl über ihren Minirock und ihren Bikini ereifern.
»I am modern Turkey – ich bin die moderne Türkei!«, antwortete Sevgim selbstbewusst und kreuzte ihre bronzefarbenen Beine.

Später kam man wieder einmal auf die Unternehmung zu sprechen. Kuno wollte wissen, warum sie sich ausgerechnet den schwierigsten aller Achttausender ausgesucht hätten. Jo antwortete mit den Worten des Everest-Erstbesteigers George Mallory »Weil er da ist*«. Sevgim verstand nicht und fragte, wozu sie sich denn bewusst einer so großen Gefahr aussetzten. Ob sie denn keine andere Möglichkeit hätten, ihren Testosteron-Überschuss loszuwerden? Darum ginge es nicht, erwiderte Jo.
»Worum dann?«, fragte Kuno.
»Um das Hochgefühl beim Zusammenklang der eigenen Fähigkeiten mit den zu meisternden Schwierigkeiten bei der Erreichung eines Ziels«, zitierte Jo ein Kletter-Handbuch.
Ob es nicht leichtere Wege gebe, um in den Genuss dieses Gefühls zu kommen? wollte Sevgim wissen.
Jo antwortete, sie hätten diesen Weg gewählt, weil sie so ihre Fähigkeiten am besten zur Anwendung bringen könnten. Sicherlich gebe es gefahrlosere Wege dahin. Auf ihrer Reise hätten sie ganz unterschiedliche Annäherungsweisen kennengelernt, zum Beispiel eine junge Kärntnerin, deren Jodelgesang von höheren Sphären kündete, zwei Mädchen aus Hildesheim, die über Meditation transpersonale Bewusstseinszustände erlangten, einen eritreischen Trommler in einem Flüchtlingslager, der während seines Spiels in mystische Ekstase geriet, eine an einer Persönlichkeitsstörung leidende Lehrersgattin, die im Schaffenswahn berauschende Bilder male, zwei türkische Mädchen, die sich um nepalesische Waisenkinder kümmerten und in ihrer Arbeit selbstlos aufgingen –

»Genug!«, lachte Kuno, »ich hab's kapiert! Ihr gehört zu den armen Verrückten, denen die Welt zu eng ist, warum auch immer, und die deshalb mit dem Kopf durch die Wolken möchten, stimmt's?«
»So ähnlich«, sagte Jo.
Kuno grinste.
»Dann passt nur auf, dass euch da oben nicht der Höhenkoller packt!«

Zu Ehren ihrer Unternehmung führte Sevgim am späten Abend zu den galoppierenden Rhythmen türkischer Folkloremusik auf dem leergeräumten Tisch noch eine Bauchtanznummer vor. Die schlangenartigen Bewegungen ihrer Arme, das Schwingen und Kreisen ihres Kopfes und Beckens, vor allem aber ihr Unterleib, der ein zuckendes Eigenleben zu führen schien, zogen die Zuschauer, die sich rasch von allen Seiten um Sevgim geschart hatten, in ihren Bann. Sie steckten ihr kleingerollte Geldscheine bündelweise ins Taillenband, als könnten sie sich damit etwas von der erotischen Magie ihres Tanzes erkaufen. Auch Jo ließ sich bestricken, wähnte sich für Momente in höhere Gefilde entrückt und musste Kuno gestehen, dass sogar im Wiegen der Hüfte und den Zuckungen des Unterleibs einer Bauchtänzerin durchaus etwas Hochländerisches liege, wenn man dafür empfindsam sei.
Kuno hob grinsend den Zeigefinger und warnte, diese Art von Empfindsamkeit solle man gut unter Kontrolle behalten, bevor sie einen auf Abwege ins Unterland führe.
Tom war aus einem anderen Grund von Sevgims Bauchtanznummer angetan. Mit dem Bündel türkischer Geldscheine, das Sevgim ihnen in die Hand drückte, könnten sie nicht nur das Essen, sondern auch die Übernachtung in der Pension bezahlen, jubelte er.
»So a Geldschießare hett i öü gean as Mensch*!«, setzte er seufzend hinzu.

Karasu

Tom und Jo folgten gemäß Hartmuts Weisung der Küstenstraße. Bei ihrem Bau hatte man mit größeren Brückenkonstruktionen gespart – vor fast jeder

der vielen Flussmündungen und Buchten zweigte das Sträßchen landeinwärts zu einer Umfahrung ab und zwang sie, sich mühsam die Steigungen ins Hinterland emporzuarbeiten, nur um die gewonnenen Höhenmeter auf der Talfahrt wieder zu verschenken. Sie hatten zunehmend das Gefühl, im Kreis zu fahren.

Jo erinnerte sich gelesen zu haben, dass der kühne Kriegsheld Xenophon* vor zweieinhalbtausend Jahren das griechische Heer auf seiner Rückkehr vom Persienfeldzug an der Schwarzmeerküste auf Schiffe umgeladen hatte, weil die gebirgige und von Flusstälern durchbrochene Küste ihm keine andere Wahl ließ. Das brachte ihn auf eine Idee. An der Mündung eines Flusses, der sie aufgrund einer fehlenden Brücke zu einer Umfahrung von über hundert Kilometer gezwungen hätte, banden sie mit dem Kletterseil Treibholz zu einer Art Floß zusammen und luden ihre Räder und Packtaschen darauf, wären beim Übersetzen aber fast von der Strömung ins offene Meer getrieben worden und konnten sich nur mit letzter Kraft ans andere Ufer retten.

Das Schieben der Räder über den weichen Sandstrand und die vielen Hindernisse in Form von bis zur Küste vorreichenden Felsenriff war äußerst mühsam. Die Uferstraße, auf die sie nach Toms Plan nach etwa drei Kilometern hätten treffen sollen, kam nicht. Nach einer Stunde Plackerei erreichten sie schließlich einen vorspringenden Punkt, von dem aus sie die nächste Bucht einsehen konnten, mussten aber feststellen, dass sie auf der anderen Seite von einem riesigen Felsenriff flankiert war, das kein Durchkommen zuließ. Eine Straße oder ein Weg irgendwelcher Art, der landeinwärts führte, war auch nicht in Sicht. Sie saßen in der Falle.

»Dees haot ja so kumme miasse!«, schimpfte Tom und schlug vor umzudrehen. Jo erwiderte, selbst wenn sie wieder heil zurück über den Fluss kämen, wären sie erst bei Anbruch der Dunkelheit auf der anderen Seite, weitab von jeder menschlichen Siedlung. Sie sollten stattdessen den Tag wohl besser abschreiben und die eisernen, eigentlich für den Notfall am Berg gedachten Rationen angreifen.

Einen Tag abschreiben sei keine Lösung, sagte Tom. Man müsse aus jedem Tag etwas machen, komme, was da wolle. Sprach's, zog sein gelbes Trikot aus

und winkte einem vorbeifahrenden Fischkutter zu, als könne er ihn damit anlocken.
Jo wies Tom den Vogel. Tatsächlich aber erschien ein graubärtiger Mann an Deck und richtete sein Fernglas auf sie.
Tom winkte weiter wie ein Verrückter, rief »SOS!« und »Help!«, worauf der Fischer tatsächlich auf sie zusteuerte, den Anker auswarf und durch die Uferbrandung so schnell er konnte auf sie zu watete.
»Ne burada yapyorsiniz? Problem varmi?*«, fragte er, brabbelte einige weitere unverständliche Worte und wiederholte dabei »bisiklet« mehrmals. Er konnte offenbar nicht fassen, wie ihre Gespanne hierhergekommen waren.
»Street to Karasu?«, fragte Tom und deutete landeinwärts.
Der Mann starrte sie weiter mit dem Ausdruck größter Fassungslosigkeit an. Tom beschrieb mit der Hand eine Schlangenlinie und imitierte Motorengeräusch.
Schließlich begriff der Alte, schnalzte mit der Zunge, warf seinen Kopf zurück und wiederholte dreimal: »Yol yok!«
Das Wort »Yok« hatten sie zusammen mit der Verneinungsgeste bereits kennengelernt, den Rest konnten sie sich zusammenreimen: Es gab von hier keinen Weg nach Karasu.
»Alman?«, fragte der Alte und sie nickten. Tom stellte sie vor, wiederholte mehrere Male »Pakistan« und deutete mit einer Geste die Fortbewegung auf dem Fahrrad an. Der Alte blickte erst verständnislos, wies dann aber in die Richtung, aus der sie gekommen waren, nannte ein paar Ortsnamen und beschrieb mit der Hand die Umfahrung, die sie nehmen müssten.
Tom schüttelte den Kopf, deutete auf seine Uhr und die sinkende Sonne.
»Can you take us by motorboat to Karasu?«, fragte er und zeigte erst auf sie, dann auf das Boot.
»Karasu? Motorbot?«, wiederholte der Alte, spannte die Arme aus und rief dreimal »çok uzak!«, wobei er jedesmal das Wort »çok« noch mehr betonte.
»We pay!«, sagte Tom, nestelte einen Geldschein aus seiner Brieftasche und hielt ihn dem Alten unter die Nase. Der nahm den Schein in seine rauen Finger, besah ihn sich stirnrunzelnd und reichte ihn dann Tom zurück.
»Üç saat!«, meinte er, zeigte drei Finger und wies auf Toms Uhr.

Tom wertete das als Einverständnis, klopfte dem Alten grinsend auf die Schulter und gab alles von sich, was er an türkischen Brocken aufgeschnappt hatte.
»Three hours – no problem! Problem yok – kein Problem! Çok güzel – sehr gut! Seni çok seviyorum – ich liebe dich!«
Ein mattes Lächeln huschte über das runzlige Gesicht des Alten. Gemeinsam hoben sie die Räder samt Gepäck in das Boot und tuckerten Richtung Osten, während sich die Dämmerung über das Schwarze Meer senkte.

Es war schon dunkel, als sie in den Hafen von Karasu einliefen. Der Alte wollte nicht nur kein Geld, verweigerte auch die Annahme von Toms Armbanduhr. Er wünschte ihnen nur »iyi yolculuklar – Gute Reise!« und nahm Kurs auf seinen Heimathafen.
Tom konnte es nicht fassen.
Sowas sei ihm noch nie untergekommen – nicht einmal im Allgäu.
Die vielgerühmte türkische Hilfsbereitschaft, sagte Jo.

Wenig später erfuhren sie, dass auch die türkische Gastfreundschaft in diesem Winkel des Landes galt. In dem Küstenort Karasu bot ihnen ein etwa sechzehnjähriger Bursche auf ihre Frage nach einem Campingplatz an, ihre Zelte im Garten seines Elternhauses aufzustellen. Er führte sie zu einem kleinen Haus, stellte sie seinen Eltern und seinen sechs Geschwistern vor und wies ihnen dann einen Platz im Obstgarten zu.
»Sizin icin ayrilmis – für euch reserviert!«, sagte er.
Die ganze Familie beteiligte sich am Aufbau, schleppte Luftmatratzen heran, versorgte sie mit Essen und Getränken und machte ein Lagerfeuer.
Die Mutter zeigte ihnen Bilder von ihrem Bruder, der mit seiner Familie in Deutschland lebte und bei Bosch in Eisenach arbeitete.
»Deutscheland gute Land«, sagte sie. »Viele Arbeit, aber auch viele Geld!«
Als sie vom Ziel ihrer Reise erfuhren, schüttelten sie die Köpfe.
»Kurdistan, Iran, Pakistan – Terrorists everywhere!«, meinte Haluk und machte das Geräusch einer Maschinenpistole. »You must be crazy!«
»Yes«, flüsterte Tom, »but don't tell anybody!«

Gerede

Dienstag, 2. Juni:
Auf der D 650 umfahren wir in großem Bogen die gebirgige Küste, schrauben uns auf holpriger Asphaltpiste hinauf und hinab. Hat man ein Dorf verlassen, begrüßt einen schon das nächste. Ab und zu begegnet uns ein Traktor, ein Pferd frißt von einem Baum. Die gelben Blumen an den Hängen riechen bitter, die Vögel zwitschern. Am Boden eines Stausees kann man die Überreste eines Dorfes erkennen und eine Brücke über einen Fluss, der zum See geworden ist. Die Gegend um Adapazari ist grün, hügelig und war schon bei den Römern beliebt für ihr Thermalwasser. In Erenler begegnet uns der erste niederländische Wohnwagen.
Hinter Bolu auf der vielbefahrenen D 100 wird Tom von einem Laster von der Straße abgedrängt und gegen die Leitplanke gedrückt, bleibt aber wie durch ein Wunder unverletzt und sieht es wie immer als gutes Omen an. Die türkischen Brummifahrer sind in der Regel nicht bereit wegen Radfahrern, die außerhalb von Städten und Dörfern ohnehin als Exoten gelten, Ausweichmanöver zu fahren oder das Tempo zu drosseln, nähern sich uns bis auf Handbreite und setzen ihre Kompressorhupen in Gang, als wollten sie den Tag des Jüngsten Gerichts ankündigen. In Mersifon entscheiden wir uns deshalb, die etwas weitere, dafür aber weniger befahrene Route über Samsun und die Schwarzmeerküste zu nehmen, anstatt durch das Landesinnere nach Erzurum und Dogubeyazit.

Kurz vor Gerede holten sie einen dänischen Überlandradler ein, der zum Ararat* unterwegs war. Jan stammte aus Helsingborg und ging auf die Sechzig zu, wirkte aber durchtrainiert und drahtig wie ein Sherpa. Er war vor zwei Monaten von Dänemark aufgebrochen, hatte per Rad bereits die halbe Welt erkundet, kannte die Türkei von seinen früheren Touren wie seine Heimat, sprach fließend Deutsch und ganz passabel Türkisch. Dank seines Verhandlungsgeschicks bezogen sie wenig später ein preisgünstiges Apartment in einem Sporthotel am Ortsausgang.
Den Nachmittag verbrachten sie in der Wellness-Anlage umgeben von einer lärmenden Mädchenklasse vom Anadolu-Lisesi in Ankara, die sich im Hotel

für einen dreitägigen Wanderausflug eingemietet hatte. Die Mädchen machten sich einen Spaß daraus, durch das Sauna-Guckfenster zu ihnen hineinzuspähen und brachen in Kichern aus, als Tom und Jo mit Badetüchern umgürtet hinaustraten und sich nackt unter die Schwallbrause stellten. Nachdem Tom zum Spaß den Schwarzen Mann gespielt und die kreischende Schar ins Planschbecken gescheucht hatte, wurden sie die Mädchen erst recht nicht mehr los, so dass sie schließlich die Flucht ergriffen.

Nach dem Abendessen traf man sich an der Hotelbar. Als Jan von ihrem Reiseziel hörte, schmunzelte er.
Was er daran lustig finde, fragte Tom.
Er wundere sich bloß, was sie da hinauftreibe, antwortete Jan. Großen Ruhm erwerbe man sich mit einer K2-Besteigung ja schon längst nicht mehr und auch klettertechnisch gebe es schönere Berge.
Aber seine Grenzen austesten und über sich hinauswachsen – das könne man doch nirgendwo besser, wandte Tom ein.
Jan leerte sein Bierglas und sagte, da sei er anderer Meinung.
Wieso? fragte Jo.
Ob sie eigentlich wüssten, dass der K2 von den Baltis mittlerweile nicht mehr Chogori oder Lambha Pahar, der große oder heilige Berg, sondern der »böse Berg« genannt werde?
Wegen der vielen Todesopfer, vermutete Tom.
Damit hätte es sicher auch zu tun, meinte Jan, mehr aber noch mit der Besteigungsgeschichte. Sie sei voller Tragödien aufgrund von Selbstüberschätzung, Neid, Ruhmsucht. Er habe selbst einmal den K2 im Visier gehabt und sich deshalb mit der Chronik seiner Besteigungsversuche und Besteigungen* beschäftigt, dabei sei es ihm aber vergangen.
Ob er vielleicht ein bisschen genauer werden könne? fragte Tom.
Die sauerstoffarme Luft in der Todeszone* führe nicht nur zu Übelkeit, Atemnot und in extremen Fällen zu Lungen- und Hirnödemen, sondern oft auch zur Ausblendung von Moral und Gewissen, erklärte Jan. Im Kampf ums Überleben schalte das menschliche Gehirn auf Sparflamme und der Mensch regrediere moralisch gesehen zum Tier – das sei ein ganz normaler

evolutionärer Mechanismus zur Erhaltung der Art. Die Achttausender könne man als Art verhaltensbiologisches Hochlabor ansehen. Schon bei der ersten Expedition von 1902 kam es am Nordostgrat des K2 auf 6000 Metern Höhe zu einem Showdown, als der offiziell als Journalist mitgereiste Aleister Crowley, von Natur aus anarchisch und bizarren Neigungen huldigend, den Kunstsammler Guy Knowles aus Enttäuschung über den fehlgeschlagenen Gipfelsturm mit der Pistole bedrohte.

»Derselbe Aleister Crowley, der später dem Satanismus huldigte und sich das Große Tier 666 nannte*?«, fragte Jo.

Jan nickte.

»Derselbe Aleister, der darauf bestand, dass die Baltis seine Bücherkisten bis ins Basislager schleppten – zu seiner intellektuellen Entspannung und um der geistigen und moralischen Verrohung am Berg vorzubeugen.«

Da solle einer nochmal sagen, dass Bücher bessere Menschen machten, schimpfte Tom.

Wie das Duell ausgegangen sei? fragte Jo.

Knowles schlug Crowley die Pistole aus der Hand. Crowley musste sich sowieso geschlagen geben, weil ein Expeditionsteilnehmer an einem Lungenödem erkrankt war und sie ihn auf schnellstem Wege hinabbefördern mussten.

Bei der zweiten amerikanischen K2-Expedition von 1929, fuhr Jan fort, nachdem er sein zweites Bier geleert hatte, befand sich ihr Leiter Fritz Wiessner kurz unterhalb des Gipfelgrats auf 8382 Meter Höhe, als sein Sherpa Pasang Dawa Lama sich aus Furcht vor den bösen Geistern weigerte, auf den nächtlichen Gipfel zu klettern. Ein erneuter Gipfelversuch Wiessners scheiterte, weil der im Basislager zurückgebliebene Medizinstudent Jack Durrance aus Eigensinn und weil er nicht mehr an einen Erfolg der Expedition glaubte, angeordnet hatte, sämtliche Lager auszuräumen und damit Wiessner nicht nur einen zweiten Besteigungsversuch verbaute, sondern beim Abstieg auch in Lebensgefahr brachte. Wiessner und Pasang erreichten zwar mit knapper Not das Basislager, mussten aber ein erkranktes zweites Expeditionsmitglied, Dudley Wolfe, zurücklassen. Beim vergeblichen Versuch Wolfe zu retten, starben drei Sherpas in einer Lawine. Fritz Wiessner aber wurde nach seiner Rückkehr in die USA Opfer einer hässlichen Verleumdungskampagne durch Durrance und seine Gefolgsleute.

Die bösen Geister trieben ihr Unwesen also nicht nur auf dem Gipfel des K2, resümierte Jo.

Richtig, sagte Jan, dort aber besonders, wie die Eroberung des K2 durch die italienische Großexpedition von 1954 zeige. Das Intrigenspiel, das die Erstbesteiger Achille Compagnoni und Lino Lacedelli mit ihrem Gefährten Walter Bonatti trieben, um ihn vom Gipfelsturm auszuschließen, und die anschließende Verleumdungskampagne gegen ihn stellten ein besonders hässliches Kapitel in der Besteigungsgeschichte des K2 dar. Lacedelli und Compagnoni waren nach zweimonatigem Kampf und einem Riesenaufgebot an Trägern trotz vieler Rückschläge endlich im höchsten Lager IX angekommen, aber für den Gipfelgang am nächsten Tag auf den Nachschub von Sauerstoffflaschen angewiesen. Der Spitzenbergsteiger und Reservegipfelaspirant Walter Bonatti, als einziger noch voll bei Kräften, erklärte sich bereit, die Flaschen von Lager VIII herauf zu schleppen, wenn er dafür eine Chance zur Teilnahme am Gipfelsturm bekäme. Als Bonatti und sein Hunza-Träger Mahdi die schwere Last bis zum späten Abend mit letzter Kraft in die Nähe des letzten Hochlagers geschleppt hatten, wurden sie von ihren Bergkameraden aber zu ihrem großen Befremden nicht ins Zelt gelassen und mussten die Nacht im Freien biwakieren, was sie fast das Leben kostete. Bei Tagesanbruch retteten sie sich halb erfroren ins Lager VIII hinunter, während Lacedelli und Compagnoni mit den Sauerstofflaschen den Siegeszug zum Gipfel antraten. Anstatt aber nach ihrer Rückkehr Bonattis Beitrag zum Gipfelsieg zu würdigen, bezichtigten sie ihn, die Sauerstoffvorräte beim Aufstieg angezapft und damit das ganze Unternehmen gefährdet zu haben. Die Frage, warum sie Bonatti nicht in ihr Zelt ließen und ihn und Mahdi fast dem Kältetod überantworteten, wurde von ihnen dagegen nie beantwortet.

»Wahrscheinlich wollten sie einfach den Gipfelsieg nicht mit ihm teilen«, vermutete Jo.

Die Annahme liege auf der Hand, nickte Jan. Walter Bonatti aus Bergamo aber musste am K2 erleben, dass der Alltag auf den Gipfeln der höchsten Berge noch hässlicher sein konnte als das Leben im Tal.

»Soviel zum Thema Hochland«, brummte Tom.
Er könne noch stundenlang fortfahren mit der Aufzählung der Tragödien am K2 aufgrund von Selbstüberschätzung, Neid, Ruhmsucht und dem damit verbundenen fehlenden Teamgeist, aber er wolle ihnen die Tour nicht vermiesen. Sicher hätten sie eine edle Gesinnung und hehre Absichten.
Allerdings, sagte Tom. Für sie ginge mit dem K2 ein Traum in Erfüllung.
Jo klärte Jan in groben Zügen über das Ziel ihrer Unternehmung auf.
Jan lachte.
Er habe schon fast geahnt, dass sie zu der Gruppe der Hasardeure gehörten, die in der großen Lebens-Lotterie nicht kleckerten, sondern klotzten. Alles auf eine Karte – entweder sie erreichten, was sie wollten und gingen dabei drauf, oder sie überlebten den Berg und kämen mit leeren Händen wieder herunter. Jetzt könnten sie es sich aussuchen!
»Wieso mit leeren Händen?«, fragte Tom.
Es gehe ihnen einfach zu gut, fuhr Jan unbeirrt fort. Früher habe man sein Leben damit verbracht, gegen existentielle Nöte wie Hunger und Armut anzukämpfen oder sich in Kriege gestürzt. Heute biete das Leben keine echten Herausforderungen mehr, sondern entweder Stress oder Langeweile. Daraus erwachse bei immer mehr Menschen eine Sehnsucht nach Abenteuern in Form von riskanten und lebensgefährlichen Aktivitäten und Unternehmungen wie Solo-Free-Climbing, Speed-Bergsteigen, Sky-Walking und Sky-Diving, Basejumping, Tunnel-Surfing, Canyoning, Apnoe-Tauchen, Downhill-Biken – und so weiter.
Was er daran so schlimm finde, wollte Tom wissen.
Craving* – so nenne man das, was sie vorhätten, grinste Jan und leerte sein viertes Bier in einem Zug. Dahinter stehe der oft unbewusste oder uneingestandene Wunsch nach Selbstzerstörung. Alkohol und Drogen seien die geläufigsten Mittel dazu, doch Leute wie sie hätten sich eine subtilere Methode ausgedacht, mit der sie nebenbei auch noch Bewunderung und Respekt einzuheimsen hofften. Meist seien Leute wie sie in ein existentielles Vakuum* gefallen, ohne es selbst zu wissen. Der Sinnverlust in den westlichen Zivilisationen vollziehe sich schleichend und unauffällig, aber seine Manifestationen seien unübersehbar. Die moderne westliche Kultur sei eine einzige Flucht

vor dem Eingeständnis, dass sie ihre Mitte verloren habe und um das Nichts kreise wie dunkle Materie um ein Schwarzes Loch.
Ob er vielleicht auf Trip sei? fragte Tom.
Jan grinste, goss sich sein fünftes Bier in den Hals und meinte mit leichtem Zungenschlag, im Grunde seien sie alle auf Trip – auf dem Trip nach nirgendwohin!

Donnerstag, 4. Juni:
Die gestrige Lektion hat ihre Spuren hinterlassen. »Es git Lit, dia fröit dr Dreck uff dr Schtraoß«, fasst Tom die Begegnung zusammen. Unser Ziel ist demontiert, der Berg aller Ideale, mit dem wir ihn überhöht haben, beraubt, selbst die Anfahrt ihres Zaubers entledigt. Wir erfahren die unermessliche Weite des Landes im wahrsten Sinn, haben es schon lange aufgegeben, Kilo- oder Höhenmeter zu zählen und spulen stattdessen unser Pensum ab – stumpfsinnig wie Akkordarbeiter und ohne uns einen anderen Lohn dafür zu erhoffen als eine karge Abendmahlzeit und eine ungestörte Nachtruhe in einem wilden Camp.
Von Jan haben wir uns schon am ersten Tag getrennt, da er unser Tempo nicht halten konnte und seine Route über Kastamonu ohnehin bald von der unseren abzweigte. Dafür tauchen zwischen Ilgaz und Mersifon immer wieder schemenhaft zwei Radler auf, die sich in gleichbleibendem Abstand vor uns her bewegen, so sehr wir auch das Tempo erhöhen. Tom hält sie für Luftspiegelungen. Auch ich habe manchmal das Gefühl, wir jagen einer Fata Morgana hinterher. Immer öfter muss ich mich darauf besinnen, wohin wir eigentlich unterwegs sind. Manchmal fällt mir dann der Berg ein, manchmal das Hochland, aber nie beides zugleich, als gehöre es gar nicht zusammen.

Samsun

Am späten Nachmittag erreichten sie Samsun. Der erste Eindruck war der einer schmutzigen, lärmigen Metropole mit hässlichen Trabantensiedlungen. Von der prachtvollen alten Stadt Amisos*, von König Mithridates mit goldenen Kuppeln versehen, schien nichts geblieben. Die brütende Hitze und der

Smog in den Straßen wirkten ebenfalls nicht gerade einladend. Sie folgten den Schildern zum Hafen, befanden sich aber, bevor sie sich versahen, auf der Uferstraße, die aus der Stadt hinausführte. Ihre Frage nach einem Campingplatz wurde überall mit »Yok!« beschieden. Dafür luden sie am Atatürk Boulevard zwei junge Hostessen in marineblauer Matrosenuniform zur Besichtigung des Schiffs »Bandirma« ein, mit dem Atatürk 1919 in Samsun gelandet war, um die Türkei von den alliierten Besatzungsmächten zu befreien. In türkischem Schulenglisch wurden sie von Idil und Banu nicht nur über die glanzvolle deutsch-türkische Waffenbrüderschaft im Ersten Weltkrieg und den glorreichen Sieg Mustafa Kemals über die Engländer und ihre Verbündeten in der Schlacht von Gallipoli* belehrt, sondern erfuhren auch alles Wissenswerte über den Befreiungsfeldzug Atatürks* und seine großen Verdienste beim Aufbau der modernen Türkei.
Jo konnte sich die Bemerkung nicht verkneifen, Präsident Erdogan sei gerade dabei, etliche Errungenschaften des vielgepriesenen Staatsgründers Atatürk zu demontieren.
Die Türkei brauche eine starke Hand, sonst laufe alles aus dem Ruder, meinte Idil, die Größere der beiden, die mit ihren geschwungenen Nasenflügeln und den tiefliegenden Augen über den ausgeprägten Jochbeinen aussah wie eine der Amazonenkriegerinnen, die vor zweitausend Jahren in dieser Gegend ihr Unwesen trieben.
»D'Wiebr öü«, war Toms Kommentar dazu.

Im Hafenbecken gab es eine Wasserskianlage deutscher Herkunft. Die Hostessen, die gerade Dienstschluss hatten, schlugen für die armen »Yabançilar*« beim Liftbetreiber Serdar zwei Freikarten heraus. In Radlerklamotten, auf dem Brett kniend und mit gestreckten Armen an den Liftbügel geklammert, drehten sie einige Runden, soffen zum Gelächter der Mädchen dabei mehrmals ab, waren aber dankbar, dass zur Abwechslung einmal ihre Armmuskulatur gefordert war. Als Kontrastprogramm zeigten die Mädchen ihnen ein paar akrobatische Kunststücke auf Wakeboards, ohne die Bikinis auch nur einmal zu benetzen. Zum Dank lud Jo die beiden trotz Toms warnend erhobenem Zeigefinger zu einem Drink ein. Seine geflüsterte Rechtfertigung,

alles geschehe nur im Zeichen der Völkerverständigung und ohne weiterreichende Absichten, konterte Tom mit einem genervten Augenaufschlag.
»Du bisch glischteg* uff se wia dr Hak uff d'Henna* – dees schmeck i um drie Ränk rum*!««

Beim Sundowner auf der Terrasse des nahegelegenen Restaurants mit Meerblick erfuhren sie, dass die Mädchen, die beide gerade die Schulabschlussprüfung bestanden hatten, die Sommerferien benutzten, um ihr Studium zu finanzieren. Ihre Heimatstadt Samsun fanden sie zwar etwas provinziell, schwärmten aber von den sauberen Badestränden in der Gegend und der Belebung, die ihre Stadt durch den Sommertourismus erfuhr. Toms Vorbehalte gegen vertiefte Kontakte mit dem anderen Geschlecht schwanden mit jedem Raki weiter dahin. Schnell hatte er begriffen, wie es sich mit der gegenseitigen Interessenslage* verhielt und gab sich mehr mit der knuffigen, aber smarten Banu ab, während Jo sich von dem unbeschwerten Lachen und den funkelnden Augen Idils bestricken ließ.
Als Tom sie über das Ziel ihrer Reise aufklärte, gerieten sie aus dem Häuschen.
»You are going to be celebrities – ihr werdet Berühmtheiten!«, rief Banu.

Ab sofort waren sie die Sensation des Abends. Die Gäste von den Nachbartischen kamen herüber, schüttelten ihnen die Hände und schossen Handyfotos – auch von den Mädchen, die sich unverfroren als ihre Begleiterinnen und die ersten Türkinnen auf dem K2 ausgaben. Der Wirt lud sie zum Essen ein und bat sie, auch die türkische Flagge auf dem »K-iki-dagi« zu hissen. Als sie ihm erklärten, es gebe weder ein Kreuz noch einen Fahnenmast auf dem Gipfel des K2, war er enttäuscht. Von ihrem Angebot, die Flagge einzugraben, hielt er nicht viel – türkische Flaggen seien nicht dazu da, vergraben zu werden! Sie kamen überein, ein eingerolltes türkisches Fähnchen in eine leere Raki-Flasche zu stecken und diese am Gipfel zu deponieren. Die Leerung der Flasche nahmen sie gleich in Angriff.

»Am beschte isch halt ebbas Güet's!«, rief Tom, der auf seinem Korbsessel thronte wie ein Prinz aus dem Morgenland, und machte sich über die Nach-

speise aus Semolinakuchen in Sirup und Weizenflocken mit Pistazien und Honig her.
»Yes«, sagte Idil und versuchte kichernd, Toms Dialekt nachzuahmen.
»You must answer: Woll, bigott*!«
»Woll, bigott!«, riefen die Mädchen unisono.
Dafür habe sich die Anfahrt schon gelohnt. Jetzt sei er bereit für den K2!
»Woll, bigott!«, lachten die Mädels und stießen auf die Bergpartnerschaft an.
Den K2 im Spiel zu erobern machte Spaß und verlieh der Unternehmung eine Leichtigkeit, die Jo in letzter Zeit vermisst hatte. Er fühlte die Euphorie des Anfangs, als sich alles noch in der Planungsphase befand.
Sie wolle auf jeden Fall mit ins Basislager, sagte Banu mit leichtem Zungenschlag, und dann werde man sehen. Vielleicht könne Tom sie hochtragen? Oder ein Sherpa, den man zu diesem Zweck anmiete? Sie habe von einer Everest-Expedition gelesen, bei der sich eine Amerikanerin von einem Sherpa bis zum Gipfel tragen ließ.
Das sei Sandy Pittman* gewesen, erklärte Jo, eine Mediendiva, die die Berge zu ihrer Selbstvermarktung benutzte. Sie habe sich damit zum Gespött in der ganzen Bergsteigerszene gemacht.
Das sei ihr egal, Hauptsache sie käme heil oben an und werde reich und berühmt, meinte Banu. Herunter ginge es ja von selber.
Er werde Banus Sherpa sein und sie tragen, versprach Tom, wenn sie ihn dafür auf dem Nachtlager ertrage.
»And I appoint you to be my Captain and carrier – ich ernenne dich zu meinem Führer und Träger!«, sagte Idil, strich Jo lächelnd durchs Haar und hickste.
»Uff dees sobba uin süüfe!«, schlug Tom vor, hob sein Glas und kippte den Inhalt in einem Zug hinunter. Die Mädchen sprachen und taten es ihm brav nach.

Als die Kneipe um Mitternacht schloss, musste Jo Idil auf Händen tragen, weil sie in ihren Clogs einen Fuß nicht mehr vor den anderen setzen konnte, schaffte es aber, weil er selbst ziemlich schwankte, nur bis zum Schuppen der Wasserskianlage, wo auch ihre Räder standen. Tom holte währenddessen

Schlafsack und Iso-Matte aus dem Fahrrad-Gepäck und torkelte mit Banu in den nahegelegenen Park.
In der Wellblechhütte herrschte die Hitze einer Sauna. Es roch nach Maschinenöl und Diesel. Im Schein einer Kerze bereitete Jo aus Neoprenanzügen, Schwimmwesten und Badetüchern ein notdürftiges Lager. Idil streifte die Klamotten ab und gab ihm hicksend einen Gute-Nacht-Kuss, bat ihn, die Pforte des Paradieses gut zu hüten*, sank zu Boden und schlief sofort ein. Jo betrachtete im flackernden Kerzenlicht ihren schlanken Körper, der vor Schweiß wie mit Firnis überzogen glänzte. Der im Übermaß genossene Raki riss in seinem Hirn schöpferische Kammern auf, deren er vorher noch nie gewahr worden war. Der weibliche Körper erschien ihm in seiner Ästhetik wie ein großes Mysterium, das sich nur im Rausch erschloss, weil die Welt ganz offenbar im Rausch erschaffen worden war. Die Pforte zum Paradies so nahe vor sich zu haben, noch dazu in all ihrer unberührten Nacktheit, war eine Versuchung, der er nicht widerstehen konnte. Idil stieß unter seinen gehauchten Küssen quietschende Töne aus wie ein unter dem Steg gestrichenes Cello, verbog sich wie eine Limbotänzerin und schrie vor Entzücken, als seine Zunge ihr die Wonnen des Paradieses entlockte.

Am nächsten Morgen fand Tom ihn beim Wecken mit dem Kopf zwischen Idils Beinen vor und spottete, ob das jetzt die von ihm beschworene Völkerverständigung sei. Jo warf einen Schraubenschlüssel nach ihm, verfehlte ihn nur knapp. In seinem Kopf wummerte der Raki und sein Mund spannte von den nächtlichen Verrenkungen. Bevor Tom verschwand, rief er, er warte im Strandcafé auf sie und fügte hinzu, sie sollten sich beeilen, weil um Zehn der Wasserskilift öffne.

Zum Frühstück auf der Veranda des Strandcafés begrüßten sich Banu und Idil mit einem Schmätzchen, Tom boxte Jo lächelnd in die Brust.
Es gab Rühreier mit Toast, Orangensaft und schwarzen Kaffee.
Sie habe in der Nacht Schreie gehört, sagte Banu mit kaum verhohlenem Grinsen. Ob Idil Alpträume gehabt habe?
Jo blickte zu Idil, die vor Lachen losprustete, und nickte.

»Wie viele?«, fragte Banu.

Jo zählte an den Fingern ab.

»Fünf.«

»Six«, verbesserte Idil.

Tom stieß einen anerkennenden Pfiff aus.

Was ihr so Angst gemacht habe? wollte Banu wissen.

Die Eroberung des Paradieses, sagte Jo. Es werde Zeit, dass sie diesem Land mit seinen süßen Verlockungen entkämen.

Da hätten sie aber noch einen langen Weg vor sich, meinte Banu und kicherte. Und die Verlockungen könnten sie überall einholen!

»Iatz haosch aber d'Süüglogge g'litt*«, grinste Tom. »I hao gar it gwisst, dass du so a Naaglar* bisch! Ma müeß se grad Sinda fiirchte* mit dir!«

Jo zuckte lässig mit den Schultern.

»Es haobbe uifach iiberkumme*.«

Tom lachte.

»Was kaschde mache geege d'G'waolt, haot's Mäidle gseit und de Kerle i's Bett zooge*.«

Zum Abschied versprachen Tom und Jo den Mädchen, auf der Rückfahrt erneut in Samsun Station zu machen.

»O Captain! My Captain*!«, sagte Idil und wischte sich mit tapferem Lächeln eine Träne vom Kinn.

»Our fearful trip is not yet done*«, antwortete Jo und fühlte für einen Moment sein Herz schwer werden.

Schwarzmeerregion

Samstag, 6. Juni:

Der in dieser Gegend vorherrschende Westwind treibt uns vor sich her wie geblähte Segel. Schon nach einer halben Stunde haben wir den Yesil Irmak, den alten Iris-Fluss, überquert. Es ist ein mythisches Land, durch das wir fahren, das Land der Amazonen, die sich einmal im Jahr unter die Männer der umliegenden Völker-*

stämme mischten, um sich von ihnen begatten zu lassen. Jason ist hier auf der Suche nach dem Goldenen Vlies ebenso vorbeigekommen wie Alexander der Große auf seinem Persienfeldzug. Inzwischen brettern türkische Schwertransporte, Busse und Pendler mit irrwitziger Geschwindigkeit durch die Gegend.*
Kurz vor Fatsa passieren wir den Nefise Akcelik Tüneli – den mit fast vier Kilometern längsten Tunnel der Türkei. Schwerlaster erfüllen ihn mit ohrenbetäubendem Gedröhn, eine Gruppe Motorräder zieht brummend an uns vorbei wie ein Bombergeschwader. Über einer Fehlzündung fühle ich mich dem imaginierten Schrecken eines Kanonenschusses aus nächster Nähe ausgesetzt. Mir ist, als solle ich zur Ordnung gerufen werden, um unsere Unternehmung in geordnete Bahnen zu lenken.

Die nächsten Tage herrschte Sturm. Während der Fahrt entlang der Schwarzmeerküste wurden sie mehrmals von heftigen Böen erfasst und ein paarmal mitsamt dem Rad umgeschmissen.
»Dao kinntesch graad vrgägge*!«, schimpfte Tom. Als der Wind drehte, wurde er zu einem Hindernis, das sich gegen sie stemmte wie eine unsichtbare Wand. Die Oberschenkelmuskeln bis zum Zerreißen gespannt, die Hände in den Lenker gestemmt, mühten sie sich Meter für Meter voran. Tom klagte, noch nie habe er sich auf dem Rad so geschunden – nicht einmal auf seinem Kommunionrad mit Fünfgangschaltung zur Alpe Schlappold* hinauf.

Völlig durchnässt und erschöpft schlugen sie spätabends im Schein der Stirnlampen ihr Lager in einer kleinen Bucht vor Trabzon auf. Das Zeltaufstellen gab ihnen einen Vorgeschmack auf das, was ihnen am sturmumtosten K2 bevorstand.
»Ma müess viel üüsheebe, bis ba de Schlotter numma bieße kaa!*«, fasste Tom seinen Jammer am Ende dieses Tages in Worte.

Am nächsten Morgen war Jo früh draußen, der Sturm abgeklungen, das hellgrüne Meer aber noch immer aufgewühlt. Ein paar Wolkenfetzen hingen am Himmel wie rauchende Überreste von Flak-Geschossen, sonst herrschte ein zartblauer Himmel vor. Die Bucht war menschenleer und ohne den sonst üblichen Müll, der Sand grobkörnig und beinahe schwarz. Bizarre Fels-

formationen ragten aus dem Wasser, darauf riesige Kormorane, die sich abwechselnd aufschwangen und nur vom Wind getrieben Höhe gewannen, um sich dann pfeilschnell im Sturzflug ins Wasser zu bohren, um nach Fischen zu tauchen. Jo saß am Strand und schaute den Vögeln zu. Kaum einer tauchte ohne Beute wieder auf, fast jeder Versuch war ein Treffer.
Ein Hund stupste ihn von hinten an. Jo erschrak. Der Hund wich zurück, blieb dann aber in angemessenem Abstand sitzen. Seine Rasse war schwer bestimmbar – eine Promenadenmischung aus Husky und Fox Terrier vielleicht. Als Jo ihn rief, folgte er, ließ er sich von ihm streicheln und blickte ihn dabei aus seinen großen braunen Augen treuherzig an. Gemeinsam gingen sie auf Holzsuche für ein Lagerfeuer.
Als Tom den Hund sah, war er hin und weg. Er selbst hatte jahrelang einen Hund gehabt und schwor seitdem, Hunde seien die besseren Menschen. Eine halbe Stunde lang tollte er mit ihm herum, rannte mit ihm um die Wette, ließ ihn apportieren und wälzte sich mit ihm im Sand. Er taufte ihn »Streuner« und fütterte ihn mit Speckresten. Jo warnte Tom, so würden sie ihn nie mehr los. Wenn schon, meinte Tom. Und wirklich – als sie aufbrachen, lief er mehrere Kilometer hinter ihnen her, ließ sich durch nichts abwimmeln und begleitete sie auf dem Rundgang durch die alte Handelsstadt Trapezunt.
Außer einigen Überresten der ehemaligen byzantinischen Zitadelle auf dem Trapesus-Felsen und zwei verfallenen Kirchen war nicht viel übrig geblieben von der sagenumwobenen und angeblich einst vergoldeten Metropole, wo schon Jason, Xenophon und Marco Polo* Station gemacht hatten. Zwischen trostlosen Schutthaufen und maroden Altbauten wucherten schnell errichtete, unverputzte Betonhäuser, geschmückt von unzähligen Parabolantennen und gekrönt von einem Gewirr von Telefondrähten und elektrischen Leitungen, die über alles geschlungen waren, was irgendwie trug. Es wimmelte von Wandertrödlern, die auf dem Flohmärkten allen erdenklichen Ramsch anboten. Sie waren froh, als sie die Stadt hinter sich gelassen und in einer stillen Bucht ihr Quartier aufschlagen konnten.
Am Abend saßen sie unter einem prachtvollen Sternenhimmel am Lagerfeuer, brieten Lammfleisch und aßen dazu Pide und Schafskäse. Streuner kriegte

die Knochen, zerbiss sie mit lautem Krachen und schluckte sie weg, als seien es Hülsenfrüchte. Zum Nachtisch gab es Honigmelonen.
Als Tom auf seiner Mundharmonika blies, wollte Jo sich mit einem Jodler in sein Spiel einklinken, aber Streuners Gejaule übertönte alles. Schließlich überließen sie dem Hund die Begleitung und stellten fest, dass er eine ganz gute zweite Stimme abgab.
Danach lauschten dem eintönigen Lied der Zikaden und dem Rollen der Brandung und blickten ins Feuer. Streuner tat es ihnen dabei mit auf die Pfoten gelegtem Kopf nach, genoss die Wärme des Feuers und das verwirrende Gemisch an Gerüchen in der Luft. Jo versuchte eine gedankliche Annäherung an das Ziel ihrer Reise, aber es verflüchtigte sich jedesmal, sobald er es näher ins Auge fasste. Im Rückblick erschien ihm alles wie eine Kette verpasster Gelegenheiten. Die Verse eines Gesichts kamen ihm in den Sinn:

»Menschlich habe ich gelebt,
zu zählen vergessen die Tore,
die offenen. An die verschlossenen
hab ich gepocht.*«

Die nächste Etappe führte erst fünfzig Kilometer am Meer entlang, bevor die Straße ins Pontische Gebirge* abzweigte. Streuner hechelte mit weit herausgestreckter Zunge hinter ihnen her, sprang dann, als das Tempo höher wurde, auf Toms Anhänger und ließ sich auf den Packtaschen nieder, als sei dort sein angestammter Sitzplatz. Tom duldete es stillschweigend. Als ihre Route nach dem Badeort Of von der Küste weg ein Flusstal hinaufführte und das Terrain steiler und Tom langsamer wurde, lief Streuner wieder neben ihnen her.
Je weiter sie sich von der Küste entfernten, desto größer wurden die Abstände zwischen den Dörfern. Steine am Straßenrand zählten die Kilometer. Auf künstlich errichteten Terrassen wurde Tee angebaut. Streusiedlungen klebten wie Schwalbennester an den steilen Hängen, dazwischen ragten Minarette und die Strommasten der Überlandleitungen auf. Waghalsige Bogenkonstruktionen überspannten reißende Bäche, handkarrenbreite Wege schlängelten sich durch

die dichte Vegetation hinauf in die entlegensten Dörfer. Das Klima war wie überall in Küstennähe tropisch-feucht und schwülwarm, der Schweiß lief ihnen in Rinnsalen über die Stirn. Als sie die Tausend-Höhenmeter-Marke hinter sich gelassen hatten, wurde es allmählich kühler. Tom jubelte, er schnuppere Hochlandluft, doch dunkle Wolkentürme über ihnen kündigten ein Gewitter an. Auf der kahlen Hochebene von Bayburt* entluden sich die Wolken. Schutzlos waren sie den peitschenden Regenböen ausgesetzt und bis auf die Haut durchnässt, als sie endlich Quartier in einer Frühstückspension am rauschenden Çoruh-Fluss bezogen und von der betagten Wirtin Yaprax – mit Reis, Dill, Joghurt und Hackfleisch gefüllte Weinblätter – spendiert bekamen.

Mittwoch, 10. Juni:
Früh am Morgen steigen wir zu der imposanten Festungsanlage hinauf, die sich wie eine chinesische Mauer über der Stadt erhebt und noch aus der Zeit der Seldschuken stammt. Streuner macht vergeblich Jagd auf Kaninchen. Von einem Wachturm genießen wir den Ausblick über die kahlen Hügelketten nach Westen und auf das hochaufragende Kackar-Gebirge nach Süden und Osten. Irgendwo dazwischen führt der Pass nach Erzurum hindurch.*
Vor uns liegt der gebirgigste und wildeste Teil der Türkei. Schon Xenophon berichtete, dass ihm auf seinem Marsch der Zehntausend von Persien nirgendwo die Eingeborenen so unversöhnlich feindlich gegenübertraten wie bei der Durchquerung dieses Landstrichs. Für uns sind zunächst rücksichtslose Autofahrer, streunende Hunde und die Steine werfenden Kinder die objektiven Gefahren. Unser Weg ist noch lange nicht zu Ende, haben wir doch erst gerade mal die Hälfte der Strecke bis zu unserem Ziel zurückgelegt.

Kurdistan

Zwei Tage später hatten sie Kurdistan erreicht. Die Erde wurde röter und trockener, die Vegetation südlicher – Olivenhaine, Korkeichen mit nacktem Stamm und Kakteen säumten die schmalen und holprigen Straßen. Aus Blumen wurden Disteln, aus grünen Wiesen strohgoldene Felder. In Askale machten sie um die Mittagszeit Rast an einem Springbrunnen, der immer wieder pausierte, als wüsste er nicht, für wen er springen sollte. Wenn er es doch tat, schossen Wasserstrahlen aus dem Becken, etwa einen Meter hoch. Tom warf eine eine Liramünze ins Brunnenbecken, weil das angeblich Glück brachte. Im Nu standen mehrere Kinder herum und bettelten: »Money, Mister – money, Mister!«

Ihre treuherzigen Blicke wirkten gut einstudiert.

Kurdenkinder, sagte Tom. Entweder sie bettelten oder würfen Steine.

Sie wollten sich gerade auf den Weg machen, als ein kleines Mädchen aus einem der Häuser trat, sich ihnen als Ayşe vorstellte und sie zum Tee hereinbat. Nach hiesigem Ehrenkodex mussten sie die Einladung annehmen.

Die ganze Familie war beim Essen versammelt – neben Ayşes vier Geschwistern auch die Eltern und Großeltern. Man reichte ihnen Brot, Schafskäse, Oliven und Weintrauben. Streuner, der sich erstaunlich schnell mit der Katze arrangierte, bekam eine abgenagte Lammkeule und eine Schüssel Milch.

Nach dem Essen wurde starker türkscher Tee in kleinen Gläschen mit viel Zucker gereicht. Nebenher kam man auf das Verhältnis zwischen Türken und Kurden zu sprechen. Baran, der älteste Sohn, sprach fließend Englisch und bedauerte, dass die Türkei als Titularnation ein gestörtes Verhältnis zu ihrer kurdischen Minderheit habe*. Er selbst sei nie radikal gewesen, meinte er, aber die Kränkungen, die die Kurden von Seiten der Türken zu erdulden hätten, überschritten längst das erträgliche Maß. So sei Türkisch die einzig zugelassene Unterrichtssprache in den Schulen, was dazu führe, dass die Kurden ihre Kinder nicht mehr in die Schulen schickten und diese verwahrlosten und leichte Beute für radikale Gruppierungen würden. Dazu kämen Festnahmen auf der Straße, nur weil man Kurdisch spreche, willkürliche Hausdurchsuchungen und Konfiszierung von allem, was auch nur im Entferntesten »subversiv« – das heißt kurdisch – aussehe, Berufsverbote für kurdische Schriftsteller und Künstler und grausame Racheakte an der kurdischen Zivilbevölkerung für Übergriffe der PKK. Alles das das seien nur einige Beispiele dafür, wie die Türkei mit allen Mitteln versuche, die kulturelle Identität des kurdischen Volkes auszuhöhlen.

Warum die Kurden denn überhaupt auf einer eigenen kulturellen Identität beharrten? fragte Tom.

Das sei eine seltsame Frage, erwiderte Baran. Genauso gut könne man fragen, warum die Türken auf ihrer kulturellen Identität beharrten.
Die Kurden hätten in diesem Landstrich lange vor den Türken gelebt, schaltete sich Baba ein. Bei der gewaltsamen Unterwerfung seien Tausende getötet worden*.
Er verstehe gar nicht, warum die Kurdenfrage nicht schon längst gelöst sei, sagte Baran. Warum gewähre man der kurdischen Minderheit nicht die geforderte Autonomie, lasse sie ihre eigene Sprache sprechen und ihre kulturellen Eigenheiten pflegen? Die Unterdrückung der Kurden und ihrer nationalen Identität hätten nur dazu geführt, dass Gruppierungen wie die PKK Oberwasser bekommen hätten. Die Türkei sei auf bestem Wege, daraus einen Krieg zu machen.
Baba schnalzte mit der Zunge und sagte zu Tom und zu Jo gewandt: »Seht zu, dass ihr über die Grenze kommt, bevor der Krieg euch einholt*!«

Hinter Askale weitete sich das Land. Obstgärten, Mohnfelder, Bauernhöfe und brachliegende Äcker wechselten sich ab. An den Berghängen verblühte Besenginster. Darüber silbrige Wolken wie eine fluffige Decke. Blaue Regenschlieren fielen in der Ferne aus ihnen heraus.
Wenig später stießen sie auf die ersten Steinewerfer, über die sich schon Göran Kropp in seinem Reisebericht ausgelassen hatte*. Es waren fünf Buben im Alter zwischen acht und zwölf Jahren, alle barfuß, mit pechschwarzen, strubbeligen Haaren, Rotznasen und vor Schmutz starrenden Klamotten. Sie kamen unvermittelt hinter einer Hauswand hervorgeschossen, stießen schrille Schreie aus und warfen für ihr Alter die faustgroßen Steinbrocken mit einer bemerkenswerten Geschicklichkeit und Präzision. Toms Vorderrad kriegte einen Treffer; Jo wehrte einen Pflasterstein mit der Hand ab und zog sich dabei eine Schramme zu. Sie hatten es Streuner zu verdanken, dass ihnen nicht mehr passierte. Mit furchterregendem Gebell sprang er auf die Buben zu, wich geschickt den Geschossen aus, und jagte sie schließlich davon.
»Dia hüere Krippl* – dia händ iis welle muine*!«, empörte sich Tom.
»Und dees mipfließ*!«, stimmte Jo mit ein.

Tom legte die Arme um Streuner und kraulte ihm den Hals.
»Du bisch ding Freasse weart!«, lobte er ihn. »Und nägschtmaol, wembr uin vrdwischet, git's Türkegulasch!«

Am nächsten Tag ging es durch Hochtäler mit grünen Weideflächen, Mais- und Getreidefeldern und nur wenigen Siedlungen fast tausend Höhenmeter hinauf nach Agri und am 3445 Meter hohen Mount Suqavet vorbei. Danach wand sich das Sträßlein wie im Delirium hinunter bis Karaköse. In einer Straßenkneipe aßen sie gemantschte Kichererbsen mit toten Fliegen in Fleischsauce, tranken bitteren Tee und versuchten sich die Scharen bettelnder Kinder vom Leib zu halten, die Tom unachtsamer Weise angelockt hatte, als er einem der Mädchen einen Kaugummi schenkte. Erst als der Wirt die Kinder mit ein paar Fußtritten hinaus beförderte, war wieder Ruhe.
Als sie am Nachmittag auf der Passstraße von Erzurum nach Dogubeyazit einen Felsvorsprung umrundeten, erblickten sie zum ersten Mal den Ararat und staunten angesichts des imposanten Bergmassivs, das so unvermittelt vor ihnen aufragte. Es schien inmitten der flachen Steppe fast monströs, in dem schlierigen Dunst aber gleichzeitig unwirklich und formlos wie ein riesiger Pudding, der lieblos aus seiner Backform gekippt und danach mit Vanillesauce übergossen worden war.
»Dea Bearg siacht üüs wia hiig'schisse«, fasste Tom es in Worte.

Dogubeyazit

Dank eines kräftigen Rückenwindes hatten sie bereits nach einer Stunde die weitläufige Westflanke des Ararats mit Streuner auf seinem gewohnten Sitzplatz umfahren und näherten sich Dogubeyazit*, der alten Festungsstadt an der historischen Seidenstraße*. Die Stadt hatte allerdings mittlerweile nur mehr wenig Geschichtsträchtiges an sich und glich einem riesigen Basar.
»Dao gaoht's züe wia im Hiiml voarduss*«, kommentierte Tom das Gewimmel. Wie Schwärme von Krähen stürzten sich iranische Frauen in ihren schwarzen Schadors von einem Verkaufsstand zum nächsten und füllten

beim Feilschen die Straßen mit ihrem Geschrei. Westliche Kleidung, Shampoos in Vierliterflaschen, Waschmaschinen, Toaster, Smartphones – alles Erdenkliche wurde feilgeboten. Die Männer packten währenddessen Bier, Wein und Spirituosen kistenweise in ihre Autos, um alles in ein Land zu schmuggeln, das Alkohol bei Strafe ächtete. Zu verlockend waren die Versuchungen des Kapitalismus, als dass die Angst vor Allahs Strafe sie ausgeblendet hätte.

An ihrem voraussichtlich letzten Abend in der Türkei mieteten sie sich in einem Hotel ein, gönnten sich im hoteleigenen Hamam eine »Kese«-Massage*, bei der ihnen der Staub der Steppe mit dem Frottierhandschuh aus allen Poren gerubbelt wurde, frönten an der Hotelbar mit Fassbierausschank dem langentbehrten Luxus eines Dämmerschoppens und spekulierten über den Fortgang ihrer Reise.

Eigentlich könne man genauso gut umkehren, sagte Jo nach dem dritten Bier. Ihr Geld reiche vermutlich nicht einmal mehr bis Teheran.

»So güat kaa es mit am Hüüfe Geald gar it sing, wia'n es aone schleacht isch«, sinnierte Tom und fand, bis dort sollten sie sich auf jeden Fall durchschlagen. Dann hätten sie wenigstens an das Tor des Orients geklopft.

»Und dann?«, fragte Jo.

Dann drehe man um, reise über die türkische Südküste zurück, mache nebenher Urlaub und verdiene sein Geld mit Betteln und Singen.

»Tolle Perspektive«, spottete Jo. »Und der Berg?«

Der käme auch ohne sie aus. Sie hätten ihn auf ihren Bergetappen in Höhenmetern gemessen ohnehin bereits mehrfach bestiegen.

»Laoss de huimgiige*«, sagte Jo.

Ob er einen besseren Vorschlag habe, fragte Tom und trank sein fünftes Bier leer.

Sofort umdrehen, die Räder und alles verkaufen und mit dem Geld per Zug und Autostopp nach Hause zurück.

Das sei nicht nur Kapitulation, das sei Landesverrat. Hochlandesverrat!

Jo lachte, meinte dann aber mit trübseliger Miene, das Hochland brauchten sie nicht mehr zu verraten, es habe sich bereits in Luft aufgelöst.

Nach dem sechsten Bier kam Jo ins Lamentieren über die Mädchen, die sie zurückgelassen hatten.
Von welchen zurückgelassenen Mädchen er denn rede? fragte Tom.
Jo zuckte mit den Schultern.
Von allen.
Er solle sich nicht um die Antwort drücken, beharrte Tom, und sich nur einmal vorstellen, die
Mädchen ständen plötzlich alle vor ihm. Wem gebe er dann den Vorzug?
Das sei unmöglich zu beantworten, antwortete Jo. Luisa gefiele ihm, weil sie aus dem Allgäu stamme und eine Stirn wie ein Engel besitze. Gwen habe einen Hals wie Nofretete, Titten wie Pamela Anderson und Fesseln wie eine Araberstute, Isa die hübschesten Grübchen und das immerwährende Lächeln einer Buddha-Statue, Idil einen Po wie Kim Kardashian und den Lustschrei eines Schimpansenweibchens. Wie solle er da eine Wahl treffen*?
Tom lachte und meinte, nur gut, dass sie morgen in den Iran führen, wo die Frauen verschleiert und streng bewacht seien. Einen sexistischen Hallodri wie ihn, der sich bei der Wahl der Dame seines Herzens fast ausschließlich an körperlichen Merkmalen orientiere, könne man ja wohl kaum guten Gewissens auf die Weiblichkeit loslassen!
Jo protestierte und wies auf Toms eigene Eroberungen hin – Mädchen, die er alle gewiss nicht nur wegen ihrer geistigen und charakterlichen Vorzüge flachgelegt habe.
Tom grinste, gab ihm Recht und stieß »uff dia hüere Wiebr*« an, die ihnen wie durch ein Wunder immer in der verlockendsten Gestalt und immer im Doppelpack auflauerten.
Jo erwiderte, das sei wahrscheinlich die Prüfung, die ihnen die höhere Vorsehung in den Weg lege, bevor sie ins Hochland eingelassen würden.
Tom lachte, bezweifelte aber, ob ihr gegenwärtiger Lebenswandel dafür die geeignete Voraussetzung wäre. Und was seine Herzensdame anbelange – am Ende sei es doch Gwen, an die er sein Herz verloren habe, das wisse er ganz genau, so sehr er es vor sich auch zu leugnen suche.
»D'Fiaß täätesch'r kisse, wenn se moan voar dr schtiand!«, schloss Tom.
»Saich be uff de Grind, voar es so wiit kut*!«, lachte Jo.

Das Treffen

Am nächsten Tag machten sie sich leicht verspätet und mit Hangover in Richtung iranische Grenze auf.
»So vrnussbiklet* bin i sit'm letzschte Schaid* numma gwea und dao haon i acht Maoß vrbutzet!«, stöhnte Tom.
»Mir dünkt es öü, as sei d'Wealt huit a wink schealawänkesch*«, schloss Jo sich Toms Gejammer an.
Eine dumpfe Ahnung lag wie Gewitterschwüle in der Luft, sie würden heute von etwas eingeholt, was sie schon hinter sich geglaubt, aber nicht wirklich hinter sich gelassen hatten.

Sie waren gerade am Ortsausgang von Dogubeyazit In der Höhe des Simer-Hotels angelangt, als ihnen ein Mercedes-Sprinter-Van entgegenkam, der einen alten, mit Graffiti besprühten VW-Bulli abschleppte. Der Fahrer des Vans hielt an, als er ihrer ansichtig wurde, ließ die Scheibe herunter und fragte auf Deutsch mit leicht amerikanischem Akzent, ob sie Tom und Johannes aus Deutschland seien. Er trug eine Gletscherbrille mit kreisrunden Gläsern und Messingbügeln, hatte ein schmales, wettergegerbtes Gesicht, einen Dreitagebart, und die langen, leicht angegrauten Haare mit einer knallroten Bandana zusammengebunden.
Jo, ahnungslos, nickte, wunderte sich nur, wer sie hier am Rande der Zivilisation kennen sollte. Mit mulmigem Gefühl folgten sie dem angegrauten Hippie zum Hotel-Parkplatz neben der Straße.
Als erstes öffneten sich die Türen des Bulli und Isa und Alexa stürmten heraus. Ein diffuses Gefühl der Unwirklichkeit erfasste Jo, als die beiden ihn umarmten und ihm Küsschen auf die Wangen drückten. Er fühlte sich wie in einem Traum, in dem er den schlimmen Verdacht hatte, er sei gar keiner. Inzwischen war dem Konvoi noch eine weitere Person entstiegen. Sie trug ein weißes Top mit der Aufschrift »Bitch« (wobei das »B« mit Filzstift zu »W« gemacht war) über ihrem gebleachten hellblauen Jeans-Mini und schritt auf ihren langen gebräunten Beinen erhobenen Hauptes auf ihn zu wie eine Popdiva auf ihre kreischenden Fans in der Arena.

Jo's Herzschlag setzte zwei Takte aus. Der Anblick hob für einen Moment seine Welt aus den Angeln.
»Darf ich vorstellen – das ist Jo aus dem Allgäu«, sagte Isa lächelnd.
»Nice to meet you!«, flötete das Mädchen mit einem bezaubernden Lächeln, das beinahe über ihr ganzes Gesicht reichte, schüttelte Jo die Hand und sah ihm dabei tief in die Augen. »I bin die Gwen!«
»Ich glaube, wir hatten bereits das Vergnügen«, murmelte er und spürte, wie ihm der Schweiß auf die Stirn trat.
»Einmal hatten wir das Vergnügen schon, stimmt«, erwiderte Gwen. »Aber leider nur sehr kurz!«
Gwens Hochdeutsch hörte sich an wie schlecht synchronisiert.
»Das ist das Problem mit den meisten Männern«, kicherte Isa.
Tom hüstelte.
Gwens Blick wanderte zwischen Isa und Jo hin und her, als könne sie so die Art ihrer Beziehung ausloten.
»Alexa hat Tom am Campingplatz in Sofia gesundgepflegt und Isa war unser Guide«, erklärte Jo mit belegter Stimme.
»Eier Guide, aha«, sagte Gwen.
Isa hatte sich Streuner zugewandt und liebkoste ihn auf dem Boden kniend.
Ein schmales Lächeln deutete sich um Gwens Schmollmund an.
»Und a Kantschn hobt's eich aa zuaglegt.«
»Der Hünd isch iis züegloffe«, sagte Tom.
»Wenigstens ham ma eich endlich g'fundn, ihr Ausreißer.«
»Wir hatten keine Ahnung, dass ihr noch kommen würdet«, versuchte Jo eine erste Rechtfertigung.
Gwen sah ihn mit einem Blick an, der zwischen Unglauben und Spott wechselte.
»Mama hot a Viertel Million Sponsorngelder auftrieben und ihr maant's, mir woar'n nit mit von der Partie?«
»Mir ham zigmol vasuacht, eich auf'm Handy zum Erreichn!«, fügte Gritt mit kaum unterdrücktem Vorwurf in der Stimme hinzu.
»Sorry – man hat uns die Handys geklaut«, versuchte Jo sich herauszureden.
Gwen ging gar nicht weiter darauf ein.

»Und des Filmteam, des hot aa die Mama organisiert«, sagte sie und stellte vor: Roy Fitzgerald, amerikanischer Bergfilmer, Drehbuchautor und Saxophonist und seine Partnerin und Film-Assistentin Sandie Sloane, eine schlacksige Blondine mit pinkem T-Shirt, Fransenhotpants und genieteten Cowboy-Stiefeletten. Sie besaß die grünen Augen einer Wildkatze, wie Jo trotz seiner angeschlagenen Verfassung registrierte.
Beide waren vor ein paar Wochen von einem Filmprojekt am Cerro Torre zurückgekehrt.
Jo schüttelte kraftlos die ihm dargebotenen Hände.
Ob der Bully endgültig seinen Geist aufgegeben habe, fragte er, um das Gespräch in Gang zu halten und keine weitere Verlegenheit aufkommen zu lassen.
»Getriebeschaden, kurz vor der Grenze«, antwortete Isa. »Zum Glück sind wir auf Roy und sein Team gestoßen – und weil sie sonst gerade nichts zu tun haben, schleppen sie uns netterweise zur nächsten Werkstatt.«
»Seit aaner Wochn woartn mir schon auf eich, nachdem mir uns auf da Streckn zwischen Istanbul und Erzurum vapasst ham«, erklärte Gwen.
»Oh«, sagte Jo, »kleine Routenänderung. An der Schwarzmeerküste entlang – wegen des Verkehrs.«
Gwen schüttelte den Kopf.
»Hobt's ihr überhaupt noch a Interesse an unsra G'söllschaft?«, fragte Gritt.
»Schu*«, versicherte Tom. »Dir kummet bätsch richteg*! Iis isch nämle 's Geald üüsgange!«
Das Mienenspiel von Gritt und Gwen changierte zwischen Belustigung und Empörung.
»A so is des! Dafür san mir olso doch noch guat!«, spottete Gritt.
Tom erkannte, dass er die Taktik ändern musste.
»Als »Allgäu-Kärntner-K2-Expedition« simbr unschlagbar, Fehla!«, rief er, stutzte dann aber – das »Allgäu« existierte auf dem Logo an der Fahrertür gar nicht mehr.
»Der Begriff woar da Mama z'lang«, erklärte Gritt.
»Und außerdem«, fügte Gwen mit einem schiefen Lächeln hinzu, »wer kennt'n schon das Ollgei?«

»Dees muisch iatz aber it im Eanscht!«, protestierte Tom. »I fahr bloaß mit uib, wenn iesa Logo am Kaare* isch!«
Gritt kniff ihn ins Ohr und meinte, als gestellte Ausreißer sollten sie besser keine allzu großen Ansprüche stellen, sondern sich in Bescheidenheit und Reue üben. Man werde heute Abend entscheiden, ob sie überhaupt noch mit von der Partie seien.
»Auweh, Jo«, raunte Tom, »i glöüb, bi deana häm br g'herig ingbiaßt*!«

Jo hatte andere Sorgen. Ein kosmischer Schwindel hatte ihn erfasst, als sei die Erde ins Trudeln geraten. Zugleich kämpfte er gegen die bizarre Vorstellung an, er werde überwältigt von etwas unendlich viel Größerem als er, das aus ihm selber entsprang.

Versöhnung

Roy setzte Jo, der auf der Fahrt nach Dogubeyazit einen Schwächeanfall erlitten hatte, mit Gwen, Gritt und Sandie am Hotel Isfahan ab, wo er Zimmer für sie reserviert hatte. Roy und Tom begleiteten Isa und Alexa zur Werkstatt.
Das Doppelzimmer, das Jo mit Tom teilte, besaß einen kleinen Balkon mit Aussicht auf den Ararat. Die Hitze im Raum war kaum erträglich. Ein elektrischer Ventilator auf der Kommode drehte sich langsam hin und her; als Jo die Brise im Gesicht spürte, musste er an frische Luft und Freiheit denken. Gwen schloss die Fensterläden und verordnete ihm Bettruhe.
Es gehe ihm schon wieder gut, sagte er. Doch als Gwen sich zu ihm ans Bett setzte und mit der Hand über seine Stirn strich, erfasste ihn wieder der ominöse Schwindel.
»Du bleibst liegn. Du muasst bis heit Obend wieda fit sein.«
»Dann sind wir also wieder im Team?«, fragte Jo und konnte einen ängstlichen Unterton nicht ganz unterdrücken.
»Eigentlich sollt ma eich aa zum Teifl jogn, so wie ihr eich auf'geführt hobt's!«
»Wieso?«, fragte Jo.
Gwen blickte ihn fassungslos an.

»Frogst du des jetzt im Earnst?«
»Ja«, sagte Jo, spürte aber ein leichtes Unbehagen dabei.
Gwen stürzte sich mit einem Wutschrei auf ihn wie eine Furie und verpasste ihm erst ein paar Schläge ins Gesicht und drosch auf seine Arme ein, die er schützend vor sich hielt.
Und dann gestand sie, dass sie so viel Hoffnung mit ihrer Unternehmung und dem Hochland verbunden habe, dass er ihr großes Vorbild gewesen sei, er, der letzte Ritter, der noch Ideale verkörpere und wahres Heldentum. Die Welt sei eine bessere gewesen, nur weil er da war. Nur darum sei sie ihm gefolgt. Nur darum der ganze Aufwand, den sie betrieben hätten. Und dann habe Jo sie einfach sitzen gelassen – sie fühle sich verraten und vor allen Leuten lächerlich gemacht!
Er verteidigte sich, man habe sie offenbar ganz bewusst ohne Informationen über die Reisevorbereitungen des Kärntner Teams gelassen und brauche sich deshalb auch nicht zu, dass sie anderweitig Kontakte geknüpft hätten.
Kontakte! rief Gwen und brach in Gelächter aus, dass ihre Brüste bebten. Sie könne sich gut vorstellen, um welche Form von Kontakt es dabei gegangen sei!
Jo lenkte ein und sagte, dass es sich um Zufallsbekanntschaften gehandelt habe und sie in Wirklichkeit die ganze Zeit die Dame seines Herzens gewesen sei.
Gwen lachte lauthals los, schalt ihn den größten Lügenbold, der ihr je begegnet wäre.
Das sei die reine Wahrheit, sagte Jo. Was die Mädchen in Samsun anbetreffe, so wisse er selbst nicht, was da über ihn gekommen sei. Er könne es nicht anders erklären, aber er habe im Grunde immer nach ihr gesucht.
»Warum seid's nocha überhaupt obg'haut?«
Er antwortete, das wisse sie doch, er habe es in seinem Abschiedsbrief an ihre Mama geschrieben.
Nichts wüsste sie, und diesen Brief habe sie nie bekommen.
Er habe sie viel zu lieb gehabt, um ihr Leben aufs Spiel zu setzen.
»Gehabt! Do sigt ma's ja – i bin für di passé!«, rief sie, zeigte ihm die Zunge, stand auf und verließ türeknallend das Zimmer.

Am Abend gab es ein offizielles »Versöhnungsessen«, zu dem neben Sandie und Roy auch Isa und Alexa eingeladen waren. Tom und Jo erschienen in den Hugo-Boss-Anzügen, die sie bei der Pressekonferenz getragen und die sich wundersamer Weise im Gepäck des Vans befunden hatten. Streuner, den man gegen die Hotel-Vorschriften in den Speisesaal gelassen hatte, kauerte zu Füßen Toms. Roy trug einen hellgrauen Anzug aus Tweed und Sandie ein kurzes pinkfarbenes Stretchkleid zu Highheels und schwarzen Nylons. Sie war, wie Jo erst jetzt mit leichter Beunruhigung feststellte, eine Schönheit. Als sein Blick an ihren schlanken Fesseln hängen blieb, schickte sie ihm lächelnd einen mahnenden Augenaufschlag.

Man trank Spritz und betrachtete die Fotos von diversen Ararat-Expeditionen von Hotelgästen an der Pinnwand. Roy war schon oben gewesen, meinte aber, der Berg sei langweilig und das einzig Spannende bei der Besteigung die Frage, ob man wegen der ständigen Schusswechsel zwischen der PKK und der türkischen Armee wieder lebend herunterkomme.
Tom freute sich, mit Gritt wieder im Team zu sein. Sie sei ohne Frage das Beste, was ihm je untergekommen sei – nicht nur finanziell. Trotzdem hoffte er, dass sie im Tross der Ebeling-Töchter ihre Geldprobleme endlich loswürden. Jo könne ebenfalls zufrieden sein, weil Gwen doch alles toppe, was ihm bis jetzt unter die Finger gekommen sei. Jo wies auf sein blaues Auge und entgegnete, unter Gwens Finger zu kommen toppe allerdings auch alles.
»I hao gheareg Aaschtänd* kriat – dia haot bigott taong wia Roos und Schlitte*!«
Tom lachte und deutete an, dass ihnen diesbezüglich womöglich noch etwas bevorstehe heute Abend.

Sie hatten sich gerade zu Tisch begeben, als die Ebeling-Töchter erschienen – in Stilettosandalen und kurzen goldfarbenen Satinkleidchen, so eng geschnitten, dass sie aussahen wie auf den Körper gemalt. Gwen trug ihre Haare nach vorne in die Stirn gekämmt.
Jo vergaß ein paar Takte zu atmen.

Auch Tom stieß einen leisen Pfiff aus.
»S'Schiising gaoht e'na bigott it im Weag um*!«, flüsterte er.
Die Mädchen blieben vor Tom und Jo stehen, blickten mit sie versteinerten Mienen an und wiesen mit den Zeigefingern vor sich auf den Boden.
»Ihr sollt's eich entschuldign«, erklärte Gwen.
Sie begriffen, dass sie Teil einer Inszenierung waren und stellten sich grinsend vor den Beiden auf.
»Auf die Knie!«, befahl Gwen und sie folgten ihrer Anweisung.
Sie hätten lange mit daheim konferiert, ob sie die beiden Ausreißer wieder in ihr Team aufnehmen sollten, erklärte Gwen, die Arme vor der Brust verschränkt. Mama sei wegen des Vertragsbruchs dagegen.
Eigentlich brauche man sie ja auch gar nicht mehr, weil man bereits ein neues Team zusammengestellt hätte, fügte Gritt hinzu.
»Mit weam?«, fragte Tom.
»Oba weil mir an Noarrn an eich g'fressn hom«, fuhr Gwen unbeirrt fort, » – warum, waaß i eigentlich goar nit – geb ma eich noch a letzte Chance.«
»Und jetzt schwört uns Gehorsam und dass ihr nie mehr ausbüchsen werdet!«, befahl Gritt, um Hochdeutsch bemüht. »Und grinst nit so teppat!«
Sie schworen mit aufgesetzt ernster Miene. Als sie aber die Füße der Mädchen küssen sollten, streikten sie kichernd. Gwen klatschte verärgert auf ihren Oberschenkel, beugte sich zu Jo herunter, packte ihn an den Haaren und riss ihm den Kopf nach hinten.
»Des is kaa Spiel«, fauchte sie. »Von jetz an hom mir's Kommando!«
Streuner jaulte. Jo senkte schuldbewusst den Kopf und drückte seine Lippen, so sittsam er konnte, auf das Riemchen um Gwens Spann.
»I täät de ja gean uff de Grind saiche, Jo – aber i kaa it!«, kicherte Tom, als er bei Gritt das Gleiche tat.
Die Runde applaudierte. Daraufhin galten sie als versöhnt und durften sich setzen.

Während des Fünfgänge-Menüs erfuhren sie, dass sich die Ankunft des Kärntner Teams wegen der Permits für das Filmteam verzögert hatte, da die Quote der zu vergebenden Besteigungsgenehmigungen* für dieses Jahr offiziell ausgeschöpft war. Zum Glück konnten sich Roy und Sandie bei einer Schwedisch-Finnischen Gruppe einkaufen, bei der zwei Teilnehmer ausgefallen waren, und Kontakte zu einer französischen K2-Expedition knüpfen, bei der Gritt und Gwen vielleicht unterkommen würden. Die Nordländer starteten etwa zeitgleich mit den Allgäuern Anfang Juli von Skardu aus. Tom wies Roy darauf hin, dass sie mit ihren Rädern nach dem gegenwärtigen Zeitplan nicht vor Mitte Juli dort einträfen, aber Roy war zuversichtlich, dass sie noch zu den Gruppen im Basislager aufschließen konnten. Das Wetterfenster am K2 reiche anders als am monsunbestrichenen Everest bis weit in den August hinein, sodass der Berg auch dann als besteigbar galt.

Anschließend tauschten sie Reiseberichte aus. Gritt und Gwen hatten vor der Abreise ein vierwöchiges hochalpines Trainingsprogramm am Katschberg absolviert, wo man sie im Höhenzelt* mit verdünntem Sauerstoff zwar konditionell richtig »zur Sau« machte, wie Gritt einräumte, der Spaßfaktor im Team aber gleichwohl hoch gewesen sei.

Dass sie hochalpinem Gelände gewachsen und mit seinen Gefahren vertraut seien, hätten sie jetzt jedenfalls schriftlich, sagte Gritt.

Hochalpine Kenntnisse reichten aber nur bis 4800 Metern Höhe, wandte Jo ein – das sei noch nicht einmal die Höhe vom K2-Basislager!

Wie sie sich denn auf die größeren Höhen vorbereitet hätten*? fragte Gritt.

Jo schwieg.

Sie kenne mittlerweile jedenfalls so ziemlich jeden Knoten und jede Schlinge und könne sich notfalls auf den K2 hinaufseilen, wenn es anders nicht mehr ginge, meinte Gwen schnippisch und übergab das Wort an Roy für den Fahrtenbericht.

Die 3100 Kilometer lange Strecke bis zur iranischen Grenze, für die Jo und Tom über sechs Wochen brauchten, hätten sie in vier Tagen bewältigt, den dreitägigen Zwischenstopp in Istanbul und die Woche Wartezeit an der Grenze nicht eingerechnet. Alles in allem, meinte Roy, seien sie zu einem wunderbaren Team geworden und man habe sich allerseits gut amüsiert während der Fahrt. Nur beim Fotoshooting am Izmit-See wäre man mit einem muslimischen Sittenwächter aneinander geraten, weil die Mädchen in Bade-

kleidung vor dem Hintergrund einer Moschee posierten und damit nach Meinung des Imams den Zorn Allahs auf sich gezogen hätten.
»Länd doch deam Allah öü a wink a Froid«, schimpfte Tom.

Isas und Alexas Fahrtbericht klang da schon etwas abenteuerlicher. Bereits in Edirne habe ihr Bully zum ersten Mal gestreikt, als die Ölpumpe kaputt ging. Kurz vor Istanbul fiel die Lichtmaschine aus. In der Werkstatt in Kavakli baute man ihnen eine falsche ein, was zu einem Kabelbrand führte. Zu alledem saugte man ihnen den Benzintank leer, was sie aber erst in Istanbul, wohin sie geschleppt wurden, merkten. Zum Glück trafen sie in der VW-Niederlassung auf einen Meister, der ein Faible für Oldtimer hatte und ein halbes Dutzend Schrottwagen ausschlachtete, um ihren Bully wieder flott zu kriegen. Das Auto sei dann auch wieder soweit fahrtüchtig gewesen, aber in ihrer Absteige holten sie sich beide eine Darmgrippe, gegen die alle Globuli nichts nützten und an der sie fast eine Woche laborierten. Als es dann endlich losgehen sollte, war ihr Auto, das sie vor der Polizeiwache geparkt hatten, aufgebrochen und ausgeräumt, sodass sie sich komplett neu ausrüsten mussten. Trotzdem, versicherte Alexa, nähmen sie überwiegend gute Eindrücke von der Türkei mit. Der Abschleppdienst für die 70 Kilometer lange Strecke von Kavakli nach Istanbul sei von einem vorbeikommenden Lkw-Fahrer völlig umsonst übernommen worden, und auch sonst hätten sie in der Türkei so viel Gastfreundschaft und Hilfsbereitschaft erlebt wie selten in einem Land zuvor.
Unter anderem auch von einer Seilschaft aus Kärnten, fügte Alexa schmunzelnd an.
Der andere Teil der Truppe* habe sich dagegen nach dem Treffen in Sofia vorzeitig und ohne Abschied abgeseilt, frotzelte Isa. Und das, obwohl man der Hilfe eines Bordmechanikers namens Tom mehr als einmal bedürftig gewesen sei!
Tom fand ganz gegen seine Art keine Worte, Gritt umso mehr.
Ob das eine Masche von ihnen sei, Mädchen aufzureißen und sie dann unverrichteter Dinge wieder sitzen zu lassen, schimpfte sie. Eigentlich sollte man mit ihnen genauso verfahren, sie alleine in den Hindukusch schicken

und sich stattdessen einen vierwöchigen Badeurlaub an der türkischen Riviera gönnen!

Sandie und Roy lachten, da seien sie sofort dabei.

Tom erinnerte daran, dass sie die Amnestie für ihre Vergehen bereits erhalten hätten.

Auf Bewährung und nur bei guter Führung! mahnte Gritt und zog Toms Ohrläppchen lang.

Roy wollte Fakten hören. Jo las aus seinem Tagebuch vor, sie hätten in den 42 Tagen auf dem Balkan und in der Türkei über 3000 Kilometer zurückgelegt, dabei 29 455 Höhenmeter überwunden, 39 Städte und zwei Kontinente durchquert und dabei 19 Reifenpannen, zwölf gebrochene Speichen, drei Kettenrisse und einen Bruch der Anhängerkupplung zu beklagen gehabt. Er sei in Thrakien vom Seitenspiegel eines Pick-ups erfasst und mitsamt Rad in den Graben gedrängt, Tom hinter Bolu von einem LKW gestreift und über die Leitplanke geschleudert und in einem Kaff in Kurdistan beinahe von einer Kuhherde zertrampelt worden. Zweimal wurden sie dort von Steinewerfern attackiert, dreimal von wilden Hunden verfolgt. In Bela Palanka gerieten sie mitten im Mai ins Schneetreiben, zwischen Samsun und Trabzon in einen Sturm, der sie fast von der Straße gefegt hätte. Schlimmer aber seien die endlosen Flachetappen auf dem Balkan bei Gegenwind gewesen, wo sie trotz aller Schinderei gemeint hätten, keinen Meter voranzukommen und die zwei Phantomradler, die sich auf der anatolischen Hochebene vor ihnen uneinholbar wie eine Fata Morgana vor ihnen her bewegt hätten.

Gwen und Gritt wechselten Blicke.

Ob ihre Reise denn nur aus Plackerei und Pannen bestanden habe, fragte Isa.

Das hänge vom Blickwinkel ab, sagte Jo und rieb sich das Kinn. Es habe da auch einige zwischenmenschliche Begegnungen gegeben, aber er wisse nicht genau, wie sie einzuordnen und ob sie für die Anwesenden von Interesse seien.

Die Mädchen bestanden natürlich darauf, genau darüber alles zu erfahren.

Tom übernahm diesen Teil und ließ in bewährter Manier und mit seinem trockenen Allgäuer Humor die »Highlights« ihrer Tour mit bildlichen Ausschmückungen und gelegentlichen zotigen Kommentaren zur mehrheitlichen Belustigung Revue passieren – angefangen bei der Dorfkneipe in Maria

Elend, wohin sie sich bei ihrer überstürzten Flucht verirrt und den Frust über die zurückgelassenen Mädchen in Bier ertränkt hätten, dem Kärntner Grenzpolizisten, der den K2 für eine Disco gehalten habe und den verrückten Studentinnen in Laibach, die ihnen unnützes Tun vorwarfen und empfahlen, doch lieber ein Haus zu bauen und Kinder zu zeugen, als sinnlos in der Welt herum zu strampeln, über den zwei Mädchen auf dem Campingplatz in Sofia, die sich auf dem Weg in ein Retreat in Indien befanden, sich in der Kunst der meditativen Versenkung übten, um dem Nirwana näherzukommen, aber das Allgäu nicht kannten und sich über ihren Dialekt lustig machten, die minderjährigen Dominas in einem als Bed-and-Breakfast-Pension getarnten Bordell in Belgrad, von denen sie erst zum Essen eingeladen, dann aber wegen ihrer Weigerung, eine völlig überhöhte Rechnung zu bezahlen, beinahe ausgepeitscht worden seien, bis hin zum Räderdiebstahl und ihrer Einlieferung in ein Flüchtlingslager in Bulgarien, wo sie sich drei Tage nur von Brennsuppe, Steckrüben und Löwenzahnsalat ernährten und unter Flüchtlingen aus aller Herren Länder wohnten. Da sei er endlich auf den Boden der Tatsachen gelangt!
Nein, sagte Jo, das sei er vermutlich erst in Sile, als er mit seiner Luftmatratze bei ablandigem Wind ins Schwarze Meer hinausgetrieben und ums Haar abgesoffen wäre.
Tom lachte und konterte, auf Grund gelaufen sei Jo selbst zweimal – einmal in einem See in Bulgarien, wo er bei einem Tauchgang offenbar die Orientierung zwischen oben und unten verloren habe, dann in Samsun am Schwarzen Meer, wo er in einer Wellblechhütte einer minderjährigen türkischen Hostess, die ihn als potentiellen K2-Bezwinger ehrfürchtig mit »O Captain, my Captain!« anredete, das Paradies mit der Zunge auslotete.
Gwen, mit hochrotem Kopf, bedauerte, dass sie der Auspeitschung in Belgrad entgangen seien und hoffte auf eine passende Gelegenheit sie nachzuholen. Außerdem fand sie, man solle die Weiberhelden erst einmal eine Weile auf sexuellen Entzug zu setzen, damit sie wieder zur Besinnung kommen und sich auf ihre eigentliche Aufgabe konzentrieren könnten.
»Und des nächste Mol, wenn ihr fremdgehts, schneid ma eich wos weg!«, fügte sie hinzu.

Roy merkte mit leicht ironischem Unterton an, trotz ihrer Eskapaden müsse man doch den ungestümen Drang nach Abenteuern würdigen, den die beiden Allgäuer bereits auf der Anfahrt tatkräftig unter Beweis gestellt hätten. Er sei die beste Voraussetzung dafür, dass sie auch die Flanken des K2 erfolgreich stürmten und bis zum Gipfel vordrängen.

Sandie war der gleichen Meinung und fand, man dürfe nicht vergessen, welche sportliche Höchstleistung die beiden jungen Abenteurer schon erbracht hätten. Also sollten sie sich auch anderweitig ausleben dürfen!

»Am besten bei dir, oder?«, zischte Gwen und schickte Sandie einen giftigen Blick.

»Why not?«, flötete Sandie arglos.

»So we're all one team, aren't we – dann sind wir alle ein Team«, konstatierte Roy lächelnd und drückte der neben ihm sitzenden Sandie ein Küsschen auf die Wange.

»Uff dees sobba no uin süüfe!«, schlug Tom vor, und alle folgten seiner Weisung

Vierte Etappe
Iran

Die Grenze

Samstag, 13. Juni, vormittags:
Gürbulak heißt der türkische Teil des Grenzübergangs zum Iran. Als den letzten Außenposten der Zivilisation bezeichnet unser Reiseführer diesen Ort – danach beginne das religiöse und geistige Mittelalter. Wir erreichen ihn am späten Vormittag bei annähernd 40 Grad im Schatten.
Die Mädchen haben sich sicherheitshalber schon einmal die Haare unter Hidschabs – Kopftüchern – versteckt, tragen knöchellange schwarze Tschadors und schwitzen trotz der Klimaanlage im Wagen. Tom wundert sich, wie die vollverschleierten Frauen hierzulande die Hitze ertragen.*
»Sie san nockert drunta wie mir«, vermutet Gritt, »und miachtln tuan's genauso.*

Roy hat vor der Abfahrt alle alkoholischen Getränke entsorgt. Auf Alkoholdelikte stehen bis zu 30 Peitschenhiebe. Tom jammert, das gebe eine ganz schöne Durststrecke bis zum K2. Und was noch schlimmer sei – nach seiner Rückkehr saufe man ihn am Feuerwehrstammtisch gnadenlos unter den Tisch, weil er nichts mehr vertrage. Roy tröstet ihn damit, dass seines Wissens am K2-Basislager ganz schön gesoffen werde.

Isa und Alexa kommen nach, wenn ihr Austauschgetriebe eingetroffen ist. Tom und ich haben unsere Räder samt Anhänger auf den Dachträger des Campingvans geschnallt, um die Übertrittsformalitäten zu vereinfachen. Ungeklärt bleibt, wie wir Streuner, einen herrenlosen Hund ohne Papiere, über die Grenze bringen sollen. Aber Tom lässt sich von seinem Vorhaben nicht abbringen. Der Hund muss mit. Gritt spöttelt, am Ende schleppe er ihn noch auf den K2 und Streuner komme ins Guinness-Buch der Rekorde.

Die Ausreise aus der Türkei verläuft problemlos. Der türkische Grenzbeamte stempelt einen Ausreisevermerk in unsere Pässe und winkt uns weiter. Wir

fahren durch ein riesiges Schiebegitter, darüber hängen die übergroßen Konterfeis des Revolutionsführers Ruholla Khomeini* und des Obersten Führers Ali Chamenei*. Roy warnt uns, die Porträts der beiden Big Brothers würden uns überall im Iran verfolgen – bis in die öffentlichen Scheißhäuser und Puffs. George Orwell hätte seine Freude daran gehabt.
Auf einem Poster steht: »Respected Ladies: Observe the Islamic dress code.«
»Fickt eich, ihr iranischn Machos!«, schimpft Gritt.
»Welcome to Iran!«, ruft ein uniformierter Grenzbeamter und lächelt.
Ein anderer bittet uns den Motor abzustellen und zur Gepäckkontrolle auszusteigen. Zu sechst stehen wir in der prallen Sonne, während die zwei Beamten den Van nach Spirituosen und Drogen durchwühlen. Streuner hat sich in den Schatten hinters Auto gelegt, so dass er den Blicken der Polizisten entgeht. Schließlich dürfen wir uns in die Warteschlange zur Passkontrolle anstellen.
Die Schlange ist nicht länger als zehn Meter, bewegt sich aber kaum vorwärts. Ein paarmal werden wir von Geldwechslern bedrängt. Wir wimmeln sie ab; ihre Kurse sind völlig unter Wert. Nach zwanzig Minuten Warten beschwert sich Roy bei einem der Beamten und zeigt auf die roten Köpfe der Mädchen. Der Mann hat ein Einsehen, stellt sich uns auf Englisch als Ismael vor, sammelt unsere Pässe ein und bedeutet uns, in der Halle zu warten. Dort herrscht zwar die gleiche Hitze wie draußen, aber immerhin sind wir nicht mehr der Sonne ausgesetzt und können uns auf Bänke setzen. Ismael gibt unsere Pässe an einem der Schalter ab und leistet uns Gesellschaft. Es stellt sich heraus, dass er ein Travel Agent ist und hier ein kleines Büro hat. Er erklärt uns, dass der Scanner für die Passkontrolle gerade mal wieder nicht funktioniert und wir Glück haben, die Grenze nicht an einem Werktag passieren zu müssen, weil die Warteschlangen dann manchmal um das Dreifache länger sind.
Nach einer Stunde taucht ein Polizist auf. Er spricht fließend Farsi*. Wir nicht. Er hält das Carnet in der Hand, will es uns aber nicht geben. Verständigung auf Englisch funktioniert nicht. Roy fragt Ismail, ob er die Zollpapiere sehen kann. Ismail fragt den Polizisten. Prima, wir dürfen die Zollpapiere für unseren Campingbus sehen. Sie sind richtig abgestempelt.
Nun warten wir zu acht.
Tom geht zwischendurch den Hund füttern.

Nach einer weiteren Stunde erhalten wir die Pässe zurück. Wir haben unsere Pässe mit den Einreisevisa, wir haben das gültige Carnet – alles gut. Denken wir.
Ein neuer Beamter – wir nennen ihn Agent Drei – reicht Roy und mir je einen Wisch, dessen Inhalt uns unverständlich bleibt. Ismail, der uns alles erklären könnte, ist inzwischen leider verschwunden. Dafür taucht ein neuer Agent auf, Agent Vier. Er sieht aus wie Pierce Brosnan in seinen späten Jahren, hat aber leider nicht seine guten Manieren. Seinem Kauderwelsch entnehme ich, dass wir mit dem einen Zettel iranische Kennzeichen beantragen können, falls wir länger als vier Wochen im Land bleiben wollen. Für uns eigentlich uninteressant, aber wir bezahlen die Gebühr von 200.000 Rial*, damit wir endlich die Unterschrift bekommen. Agent Vier unterschreibt und sagt »You can go now!« Keiner weiß, was wir mit dem anderen Zettel machen sollen. Tom meint, egal, nichts wie weg. Wir steigen in den Campingbus. Im letzten Augenblick springt Streuner auf, der sich bisher unter dem Wagen versteckt gehalten hat.
Gerade als Roy auf den Checkpoint zufährt, stellt sich uns Agent Drei in den Weg und schreit gegen den Motorenlärm an. Tom hält das für ein weiteres Spielchen und empfiehlt Roy, doch einfach weiter zu fahren. Doch diesmal scheint Agent Drei es ernst zu meinen. Wir brauchen eine Autoversicherung! Die österreichische Versicherung hat hier keine Gültigkeit. Agent Drei deutet auf ein kleines Gebäude vor dem Checkpoint.
Ich begleite Roy ins Innere. An dem kleinen Schalter im Büro der »Iranian Insurance« hinter einem uralten Computer mit einem Monitor von der Größe eines riesigen Hutkartons sitzt ein junger Mann, offensichtlich der zuständige Sachbearbeiter. Wir nennen ihn Agent Fünf. Er spricht kein Wort Englisch. Er spricht überhaupt sehr wenig. Roy gibt ihm die Fahrzeugpapiere. Agent Fünf beginnt mit zwei Fingern einige Daten in den Computer zu tippen. Nebenher raucht er und blickt immer wieder in den Fernseher, wo gerade ein Fußballspiel läuft. Eigentlich schaut er mehr auf den Fernseher als auf seinen Computer. Nach ein paar Minuten sagt er etwas zu uns, was wir aber nicht verstehen. Agent Drei mischt sich ein und versucht es mit Zeichensprache. Zum Glück kommt in diesem Moment ein weiterer Beamter

durch die Tür, Agent Sechs. Er ist des Englischen halbwegs mächtig und erklärt uns die Kosten der Versicherung, die Deckungssumme und den Gültigkeitszeitraum. Wir sollen 150 Euro für vier Wochen bezahlen. Es kommt uns ziemlich teuer vor, aber Roy ist inzwischen bereit, das Doppelte zu zahlen, sofern uns all die Agenten endlich in Ruhe lassen.

Mit dem Versicherungswisch in den Händen rennen wir zurück in die Abfertigungshalle. Jetzt wird der ominöse zweite Zettel plötzlich wichtig. Es ist eine Art Laufzettel, der offenbar den gesamten Irrsinn dieses Stationenlaufs dokumentiert und von zwei weiteren Beamten abgestempelt werden muss. Wir haben das Agentenzählen inzwischen aufgegeben.

Der eine Beamte möchte einen Versicherungsnachweis sehen, den wir gar nicht ausgehändigt bekommen haben. Schon will man uns wieder zurückschicken, da erscheint Agent Vier mit einem neuen Zettel und meint, dass wir damit in ganz Iran herumreisen könnten. Roy drückt weitere 200.000 Rial ab. Agent Vier rennt mit dem Wisch zum nächsten Offiziellen und lässt ihn abstempeln. Roy will wissen, ob damit alles vorbei ist. Agent Vier bejaht. Agent Vier wünscht uns gute Fahrt. Wir stürmen ins Auto, Roy lässt den Motor an, übergibt den Laufzettel am Checkpoint dem letzten Offiziellen und wir verlassen nun endgültig den Zollhof.

Iran! Inschallah! Wir haben es geschafft! Langsam rollen wir die Passstraße nach Bazargan hinunter. Als wir außer Sichtweite der Agenten sind, atmen die Mädels auf und schürzen ihre Tschadors bis zu den Oberschenkeln. Roy schüttelt immer noch den Kopf über den bürokratischen Wahnsinn, der hinter uns liegt. Mir fällt zu spät das Geleitschreiben des Deutschen Konsulats ein, das uns vielleicht manches erspart hätte. Roy bezweifelt das und vermutet, alles sei ein ausgeklügeltes Theater gewesen, um uns zusätzliches Geld abzuknöpfen. Tom umhalst Streuner und ist glücklich, dem iranischen Zoll ein Schnippchen geschlagen zu haben. Sandie gesteht, Agent Drei habe ihr ein paarmal zugezwinkert und beim Abschied eine Kusshand zugeworfen. Gritt behauptet dasselbe von Agent Sechs.

»Hey, guys«, sagt Roy, »ich glaube, der Iran ist der Anfang einer großen Love-affair für uns!«

Aserbaidschan

Die steppenartige Hochebene mit kargem Bewuchs, vereinzelten, ärmlich wirkenden Streusiedlungen und dem gebirgigen Hinterland setzte sich auch in Aserbaidschan fort. Nur die Automarken waren andere – statt PKWs aus Europa oder den USA wie in der Türkei überwogen im Iran Mittelklassewagen wie der Paykan, Samand oder Dena aus der Produktion des Autokonzerns Iran Khodro. Die Fahrweise der Iraner übertraf die der Türken noch um einiges an Unverfrorenheit. Geschwindigkeitsbeschränkungen oder Überholverbote wurden konsequent ignoriert, Überholmanöver auch bei Gegenverkehr vorgenommen. An einem Pass verfolgten sie ein Elefantenrennen zwischen zwei völlig überladenen, stark rußenden Lkws bergauf, das sich über zwei Kilometer hinzog, weil keiner der Fahrer bereit war zurückzustecken. Der von oben kommende Gegenverkehr wurde einfach negiert, ausgebremst und in die Standspur oder den Straßengraben zum Ausweichen gezwungen. Die wenigen Fahrradfahrer führten ein Leben auf der Flucht. Roy wünschte Tom und Jo viel Spaß bei den Radetappen und flachste, wenn sie den Verkehr im Iran überlebten, dann stelle der K2 auch keine ernsthafte Bedrohung mehr dar.

Beim Tankstopp begleitete Jo Sandie in den Coffee-Shop, weil Frauen ohne männliche Begleitung nicht bedient wurden. Sandie zog alle Blicke auf sich. Ihr Tschador war so eng geschnitten, dass er aufreizend wirken musste, und unter ihrem Hidschab quollen ihre blonden Haare wie eine Versuchung hervor.

Sandie saugte ihre Pepsi genüsslich durch den Halm ein, ihre pinken Lippen dabei wie zum Kuss geschürzt. Er hätte es ihr es besser nachgetan, denn die Plörre, die man ihm als Cappuccino angedreht hatte, war ungenießbar.

Sie saßen eine Weile schweigend. Sandie sah ihn mit ihren jadegrünen Augen an und lächelte, als er ihren Blick erwiderte.

»O Captain, my Captain!«, sagte sie, legte ihm die Hand aufs Knie und grinste.

Jo errötete und fragte aus purer Verlegenheit, was sie dazu bewogen habe, an der Unternehmung teilzunehmen.

In erster Linie Roy, mit dem sie seit zwei Jahren zusammen arbeite, antwortete sie in fehlerlosem und fast akzentfreiem Deutsch (wie er später erfuhr, war ihre Mutter Deutsche). Sie selbst hätte zwar lieber bei einem Filmprojekt am El-Capitani im Yosemite-Nationalpark mitgemacht, um eine Solo-Besteigung des Reticent-Walls zu dokumentieren, aber Roy fand den K2 eine noch größere Sache.
Ob sie mit Roy liiert sei? fragte er, obwohl es ihn ja eigentlich nichts anging. Aber Sandie schien solche Fragen gewohnt.
I'm still free – sie wäre noch zu haben, falls das sein Anliegen sei, antwortete sie mit einem bezaubernden Lächeln.
Amüsiert nahm sie zur Kenntnis, wie sein sonnenverbranntes Gesicht noch eine Schattierung röter wurde und fügte hinzu, Roy und sie seien Freunde und ein gut eingespieltes Filmteam. Auch musikalisch habe sie mit ihm bei verschiedenen Auftritten schon harmoniert – er als Star-Saxophonist und sie mit dem Cello. Für alles andere sei ihr Roy mit seinem Macho-Gehabe und seiner Art, immer alles zu dominieren, zu anstrengend.
»And you – are you on good terms again with sweet Gwendolyne – hast du dich mit der süßen Gwendolyne wieder ausgesöhnt?«, fragte sie mit einem süffisanten Grinsen.
Selten nannte jemand Gwen bei ihrem keltischen Namen. Und niemand außer Sandie wäre auf die Idee gekommen, sie als »süß« zu bezeichnen.
»Findest du sie wirklich süß?«, fragte er geradeheraus.
Sandie kicherte und sah ihm aus nächster Nähe verschwörerisch in die Augen. Zum ersten Mal bemerkte Jo ihren Silberblick. Es war ihm, als sähen ihn zwei verschiedene Sandies an – die eine brav wie ein zahmes Zicklein, die andere mit einem Touch von Verruchtheit und mondäner Herablassung. Er war unfähig, sich für eine von beiden zu entscheiden.
»At least it's sweet to see you squirm under her thumb – zumindest ist es süß, wie du dich unter ihrer Fuchtel windest!«, antwortete Sandie.
Zum dritten Mal wechselte Jo seine Gesichtsfarbe.
Sandies Armreife klimperten, als sie erneut die Flasche zum Mund führte. Ihre Nägel an denlangen, filigran wirkenden Fingern hatten den gleichen pinken Farbton wie ihre Lippen. Er fragte sich, wie sie mit diesen Händen

klettern wollte und was dieses zarte Geschöpf überhaupt an diesem mörderischen Berg zu suchen hatte.
Sandie setzte wieder ihr bezauberndes Lächeln auf.
»Ich weiß nicht, ob ich für euer Projekt fit geeignet bin«, sagte sie, als hätte sie seine Gedanken gelesen. »Ich bin zwar ganz gut im Klettern, aber im Grunde jemand, der Gefahren scheut und ab und zu eine starke Hand braucht. Ich hoffe auf deine Unterstützung!«
Sie streckte ihm die Hand mit einem so strahlenden Lächeln hin, dass er nicht anders konnte, als sie zu küssen.

In Täbris sollte sich einst der Garten Eden befunden haben*. Davon war allerdings bei ihrem Streifzug durch die Stadt nicht mehr allzu viel zu spüren. Die Millionenmetropole kam architektonisch eher unspektakulär daher und wirkte trotz der Hochhäuser und Modernisierungen im Stadtbild vielfach ziemlich baufällig. An den Häusern blätterte der Putz, Kabel ragten heraus, und die Risse in den Wänden legen Zeugnis ab von der hohen tektonischen Aktivität in dieser erdbebengefährdeten Region. In den Villenvierteln fielen ihnen die hohen Gitter und Mauern um die alleinstehenden Häuser und die vielen verspiegelten Fenster und heruntergelassenen Rollläden auf – Schutz gegen Überwachungskameras und Polizeispäher, wusste Roy.
»Nur wenn du von Mauern umgeben bist, kannst du im Iran frei sein«, spottete er.
Als touristisch wirklich sehenswert erwiesen sich die liebevoll restaurierte Blaue Moschee mit ihren indigofarbenen Kacheln und der El Goli-Park*, dessen artenreiche Flora in voller Blüte stand. Junge Paare spazierten dort ungeniert händchenhaltend, Teenager mit Kapuzenpullis und eingerissenen Jeans bretterten auf Skateboards über die gepflasterten Wege und hörten Musik über Kopfhörer. Draußen aber, am Parkeingang, patrouillierte die Polizei mit MG's, als gelte es, ein Gefangenenlager zu überwachen.
Beeindruckt waren sie von der in allen Führern beschworenen Gastfreundschaft und Aufgeschlossenheit der Bevölkerung gegenüber Touristen*. Auf Schritt und Tritt sprachen sie Jugendliche an und verwickelten sie in Gespräche, die sich meist um Fußball, ihre bisherigen Reiserfahrungen, manch-

mal auch um Politik drehten. Tom, mit Streuner an der kurzen Leine, wurde immer wieder gefragt, ob er den Hund von zu Hause mitgebracht habe – bei der Vielzahl von herrenlosen und streunenden Hunden für die Leute hier schwer nachvollziehbar. Kaum war man sich etwas nähergekommen, ergingen auch schon Einladungen zum Essen oder Übernachten, die sie aber allesamt ausschlugen, da sie sich dazu erst eine Genehmigung beim Magistrat hätten einholen müssen und sie bereits Quartier im El Goli-Park bezogen hatten.
In der Nacht schlug Streuner an, der vor ihrem Zelt Wache hielt. Zwei Uniformierte leuchteten in den Van und in die Zelte hinein, wollten die Ausweise sehen und forderten sie höflich auf, den Park zu räumen. »No Camping in El Goli!«
Sie wichen auf einen Rastplatz neben dem Freeway aus. Roy legte sich auf den Fahrersitz, Tom und Jo quetschten sich neben die Mädchen auf die Liegefläche hinten, die Köpfe zu ihren Füßen. Das Ganze hatte etwas Symbolisches. Am Tag zuvor hatten sie Roy, der die Spesenkasse verwaltete, um einen Vorschuss gebeten und ihre desaströse finanzielle Situation offengelegt. Gwen hatte ihnen einen Betrag von je 1000 Dollar unter der Bedingung gewährt, dass sie sich fortan im Angestelltenverhältnis befindlich ansähen, der Vertrag aber bei Verfehlungen oder Widersetzlichkeit jederzeit gekündigt werden könne. Tom schimpfte, er fühle sich zum Lakaien degradiert.

Am nächsten Tag machten sie sich früh auf die Reise ins 160 Kilometer entfernte Miyaneh. Roy und die Mädchen wollten sich in der Zwischenzeit die Felsenstadt Kandovan* anschauen, bevor sie sich später mit ihnen trafen.
Der Stadtverkehr kostete Nerven. Weder auf Vorfahrtsschilder noch auf grüne Ampeln war Verlass. Als Radfahrer ernteten sie allerseits mitleidige Blicke – sogar von den Mofa-Fahrern, die kaum schneller vorankamen als sie.
Die Autobahn war stark frequentiert. Eine gespenstische Prozession aus Blech wälzte sich sechsspurig Richtung Innenstadt. Nach langer Suche gelangten sie auf eine Umgehungsstraße, die parallel zum Highway aus der Stadt hinausführte, stetig bergauf bis auf fast 2200 Metern Höhe. In der vegetationsarmen Steppenlandschaft mit ihren bizarren und vielfarbigen Sandsteinformationen und Felstürmen, sogenannten Kaluts, tauchten auch immer wieder winzige Lehm-

hüttensiedlungen am Rand der Straße auf. Jo fragte sich, ob in diesen Miniaturkuben aus Lehm vielleicht Pygmäen oder Hobbits hausten. Zu Gesicht bekamen sie nie jemand. Über ihnen ein niedriger Himmel mit eilig dahinziehenden Wolken – zum Greifen nahe, aber getrieben von einem Wind, der ihnen entgegenblies und das Vorankommen beträchtlich erschwerte.
Plötzlich tauchten vor ihnen die zwei Phantomradler auf. Tom entdeckte sie, als sie gerade Trinkpause machten. Zunächst nur zwei kleine schwarze Punkte auf dem Freeway, konnten sie durch den Feldstecher deutlich die zwei Biker von Osmancik erkennen, mit Gespann und daran befestigten Taschen. Ihr Gepäck sah ganz nach Bergsteigerausrüstung aus. Die außen festgezurrten Eisgeräte und Skistöcke waren gut zu erkennen.
Tom und Jo hatten beide den gleichen Gedanken. Die Zwei waren entweder in den Karakorum oder in den Himalaya unterwegs. Auf die wahnsinnige Art – wie sie. Da kopierte sie jemand. Oder jemand war drauf und dran, ihnen zuvorzukommen und ihnen den Rang abzufahren.
Tom wollte sofort die Verfolgung aufnehmen, um Genaueres herauszufinden. Er schulterte sein Rad, stieg über die Straßenbegrenzung und sprang den schotterbedeckten Hang hinab, der sie vom Highway trennte. Jo folgte ihm und gemeinsam passten sie eine Lücke im Verkehrsstrom ab, um über die Leitplanke auf den Freeway zu klettern. Im Abstand von etwa zwei Kilometer Entfernung sahen sie die Beiden gerade noch über die Kuppe einer Anhöhe fahren, dicht hintereinander, um sich gegenseitig Windschatten* zu geben.
»Gib Gas!«, rief Tom und trat in die Pedale »wia a Henn in am Bittl*«, wie der Allgäuer hektisches Gebaren plastisch umschreibt. Am Ende kamen sie völlig ausgepumpt oben an, nur um zu sehen, dass sie ihrem Ziel keinen Deut näher gekommen waren. Die Verfolgten hatten sie offenbar bemerkt und daraufhin ihrerseits das Tempo beschleunigt, was darauf schließen ließ, dass sie ein Zusammentreffen tunlichst vermeiden wollten.
Am Ende, nach einer harten, aber erfolglosen Jagd fünfundsechzig Kilometer über ihr Etappenziel hinaus, gaben sie auf. Die Kerle vor ihnen schienen Bärenkräfte zu besitzen und nötigten ihnen allen Respekt ab. Sie hatten trotz Gepäck und Gegenwind auf coupiertem Gelände einen Stundenschnitt von über dreißig Kilometern vorgelegt.

Da sie sich kräftemäßig außerstande sahen, die zusätzlichen Kilometer zurück zu ihrem Etappenziel mit dem Rad zurückzulegen, kontaktieren sie über SMS den Supporter. Als sie Gritt während der Fahrt die Geschichte mit den zwei ominösen Bikern erzählten, schaute sie zunächst etwas konsterniert, machte sich aber dann darüber lustig, dass sie ihre Kontrahenten nicht »gschnupft« hätten.
»Ma wiard aheebe aolt*«, meinte Tom.
»Bei eierm Lebenswondl is des aa ka Wunder«, ätzte Gritt.
Komisch sei es schon, dass die Zwei gerade jetzt daher kämen, sagte Jo. Als ob sie ihre Idee geklaut hätten.
»Es san so viel G'störte auf'm Radl unterwegs – des glaabt's ihr goar nit«, erwiderte Gritt mit einem zweideutigen Grinsen.«

Roy hatte etwas außerhalb von Miyaneh am sandigen Ufer des Sefid-Rud-Flusses eine ideale Stelle zum Campieren aufgetan. Streuner sprang Tom bei der Begrüßung wieder einmal fast über den Haufen, leckte ihm das Gesicht und wich ihm fortan nicht mehr von der Seite. Sogar beim Waschen im Fluss tobte er mit ihnen im Wasser herum. Wenig später stießen auch Isa und Alex zu ihnen. Roy hatte sie mit dem Handy her gelotst. Ein feines Wimmern untermalte das röchelnde Motorengeräusch des Bully. Das Getriebe, das man ihnen in Dogubeyazit eingebaut hatte, stammte aus einem noch älteren Modell als ihrem und hatte wahrscheinlich schon zehnmal die Erde umrundet.
Roy gab Isa und Alex den Rat, bei der Weiterfahrt am besten in Schlepptaunähe zu bleiben, falls ihr Bully wieder zickte. Die Beiden nahmen das Angebot schon allein wegen der Bewirtung, die ihnen nebenbei zuteil werden würde, gerne an.
Sandie grillte Kartoffeln und Gemüse am Lagerfeuer, Gritt und Gwen waren dabei, Vorspeisen und Salat anzurichten. Roy hatte bei der Herfahrt an einem Straßenkiosk Bier aufgetrieben – alkoholfrei zwar und von seltsamer Farbe, aber wenn man Augen und Nase beim Trinken zukniff, dann schmeckte es entfernt nach Alkohol und nicht nur nach Zitrone. Tom murrte zwar, er käme sich vor wie ein Junkie auf Entzug, soff das Zeug aber dann doch.

Sie platzierten sich auf Campingstühlen und Kisten rings ums Feuer, spießten mit angespitzten Stecken Kartoffeln aus der Glut und bedienten sich am »Büffet« auf dem Campingtisch an den Vorspeisen und Salaten. Für die Fleischesser – Roy, Tom und Jo – gab es zusätzlich gegrillte Steaks.

Beim Essen kam das Gespräch erneut auf die »Phantomradler«. Roy vermutete, es könnten vielleicht Weltumrunder sein, doch Tom wies auf die Pickel und Skistöcke hin, die sie mitführten.
»Na gut, dann gehen sie eben auf einen Berg – wo ist das Problem?«, fragte Roy in seinem breiten Ami-Deutsch.
»Das Problem ist, dass sie vielleicht den K2 ansteuern und dann vor uns oben sein werden«, erwiderte Jo.
»Was ist so schlimm daran, wenn sie auf den gleichen Berg gehen?«, fragte Roy schmatzend.
»Es gibt einen Unterschied, ob jemand auf einen Berg als erster oder als zweiter steigt, Roy!«, ergriff Sandie Partei.
»Aber dieser Berg ist schon so oft bestiegen worden!«, beharrte Roy.
»Nicht auf diese Weise, Roy. Was diese Jungs tun, hat noch nie jemand vor ihnen gemacht.«
»Oh my god!«, stöhnte Roy. »Warum könnt ihr nicht einfach locker bleiben!«
»Come on, Roy!«, lachte Sandie und klopfte Roy auf die Schulter. »Hättest du diesen Rat auch Robert Scott erteilt, als er am Nordpol merkte, dass Amundsen ihm zuvorgekommen war*?«
»O.k. boys«, meinte Roy jovial, »warum ist der K2 so wichtig für euch? Ist es das Geld, die Publicity oder beides?«
»Keines von beidem«, erwiderte Jo.
»Was dann?«
»Des Hochland«, sagte Gritt. »Tom und Jo san Hochländer.«
Roy runzelte fragend die Stirn.
»Hochländer? What the fuck is that? Self-proclaimed aristocrats among the crazy pack of mountaineers – selbsternannte Aristokraten unter dem verrückten Haufen der Bergsteiger?«

»Es hat wohl mehr mit Spiritualität zu tun, wenn ich es richtig verstanden habe«, schaltete sich Isa ein. »Das Gefühl, zwischen Himmel und Erde zu schweben.«

»Spiritual? Oh come on – don't give me that shit!«

Sandie boxte Roy in die Schulter und rüffelte: »Roy – you're being rude – du bist verletzend!«

»Vielleicht hast du Recht, Roy«, lenkte Jo ein, »vielleicht suchen wir die richtige Sache am falschen Ort.«

»Oder die falsche Sache am falschen Ort«, grinste Roy und kippte sein Delester-Bier in einem Zug hinunter.

»Jetzt macht's eich doch net selber nieder und steht's zu eierm Hochland«, schaltete sich Gritt ein. »Schließlich war des da Grund, warum mir mit eich überhaupt auf Tour wollten!«

»Und i bleeda Hünd hao gmuit, es sei weage iis!«, ließ sich Tom vernehmen.

Streuner fing an zu jaulen.

»Genug!«, rief Roy und klatschte in die Hände. »Ich möchte jetzt sofort alles über das Hochland wissen!«

»Können wir nicht über etwas anderes reden?«, bat Jo.

»No«, brummte Roy. »Ich bin der Leiter von dieses goddam project. Tell us your story – erzähl uns eure Geschichte!«

»Kinnet mir öü singe?«, fragte Tom.

Alle lachten, aber Tom meinte es wohl ernst. Jo sah ihn fragend an. Er zwinkerte ihm zu und raunte »Johle!«.

Jo lächelte über Toms Idee, erinnerte sich an den Konzertabend in Pörtschach und nickte Gritt und Gwen zu, woraufhin sie sich im Halbkreis ums Feuer postierten.

»Voar es loasgaoht, sag i no ebbas«, begann Tom und setzte zur längsten Rede auf Allgäuerisch an, die er wohl je gehalten hatte. Jo übersetzte sinngemäß, die Musik sei eine für jeden verständliche Sprache ohne Worte, die selbst Dinge ausdrücken könne, die dem Wort nicht zugänglich seien. Dazu gehöre auch das Hochland, das unbegreiflich sei und sich deshalb den Worten verschließe. Singen und jodeln darüber aber dürfe man, weil Musik auch das vermitteln könne, was über den Verstand hinausgehe.

»Beyond reason – you're the craziest pack I've ever met – jenseits aller Vernunft – ihr seid der verrückteste Haufen, den ich kenne!«, sagte Roy kopfschüttelnd. Gwen legte den Juchitzer mit einem zweifachen Jubelschrei vor – so laut, dass wahrscheinlich auch in Miyaneh die Leute die Ohren spitzten. Beim Jodeln wechselte sie virtuos zwischen Brust- und Kopfstimme hin und her, sodass ein Klangteppich entstand, auf dem man zu entschweben meinte. Gritt unterstützte ihre Schwester mit einer Art Echojodeln, das durch ihre hellere Stimme einen wunderbaren Kontrast abgab. Tom und Jo versuchten sich in Bass- und Tenortonlage an einer zweiten und dritten Stimme, hielten sich aber im Hintergrund, um die Wirkung von Gwens Solos nicht zu schmälern. Roy, der Allroundman, hatte sich nach seiner ersten Verwunderung rasch gefangen und gleich gemerkt, dass ein Saxophon zur Überleitung zwischen den Jodelpartien ideal geeignet war, und sein Instrument aus dem Van geholt. Nun improvisierte er für sie motivisch und melodisch passende Zwischenspiele, garnierte den Gesang mit jazznahen Saxophon-Einlagen, während Isa und Alexa leise klatschten und mitsummten und Sandie filmte. Selbst Streuner, der lange nur mit gespitzten Ohren und schiefgelegtem Kopf dagesessen war, bekam seinen Auftritt, als er Tom und Jo bei der letzten Jodelpartie mit perfekt getimtem Jaulen unterstützte.

Weil sie alle so beschäftigt waren, bemerkte lange niemand die Zuhörer, die sie bekommen hatten. Ein paar Jugendliche aus der Stadt standen erst in einiger Entfernung an der leicht erhöhten Uferböschung, kamen auf ihren Wink näher und setzten sich zu ihnen ans Feuer. Es waren sechs Burschen und zwei Mädchen.

Einer der Jungen fragte, was sie da machten.

»Yodeling«, antwortete Roy.

»Reaching out for paradise – Himmelsmusik«, sagte Sandie.

Es klinge wirklich danach, meinte eines der Mädchen lächelnd. »Good vibes!«

»Good Weibs, yes«, kalauerte Tom und wies mit dem Kinn auf Gwen und Gritt.

»It's only Alpenrock«, knurrte Roy. »Typical Austrian cow-music.«

Sandie knuffte Roy mit der Faust in die Brust.
»Warum machst du immer alles mies! Es ist wunderschön!«
»O.k. – Gwen versteht ihr Handwerk. Aber das Hochland kann nicht aus ein bisschen Jodeln bestehen!«
»Abheben musst du schon selbst, Roy. Aber vielleicht bringst du vor lauter Bier deinen Arsch nicht mehr hoch!«
»Könnt ihr nochmal singen?«, fragte das andere der Mädchen. »It was so beautiful – es war so schön!«
Sie stimmten den »Krippensteiner*« an und Gwen und Gritt gaben zwei weitere Kärntner Jodelstücke zum Besten. Am Ende klatschten die Teens aus Miyaneh begeistert. Einer von ihnen, der sich als Jawad vorstellte, meinte, es klinge ein bisschen wie Qawwali* – Sufi-Gesänge zu Ehren Allahs, und bat sie inständig, ein Konzert in der Stadt zu geben.
»Alle Leute werden kommen – ich verspreche es!«
Roy lachte und erklärte Jawad, sie hätten heute das erste Mal miteinander gesungen.
»But it sounded really professional – es klang so professionell!«, versicherten die Mädchen.
Diesmal lachten sie alle.
Sie führen morgen nach Teheran, sagte Roy.
Jawad ließ nicht locker und versprach, er könne ihnen auch zu einem Auftritt in der Hauptstadt verhelfen, er habe gute Beziehungen zu einem Veranstalter dort, und gab ihnen seine Handynummer.
Roy meinte, er werde es sich durch den Kopf gehen lassen.

Beim Aufbruch am nächsten Morgen erschien Jawad schon in aller Früh an ihrem Lager und bot sich als »Reiseführer« an. Roy ging nach einigem Hin- und Her auf sein Angebot ein und wollte mit ihm und den Mädchen in Teheran schon mal das Terrain sondieren. Tom und Jo sollten bis Samstag aufschließen. Roy versprach, unterwegs nach ihren Biker-Rivalen Ausschau zu halten und ihnen in die Eier abzuschneiden, falls sie tatsächlich den K2 im Visier hatten. Streuner, der bei der Abfahrt nicht von Toms Seite wich, musste schließlich gewaltsam in den Van befördert werden.

Zandschan

Sie wählten wieder die wenig befahrene und meist neben dem Highway entlangführende Nebenstrecke. Das Tal, das der Highway wie eine silberne Ader durchzog, verschwand aus dem Blick. Jenseits davon tauchte eine Gebirgskette auf, die Berge noch weiß vom Schnee. Es ging viel bergauf; Zandschan lag 900 Meter höher als Miyaneh. Sie stöhnten über die Hitze, waren aber froh, dass der nervige Gegenwind nachgelassen hatte. Ein Hochtal reihte sich an das andere, ab und zu mit Streusiedlungen aus Lehmhütten, nur manchmal etwas Grün. Meist aber fuhren sie durch Mondlandschaften aus verkarstetem Gebirge mit zu bizarren Gebilden verblasenen Sandsteinformationen oder eintönige Hochebenen ohne eine Spur von Vegetation. In den Flussbetten lag das Wasser still da, die Bäche trocken. Trotz der gelegentlich vorbeifahrenden Autos mit oft hupenden, manchmal auch winkenden Insassen fühlten sie sich seltsam ausgesetzt in dieser Öde und wünschten sich Bäume, Blumen oder wenigstens Wiesen herbei – am liebsten so grüne wie im Allgäu, seufzte Jo.

Etwa die Hälfte Irans bestand aus Wüste, wusste ihr Reiseführer. Er wusste auch, dass das Wasser in den Flüssen und Bächen nicht zum Trinken geeignet war. Zum Glück tauchten dann und wann kleine Kioske auf, wo sie ihren Durst mit Dough, einem Joghurtgetränk ähnlich dem türkischen Ayran, und Wassermelonenschnitte stillten. Im Gefolge von Bewässerungsanlagen gab es kurz vor Zandschan endlich wieder Vegetation zu bestaunen: Neben Raps und Mohn auch Gerste und Weizen.

Als sie sich in einem Supermarkt mit dem Nötigsten für das Abendessen eindeckten, bot ihnen die junge Frau an der Kasse, die sie gleich als Touristen ausgemacht hatte, Bleibe für die Nacht an. Sie müssten unbedingt ihre Familie kennenlernen; außerdem habe sie heute Geburtstag und sei beleidigt, falls sie ihre Einladung nicht annähmen. Ihr Reiseführer hatte sie bereits vor »Taarof*«, dem iranischen Höflichkeitsritual, gewarnt und zitierte dazu die Geschichte von den zwei persischen Wanderern in der Wüste, die sich an einer Quelle trafen und verdursteten, weil jeder darauf bestand, dem anderen den Vortritt zu lassen. Die Warteschlange an der Kasse wuchs zu beachtlicher

Länge an, während sie vergeblich Ausflüchte suchten, nur um schließlich doch klein beizugeben.
Shanaz wohnte in einem Vorstadtreihenhaus und einem Gärtchen mit einem kleinen aufblasbaren Planschbecken, in dem sich ihre zwei halbwüchsigen Söhne tummelten, beaufsichtigt von der schwarzverschleierten, aber freundlich dreinblickenden Oma und dem Opa mit einem immer lächelndem runzligen Bubengesicht. Der Aufforderung, den Jungen im Pool Gesellschaft zu leisten, kamen sie gerne nach, denn die Hitze war auch am späten Nachmittag noch drückend. Tom lieferte sich eine Wasserschlacht mit den Jungs und tollte anschließend mit ihnen im Garten herum.

Pünktlich um Sechs kam Shanaz von der Arbeit und bat sie ins Haus. Shanaz' Mann Erfan und zwei weitere junge Männer mit Begleiterinnen waren inzwischen ebenfalls erschienen. Erfan trug Anzug und Krawatte, seine zwei Begleiter Jeans und weiße Hemden, die Frauen Kopftücher und eine Art Minirock über knöchellangen Leggins. Nach dem Begrüßungs- und Beglückwünschungszeremoniell standen sie eine Weile in der klimatisierten Eingangshalle herum und kommunizierten sprachlos, aber lächelnd, und bekamen nebenbei von der Bedienerin kalten Tee mit Zimtgeschmack gereicht. Zwischen Shanaz und Erfan entstand eine heftige Diskussion, deren Ursache vermutlich sie waren. Ausländische Besucher in Privatwohnungen unangemeldet zu empfangen stand im Iran unter Strafe. Tom versuchte zu schlichten.
»We go camping – no problem!«
Erfan schnalzte mit der Zunge, zog die Augenbrauen hoch und meinte, auch freies Campen sei im Iran verboten.
Dann gingen sie eben in eine Jugendherberge.
Shanaz hob beschwichtigend die Hände.
»Ihr bleibt hier! Die Polizei weiß von nichts – alles ist gut!«

Zum Essen hätten sie sich eigentlich aufteilen müssen, da sich nach islamischer Sitte unverheiratete Frauen nicht gemeinsam mit Männern in einem Raum aufhalten durften. Doch Shanaz sah das nicht so eng, auch wenn ihre Mutter klagend die Hände zum Himmel erhob. Oma und Opa zogen sich zurück, um die Kinder ins Bett zu bringen. Die Übrigen platzierten sich im komplett blau gestrichenen Wohnzimmer im Schneidersitz auf Sitzkissen, den Rücken an die Wand gelehnt.

»Bokhor, bokhor!«, rief Erfan und klatschte in die Hände. Jo vermutete, es sei das Startsignal zum Essen und bediente sich an den am Boden aufgetischten Speisen. Gerade hatte er das Fladenbrot mit Tschelo (gebuttertem Reis), Sabzi (Beilage aus gemischten Kräutern), Schafskäse und Auberginen gefüllt und dabei die Hälfte des Inhalts auf den Teppich gekleckert, da erschienen zwei weitere Mädchen, Jasmin und Nasrin. Ihre schwarzen Burkas betonten die weiblichen Rundungen an ihren schlanken Gestalten, gaben aber ansonsten nur Augen, Hände und Füße frei. Nach dem Begrüßungs- und Glückwunschritual legten die beiden ihre Schuhe ab und suchten einen freien Platz. Wegen der Raumnot kam Jasmin neben Jo zu sitzen. Obwohl sie bei der flüchtigen Begrüßung seinen Blick mied, blieben ihm ihre märchenhaft schönen Augen nicht verborgen – mandelförmig, mit großen schwarzen Pupillen in der blauen Iris. Fasziniert betrachtete er, wie sie mit ihren zierlichen Händen ein rechteckiges Stück vom herumgereichten Fladenbrot abriss und es, ohne auch nur ein Krümelchen fallen zu lassen, mit Beilagen befüllte, um es anschließend unter ihrem Gesichtsschleier verschwinden zu lassen.

»What do you like most in Iran?«

Tom stieß Jo mit dem Ellbogen an.

Das Gespräch kursierte schon eine ganze Weile. Tom hatte Shanaz' und Erfans Fragen bisher auch für ihn beantwortet, doch diesmal galt Shanaz' Frage Jo.

Shanaz wiederholte ihre Frage.

»Was gefällt dir am meisten in Iran?«

»Die Augen der Mädchen«, sagte er.

Tom gab ihm erneut einen Stoß mit den Ellenbogen. Jasmins Burka neben ihm raschelte gefährlich. Jo glaubte sogar, die Hitze des Zorns zu spüren, die daraus hervorstieg. Die Frauen gegenüber kicherten, vielleicht nur, um die Peinlichkeit der Szene zu überspielen.

Erfan meinte, im Iran sei es nicht erlaubt, fremden Frauen in die Augen zu schauen.

Es sei aber das einzige, was man normalerweise von ihnen sehe, hielt Jo dagegen.
Erfan fragte, warum er denn die Frauen überhaupt ansehen wolle.
Weil sie zum Schönsten zählten, was Gottes Schöpfung aufzubieten habe. Sie seien wie Blumen. Und Blumen wären schließlich auch nicht verschleiert.
Erfan schaute grimmig. Shanaz biss sich verlegen lächelnd auf die Unterlippe. Tom hüstelte.
Er glaube, sein Freund habe zu viel Sonne abbekommen, versuchte er zu beschwichtigen.
Zum Glück wurde gerade das Essen aufgetragen: Mast-o-Khier und Polo Chirin – kalte Joghurtsuppe mit Pfefferminze und gehackten Gurken und süßsauren Safranreis mit Rosinen, Mandeln und Apfelsinen. Sie bedienten sich an der Anrichte, füllten ihre Schälchen und aßen im Stehen.
Erfan trat an Jo heran. Er griff den Vergleich der Frauen mit Blumen noch einmal auf und bezeichnete ihn für grundsätzlich passend. Man müsse ihn nur noch weiterführen. Blumen könne man nur einmal pflücken. Ließe man den Männern freie Hand, dann pflückten und brächen sie die Blumen wahllos. Jede Blume sei aber nur für einen einzigen Mann bestimmt. Deshalb müsse man sie vor fremden Blicken schützen, bis die Bestimmung ihr den richtigen Mann zugeführt habe.
Jo hatte seine Zweifel an Erfans Theorie und äußerte sie auch. Es gebe keine Bestimmung von Mann und Frau durch das Schicksal oder göttlichen Willen. Mann und Frau müssten die Möglichkeit haben zueinanderzufinden, indem sie sich kennenlernten und herausfänden, ob sie miteinander harmonierten. Wenn man das durch Zwangsehen verbiete, resultierten daraus nur unglückliche Beziehungen.
Das führe zwangsläufig zu Promiskuität und damit zum Verfall der Sitten, wandte Erfan ein.
Zwangsehen lösten das Problem aber auch nicht und verletzten das Recht der Frau auf freie Selbstbestimmung, entgegnete Jo.
Ob er denn nicht an Gott glaube, fragte Erfan unverblümt.
Was Gott damit zu tun habe? fragte Jo.

Mann und Frau seien von Gott von Geburt an für einander bestimmt, ob sie es nun wüssten oder nicht.
Jo hielt das für Aberglauben.
Erfan verwies auf die hohen Scheidungsraten in den westlichen Ländern.
Jo sah das als den Preis für die freie Wahl der Ehegatten und hielt die zwangsverfügten Ehen für das schlimmere Übel.
Erfan meinte, Jo hätte nicht in den Iran kommen dürfen.

Nach dem Essen hörten sie Sufi-Musik von CD mit eingestreuten deutschsprachigen Zitaten des persischen Dichters Mevlana Rumi* aus dem 13. Jahrhundert.
Sie habe die CD gekauft, ohne auf die Sprache zu achten,– jetzt endlich hätte sie Dolmetscher und Gelegenheit, sie auch zu verstehen erklärte Shanaz und spielte die CD ab.
»Dem Menschen, der sich darauf beschränkt, den Garten zu bewundern, bleibt das Gesicht des Gärtners vorenthalten.«
»Es finden sich Falschmünzer, weil es so etwas wie echtes Gold gibt.«
»Wir sind das strahlende Gewand Gottes, das hinausreicht in die Weiten des Alls bis in die tiefsten Schwärzen. Wir sind Kundschafter, die staunend vordringen in Nacht und Finsternis, um seine unermessliche Größe unter Leid und Schmerzen auszuloten. Wir sind die Pioniere, die das Unerhörte wagen, um ihn und uns der Unendlichkeit seiner Liebe zu vergewissern.«
»Vergiss Sicherheit. Lebe, wo du fürchtest zu leben. Zerstöre deinen Ruf. Sei berüchtigt.«
»Sei wild und verrückt und trunken vor Liebe, denn wenn du vorsichtig bist, wird dich die Liebe nicht finden.«
Shanaz stoppte die CD nach jedem Zitat und bat Jo, es ins Englische zu übersetzen. Über einige der Verse kamen sie ins Diskutieren. Erfan hielt Rumi für einen verrückten Freigeist, der im heutigen Iran wahrscheinlich im Gefängnis säße*. Shanaz dagegen fand die Ansichten Rumis aus dem 13. Jahrhundert moderner als die der Mullahs im Iran des 21. Jahrhunderts. Tom hielt die Aufforderung Rumis, Wagnis über Sicherheit zu stellen, geradezu für das Lebensmotto der Bergsteiger. Und Jo deutete Rumis letzten

Spruch als Aufforderung speziell an die Frauen im Iran, sich nicht hinter starren Konventionen und Schleiern zu verstecken.

Beim Frühstück am nächsten Morgen dankte Erfan Allah, dass die Behörden – wohl auch in Anbetracht seiner Autorität als Koran-Lehrer – offenbar ein Auge zugedrückt und ihren unangemeldeten Besuch »übersehen« hatten. Er berichtete von dem Fall eines jungen Amerikaners, der im Jahr zuvor bei einer Familie in Zandschan ohne Anmeldung Unterschlupf fand und in der Nacht von der Polizei aus dem Bett geholt und für drei Wochen ins Gefängnis gesteckt wurde. Nur durch eine hohe Kaution sei er wieder auf freien Fuß gekommen, der Familie eine hohe Strafzahlung auferlegt worden.
Tom wollte wissen, wovor sich der iranische Staat denn fürchte.
Vor der westlichen Überfremdung, antwortete Erfan. Das alte Persien sei vor 2500 Jahren eines der ersten Weltreiche gewesen mit einer hochentwickelten Kultur, die ihresgleichen suche. Später sei mit dem Islam eine ebenso hochstehende Religion hinzugekommen, die die Bürger zu Gottesfurcht, Frömmigkeit, Disziplin und Loyalität zum Staat erziehe. Dies alles sei durch den Einfluss der westlichen Zivilisationen mit ihrem Materialismus, ihrer hemmungslosen Vergnügungssucht und ihrer schamlosen Freigeisterei bedroht.
Jo fragte, ob die Unterdrückung der Meinungsfreiheit, die Missachtung der Menschenrechte und das verkappte Hegemonialstreben des Mullah-Regimes nicht ein zu hoher Preis dafür seien.
Tom hüstelte. Erfan blickte ihn mit gefurchter Stirn finster an. Sie beide wussten, dass man im Iran für derlei Äußerungen als Hochverräter im Gefängnis landen konnte.
Wenn ein Kind vom rechten Weg abzukommen drohe, sei es da nicht rechtens, es notfalls auch mit Gewalt davor zu bewahren? fragte Erfan.
Es gehe in diesem Fall aber nicht um Kinder, sondern um mündige Bürger, sagte Jo.
Im Moment bedürften die Bürger seines Landes noch der harten Hand, fuhr Erfan unbeirrt fort. Wenn sich das Regime einmal stabilisiert und als den westlichen Scheindemokratien überlegen gezeigt habe, dann könne man die

Zügel lockern. Der Kapitalismus sei im Übrigen eine Diktatur der noch viel schlimmeren Art. Eine Diktatur durch Gier und die enthemmten Triebe.
Jo konnte Erfan nicht einmal ganz Unrecht geben.
Shanaz mahnte zum Aufbruch. Ihre Schicht im Supermarkt begann in Kürze. »Khodahfez – Gott schütze euch!«, sagte sie und drückte ihren Besucher an sich.
Erfan schenkte ihnen ein wohlwollendes Lächeln und wünschte ihnen den Segen Allahs.

Teheran

Donnerstag, 18. Juni:
Die Fahrt von Zandschan über Qazvin nach Teheran verläuft ohne Zwischenfälle, wenn man davon absieht, dass uns das ständige Auf und Ab über 2500 Höhenmeter Steigleistung abfordert. Dafür werden wir anschließend mit fast 1000 Höhenmeter Talfahrt belohnt. Tom stellt mit 98.7 Stundenkilometern bei leichtem Rückenwind und 15 % Gefälle einen neuen Geschwindigkeitsrekord auf. Die 100 km/h will er unbedingt noch voll machen. Ich nenne ihn Kamikaze-Tom.
Am Nachmittag nähern wir uns der Vierzehn-Millionen-Metropole, die ihre Highways wie verknöcherte Finger in die Wüstenlandschaft streckt. Sie wird eingerahmt durch das hochaufragende schneebedeckte Elburs-Gebirge und liegt unter einer dichten Smog-Dunstglocke.
Der Verkehr verdichtet sich mit jedem Kilometer, den wir uns der Stadt nähern, bis er irgendwann zum Stillstand kommt und wir gefangen in einer Blechlawine im Stau stehen. Durch die Fahrzeugscheiben ringsum werden wir aufmerksam beäugt; einige der Insassen winken freundlich, einmal reicht uns jemand eine Pepsi aus dem Fenster.*
»Where are you going?«, fragt der glatzköpfige Mann, der mich an Bruce Willis in jungen Jahren erinnert. Wir nennen die Adresse, die Roy uns gesimst hat. Er rät uns die Hauptstraßen zu meiden und malt auf einem Stadtplan die kürzeste Route auf. Am frühen Abend erreichen wir die Unterkunft, in der Roy für uns ein Zimmer reserviert hat.

»Willkommen zum Hochlandyodelling!«, begrüßte sie Roy mit ironischem Grinsen. Sie hatten ihn im Frühstücksraum beim Proben mit den anderen gefunden.

»Übermorgen ist Aufführung!«, rief Jawad freudestrahlend.

»Und mir ham no ka Ahnung, wos ma singan solln«, sagte Gritt mit einem resignierenden Lächeln.

Sandie klärte sie auf. Jawad und sein Teheraner Agent hatten beim Kulturreferenten des Ministeriums eine Aufführungsgenehmigung für den nächsten Abend erwirkt.

»Ihr wollt vor einem iranischen Publikum jodeln?«, fragte Jo ungläubig.

Es gebe auch Begleitinstrumente, versicherte Yawad. Von einer iranischen Band gespielt.

»Wir sind auf dem Weg zu einem Berg!«, protestierte Jo.

»It doesn't run away – er läuft euch nicht davon«, lachte Roy.

Das Ganze mutete wie ein Märchen aus Tausend-und-einer-Nacht an. Dass ihr aus einem spontanen Einfall entstandenes und aus dem Stand improvisiertes Konzert überhaupt genehmigt worden war, grenzte an ein Wunder. Tom fand, es sei schon erstaunlich, was der K2 alles an Überraschungen für sie bereithalte – »sogar an Johlaraobed bi de Baraabar*. Wenn dees kui güet's Zaiche isch!«

»You have big luck! Fucking big luck – ihr seid Glückspilze!«, meinte Jawad. Iranische Bands warteten oft monatelang auf eine Aufführungsgenehmigung. Und wenn sie endlich eine bekämen, müssten sie vor ihrem Auftritt ihre Songtexte einer rigiden Zensur unterziehen lassen.

Ganz so einfach sei es nun auch wieder nicht gewesen, räumte Gritt ein, denn erst nach einem Anruf ihrer Mama beim österreichischen Botschafter in Teheran sei Bewegung in die Sache gekommen. Vielleicht seien sogar irgendwelche Summen geflossen – bei Mama wisse man das ja nie. Gwen und sie hätten jedenfalls erst einmal eine Gesangsprobe im Ministerium vor einem Dutzend Imame und anderer »Autoritäten« abliefern müssen.

»Es woar absolut schrecklich – i hob vor Ongst gjault wia a rollige Katz!«, gestand Gwen.

»Ong'himmelt ham's di trotzdem«, meinte Gritt und erzählte weiter, die Aufführungsgenehmigung sei an die Bedingung geknüpft, dass keine gesprochenen Worte oder sonst irgendwelche Botschaften in der Aufführung vorkämen – wahrscheinlich, weil Konzerte schon des Öfteren von ausländischen Bands zur Aufwiegelung und staatsfeindlichen Propaganda missbraucht worden seien. Die zweite Bedingung lautete, alle Eintritts- oder Spendengelder müssten dem Ministerium zugeführt werden.
Sie konnten wenigstens aushandeln, dass die Hälfte davon an das hiesige Hospiz für Waisen und obdachlose Kinder ging, fügte Gwen hinzu.
»A Benefizkonzert deamnao«, sagte Tom, »dao bin i drbie!«
Jo nickte und meinte, ihre Unternehmung sei auf dem besten Weg, etwas Nützliches zu bewirken.
»Erst miass ma's noch hinkrieg'n!«, meinte Gwen.

Gwen war es dann, die letztlich die Stückeauswahl bestimmte – neben dem »Juchitzer« auch den »Kuahmelcher« aus dem Repertoire von Hubert von Goisern (Barbara Ebeling hatte bei der Goisern-Management-Agentur in München eigens die Erlaubnis dazu eingeholt), sowie zwei weitere Kärntener Jodler aus ihrer Zeit im Pörtschacher Heimatchor. Am Freitag probten sie von 10 Uhr vormittags bis 11 Uhr nachts. Tom und Jo steuerten einen vierstimmigen Naturjodler und zwei Arrangements in Anlehnung an Originalstücke der Allgäuer Musik- und Jodelgruppe »Vuimera*«, die Tom auf seinen MP-3-Player geladen hatte, bei. Der Rest waren Eigenkompositionen unter Einsatz von Roys Saxophon, Sandies Cello (aus dem Fundus des Iraner Staatsorchesters entliehen), Toms Mundharmonika und Maultrommel. Isa und Alexa bedienten Kleininstrumente wie Triangel, Kuhschelle etc. und verstärkten bei Bedarf und nach Vermögen die Zweit- und Drittstimmen. Zur Begleitung und als Hintergrund hatte Jawad zusätzlich einen Schlagzeuger, einen Keyboarder und einen Gitarristen aufgetrieben, verschwieg aber, dass es sich bei Ali und Siamak um Mitglieder der iranischen Kultband »Arian*« handelte, die wegen ihrer regimekritischen Haltung in Ungnade gefallen und mit einem Aufführungsverbot belegt worden war. Probleme bereiteten ihnen die Neuzugänge auch wegen des seit Donnerstag bestehenden Fastengebots von Sonnenauf- bis Sonnenuntergang im Rahmen des Fastenmonats Ramadan, weil die Iraner als strenggläubige Muslime im Ramadan unter Tags weder tranken noch aßen und dafür zur Hauptprobenzeit am Abend zwei Stunden wegen Zubereitung und Verzehr ihrer nachgeholten Tagesmahlzeiten fehlten.

Das Konzert am Samstagabend fand in der Eivan-e-Shams-Halle statt, einer Multifunktionsbühne, die sonst auch als Hörsaal oder für Filmvorführungen genutzt wurde. In Anbetracht dessen, dass sie kaum Werbung gemacht hatten, war der Andrang beachtlich – die etwa 1000 Personen fassende Halle war zur Hälfte gefüllt. Vor dem Einlass wurden alle Besucher durch eine Truppe von Sicherheitskräften einer Bekleidungskontrolle und einer genauen Inspektion aller mitgeführten Taschen und Gegenstände unterzogen.

Zum Glück waren sie schon vor den »Sittenwächtern« eingetroffen, sonst wären einige aus ihrer Truppe gar nicht erst eingelassen worden. Gritt und Gwen trugen schwarze Glanz-Leggins unter karierten Reifröckchen und hatten die Haare zwar vorschriftsgemäß unter einem turbanartig um den Kopf gewundenen Tuch verborgen, aber links und rechts ragten kecke Pippi-Langstrumpf-Flechtezöpfchen hervor. Nicht besser stand es um Isa, die in weißen Kniestrümpfen und Jeansrock daherkam. Sandie trug eine Jacke aus schwarzem Lederimitat, dazu schwarze Strumpfhosen unter ihren fransigen Hotpants und wirkte für westliche Betrachter auf androgyne Weise cool, aber ziemlich sicher nicht für die anwesenden Sittenwächter – ganz abgesehen von der hellblonden Haartracht, die unter ihrem Hut herausschaute. Die übrigen Mitglieder des »Highland-Choirs« taten sich dagegen eher durch Schlampigkeit im äußeren Erscheinungsbild hervor. Alexa hatte einen blauen und viel zu großen Overall an, den sie wohl in einer türkischen Reparaturwerkstatt hatte mitgehen lassen, da er deutliche Gebrauchsspuren in Form von Ölflecken und eingerissenen Stellen aufwies. Roy trug beige Stoffbundhosen, heruntergekrempelte Wollstrümpfe und klobige Wanderstiefel. Immerhin hatte er noch passende Hosenträger aufgetrieben mit einer waschechten Edelweißstickerei auf dem Mittelteil. Tom und Jo kamen aufgrund ihrer beschränkten

Garderobe in Goretex-Trekkinghosen daher, darüber Fleecejacken und Schirmkäppis. Streuner, mit einem pinkfarbenen Schleifchen am Schwanz, komplettierte das Ensemble und war wahrscheinlich der erste und einzige wirklich wilde Hund auf einer iranischen Bühne. In einer europäischen Konzerthalle wären sie schon wegen ihrer kunterbunten, zusammengestöpselten Outfits ausgelacht worden, doch hier im Orient ernteten sie beim Einmarsch sogar noch Applaus.

Bis zur Pause lief alles nach Plan. Gemessen an der während des Konzerts herrschenden andächtigen Stille, die nur einmal durch Gelächter unterbrochen wurde, als Streuner auf Gwens Jubelschrei hin ein Jaulen ausstieß, hatte ihr Auftritt tatsächlich so etwas wie Eindruck hinterlassen. Gwen schaffte mit ihren ohne Patzer durchgehaltenen Jodel-Koloraturen schier Unglaubliches. Jo war es, als ließe ihr Gesang für einen kurzen Augenblick die Harmonie zwischen Himmel und Erde aufscheinen und künde wie ein Sonnenstrahl im Hochnebel von einer Sphäre, wo alles mit sich im Reinen war. Als ihr Vortrag nach mehreren Minuten mit einem letzten Juchzger ausklang, erschien das Schweigen, das danach herrschte, nicht als Ende, sondern als Fortsetzung ihres Gesangs.

Die Zuschauer erhoben sich zum Zwischenapplaus. Gwen hatte das Publikum durch die Magie ihres Gesangs in Bann geschlagen und war bereits jetzt der Star des Abends. Der österreichische Botschafter Thomas Buchsbaum eilte noch während der Pause hinter die Bühne, gestand ihr seine tiefe Ergriffenheit, versicherte ihr, sie sei nach der legendären Sabine Kapfinger* das größte Jodeltalent Österreichs, und versuchte sie und Gritt zu einer weiteren Vorstellung in der Rudaki-Halle, dem größten Konzerthaus Teherans, zu überreden. Er habe gerade ein Vokal-Ensemble aus Kirgistan an der Hand, das ebenfalls mit Hirtenmusik und melodischen Gesängen arbeite, mit dem sie den Abend zusammen gestalten könnten – vielleicht noch diese Woche. Das Angebot als Laienensemble in der pompösen Rudakihalle, in der schon Herbert von Karajan das Bayerische Symphonieorchester dirigiert und Nureyev getanzt hatte, auftreten zu dürfen, war verlockend. Sie hätten sich auf den Juchzgern und Koloraturen ihrer Vorsängerin Gwen unterstützt vom »Highland-Choir« zum zweiten Mal hinaufschwingen können in den Parnass, das Hochland

der Künste und Musen, und wären ihrem Traum vielleicht ein weiteres Stück näher gekommen.
Doch es kam anders.

Es war im letzten Drittel ihrer Performance, als Gwen und Gritt gerade den zweistimmigen Naturjodler zu Ende gebracht hatten. Ali spielte wie vorgesehen ein Trommelstück als Überleitung, dehnte es dann aber über Gebühr aus und zog seine eigene Show ab, indem er einen Trommelwirbel an den anderen setzte, Tusch und Becken mit einsetzte und dann sein Spiel abrupt unterbrach.
»Freedom to Arian!«, rief er. »Keine Verbote und Zensur von iranischen Rock-Konzerten!«
»Freedom to all Iranian music!«, rief nun auch Siamak.
Ein Raunen ging durch die Reihen der Zuhörer. Einige von ihnen erhoben sich und intonierten mit Ali und Siamak die Slogans, erweiterten sie sogar noch mit der Forderung nach Freiheit und Demokratie für den Iran. Während die Protestrufe die Halle erfüllten, reagierten die Sicherheitskräfte mit hektischer Betriebsamkeit, liefen umher und zückten ihre Handys oder Funksprechgeräte, um Weisungen einzuholen.
Dann ging alles sehr schnell. Der Vorhang schloss sich wie von Geisterhand; sie konnten gerade noch sehen, wie die Zuschauer von den Ordnungshütern hinausgetrieben und einige in Gewahrsam genommen wurden. Zugleich stürmten eine Schar Sicherheitskräfte auf die Bühne, nahmen erst einmal Ali und Siamak fest und führten sie in Handschellen ab. Dann waren die übrigen Mitglieder des »Highland-Choirs« an der Reihe. Ohne auf ihre Einwände einzugehen, trieb man sie mit Gummiknüppeln durch den Hinterausgang und über die Straße in einen Gefangenentransporter. Zwei Bewacher mit je einer Maschinenpistole im Anschlag saßen ihnen in dem vergitterten Kleinbus gegenüber, spielten mit dem Finger am Abzug und starrten sie mit finsterer Miene an.
»Kui minders Hüüswease* as b'm Niidrachar!«, flüsterte Tom, »iatz bin i öü noo kriminell. Wenn dees dr Pfaarar Guggebeargar* heart!«
Jo brachte nicht den Mut zum Lachen auf.

Dienstag, 23. Juni:

Der dritte Tag im Evin-Gefängnis am Fuße des Alborz-Gebirges am Rande Teherans.*

Heute habe ich endlich Papier und einen Bleistift bekommen. Ich schreibe im Stehen, das Papier an die Wand gedrückt. Man hat mich darüber informiert, dass meine Aufzeichnungen kontrolliert und im Fall regimekritischer Äußerungen zensiert oder einbehalten werden.

Roy, Tom und ich sind mit Ene, einem turkmenischen Flüchtling, in einer Gemeinschaftszelle untergebracht. Die Zelle ist fünf auf drei Meter groß, mit herabklappbaren Schlafpritschen, die während des Tages an der Wand verankert sein müssen. Wenn wir nicht schlafen, dann stehen oder gehen wir meist um die Kloschüssel in der Mitte des Raumes herum, auf die wir uns nur zur Verrichtung unserer Notdurft setzen dürfen. Das Sitzen oder Liegen auf dem Boden ist verboten – sogar das Anlehnen an der Wand, obwohl wir es dauernd tun. Fenster gibt es keines, dafür ein gleißendes Neonlicht an der Decke, das Tag und Nacht brennt, sowie eine Überwachungskamera. Als ob das nicht genügt, werden wir in unregelmäßigen Zeitabständen durch das Guckloch in der Tür ausgespäht. Vielleicht ist die Kamera ja nur eine Attrappe.

Als Ausländer sind wir privilegierte Häftlinge. Bis jetzt zumindest. Einmal am Tag bekommen wir einen Eimer Wasser, an den eine Blechtasse gekettet ist, hereingestellt, gegen Mittag einen großen Napf mit Hirsebrei oder eine Linsen- oder Reispampe mit Gemüseschnitzeln, am Abend eine Schüssel Suppe. Die Löffel zum Essen gehören zu unserem Inventar genauso wie die Rolle Klopapier, die drei Tage reichen muss, sowie die Gummischlappen, der Drillich und die Decke, die wie bei unserer Einlieferung Samstagnacht ausgehändigt bekamen. Einmal in der Woche steht uns sogar eine Dusche zu, weiß Ene, der wegen Alkoholschmuggels einsitzt und ganz gut Englisch spricht. Beim Gang zur Dusche verbinden sie einem die Augen, sagt er, vielleicht, damit man das Blut von den Auspeitschungen an den Wänden nicht sieht. Wir hätten Glück gehabt, dass wir nicht in den Bau für politische Häftlinge gekommen seien – dort werde man in Einzelhaft gesteckt und bei den Verhören meist gefoltert.

Wir sind schon dreimal verhört worden, nacheinander. »Who are the conspirators responsible for the plan? Wer sind die Rädelsführer, die das Komplott geschmiedet

haben?«, fragen sie uns immer wieder. »Welches Komplott?«, fragen wir zurück. Es sind stets mehrere, die einen verhören, in gutem Englisch, aber mit ungehobelten Manieren. Antwortet man nicht den Vorschriften geziemend mit »Yes, Sir«, »No, Sir«, dann gibt es Schläge auf den Rücken oder die Arme mit dem Knüppel, auch für Nicht-Eingehen auf die Fragen – wozu unter anderem der Satz »Ich weiß nicht« gehört. Auf diese Weise werden Aussagen produziert, die später gegen einen verwendet werden können.
Nach dem letzten Verhör fragte Tom, was aus seinem Hund geworden sei.
»He's got a nice prison-cell of his own – er hat eine nette Gefängniszelle für sich bekommen«, scherzte einer der Beamten. Tom befürchtet Schlimmstes.

Mittwoch, 24. Juni:
Während wir unser Laufpensum durch stupides Umkreisen der Kloschüssel ableisten, bringt Tom dem Turkmenen in einem Crashkurs Allgäuer Grundwortschatz bei – vielleicht für den Fall, dass es Ene nach seiner Freilassung dorthin verschlägt, wahrscheinlich aber nur, weil Tom seinen Heimatdialekt sprechen und hören will. Bedürfnisse und Tätigkeiten (ahääße, schträäle, freasse, süüfe, schlaarpe und schiarge, schlurgge, schieße, saiche, nuune, üüfhocke) gehören ebenso dazu wie die Bezeichnungen für Verlautbarungen des Unmuts, Jammerns oder Ärgers (a Läätsche ziache, dräiße und klammse, knieschde und gimmse, koldre, beafzge und schaonze), Bezeichnungen für Körperteile (Grind, Müül, Kiibui, Bratze, Büü, Raonze, Fiidle und Knoode) sowie eine Charakter-Typologie der Allgäuer (Briaslar, Lotschar, Blearhääfele, Gischpl, Klemmfiidlar oder Schpringinggelar). Tom veranschaulicht seinen Unterricht pantomimisch oder auch durch Körpereinsatz; Ene spricht brav die Wörter nach, deutet auf Körperteile, imitiert die entsprechenden Tätigkeiten, Gesten und Mienen und findet an einigen besonderes Gefallen.
»Freasse und Süüfe good, Mister Tom, but where can I go üüfhocke?«
Wir lachen, doch Roy schimpft, Tom bringe dem armen Kerl nicht nur ein schauderhaftes Kauderwelsch bei, sondern ihn auch auf dumme Gedanken.

Donnerstag, 25. Juni:
Gestern wurde zum ersten Mal unsere Anklageschrift verlesen. Man beschuldigt uns der Aufwiegelung von iranischen Bürgern zum aktiven Widerstand gegen die Staats-

gewalt. Der Anwalt, den man uns gestellt hat, empfiehlt uns geständig zu sein, dann kämen wir vielleicht mit drei bis fünf Jahren Haft davon.
Drei bis fünf Jahre für den Aufruf einer Band an das Regime, ihr Raum zur Entfaltung und künstlerische Freiheit zu lassen. Ein Aufruf zudem, die nicht mit uns abgesprochen war. Dieser mildernde Umstand wird aber nicht zur Kenntnis genommen, weil unsere Ankläger offenbar automatisch davon ausgehen, dass wir mit Ali und Siamak im Bunde sind.
Roy will die Firma Ebeling kontaktieren. Tatsächlich lässt man ihn zwei Minuten telefonieren. Zum Glück erreicht er auch gleich Barbara im Büro. Sie sei erst mal von ihrem Stuhl gepurzelt (»she hit the ceiling«) erzählt Roy, habe dann aber schnell geschaltet und versprochen, alles Notwendige zu tun.

Tom wettet mit mir, dass wir in spätestens drei Tagen draußen sind, wenn Barbara die Sache in die Hand nimmt. Sie werde den Mullahs schon den Marsch blasen. Außerdem sei der Iran mit dem soeben besiegelten Atom-Deal auf Geschäfte mit der Ebeling-GmbH angewiesen und werde sich die nicht wegen uns verscherzen.*
Ich wette dagegen. Barbara könne gar nichts Besseres passieren, als uns im Knast zu wissen. Die zwei ominösen Biker, die uns entwischten, seien nämlich ziemlich sicher ihre Ersatzmannschaft, die sie losschickte, nachdem wir ausgefallen waren. Wir seien für sie überflüssig wie ein Kropf.
Woher ich das wüsste, fragt Tom und starrt mich ungläubig an.
Intuition, antworte ich.
Tom glaubt mir nicht, doch Roy gibt mir nach anfänglichem Zögern Recht.
»Sooner or later you would have found out anyway – früher oder später wärt ihr eh draufgekommen«.
Tom fällt die Kinnlade herunter.
Und dann erzählt er, Richie und Rob seien zwei Wochen nach unserer Flucht losgeschickt worden, nachdem Barbara unsere Spur verloren hatte, aber die Sponsorengelder und ihre Töchter das Projekt nicht aufgeben wollten.
Tom zieht es die Beine weg. Er rutscht mit dem Rücken an der Wand entlang hinab, bis er unsanft auf seinem Hintern zu sitzen kommt.
»Ja leack br doch am Fiidle!«, bringt er nur heraus.

»Shall I?«, fragt Ene treuherzig und nötigt damit sogar den zermürbten Tom ein schwaches Grinsen ab.
»Wissen die Mädels davon?«, frage ich Roy.
»Natürlich«, erwidert Roy. »Aber sie wollten die Sache so lange wie möglich vor euch geheim halten, damit ihr nicht abspringt.«
Tom und ich verstehen nicht.
Wozu wir denn überhaupt noch gebraucht würden?, frage ich.
Roy grinst.
Das sollten wir die Mädchen am besten selber fragen. Für irgendetwas schienen wir jedenfalls immer noch gut zu sein.
Ich begreife nicht, warum man den ganzen Fake inszeniert, obwohl wir schon längst aus dem Rennen sind.
»Warum hat Barbara die Zwei nicht zurückbeordert, als wir wieder auftauchten?«, hake ich nach.
»Weil die PR-Kampagne und die Sponsorengelder und alles da schon längst auf die beiden Österreicher umgeschrieben waren«, antwortet Roy. Das Ganze liefe jetzt als rein kärntnerisches Projekt und habe eine dementsprechend neue Sponsoren-Klientel.
»Iatz äärbesletes br!«, stöhnt Tom. Jetzt wisse er, warum die Unternehmung nur noch »Kärntner-K2-Expedition« hieße und warum sich Gritt und Gwen an der Grenze herumgetrieben hätten, obwohl der Kontakt zu uns doch längst schon abgerissen war. Sie hätten gar nicht auf uns gewartet, sondern auf ihr neues Team. Wir seien ihnen nur in die Quere gekommen. Danach ging es bloß noch darum, uns aufzuhalten.*
»Unser Konzert in Teheran kam ihnen dabei sehr zupass, weil es Richie und Rob einen weiteren Vorsprung verschaffte«, ergänze ich Toms Schlussfolgerungen.
»You got it, all right – stimmt«, bestätigt Roy.
Der Wächter schlägt an die Tür zum Zeichen, dass Tom aufstehen soll. Ich muss ihm aufhelfen, so erledigt ist er.
»Iatz kasch be aabhaogge«, sagt Tom, rappelt sich mühsam auf und steht dann mit der Stirn an die Wand gelehnt da wie einer, der auf das Erschießungskommando wartet.*
Ich wage eine letzte Frage an Roy.

»Haben die Mädels irgendwas mit den Jungs vom neuen Team?«
Roy schüttelt den Kopf.
»Nope – not as far as I know – nicht, dass ich wüsste.«
Ich atme auf. Roy klopft Tom und mir auf den Rücken.
»The show must go on!«, sagt er mit einem aufmunternden Lächeln.
Ich nicke trübsinnig.

Freitag, 26. Juni, morgens:
Wir sind frei!
Fast.
Heute Morgen kam die Nachricht. Ein höherer Gefängnisbeamter erschien in unserer Zelle, erklärte, dass es sich bei der ganzen Angelegenheit wohl um einen Irrtum handeln müsse, was ihm ausgesprochen leidtäte. Damit so etwas nicht noch einmal passiere, geleite uns ein Polizeikonvoi durch den Iran auf kürzestem Weg bis zur türkischen Grenze, wo wir dann ungehindert unserer Wege ziehen könnten.
Wir sind erst einmal baff über die neue Entwicklung der Dinge und warten darauf, dass die Freude überhandnimmt. Aber das dauert, denn gleichzeitig dämmert uns, dass der Rücktransport in die Türkei gleichzeitig das Ende unserer Unternehmung bedeuten würde.
Roy versucht dem Beamten klarzumachen, dass wir in die andere Richtung unterwegs sind, nämlich zum K2 in Pakistan. Der Mann zuckt nur mit den Schultern, überreicht uns unsere Sachen und meint herablassend, das sei nicht sein »business«, bevor er uns stehen lässt.
Er hat wohl mehr Dankbarkeit von uns erwartet.

Vor dem Gefängnistor erwartet uns eine Großraumlimousine mit Diplomatenkennzeichen. Wir haben alle Platz, auch die Mädchen, die noch ihre schwarzweiß gestreifte Drillichkleidung und Kopfbedeckung anhaben. Ihre Kostüme vom Auftritt tragen sie zu Päckchen verschnürt unterm Arm.
»I glaub, die wolln uns loswear'n«, frotzelt Gritt. »Dabei hätt i mi grod so scheen eingricht.«
»Des hom ma fei der Mama zu verdonkn!«, verkündet Gwen stolz.

Ich beschließe, sie bei einer späteren Gelegenheit wegen des zweiten Teams zur Rede zu stellen. Tom handhabt die Sache wohl genauso.
Was ich bereit sei, für die verlorene Wette einzulösen? fragt er mich leise.
»Ein Dankschreiben an Frau Ebeling dafür, dass sie uns aus dem Rennen genommen hat«, flüstere ich zurück.
»Dees muisch iatz aber it im Eanscht«, brummt Tom.

Kurz bevor wir losfahren, führt ein Gefängniswärter Streuner an der Leine zu unserem Wagen. Streuner jault und leckt Tom das Gesicht ab.
Roy ist erstaunt, wie gut der Hund die Verhöre überstanden hat.

Der Chauffeur der österreichischen Botschaft bringt uns zu unserer Unterkunft, wo bereits die Polizeieskorte auf uns wartet. Man informiert uns, dass wir binnen 24 Stunden das Land verlassen müssen und eine Eskorte uns zurück zur türkischen Grenze nach Gürbulak bringen wird. Roy interveniert und versucht Herrn Buchsbaum zu erreichen. Wieder hat er Glück. Eine halbe Stunde später ist der Botschafter vor Ort und verhandelt mit dem diensthöchsten Polizisten. Nach dessen Anruf bei der Direktion ergeht neue Weisung, uns binnen 48 Stunden zur pakistanischen Grenze nach Zahedan zu bringen – mitsamt den Fahrrädern.

Bis Zahedan sind es knapp 1600 Kilometer. Die Strecke in zwei Tagen zu bewältigen stellt eine gewaltige Herausforderung dar, vor allem für Isa und Alexa mit ihrem klapprigen Gefährt. Für Tom und mich ist die geplante Anfahrt aus eigener Kraft damit endgültig Makulatur. Aber wir haben keine andere Wahl. Dafür erlangen wir immerhin unsere Freiheit wieder und bleiben im Zeitplan. Unser eigentliches Ziel, der K2, scheint immer noch erreichbar. Mit der Anfahrt per Supporter haben wir sogar eine Chance, noch vor dem österreichischen Team auf dem K2 zu sein.
Auch Roy hält die neue Option für die bessere. Er meint, die Durchquerung der Wüsten Belutschistans bei den momentanen Temperaturen von über 50 Grad wäre für uns Radler eine Tortur geworden, vielleicht sogar eine tödliche. Er habe die Idee Göran Kropps ohnehin nie gut gefunden – aber selbst der habe diesen Landstrich in der kalten Jahreszeit durchquert.*

»Bring the mountain down, that's where you can show your grit – besteigt den Berg, da könnt ihr euren Mut unter Beweis zu stellen!«, versucht er uns aufzubauen.
Ich weiß nicht, ob ich ihm Recht geben soll. Wir stimmen aber darin überein, dass die Bezwingung des K2 nach wie vor die eigentliche Herausforderung unserer Unternehmung darstellt.

Überführung

Freitag, 26. Juni, abends:
Wir fahren eingeklemmt zwischen den zwei iranischen Polizeifahrzeugen im Konvoi, das Tempo angepasst an die Geschwindigkeit, die Isas VW-Bus gerade noch schafft – zwischen 90 und 100 Stundenkilometer. Trotz Klimaanlage beträgt die Temperatur im Wageninnern über 35 Grad. Die Mädchen haben alles bis auf die Unterwäsche abgelegt.
Nur gut, dass die getönten Scheiben sie vor Blicken von außen schützten, meint Roy und unkt, falls einer von der iranischen Begleitmannschaft die Mädels in ihren Strintangas zu Gesicht bekäme, würden sie wahrscheinlich allesamt im Namen Allahs standesrechtlich erschossen.
Streuner, den wir vor Beginn der Fahrt unter großem Protestgeheul aus Platzmangel zu Isa und Alexa in den Bully verfrachtet haben, steckt die Schnauze aus den dort mangels Klimaanlage geöffneten Seitenfenstern und kläfft, sobald sich unser Fahrzeug über Gebühr entfernt. Damit die Fahrt wegen Pinkelpausen nicht zu oft unterbrochen werden muss, hat man uns zu Beginn der Fahrt Töpfe ausgegeben. Gritts Frage, wie das bei einer gemischt geschlechtlichen Besatzung funktionieren solle, wird von Ramud, dem Kommandanten unserer sechsköpfigen Eskorte, mit einem Achselzucken beantwortet.
»Nocha konn i ja glei zum Fensta ausseschei߮n«, motzt sie.

Bis Qom führte die zweispurige Straße schnurgerade durch eine eintönige Wüstenlandschaft, nur hie und da durchbrochen von Sanddünen, ein paar Nebkabäumchen und aufgelassenen Karawansereien aus der Ära der alten

Seidenstraße. Ess- und Trinkpausen entfielen wegen des Fastenmonats, nur einmal wurde ihnen ein Zwischenstopp an einer Art Autohof gewährt, wo sie Dattelkekse und Istak-Apfelmalzbier gereicht bekamen und die Toilettenanlage benutzen durften. Für die Männer bestand sie aus einem Donnerbalken über einer Grube. Tom überlegte allen Ernstes, ob er sich für die Aktion anseilen sollte, weil er um sein Leben fürchtete, falls er das Gleichgewicht verlor.

»Öü wembr eh schu i dr Schieße hocket – vrsüüfe mecht i bigott it graad din*!«, lamentierte er.

Auch die Mädels schimpften über die etwas luxuriöseren Plumpsklos, weil ihre Oberschenkelmuskeln über der Verrichtung fast platzten und die Tschadors, wie man sie auch raffte, zwangsläufig in Mitleidenschaft gezogen wurden. Als sie wieder im Auto saßen, lästerte Tom prompt, es röche »wia hinder am »Lachegolkar*«. Gritt wollte wissen, ob er denn heute schon geduscht habe, im Wagen herrsche so ein strenger Bocksgeruch. Das ließ Tom natürlich nicht auf sich sitzen.

»Huit schu duschet? Gang züe Fehl – am Dreck isch no kuina verreckt. Dees müass a reachta Süühünd sing, wao se all Taag wäscht*!«

Die alte Prophetenstadt Qom umfuhren sie. Wenig später ging es hinauf ins Kuhrud-Gebirge über Kashan und Isfahan und Pässe über 2000 Meter bis Yazd, wo sie im Hintergebäude der Polizeistation Nachtquartier machten. Vor der Bettruhe gab es in der Kantine eine scharfe Fleischbrühe mit ein paar Klumpen Lammfleisch, dazu Chapati und Tee. Dann durften sie die muffigen, unklimatisierten Zimmer mit Stockbetten getrennt nach Geschlechtern beziehen. Die Hitze in den stickigen Räumen war kaum auszuhalten. Roy bat, draußen im kühlen Wüstenwind und unter dem prachtvollen sternübersäten Himmel schlafen zu dürfen, doch der Wachposten vor ihrer Tür verweigerte es ihm – dort lauerten angeblich giftige Skorpione und Schlangen. Und als Jo Streuner vor dem Bettgehen Gassi führte, begleitete ihn ein Polizist mit der Waffe im Anschlag – angeblich, um ihn vor herumstreunenden Schakalen zu schützen.

Als sie am nächsten Tag um fünf Uhr morgens in Richtung der 800 Kilometer entfernten pakistanischen Grenze aufbrachen, hatte keiner von ihnen mehr als drei Stunden geschlafen. Schwitzend dösten sie im Wageninnern vor sich hin. Gwen stieß im Halbschlaf kaum hörbare Laute aus, die wie ein fernes Echo ihrer Jodelgesänge klangen. Jo fühlte sich an das Konzert erinnert und die hochfliegenden Hoffnungen, die sie damit verbunden hatten. Er fragte sich, wohin sie eigentlich noch unterwegs waren, jetzt, da ihr Traum von der Anreise aus eigener Kraft zerstoben war.

Wegen des Ersatzteams hatten sie Gritt und Gwen bisher noch nicht zur Rede gestellt, weil sie ihnen Zeit geben wollten, den hinter ihnen liegenden Schock zu verarbeiten. Als sie die zwei »Phantomradler« Richie und Rob dann allerdings in der Tiefebene von Bam überholten, ließ sich die Thematisierung nicht länger vermeiden.

Da sei sie ja, ihre Ersatzmannschaft, meinte Tom süffisant und deutete auf die zwei muskulösen Gestalten in Radlertrikots, die sich mit einem beängstigenden Tempo die Straße entlang bewegten.

Gwen war rot angelaufen; Gritt blickte durch die gegenüberliegende Fensterscheibe auf die Wüstenlandschaft, die sie seit Stunden durchquerten.

Was Barbara sich eigentlich dabei gedacht habe, ein zweites Team loszuschicken, fragte Jo.

»Mir kut es öü g'schpässeg fiir«, brummte Tom. »Wia a abkaarts Gschpiil, dass br it z'baottre kummet*.«

Was sie sich eigentlich dabei gedacht hätten, einfach abzuhauen, fragte Gwen zurück. Niemand habe etwas von ihnen gewusst, der Kontakt sei abgebrochen gewesen – was hätte Mama denn anders tun können – schließlich habe sie zum Zeitpunkt ihrer Flucht bereits Sponsorengelder in der Höhe von über 180.000 Euro eingetrieben.

Aber warum dann die Heimlichtuerei nach ihrem Wiedersehen? fragte Jo. Hätten sie von dem zweiten Team gewusst, wären sie vielleicht an der iranischen Grenze umgekehrt.

»Genau des woar da Grund«, sagte Gwen.

Jo verstand nicht.

»Mir wolltn nit, dass ihr glei wieda obhauts.«

Jo verstand immer noch nicht und fragte, wie sie die Sache mit beiden Teams gleichzeitig durchziehen wollten.
Gwen schickte Jo einen durchdringenden Blick.
»Kapierst es denn nit – ihr seid's des Gschpusi und die ondern mochn die Musi!*«
Das »Gschpusi« bringe sie nicht auf den Berg, meinte Jo.
Vielleicht doch, wenn sie mit hinauf ginge, meinte Gwen mit einem verlegenen Lächeln.
Jo ging auf ihr Ansinnen gar nicht weiter ein.
»Abr iatz«, fragte Tom, »was solle br uibra Miining naoch tuu? Züelüege, wia dia Zwii isra Projekt duurziachet?«
»Ihr geht's zamm auf'n Bearg«, antwortete Gritt. Ols Team. Do tuat's a eich doch aa viel leichter!«
»Dees isch es naocha gweache«, seufzte Tom.
»Wieso?«, fragte Gritt.
»Weil ba is isa Projekt gschtohle haot.«
»Naa«, widersprach Gritt, »nit g'stoln. Ihr miasst's bloß teiln und kriagt's dafür am Bearg a Unterstützung.«
»Und wos ihr da mocht's, is immer noch sensationell g'nua«, sagte Gwen.
Teilen sei Scheiße und Unterstützung brauchten sie keine, grantelte Tom.
»Donkscheen fia's Gespräch«, sagte Gritt. »Ihr seid's zwei gonz miese Egoisten!«
Den Rest der Fahrt schwiegen sie. Gwen hatte aus Wut sogar ihren Tschador wieder angezogen und ihr Gesicht verhüllt.

Am Gebirgspass vor Zahedan gab der Motor von Isas VW-Bus seinen Geist auf. Tom meinte, darauf hätte er schon längst gewartet, so asthmatisch wie er in der letzten Zeit geklungen habe. Roy schleppte den Bulli bis zu einer Parkbucht, wo der Schaden begutachtet wurde.
»Kolbenfresser«, stellte Tom nach kurzer Inspektion fest.
»Das heißt?«, fragte Isa.
»Neuer Motor«, antwortete Roy lapidar. Die nächste Stadt mit einer VW-Werkstatt sei Quetta in Pakistan, über 600 km entfernt. Zurück könnten sie ja nicht.
Isa versuchte mit Ramud zu verhandeln.

»No way«, sagte er, nachdem er endlich verstanden hatte, dass sie den Wagen abschleppen wollten. Keine Chance das Auto über den Pass zu bringen und rechtzeitig an die Grenze zu gelangen. Sie müssten den Wagen hier lassen, die beiden Mädchen in die Polizeifahrzeuge umsteigen.
Isa schluchzte, Alexa nahm sie in die Arme.

Noch während Isa und Alexa ihr Gepäck in eines der Begleitfahrzeuge umluden, tauchten Richie und Rob auf.
Richie war ein Hühne, durchtrainiert und mit athletischem Körperbau, blondem Bürstenhaarschnitt, hellblauen Augen, Sattelnase und einem kantigen Gesicht, Rob, mit dunkelbraunen Strubbelhaaren, Oberlippen- und Kinnbärtchen und listig blitzenden Augen unter buschigen Brauen etwas kleiner von Statur, wirkte mit den für Biker typischen Muskelpaketen an den Oberschenkeln aber ebenfalls durchtrainiert. Sie fuhren keine schweren Trekkingbikes wie sie, sondern Rennräder – bei den fast durchgehend asphaltierten Straßen eindeutig die bessere Wahl und vielleicht eine Erklärung dafür, warum sie stets uneinholbar gewesen waren.
Gritt stellte sie vor und man schüttelte sich artig die Hände.
»Donk eich, dass ma bei eierm Projekterl mitmachn dearfn«, sagte Rob.
Sie nickten und Jo verkniff sich ein Grinsen über dem tiefstapelnden Diminutiv. Zum ersten Mal kam ihm der Gedanke, dass sie zu viert am Berg vielleicht wirklich größere Erfolgsaussichten hätten.
Richie meinte, man könne sich ja an der pakistanischen Grenze treffen, um von dort aus gemeinsam weiter zu radeln.
Tom und Jo sahen sich an.
Die Frage, ob sie die Radelei noch einmal aufnehmen sollten, hatten sie sich noch gar nicht gestellt.
»Schii wäär's schu, aber bringe tüet's nuits mea«, sagte Tom.
Jo gab Tom Recht. Ihre Anfahrt aus eigener Kraft war seit der iranischen Grenze löchrig geworden und mit der jetzigen Überführung endgültig Makulatur. Wem wollten sie damit noch etwas beweisen?
Sie konzentrierten sich lieber auf den Berg, sagte Jo. Je mehr Zeit sie zur Akklimatisation an die Höhe hätten, desto besser.

Roy erklärte, die Dokumentation der Anfahrt sei angesichts der Umstände zwar zweitrangig, trotzdem müsse er von Rob und Richie noch ein paar Shootings von unterwegs machen. Das könne aber auch in der Form geschehen, dass er Tom, Jo und die Mädels schon mal nach Skardu verfrachte und anschließend wieder zurückfahre. Im Übrigen empfahl er Richie und Rob, die vor ihnen liegende Wüstenpassage bis zur Grenze wegen der hohen Temperaturen soweit wie möglich bei Nacht hinter sich zu bringen.
Die Beiden nickten, das hätten sie ohnehin vor – auch wenn man ihnen vor Nachtfahrten bei ihrer Abreise ausdrücklich abgeraten habe. Der Schwerlastverkehr auf den hiesigen schmalen Überlandstraßen nehme ja schon bei Tag kaum Rücksicht auf Radler.
Ja, der K2 werfe einen langen Schatten, meinte Roy und empfahl ihnen eine gute Beleuchtung als Überlebensgarantie.

Blieb die Frage, was mit Isa und Alexa geschehen sollte.
Da es kein Zurück gebe, sei die einzige Option die Weiterfahrt zum nächsten Flugplatz mit Anschluss nach Islamabad beziehungsweise Delhi in Quetta, Pakistan, erklärte Roy.
Fliegen? stöhnte Alexa, da werde ihr jedes Mal schlecht!
Isa meinte, es gebe noch ein weiteres Problem. Im buddhistischen Sinne sei sie jetzt zwar um ein Stück mehr befreit von überflüssigen materiellen Anhaftungen, das betreffe aber auch ihren Reiseetat.
Roy bot ihr nach Rücksprache mit Gritt für diesen Notfall einen Überbrückungskredit aus Barbara Ebelings Spesenkasse an.
Wie es nach der pakistanischen Grenze weitergehen solle, wollte Gwen wissen. Zu sechst mit dem ganzen Gepäck und dem Hund in einem Auto?
»It's going to get really cozy – das wird bestimmt gemütlich«, lachte Sandie. »We'll be packed like beefslices in a triple-burger – wir werden zusammengequetscht wie Rindfleischfladen in einem Dreifachburger!«
Gwen schickte ihr einen giftigen Blick.
»D'Lit länd se biige. Dees kut naocha zimle nääch hii a dees, was ba b'n iis Üüfhocke haißt*, kommentierte Tom, wurde aber zum Glück von niemandem außer Jo verstanden.

Der alte Bulli mitsamt seinen Hippi-Graffitis blieb, nachdem er ausgeräumt war, am Pass stehen wie ein Mahnmal aus einer anderen Welt.

Niemandsland

»Welcome to the hottest area in the world – willkommen im heißesten Gebiet der Erde«, kündigte ein Verkehrsschild an. Die Durchquerung der Dasht-e-Lut-Wüste* stand an – schon unter normalen Umständen aufgrund der extremen Temperaturen in dieser Region und der unvorstellbaren Ödnis der Landschaft eine Herausforderung. In diesem Sommer aber, dem heißesten in der Region seit Menschengedenken, galt das besonders.
Im Tal des Todes bekamen sie einen Vorgeschmack davon. Bei einem der wenigen Stopps verbrannte sich Roy die Hand am Stoßfänger des Vans, und Gritt vollführte einen wahren Springtanz, als sie mit bloßen Füßen den heißen Wüstensand berührte. Isa und Alexa hatten in Ermanglung einer Klimaanlage ihre Trinkwasservorräte mit dem Besprengen und Benetzen ihrer überhitzten Körper aufgebraucht, so dass sie ihre ohnehin schon knappe Ration mit ihnen teilen mussten. Selbst die Eskorte schien von der Hitze nicht unberührt, denn ihre Begleitmannschaft hatte die Hemden hochgekrempelt und duldete es stillschweigend, dass die Mädchen im Wageninnern ihre Tschadors ablegten.
Tom und Jo versuchten sich vorzustellen, wie sie diese Gegend mit den Trekking-Bikes durchquert hätten, ohne an Dehydrierung oder Sonnenstich zu sterben. Selbst wenn sie nur in den Nächten unterwegs gewesen wären, hätten sie doch Tagestemperaturen über 50 Grad irgendwie überstehen müssen. Sie bedauerten Rich und Rob, die das noch vor sich hatten.

Nach der Wüstenpassage erreichten sie spät am Abend Kuh-i-Taftan an der Grenze zu Pakistan. Nachdem ihre iranischen Durchreisegenehmigungen entstempelt waren, entließ man sie ohne Abschiedszeremoniell von Seiten ihrer Eskorte und Formalitäten seitens der iranischen Grenzbeamten ins Niemandsland. Es bestand aus einem Kilometer Wüste und einer Fahrspur, die links und rechts von ockerfarbenen Betonblöcken und einem drei Meter hohen Maschendrahtzaun mit einer Stacheldrahtbordüre eingefasst war. Die pakistanische Grenze bildeten zwei überdachte Zollhäuschen, die rechts und links von drei nebeneinanderliegenden und bis zum Horizont reichenden überdimensionalen Stacheldrahtrollen flankiert wurden.

Bevor sie sich der Grenze nähern konnten, musste erst einmal das Gepäck von Isa und Alexa auf dem Dach des Vans zwischen den Bikes und Kisten verstaut werden. Roy sicherte es mit Reepschnüren aus ihrer Bergsteigerausrüstung. Der Mercedes-Benz-Van nahm mehr und mehr das orientalische Gepräge eines jener überladenen Schwertransporter an, die hier zwischen den Welten pendelten. Auch im Wageninnern herrschten nach dem Zusteigen von Isa, Alexa und Streuner allmählich orientalische Zustände, wenn man davon absah, dass es weitgehend ein gemischtgeschlechtliches Ensemble war, das sich auf den Sitzpolstern zusammen quetschte und teilweise übereinander türmte. Sie waren gespannt, wie die pakistanischen Grenzkontrolleure damit umgehen würden. Um die Lage etwas zu entschärfen, stiegen sie nach der Fahrt zum Abfertigungshäuschen alle außer Streuner, den sie unter einer Decke versteckten, aus dem Wagen und reihten sich vor dem Schalter auf.

Wie nicht anders zu erwarten, ließ man sie erst einmal eine Weile stehen, obwohl weder vor noch hinter ihnen jemand in Sicht war, der Einlass nach Pakistan begehrte. Die beiden Grenzbeamten schienen über einem Gläschen Cay und einer Zigarette gerade mit einem Plausch beschäftigt, der ganz offensichtlich Vorrang vor schnöden Abfertigungsgeschäften hatte. Vielleicht wollte man sie auch spüren lassen, dass die vorgerückte Stunde keine angemessene Zeit für einen Grenzübertritt war.

Irgendwann – es mochten zehn Minuten vergangen sein – legte Jo dem zunächst am Schalter sitzenden Beamten das Geleitschreiben des deutschen Konsulats vor, das dieses Mal zum Einsatz kommen sollte. Er nahm es auch tatsächlich in Augenschein, konnte aber offenbar nichts damit anfangen, denn er reichte es Jo kommentarlos zurück.

»Your passports«, sagte er dann immerhin.

Sie zückten ihre Pässe samt den dazugehörigen Visa und Carnets.

Die zwei Beamten nahmen abwechselnd alles in Augenschein, sahen immer wieder zu ihnen her, ob ihre Gesichter den Passfotos entsprachen, und stem-

pelten dann ihre Pässe ab. Bei den Carnets de Passage wurde der Schalterbeamte allerdings stutzig.
»How many cars?«
»One«, sagte Roy.
»But two carnets – aber zwei Zollerklärungen! Where is the other car – wo ist das andere Auto?«
Roy erklärte ihm die Sachlage.
Der Grenzbeamte schnalzte mit der Zunge.
Er müsse das Auto, das sie zurückgelassen hatten, sehen, um das Carnet zu entwerten, sagte er.
Roy erklärte ihm noch einmal, dass der VW-Bus 300 Kilometer von hier mit Motorschaden an einem Pass im Kuhrud-Gebirge stand.
»You must bring it here«, beharrte der Beamte.
Roy versuchte ihm klarzumachen, dass es schon deshalb unmöglich war, weil ihre Visa für den Iran schon entwertet waren und empfahl ihnen, das Hauptquartier der Polizei in Teheran anzurufen, wo man ihnen den Sachverhalt bestätigen könne.
Der Beamte besprach sich kurz mit seinem Kollegen, teilte ihnen dann mit, dass sie morgen Weisung von höherer Stelle holen würden, wie sie in ihrem Fall weiter verfahren sollten. Heute sei niemand mehr erreichbar.
»Come back tomorrow at nine!«

Sie blieben gelassen, weil sie die Erfahrung gemacht hatten, dass in diesen Breitengraden alles andere sowieso nichts nützte. Obwohl so gut wie kein Verkehr herrschte, suchten sie eine Ausweichbucht etwas abseits von der Straße auf und kramten dort ihre Matten und Schlafsäcke heraus, um die Nacht im Freien zu verbringen.
Dachte man sich den Maschendrahtzaun und die Umstände, in denen sie steckten, weg, mutete das Plätzchen fast lauschig an mit dem funkelnden Sternenhimmel und dem Balzgezirp der Zikaden als Kulisse. Sandie durchstöberte das Kühlfach und die Proviantkisten nach Ess- und Trinkbarem und baute alles vor ihnen auf. Drei Flaschen Wasser, vier Fläschchen lauwarmes alkoholfreies Bier, Fladenbrot, Schafskäse, Pferdesalami, eine Melone, zwei

Äpfel und drei Rüben. Dazu Gemüsesuppe, auf dem Campingkocher erhitzt. Sie saßen beim Essen im Kreis auf Campingstühlen und dem immer noch aufgeheizten Asphalt. Von der Wüste wehte eine warme Brise. Die Mädchen hatten ihre Tschadors abgelegt und genossen ihre wiedergewonnene Freiheit im Niemandsland.

Irgendwie wurden alle satt, doch Sandie meinte, für einen weiteren Tag reiche es wohl nicht.
Streuner leckte seine leere Schüssel aus und bellte.
Dafür hätten sie die Ehre im Niemandsland zu nächtigen, sagte Jo. Heute Nacht seien sie aus der Welt gefallen.
Als Kind wollte sie immer niemand sein, sagte Sandie. Ihre lässig überkreuzten Beine glänzten golden im Licht der Öllaterne.
»So we're all a bunch of nobodies – dann sind wir also ein Haufen Niemande«, meinte Roy mit der üblichen Schnoddrigkeit, die er gern zur Schau trug.
»Nobody is perfect, Roy!«, kicherte Sandie.
»With your sexy hotpants and your Marylin-Monroe-Smile you look like an It-girl* indeed«, frotzelte Roy.
»Roy, hör auf, die Sandie runterzumachen!«, intervenierte Isa.
»Forgive me, Paris«, sagte Roy und drückte Sandie ein Küsschen auf die Backe, »you know how it sounds when a toad starts to woo – du weißt, wie es sich anhört, wenn eine Kröte balzt!«
»So that's what you really wanted to say – das wolltest du also sagen, lachte Sandie – you love Paris Hilton – du liebst Paris Hilton*!«
»Her money, yes – ihr Geld ja. But you I would marry even without money – aber dich würde ich auch ohne Geld heiraten.«
»Marry? You? – Dich heiraten?«, lachte Sandie. »I can't imagine a guy like you changing rings in a wedding ceremony – ich kann mir einen Typen wie dich nicht beim Ringtausch bei einer Trauungszeremonie vorstellen. You go fucking your way around without all that crap – du legst die Mädels doch so aufs Kreuz und kommst ganz gut ohne den ganzen Mist aus!«
»Bravo, Sandy!«, rief Isa.
»Wie wäre es mit Deutsch?«, schaltete sich Gritt ein.

»Da Roy maant, die Sandie schaut aus wia die Paris Hilton«, übersetzte Gwen ziemlich frei. »Soll ma des jetz ols Kompliment nehman oder nit?«
»Dees isch doch a gaonz a bleede Küah, wenn d'mi fraogesch«, antwortete Tom.
»Die Sandie?«, fragte Gwen.
»Naa, du Tschopperl, die Paris natürlich«, sagte Gritt.
»Olso für mi gilt des für beide«, stellte Gwen klar.
»Mama hat immer g'sogt, du taatst ausschaun wie dia Rosie Huntington-Whiteley* mit daana Goschn«, versuchte Gritt vom Thema abzulenken.
»Das britische Unterwäsche-Model mit den gespritzten Lippen?«, kicherte Sandie.
»No – more like Jennifer Garner*«, meinte Roy.
»Maane Lippn san nit g'spritzt, des waaß doch a jeda«, sagte Gwen gelassen. »Und ausschaun tua i wie die Gwen und niemand sunst.«
»Können wir nicht über was anderes reden«, intervenierte Alex.
»How about some yodeling – wie wär's mit Jodeln?«, fragte Roy mit einem sardonischen Grinsen in die Runde.
Einhelliges Schweigen war die Antwort. Niemand wollte an den missglückten Auftritt erinnert werden.
Ein längeres Schweigen folgte, während eine Sternschnuppe ihre flüchtige Spur über den Nachthimmel über ihnen zog und die Zikaden ihr nerviges Kratzen hören ließen.
Isa brach schließlich die Stille.
»Ein Preis für die- oder denjenigen, die oder der mir sagen kann, warum wir hier sind!«
»No, wegn dir«, sagte Gritt. Weil daane Karre an Geist aufgebn hot und du des Carnet im Pass vagessen host.«
»Ich meine hier – auf der Welt!«
»Ach so«, sagte Roy. »Unsere Zeugungsgeschichte!«
»Roy – es geht um das Rätsel unseres Daseins!«
»Die Frage fand ich in der Schule schon boring.«
»Weil du wahrscheinlich selbst ein Langweiler warst. Dabei ist es die spannendste Frage der Welt. Ohne eine Antwort auf sie lebt man nicht, sondern vegetiert nur.«

»Dann bin ich eben Vegetarier«, kalauerte Roy.
»Und was ist der Preis?«, fragte Alexa.
»Eine Rückführungsmeditation unter meiner Anleitung.«
»Was is'n naocha des?«, wollte Gritt wissen.
»Eine Rückführung in dein letztes Leben.«
»Dabei mache ich sowieso nicht mit«, sagte Roy. »Mein letztes Leben habe ich total versaut. Sonst wäre ich ja nicht hier.«
Isa lachte.
»Also gut – was willst du?«
»Einen Kuss von Sandie«, antwortete Roy.
Sandie zog die Brauen hoch, wollte aber kein Spielverderber sein.
»O.k. – aber nur für den Gewinner.«
»Und wer bestimmt den?«, fragte Alex.
»Na wir alle, ganz basisdemokratisch.«
»Und was, wenn ein Mädchen gewinnt?«
»Keiner muss Sandie küssen«, antwortete Isa leicht genervt. »Und jetzt schreibt eure Antwort auf einen Zettel. Hier sind Stifte in Papier. Ihr habt zehn Minuten Zeit!«
»Zehn Minuten, das ist ja wohl ein Witz«, schimpfte Roy. »Deep Thought in »The Hitchhiker's Guide to the Galaxy*« hat dazu siebeneinhalb Millionen Jahre gebraucht!«

Zehn Minuten später sammelte Isa die Zettel ein und verlas die Antworten ohne Angabe des Verfassers.
»Nummer Eins: Der Urknall ist ein gewaltiger Furz Gottes des Allmächtigen, und das Universum sein Scheißhaufen. Und das Ganze ergibt nur von hinten her einen Sinn. Nach dem finalen Armageddon* lässt Gott alles rückwärts laufen bis die Erde wieder heil ist und Adam und Eva friedlich im Paradies leben.«
»Bravo, Roy«, lachte Sandie, »damit hast du dich um den Kuss deines Lebens gebracht!«
Roy zuckte mit den Achseln und meinte, so groß sei sein Verlangen Sandie zu küssen nicht, als dass er dafür einen verlogenen Blog produziere!

Isa schüttelte den Kopf und verlas den nächsten Beitrag. »Nummer Zwei: Warum sind wir hier? Urknall und Evolution. Wir sind von einem höheren Prinzip gesteuerte Zufallsprodukte. Wohin dieses höhere Prinzip uns führen will, habe ich noch nicht herausgefunden. Vielleicht zur ultimativen Lust?«
Das klinge nach einer vereinfachten Version der Intelligent-Design-Theorie*, meinte Roy, the greatest crap on earth – der größte Mist auf der Welt! »Lass das höhere Prinzip weg, Sandie, dann macht es vielleicht Sinn!«
»Nummer Drei: Dasein ist Leid, sagt Buddha. Unsere Aufgabe ist, alle irdischen Anhaftungen zu überwinden, damit wir den Kreislauf der Wiedergeburten verlassen und ins Nirwana eingehen können.«
»Ich stimme dem ersten Satz zu«, sagte Roy. »Aber der Sinn eines Spiels kann doch nicht darin bestehen, dass man so schnell wie möglich wieder daraus aussteigt!«
»Würdest du bitte deine Kommentare unterlassen!«, bat Isa und verlas den nächsten Zettel:
»Nummer Vier: »Wir sind das strahlende Gewand Gottes, das hinausreicht in die Weiten des Alls bis in seine tiefsten Schwärzen. Wir sind Kundschafter, die staunend vordringen in Nacht und Finsternis, um seine unermessliche Größe unter Leid und Schmerzen auszuloten. Wir sind die Pioniere, die das Unerhörte wagen, um ihn und uns der Unendlichkeit seiner Liebe zu vergewissern.«
»Wow!«, sagte Sandie. »That's bold – das ist kühn!«
»Holy shit«, hielt Roy entgegen, »what a bombastic razumataz – was für ein bombastisches Gewäsch! Es hört sich an wie Lord Byron* auf das Niveau eines Poetry-Slams für Anfänger reduziert!«
Isa machte »Schschsch!« und fuhr fort:
»Nummer Fünf: »Gott hat die Welt so einfach wie möglich gemacht, aber gerade so kompliziert, dass selbst die klügsten Köpfe den Plan dahinter nicht erkennen können. Wenn wir die Antwort auf die letzten Fragen finden würden, hörte die Suche nach Gott auf. Also bleiben wir lieber im Ungewissen!«
»Gut aus der Affäre gezogen!«, rief Roy.
»Nummer Sechs kann ich nicht lesen. Würdest du das bitte selber vortragen, Tom?«

Tom las: »I täät sage, lüeget i dr Biebl, dao schtaoht alls schu dinn: Im Anfang war das Wort, und das Wort war bei Gott, und Gott war das Wort* (Johannesevangelium).«
»Amen!«, rezitierte Roy.
Isa entfaltete den letzten Zettel und las: »Nummer Sieben: »Gott spielt mit uns. Wir sind seine Instrumente. Mit unserem Spiel verleihen wir Gott eine Stimme. Aber wir hören Gott nicht »pur«, sondern einer durch den anderen. Indem wir einander zu Instrumenten seiner Liebe werden, intonieren wir die Musik der Schöpfung.*«
»Something for Fantasy-lovers – sounds like Tolkien and »The music of the Ainur*«!«, kommentierte Roy.
»Wo ist die Nummer Acht?«, fragte Isa. »Irgendjemand hat nicht abgegeben!«
Gritt und Gwen bekannten, dass sie ihren Beitrag zusammen verfasst hatten.
»O.k. – kommen wir zu Abstimmung«, fuhr Isa fort. »Jeder hat zwei Stimmen. Alex, du machst die Strichliste!«
Isa las noch einmal die Beiträge der Reihe nach vor und Alexa zählte die Stimmen. Nummer Eins bekam null Stimmen, Zwei zwei, Drei vier, Vier vier, Fünf drei, Sechs eine, Sieben zwei. Die Stichwahl zwischen den Beiträgen Drei und Vier ergab sieben Stimmen für Drei und sechs für Vier bei einer Enthaltung.
»Damit ist die Drei knapper Gesamtsieger!«, verkündete Isa. »Alex – du darfst dir einen Kuss bei Sandie abholen!«
Gelächter und Applaus. Alexa war dunkelrot angelaufen.
»Muss das sein?«, fragte sie mit einem flehenden Blick zu Isa.
Isa versuchte ein aufmunterndes Lächeln. Die Runde klatschte im Takt. Alle schauten gespannt auf das Paar. Alexa stand auf und bewegte sich unsicher auf Sandie zu, die sich ebenfalls erhoben hatte und Alexa in ihren Cowboy-Stiefeletten breitbeinig und mit in die Hüften gestemmten Armen erwartete. Dass unter ihren knapp geschnittenen Hotpants ihre Pobacken herausschauten, schien sie nicht weiter zu stören. Sandie nahm Alexa in die Arme, streichelte erst ihren Nacken und küsste dann ihre Stirn. Alexa verbarg ihr Gesicht an Sandies Schulter.

»Ich kann das nicht, Isa!«, sagte Alexa plötzlich, machte sich los und verschwand im Auto.
»Jetzt seid ihr sicher alle enttäuscht, ihr Spanner!«, frotzelte Roy. »Darf ich Sandie statt Alexa flachlegen?«
»Du bist noch lange nicht an der Reihe, du Schwerenöter«, lachte Isa, der man die Erleichterung ansah. »Jetzt ist erstmal Nummer Vier dran – Jo!«

Jo hatte in letzter Zeit öfter von Sandie geträumt – zuletzt, dass er ihr die Zehennägel pink lackierte, aber ein öffentlicher Kuss mit ihr stand nicht auf seiner Wunschliste. Sandie lächelte ihm entgegen, als sei er der große Preis in Person, legte ihre Arme um ihn und fixierte ihn mit leichtem Silberblick aus grünen Wildkatzenaugen. Er roch ihr Parfüm nach Jasmin und fühlte ihren Atem wie eine Wüstenbrise auf der Haut. Überfallartig presste Sandie ihre Lippen auf die seinen und suchte mit der Zunge Einlass zu bekommen. Als sie nicht weiterkam, biss sie sanft in seine Oberlippe, bis er vor Schmerz nachgab und das glitschige Stück Fleisch einließ, das sich sogleich ungestüm gegen seine Zunge stemmte, sie zurückdrängte, um sie dann mit spitzen Stößen wieder zu sich zu locken und zu umkosen. Sie knutschte, als sei sie ganz schrecklich vernarrt in ihn. Er fragte sich, was für ein Spiel sie trieb. Wollte sie Roy eifersüchtig machen oder Gwen oder beide?
Als sie ihn endlich gehen ließ, taumelte er an seinen Platz zurück wie in Trance. Die Runde hatte sich bereits aufgelöst. Niemand applaudierte, niemand bedauerte ihn, niemand schien Notiz von ihm zu nehmen.
In der Nacht wälzte er sich unter einem flimmernden Sternenhimmel verloren auf seiner Matte, als sei er aus der Welt gefallen.

Fünfte Etappe
Pakistan

Die Wüste

Am nächsten Morgen bekamen sie von den beiden Grenzbeamten grünes Licht zur Weiterfahrt. Die Polizeidirektion in Teheran hatte ihre Version bestätigt. Trotzdem mussten sie eine Transitgebühr für das nicht mitgeführte Fahrzeug bezahlen. Roy betrachtete es als Bakschisch. Die Beamten warnten sie vor den bewaffneten Banditen in Belutschistan, die neuerdings verstärkt Jagd auf Ausländer machen, und baten sie, auf alle unnötigen Stopps zu verzichten und nachts nicht im Freien zu schlafen. Da laut Reiseführer ganz Pakistan als terroristen- und banditenverseucht galt, schenkten sie der Warnung keine allzu große Beachtung.

Die Sitzordnung in dem für fünf Personen ausgelegten Van gestaltete sich schwierig und machte Doppelbelegungen nötig. So hatten Alexa und Gwen aus Platzgründen Isa beziehungsweise Gritt auf den Schoß genommen und Jo in der Mitte des Rücksitzes eingequetscht. Gwen weigerte sich, auf Jo's Schoß zu sitzen.
»Hock di doch zu deim neien Gschpusi«, meinte sie flapsig.

Die schnurgerade Straße durch die völlig ebene Sand- und Steinwüste flimmerte in der Hitze und schien von Wasser überflutet zu sein – eine optische Täuschung, genau wie der leuchtende Punkt am Ende der Straße, den sie nie erreichten. Die einzige Abwechslung boten gelegentliche Sanddünen und ein paar unbewohnte urzeitliche Lehmbauten am Wegesrand. Auf der 150 Kilometer langen Wegstrecke trafen sie auf keine einzige menschliche Siedlung, geschweige denn auf eine Wasserstelle. Jo fragte sich, ob sie die Passage unter den gegenwärtigen klimatischen Bedingungen mit dem Bike durchgestanden hätten und bedauerte wieder einmal Richie und Rob, die das alles noch vor sich hatten.

Isa zitierte aus dem Reiseführer: »Die Nok-Kundi-Wüste gilt als eine der heißesten und trockensten Wüsten Vorderasiens mit Temperaturen bis zu 70 Grad im Schatten. Aufgrund der Unerfahrenheit und des Leichtsinns speziell ausländischer Transitreisender kommt es immer wieder zu Todesfällen. Die Durchquerung sollte nur im Konvoi erfolgen, denn im Fall einer Panne sind die Passagiere von Einzelfahrzeugen der Hitze schutzlos ausgeliefert und Hilfeleistungen von vorbeifahrenden Einheimischen nicht unbedingt zu erwarten. Bei Aufenthalt in unklimatisierten Fahrzeugen oder im Freien besteht akute Dehydrierungsgefahr – regelmäßige Getränkezufuhr in kürzeren Abständen ist deshalb unerlässlich. Besonders gewarnt wird vor den oft ganz plötzlich aufkommenden Sand- und Staubstürmen*, die mit Windstärken von über 200 Stundenkilometern enorme Sandverfrachtungen mit sich führen, Straßen unpassierbar machen und Fahrzeuge innerhalb kürzester Zeit meterhoch zuschütten. Schaufeln und Unterlegbleche sind deshalb in genügender Anzahl mitzuführen. Beim Fahren im Sand sollte die Fahrzeuggeschwindigkeit wegen der Gefahr des Auffahrens auf Sandverwehungen nicht zu hoch sein, aber auch nicht zu niedrig, um Steckenbleiben zu verhindern. Vorsicht bei einspurigen Pisten: Hier gilt das Recht des Stärkeren! Sicherheitshalber ist ausländischen Fahrzeuglenkern das Ausweichen trotz des Risikos steckenzubleiben grundsätzlich anzuraten.«
Roy lachte und meinte, wenn man sich nach diesem Reiseführer richte, dann könne man nur den Arsch zuklemmen und umkehren oder am besten gleich zu Hause bleiben.
Isa und Alexa waren trotz allem heilfroh, dass ihnen die Wüstenpassage mit ihrem alten Bulli erspart geblieben war.

Zum Glück war der einspurige »Highway« für asiatische Verhältnisse gut in Schuss. Größere Probleme bereiteten nur die Sandverwehungen, die die Straße immer wieder unpassierbar machten. Dann hieß es schippen – und, weil sie nur zwei Schaufeln hatten, für die meisten von ihnen mit den Händen. In der prallen Sonne rann der Schweiß in Strömen – ständiges Trinken wurde überlebenswichtig. Sie hatten sich zwar im Grenzort Taftan noch mit Wasservorräten ausgerüstet, doch bei dem enormen Wasserbedarf für acht Personen und einen Hund schwanden sie rasch dahin.

Auf halbem Weg erreichten sie dann endlich eine »Petrol Station«. Man warnte sie, ein Sandsturm sei im Anzug und riet ihnen, im nächsten Ort Unterschlupf zu suchen. Leider ließ der auf sich warten. Stattdessen näherte sich der Sturm. Erst als eher unauffälliges hellbraunes Gewölk am Horizont, dann als eine riesige schwarze Walze.
Ein himmlischer Tsunami – er bringe sicher ein bisschen Abkühlung, sagte Roy in seiner üblichen flapsigen Art, doch seine Stimme klang gar nicht flapsig. Sandie warnte, wenn der Sturm sie auf offenem Gelände erwische, bestehe Gefahr, dass sie alle erstickten. Isa hatte in ihrem Führer gelesen, man solle sich beim Aufkommen eines Staubsturms feuchte Tücher um Mund und Nase binden. Vorsorglich zogen die Mädchen ihre Hidschabs vors Gesicht, Roy seine Bandana über Mund und Nase. Für Tom und Jo kramte Sandie in ihrer Reisetasche und reichte Tom einen Seidenschal, Jo ihre schwarze Nylonstrumpfhose, von der sie sich nur ungern trenne, wie sie betonte. Tom brach in schallendes Gelächter aus, als Jo sich die Strumpfhose über den Kopf zog. Roy fand, damit und mit einem Vorderlader könne er jede Bank knacken. Zum Glück lenkte der herannahende Sturm das allgemeine Interesse bald auf andere Dinge.

Aus Jo's Tagebuch, Sonntag, 28. Juni:
Der Wüstensturm. Versuch einer nachträglichen Rekonstruktion.
Der Himmel hat sich verdüstert, die Sonne ist nur noch ein diffuser Fleck am Himmel. Eine gelb-braune Wand aus dem Norden bewegt sich auf uns zu wie ein riesiger Tsunami. Roy parkt den Wagen gerade noch rechtzeitig in einer Senke mit Felsen links und rechts, als der Sand- und Staubsturm mit voller Wucht über uns hereinbricht. Der Van schaukelt unter den Böen wie eine havarierte Barke auf hoher See. Im Nu wird es stockfinster. Das Prasseln des Sandes rings um das Fahrzeug ist ohrenbetäubend. Man hat das Gefühl, lebendig begraben zu werden. Alexa schreit nach Luft, hämmert gegen das Seitenfenster, will hinaus. Streuner fängt zu heulen an wie ein Kojote. Als Roy schließlich das Kommando gibt, den

Wagen zu räumen, sind die Türen schon nicht mehr zu öffnen. Mit Mühe kriegt Tom wenigstens die Schiebetür so weit auf, dass Tom, Streuner und ich uns durch den Spalt quetschen können. Die Sandmassen, die hereindrängten, machen die Öffnung fast augenblicklich unpassierbar und zwingen Isa und Alexa wieder in den Wagen zurück. Er steht bereits bis zur Hälfte im Sand und es scheint nur noch eine Frage der Zeit, bis er ganz darin begraben ist.

Als wir uns in Richtung Felsen emporarbeiten, habe ich das unwirkliche Gefühl, als ringe ich mit dem Engel des Herrn, so greifbar ist der Sturm. An den Armen und Beinen, wo der Sand auf die nackte Haut trifft, fühlt es sich an, als sei man der Düse eines Dampfstrahlers ausgesetzt. Die Sicht ist gleich Null, sodass wir Körperkontakt halten müssen, um ein Auseinanderdriften zu verhindern.*

Endlich haben wir die Felswand erreicht, wo wir dem Toben der Elemente nicht mehr ganz so unmittelbar ausgeliefert sind und zum ersten Mal wieder richtig Luft schöpfen können. Tom wischt Streuner den Sand aus den Augen und nimmt seinen Kopf schützend unter seinen Arm. Zwar scheinen wir vorerst in Sicherheit, doch der Zeitpunkt ist absehbar, wo die Senke sich gänzlich mit Sand gefüllt hat und wir obenauf wie auf dem Präsentierteller liegen. Im Moment bleibt uns nichts anderes übrig, als an den Felsen gekauert zu warten, bis der Sturm sich ausgetobt hat. Schon im Ruhezustand ein ungastlicher und menschenfeindlicher Ort, scheint die Wüste vom Sturm entfesselt eine Geisel Gottes, Verwüstung im wahrsten Sinn, alles unter sich begrabend und alle Spuren tilgend. Vor ihr schrumpfen Flora und Fauna und die menschlichen und zivilisatorischen Errungenschaften zu Nichts dahin, als wären sie nie gewesen. Sie ist so erbarmungslos wie der Tod und das Vergessen.

Meine Gedanken wandern zu Roy und den Mädels. Lebendig begraben zu werden ist so ziemlich die schlimmste Todesart, die ich mir vorstellen kann. Ich darf mir gar nicht ausmalen, was in den Köpfen da unten im Moment vorgeht. Solange der Sturm tobt, können wir für die Sechs allerdings nichts tun und nur hoffen, dass ihnen der Sauerstoff nicht knapp wird.

Irgendwann hört der Orkan auf – fast so plötzlich, wie er kam. Die Senke ist inzwischen fast vollständig mit Sand aufgefüllt, der Van irgendwo unter den Sandmassen begraben – ich habe keine Ahnung, wo genau. Erst als Streuner an einer bestimmten Stelle zu buddeln anfängt, haben wir einen Anhaltspunkt und tun es ihm mit bloßen Händen nach. Der Sand lässt sich jedoch nicht so einfach beiseiteschaffen. Je tiefer wir graben, desto mehr Sand rutscht von oben nach. Es ist die reinste Sisyphusarbeit. Dazu kommt, dass es aufgeklart hat, die Sonne unbarmherzig herabbrennt und wir ohne Trinkwasser knapp vor der Dehydrierung stehen. Nach einer halben Stunde Wühlen im Sand sind wir gerade einen Meter in die Tiefe gelangt und kräftemäßig am Ende.

»Healf iis Gott und iisa Fröü!«, stöhnt Tom und lässt sich in den Sand sinken. Ich tue es ihm nach. Wir liegen wie zerschmettert, röcheln aus ausgedörrten Kehlen und spüren die Ohnmacht wie eine Hand an der Gurgel. Tom, offenbar nicht mehr ganz bei Sinnen, sagt mit brüchiger Stimme einen Allgäuer Kinderreim auf: »Du Limml, du Schimml, du kusch it in 'n Himml, du müesch mit de Rappe it Höll ajetappe*.«*

Plötzlich hören wir Motorengeräusch und trauen unseren Augen nicht, als wir in der Ferne einen Schaufellader entdecken, der sich entlang der zugeschütteten Straße durch die Sandmassen arbeitet.

»Dean haot dr Heargott gschickt«, krächzt Tom.

Auf einmal sind unsere Lebensgeister wieder geweckt. Tom steigt auf den Felsen und winkt mit Sandies pinkem Seidenschal. Der Fahrer des Treckers hält auf uns zu. Zwei junge Burschen sitzen im Führerhaus, beide in weißen Kaftans und turbanartigen Kopfbedeckungen, aber mit Nike-Turnschuhen. Sie sprechen kein Wort Englisch. Ich entnehme dem Gefuchtel ihrer Arme und Hände, dass man sie von Taftan ausgeschickt hat, um die Straße bis Dalbandin von Sandverwehungen zu räumen. Nachdem wir ihnen in Zeichensprache vermittelt haben, wonach sie suchen sollen, machen sie sich ans Werk und baggern den Van, der sich tatsächlich an der von uns vermuteten Stelle befindet, innerhalb einer Viertelstunde so weit aus, dass wir mit Schaufeln darangehen können, die Türen frei zu graben.

Zunächst scheint sich im Wageninnern nichts zu rühren, doch als die Fahrertür freigelegt ist, öffnet sie sich und Roy steigt heraus.

»Thanks boys«, sagt er leicht benommen und drückt uns und den beiden Pakistanis matt die Hände. »Hurry up to get the girls out – holt die Mädels so schnell wie möglich raus!«

Tom übernimmt das Freischaufeln der Schiebetür, ich die Beifahrertür. Sandie ist zwar bei Bewusstsein, aber völlig weggetreten. Nachdem ich sie herausgehoben habe, klammert sie sich an mir fest und gibt mich nicht mehr frei, obwohl ich ihr klarzumachen suche, dass ich die anderen noch herausholen muss. Das übernehmen Tom und die pakistanischen Jungs, die wohl noch nie so viel nacktes Mädchenfleisch gesehen haben. Immer wieder bedecken sie die Augen, blicken zum Himmel und murmeln leise Gebete.

Schließlich sind alle herausgeschafft und im Schatten des Wagens und einer behelfsmäßig gespannten Plane untergebracht. Roy reicht den Mädchen Getränke. Außer Alexa sind alle ansprechbar. Gritt und Gwen beginnen sich taumelnd und hustend vom Sand zu säubern, während Isa und Tom sich um Alexa kümmern. Sie hat einen Asthmaanfall erlitten, keucht und röchelt, als sei sie am Ersticken. Isa bringt sie in eine aufrechte Position und lässt sie vom Notfall-Spray inhalieren. Endlich schlägt sie die Augen auf. Isa umarmt schluchzend ihre Gefährtin.

Alle haben überlebt.

Meine Freudentränen tropfen auf Sandie, die den Kopf an meine Schulter gelehnt neben mir im Sand sitzt.

»Tell Roy to film that – sag Roy, er soll das filmen«, murmelt sie. »And thank you for the rescue – und Danke für die Rettung.«

Ich antworte, sie solle den pakistanischen Jungs danken und dem Hund, ohne den wir das verschüttete Auto vielleicht gar nicht mehr wiedergefunden hätten.

Als ich ihm Sandies Bitte ausrichte, meint Roy, er habe Fotos gemacht, das müsse reichen. Die Erinnerung würden sie sowieso nicht mehr los. Und was Sandie betreffe, kalauert er, so habe sie heute immerhin die tiefere Bedeutung ihres Namens erfahren dürfen.

Auch Isa bedankt sich bei uns. Noch nie habe sie sich dem Tod so nahe gefühlt, gesteht sie. Als die Dunkelheit über sie hereinbrach, dachte sie, es sei ihr Ende. Sie wollte schon den letzten Schritt tun. Aber dann habe sie gespürt, dass zwischen ihr und dem Ende etwas war, jemand, der sie zurückhielt.

»Es wäre nur noch ein Schritt gewesen«, sagt sie und schlägt die Hände vors Gesicht.

Zum Schluss kommen Gritt und Gwen und geben uns die Hand.
»Ihr seid's Helden schon voa ihr auf'm Bearg woart's«, sagt Gritt. Die vom Schweiß nassen Haare kleben in ihrer Stirn wie angekleistert, die Angst ist ihr noch ins Gesicht geschrieben.
»Dir sind no viil dia greaßere Helde«, erwidert Tom. »I wär gwiiß vor Angscht verreckt dao dünda.«
Die Mädchen nicken. Gwen hat die Lider gesenkt, doch das Leuchten in ihrem Blick ist ungebrochen.
»Donk«, sagt sie nur.
Ich nicke und wir tauschen einen Handschlag und einen kurzen Blick.

Zum Erstaunen aller sprang der Benz-Motor auf Anhieb an, nachdem sie das Wageninnere und den Motorraum von Sandresten grob gesäubert hatten. Das eigentliche Problem stellten die Verwehungen dar, die die ehemalige Straße zu einer Sandpiste machten. Mit vereintem Schieben gelang es ihnen zwar, den Van aus der Sandkuhle zu bekommen, in der er festsaß, doch schon ein paar Meter weiter steckte er erneut fest. Roy, der ein paar Brocken Urdu beherrschte, verhandelte mit dem Fahrer des Treckers wegen eines Abschleppdienstes. Für 5000 Pakistanische Rupies, umgerechnet etwa 50 Euro, war der schließlich bereit, sie bis nach Dalbandin zu schleppen.

Die Fahrt zog sich, weil der Trecker nur zwanzig Stundenkilometer vorlegte. Tom hatte sich mit Streuner in den Gepäckraum verzogen, damit Alexa, die immer noch an den Nachwehen ihres Asthmaanfalls litt, mehr Platz hatte. Gwen und Gritt lagen lethargisch in ihrer Sitzecke. Jo hatte auf Roys Anweisung den Beifahrersitz bezogen und die traumatisierte Sandie auf den Schoß genommen. Sandie, die sich wegen der Hitze bis auf den Slip entkleidet hatte, zog ein Tuch als Sicht- und Sonnenschutz über sie und legte den Kopf an seine Schulter. Die Stoßdämpfer des Mercedes ächzten bei jedem Schlagloch und Jo mit, wenn Sandie auf ihn draufsackte.
»Are these sighs of pleasure or pain – seufzt du vor Vergnügen oder Schmerz?«, flüsterte sie, ein maliziöses Grinsen um die Lippen, nachdem sie sich sein Gestöhne eine Weile angehört hatte.

»Beides«, brummte Jo.
»You better opt for pleasure, because you still have to bear me for quite some time – du solltest dich besser für das Vergnügen entscheiden, denn du musst mich wohl noch eine Weile ertragen.«
Jo schrieb Sandies Anhänglichkeit der Suche nach Schutz und Geborgenheit zu und versuchte sich mit ihrer beängstigenden Nähe zu arrangieren. Gerade war er trotz der Schaukelei eingedöst, als Sandie ihn bat, seinen gestrigen Beitrag zu Isas Preisfrage* zu wiederholen.
»Warum?«, fragte er.
»I liked it so much.«
Jo rezitierte, was er davon behalten hatte.
»Who is it from – von wem ist das?«
»Von Mevlana Rumi, einem persischen Dichter des 13. Jahrhunderts.«
»Why did you choose it as an answer to the riddle of being – warum hast du es als Antwort auf die Frage nach dem Rätsel des Seins ausgewählt?«
»Weil es alle traditionellen Konzeptionen auf den Kopf stellt. Gottes Schöpfung unter Leid und Schmerzen erkunden, um seine Liebe darin für ihn zu entdecken – ist das nicht kühn?*«
»Yes – but hasn't Rumi forgotten something – schon, aber hat Rumi nicht was vergessen?«
»Was meinst du?«
Sandie umfasste sein Gesicht mit beiden Händen.
»Maybe we should discover also pleasure and lust in it – vielleicht sollten wir ja auch die Freude und die Lust darin entdecken?«
Er sah zu ihr auf. Ihr Silberblick verlieh ihr etwas Sphinxhaftes, das ihn verwirrte.
»Ja«, sagte er zögernd, »vielleicht.«
»Then let's try it – dann lass es uns doch probieren!«, flüsterte sie und rutschte auf seinem Schoß hin und her.
Jo stöhnte.
»How do you say in German: »Jetzt besitze ich dich!««, kicherte sie.
Als er aufseufzte, bahnte sich ihre flinke Zunge einen Weg durch seine halbgeöffneten Lippen und ließ ihm fortan keine Ruhe mehr.

Belutschistan

In Dalbandin an einer Tankstelle mit einem kleinen Supermarkt verabschiedeten sie sich von ihren Rettern. Roy schenkte beiden zusätzlich zu der vereinbarten Summe eine gefakte Rolex-Armbanduhr, die er im Basar von Istanbul für 10 Euro erstanden hatte.
Nachdem sie sich mit Wasser und Obst versorgt hatten, wollte Roy die 360 Kilometer bis Quetta noch hinter sich bringen, da die einzige Unterkunft in Dalbandin den Ansprüchen der Mädchen nicht genügte. Sie erwarteten nach den erlittenen Strapazen wenigstens eine ordentliche Dusche, wenn nicht ein Bad in einem Hotel. Doch die Fahrt zog sich, weil die Straße keine höheren Geschwindigkeiten zuließ und weil sie immer wieder Sandverwehungen zu Leibe rücken mussten. Die Mädchen klagten über Kopfweh, Übelkeit und Schwielen vom langen Sitzen. Roy hatte schließlich ein Einsehen und beschloss im nächsten Ort Halt zu machen, wo er ihnen ein paradiesisches Nachtquartier versprach.
Zunächst erwartete sie etwas anderes.

Hinter einer Kurve auf einer Kuppe bremste sie eine Steinbarriere aus. Dahinter befanden sich mehrere bärtige Gestalten in braunen Hemden und schwarzen Wollkäppis mit Gewehren im Anschlag.
»Baluchen!«, fluchte Roy.
Jo erinnerte sich vage an Hartmuts Reiserapport, in dem von einem Gemetzel der Baluchen an Touristen in Belutschistan die Rede gewesen war. Aus dem Reiseführer wusste er, dass die Baluchen oder Belutschen aufgrund systematischer Benachteiligung und Ausbeutung von Seiten der pakistanischen Regierung ihren Forderungen nach Autonomie und Unabhängigkeit durch Terrorakte Geltung zu verschaffen suchten und bei der Geiselnahme von Regierungsvertretern oder durchreisenden Touristen nicht gerade zimperlich waren, wenn es darum ging ihren Forderungen Nachdruck zu verleihen*.
»Bansai!«, rief Roy plötzlich, schaltete auf Allradantrieb um und gab Gas, um die Sperre zu durchbrechen. Das Überraschungsmoment war auf seiner

Seite. Die Männer in ihren schwarzen Wollkäppis waren für einen Moment so perplex, dass sie dastanden und mit offenen Mündern verfolgten, wie der Wagen mit dem stählernen Kuhfänger vor der Kühlerhaube die offenbar nicht allzu solide Steinmauer durchbrach und sich holpernd und mit heulendem Motor einen Weg durch und über die Steinquader bahnte. Hatte der Anprall sie zunächst alle in die Gurte geworfen, drückte sie der Neustart wieder in die Sitze zurück, wo sie ideale Zielscheiben abgaben. Zum Glück passierten sie die Wachposten, ehe sie ihre Gewehre anlegten.
»Köpfe runter! Bückt euch!«, brüllte Roy.
Kaum hatte sich Sandie in den Fußraum unter dem Armaturenbrett verkrochen und Jo`s Kopf zu sich hinabgezogen, krachten auch schon Schüsse und pfiffen über sie hinweg. Roy lag kleingekrümmt hinter dem Lenkrad, brachte aber trotzdem das Kunststück fertig, einen größeren Gang einzulegen, das Gaspedal bis zum Anschlag zu drücken, dabei auch noch übers Armaturenbrett zu spähen und die Straße im Blick zu behalten. Obwohl das Gewehrfeuer bald nachließ und schließlich ganz aufhörte, preschte Roy mit vollem Karacho weiter, wahrscheinlich weil er fürchtete, die Baluchen könnten die Verfolgung aufnehmen. Nach einer gefühlten Ewigkeit stoppte Roy hinter den Ruinen einer ehemaligen Oasensiedlung.
Wie durch ein Wunder waren alle heil geblieben. Die Mädchen hatten sich in den Stauraum zwischen den Vordersitzen und der rückwärtigen Sitzbank gelegt und dort den Kugelhagel überstanden. Tom und Streuner waren ihm unter dem Gepäck im Kofferraum entgangen. Ein Schussloch in der Beifahrersitzlehne ließ vermuten, dass Jo seine körperliche Unversehrtheit Sandies beherztem Eingreifen verdankte.
Im Schein der Taschenlampe begutachteten sie die Schäden am Auto. Sowohl die Heck- als auch die Frontscheibe waren mehrfach durchlöchert, die Scheiben dank des Verbundglases aber noch intakt. Die übrigen Schüsse hatten nur Blechschäden angerichtet. Roy meinte, mit einer Klebefolie über der Windschutzscheibe könnten sie Islamabad erreichen.
Sie wüssten gar nicht, was sie für Glückspilze seien, meinte Gritt. Wären sie in die Hände der Terroristen gelangt, hätte man sie entweder gleich erschossen oder sie als Geiseln für Lösegelderpressung benutzt.

»Nocha hätt ma endlich gwusst, wos ma in Dollar weart san«, flachste Gwen. »Und jed's Körperteil, wo's uns obgschnitt'n hättn.«
Fast neunzig Prozent der Baluchen lebten unterhalb der Armutsgrenze, weil sie von der pakistanischen Zentralregierung gnadenlos ausgebeutet würden, meinte Roy.
Dafür können doch die Touristen nichts, erwiderte Gwen.
Zweimal Glückspilz an einem Tag, meinte Isa, das sei ein bisschen viel. Von jetzt ab hätten sie wohl keinen Freischuss mehr.
»Wer red denn schon wieder vom Schiaßen«, schimpfte Gritt. »Und noch hama's nit überlebt. Oba, wenn i net glei wos Gscheits zum Essen kriag und unter a kolte Duschn kumm, krepier i am End doch noch!«

Als kurz vor Ahmad Wal ein blaues Blechschild das »Hotel und Restaurant Alaman« ankündigte, bog Roy vom Highway ab. Zehn Minuten später schleppten sie ihre Schlafsäcke und Reisetaschen in die Herberge, die nach außen entfernt Ähnlichkeit mit einem heruntergekommenen Schweizer Alpenchalet aufwies. Als Opfer eines terroristischen Überfalls gewährte ihnen der einzig anwesende Hotelangestellte Ali, der als Portier, Hausmeister und Manager zugleich fungierte, trotz der späten Stunde Asyl und wies ihnen ein Matratzenlager in der Dachmansarde zu. Sogar die Küche überließ er ihnen, nachdem der Koch heute seinen freien Tag hatte. Während sie sich der Reihe nach unter dem Rinnsal der einzigen Dusche im Haus vom gröbsten Dreck befreiten, versuchte Tom aus Alis Lebensmittelvorräten etwas Essbares zu fabrizieren.

Als Jo an der Reihe war und sich im Duschraum entkleidete, erschien plötzlich Sandie, stellte sich vor ihn hin, die Daumen lässig in den Täschchen ihrer Hotpants versenkt und grinste.
Jo wusste nicht recht, was er sagen sollte, bedankte sich schließlich dafür, dass sie ihm wohl das Leben gerettet hatte.
Sandie sah ihn nach ihrer Art mit zusammengekniffenen Augen von unten herauf an.
»Would you do me a favour in return – würdest du mir dafür einen Gefallen tun?«

Jo zuckte mit den Schultern.
»Wash me!«, gurrte sie, ließ ihre Hotpants fallen, zog das T-Shirt über den Kopf und zog ihn in die Duschkabine.
Jo seifte sie ein.
»And now kiss!«
Wie schon einmal im Niemandsland legte sie ihm die Arme um die Schultern und sah ihn aus ihren Wildkatzenaugen an, als seien sie ein Liebespaar. Nur befanden sie sich jetzt nicht mehr dort. Sandie drang in fremdes Revier ein.
»Was ist mit Gwen?«, fragte er und versuchte auf Distanz zu gehen.
»Do you care – bekümmert dich das?«
Jo nickte.
»It shouldn't. Gwen only uses you – das sollte es nicht. Gwen benutzt dich nur.«
Und dann verriet sie ihm, was sie angeblich von Roy unter der Hand erfahren hatte. Für Barbara Ebeling waren Tom und er von Anfang an nur Mittel zum Zweck, Geld über Sponsorenverträge einzutreiben, ihre Töchter die Köder. Inzwischen hatten Richie und Rob ihre Rolle übernommen.
Das sei ihm bekannt, sagte Jo.
Ob er irgendeine Garantie oder eine schriftliche Erklärung über eine finanzielle Beteiligung an dem Projekt habe, fragte sie.
Er erinnerte sich, eine Vollmacht unterzeichnet zu haben, die Barbara Ebeling alle Rechte an dem Projekt zusicherte, konnte sich aber nicht vorstellen, dass man sie hinterging. Schließlich nähmen die Mädchen wegen des Projekts alle möglichen Strapazen auf sich.
Sandie erwiderte, da täusche er sich. Im Moment gehe es ihnen nur darum, sie hinzuhalten – als Reserve. Schafften Richie und Rob es, bis zum K2 zu radeln und vor ihnen den Berg zu besteigen, dann seien sie draußen. Sollten sie es wider Erwarten vor ihnen schaffen, gingen sie trotzdem leer aus, weil sie mit der Firma Ebeling keinen gültigen Vertrag abgeschlossen hätten. Den Gewinn – und das dürften ein paar Hunderttausend Euro sein – streiche dann allein die Ebeling KG ein. Barbara Ebeling sei eiskalt, wenn es darum ginge, ihre Interessen und die ihrer Firma durchzusetzen. Und ihre Töchter genauso.

Jo musste an Gwens Leitspruch denken.
Und sie seien genauso geltungssüchtig, fuhr Sandie fort. Es gehe ihnen nicht nur ums Geld. Sie beabsichtigten vor allem, um jeden Preis berühmt werden. Wodurch und an wessen Seite sei ihnen völlig egal.
»Und du, Sandie – was willst du von mir?«
Sie wolle nur, dass er weiter an seine Idee glaube und sich nicht für irgendwelche Zwecke einspannen lasse, antwortete Sandie lächelnd.
»Glaubst du denn daran?«
»I believe in you, my little dreamer – ich glaube an dich, mein kleiner Träumer. I'm probably the only one in the whole team who understands what your dream is really about – ich bin wohl die einzige im Team, die deinen Traum vom Hochland wirklich versteht.«
»We are the highland-pioneers!«, flüsterte sie, presste sich an ihn und biss ihn zärtlich in die Unterlippe. »Come on, take me up high – nimm mich hoch!«
Er spürte ihre spitze Zunge zwischen seinen Lippen und wusste, dass er nicht mehr lange Widerstand würde leisten können. Sie hatte ihn bereits auf der Fahrt hierher fast um den Verstand gebracht.
Da klopfte es draußen an der Tür.
»Brauchst du noch lang, Jo?«
Es war Gritt.
»Komm rein!«, rief Sandie, schlüpfte in ihre Pants und ging grinsend an Gritt vorbei hinaus.
Gritt schüttelte fassungslos den Kopf.
Es sei nicht das gewesen, wonach es aussah, sagte Jo mit hochrotem Gesicht.
Genau danach habe es aber ausgesehen! erwiderte Gritt kopfschüttelnd.

Wenig später saßen sie alle in der Dining-Lounge des Motels Alaman in Belutschistan und aßen Allgäuer Kässpatzen* nach pakistanischer Art. Roy hatte aus Paprika, Karotten und Radieschen eine Art Salatbeilage fabriziert, Isa einen Karamellpudding als Nachtisch angerührt. Als Getränk wurde als Spezialität des Hauses Apfeltee gereicht und schwarzgebrannter Tresterschnaps für die Hartgesottenen.

Tom, der zu Letzteren zählte, die Branntwein gläserweise goutierten, entschuldigte sich, dass die Spatzen ein wenig grob geworden seien, da er keinen Hobel zur Hand gehabt habe. Und der Käs sei auch nicht gerade frisch vom Senn, sondern habe ein »Gschmäckle«. Niemand schien sich jedoch weiter daran zu stören. Roy fand im Gegenteil gerade den »Hautgout« am Käse preisverdächtig und ernannte Tom zum »Maitre Cuisinier«. Gritt meinte, man hätte ihr Schuhsohlen auftischen können »und i hätt's gfressn wia a Taferl Schokolad.«

Ali lud sich gleich zweimal nach und wollte Genaueres über das Rezept erfahren. Tom hielt daraufhin einen Vortrag in Oberstdorfer Englisch über die unterschiedlichen Arten der Zubereitung von Kässpatzen, und, da er schon einmal in Fahrt war, über die korrekte und effizienteste Art des Melkens, die Herstellung von Bergkäse, die Bedeutung der Viehzucht für das Allgäu, die Bedrohung des Allgäuer Braunviehs durch Einkreuzungen aus Amerika und Russland sowie die Unsitte der Enthornung der Rinder, die nachgewiesenermaßen zu einer Zunahme der Allergene in der Kuhmilch führten. Die gestische und pantomimische Untermalung seines Vortrags löste mehrfach allerseits Heiterkeitsausbrüche aus. Zum Dank dafür setzte Ali im Nebenzimmer die große Shisha in Gang und versprach ihnen das Himmelreich auf Erden schon nach einigen Zügen.

Sie saßen im Halbrund und ließen das Mundstück der Wasserpfeife herumgehen. Außer Alexa, die noch immer nicht ganz auf der Höhe war, nahm jeder einen Probezug. Ali hatte nicht zu viel versprochen. Der Tabak schmeckte verführerisch nach Honig, Zimt und ein wenig nach Mohn und erzeugte ein angenehmes Schwindelgefühl.

»I fühl mi wie auf an Trip«, sagte Gwen nach dem dritten Zug. »I glaub, der hot a bissl a Hei mit einegmischt.«

»Mir geht's genauaso«, gestand Gritt. »I komm ma vua wie noch fünf Stamperln Schnops.«

»Mir sind ja öü uff am Trip«, grinste Tom und nahm einen tiefen Zug aus der Pfeife.

»Ein Trip, der allmählich horrormäßige Züge annimmt«, sagte Isa.

»Noch sind wir nicht am K2«, lachte Roy, »da geht der richtige Horror erst los!«
»Gut, dass wir da nicht mehr dabei sind«, meinte Isa. »Ihr tut mir jetzt schon leid.«
»Who has let you into this, anyway – wer hat euch das überhaupt eingebrockt?«, fragte Roy und blickte forschend in die Runde.
»Frau Ebeling«, erwiderte Tom.
»Von wegen!«, rief Gwen. »Die Idee stammt von eich allaan.«
»Stimmt«, pflichtete Gritt ihr bei, »ihr hobt's uns ongstiftet.«
»Aber dir händ uff Teifl kum rüüs drbii sing welle«, meinte Tom.
»Des berei i ollmählich«, sagte Gritt.
»Eecha!«, meinte Tom. »Du wiarsch doch am End it lugg laong, voar es loasgaoht*!«
»Voa wos laaft's ihr eigentlich davon?«, fragte Gwen.
»Wia muisch iatz dees?«
»Ihr seid's doch auf da Flucht. Vor eierm longweilign Lebn und di Weiber, die ihr untawegs aufreißt's. Des mit eierm Hochland is doch lei a Vorwand.«
Jo gestand, da sei etwas Wahres dran.
»Schpinnsch iatz gaonz?«, rüffelte ihn Tom. »Mir raiset doch voar niimede drvuu*!«
»Lasst euch von niemandem dreinreden, meldete sich Sandie zu Wort. Haltet an dem fest, was ihr für richtig haltet!«
»Und du holtst dei Goschn«, zischte Gwen. »Wenn du noch amol den Jo onmachst, nacha ziag i da d'Haut ob!«
»Ich glaube, dir ist der Shit in den Kopf gestiegen«, entgegnete Sandie lächelnd. »Das macht aggressiv!«
»Bei dir is d'Scheiße imma schon im Hian g'wesn, du bleede Tschrirschn*!«, rief Gwen mit hochrotem Kopf.
Roy lachte.
»Come on, girls – how about a fight – wie wär's mit einem Ringkampf? I love it when cats wrestle – ich liebe es, wenn Mädels kämpfen!«
In diesem Moment schlug Streuner an, den sie draußen beim Auto gelassen hatten. Roy, Tom und Jo sprangen auf und liefen durch das Foyer zum Aus-

gang, doch die Tür war abgesperrt. Durch das vergitterte Fenster konnten sie auf dem Parkplatz das Aufblitzen von Taschenlampen erkennen. Streuner kläffte wütend, als verbelle er jemanden.
Roy riss das Fenster auf und brüllte: »Fuck off, you bastards!«
»Lüeget bloaß, dass dr furtkummet, dir Saolznäägar*, dir daamische!«, schrie Tom.
Ein Schuss fiel. Das brachte endlich Ali auf den Plan. Er eilte mit einer Schrotflinte bewaffnet herbei, sperrte die Tür auf und gab drei Warnschüsse in die Luft ab. Das zeigte Wirkung. Man hörte nur noch die sich entfernenden Schrittgeräusche auf dem Kies, dann herrschte Ruhe.

Roy eilte zum Wagen. Die Einbrecher hatten die ohnehin schon durchlöcherte Heckscheibe eingeschlagen, waren aber offenbar nicht ins Wageninnere vorgedrungen, denn das Gepäck war unangetastet. Dafür gab es ein anderes Opfer: Streuner. Er lag mit einem Bauchschuss hinter dem Van in einer Blutlache, lebte aber noch. Tom ging neben Streuner in die Knie, nahm seinen Kopf in die Hände und sprach leise auf das Tier ein. Streuner winselte matt und klopfte mit dem Schwanz auf den Boden. Allmählich wurde das Klopfen schwächer, verebbte schließlich ganz. Ein letztes Zucken lief durch seinen Körper.
Alle hatten sich auf dem inzwischen von zwei Flutlichtstrahlern erleuchteten Hof des Hotels versammelt. Gritt kniete sich neben den immer noch am Boden kauernden Tom, legte den Arm um ihn und flüsterte ihm etwas ins Ohr.
Ali berichtete, die Einbrecher hätten ihm schon öfter zu schaffen gemacht. Es seien arbeitslose Jugendliche aus der Gegend, die sich zu Banden zusammenschlossen und ihren Lebensunterhalt mit Raubüberfällen verdienten. Neu wäre allerdings, dass sie mit Waffen hantierten. Das hebe die Bedrohung auf eine ganz neue Stufe. Er empfahl ihnen deshalb, sich auf dem Schwarzmarkt in Quetta mit Kalaschnikows auszurüsten. Roy meinte grimmig, nach dem heutigen Tag sollten sie besser gleich auf einen Panzerspähwagen umsteigen.

Tom wollte Streuner am nächsten Tag in aller Form begraben. Fürs erste wickelten sie den Hund notdürftig in eine Folie ein und bahrten ihn im Kofferraum auf. Roy bewachte mit Tom den Van, nachdem er sich gegen weitere Überfälle mit Alis Schrotflinte und Isas Pfefferspray ausgerüstet hatte, die Übrigen bezogen ihre Schlafquartiere.

Im Matratzenlager kam Jo neben Gwen zu liegen und konfrontierte sie mit Sandies Anschuldigungen.
»Und des glaubst du?«, fragte sie.
Im irisierenden Grau ihrer Augen konnte er nicht den geringsten Schatten erkennen. Er zuckte mit den Schultern.
Geld sei das Letzte, was sie an der Sache reize – und auch ihre Mutter wolle ganz sicher nur das Beste für sie alle, versicherte sie.
»Die Mama fiart si monchmol a bissal geldhoschat* auf, oba eigentlich is sie gonz patent, solang ihr nix z'widerlauft.«
»Und du?«
»Du waaßt doch, warum i mitwollt.«
»Warum?«
»Es gob amol a Zeit, do wär i voa lauter Liab beinah g'stoarbn für aan«, sagte sie leise.
Jo schwieg.
»Und du – host du wos g'hobt mit da Sandie?«
»Nicht wirklich«, erwiderte er und hoffte, sie würde seine Gesichtsröte im Halbdunkel nicht bemerken. Am meisten überraschte ihn, dass Gritt dicht gehalten hatte.
Gwen wusste natürlich trotzdem sofort Bescheid.
»Die Schlompn wenn i dawisch – der wer i d'Wodln fiere richtn*!«, murmelte sie, während sie sich in ihre Decke einrollte.

Die Beerdigung von Streuner war kurz. Tom hob in aller Früh auf dem Rasen hinter dem Hotel eine Grube aus und bettete Streuner hinein. Den zerkauten Tennisball, mit dem er Apportieren gelernt hatte, legte er neben ihn. Beim Zuschütten halfen alle mit. Keiner sagte ein Wort, nicht einmal Roy. Als Ali am Schluss zwei Strophen eines alten persischen Abschiedslieds sang, traten Tom doch noch die Tränen in die Augen.

Zum Brunch tafelte Ali auf, was seine Küche zu bieten hatte. Alles müsse raus, meinte er. Nachdem der Koch weg sei, könne er den Betrieb ohnehin nicht mehr länger aufrechterhalten. Es kämen einfach zu wenig Leute.
Sie kehrten auf der Rückfahrt wieder bei ihm ein und blieben dann eine ganze Woche, versprach Tom.
Seine Tür stehe immer für sie offen! gelobte Ali.

Nach einer wegen der fehlenden Heckscheibe staubigen und heißen Fahrt erreichten sie am frühen Nachmittag das vom Hazarganji-Gebirge umrahmte Quetta. Die Hitzewelle, die das Land seit zwei Wochen im Griff hatte, war auch hier spürbar, und doch empfanden sie hier auf 1600 Metern Höhe die 38 Grad im Schatten gegenüber den Wüstentemperaturen fast als Abkühlung. Die Stadt selbst bot trotz ihrer beachtlichen Größe zumindest auf den ersten Blick nur wenig Sehenswertes. Die endlosen Reihen flacher Betonhäuser und die nur gelegentlich von schweren eisernen Toren durchbrochenen hohen Mauern längs der löchrigen Straßen in den Randbezirken verliehen dem Ganzen den Charme eines Militärlagers und zeugten nicht nur von der Armut, sondern auch von der von der Obrigkeit gesteuerten Uniformität. Die bunten Moscheen mit ihren schmucken Minaretten wirkten zwar gepflegt, waren aber alle nach dem gleichen Muster entworfen. In den Außenbezirken sah man fast nur Männer auf den Straßen, trotz der Hitze in langen schlabbrigen Hosen und dunklen Jacken oder Blazern in der gleißenden Sonne stehend oder an den Hauswänden lehnend, in der einen Hand die Gebetskette, in der anderen die Zigarette. Die wenigen Frauen, die hier in schwarzen Schadors Einkäufe tätigten, liefen geduckt wie geprügelte Hunde durch die Gassen. Je weiter sie sich der Innenstadt näherten, desto mehr nahmen die »Net Cafés« und die »Gaming Zones« zu und kündeten auch hier vom Siegeszug des Internets. Die triste Einfallsstraße, die sie befuhren, hieß kurioserweise »Pentagon Road« und legte wie die vielen übrigen englischsprachigen Straßennamen und Schilder Zeugnis von der Verwestlichung des Landes ab. Das Rot-Weiß-Blau der Pepsi-Reklame war präsenter noch als die allgegenwärtige pakistanische Nationalflagge mit der aufgehenden Mondsichel auf grünem Grund, und die Bildungsstätten nannten sich Public- und Highschools oder gar Model High Schools.

Alexa fragte, wozu man Models brauche, um die allesverhüllenden Burkas zu präsentieren.
»To rip off«, sagte Roy. Sein Wortspiel ließ offen, ob damit das Herunterreißen der Kleidung oder das Abzocken der Kundschaft gemeint war.

Im Hotel »Four Seasons«, wo sie eincheckten, stand die Klimaanlage wegen Stromausfalls still. Nichts funktionierte, nicht einmal das W-LAN, über das sich Isa und Alexa über der geplanten Flug nach Islamabad und Neu-Delhi informieren wollten. Über den Hotelportier bekam Isa schließlich eine Telefonverbindung mit Quetta International Airport und erfuhr, dass ihr Flug wegen des Stromausfalls bis auf weiteres verschoben worden war. Isa grinste, dass sie und Alexa ihnen wohl noch eine Weile auf der Pelle säßen.

Während Gritt und Gwen sich einen Ruhetag am Hotelpool gönnten und Roy, Tom und Sandie sich um den Van und das Reiseproviant für die nächsten Tage kümmerten, brach Jo mit Isa und Alexa zu einem Ausflug zum Hanna-See zehn Kilometer außerhalb der Stadt auf.
Im Bus wurden die Mädchen, obwohl züchtig verschleiert, von den Männern neugierig beäugt und Alexas nackte Fußknöchel Zielscheibe aufdringlicher Blicke. Alexa fühlte sich gestalkt und schimpfte, noch nie habe sie sich so schutzlos gefühlt wie vollverschleiert in Iran und Pakistan. Der Tschador sei eine raffinierte Art der Reizwäsche – es fehle nur noch ein Schild darauf: »Unter diesem Stoff befindet sich ein Sexualobjekt, so aufreizend, dass es verhüllt werden muss!« Trotzdem kam niemand kam auf die Idee, für die Mädchen Sitzplätze freizumachen. Zum Glück leerte sich der Bus ziemlich rasch, je weiter sie in die Außenbezirke gelangten. An der Endstation am See waren sie schließlich die einzigen, die ausstiegen.
Sie spazierten durch ein Pinienwäldchen, umrundeten den türkisblauen See mit seinen riesigen Goldfischen und sprachen über das Vergangene und das Kommende. Isa hoffte auf moderate klimatische Bedingungen in Nordindien, Alexa freute sich auf normale Kleidung im buddhistischen Gönpa. Nebenbei erfuhr er, dass die Mädchen ihre Pläne geändert hatten und nach dem dreiwöchigen Retreat in Dharamsala nicht wie zunächst geplant auf Sightseeing-

tour gehen wollten, sondern nach Nepal, um sich dort in einem Hilfsprojekt für Erdbebenopfer zu engagieren. Er gab ihnen für alle Fälle die Adresse von »Happy Children e.V.« in Kathmandu.

Später kamen sie auf die Unternehmung zu sprechen. Isa wollte wissen, wie Jo sich fühle, so kurz vor dem Ziel.

Er wisse es nicht genau, antwortete Jo zögernd. Irgendwie sei die Anfahrt schon zu einer Herausforderung geworden, mit der er so nicht gerechnet habe. Die Mühsal, die Widerstände, die Enttäuschungen...

Als da wären?

Die Flucht aus Pörtschach. Die langen, zermürbenden Flachetappen durch den Balkan. Der Raddiebstahl, der Gefängnisaufenthalt im Iran und das Aus ihrer Anfahrt aus eigener Kraft.

Ob er jemals daran gedacht habe aufzugeben?

Ja, oft.

Und was habe ihn letztlich davon abgehalten?

Jo zuckte mit den Schultern.

Keine Ahnung. Trotz vielleicht.

Er habe einmal gesagt, er wolle sich mit der Unternehmung vor Gott unsterblich machen. Stimme das noch?

Du lieber Himmel – habe er das wirklich gesagt?

Isa nickte lächelnd.

Er glaube nicht, dass die Menschen für die Unsterblichkeit gemacht seien, antwortete Jo leise.

Hieße das, er habe seinen Traum aufgegeben?

Nein. Der Traum vom Berg bliebe. Der Berg sei die ultimative Herausforderung, an der er wachse oder zerbreche.

Dann wünsche sie ihm, dass der Berg halte, was er verspreche, sagte Isa mit einem undurchschaubaren Lächeln.

Am Abend kam endlich der Anruf vom Flughafen. Tom und Jo fuhren die Mädchen zum Terminal. Der Abschied war kurz und innig. Sie versprachen, nach ihrer Rückkehr Kontakt aufzunehmen. Alexa flachste, sie müsse schließlich noch eine Bildungslücke schließen und dem Allgäu einen Besuch abstatten. Isa meinte zu Jo, wenn er ein Mädchen wäre und sie nicht schon Alex hätte, dann hätte sie sich glatt in ihn verlieben können. Zu viel »hätte« sagte Jo. Zum Glück, sagte Alexa.

Islamabad

Freitag 3. Juli:
Wir haben die pakistanische Hauptstadt und damit unser Ziel fast erreicht. Von hier sind früher, als es noch keinen Flugplatz in Skardu gab, die Expeditionen zum K2 gestartet und haben die mehrere hundert Kilometer lange Strecke bis zum Fuß des Berges teils mit der Eisenbahn, teils mit Packtieren und Trägerkolonnen bewältigt.
Doch zum Jubeln gibt es wenig Anlass. Heute schickte Barbara Ebeling eine SMS an Roy und ihre Töchter:
»Richard Gollhofer und Robert Nendl sind laut pakistanischem Polizeibericht in der Nacht vom 30. Juni auf den 1. Juli in der Nok-Kundi-Wüste von einem Viehtransporter erfasst und überrollt worden. Beide erlagen noch am Unfallort ihren tödlichen Verletzungen. Der Fahrer des Transporters gab an, die beiden seien dicht hintereinander ohne Licht gefahren und für ihn praktisch unsichtbar gewesen (wahrscheinlich auch deshalb, weil seine eigene Beleuchtung defekt war). Der Unfall ereignete sich gegen 3 Uhr 45 Ortszeit ca. 60 km vor Dalbandin.
Die Särge mit den sterblichen Überresten sind unterwegs nach Islamabad. Vor der Überführung in die Heimat ist ein Trauergottesdienst mit der österreichischen Botschaft vereinbart. Bitte wendet euch an die Botschafterin Dr. Brigitta Blaha. Ich bin im Übrigen für einen Abbruch des Unternehmens. Mit dem Tod von Richard und Robert sind die zuletzt geschlossenen Sponsorenverträge hinfällig geworden. Inwieweit Johannes und Tom hier noch einspringen können, weiß ich nicht zu sagen. Entscheidet selbst und gebt mir baldmöglichst Bescheid. In stiller Trauer – Eure Barbara.«

Was mit dem Fahrer des Unglücksfahrzeugs, der den Unfall durch grobe Fahrlässigkeit herbeigeführt hatte, passiert war, erfuhren sie nie. Roy vermutete, er sei wahrscheinlich ohne eine größere Strafe davongekommen, da es sich bei den Opfern ja »nur« um Ausländer handelte und das Radfahren auf den iranischen Highways offiziell verboten war.

Nach dem ersten Schock und einer Trauerminute hielten sie eine Krisensitzung ab. Gritt wischte sich mit dem Handrücken über die rotgeweinten Augen und meinte, die Unternehmung sei von Anfang an unter keinem guten Stern gestanden und de facto gescheitert, da es jetzt kein Team mehr gebe, dass die Anfahrt zum Berg aus eigener Kraft schaffen könne. Nur auf den K2 zu steigen sei nicht im Sinn der vertraglichen Vereinbarungen mit den Sponsoren. Gwen stimmte Gritt zu, obwohl sie es schade fand, ein Projekt abzubrechen, in das sie so viel investiert hatten.
Roy widersprach Gritt. Beim K2 könne man nicht von einer »Nur«-Besteigung sprechen. Jede Besteigung dieses Berges sei eine außerordentliche Leistung und zu den zur Rede stehenden Sponsorengeldern durchaus in Relation stehend. Er gab Gwen Recht und zu bedenken, dass der bisherige Aufwand bereits die Hälfte des zur Verfügung stehenden Budgets aufgezehrt habe und man im Falle eines Abbruchs vor einer großen Summe ungedeckter Schulden stehe.
Sandie gab Roy Recht und meinte, man könne Jo und Tom nicht einfach im Stich lassen und ein Projekt aufgeben, in das schon so viel Ehrgeiz und – Sandie lächelte Jo dabei an – Liebe geflossen sei.
Nun war es an Tom und Jo, eine Entscheidung herbeizuführen. Jo plädierte für eine Zwischenlösung. Abbruch des offiziellen Kärntner-K2-Unternehmens, aber Fortführung des Allgäuer Besteigungsversuchs, so wie es ursprünglich geplant war. Tom und er würden weiter zum K2 radeln, Roy mit den Mädchen den Heimweg antreten.
Tom schüttelte den Kopf und schloss sich Sandies Auffassung an, man dürfe jetzt nicht in Panik geraten und alles hinschmeißen. Sie seien inzwischen ein eingeschworenes Team, hätten einen festen Auftrag und ein klares Ziel. Um die Sponsoren neu zu motivieren schlage er vor, die Anforderungen am Berg zu verschärfen und zum Beispiel durch die Südwand längs des Zentralpfeilers aufsteigen – diese Variante gelte als die schwierigste Route am K2 und sei erst einmal 1986 von zwei Polen durchklettert worden*.

Jo fragte erstaunt, für wen er sich eigentlich halte – für Reinhold Messner oder was?
Selbst der habe in der Südwand aufgegeben*, lachte Tom. Sie müssten besser sein als er.
Das sei Wahnsinn – extreme Kletterei im fünften und sechsten Schwierigkeitsgrat auf 8000 Metern, während man den Lawinen und Eisabbrüchen schutzlos ausgeliefert sei!
Tom blieb stur und meinte, man wachse mit den Anforderungen – und Glück brauchten sie auf jeder Route.
Roy fragte, wie es denn in der Südwand mit der Filmerei aussehe.
Im unteren Drittel der Südwand könne man von unten filmen, antwortete Tom, das letzte Stück, wo die Polen-Route auf den Normalaufstieg stoße, eventuell von oben. Dazwischen bis 6000 Metern mit dem Heli, falls sich einer auftreiben lasse.
Roy biss an.
Da sei er dabei – er habe schließlich sein Leben lang auf ein paar Verrückte wie sie gewartet!
Gritt meinte, damit könne man Mama vielleicht umstimmen.
»Mit aonder Lit Fiidle isch güet duur d'Brennnessla rütsche*«, murrte Jo, doch keiner nahm Notiz von ihm.
So wurde die Idee mit der Südwand geboren.

Die Trauerfeier in der kleinen Kapelle der österreichischen Botschaft war schlicht. Die verzinkten Särge standen schmucklos vor dem Altar wie irregeleitete Container. Irgendjemand legte später wenigstens einen Tulpenstrauß darauf. Während sie auf den Bischof warteten, verfolgte Jo der Gedanke wie eine Schmeißfliege, dass es genauso gut sie hätte erwischen können.
Endlich erschien die Botschafterin Frau Blaha mit dem eigens aus Rawalpindi angereisten Bischof Anthony Lobo. Frau Blaha hielt eine kurze Rede, in der sie auf die Absurdität des menschlichen Lebens, das jederzeit vom Tod bedroht war, hinwies. Es gebe nur einen Weg, diese Absurdität zu überwinden – durch das Angedenken an die Toten und den Glauben an die Auferstehung.
Bischof Lobo griff auf Englisch den Gedanken seiner Vorrednerin auf und

meinte, das wahre Leben beginne erst da, wo der Mensch seine sterbliche Hülle hinter sich ließe. Die beiden Verunglückten wären auf dem Weg zum zweithöchsten und gefährlichsten Berg der Erde von einem Viehtransporter überrollt worden. Das Schlachtvieh sei tot, sie aber lebten.
»Sie sind jetzt oben auf dem Berg, ganz oben«, sagte der Bischof mit leuchtenden Augen und wies über Köpfe der Versammelten hinweg in die Höhe. »Doch da bleiben sie nicht. Ihre Reise geht weiter, immer dem Licht entgegen in das sagenhafte Hochland, das nur diejenigen betreten dürfen, die alle irdische Last und Schwere abgestreift haben. Dort wird der brennende Durst der Seele endlich gestillt und das Herz finde seine Ruhe.«
Als Bischof Blaha den Begriff »Highland« benutzte, kicherte Tom hinter vorgehaltener Hand und Jo ließ sich mitreißen. Gwen gab ihm mit dem Stöckelschuh einen Tritt ins Schienbein.
»Seid's ihr high, oder wos?«
»Highland«, sagte Tom. »Er haot »Highland« gseit!«
»Mir san auf ana Beerdigung, nit in da Kneipn!«

Sie sollten etwas singen und gaben »Heast es net« von Hubert von Goisern aus ihrem schmalen Repertoire zum Besten. Roy an der Gitarre, Tom an der Mundharmonika, die Mädchen sangen und jodelten. Mit dem Halleffekt in der Kapelle klang das Ganze ziemlich schaurig, aber Gwens Stimme, wenn sie die Oktaven wechselte wie ein Klavierspieler die Tasten, verfehlte auch hier ihre Wirkung nicht, wie das Geschnupfe und Geschnäuze unter der kleinen Schar der Versammelten bezeugte.
Montag 6. Juli:
»Den dritten Tag in Islamabad. Heute soll endlich die Windschutzscheibe für den Mercedes-Van kommen, nachdem die Heckscheibe bereits gestern erfolgreich ausgetauscht wurde. Ohne Barbara Ebelings Vermittlung durch Schmiergelder an die Mercedes-Benz-Niederlassung wären wir der »asiatischen Gelassenheit«, die bei den Leuten hier noch stärker als im Iran oder in der Türkei ausgeprägt ist, hilflos ausgeliefert. Von Barbara haben wir im Übrigen auch grünes Licht für die Fortsetzung unserer Unternehmung bekommen, da nicht nur die Mehrheit der Sponsoren den veränderten Vertragsbedingungen

zustimmten, sondern sie mit der Südwand-Bezwingung als neuem Ziel sogar noch weitere Investoren hinzugewinnen konnte.
Den Gedanken an eine Durchsteigung der Südwand, die erst einmal gelungen und seitdem nie wieder versucht worden ist, schiebe ich vor mir her wie ranzigen Käse. Es kann ja noch so viel passieren, bis wir am Berg sind. Und vielleicht ist er gnädig und hüllt sich für die nächsten fünf Wochen in Wolken.«

Sandie zeigte ihm am Nachmittag, während sie sich im Wellness-Bereich des Hotels auf den Liegepritschen entspannten, auf ihrem Smartphone einen Artikel aus der österreichischen Kronen-Zeitung mit dem Titel »Neustart der Allgäu-Kärntner-K2-Expedition«: »Nach dem tragischen Tod von Robert Nendl und Richard Gollhofer ist die vom Klagenfurter Ebeling-Firmenkonsortium gesponserte K2-Expedition wieder zu ihrer ursprünglichen Besetzung zurückgekehrt, will sich aber an neuen Routen versuchen. Die zwei 24-jährigen Oberstdorfer Thomas Niederacher und Johannes Schädler haben das Vorhaben einer weiteren Anfahrt zum Berg per Trekking-Bike aufgegeben, planen aber dafür, den K2 durch die erst einmal bezwungene Südwand zu durchsteigen. Die bisher zusammen mit ihrer Schwester als Supporterin fungierende jüngste Tochter der Firmenchefin, Gwendolyn Ebeling (22), selbst Top-Alpinistin und früheres Mitglied des österreichischen Alpinkaders, wird sich voraussichtlich einer französischen Expedition anschließen, um den zweithöchsten Gipfel der Erde über die Normalroute zu erreichen. Der Unternehmung ist in jedem Fall die mediale Aufmerksamkeit gewiss – eine erneute Durchsteigung der seit 30 Jahren nicht mehr begangenen und selbst von Reinhold Messner als zu riskant eingestuften Route durch die Südwand wäre eine alpinistische Sensation.«
»Now it pays out she kept you in reserve – doesn't it – jetzt zahlt es sich aus, dass sie euch als Reserve aufgespart hat, nicht wahr?«, meinte Sandie mit einem diebischen Grinsen.
Jo schätzte den Zeitungsartikel zwar in erster Linie als Sensationsmache ein, wunderte sich aber einmal mehr, wie über ihre Köpfe hinweg Planungen angestellt wurden, in die man sie nicht einband. Erst auf Nachfrage erfuhr er, dass sich die Mädchen im Ministerium für Tourismus, wo Tom und Jo ihre

K2-Besteigungsgenehmigungen für entsprechendes Aufgeld auf die Südwand abänderten, erfolgreich um die durch den Ausfall von Richie und Rob freigewordenen Permits für die klassische Route über den Abruzzengrat bemüht hatten.

Die Wartezeit während der Instandsetzung des Vans verbrachten sie mit Einkäufen und Besichtigungen. Gwen und Gritt deckten sich in den entsprechenden Fachgeschäften mit der nun notwendig gewordenen zusätzlichen Ausrüstung ein, die übrigen Teammitglieder mit Essenskonserven, Mineralpulver und Nahrungsergänzungsmittel für die vor ihnen liegenden Wochen am Berg. Man konnte in der Stadt so ziemlich alles bekommen, was es auch in europäischen Metropolen zu kaufen gab. Roy hatte sich einen einheimischen Führer zugelegt und war mit seiner Hilfe sogar auf ein Spirituosengeschäft gestoßen, wo er für viel Geld eine Flasche schottischen Malt-Whisky erstand. Unter der Leitung Saifs brachen sie von ihrem wie ein Festung gesicherten Komfort-Hotel zu Besichtigungstouren durch die schachbrettartig angelegte Stadt* am Fuß des Margalla-Hügels auf und erkundeten mehrere markante Sehenswürdigkeiten der Metropole wie die Blue Area mit ihren spektakulären Wolkenkratzern, die Shah Faisal Moschee und das Monument of Pakistan.

Naran

Zu Beginn der zweiten Juli-Woche konnten sie endlich die Fahrt fortsetzen. Roy hatte geglaubt, die 600 Kilometer lange Strecke nach Skardu in einem Ruck hinter sich zu bringen, wurde aber rasch eines Besseren belehrt. Schon am Toll-Plaza, der Mautstelle am Karakorum-Highway ein paar Meilen hinter der Hauptstadt, standen sie im Stau. Fast eine Stunde dauerte es, bis sie dem Toll-Collector in seinem verglasten Häuschen die paar Rupies für die Benutzung des Karakorum-Highways* überreichen durften.
Der Highway erwies sich nur die ersten hundert Kilometer seines Namens würdig und wurde rasch zu dem, was die meisten Verkehrswege hierzulande waren: staubige, löchrige und meist einspurige Asphalt- oder Schotterpisten. Am reißenden Kunhar-Fluss entlang ging es erst durch das weitläufige Kaghan-Tal, dann, hinter Balakot, hinauf ins Gebirge auf über 3000 Meter. Mehrmals blockierten Erdrutsche die Straße, sodass sie lange Umwege über abenteuerliche Saumpfade und Hängebrücken in Kauf nehmen mussten. Einmal brachen sie mit dem rechten Vorderrad durch die morsche Bohle einer Behelfsbrücke und hingen in 20 Metern Höhe in abenteuerlicher Schräglage über dem Fluss. Sandie, die dabei gegen die Beifahrertür geschleudert wurde, schrie wie am Spieß. Nach der Evakuierung des Fahrzeugs musste Jo sie über die Brücke tragen, da sie keinen Fuß mehr darauf setzen wollte. Erst nach zwei Stunden bekamen sie den Van mit Hilfe von mehreren Wagenhebern und einem untergeschobenen Stahlblech wieder flott. Nur unter der Bedingung, dass Jo sie auf den Schoß nahm, ließ Sandie sich dazu überreden zurück in den Wagen zu steigen, wo sie sich heulend wie ein Kind an ihn schmiegte.

Am späten Nachmittag erreichten sie Naran, den letzten größeren Ort vor dem Batakundi-Gletscher. Die Mädchen waren von der strapaziösen Anfahrt so durch den Wind, dass Roy einem weiteren Zwischenstopp mit Übernachtung zustimmte. Sie hatten die Wahl zwischen mehreren heruntergekommenen Absteigen, die selbst nach pakistanischen Standards zur untersten Qualitäts-Kategorie gehörten und entschieden sie sich schließlich für das De

Manche Hotel, das wenigstens halbwegs intakte sanitäre Anlagen und eine Etagendusche mit Warmwasser besaß.

Nachdem Roy Sandie in ihr Einzelzimmer im ersten Stock geleitet hatte, begab Jo sich als Erster in die Dusche im Erdgeschoss mit einer Nasszelle aus Plexiglas in der Hoffnung, diesmal ungestört zu bleiben. Doch kaum stand er unter der Brause, klopfte es an der Kabinentür und Sandie stieg herein, splitternackt. Unter den halb geöffneten Lidern sah sie ihn so bittend an, dass er es nicht übers Herz brachte, seinem ersten Impuls zu folgen und sie auszusperren. Das Wasser rann in kleinen Perlen unter ihrem blonden Pony über Stirn und Nase bis zu ihren halbgeöffneten Lippen. Einen Moment zu lange sah er in ihre schiefstehenden jadegrünen Augen – einen Moment, den sie nutzte, um die Arme um ihn zu schlingen und sich an ihn zu pressen.

»Just hold me – halt mich einfach fest«, flehte sie, als hätte er eine andere Wahl gehabt. »I know you want me – ich weiß, dass du mich willst.«

»I don't«, sagte er mehrdeutig, doch seine wachsende Erregung blieb ihr nicht verborgen.

»Yes you do«, gurrte sie lächelnd und presste ihre Lippen auf die seinen.

Die Duschwände schepperten, als er sie an den Oberschenkeln zu sich hochzog. Sie schepperten bei jedem seiner Stöße, auf die sie jedesmal mit einen lauten Stöhnen reagierte. Der Krach musste Roy auf den Plan gerufen haben, denn plötzlich hörte Jo ihn rufen: »Everything o.k., Jo?«

»Alles in Ordnung!«, rief Jo – genau in dem Moment zurück, als Sandie laut aufstöhnte.

Roy lachte.

»She sounds like Maria Scharapowna* in her best times!«

»Iatz wiard's aheebe Zit, dass dea Kerle uff de Bearg kut!«, schimpfte Tom im Hintergrund.

»All right, man, screw her up, that's what she wants!«, feuerte Roy Jo an.

»Fuck you, Roy! It's what you want!«, ertönte da lautstark eine andere Stimme. Es war die von Gwen.

»Des dearf doch nit woahr sein!«, ließ sich zuletzt Gritt vernehmen.

Alle vom Team waren erschienen – und sie die unfreiwilligen Stars eines Happenings.

Sandie, die von alledem nichts mitbekommen hatte, war inzwischen am Kommen. Ihr Geschrei dabei war so herzzerreißend, dass es Jo in den Ohren gellte.
»Holt die Goschn!«, rief Gritt und äffte sie mit gefaktem Kreischen nach. Aber Sandie war voll in Fahrt und nicht aufzuhalten.
Irgendwann wurde es Gwen zu viel. Mit einem Ruck riss sie die Schiebetür auf, stieg in die Zelle, packte Sandie, die immer noch an Jo hing, an den Haaren und zog sie daran aus der Kabine heraus. Sandie, die nicht wusste, wie ihr geschah, folgte ihr vor Schmerz jaulend auf allen Vieren.
Im Vorraum bog Gwen den Kopf der vor ihr knienden Sandie nach hinten und zischte: »I hob di g'woarnt, du Schlampn. Jetzt kriegst' dei vadiente Obreibung!«
Sie schnappte sich ein auf dem Boden liegendes Handtuch und begann auf Sandie einzuschlagen. Sandie rappelte sich quiekend auf, hüpfte von einem Bein aufs andere und kreischte, wenn der nasse Tuchzipfel auf ihre Brüste, Beine oder ihren Po klatschte. Gritt sorgte dafür, dass Sandie nicht ausbüchste, indem sie sich vor die Tür stellte und Sandie mit Fußtritten Gwen zutrieb.
Das Handtuch löste sich unter den Schlägen Gwens in Streifen auf und hinterließ rote Striemen auf Sandies Haut. Sandie wimmerte um Gnade und rief Jo um Hilfe. Doch Jo schaffte es lange nicht, sich aus der Erstarrung zu lösen, in die ihn der Anblick der rasenden Gwen versetzte. Sie sah auf eine verstörende Weise schön aus in ihrem gerechten Zorn, der eigentlich ihm galt. Gwen kämpfte um ihn. Er konnte ihr deswegen im Grunde nicht einmal böse sein.
Endlich raffte er sich doch auf, stieg aus der Kabine und stellte sich schützend vor Sandie.
»Hör auf«, sagte er zu Gwen so beherrscht, aber auch so bestimmt wie möglich.
Gwen ließ das Tuch sinken, verengte ihre Augen zu Schlitzen und kniff die Lippen zusammen.

»Aso – du nimmst dei Truutscherl aa noch in Schutz! Schamst du di goar nit?«
»Du solltest dich schämen«, antwortete Jo.
Gwen lachte laut auf.
»Du schnackselst* mit daaner Schlampn in da Dusch und i soll mi schamen? Geh ma aus'm Weg, sonst kriegst du die Obreibung statt sie!«
Als er sich nicht von der Stelle rührte, begann sie nach ihm zu schlagen. Dass es nicht spielerisch gemeint war, merkte er, als das zerfetzte Tuch seine Haut traf und er vor Schmerz zusammenzuckte. Während Sandie das Weite suchte, ließ Gwen ihre aufgestaute Wut an ihm aus. Es schien, als habe sie an ihm ihr wahres Opfer gefunden. Nachdem es ihm nicht glückte, ihren Schlägen auszuweichen, probierte er, Gwen das Tuch zu entreißen, was ihm aufgrund ihrer Schnelligkeit aber ebenfalls nicht gelang. Als er versuchte, Gwen mit einem Tritt in den Unterleib außer Gefecht zu setzen, fasste sie ihn blitzschnell am Fußgelenk, hob sein Bein an und brachte ihn rücklings zu Fall. Das Letzte, was Jo mitbekam, bevor ihm die Sinne schwanden, war der dumpfe Schlag, als sein Hinterkopf auf den Fliesen aufschlug.

Irgendwann lichteten sich die Nebel, die um ihn waberten. Sein Kopf wummerte, als hätte er ein Komabesäufnis hinter sich. Durch das halbgeöffnete Schiebefenster gegenüber mit einem angerosteten Fliegengitter davor drang graues, rußiges Abendlicht. Er ließ seinen Blick über die Wand, von der sich eine wellige und verblichene Tapete an mehreren Stellen ablöste, und das kleine Rolltischchen mit einer leeren Urinflasche und einem verwelkten Veilchenstrauß in einem Wasserglas schweifen, konnte aber die Szenerie mit keinem bisherigen Moment seines Daseins in Verbindung bringen.
Wo war er?
Was machte er hier?
Seine Versuche, seine Orientierung wiederzuerlangen, glichen denen eines Taubblinden, der auf fremdem Terrain herumirrte.
Da fiel ihm ein, dass er um Hilfe rufen könnte. Hatte er nicht eine Stimme? Er öffnete den Mund und versuchte einen Laut zu bilden, doch ihm fiel nichts ein, was er artikulieren hätte können. Das einzige, was er zuwege brachte, war ein Krächzen, das dem Röcheln eines verendenden Schafs beim

Schächten glich. Er versuchte es lauter, bis es klang, als sei die Weltachse schon länger nicht mehr geölt.

Tatsächlich öffnete sich wenig später die Tür und eine dunkel gekleidete Frau trat herein, den Kopf mit schwarzem Tuch vermummt, so dass nur die Augen sichtbar blieben. Von irgendwoher stieg eine dumpfe Ahnung in ihm auf, er sei im Totenreich gelandet und dies hier die Schicksalsnorne, die es ihm verkünden würde.

»Sahib, you are back, Allah be praised – gelobt sei Allah, du bist zurück!«, rief sie, als sie seiner im Bett sitzend ansichtig wurde, als sei es ein Grund zum Feiern.

»Back where – wo zurück?«, fragte er, erstaunt darüber, woher die Worte ihm zuflossen.

»To earth – auf der Erde!«, rief sie, noch fröhlicher als zuvor.

»Earth – Erde?«, wiederholte er fragend und registrierte mit Unbehagen, dass offenbar noch nicht alle Synapsen in seinem Hirn richtig verschaltet waren.

»Is that a good place – ist das ein guter Ort?«

Das »Yes, Sahib« der Frau kam etwas zögerlich, ganz als ob sie sich dessen doch nicht ganz sicher sei.

Er hatte sich bei seinem Sturz eine Gehirnerschütterung zugezogen und war mit einem Schädeltrauma drei Tage im Koma gelegen.

Tom besuchte ihn als Erster.

»Dao haot's de kheereg naadänglet*, Kerle«, sagte er.

Jo nickte.

»Und iatz bisch wiider g'richt?«

Er nickte.

»A Güata hebt's üüs und um an Schleachte isch it schaad*.«

Jo nickte.

»Öü wenn du a eelenda Wiebrar* bisch.«

Jo's Lächeln geriet etwas schief

»Na griefe br'n aa, Jo. Moan simbr z'Skardu!«

Er nickte und Tom drückte ihm die Hand.

Als nächstes kamen Roy, Gritt und Gwen und standen mit gefalteten Händen an seinem Bett, als sei er schon über den Jordan hinüber. Wenigstens hatten die Mädchen vorher ihre schwarzen Schadors abgelegt. Gwen trug die knappen und ihr viel zu engen Fransenpants Sandies, aus denen hinten ihre Pobacken quollen wie Brotteig aus der Walze, und hochhackige Cowboy-Stiefeletten, die er zu seiner großen Verwunderung ebenfalls als Sandies identifizierte.
»Du host uns an scheenan Schreckn eing'jogt«, begann Gritt das Gespräch.
Jo nickte.
»Es duat ma echt leid«, sagte Gwen, »i bin echt total durchdraht an dem Tog.«
Ihm täte es auch leid, gestand er.
»Kummt nimmer voa«, versicherte Gwen und wuschelte seine Haare, als sei er ihr Schoßhündchen.
»No showers together in the base-camp – keine gemeinsamen Duschen im Basislager«, flachste Roy.
»Wo ist Sandie?«, fragte er.
Die Drei sahen einander etwas betreten an.
»Die hot's Hondtuach g'schmissn«, sagte Gritt nach einer Weile.
Jo kapierte gar nichts mehr.
»Wie jetzt?«
»Sie is obg'haut!«
»Sie stand unter emotionalem Beziehungsstress«, sagte Roy.
Jo fasste es nicht.
»Habt ihr sie etwa rausgeekelt?«
»Des konn ma so nit sogn«, meinte Gwen und unterdrückte ein Grinsen.
»Look here, Jo«, schaltete sich Roy ein, »Sandie dachte, es sei besser für das Projekt, wenn sie nicht mehr dabei wäre, nach dem, was passiert ist. Sie ist gestern nach England geflogen. Bei der Filmarbeit werden Gritt und Gwen helfen, soweit möglich. Alles andere kannst du in dem Brief lesen, den ich dir von Sandie geben soll.«
Roy überreichte ihm ein Couvert mit der Aufschrift »To Jo with love«.
Er versuchte, sich vor Gwen nichts anmerken zu lassen und nickte.

»Wann kann ich raus?«
»Das muss der Arzt entscheiden«, sagte Roy. »Wie fühlst du dich?«
»Bis auf das Kopfweh ganz gut.«
»Dann schaun wir, dass wir so schnell wie möglich nach Skardu kommen. Ich werde Dr. Marandi gleich zu dir schicken.«
Und damit verließ die Truppe das Zimmer. Beim Hinausgehen schwenkte Gwen kokett ihren Hintern und warf Jo einen Blick über die Schulter zu, der in Worte übersetzt nur lauten konnte: »G'schieht da gonz recht!«

Als er Dr. Marandi um seine sofortige Entlassung bat, fiel dem die Kinnlade herunter.
Er brauche mindestens noch zwei Wochen strikte Bettruhe und anschließend zwei weitere Wochen Rekonvaleszenz in einem Heim, um möglichen Komplikationen vorzubeugen. Andernfalls drohten ihm bleibende Bewusstseinsstörungen und Traumata.
Die habe er sowieso schon, murmelte er, versicherte laut, dass er für die Konsequenzen natürlich selbst verantwortlich sei und niemanden dafür belangen würde – das könne er auch schriftlich haben.
Wo er denn hinwolle?
In ein Schweige- und Entspannungsretreat nach Nordindien, log er.
Naja, wenn es das sei – das ginge ja noch, meinte Dr. Marandi. Aber er solle auf jeden Fall körperliche Anstrengung und ausgesetzte Höhe meiden!
»Wird gemacht!«, sagte Jo und schüttelte dem Doktor die Hand.

Der Brief von Sandie war ziemlich kurz:
O Captain, my Captain! Tut mir leid, ich halte das nicht länger durch. Du lässt dich lieber unter das Joch deiner Domina zwingen als ihr die Stirn zu bieten. Viel Spaß in deinem neuen Sklavendasein – das Fußlecken beherrscht du ja schon. Ich habe mich von Anfang an als Eindringling gefühlt. Obwohl ich dich herumgekriegt habe, will ich es nicht weiter darauf ankommen lassen, um dein Projekt nicht zu gefährden. Halt an deinem Traum fest, verlier niemals den Glauben an das, was dir lieb und teuer ist und lass dich von niemandem herunterziehen. Wir stehen über allen! Ich werde stets mit dir sein, weil du mich von Kopf bis Fuß zu

einer Hochländerin gemacht hast. Denk immer daran, was für eine Macht deine Ideale über andere Leute haben und sei vorsichtig, dass du niemanden damit manipulierst. Mein lieber Junge, halte dir immer den Rat Winston Churchills vor Augen: »Never, never, never give up*!«*
Take care – forever yours – Sandie.

Zweites Buch: Der Berg

Skardu

Sonntag, 12. Juli:

Um halb Zehn Abfahrt von Naran bei 25 Grad und Sonne. Der Hotelmanager verspricht weiterhin gutes Wetter, warnt aber vor bewaffneten Banden auf dem Karakorum-Highway, die es neuerdings bevorzugt auf Touristen abgesehen hätten. Roy meint, er führe zwei hartgesottene Allgäuer und zwei streitlustige Kärntnerinnen mit, das genüge zur Abschreckung. Wie zum Hohn trägt Gwen provokativ Sandies Boots und Hotpants, als wären wir nicht in einer der gefährlichsten Regionen Südasiens unterwegs.

Strapaziöse Anfahrt über die kurvenreiche Strecke und ein nicht endendes Auf und Ab über mehrere Pässe. Als die Straße zur Schotterpiste mutiert und holprig wird, beginnt mein Kopf wieder zu schmerzen. Gritt setzt sich nach vorn zu Tom, sodass ich mich auf der Hinterbank längs legen kann, den Kopf auf Gwens Oberschenkel gebettet. Gwen zelebriert immer noch ihren Triumph über Sandie, streicht mir lächelnd über Stirn und Haare und nennt mich spöttisch »O Captain! My Captain!«

»Peitschenlady!«, tituliere ich sie.

Gwen grinst und zieht mich an den Haaren, bis mir die Tränen in die Augen treten. Ich sollte aufbegehren, fühle mich aber zu schwach dazu.

Irgendwann falle ich in einen unruhigen Schlaf und träume, wie ich trotz heftiger Gegenwehr in einen Sack gepackt werde. Als ich schreie, droht eine Stimme – es ist seltsamerweise die des Polizeipräfekten von Harmanli –, ich solle still sein, sonst erginge es mir genauso wie dieser Engländerin.

»Wieso«, rufe ich aus dem Sack heraus, »was ist mit ihr geschehen?«

»Nackt hat man sie in den Sack gepackt und in den reißenden Fluss geworfen! Gezappelt hat sie wie ein Fisch am Haken, bevor sie endlich unterging!«

Ivan Petrows Lachen jagt mir einen kalten Schauer über den Rücken. Ich schreie und will mich aufrichten, doch Gwen macht »Pschsch!« und drückt meinen Kopf zurück in ihren Schoß.

Ich frage sie, warum sie Sandies Sachen anhat.

Gwen kichert.

»Maanst du vielleicht, mir ham d'Sandie abg'murkst?«

»Antworte!«

»Sie hot's ma zum Obschied g'schenkt, gonz aanfach.«

»Aber warum?«

Gwen zuckt mit den Schultern.

»Sie wird halt kaa Verwendung mehr g'hobt ham dafia. Und sie hot g'maant, dir tat's sicher g'folln.«

Sie grinst.

»Stimmt doch, oder?«

Ich deute ein Nicken an, fühle mich aber unbehaglich dabei. Es scheint fast, als habe Gwen sich ein Stück von Sandie einverleibt und trage es jetzt als Trophäe zur Schau.

Ein weißer Stein im Verkehrskreisel markiert die Stelle, wo sich Himalaya und Karakorum berühren. Zwei Motorradfahrer fotografieren sich und ihre Maschinen davor. Auch wir halten und bewundern die kolossale Pracht des Nanga Parbat mit seinen gleißenden Schneeflanken. Nirgendwo auf der Erde gibt es einen größeren Höhenunterschied auf so engem Raum – 7000 Meter, weiß Roy. Auf der anderen Seite des Tales türmt sich das gigantische Massiv des Raka Poshi auf. Wir sind im Begriff das Dach der Welt zu betreten. Gwen stimmt einen improvisierten Jodelgesang an, untermalt vom Geheul der startenden Motorräder. Trotzdem durchströmt mich ein Hochgefühl.*

»Die Königin betritt ihr Reich«, sage ich, nachdem Gwen den Gesang mit einem langgezogenen Juchzer beendet hat.

»Wenn di ordentlich aufführst, loss i di eine!«, antwortet sie lächelnd, als ob sie von jetzt an das Sagen hätte.

Endlos schlängelt sich der Karakorum-Highway neben dem Indus entlang. Fast tausend Menschenleben kostete die mit Hilfe von chinesischen Fremdarbeitern in zwölfjähriger Bauzeit errichtete und von den Pakistanis als achtes Weltwunder bezeichnete Straße. Manchmal ist sie so schmal, dass Roy bei Gegenverkehr rangieren muss – hart am Abgrund über dem reißenden Fluss, im Fall eines Abrutschens unser nasses Grab. Mein Traum kommt mir in den Sinn. Als mich der Schwindel packt, suche ich erneut die Geborgenheit von Gwens Schoß.

Am frühen Nachmittag erreichten sie Skardu*, den Ausgangspunkt für alle Expeditionen zum K2 von der pakistanischen Seite aus. Die Stadt mit ihren 30.000 Einwohnern lag in einem Hochtal auf 2300 Metern Höhe und war von grauen Bergen umschlossen wie von einer Ringmauer. Dahinter, für sie noch unsichtbar, reihte sich die Karakorum-Kette der Achttausender mit dem K2, Broad Peak und Gasherbrum I und II.
Zum Basislager des K2 waren es von hier 120 Kilometer und 2700 Höhenmeter, entnahm Tom dem Routenplaner. Roy erklärte ihnen, die Strecke sei bei guter Kondition in zehn Tagen zu bewältigen; die ersten 50 Kilometer Wegstrecke bis Askole sogar mit dem Jeep befahrbar. Aber es blieben von da an immer noch 70 Kilometer Anmarsch durch unwegsames Gelände mit bis zu 50 Kilo Gepäck für jeden, falls sie auf Träger verzichteten und nur das Allernötigste mitnähmen.
»I bin doch kaa Packesl!«, protestierte Gritt.
Roy entgegnete, sie sollten sich ein Beispiel an Göran Kropp nehmen, der nach über 8000 Kilometern Anfahrt zum Everest mit dem Rad auch noch seine zentnerschwere Ausrüstung alleine ins Basislager schleppte.
»An Zentner G'wicht bring i doch goar nit auf mein Buckl aufe!«, protestierte nun auch Gwen.
Roy beruhigte die Mädchen, die Allgäuer hätten sicher Träger für sie besorgt.

Im Hotel DewaneKhas, dem vereinbarten Treffpunkt, fragten sie jedoch vergeblich nach Chris und der Allgäuer Expedition. Ein Blick in die Gästeliste der letzten Wochen bestätigte ihre Vermutung: Die Gruppe hatte hier nie logiert. Nach mehreren Versuchen über das Hoteltelefon bekamen sie eine miese Verbindung zur Bergschule TransAlpin in Oberstdorf. Steffi, die Sekretärin, war zwar am Telefon, aber kaum zu hören. Ein Geisterchor von Stimmen begleitete jedes ihrer Worte. Sie verständigten sich rufend. Chris sei außer Haus auf Hochtour, rief Steffi. Überhaupt – es sei Samstag und das Büro geschlossen. Schreiend klärte Jo sie über ihre prekäre Lage auf. Steffi versprach, Erkundigungen einzuziehen und in einer Stunde wieder anzurufen.
Inzwischen bezogen sie ihre Quartiere. Die Mädels verschwanden mit Roy im Wellness-Bereich. Nach einer halben Stunde rief die Bergschule zurück.

Über eine rauschende Echoleitung erfuhr Jo vom Büroleiter Michael, die Allgäuer K2-Expedition sei wegen des Ausfalls von zwei Teilnehmern auf nächstes Jahr verschoben worden und fügte hinzu, Chris habe sie mehrmals ohne Erfolg zu kontaktieren versucht. Jo fragte, ob er vielleicht ihre alten Handy-Nummern benutzt hätte. Das könne schon sein, meinte Michi, aber Oberstdorf sei vor kurzem von einer Unwetterkatastrophe* heimgesucht worden und seitdem ginge es im Büro drunter und drüber. Er riet ihnen, mit der Niederlassung von Adventure Tours Pakistan in Skardu Kontakt aufzunehmen, falls sie den K2 noch im Visier hätten.
»Schtaoht dr Plattebiichl* noo?«, rief Tom in den Hörer, doch da war die Leitung bereits zusammengebrochen.
Wie sie aus dem Internet erfuhren, hatten die Schlamm- und Geröllmuren des Unwetters vom 14. Juni in und um Oberstdorf zum Glück nur wenige Häuser an den Hanglagen unterhalb der Schattenbergschanze und im Dummelsmoos in Mitleidenschaft gezogen. Trotzdem rief Tom gleich zu Hause an und erfuhr von seiner Mama, man habe inzwischen alles wieder im Griff. Warum die Allgäuer Expedition zum K2 abgesagt worden war, wusste sie nicht. Sie riet ihnen aber, die Tour auf nächstes Jahr zu verschieben, allein sei es doch viel zu gefährlich. Tom beruhigte sie, man werde sich einem anderen Team anschließen.
»Joo, wenn de nu schu wiider hünd wäresch*!«, hörte Jo Frau Niederacher jammern.
»Z'eerscht miasse br nüüf, Müettr!«, rief Tom in den Hörer.

Jetzt zahlten sich Roys Kontakte aus. Noch am gleichen Abend suchten sie Arne auf, den Leiter der Schwedisch-Finnischen Expedition, bei der sich Sandie und Roy bereits vor längerer Zeit eingekauft hatten.
Das K2-Motel war in nur ein paar Gehminuten von ihrem Hotel entfernt. Arne, ein blonder Hüne mit stechenden Augen und kantigem Gesicht, der ihn an den Polarforscher Fridtjof Nansen erinnerte, empfing sie kühl, bedankte sich artig für den Whisky, den Roy ihm als Gastgeschenk überreichte, und führte sie in ein Hinterzimmer, wo sein Team über das am Tisch ausgebreitete Kartenmaterial gebeugt war.

Arne stellte sie auf Englisch als das Deutsch-Österreichisch-Amerikanische-K2-Team vor, worauf die Sechs kurz aufblickten, sie mit einer Serie von »Hejhejs« begrüßten, sich dann aber wieder den Karten zuwandten.
Gritt meinte, wie eine große Freundschaft lasse sich das ja nicht gerade an. Roy beruhigte sie auf Deutsch, das sei die typisch nordländische Unterkühltheit. Wenn es darauf ankäme, dann könne man sich auf diese Menschen aber verlassen. Er habe lange genug in Alaska gelebt, da seien die Leute ähnlich wortkarg und unaufgeregt. Auftauen würden sie nur in der Sauna oder beim Saufen.
Manchmal söffen sie auch in der Sauna, konterte Arne in astreinem Deutsch und grinste.

Beim Dämmerschoppen an der Bar des K2-Motels – für Ausländer wurde zu erschwinglichem Preis pakistanisches Tuborg-Bier ausgeschenkt – kam man sich näher. Als ihre zukünftigen Teammates erfuhren, Tom und Jo seien in den Spuren Göran Kropps bis nach Teheran mit dem Rad angereist, wurden sie hellhörig und wollten auch den Rest ihrer Geschichte hören. Tom und Jo rekapitulierten die Höhen und Tiefen der Anfahrt, erwähnten den unfreiwilligen Aufenthalt im Evin-Gefängnis in Teheran, den Sandsturm in der Nok-Kundi-Wüste, den Tod von Richard und Robert bei der Anfahrt und die Begegnung mit den Terroristen in Ahmad Wal.
Das klinge nach einer ziemlich abenteuerlichen Anreise und wenig Spaß, meinte der Schwede mit der Bassstimme, der sich Bo nannte.
Ja, sagte Jo, sie hätten Glück gehabt.
Dann könne ihnen der K2 ja gar keinen Schrecken mehr einjagen, flachste Arne.
Roy stimmte ihm zu.
Die Allgäuer seien eine zähe Rasse – und gepaart mit zwei ausgefuchsten und mit allen Wassern gewaschenen Kärntnerinnen nahezu unschlagbar am Berg.
»Des »nahezu« nimmst fei z'ruck!«, empörte sich Gwen.
»Pride comes before the fall – Hochmut kommt vor dem Fall«, meinte Roy augenzwinkernd.

Ob sie richtig verstanden habe, dass Tom und Jo aus dem Allgäu kämen, fragte die Finnin mit den blonden Locken und schwarzgetuschten Augen, die sich Jaana nannte.
Tom nickte.
Sie habe vor drei Jahren einen Sommer lang im »Hotel Wittelsbacher Hof« in Oberstdorf als Zimmermädchen gearbeitet.
»Oberschdoarf«, rief Tom mit einem Leuchten in den Augen, »du bisch z'Oberschdoarf gwea?«
»Ja!«, lachte Jaana, worauf Tom es sich nicht nehmen ließ, das überraschte Mädel vom Barhocker und an den ausgestreckten Armen über sich zu heben und zu drehen, bis sie zu quietschen anfing.
Gritt schüttelte nur den Kopf.
»Jetz wird's oba Zeit, dass du auf'n Berg kummst, Bürscherl!«, schimpfte sie und zog Tom am Hemdkragen zu sich.
In Oberstdorf habe sie mit dem Bergsteigen angefangen, erklärte Jaana – erst den Heilbronner Weg* und Mindelheimer Klettersteig*, dann auf die Trettachspitze* – da sei sie auf den Geschmack gekommen. Sie erinnerte sich auch an den eigenwilligen Dialekt der Dorfbewohner, der sie, wie sie mit einem ironischen Grinsen gestand, mit seinen vielen Umlauten und dem stark gerollten »r« manchmal an ihre Muttersprache erinnerte.
Gritt fing an zu kichern und meinte, wenn das Finnische nur halb so krass wäre wie das Allgäuerisch, müsse man es in zivilisierten Ländern eigentlich verbieten.

Bevor Tom hochgehen konnte, fragte Arne, ob sie nicht gemeinsam mit ihnen das Abendessen einnehmen wollten – im Restaurant gebe es sicher noch genügend Plätze für sie.
Jo blickte Roy, der die Spesenkasse verwaltete, fragend an.
Sie seien zwar so gut wie pleite, seufzte Roy, aber bald wären sie ja am Berg, wo das Lotterleben ein Ende habe.
Gwen protestierte, erstens führten sie in den Mansarden und Billighotels und Absteigen, in denen Roy sie unterbringe, kein Lotterleben, zweitens gingen sie nie pleite, solange sie es sich mit ihrer Mama nicht verscherzten.

»That's a deal – das ist doch mal ein Wort!«, meinte Roy und küsste der verdutzten Gwen die Hand. »Devotest thanks to your mum – then let's burn it up – untertänigsten Dank an die Frau Mama – dann lassen wir es eben krachen!

Beim Essen stellte Arne sein Team vor. Er und seine Lebensgefährtin Eva hatten gerade eine Everest-Besteigung hinter sich und wollten den K2 »auf dem Rückweg mitnehmen«, wie Arne scherzhaft anmerkte. Sie gehörten in ihrem Heimatland Schweden zur Bergsteigerelite und hatten sich durch einige Erstbegehungen in der Antarktis und in Grönland einen Namen gemacht. Arne als Broad Peak-, Manaslu- und Everest-Besteiger war der inoffizielle Führer der Expedition und fungierte wegen seines achtsemestrigen Medizinstudiums als ärztlicher Betreuer. Bo und Ellen, beide aus Schweden, aber ebenfalls des Deutschen kundig, waren erst einen Tag zuvor aus Indien angereist, wo sie als »Eingehtour« den Trishul* bestiegen hatten. Sie galten ebenfalls als Stars in der schwedischen Bergsteigerszene; die bildhübsche Ellen war nebenbei erfolgreiches Fotomodel in ihrer Heimatstadt Stockholm. Kennengelernt hatten sich die Sechs vor einem Jahr auf eine Annonce von Soile hin, die als erste Finnin auf dem K2 stehen wollte und dafür noch skandinavische Mitstreiter suchte. Soile, mit ihren roten Haaren und ihrem Pony der kanadischen Sängerin Carly Rae Jepsen nicht ganz unähnlich, hatte auf ihre Annonce über sechshundert Anfragen erhalten.
Roy wollte wissen, auf welcher Basis Soile ihre Auswahl getroffen hätte.
»Ich bat alle Bewerber, mich zum Eisklettern nach Eidford in Südnorwegen zu begleiten, um anschließend den Hardangerfjord zu durchschwimmen«, sagte Soile in gutem Schuldeutsch und einem leicht unterkühlten Lächeln.
»Des heißt«, fragte Gritt, »ihr seid olle durch den Hardangerfjord im Winter g'schwomman?«
Soile lachte und meinte, das sei gar nicht mehr nötig gewesen. Es hätten sich nur fünf Bewerber gemeldet – und die seien alle bei einem lustigen Saunaabend in ihrem Sommerhäuschen in Loviisa in die Endauswahl gekommen.
»Bo war der überlegene Sieger«, fügte Jaana augenzwinkernd hinzu. »Er konnte nach einer halben Flasche Koskenkorva-Wodka das Wort »Kumar-

reksituteskenteleentuvaisehkollaismai-sekkuudellisenneskenteluttelemattomammuuksissansakkaankopahan« dreimal fehlerfrei sagen, obwohl er gar kein Finne ist.«
Tom starrte Jaana fassungslos an.
»Kasch dees no amaol sage?«
»Kumarreksituteskenteleentuvaisehkollaismaisekkuudellisenneskenteluttelemattomammuuksissansakkaankopahan«, schnurrte Jaana herunter.
»Ja verreck – isch dees iatz a Schpraoch oder a Kraonkat*?«, stöhnte Tom.
Jaana lachte.
»Und das war die Probe für den K2?«, fragte Gritt ungläubig.
Es war die Probe, ob sie auch unter widrigen Umständen gut miteinander auskämen, antwortete Bo mit seiner Bassstimme trocken.
»Handelte es sich bei den widrigen Umständen um deinen Rausch?«, hakte Gritt nach.
»Nein«, erklärte Bo mit ernster Miene, »die widrigen Umstände bestanden darin, dass uns der Wodka ausgegangen war.«
»Skol!«, lachte Ellen und erhob ihr Glas zusammen mit den Schweden.
»Kipis!«, riefen nun auch Soile und Jaana.
»Süüfet ning ii uiban dumme Grind*!«, allgäuerte Tom, und sie leerten gemeinsam die Gläser.

Nach der erfolgreichen Verbrüderung gingen sie an die gemeinsame Planung ihrer Tour und trafen folgende Vereinbarungen:
Vor ihrem pakistanischen Begleitoffizier würden sie als geschlossene Gruppe auftreten, gemeinsam ins Basislager marschieren bzw. fahren. Geplanter Abmarschtermin war in drei Tagen. Bis dahin galt es, Proviant und die Ausrüstung zu komplettieren. Morgen würde man sich am neuen Basar zum Zusammenstellen des Gepäcks und zur Einteilung der Träger treffen. Arne meinte, da die bisherige Anzahl von zehn Baltis nicht mehr ausreiche, müssten sie sich um zusätzliche Träger kümmern, falls sie nicht alles allein schleppen wollten.
Als Arne mitbekam, dass sie im Alpinstil* über die Südwand aufsteigen wollten, pfiff er durch die Zähne.

»Ihr müsst absolute Cracks oder Verrückte sein«, meinte er kopfschüttelnd.
»Sie sind beides, soviel ich weiß«, grinste Roy.

Montag 13. Juli:
Skardu ist ein Ort wie viele andere, die wir unterwegs kennengelernt haben und bis auf das Fort ohne nennenswerte historische Gebäude. Der Indus, der sich hier durchschlängelt, bildet die Grenze zwischen Indien und Pakistan. Nahezu der gesamte nordöstliche Teil der Region, in der Kaschmir und Jammu liegen, ist umstrittenes Gebiet. Die »Grenze« ist deshalb auch nur eine »cease-fire-line«, willkürlich gezogen und auf beiden Seiten scharf bewacht von UNO-Soldaten und einheimischen Militärs. Immer wieder gibt es Scharmützel, und dann hallt das Echo der Schüsse bedrohlich durch den Talkessel. Es wird auf alles geschossen, was sich längs der Grenze bewegt, auch auf Tiere. Die Gurkhas auf der indischen Seite schießen auf Schweine, während die Pakistani Kühe umlegen, die den Hindus heilig sind.*
Der neue Basar an der Hamaad Garh Road, an der auch unser Hotel liegt, bietet von Waren aus lokaler Herstellung bis zum Trekking-Bedarf alles, wirkt aber trotz der bunten Mischung verschiedenster Ethnien eher trist. Die wenigen Frauen, die wir zu Gesicht bekommen, fliehen geduckt, sobald wir auftauchen. Kein einziger malerischer Winkel, stattdessen viel Schmutz, Lärm und viele Bettler. Ellen meint, Asien sei in zwei Hälften geteilt – in eine hinduistisch-buddhistische und eine islamische. Sie sei in beiden Hälften viel herumgekommen, habe sich aber unter den Menschen in Indien und Nepal immer wohler gefühlt als in muslimischen Ländern, wo sich hinter der freundlichen Fassade der Leute oft Verschlagenheit und Falschheit verbargen. »Nirgendwo hat man uns so oft betrogen und beschissen wie in diesem Winkel der Erde«, bringt sie es auf den Punkt.*
Roy widerspricht. Die Pakistani, Kaschmiri und die Abkömmlinge der Turk-Völker betrögen sich auch gegenseitig. »Betrügen« sei übrigens das falsche Wort dafür. Man teste einander auf diese Weise. Derjenige, der blöd genug sei, sich übers Ohr hauen zu lassen, habe es ihrer Meinung nach auch verdient. Dadurch sei man in diesen Ländern gezwungen, ständig auf der Hut zu sein und seinen Scharfsinn für die Bewahrung und Vermehrung des eigenen Besitzes weiterzuentwickeln. Die

Börsenmakler, Banker, Broker und Spekulanten der kapitalistischen Welt täten nichts anderes – nur im großen Stil und ohne das Augenzwinkern der Basarhändler, die das alles nur als ein Spiel betrachteten.

Arne hatte den Start unserer Expedition auf Mittwoch festgelegt und drückte Tom und Jo eine Liste in die Hand, um ihr Gepäck auf Vollständigkeit zu überprüfen. Gruppen- und Küchenzelt würden sie mit anderen Expeditionen teilen und sich ansonsten, was Fixseile, Funkgerät, Satellitentelephon, Apotheke etc. anbetraf, bei den Großexpeditionen vor Ort »einkaufen« – eine übliche Praxis für Kleingruppen in den Basislagern. Arne hatte deswegen schon Kontakt zum Leiter der französischen Expedition aufgenommen.
Tom und Jo stellten fest, dass sie bis auf die Sauerstoffflaschen und –masken alles für den persönlichen Gebrauch mitführten. Sauerstoff lehnten sie aus Prinzip ab, weil sie den Berg »by fair means« erobern wollten, was Arne für widersinnig hielt, solange sie nicht auch auf die Benutzung von vorinstallierten Fixseilen verzichteten.
»A wink isch allat no bessr as nuits*«, grummelte Tom.

Um halb Elf tauchte endlich Hadschi Alef Khan mit acht Trägern im Tross auf. Zwei der bestellten Porter seien zu einer anderen Expedition übergelaufen, die mehr zahle, eröffnete er ihnen mit einem herablassenden Lächeln.
Sie hätten die Trägergebühren doch noch gar nicht festgelegt, wunderte sich Bo.
Ellen vermutete Preistreiberei.
Als Roy weitere zehn Träger für sie anforderte, wurde Alef unwirsch.
Wann die Sahibs sich endlich auf eine Zahl einigen würden? Gestern seien es noch zehn Porter gewesen, heute auf einmal zwanzig, morgen vielleicht fünfzig!
Er bringe ja nicht einmal die vereinbarten zehn, sagte Arne, ohne seine nordisch-kühle Kontenance zu verlieren.
Zum Glück erschien ebenda ihr Begleitoffizier, Muhammed Kashani aus Quetta. Er war offiziell Mitglied der Expedition und hatte unter anderem darauf zu achten, dass die Gruppe auf der genehmigten Route blieb und es nicht zu illegalen Grenzübertritten kam. Dafür erhielt er eine komplette

Ausrüstung, ein Zelt und volle Verpflegung. Mit einer Körpergröße von 1.90, seinem stolzem Blick und stechenden schwarzen Augen war er eine imposante Erscheinung. Nach der angedeuteten Begrüßung stellte er klar, dass er hier sei, die Interessen seines Landes zu vertreten und keine krummen Geschäfte auf Kosten seiner Landsleute dulden werde. Hadschi Alef grüßte ihn entsprechend ehrerbietig und schien mit einem Mal die Höflichkeit selbst. Selbstverständlich werde er wie verabredet auch zwanzig Träger stellen. Über den Preis für die Träger und Jeeps werde man sicher handelseinig. Wichtig sei nur, dass die Traglasten nicht über 25 Kilo betrügen. Er werde am Mittwoch da sein, rief er ihnen noch zu, während er winkend im Menschengewühl verschwand – Inschallah – so Gott wolle!
Muhammed studierte ihre Besteigungspermits mit ernster Miene. Zu Tom und Jo gewandt meinte er, er habe noch nie vorher ein Permit für die Südwand gesehen. Ob das überhaupt eine Route sei? Seines Wissens besteige man den K2 über Grate.
Roy klärte ihn über den Polen Jerzy Kukuczka* auf, der diese Wand mit Tadeusz Piotrowski* 1986 zum ersten Mal durchstiegen hatte.
Muhammed fragte, wieviel Expeditionen seitdem diesen Weg genommen hätten.
Keine, von denen er wisse, erklärte Roy.
Keine Besteigung auf dieser Route seit 30 Jahren, murmelte Muhammed kopfschüttelnd. Dann sei sie wohl nicht sehr beliebt!

Dienstag, 14. Juli, nachmittags:
Tom und ich verbringen den Vormittag, unsere Rucksäcke zu packen und auf ein verträgliches Marschgewicht zu reduzieren. Nach endlosem Ein-, Aus- und Umsortieren nehmen wir mit: Einen Kletterhelm und -gurt, zwei Eispickel, jeder ein Kletterseil von zwanzig Meter Länge, eine Reepschnur (fünf Meter), drei Schraubkarabiner, Bandschlingen und Seilklemmen (Tiblocs), fünf Felshaken und drei Klemmkeile, Friends und Eisschrauben, ein Paar Kletterschuhe, zwei Teleskopstöcke, jeder einen tragbaren Kocher, einen Thermotopf und fünf Gaskartuschen, außerdem je ein Paar Finger- und Überhandschuhe, eine Goretex-Daunen- und Fleecejacke, eine Daunenüberhose, zwei lange und zwei kurze

Thermounterhosen, fünf paar Strümpfe, ein Zelt, einen Biwacksack, einen Thermo-Schlafsack, einen Höhenmesser, ein GPS-Peilgerät, einen Kompass, eine Kamera, Medikamente, Verbandszeug und Elektrolytpulver samt Trinkflasche. Wir kommen beide auf über 20 Kilo – viel zu viel am Berg! Dabei haben wir die Essensvorräte, die bis zum Basislager von den Trägern geschleppt werden, noch gar nicht eingerechnet.
Tom meint, entweder wir klettern im Alpinstil nur mit dem Allernotwendigsten durch die Südwand, oder wir blasen die Sache ab.

Dienstag, 14. Juli, abends:
Am späten Nachmittag gehe ich mit Gwen spazieren. Unter dem Fort von Skardu fließt der Indus träge dahin, darüber braune Berge vor einem fahlblauen Himmel. Jenseits des Stroms, auf der anderen Seite, ist die Gebirgskette höher, bedeckt mit Schnee und Eis. Es herrscht eine andächtige Ruhe, die durch den jäh einsetzenden Ruf des Muezzins noch betont wird. Wir spazieren durch den Ort, halten Händchen wie ein verliebtes Paar und sind beschwingt von der Aussicht auf den herannahenden Aufbruch. Die Händler im Basar hocken in ihren winzigen Läden und warten auf den Feierabend. Ein paar Träger bieten uns ihre Dienste an. Wir lehnen dankend ab, trotzdem wünschen sie uns viel Glück.
Es beginnt zu dämmern, die ersten Sterne sind zu sehen. Im Westen zeichnet sich die hohe Silhouette des Haramosh ab. Unter einer großen Eiche, deren Wurzeln unseren Weg kreuzen, bleiben wir stehen. Die Blätter der Eiche rauschen wie sturmgepeitschte Meereswellen. Eine Windböe, vielleicht ein Ausläufer des Sturms am K2, streift uns und verfängt sich in Gwens Kapuze. Sie lauscht mit geschlossenen Augen, bewegt die Lippen, scheint Zwiesprache mit dem Wind zu halten. Ich sollte sie gar nicht ernst nehmen, möchte aber doch wissen, was sie erfahren hat. Sie spüre, dass der Berg uns nichts Böses wolle. Er sei gutmütig wie ein Bär, doch dürften wir ihn nicht vergraulen, sonst zögen wir die Stürme an, gegen die selbst er machtlos sei.
Ich frage lächelnd, ob sie hellsehen könne.
Ich solle doch einfach abwarten, dann wisse ich es, sagt sie, ebenfalls lächelnd.
Ob sie mir trotzdem verrate, wie es funktioniere?

Gwen schweigt längere Zeit, meint dann, darüber könne sie leider keine genaue Auskunft geben, denn es komme manchmal über sie, wenn sie sich genügend gesammelt habe, manchmal auch nicht.
Was käme über sie? will ich wissen.
Die Kraft, sagt Gwen. Wenn es ihr glücke, werde sie zum Leiter dieser Kraft. Sie habe keine Ahnung, woher sie stamme – wahrscheinlich sei sie immer da – und sie wisse auch nicht, warum ausgerechnet sie dazu ausersehen sei, sie weiterzuleiten – vielleicht sei es ihr einfach in die Wiege gelegt worden von ihrer Großmutter, einer begnadeten Heilerin.
Wie weit sie denn vorausblicken könne? frage ich, neugierig geworden. Würden wir es bis zum Gipfel schaffen?
Gwens Lachen wird vom Blätterrauschen übertönt.
Normalerweise gebe sie auf solche Fragen keine Antwort, sagt sie, während wir uns auf den Heimweg machen. Der Blick in die Zukunft richte oft mehr Schaden an, als dass er weiterhelfe. Alles Gesehene sei trügerisch. Je weiter man in die Zukunft schaue, umso schlechter die Prognosen. Aber sie wolle eine Ausnahme machen. Zufällig – oder vielleicht auch nicht – habe sie in der Nacht unserer Flucht aus Pörtschach einen Klartraum* gehabt – so echt, dass sie beim Aufwachen das Gefühl hatte, alles real erlebt zu haben. Noch heute wisse sie jedes Detail. Wegen dieses Traums habe sie darauf bestanden, die Unternehmung weiter durchzuziehen – gegen den Willen ihrer Mama, die dann ihrerseits darauf bestand, die männlichen Hauptakteure auszutauschen.*
»Du bist uns wegen eines Traums gefolgt?«, staune ich.
»Es war kaa Traam, Jo – es war olles wirklich!«, ruft Gwen mit funkelnden Augen und einem strahlenden Lächeln. »I bin mit dir auf'm Gipfel vom K2 g'standn, im schönstn Wetta! I hob die Költn in di Finga g'spürt, die dünne Luft, dass i g'maant hob, i dastick beim Schnaufn, die Eisesköltn im G'sicht, wie i die Sturmhaubn obazogn hob, und maane klomman Fiaß. Des Scheenste oba waor, da Bearg hot an Schattn g'woarfn wie a Keil – und mir san ols zwa klaane Punktalan überm Gipfel g'schwebt, als hätt ma goar kaan festn Boden mehr unter de Füß. Und wegen dem Traam sama eich nochg'foarn bis ans End von da Wölt!«
Ich habe über ihrer eindringlichen Schilderung zwar Gänsehaut bekommen, schüttle aber den Kopf.

»Das war Wunschdenken, kein Blick in die Zukunft, Gwen!«
Sie lächelt.
»Aber du waaßt ja, maane Wünsch wearn immer woahr!«

Am Abend war ein Dinner mit den Nordländern vereinbart. Man traf sich in der Lounge des Hotels – einer Halle mit bequemen, aber muffelnden Sofas und kleinen Tischen. Die Mädchen hatten sich ein letztes Mal für längere Zeit festlich herausgeputzt. Gwen und Gritt trugen die kurzen Satinkleidchen vom Versöhnungsabend, auch Jaanas kleines Schwarzes gab viel Bein frei und Soile wirkte in ihren hautfarbenen Leggins auf irritierende Weise unbekleidet. Ellen zeigte sich in ihrem kräftig dekolletierten papageiengrünen Schlauchkleid so offenherzig, dass sie damit selbst die strenggläubigsten Muslime vom Pfad der Tugend hätte abbringen können.
Zum Glück befand sich außer ihnen niemand in der Lounge. Jinpa, ein schlitzäugiger Balti-Bursche mit einer weißen Rose hinter dem Ohr und einer viel zu großen roten Schürze, über die er unentwegt stolperte, versorgte sie mit züchtig gesenktem Blick mit Bier, später auch mit Whisky. Als Jaana sich wunderte, warum in diesem Winkel des streng islamischen Landes Spirituosen erhältlich seien, verriet ihnen Bo, dass der Alkohol illegal über die indische Grenze nach Skardu geschleust werde und die Behörden wegen des internationalen Bergtourismus und der damit verbundenen Deviseneinnahmen speziell durch alkoholische Getränke ein Auge zudrückten, solange man sie in den Hotels nur an Ausländer ausschenke.
Sie bedienten sich am Büffet an einer Auswahl pakistanischer Gerichte – darunter Auberginencurry, Garnelen in Kokosmilch, Fladenbrot und Reispudding – und genossen die wiedergewonnene Freiheit nach so langer Abstinenz in vollen Zügen. Beschwingt durch den Alkohol bemächtigte sich eine Euphorie ihrer, als hätten sie den Berg schon bezwungen. Zu später Stunde, als sie allein in der Halle waren, übten Soile und Jaana die finnische Nationalhymne, die sie am Gipfel des K2 anstimmen wollten, kamen aber über die erste Strophe nicht hinaus, weil sie über ihrem schiefen Gesang ständig ins Kichern gerieten. Ellen rief nach Musik, doch Jinpa deutete auf die Stereoanlage in der Ecke und meinte »No good!« Ob er mit dem Saxophon aushelfen

könne, fragte Roy und stieß auf einhellige Zustimmung. Gwen jodelte mit Jo und Tom den »Kuahmelcher« aus dem Repertoire von Hubert von Goisern, Roy improvisierte dazu. Gwens Stimme war wie immer rein und klar; im Duett mit ihr fühlte Jo sich geleitet wie von einer höheren Macht. Es schien, als kenne sie als einzige das wirkliche Ziel ihrer Reise. Mit geschlossenen Augen und traumwandlerischer Sicherheit führte ihr Gesang sie in jene Sphären, wo auch das Hochland seine Heimat hatte.

Die Nordländer hörten erst lächelnd, dann staunend zu, Ellen sogar mit offenem Mund.

Tom erklärte ihr, dass die Hirten auf den Hochalpen früher auf diese Weise die Kühe in die Ställe zum Melken lockten, um sich das mühsame Suchen und Zusammentreiben zu ersparen.

»Wenn ich eine Kuh wäre – ich käme vom Ende der Welt zu euch«, meinte Ellen lächelnd.

»Und ich, um deine Titten zu melken«, grinste Bo.

Askole

Der Aufbruch am nächsten Morgen verlief den Umständen entsprechend chaotisch. Hadschi Alef hatte statt den vereinbarten zwanzig Trägern dreißig mitgebracht, war aber nicht bereit, mit dem Preis herunterzugehen, da ja weniger Gewicht auf jeden kam. Die einheimischen Balti-Träger kriegten 20 Dollar pro Tag für das Schleppen der 25 Kilo schweren Kisten und Behälter mit ihrer Ausrüstung und Verpflegung. Das Gefeilsche zog sich über eine Stunde hin und Scharen von Schaulustigen an. Um des Friedens willen gaben sie schließlich nach. Die Trägerlasten mussten neu geschnürt und verteilt werden; die Mädchen packten noch Sachen drauf, die sie eigentlich im Depot lassen wollten; Bo und Arne besorgten Getränke und weitere Lebensmittel, die sie im Basislager notfalls verkaufen konnten. Obwohl die Lastpakete im Schnitt jetzt nur noch 20 Kilo wogen, begann ein wilder Kampf unter den Trägern um das leichteste Stück. Jedem einzelnen von ihnen musste mit der Waage bewiesen werden, dass die Last nicht zu schwer war. Arne schimpfte, und sogar der stoische Bo verlor die Geduld und stülpte einem besonders widerspenstigen Balti die Traggurte einfach über. Roy filmte. Als sie am Schluss kontrollierten, ob jeder die Schuhe und Sonnenbrillen, die am Vortag verteilt worden waren, auch wirklich mit sich führte, stellte sich heraus, dass einige die ihnen zugeteilten Sachen schon wieder verkauft hatten. Nun geriet selbst Hadschi Alef aus dem Häuschen, ließ eine lange und lautstarke Schimpftirade auf die fünf Missetäter niedergehen und drohte ihnen mit Abzug vom Trägerlohn. Die Männer begannen zu klagen und zu betteln, als habe man sie ihrer Existenz beraubt, so dass man schließlich im Basar Ersatzschuhe und –brillen für sie besorgte. Eigentlich hätten sie jetzt aufbrechen können, doch in den Jeeps gab es nicht genügend Sitzplätze, so dass Hadschi Alef erst noch zwei Traktoren zusätzlich anheuern musste. Mit zwei Stunden Verspätung setzte sich ihr Treck um kurz nach elf Uhr vormittags schließlich in Bewegung – unter dem Gejohle und Geklatsche mehrerer Dutzend Schaulustiger.

Gritt, Gwen, Tom und Jo hatten sich für die sechsstündige Fahrt auf die hintere Sitzbank eines Landrovers gepfercht. Roy, vorne zwischen dem Fahrer Phuntsok und den Trägern Jampa und Lobsang eingekeilt, filmte ihren Abschied aus der Zivilisation. Die Straße führte durch Pappelhaine und vorbei an Aprikosenbäumen hinauf in die Hochebene des Braldu-Tals. Die Balti seien vor Jahrhunderten unter Zwang islamisiert worden, aber in den Gebirgstälern hätten sich noch Reste der ursprünglichen buddhistischen Tradition erhalten, erklärte ihnen Lobsang. Auf die Frage Roys, welcher Religion sie den Vorzug gäben, antwortete Jampa, er sei zwar muslimisch erzogen, glaube aber, hinter jeder echten Religion verberge sich der gleiche Gott. Im Grund sei es egal, zu wem man bete.
Lobsang fragte, zu wem sie beteten.
Roy antwortete, im Moment zum Gott der Straßen und Wege, und Jampa lachte, denn der zu einem Trail mutierte »Karakorum Highway« verlief inzwischen direkt am reißenden Braldu-Fluss entlang. Immer wieder neigte sich der Jeep bedrohlich zur Seite, wenn er von der unbefestigten schmalen Kiespiste abkam. Phuntsok drückte aufs Gaspedal.
»Wenn wir zu langsam sind, ist es aus mit uns!«, rechtfertigte er sich.
»Wenn wir zu schnell sind auch«, ergänzte Jampa grinsend.

»S'isch wia bi de Wiebr«, kommentierte Tom.

Lobsang zeigte auf die Stelle, wo letztes Jahr ein Jeep in den Fluss gekippt war. Auf die Frage, was mit den Insassen passiert sei, zog Lobsang statt einer Antwort die rechte Handfläche unter der Gurgel durch.

Nach einer wackligen Flussüberquerung auf einer baufälligen Holzbrücke wähnten sie sich wieder auf sicherem Terrain. Doch die Straße hatte sich in einer mit Felsblöcken übersäten Wüstenlandschaft komplett aufgelöst. Nur ein paar Reifenspuren deuteten an, wo der Weg den natürlichen Gegebenheiten über Gräben, Risse und Bodenerhebungen folgend verlief. Der alte Landrover ächzte und quietschte, als er von einer instabilen Seitenlage in die nächste sackte. Gwen war kreidebleich. Gritt versuchte sich nichts anmerken zu lassen und verglich ihre Fahrt mit dem Flug in einer Billig-Airline durch starke Turbulenzen über den Alpen vor fünf Jahren.

»Damals hob i da Mama auf'n Schoß g'reihert und a richtige Kotz-Epidemie im Flieger ausg'löst!«, erzählte sie mit unüberhörbarem Stolz in der Stimme.

Gwen hielt sich die Hand vor den Mund und würgte.

Um die Stöße abzufedern und die Schaukelbewegungen des Jeeps auszugleichen, krallte Jo sich mit den Fingern in die Dachverstrebung, rutschte aber immer wieder ab und plumpste auf die harte Sitzbank zurück, manchmal auch in den Schoß von Gwen, die darauf jedesmal mit einem Quietschen reagierte, das Roy »orgasmisch« fand. Um sich besser zu stabilisieren, stemmte Jo daraufhin die Knie gegen die Vordersitze und drückte sich gegen die Sitzbanklehne. Doch auch das half wenig gegen die Schläge von unten, so dass er sich schließlich in sein Schicksal ergab und stoßen und schaukeln ließ wie ein Schiffbrüchiger vom aufgewühlten Meer.

Donnerstag, 16. Juli:

Askole ist der letzte dauerhaft bewohnte Ort im Braldu-Tal. Schon von weitem sind die von den Bewohnern terrassenförmig angelegten und in mühsamer Arbeit bewässerten Felder entlang der kahlen Berghänge zu erkennen – grüne Oasen, die Leben für ein paar Dutzend Familien bedeuten. Während wir vom Parkplatz zum Camp marschieren, erzählt Arne, wie in den Siebziger Jahren die vorbeiziehenden

*Expeditionen eine Weile lang versuchten, mit den Bewohnern der Dörfer Handel zu treiben, um ihren mitgeführten Proviant zu schonen. Für ein paar Rupien kauften sie Hühner, Eier, Milch und Lämmer. Geblendet von den bunten Scheinen, deren Wert sie gar nicht richtig einschätzen konnten, verkauften die Bergbauern mehr als sie erübrigen konnten und litten im Winter darauf bittere Not. So mussten sie die simple Wahrheit, dass Geld nicht essbar ist, am eigenen Leib erfahren.**

*Dem Dorf mit seinen Hütten aus Lehm und Steinen und Dächern aus Erde und Reisig haftet etwas Urzeitliches an. Während die Träger das Gepäck abladen und die Zelte vor dem Ort aufstellen, kommen wir beim Einkauf mit den Einwohnern in Kontakt. Sie tragen Kappen aus Schafswolle oder Turbane aus Tuch, sackartige Kleidung und selbstgefertigte Schuhe aus Jute oder Leder, sofern sie nicht – wie die Kinder – barfuß gehen. Viele der Kinder sind zum Schutz vor Flöhen und Läusen kahlgeschoren und starren vor Schmutz. Niemand hat ihnen beigebracht, wie man sich richtig wäscht oder die Zähne putzt – vom Lesen und Schreiben ganz zu schweigen. Die nächste Schule befindet sich unerreichbar weit weg in Skardu. Doch selbst wenn es vor Ort eine gäbe, hätten die Mädchen kein Recht auf eine Schulausbildung, denn sie sind nur für die Feldarbeit und den Haushalt bestimmt. Und trotzdem scheinen die Menschen in ihrer Armut nichts zu vermissen. Im Gegenteil – ihre Gesichter spiegeln eine unbeschwerte Gleichmut wider, um die man sie beneiden möchte. Mit einer Kleinigkeit kann man sie glücklich machen. Ein Bonbon, ein Stift zum Malen, eine freundliche Geste, ein Gruß – und schon geht ein Strahlen über ihr Gesicht. Es scheint fast, als stumpfe der Reizüberfluss in den Wohlstandsgesellschaften ihre Konsumenten auf eine Weise ab, dass sie alles hochdosiert brauchen, um so etwas wie Glück zu empfinden. Und ist nicht letztlich auch unsere Unternehmung eine Ausgeburt dieses »ennui«, dieser aus dem Überfluss und innerer Unruhe entstandenen Langeweile, die uns zivilisationsverdrossene und reizüberflutete Geschöpfe befallen hat?**

Als hätten sie etwas gutzumachen, halfen Tom und Jo beim Aufstellen der Zelte in dem Pappelhain, den ihnen der Dorfälteste zum Campen zugeteilt hatte. Jampa und Lobsang mühten sich vergeblich, die Tragestangen durch die Litzen des Zeltes zu stecken. Jampa verbog dabei das Gestänge, bis es

beinahe brach. Als Jo ihn schimpfte, rastete er aus, warf alles hin und begann zu fluchen wie ein Gossenjunge. Lobsang, der sich bei der Aktion auch nicht gerade durch Geschicklichkeit ausgezeichnet hatte, fing an zu lachen. Jo wollte wissen, was ihn so belustige.
»Jampas Name bedeutet »liebende Güte«!«
Jo fragte, was sein Name auf Englisch bedeutete.
Er bedeute »noble minded«, verkündete Lobsang stolz.
»Und bist du gerade edelmütig?«
Lobsang überlegte, blickte missmutig zu Boden.
»No, Mister. Shall I change my name – soll ich meinen Namen ändern?«
Jo musste ein Lachen unterdrücken.
»Du hast Glück. Ich bin Johannes und mein Name bedeutet »Gott ist gnädig«!«

Im Tausch gegen Konserven bekamen sie zum Abendessen frischgebackenes Chiapate-Brot, gekochte Linsen und Buttertee. Nach dem Essen feierten die Bewohner von Askole mit den Trägern, von denen einige aus dem Ort stammten, ein religiöses Fest. Gwen und Jo zogen sich ins Zelt zurück. Über den Bergen hatte sich der Himmel rosa verfärbt; auch im Zelt erschien alles in Pink getaucht. Gwen betrachtete sich im Handy, fand sich in Pink bezaubernd, klagte aber über Kopfjucken. Jo untersuchte sie auf Flöhe, konnte aber keine finden. Vielleicht seien es ja auch Läuse, meinte sie. Jo versprach ihr, dass sowohl Läuse als auch Flöhe, falls sie wirklich welche hatte, spätestens am K2 erfrieren würden.
»Mit oder ohne mi?«, fragte Gwen.

Eine Weile lagen sie in ihren Schlafsäcken und lauschten den Liedern der Balti. Nach ein paar Minuten gab Gwen ihren Einschlafversuch auf und schenkte sich Tee aus der Thermoskanne ein. Ihr Atem erzeugte in der Kälte kleine Wölkchen. Ihr Gesicht in der Fleeze-Kapuze hatte etwas Madonnenhaftes.
Als Jo sich zu ihr gesellte, fragte sie, was die Balti feierten.
Das Zuckerfest – das Ende des Ramadan*, sagte Jo.
So ein Fest fehle den Christen, klagte Gwen, bei denen kriege man immer nur Saures.

Jo widersprach. Die Christen schlügen sich zu allen möglichen kirchlichen Feiertagen den Bauch mit Süßem voll. Gelebte Religion sehe anders aus.
»Bist am End gar nit religiös?«
»Ist das jetzt die Gretchenfrage*?«
Gwen lachte.
»Leit, dia an nix glaubn, mochn ma Ongst.«
»Sie haben zumindest Mut.«
Gwen verstand nicht.
»Sie schauen dem Nichts ins Auge und leben trotzdem!«
Gwen furchte die Stirn.
»Wie konn ma am Nichts ins Aug schaun?«
»Genau das ist ja der Punkt – ob man es schafft, das durchzuhalten.«
Gwen sah Jo prüfend an und fragte, ob er das auch könne.
Nein, sagte er, genau deshalb sei er ja auf Pilgerschaft.

Anmarsch

Sechs Uhr dreißig. Sie standen in einem Rund mit dem skandinavischen Team in ihren gefütterten Anoraks und Überhosen, denn noch war es eiskalt im Tal. Roy filmte. Gritt zählte sie ab und kam mit dem Begleitoffizier auf Zwölf.
»Mir san wie da Jesus und seine Haberer*, bloß dass da Jesus no fehlt«, witzelte sie.
Beim Zählen der Träger stellten sie fest, dass ihnen drei Baltis abgingen, die offenbar gestern mit den Jeeps wieder nach Skardu zurückgekehrt waren. Da die verbliebenen Baltis sich weigerten, die Lasten ihrer abtrünnigen Landsleute zu übernehmen, mussten sie sie unter sich aufteilen. Danach hatte jeder von ihnen über zwanzig Kilo auf dem Buckel.
Eva meinte, im Grunde sei es höhere Gerechtigkeit, das Gewicht, das sie ihren Trägern zumuteten, auch selbst zu tragen.
Ob sie im Basislager Trägerlohn dafür bekämen? fragte Roy.

Arne hielt auf Englisch eine kurze Ansprache an die Träger, die Muhammed in Urdu übersetzte. Vor ihnen lägen 60 Kilometer Marsch durch Schluchten mit großer Steinschlaggefahr. Er bitte daher, nicht in Gruppen zu gehen und auf von oben kommende Steine, gleichzeitig aber auch auf loses Geröll auf dem Weg zu achten. Ein einziger Fehltritt genüge, um die Steilhänge hinabzustürzen in die reißenden Fluten der Gebirgsbäche, aus denen es keine Rettung gebe. Ähnliches gelte später für das Spaltengelände des Baltoro-Gletschers. Auch dort seien Abstände zwischen den Trägern erforderlich, um die Gefahr des Einbrechens zu verringern. Außerdem dürfe der Weg nicht verlassen werden – es habe schon Todesopfer gegeben, weil Balti-Träger auf eigenen abseitigen Routen in Spalten gefallen waren.
Die Baltis hörten zunächst geduldig zu, gerieten über den Warnungen Arnes jedoch zunehmend in Unruhe. Einige von ihnen waren den Weg zum Basislager des K2 zwar schon gegangen, hatten sich aber das Risiko, das sie dabei eingingen, vielleicht noch nie richtig bewusst gemacht. Als sich einer von ihnen namens Rabten meldete und Gefahrenzulage forderte, fand er schnell die Unterstützung der Mehrheit.
Arne erklärte, diese Zulage sei im Trägerlohn bereits enthalten. Rabten, offenbar selbsternannter Sprecher der Gruppe, entgegnete, er sei in Skardu bei Vertragsabschluss nicht über diese Gefahren informiert worden und drohte umzukehren, falls er nicht mindestens das Fünffache des Trägerlohns erhalte.
Der tosende Beifall seiner Landsleute machte klar, dass er nicht nur für sich sprach.
Im Übrigen sei es endlich an der Zeit, die Ausbeutung der Balti durch die Sklaventreiber aus dem Westen zu beenden, fügte Rabten hinzu.
Die Träger bekundeten ihre Zustimmung durch Schreie und Schwenken der erhobenen Fäuste.
Arne und Bo versuchten zu beschwichtigen, indem sie darauf hinwiesen, dass die Träger im Fall einer Umkehr leer ausgingen. Doch die Baltis wussten, dass sie am längeren Hebel saßen und ihre Drohung nicht wahrmachen würden, weil sie ohne die Träger auf ihrem Gepäck festsaßen.
Arne bat um Bedenkzeit. Sie ließen sich im Kreis auf ihren Gepäckstücken

nieder, abseits von den Trägern. Zum Glück war inzwischen die Sonne hinter den Bergen aufgetaucht und wärmte sie etwas.
Roy meinte, die Warnung Arnes sei ein Rohrkrepierer gewesen – Arne hätte den Baltis damit unbedacht einen Vorwand zum Streik geliefert.
Arne verteidigte sich, er habe nur das Leben dieser Menschen nicht leichtfertig aufs Spiel setzen wollen.
Roy wies darauf hin, dass die meisten der Träger die Strecke schon mehrmals hinter sich gebracht hätten, ihre Ahnungslosigkeit also nur vortäuschten. Das Ganze sei seiner Ansicht nach ein abgekartetes Spiel.
Dann wäre es früher oder später sowieso zum Aufstand gekommen, schaltete Eva sich ein.
Muhammed warnte, Trägerrevolten hätten bei den Baltis eine lange Tradition. Am besten sei es, der Forderung nachzukommen.
Fünfmal so viel Lohn? Das seien über 7000 Dollar! rief Roy. Dafür könne er in Skardu einen Helikopter chartern und das Gepäck ins Basislager fliegen lassen!
Keiner von den Westmenschen könne ermessen, in welcher Armut diese Menschen lebten, fuhr Muhammed unbeirrt fort. Jetzt hätten sie die Chance, ein gutes Werk zu tun und den Trägern und ihren Familien ganz neue Zukunftsperspektiven zu eröffnen.
Sie wäre bereit, den Aufpreis zu zahlen, sagte Soile. Muhammed habe Recht, im Grunde sei es Ausbeutung, was sie mit diesen Menschen trieben. Wenn sie sich die Summe teilten, kämen auf jeden von ihnen wenig mehr als 600 Dollar.
Wenn sie einmal nachgäben, wären die Preise für alle Zeiten verdorben, gab Bo zu bedenken. Die bisher vereinbarte Summe, die die Träger für zwei Wochen Lastenschleppen bekämen, verdienten viele ihrer Landsleute nicht einmal in einem halben Jahr.
»Was händr eige'tle fiar an Brezgemaart*«, murrte Tom, der die ganze Zeit an seinen Rucksack gelehnt gedöst hatte und von dem Lärm erwacht war. Gritt klärte ihn über das Vorgefallene auf.
»Länd deana Kerle bloaß nuits duurgaong, sus wearet se rebellesch*!«, warnte Tom und schloss mit seinem Lieblingsspruch: »S' isch wia mit de Wiebr!«

Arne ließ abstimmen. Außer Muhammed, Soile und Jaana waren alle gegen ein Eingehen auf die Forderungen der Baltis. Bo meinte, lieber gehe er noch einmal zurück nach Skardu und hole sich neue Träger.
Die dann ebenfalls in Streik träten, sobald sie hier seien, konterte Ellen.
Jo meldete sich zu Wort und erzählte auf Deutsch – damit Muhammed ihnen nicht in den Rücken fallen konnte – von dem Trick, den Hans Kammerlander vor fünfzehn Jahren in der gleichen Situation bei einem Streik seiner Träger benutzt hatte*. Sie würden den Trägern mitteilen, sie hätten sich entschlossen, mit ihnen zurück nach Skardu zu marschieren, um dort einen Helikopter anzumieten und ihnen die Gefahren des Weiterweges zu ersparen. Das Dumme für sie dabei sei nur, dass sie in Zukunft arbeitslos seien, weil der Film, den Roy gerade über ihre K2-Besteigung drehe und der nach ihrer Rückkehr in die europäischen und amerikanischen Kinos komme, allen künftigen K2-Besteigern klarmache, dass mit den Balti-Trägern fortan nicht mehr zu rechnen sei und man besser gleich auf Hubschrauber zurückgreifen solle.
Roy meinte, das sei kein Bluff, sondern die Wahrheit und bot sich an, den Trägern die Sache zu verklickern.
Gritt fragte, warum sie denn, statt auf diese Leute zu setzen, die Sache nicht abkürzten und ihr Gepäck wirklich mit dem Helikopter ins Basislager transportieren ließen. Arne klärte sie darüber auf, dass es Hubschraubereinsätze für Transporte zum und vom K2 nur in Notfällen gebe – zum Beispiel zum Abtransport von Verletzten.
Oder wenn einer sehr viel zahle, wusste Roy. Ein Scheich aus Abu Dhabi habe sich vor ein paar Jahren einen Traum erfüllt und sich für eine halbe Million Dollar mit seiner frisch angetrauten Gemahlin, einer arabischen Prinzessin, zum vorgeschobenen Basislager fliegen lassen*.

»Sigst, der waaß, wos sich g'hört«, schmunzelte Gwen und stieß Jo den Ellenbogen in die Seite.

Der Trick funktionierte. Offenbar erinnerte sich niemand mehr an Hans Kammerlanders Coup. Roy verzichtete auf Muhammeds Übersetzungskünste und wandte sich auf Englisch direkt an sie. Als er endete, herrschte erst einmal Tumult, bei dem sich die Baltis gegenseitig schreiend beschimpften. Allmählich konzentrierte sich das Geschehen auf Rabten, der mehr und mehr Zielscheibe heftiger Kritik wurde. Nachdem sich die lautesten Krakeeler durchgesetzt hatten, kehrte schließlich Einigkeit im Balti-Lager ein und man bestürmte Roy geradezu flehentlich, zum alten Lohn weiter arbeiten zu dürfen – man würde für die Sahibs auch alles Ungemach und alle Gefahren des Weges ohne Murren auf sich nehmen.

Roy erbat sich erneut Bedenkzeit, die sie nutzten, um eine schriftliche Erklärung abzufassen, wonach sich jeder Träger auf Treu und Ehre verpflichtete, das Gepäck zum vereinbarten Tarif ins Basislager des K2 zu transportieren, andernfalls er den Ruf der bewährten Balti-Träger für immer ruinieren würde. Schon nach zehn Minuten hatten alle Träger ihre Unterschrift oder ihr Kreuz unter den »Vertrag« gesetzt und standen zum Abmarsch bereit. Muhammed verfolgte das Ganze kopfschüttelnd und ergab sich schließlich mit einem »Inschallah!« in den Lauf der Dinge. Mit einer Stunde Verspätung setzten sie sich schließlich mit einer nunmehr hochmotivierten Trägerkolonne in Bewegung.

Freitag, 17. Juli:

Der Marsch zum K2 beginnt. Wie eine Wüstenkarawane bewegt sich unsere vierzigköpfige Trägerkolonne die Schuttmoränen des Baltoro-Gletschers hinauf. Ich muss an den britischen Kolonialoffizier Charles Bruce denken, der im Jahr 1892 auf einem Maultier als einer der ersten Europäer das Tal erkundete und meinte, es sei »als ob man einsam durch die Berge des Mondes ritte.« Es war auch hier, wo Aleister Crowley seinen vielzitierten Ausspruch über die »konturlosen Schutthaufen gewaltigen Ausmaßes« tat und die Sinnhaftigkeit seiner Mission in Frage stellte. Dabei hätte er doch nur den Blick auf die das Tal säumenden Berge zu richten brauchen. Mit seiner scharfen Silhouette ragt der Mango Gusor über Askole auf wie ein aufgestellter Schiffsrumpf. Gegenüber erheben sich das dolomitenähnliche Latok-Massiv und der erst zweimal bestiegene dreigipflige »Menschenfresser-Berg« Ogre; später gesellen sich der granitgewordene »Fingerzeig Gottes« hinzu – der Biaho-Tower, schließlich der gezackte Paiju-Peak, die Turmlandschaft des Trango-*

Massivs und die harmonisch aufgefächerten Gipfel der Kathedralen. Eine imposantere Bergkulisse lässt sich kaum denken – und das versteckt in einem der unzugänglichsten und abgelegensten Winkel der Erde. Je weiter ich in diese Welt vordringe und Teil von ihr werde, desto mehr löst sich alles Fragen auf. Ich brauche keine Erklärungen mehr für mein Tun – es erklärt sich hier von selbst.

Zwischen Askole und dem Godwin-Austen-Gletscher, auf dem das Basislager des K2 lag, galt es mehr als 2000 Höhenmeter überwinden – meist an Felsenwänden entlang und über Moränenhänge, die steil zum Fluss abfielen. Einige Passagen waren so steinschlaggefährdet, dass sie »taktisch« angegangen werden mussten und die Expeditionsleiter erst einmal in sicherer Deckung hinter Felsblöcken lauschten, ob Steine kamen, bevor die Träger und Expeditionsteilnehmer die Gefahrenzone einzeln und im Galopp überwinden durften. Tom, der eine Zeitlang bei den Gebirgsjägern gedient hatte, meinte, es sei fast wie die Exerzierübung »Durchqueren eines vom Feind eingesehenen Geländes« – bloß das Robben im Schlamm fehle noch.
Einmal mussten sie einen Gebirgsbach auf einer schaukelnden Hängebrücke aus Bambusrohr überqueren. Die Baltis mit ihren sperrigen Packlasten und Expeditionstonnen balancierten auf den rutschigen Sprossen wie Anfänger im Hochseilparcours eines Adventure-Parks. Trotz der Seilsicherung streikten einige und kehrten nach ein paar Metern wieder um. Arne und Bo versuchten vergeblich, sie mit gutem Zureden und einem Schokoriegel aufzumuntern. Erst als man ihr Gepäck hinüberschaffte, kamen sie auf allen Vieren nach.
Arne – Experte in Sachen K2-Besteigungsgeschichte – erzählte, zur Zeit der ersten Expeditionen mussten die Trägerkarawanen zwischen Korophon und Dumordo vom Ufer des Baiho-Flusses aus einen 150 Meter hohen Sporn erklimmen und einen Felskamin im zweiten Schwierigkeitsgrad hinabklettern, um danach den Fluss in einer Holzkiste zu queren. Die Behelfsbrücken aus gewundenen Weidenruten, die man später über die Bäche und Schluchten spannte – zwei Seile als Geländer und ein Seil zum Gehen – waren nicht minder gefährlich, denn sie verdrehten sich beim Überqueren des Öfteren und beförderten ihre Opfer kopfüber in die tosenden Fluten der reißenden Gebirgsbäche*. Dagegen sei der Anmarsch heutzutage doch richtig zivilisiert!

Zwar blieb ihnen die Kletterei erspart, doch dafür durften sie wegen einer defekten Brücke durch die bis zur Hüfte reichenden eisigen Fluten des Biafo, eines zwanzig Meter breiten Abfluss des Liligo-Gletschers, waten, um ans andere Ufer zu gelangen. Da die Mädchen sich weigerten, vor den Baltis zu strippen, trugen Tom und Jo sie Huckepack hinüber. Gwen, die Hände während der Passage in Jo's Haare gekrallt, thronte lächelnd auf Jo's Schultern wie die Königin von Saba und schwärmte, an diese Art der Fortbewegung könne sie sich gewöhnen – sie brauche nur noch Sporen, um ihrem Gaul Beine zu machen.

Samstag, 18. Juli:
Tom schimpft während der Mittagsrast auf einen der Träger, der mit seinem lahmen Trott die gesamte Karawane aufhält, im besten Allgäuer Dialekt ein. Gritt weist Tom darauf hin, dass der Bursche doch bestimmt kein Wort kapiert.
»Aber wisse müess as«, beharrt Tom.
Die Mädchen kichern, verstehen aber nicht. Tom erklärt, der Spruch ginge auf eine Allgäuer Bäuerin zurück, die einen toten Fuchs, der etliche Hühner ihres Hofes auf dem Gewissen hatte, ausschimpfte, bis der Bauer sie daraufhin wies, dass der Fuchs sie nicht mehr hören könne, weil er tot sei.
»Dees isch gaonz glie«, habe die Bäuerin geantwortet, »aber wisse müess as!«*
»Ihr sturköpfign Allgeier – ihr seid's schon a b'sundra Menschenschlog!«, lacht Gritt.
»It bloaß g'schtäärgrindeg, öü bschosse«, erwidert Tom. »Kennet dir dees Gschichtle vom kleine Ambros schu?«
»Erzähl, Tom!«, bettelt Gritt, »i hear daan Kauderwelsch so gearn!«
Tom lässt sich trotz Gritts Stichelei nicht lumpen.
»Ambros isch i dr Schüel i dr letscht Reihe gseasse. Wia na'm Lehrar wiidr amaol a gaonz a hindrfiire* Antwoart geabe haot, düet dea sing Gealdbittl rüüs, git'm Ambros a Fuffzgarle und seit: »Kerle, gang zum Metzgar und köüf dr um fuffzg Pfääning a Hian.« Na haot Ambros gaonz iefrig g'fraoget: »Herr Lehrar, soll i sage, es i isch fr uib? Na kriag i mea!«*
»Bschoss'n – des san mir Kärntner aa!«, meint Gwen und fragt Tom, ob er noch weitere Gschichtle über die Allgäuer auf Lager habe, sie beginne diesen dummdreisten Menschenschlag allmählich zu mögen.

»Uis no«, grinst Tom. »Dao isch amaol a gaonz a Haagebüechena, a richtiga Wildelar vu hindrem Holz, z'Immeschtadt in an Laade kumme und haot g'seit, ea well a nuie Pfiefe. Iatz haot'm d'Laadnare* a Schtucker zeeche Pfiefa* zaiget, und drseal nimmt uine um di aonder i's Müül und henkt se i sing Zaalucke ning, ob se öü passt. Na haot d'Laadnare g'muit, dees gang it aa, dass a jede Pfiefe i's Müül neahm. »Ja, i kaa se doch bigott it i's Fiidle klemme*«, haot na drseal g'seit.*

Montag 20. Juli:
Korophon, Bardumal, Paju, Liligo, Urdukas – fünfmal schlagen wir unsere Zelte auf, meist in der Nähe der winzigen Siedlungen, einmal sogar in einem ihrer kleinen Obstgärten. Zubereitung und Verzehr des Abendessens in Form von Suppe, Chiapate, Konservenfleisch, getrocknetem Obst und Buttertee ziehen sich meist bis zum Sonnenuntergang hin. Danach ist eigentlich Zeltruhe angesagt, doch die Gespräche und Gesänge der Baltis sind oft bis Mitternacht zu hören. Arne meint, es sei der »spirit of the hills« – »der Geist der Berge«, den die Baltis anriefen. Roy sieht es prosaischer, vermutet, das Mohnextrakt in ihren Shishas bringe sie so in Wallung. Wie dem auch sei – wir haben uns mittlerweile daran gewöhnt wie an das Knattern der Zelte im Wind oder das Rauschen der Gebirgsbäche.
Um fünf Uhr dreißig ist Wecken, um sechs Uhr Frühstück und um sieben Uhr Abmarsch. Das Umpacken nimmt am meisten Zeit in Anspruch, denn die Trägerlasten werden durch den Verzehr der Tagesrationen ungleich entlastet. Für mich sind der Auf- und Abbau der Zelte und das Packen zu einem Ritual geworden, das mechanisch abläuft, fast wie in Trance, genauso wie das Dahintrotten über die Gletschermoräne und das Essen und Trinken während der kurzen Pausen.
Um die Mittagszeit, wenn die Sonne ihren Höchststand erreicht hat und auf uns niederbrennt, rinnt beim Marschieren der Schweiß in die Augen und der Durst trocknet die Kehle aus. Wir reden nur das Nötigste, trotten unter den schweren Rucksäcken, deren Tragriemen schmerzhaft in die Schultern schneiden, tief gebeugt dahin und ringen schwer atmend der dünner werdenden Luft den Sauerstoff ab. Mit Soile und Jaana wäre ohnehin schwer Konversation zu treiben, da sie die Ohren verstöpselt haben und während des beschwerlichen Anmarsches im Handy gespeicherte Hardrock- und Technomusik hören, als könne die ihnen den nötigen Kick geben.

Manchmal falle ich beim Gehen in eine Art Trance, in der sich mein Sichtfeld zu einem Tunnel verengt und ich in höhere Sphären steige – nur leider komme ich nie dort an, sondern werde regelmäßig von der schweren Last auf meinem Rücken und meinen müden Beinen wieder zurück in die Erdenschwere geholt. Ich brenne auf Sparflamme, als ob etwas in mir wüsste, dass das große Kräftezehren erst bevorsteht. Einzig der Moment, wenn Gwen sich vor dem Schlafengehen an mich schmiegt, lässt meine Lebensgeister kurz aufflammen. Dann umhüllt mich das Gefühl der Geborgenheit wie ein wärmender Kokon und ich sinke ich in traumlose Tiefen hinab, aus denen ich beim Wecken im Morgengrauen nur schwer wieder zurückfinde. Dennoch habe ich zum ersten Mal auf unserer langen Reise das Gefühl des Angekommenseins. Das Fragen ist verstummt, die Zweifel sind zerstoben – schon weil die Kraft fehlt, sie zu stellen, aber auch, weil es jetzt ums Ganze geht und kein Raum mehr bleibt für Gedankenspiele. Vor diesem Berg gibt es nur Bewährung oder Scheitern, Fragen führt nicht weiter.

Am nächsten Morgen vor Sonnenaufgang war der Himmel von makelloser Klarheit und einem tiefen Blau. Er kündigte den sechsten Schönwettertag in Folge an. Arne meinte, so lange Gutwetterphasen seien äußerst ungewöhnlich für diese Gegend. Er hoffe nur, dass sie am K2 nicht dafür büßen müssten. Nachdem die Baltis die Zelte abgebaut und sich zum Morgengebet versammelt hatten, wurden die Berge ringsum zu einem riesigen Amphitheater und sie zu andächtigen Zuschauern einer großen Inszenierung. Sie standen und schwiegen, als hätte es ihnen die Sprache verschlagen. Roy filmte. Die Sonne ließ erst die weißen Spitzen der Berge, dann ihre Granitpfeiler rötlich erglühen und zeichnete gewaltige Schatten. Im zunehmenden Licht begannen die Trango-Türme und die Felsdreiecke der Kathedralen ihre Vielgestaltigkeit zu offenbaren wie überdimensionale Plastiken: glatte und geriffelte Wände, schlanke Türme, wuchtige Kuppeln, grobe Kanten und dazwischen tiefe Schluchten.
Soile meinte ergriffen, allein für diesen Anblick habe sich die Anreise gelohnt. Dann könne man ja umkehren, lachte Roy und setzte die Kamera ab. Er habe alles im Kasten. Sogar den K2.
Er wies auf die Gipfelpyramide, die über den Sechstausendern davor thronte wie King-Kong über den Wolkenkratzern von New York.

Zum ersten Mal hatten sie ihr Ziel vor Augen*. Unvermutet zeigte er sich ihnen, der zweithöchste Gipfel der Erde. Er war in seiner alles überragenden Größe furchteinflößend.
»Was für eine Bestie*«, knurrte Bo.

Die Träger verrichteten das Morgengebet mit größerer Andacht als sonst. Sie wussten, dass es von nun an über Spaltengebiet ging und riefen den Kalifen Hasrat Ali an, den Gemahl von Mohammeds Tochter, er möge ihnen bei der Überquerung des Gletschers beistehen. Das Echo ihres vielstimmigen Gesangs füllte den Talkessel, stieg himmelwärts und ließ Momente lang auch die Anders- oder Nichtgläubigen den Einklang mit ihrem Gott erahnen.
Als sie geendet hatten, erhob sich Gwen und stimmte mit zurückgelegtem Kopf und geschlossenen Augen einen ihrer Jodelgesänge an. Ihre Stimme bewegte sich virtuos die Oktaven hinauf und hinunter; von den Felswänden gegenüber kam das Echo wie ein eingespieltes Arrangement. Gritt, Tom und Jo unterstützten sie mehrstimmig. Die Träger knieten nieder und verbeugten sich ehrerbietig. Sie hielten die Darbietung wohl für ein Gebet, was sie im Grunde ja auch war.

Kurz vor dem Abmarsch geriet Tom mit einem Balti aneinander, der auf dem bereits geräumten Zeltplatz in der Hocke ungeniert sein Geschäft verrichtete. Bei der Ankunft hatten sie den Trägern eingeschärft, für derlei Verrichtungen nur den mit Stangen markierten Bezirk am Gletscherschrund zu benutzen, aber die meisten der Baltis hatten sich nicht daran gehalten und ihre Notdurft wie die Tage zuvor um das Lager herum verrichtet, sodass das Plateau jetzt von einem Kranz aus Kot gesäumt war. Ein durchdringender Latrinengeruch hing darüber.
»Wir verlassen diesen Platz heute, Sahib!«, verteidigte sich der Balti, während er sich den Hintern mit verharschtem Schnee abputzte.
Tom versuchte ihm klarzumachen, dass neue Expeditionen folgten.
Aber dann sei es nicht mehr ihr Problem, meinte der Übeltäter und hoppelte mit halb hochgezogenen Hosen grinsend davon, nachdem Tom ihm einen symbolischen Fußtritt verpasst hatte*.

Auf dem Weitermarsch griff Roy den Vorfall auf und fasste die Sachlage nach seiner Art etwas überspitzt zusammen.
Die Baltis könnten gar nicht anders. Den Platz vollzuscheißen, auf dem sie wohnten, sei die Logik, der die meisten Entwicklungsländer folgten, die Raubbau an Ressourcen und Umwelt betrieben, ohne sich darum zu scheren, welche Hypothek sie den kommenden Generationen hinterließen.
Das gelte für die Industrienationen genauso und in noch viel größerem Maßstab, hielt Arne dagegen. Fäkalien hätten eine Halbwertszeit von einer Woche, Plutonium 239, das in Atomkraftwerken genutzt werde, eine von 24 000 Jahren. Man stelle sich das mal vor – 48 000 Jahre verstrahlte Umwelt für ein bisschen Strom!
»Ein kurzes Vergnügen für einen hohen Preis«, kommentierte Ellen.
»S'isch wia mit'm Hiere*«, meinte Tom.
Trotzdem hätten die Bürger zivilisierter Staaten ein Bewusstsein für Natur und Umwelt entwickelt, dass diesen Menschen hier völlig abgehe, entgegnete Roy.
Umweltschutz sei erst dann ein Thema, wenn die Menschen einen gewissen Wohlstand erreicht hätten, meinte Bo. Vorher seien sie zu sehr mit der Sicherung ihrer Grundbedürfnisse beschäftigt.
Die Sicherung des Wohlstands käme aber auch in den Industrienationen vielfach vor dem Schutz der Umwelt und der Ressourcenschonung, gab Arne zu bedenken. Der Kapitalismus habe sich dem Primat eines unbedingten Wirtschaftswachstums verschrieben, das ökologische Belange hintanstelle, wo nicht völlig negiere.
Roy fragte spöttisch, ob man vielleicht wieder auf die Bäume zurückkehren solle.
Nein, sagte Arne, aber zu einer neuen Bescheidenheit, die technischen Fortschritt und wirtschaftliches Wachstum nicht mehr zum Gradmesser menschlichen Glücks mache. Der Materialismus in den Industrienationen gepaart mit einer hemmungslosen Gier nach immer mehr* generiere ja nicht nur Umweltschäden, sondern auch wachsende soziale Ungleichheiten innerhalb der Staaten und auch innerhalb der internationalen Staatengemeinschaft. Das sei Sprengstoff, der die Zerstörungskraft von zig Atombomben besitze.
Das klinge nach Kommunismus, sagte Roy.

Der habe sich selbst ausgehebelt, meinte Bo. Dann noch lieber in die Steinzeit.
Der Aufstand der Islamisten beispielsweise sei nichts anderes als eine Ausgeburt des westlichen Hegemonialstrebens, fuhr Arne fort, ohne auf Roys und Bo's Kommentare einzugehen. In ihrer Arroganz und Verblendung nähmen die Menschen in den modernen Industrieländern gar nicht mehr wahr, was für eine Verflachung sie mit der einseitigen Orientierung an materiellen Werten betrieben. Sie seien taub und blind geworden für das spirituelle Erbe von Tausenden von Jahren und die einfachen Freuden des Lebens, vom Verlust der Bescheidenheit ganz abgesehen.
»Der Prophet Jeremia* ist in neuer Gestalt zur Erde niedergefahren und hält Gericht über die Sünder und Abtrünnigen in der Steinwüste des Karakorums! Der Herr erbarme sich unser!«, intonierte Roy im Stil eines liturgischen Rezitativs.
Ellen lachte.
Ja, ab und zu gehe der Gaul mit Arne durch. Dann müsse er den Weltverbesserer spielen. Aber das gebe sich wieder. Spätestens heute Abend im Zelt, wenn sie ihm die Leviten lese.
Leviten lesen, rief Bo, das klinge ja nach richtig viel Spaß! Ob er da mitmischen könne?
Nun lachte auch Arne.
Er solle lieber den Baltis die Leviten lesen, die die Scheißordnung nicht einhielten und mit ihnen die Fäkalien beseitigen. Das sei eine handgreifliche Aufgabe, die wirklich einmal die Welt verbessere.
Und führe wahrscheinlich zu Handgreiflichkeiten und noch mehr Scheiße, meinte Bo.

Später, während der Mittagsrast auf dem Gletscherplateau, fragte Jo, wo Arne ihre Unternehmung einordne. Als westliche Großmannssucht oder als Weg zur neuen Bescheidenheit?
Das komme auf die innere Einstellung an, antwortete Arne.
»Inwiefern?«, fragte Jo.
Ob sie diese Tour nur machten, um sich zu promoten und ihr Selbstbild zu optimieren, oder vom Berg die Demut zu erlernen, die sie tauglich mache für die Begegnung mit ihm.

Was er genau unter »Begegnung« verstehe?
Am Berg über sich hinauszuwachsen, antwortete Arne. Sowohl physisch als auch mental.
Da hätten sie ziemlich ähnliche Vorstellungen, sagte Jo und erzählte Arne von ihren Hochland-Erfahrungen am Berg, von ihrem Wunsch, über sich und das spießbürgerliche Dasein hinauszuwachsen, um die Erfahrung eines größeren Ganzen zu machen.
Arne hörte aufmerksam zu und meinte dann, das klinge interessant, habe aber einen störenden Beigeschmack nach Esoterik und Auserwähltsein. Eine echte spirituelle Erfahrung, die einen den größeren Kontext, in den man gestellt sei, erahnen lasse, werte nicht nach Hoch und Tief. Alle Erfahrungen auf allen Stufen seien wertvoll, solange sie authentisch seien und in der richtigen Gesinnung erfolgten.
Das sei wohl die Demut, die er angesprochen habe.
Ja, sagte Arne, sie wäre die Voraussetzung für alles andere und, weil das Ego dagegen revoltiere, am schwersten zu erlernen. Der Kampf am Berg sei die beste Übung dazu, denn er mache einen erst einmal ganz klein.
»Hoffentlich nicht zu klein um hinaufzukommen«, sagte Jo.
Arne nickte lächelnd.
Er dürfe Demut nie mit Furchtsamkeit verwechseln. Echte Demut sei Vertrauen und nicht Kleinmut. Und Vertrauen brauchten sie wahrhaftig auf ihrer Route.
»Ja«, sagte Jo, »mehr als alles andere.«

Die letzte Nacht vor dem Basislager verbrachten sie auf einem schmalen Felsband über einem zerklüfteten Gletscherschrund, dessen Türme wie gezackte Drachenzähne emporragten und aus dessen Untiefen ein ununterbrochenes Mahlen wie von riesigen Mühlsteinen drang. Aufgrund von Platzmangel konnten sie auf dem Felsen nur ein Zelt aufstellen, mussten sich zu viert in ein Zweimannzelt zwängen. Tom murrte, es wäre doch in den Hochlagern schon eng genug, quetschte sich dann aber brav zwischen Gritt, Gwen und Jo auf die Matten.
»Iatz flacke br dao wia vrmähte Fresch*!«, stöhnte er.
»Naa«, lachte Gwen, »eher wie d'Rollmöps in da Dosn!«

»I bin schon schlechta g'legn, Tom. Mei Wampn passt so schee auf dein Oarsch!«
»Maane aa, Jo«, kicherte Gwen. »Du gebast a guate Haazdeckn ob!«
»Siasch, Jo«, lästerte Tom, »bisch doch allat no fier ebbas güat!«
»Ebbas aonders laot ba be ja it*!«, stöhnte Jo, ob vor Unlust oder Lust wusste er selbst nicht zu sagen.
»Ja mei, Jo – muasst da's holt earst vadienan!«, kicherte Gwen und brachte dabei die ganze Reihe vor sich zum Erbeben.
»Ja wia naocha dees?«, fragte Jo.
»Vasprich ma, dass d'mi mit auf'n K2 nimmst!«
»Pfiefedeckl*!«
»I hob's immer schon g'wusst – du liabst mi nit!«, lachte Gwen und küsste Jo auf den Nacken.
Jo, dergestalt in die Mangel genommen, geriet ins Schwitzen.
»Fehl – laoss be nüüs oder i vrschnell*!«, ächzte er.
»Aber jetz doch nit, Schatzerl, wo ma grod so scheen am Kuscheln san!«, gurrte Gwen. »Du derfst aa di gonze Nacht von mir traaman!«
»Giebele, Gääbele, Reachezaa, 's Wiib isch Hearr und it dr Maa!*«, spottete Tom.
Gritt kicherte.
»Mei, seid's ihr gemein!«
»I konn ihm doch wirklich nit helfn!«, lachte Gwen. »Wenn mir Zwoa zum Schnacksln* onfangn, na muass da Rest aa mitmochn!«

Basislager (1)

Am Nachmittag des neunten Tages erreichten sie den Concordia-Platz, wo Savoia- und Godwin-Austen-Gletscher zusammenflossen. Die monströsen Eisströme, die haushohe Aufschichtungen aus Pressschnee und Eisbrocken vor sich herschoben, wirkten im Zwielicht der Schleierwolken wie deluvianische Relikte. So mochten die Alpentäler während der Eiszeit ausgesehen haben.

Der Himmel hatte sich eingetrübt, der K2 war hinter einer Wolkenwand verborgen. Noch während sie sich auf den Angelus, den südlichen Vorberg des K2, der wie ein überdimensionaler Eisbrecher zwischen den Gletscherströmen emporragte, zubewegten, hatten die Wolken sie erreicht. Die anfangs dünnen, später dicken Schneeflocken fielen lautlos herab, wurden von kräftigen Windstößen immer wieder durcheinandergewirbelt. Die Schönwetterphase schien zu Ende zu gehen.

Im August schlage im Karakorum die Großwetterlage um, wusste Arne – sie seien eigentlich viel zu spät dran. Roy empfand das eher als Vorteil, weil dann das Gedränge am Berg nicht so groß war. Arne nickte. Es sei am K2 tatsächlich schon mehrfach vorgekommen, dass sich die Expeditionen in der Hauptsaison gegenseitig behinderten – vor allem an der gefürchteten Schlüsselstelle, dem »Bottleneck«, wo der Normalweg unter einem riesigen Sérac – einem Turm aus gepresstem Schnee und Eis – hindurchführe – zuletzt 2008*, als sich zwölf Expeditionen aus aller Herren Länder am K2 tummelten und alle nach einer langen Schlechtwetterphase ein Zwischenhoch nutzten um aufzusteigen. Ein riesiger Abbruch am Sérac riss die Fixseile weg, sodass über die Hälfte der vom Gipfel Zurückkehrenden entweder den Weg verfehlten oder beim Versuch, im Dunkeln hinabzuklettern, abstürzten. In zwei Tagen forderte der K2 damals elf Todesopfer, schloss Arne und fügte lapidar hinzu, als habe er sich bereits damit abgefunden: Und er wird weitere fordern!

Mit Mühe fanden sie im Schneegestöber das Basislager und stellten unter noch größeren Mühen ihre Zelte auf, da der Wind inzwischen Sturmstärke erreicht hatte. Gwen und Jo hatten von Arne ein übrig gebliebenes Depotzelt zugeteilt bekommen, in dem sie zwar aufrecht stehen konnten, das sich jedoch bei den Wetterverhältnissen nur schwer aufrichten ließ. Zum Glück bekamen sie Hilfe vom französischen Expeditionsteam, mit dessen Leiter Arne befreundet war. Um das Zelt sturmfest zu machen, setzten sie schwere stählerne Firnanker, an denen sie die Leinen festzurrten.

Im französischen Gemeinschaftszelt wurden die Neuankömmlinge anschließend vom Küchenmeister Pascal mit Suppe, heißem Tee und Plätzchen versorgt. Während Gwen noch auspackte und sich im Zelt einrichtete, machte

Jo Konversation mit Chantal, einer der französischen Expeditionsteilnehmerinnen. Sie erinnerte ihn von ihrer koboldhaften Art her an Isa. Ihre Kulleraugen über dem kleinen hochfahrenden Näschen lachten ständig, sodass er sich nicht immer ernstgenommen sah. Er verstand mehr, als er sagen konnte und erfuhr, dass Chantal aus Gap im Departement Hautes Alpes stammte, von Beruf Journalistin war und in dieser Funktion an der französischen Expedition teilnahm.

Ob sie denn auch einen Gipfelversuch wagen wolle?

»Mais oui«, antwortete sie, »qu'est-que tu penses je fais ici? M'installer dans un coin et attendre? – Was glaubst du, was ich hier mache? Rumsitzen?«

Chantal half im Moment mit, die Lagerkette am Abruzzigrat aufzubauen. Nur vier Lager waren geplant – deutlich weniger als bei früheren Großexpeditionen, da man heutzutage mit vorinstallierten Leitern und Fixseilketten deutlich schneller vorankam. Trotzdem betrieben die Franzosen einen vergleichsweise hohen Aufwand. Über hundert Träger hatten sie im Einsatz, um das riesige Gemeinschafts- und Küchenzelt samt Kochgerätschaften und Lebensmittel für fünf Wochen sowie mehrere Gasöfen, eine solarstrombetriebene Funkanlage und sogar ein Notstromaggregat hochzuschleppen. Dass sich in etlichen der Kisten, die die Träger schulterten, auch edelster französischer Rotwein befand, gestand Chantal ihm nur hinter vorgehaltener Hand.

»Après nous le deluge – nach uns die Sintflut!«, meinte sie lächelnd.

Leider schlage das Wetter um, klagte sie, so dass sie die nächsten Tage vielleicht doch ein wenig rumsitzen müsse. Sie lachte und fragte, ob er ihr dabei ein wenig Gesellschaft leisten wolle.

Gerne, sagte Jo. Rumsitzen sei immer noch besser als Rumliegen.

Chantal war nicht ganz seiner Meinung.

»Ça depend avec qui – das hängt davon ab mit wem«, meinte sie augenzwinkernd.

Gerade da streckte Gwen den Kopf zum Zelteingang herein und rief, die Baltis müssten ausbezahlt werden.

»T'as déjà quelqu'un, alors – du hast ja schon jemand«, grinste sie.

»À bientôt«, sagte Jo.

»À tout à l'heure*«, rief Chantal ihm hinterher.

Auch an den nächsten drei Tagen bekamen sie den K2 nicht zu Gesicht. Es schneite ununterbrochen und sie waren ständig dabei, die Zelte abzuklopfen und Wege frei zu räumen. Außer ihnen hatten nur noch drei Expeditionen Lager am K2 bezogen – eine französische, eine neuseeländische und eine russische. Im Vergleich zum Everest, zu dessen Füßen sich im Frühjahr oft mehr als ein Dutzend Expeditionen tummelten, war der K2 ein eher einsamer Berg – zu abweisend seine Grate, zu steil seine Wände, als dass Heerscharen von Bergtouristen über ihn herfielen. Und es gab hier auch kaum Sherpas, die den Gipfelaspiranten die Lasten schleppten und die Lager bereiteten. Die meisten Baltis oder Hunzas brachten weder die klettertechnischen Voraussetzungen für den anspruchsvollen Berg mit, noch den Willen ihn zu besteigen. Die Neuseeländer und die Russen hatten den Gipfelsturm bereits hinter sich und waren am Zusammenpacken – zum großen Bedauern von Muhamed Kashani, der sich mit dem Begleitoffizier der Russen angefreundet hatte und nun in ein Zelt mit dem Offizier der Franzosen teilen musste, einem Hindu, in der sozialen Hierarchie Pakistans weit unter ihm angesiedelt. Immerhin hörten sie von da ab des Öfteren, wie die Zwei hymnische Gesänge zu den traditionellen Gebetszeiten anstimmten.

Es gab neben einer nach dem Gießkannenprinzip und selbst eingefülltem Warmwasser funktionierenden Dusche ein Toilettenzelt abseits vom Basislager. Um ungestört zu bleiben, musste man singen oder laut mit sich reden. Dort herrschte allerdings eine Kälte, dass die Kacke dampfte, wenn sie in die Grube plumpste. War sie voll, stellte man das Zelt über einem anderen Loch auf und schüttete das alte zu. Der Frost würde die gefrorenen Exkremente konservieren, bis die Klimaerwärmung irgendwann in gar nicht allzu ferner Zukunft die Gletscher des Karakorum zum Schmelzen und die Scheiße zurück ins Tal zu den Menschen brachte.

Das Gilkey-Memorial, das sie am vierten Tag gemeinsam mit den Franzosen besuchten, befand sich etwas oberhalb des Basislagers und bestand aus ein paar aufeinandergetürmten Felsbrocken und mit Draht daran befestigten Messing- und Blechtellern mit den eingravierten Namen der Abgestürzten.

1986 und 2008 waren mit zehn beziehungsweise elf Todesopfern die traurigen Rekordjahre.
Art Gilkey sei nicht das erste Opfer des K2 gewesen – schon bei der Wiessner-Expedition von 1939 habe es vier Tote gegeben, erklärte Arne, der die Besteigungsdaten und -geschichten aller K2-Expeditionen auswendig kannte und sie vor ihnen ausbreitete, als sei es überlebenswichtig sie zu kennen. Während sie sich eingemummt in ihre dicken Daunen-Anoraks vor dem Steinhaufen niederließen, erzählte er ihnen die Geschichte der dritten amerikanischen K2-Expedition unter der Leitung von Charles Houston*.
Anfang August 1953 saß die achtköpfige Gruppe im Hochlager VIII auf 7800 Meter im Höhensturm fest – einem jener Jetstreams berüchtigt für ihre unbändige Kraft, die Zelte wie Papier zerfetzten und gestandene Männer vom Grat fegten wie Puppen. Nach vier Tagen erwog das Team, den Rückzug anzutreten, doch der Orkan machte alle Versuche zunichte. Inzwischen war Gilkey an einer Embolie erkrankt. Sein Zustand verschlechterte sich zusehends und wurde lebensbedrohlich. Am zehnten Tag entschied sich Houston trotz des anhaltenden Sturms für den Abstieg. Der in eine Zeltplane gewickelte Schwerkranke sollte über den Abruzzengrat abgeseilt werden – man konnte ihn ja nicht einfach zurücklassen.
Zehn Tage in dieser Höhe, wunderte sich Gwen, könne man das überhaupt überleben?
Gute Frage, antwortete Arne. Eigentlich beginne die »Todeszone« bei 8000 Metern Höhe, aber schon ab 6000 Metern regeneriere sich der Körper auch bei guter Akklimatisation nicht mehr von den Anstrengungen und baue unter dem Sauerstoffmangel kräftemäßig ständig weiter ab. Es grenze fast an ein Wunder, dass nicht mehr Mitglieder der amerikanischen Expedition von der Höhenkrankheit befallen wurden, zumal sie keinen Sauerstoff mit sich führten.
»Und warum ham's den Gilkey nit anfoch daschoss'n?«, fragte Gritt und erntete von allen Seiten erstaunte Blicke. Nur Roy lachte.
»C'mon, Grittie, get your gun! Let's shoot it out!«
»'Tschuldigung!«, murmelte Gritt, als sie merkte, dass sie zu weit gegangen war. »Oba mi dürft's fei daschießn, wenn i selba nimma obekumm!«

Die Frage sei gar nicht so abwegig, wie sie klinge, meinte Arne, denn in der Tat seien die Erfolgsaussichten bei so einer Aktion minimal und die Risiken für das Rettungsteam enorm hoch. Das zeige auch der Verlauf der Rettungsaktion von Gilkey. Nachdem seine Kameraden ihn Seillänge um Seillänge und Meter für Meter in kräftezehrenden Manövern über die steilen Flanken des K2 hinabgelassen hatten und dabei von einem Schneebrett fast in die Tiefe gerissen worden waren, befestigten sie Gilkey an zwei Pickeln, um eine stark abfallende Eisplatte zu queren. Dabei rutschte einer der Bergsteiger aus und riss die anderen mit sich. Die gesamte Seilschaft wäre unweigerlich in die Tiefe gestürzt, hätte nicht der sechste Mann, Pete Schoening, geistesgegenwärtig seinen Pickel hinter einem Felsen in das Eis gerammt. Dass die windige Sicherung die fünf anderen im freien Fall bremste und schließlich hielt, war ein weiteres Wunder. Als die zum Teil verletzten Männer sich wieder aufgerappelt und ihre Wunden versorgt hatten, war Gilkey verschwunden. Entweder hatte er sich selbst aus seiner Sicherung gelöst, um den anderen nicht weiter zur Last zu fallen, oder eine Lawine hatte ihn erfasst und ihn dorthin befördert, wo man vierzig Jahre später seine Überreste fand – unweit der Stelle, wo normalerweise das vorgeschobene Basislager für die Normalroute errichtet wurde.

Das hieße dann wohl, meinte Ellen nach einer längeren Pause, dass jede ernsthafte Erkrankung oder schwerere Verletzung da oben einem Todesurteil gleichkäme.

Das hieße es, bestätigte Arne. Für Sherpas genauso wie für Baltis und Hunzas seien die Achttausender mythische Orte, ihre Gipfel Sitz von Göttern und Dämonen, die eifersüchtig über den Berg wachten und immer wieder ihren Tribut für die Besteigungen in Form von Menschenopfern forderten, indem sie Lawinen, Eisbrocken und Steine auf die Expeditionen niedergehen ließen oder sie Kälte, Sturm und Schnee aussetzten.

Chantal übersetzte für die drei Franzosen in dem siebenköpfigen Team, die kein Englisch sprachen. Jerome wollte wissen, warum Arne ihnen das erzählte – um ihnen Angst einzujagen?

Arne lächelte und meinte, wenn er das vorhätte, würde er ihnen noch ganz andere Geschichten vom K2 auftischen. Nein, er wolle sie nur ein wenig

einstimmen auf den Mythos K2 und die Legenden, die sich um ihn rankten, damit man sich dem Berg in der entsprechenden Ehrfurcht näherte und nicht dem Leichtsinn verfiel, man könne ihn einfach so erobern.
»Wie«, fragte Jerome verschmitzt, »du glaubst nicht, dass wir hinaufkommen?«
»Das habe ich nicht gesagt«, erwiderte Arne. »Ich habe gesagt, ich weiß nicht, ob der Berg euch hinauf lässt.«
Die Franzosen feixten.
»Ein Berg, der Permits für seine Besteigung ausstellt!«, rief Serge.
»Sollen wir ihm auf die Zehen treten, wenn er uns nicht hinauflässt?«, fragte Claude.
»Oh, mit ein bisschen Bakschisch wird es schon gehen«, frotzelte Jerome.
»Dia muinet öü, se kinntet mit am Fuurz d'Viiwaid dünge*«, raunte Tom.
Auch Roy schimpfte auf Englisch:
»Ihr seid respektlos, ihr Machos! Geht doch mal zum Gilkey-Memorial und schaut euch an, wer von den Gipfelaspiranten seinen Heldenmut schon mit dem Leben bezahlt hat! Euch wird da oben vor Angst die Scheiße im Arsch gefrieren, das sage ich euch!«
Soile und Jaana lachten.
»Stiff shit – wir haben die gleiche Redewendung im Finnischen – paska jäykkänä!«
»Be'n iis löüft dr Schießdreck bloaß de Buggl nüüf*«, kommentierte Tom.
Arne lästerte, ihre Sprachen hätten eindeutig einen Hang zu verbaler Inkontinenz.

Tom hatte schon bald nach der Ankunft im Basislager neue Freundschaften geknüpft, nachdem Gritt in der Küche aushalf. Mit Soile und Jaana verbrachte er die Zeit, um über die »Urlaute« des Finnischen zu lästern und nebenbei ein wenig für das Allgäuerische zu missionieren.
Als erstes standen Zungenbrecher auf dem Programm. Nachdem Tom bei Nachsprechversuchen von »Ötökkä ötökän ötökkää, ötökkänä ötökäksi ötökässä, ötökästä ötökkään, ötökällä ötökältä ötököille ötököittä ötökättä ötökin« kläglich gescheitert war, brachte er die Finninnen seinerseits mit

»Naonnanaa, naonnaning, naonnanüüf, naonnanüüs, ommanüüf, ommanumm, ommaraa und ommarüüs« und »Zwischba zwoa Zwiisla zwischbelet zwii Ziesig zwittesch domm uff zwai Zwiegle« zur Verzweiflung.
Jaana behauptete, im Finnischen gebe es mehr Bezeichnungen für Schnee als im Deutschen. Als im Deutschen vielleicht schon, räumte Tom ein, aber nicht im Allgäuerischen!
Es kam zum Duell. Nach Auflistung der gefundenen Begriffe gelangte Jo zum Ergebnis, beide Sprachen besäßen etwa gleich viel Bezeichnungen für Schnee in seinen unterschiedlichen Aggregatszuständen.
Jaana fand, Dialekte seien nuancenreicher in der Bezeichnung der regionalen Lebenswirklichkeit der Menschen als die Hochsprache. Jo gab ihr Recht – der Allgäuer benutze eine ganze Menge Wörter, die es im Hochdeutschen gar nicht gebe – besonders was Begriffe aus der Land-, Forstwirtschaft und Viehzucht betreffe. »Küehraonzenacht« zum Beispiel – die Finsternis im Pansen einer Kuh – sei das nicht viel aussagekräftiger als »stockdunkel«? Oder der Begriff »Aicharschteag« – Eichhörnchensteg – für einen umgestürzten Baum, der an einem anderen hängen blieb – hier tauche man sprachlich in die Lebenswirklichkeit der Tiere ein!
Jaana räumte ein, das Allgäuerisch habe durchaus einen gewissen Charme – vor allem, wenn man hinter dem etwas bärbeißigen, oft wortkargen und manchmal ungehobelten Auftreten dieses Menschenschlags den weichen und herzlichen Kern kennengelernt habe. So komme auch die Allgäuer Sprache daher – von der Lautung fast furchterregend und grobschlächtig – vom Wortinhalt her dagegen pfiffig, bilderreich und treffend.
»Dees haosch schii g'seit«, meinte Tom und furzte.
»Hei helinää!, sanoi akka, kun kirnuun pieri – »Was für ein Klang!«, sprach die Bäuerin, als sie in den Butterkübel furzte, lachte Soile.
»Be'n is kiiblet ba mit'm Müül*«, bemerkte Tom.
Jaana grinste.
Damit sei man wohl bei den Redewendungen angelangt. Davon gebe es im Finnischen so viele wie Bäume im Land – so viele, dass man manchmal vor lauter Bäumen den Wald nicht mehr sehe – »ei nähdä metsää puilta!«
»Be'n iis wachset d'Bämm it i de Hiiml*«, sagte Tom trübsinnig und warf

einen Blick auf das Küchenzelt, wo Gritt mit den Franzosen herumalberte. »'S ísch iibraall ebbas, was de Himml hebt*.«
»Wer sudert, wird nit pudert* – scheiß di nix, dann fehlt da nix!«, riet die gerade hinzugekommene Gwen.
Soile war etwas taktvoller, legte den Arm um Toms Schulter und flüsterte ihm ins Ohr: »Olen aivan pahoillani, pikkuinen – es tut mir so leid, Kleiner!«
Nur gut, dass Tom den Kosenamen, mit dem sie ihn bedachte, nicht verstand.

Der Sturm dauerte noch drei weitere Tage an. Sie bekamen einen Vorgeschmack auf das hier üblicherweise vorherrschende Wetter und Jo erinnerte sich an den Ausspruch Aleister Crowleys nach zehn Wochen am K2 mit nur acht Schönwettertagen: »Das Klima war ziemlich gewöhnlich – nämlich schrecklich«. Ein paarmal nutzten sie kurze Aufhellungen, um mit den Mädchen im Icefall Eisklettern zu üben oder Selbstrettung aus Spalten mittels Tiblocs* zu simulieren, denn inzwischen war klar, dass sie in Ermanglung von einheimischen Trägern beim Aufbau der Lagerkette helfen mussten. Die meiste Zeit jedoch verbrachten Jo und Gwen eingemummelt in ihre Schlafsäcke, um dem Geknatter der Zeltwände, dem Heulen des Windes oder dem Rumoren des Gletschers unter ihnen zu lauschen. Jo fragte sich, wie sich der Sturm erst in exponierter Lage auf 8000 Metern Höhe anhörte und wie es überhaupt da oben sein würde, wo sie doch hier unten schon unter Atemnot, ständigem Kopfweh und leichtem Schwindel litten. Arne tröstete sie, das seien ganz normale Akklimatisationsphänomene, die bald abklängen, aber ganz sicher war er sich nicht. Schlimmer fand er, dass sich durch den Neuschnee die Lawinengefahr erhöht hatte. Er meinte, nach dem Abzug des Sturmtiefs müssten sie unter Umständen noch zwei bis drei Tage warten, bis sich der Schnee gesetzt und das Lawinenrisiko minimiert habe.

Die Aussichten auf weitere Wartetage versetzten Jo in Unruhe. Er hatte das Ziel vor Augen, war endlich am Fuße des Berges angelangt, an dem sie sich beweisen wollten, und nun doch zur Untätigkeit verdammt. Es reizte ihn nicht, die langen Abende mit den Franzosen beim Kartenspielen zu verbringen. Tom tickte da anders. Es bereitete ihm großes Vergnügen, die Franzmänner beim Pokern der Reihe nach abzuzocken. Nach drei Tagen hatte er bereits die halbe Summe zusammen, die das französische Team für die Mitbenutzung der Fixseile forderte. Sein »Hoosa raa*!«, wenn es ans Aufdecken ging, war bei den Franzosen zum stehenden Spruch geworden. Auch Gritt schien sich bestens mit der Situation zu arrangieren und verbrachte die Zeit tagsüber vorwiegend im Küchenzelt der Franzosen beim Kochen und Backen. Der Maître Cuisinier der französischen Truppe, Maxence, ein schlaksiger Bursche mit pechschwarzen Haaren, Dreitagebart und Nasenpiercing, hatte es ihr angetan. Obwohl Gritt nur wenig Französisch sprach, verstanden sich die beiden auch ohne Worte glänzend.

Zum Glück hatte Jo in Gwen eine treue Gefährtin, die sich abends meist zeitig mit ihm in ihr Zelt zurückzog, aber im Gegensatz zu ihm ein Buch mitführte – ein Luxus, an den er bei den ihnen auferlegten Gewichtsbeschränkungen gar nicht gedacht hatte. Es war zudem ein ziemlich dickes Buch, für das Gwen sich entschieden hatte: C.G. Jungs »Erinnerungen, Träume, Gedanken«*. Jo kannte Jung, den Pionier der modernen Psychologie und Anhänger ganzheitlicher Weltbilder, hatte von Archetypen und dem kollektiven Unbewussten gehört, sich aber nie eingehender damit beschäftigt. Nun las Gwen neben ihm im Schein ihrer Stirnlampe stundenlang in Jungs Werk, ohne auch nur einmal den Blick zu heben. Sie schien ihre Umwelt völlig ausgeblendet zu haben. Jo war nahe daran, eifersüchtig auf ihren geistigen Gesprächspartner zu werden, bat sie schließlich, laut vorzulesen. Die Matratze wippte, als sie sich zu ihm drehte.
»Is da vielleicht lankweilig?«
Jo bat sie, ihm etwas daraus vorzulesen. Sie tat ihm den Gefallen und trug, während der Sturm draußen heulte und an den Zeltstangen rüttelte, in leicht kärntnerisch eingefärbtem Hochdeutsch und mit ihrer dunklen und melodischen Stimme einen Abschnitt vor:
»Der Mensch muss sich darüber ausweisen können, dass er sein Möglichstes getan hat, sich eine Auffassung über das Leben nach dem Tode zu bilden, oder sich ein Bild zu machen – und sei es mit dem Eingeständnis seiner Ohnmacht. Wer das nicht tut, hat etwas verloren. Denn was als Fragendes an ihn herantritt,

ist uraltes Erbgut der Menschheit, ein Archetypus, reich an geheimem Leben, das sich dem unsrigen hinzufügen möchte, um es ganz zu machen. Die Vernunft steckt uns viel zu enge Grenzen und fordert uns auf, nur das Bekannte – und auch dies mit Einschränkungen – in bekanntem Rahmen zu leben, als ob man die wirkliche Ausdehnung des Lebens kennte! Tatsächlich leben wir Tag für Tag weit über die Grenzen unseres Bewusstseins hinaus; ohne unser Wissen lebt das Unbewusste mit. Je mehr die kritische Vernunft vorwaltet, desto ärmer wird das Leben; aber je mehr Unbewusstes, je mehr Mythus wir bewusst zu machen vermögen, desto mehr Leben integrieren wir. Die überschätzte Vernunft hat das mit dem absoluten Staat gemein: unter ihrer Herrschaft verelendet der Einzelne. Das Unbewusste gibt uns eine Chance, indem es uns etwas mitteilt oder bildhafte Andeutungen macht. Es ist imstande, uns gelegentlich Dinge mitzuteilen, die wir aller Logik nach nicht wissen können. Denken Sie an synchronistische Phänomene*, an Wahrträume und Vorahnungen!«

Gwen hielt inne.

»G'follt's da?«

Jo nickte. Er erkannte zwar das Primat der Naturwissenschaften bei der Erforschung der Welt an, hatte sich aber zeitlebens für darüber hinausweisende spirituelle Erklärungsansätze für das Rätsel des Daseins interessiert.

»I muaß da was verrot'n«, sagte sie und rückte näher.

Sie lagen so dicht aneinander, dass ihre Nasenspitzen fast aneinanderstießen. Gwens Augen strahlten.

»I hob außer dem Gipfltraum noo an zwoaten Traum g'hobt – in der Nacht, voa ihr noch Pörtschach kommen seid's.«

»Aber da kannten wir uns doch noch gar nicht«, wunderte sich Jo.

»Eben«, sagte Gwen lächelnd und erzählte ihren Traum.

Sie ritt auf einem weißen Pferd durch eine Art Urwald, wo es vor wilden Tieren und Ungeheuern nur so wimmelte und sie vor Angst fast verging. Außerdem war sie nackt oder fühlte sich zumindest so. Den Hals des Pferdes umfasst und den Kopf daran geschmiegt, vertraute sie sich in ihrer Not ganz dem Tier an, das sie auch wirklich sicher durch die Wildnis trug bis zu einem Tor, vor dem es stehen blieb – das Tor zu einem Zauberreich, von welchem sie schon viel gehört hatte und welches sie schon immer erkunden

wollte. Sie wusste, dass sie das Tier zurücklassen musste, brachte es aber nicht über sich, nach allem, was es für sie getan hatte. Doch als sie ihm ins Ohr flüsterte, sie kehre lieber wieder mit ihm in die Wildnis zurück, als es allein zu lassen, nahm es plötzlich menschliche Gestalt an. Und wie sie aufblickte, war es ein Prinz, der vor ihr stand, sie auf die Arme nahm und durch das Tor in das Reich seines Vaters, des Königs, trug.
»Ein schönes Märchen«, sagte Jo und fuhr mit der Kuppe seines Zeigefingers über den Wulst ihrer Unterlippe, »aber was habe ich damit zu tun?«
»Der Prinz woarst du«, flüsterte Gwen.
Jo zog die Augenbrauen hoch.
»Und du meinst echt, das war ein Wahrtraum?«
»Natürlich – wos sonst?«
»Schade«, sagte er.
Gwen schaute ihn entgeistert an.
»Wenn ich ein Pferd geblieben wäre, dann könntest du jetzt auf ihm den Berg hinaufreiten!«
Gwen patschte ihm mit der Hand auf den Kopf und lachte.
»Du g'scheata Hamml! Du nimmst mi goar nit earnst!«

Erster Anlauf

Donnerstag 30. Juli:
Der Sturm hat sich gelegt, der Schneefall lässt allmählich nach. Für heute und morgen ist Schönwetter gemeldet. Die Franzosen stehen über Satellitentelefon in ständigem Kontakt mit Météo Monde in Paris. Wie lange sich das Hoch halten wird, lässt sich im Moment noch nicht voraussagen. Wir wollen das Wetterfenster nutzen, um gemeinsam mit den Franzosen die Lagerkette aufzubauen. Arne plant vier feste Lager bis zur Schulter ein – Lager I auf 6100, Hochlager II auf 6750, III auf 7350 und IV auf 7920 Metern Höhe – danach sollen nur noch bewegliche Sturmbiwaks zum Einsatz kommen. Die Mädchen werden wie wir, die sich erst einmal an die Höhe akklimatisieren müssen, beim Aufbau der Lagerkette mithelfen – auch Gritt, die im Gegensatz zu ihrer Schwester keine Gipfelaspirationen

hat und stattdessen nach ihrer Rückkehr ins Basislager mit Solange, einem der drei Mädchen aus dem französischen Team, Funkkontakt mit uns halten will.

Fünf Uhr dreißig. Mit gepackten Rucksäcken versammeln wir uns im Franzosenzelt. Es ist kalt, nur ein Schatten von Helligkeit dringt durch die blaue Zeltplane. Gritt serviert heißen Tee und ein paar Leinsamenkekse. Es wird nur wenig gesprochen; selbst die Franzosen, die sonst unentwegt plappern, sind vor Müdigkeit und Anspannung wortkarg. Gwen sitzt mir gegenüber, das blasse Gesicht umrahmt von der Anorakkapuze. Mit ihren hohen Wangenknochen und zu Schlitzen verengten Augen sieht sie aus wie ein Eskimomädchen. Mit beiden Händen umschließt sie die Teetasse, um die Finger zu wärmen, stößt nach dem Trinken kleine Dampfwölkchen aus. Als sie bemerkt, dass ich sie beobachte, bringt sie ein Lächeln fertig und ihr Blick nimmt wieder diesen triumphierenden und beinahe anmaßend wirkenden Ausdruck an. Obwohl ich es bei ihrer Unerfahrenheit für bergsteigerischen Wahnsinn halte, will sie nach Fertigstellung der Lagerkette im Tross mit den Franzosen und Nordländern zum Gipfel. Bertrand ist offenbar einverstanden. Arne zuckt nur mit den Schultern und meint, die Höhe wird sie früher oder später von selbst ausbremsen. Wo holt das Mädel diese Zuversicht, dieses Selbstvertrauen her? Im Moment halte ich es sogar durchaus für möglich, dass Gwen es bis zum Gipfel schaffen wird. Sie lässt sich von nichts und niemandem unterkriegen, nicht einmal vom K2.

Kurz nach sechs Uhr setzte sich die Kolonne Richtung Lager I in Bewegung. Arne hatte ihnen am Vorabend den Routenverlauf erläutert. Zunächst ging es darum, im »Icefall«, einem Labyrinth aus Eistürmen und Gletscherspalten, einen Weg zum Einstieg in die Normalroute, dem Abruzzengrat, zu finden. Er zählte zu den höchsten und steilsten Achttausendergraten – von der Moräne bis zur Schulter, wo der Gipfelaufbau begann, maß er fast zweieinhalb Kilometer. Dazwischen türmten sich fast durchgehend steile, teilweise überhängende Wände auf mit ausgesetzter und schwieriger Kletterei bis hin zum vierten Schwierigkeitsgrad, darunter der »House-Kamin« oder »Bill's Chimney«, benannt nach William Bill House, einem Teilnehmer der amerikanischen K2-Expedition von 1938, der ihn als erster durchstiegen hatte.

Wegen der Gefahr von Abbrüchen von den manchmal haushohen Eistürmen und wegen der Spaltensturzgefahr durch den Neuschnee teilten sie sich in drei Seilschaften auf und marschierten in großen Abständen. Tom ging voraus, danach folgten Gritt, Gwen und Jo, hinter ihnen Soile und Jaana und am Schluss ihr Begleitoffizier Muhammed, der offiziell die ordnungsgemäße Einhaltung der Route überprüfen sollte, in Wirklichkeit aber wohl nur aus Langeweile mitging. Roy, aus dem Seil ausgeklinkt, filmte an markanten Punkten. Jo staunte über seine Kondition, schleppte Roy doch zusätzlich zu seinem Gepäck die gesamte Filmausrüstung mit sich herum.
Nach dem vielen Neuschnee war die Passage extrem lawinengefährlich. Gestern, nach dem Aufklaren, konnten sie vom Basislager aus verfolgen, wie ein gewaltiger Neuschnee-Abriss aus der K2-Flanke bis hoch an die gegenüberliegende Wand des Broad Peak schwappte – die anschließende Druckwelle fegte ihnen noch in über zwei Kilometern Entfernung die Mützen vom Kopf. Im Grunde befanden sie sich bereits jetzt in der Todeszone. Je näher sie dem Berg mit seinen Gefahren kamen, desto mehr überlagerte das Bewusstsein ihrer Sterblichkeit, das sie auch im normalen Leben wie ein leises Hintergrundrauschen begleitete, alles andere und reduzierte ihr Denken und Fühlen auf die nackte Existenzangst. Es war das, was viele Extrembergsteiger als das »Wahrwerden vor sich selber« bezeichneten – ein Prozess, der natürlich nur dann zur inneren Läuterung und Befreiung führen konnte, wenn sie überlebten.

Nach ungefähr anderthalb Kilometern legten sie unterhalb eines großen Felsens Rast ein und verfolgten, wie die Sonne den Gipfel des K2 aufleuchten ließ, als wäre sie Teil einer Inszenierung. Allmählich erwachten auch die darunterliegenden Schnee- und Eishänge in ihren goldenen Strahlen. Keiner sprach ein Wort. Stück für Stück gab der Berg mehr von sich preis, bis er schließlich in seiner ganzen Größe vor ihnen stand wie ein Stück aus einer fremden Welt. Sie waren in eine neue Dimension vorgestoßen, in eine Traumlandschaft mit eigenen Größenordnungen und Gesetzen, wo alte Denkmuster ihre Gültigkeit verloren.
Die Euphorie hielt nicht lange an. Der Aufstieg durch die steilen, sonnenzugewandten Schneehänge im aufgeweichten Firn zehrte an den Kräften. Unter

dem schweren Gepäck brachen sie alle paar Schritte ein, manchmal bis zu den Knien. Der Schweiß rann von der Stirn unter die Gletscherbrillen und brannte in den Augen. Auch die zunehmende Höhe forderte ihren Tribut – die sauerstoffarme Luft erzwang in immer kürzeren Abständen Verschnaufpausen. Aber es war nicht nur der weiche Schnee, es waren vor allem ihr miserabler Akklimatisationszustand und ihre Konditionsschwächen, die ihnen zu schaffen machten.

Wegen der Lawinengefahr wechselten sie auf den Felsgrat links von der Südostwand. Er bot festeren Untergrund, forderte ihnen aber klettertechnisch einiges ab. Ein Fehltritt und sie fanden sich 300 Meter tiefer im Gletscherschrund wieder. Die Mädchen klagten über Kopfschmerzen und blieben alle paar Meter stehen, um wieder zu Atem zu kommen. Selbst Tom stieß an sein Limit, obwohl sie sich noch weit unterhalb der klettertechnisch anspruchsvollen Passagen befanden.

»Dao müesch bigott schaonze wia a Burdetraagar* – dees isch noo schtrengr wia schaffe!« stöhnte er.

Jo fragte sich, wie es ihnen wohl auf 8000 Metern Höhe erginge, wenn sie bereits in dieser Höhe einknickten.

Am Mittag erreichten sie nach neun Stunden Aufstieg erschöpft Lager I auf 6100 Metern Höhe – trotz Schutzcreme sonnenverbrannt und trotz der vielen Trinkpausen dehydriert. Sie hatten für je hundert Höhenmeter fast eine Stunde gebraucht. Die weitaus besser akklimatisierten Franzosen und Schweden waren schon seit drei Stunden da. Ihre Zelte füllten die Plattform hinter einem großen vorgelagerten Felsen vollständig aus, für weitere Zelte schien kein Platz. Um sie zu erweitern, mussten erst Geröll beiseite geräumt und neue Zeltplätze aus dem Eis geschlagen werden. Es war Knochenarbeit, die ihnen nach dem anstrengenden Aufstieg hart zusetzte. Gritt übergab sich, klagte über Schwindel und Atemnot, Soile hustete sich die Lunge aus dem Leib und zeigte alle Anzeichen einer beginnenden Höhenkrankheit. Tom stieg vorsichtshalber mit Gritt, den zwei Finninnen und dem ebenfalls höhengeschädigten Muhammed ins Basislager ab, wollte bis zum Abend wieder zurück sein.

Als ihre Zelte endlich standen, sackte Jo erschöpft auf die Matte, unfähig, den Franzosen beim Anbringen der Fixseile weiter oben zu helfen.

Donnerstag, 30. Juli, abends:
Die Dunkelheit bricht ein. Wir haben uns einigermaßen erholt, schöpfen Hoffnung, auch wenn der Wetterbericht für morgen nicht gut ist, wie der inzwischen vom Basislager zurückgekehrte Tom berichtet. Auch von den Franzosen kommen schlechte Nachrichten. Die Russen haben beim Abstieg Fixseile und Steigleitern mitgehen lassen, obwohl sie von den Neuseeländern installiert und für die Verwendung durch die nachfolgenden Expeditionen bestimmt waren. »Russenmafia!«, schimpft Roy und vermutet, dass sie Seil und Leitern auf dem Basar in Skardu verhökern, um sich ein Abschiedsgelage in einem Viersterne-Hotel zu finanzieren. Die Franzosen sind mit der Neuinstallierung der Fixseile nur bis zum House-Kamin gekommen. »That's just where the real shit begins!«, schimpft Roy, denn der House-Kamin erfordert Kletterei im vierten Schwierigkeitsgrad auf Blankeis.
Für Tom und mich ist damit morgen statt des Durchstiegs zu Lager II erst einmal Fixseil-Legen angesagt. Das wirft uns einen ganzen Tag zurück und wir verbrauchen Seilreserven, die wir für die Südwand vorgesehen hatten.

Am nächsten Morgen herrschte Sturm. Der Wind in den Zeltstangen klang schauerlich wie das vielstimmige Geheul einer Wolfsmeute, das Knattern der Planen nach dem Rattatatat eines Maschinengewehrs. Als Jo aus dem Zelt schaute, schlug ihm eine Windböe ins Gesicht wie ein kalter Wasserschwall. Das Zelt von Roy und Tom hatte sich an einer Seite aus der Verankerung gerissen und stand Kopf. Zwei vermummte, geduckte Gestalten, Eiskristalle in Gesicht und Bart, mühten sich, das Halteseil zu befestigen, doch es riss immer wieder aus, selbst als sie den Hering mit einem Felsbrocken beschwerten. Jo opferte schließlich eine seiner Eisschrauben, die sie bis zum Anschlag in den gefrorenen Boden drehten. Seine Finger waren danach von der Kälte gefühllos, die Nasenspitze taub. Gwen wärmte ihn mit Anhauchen und heißem Tee.
Um zehn Uhr trafen sie sich in Roys Zelt zur Lagebesprechung. Eigentlich war für den heutigen Tag Seillegen und das Hochschaffen von Zelten und Material

zu Hochlager II geplant, doch Tom litt unter mangelnder Höhenakklimatisation. Die 2200 Höhenmeter gestern hatten ihm zugesetzt. Roy schlug vor, dem Beispiel der Franzosen und Schweden zu folgen und ins Basislager zurückzukehren. Jo war dagegen, weil sie aus dem Zeitplan gerieten, wollte den Aufstieg zu Hochlager II allein probieren und an exponierten Stellen neue Fixseile setzen. Gwen bettelte, sich ihm anschließen zu dürfen. Um sie abzuschrecken, bot er ihr an, dass sie bei dem Gipfelvorstoß der Franzosen nur mitdurfte, wenn sie die vor ihnen liegenden Kletterstellen ohne Probleme schaffte. Gwen zuckte mit den Schultern und besiegelte den Deal mit einem Handschlag.
Roy und Jo zwinkerten sich zu. Sie waren sich beide sicher, dass sich Gwen damit selbst aus dem Rennen katapultiert hatte.

Wegen der Windböen, die über den Kamm jagten, konnten sie nur gebückt gehen. Jo folgte Gwen, die mit sicherem Tritt zügig voranstieg und die Kletterstellen mit erstaunlicher Geschicklichkeit meisterte. Ihre Bewegungen hatten etwas Katzenartiges. Kurz vor dem House-Kamin gönnten sie sich eine kurze Rast, während der sie ihre Steigeisen festzogen und Flüssigkeit tankten. Jo band Gwen ins Seil ein und übernahm den Vorstieg, machte ihr aber klar, dass er höchstwahrscheinlich mitgerissen würde, wenn sie fiel, da der Kamin ungesichert war. Ohne die von den Russen abmontierten Steigleitern und Fixseile war der vereiste Kamin eine riskante Herausforderung selbst für geübte Kletterer.
Trotz der Steigeisen fand Jo nur schwer Halt, konnte sich oft nur mit Hilfe der Eisgeräte vorwärtsbewegen. Ein Ausrutscher und er sauste über die Südwand bis ins Basislager. Gerade hatte er einen Haken in einem Felsspalt versenkt und sich daran gesichert, als er Gwen schreien hörte. Unmittelbar darauf ging ein Ruck durch das Seil und er wurde in eine horizontale Position gerissen. Zwar gelang es ihm, die Zacken seiner Steigeisen in die gegenüberliegende Wand zu schlagen und den Rücken an die andere Wand zu stemmen, doch seine Lage war alles andere als komfortabel. Zu alledem lief das Seil zu Gwen über seinen linken Arm und machte ihn bewegungsunfähig.
Gwen baumelte an einem Felsvorsprung fünfundzwanzig Meter unter ihm und versuchte, sich mit dem Pickel irgendwo an der Wand einzuhaken, um

dann hochzuklettern, schaffte es aber auch nach mehrmaligem Hin- du Herschwingen nicht. Der Abstand war durch den Felsvorsprung, unter dem sie hing, einfach zu groß. Jo seinerseits war zur Bewegungslosigkeit verurteilt und konnte nichts für sie tun. Wenn der Haken über ihm ausbrach, stürzten sie beide.

Die Zeit verstrich. Gwen hatte ihre Versuche zur Wand zu gelangen bald aufgegeben und baumelte regungslos in den Sturmböen hin und her. Über kurz oder lang würde sie auskühlen und erfrieren. Jo seinerseits befand sich in keiner viel besseren Situation. Sein linker Arm war bereits völlig gefühllos. Von unten kroch die Kälte an ihm hoch und würde ihm binnen Kurzem die Kraft rauben, sich weiter mit Füßen und Rücken abzustemmen und so den Haken zu entlasten. Er musste an die Nacht mit Tom im Rosengarten denken. Hier würde sie keine Bergwacht herausholen. Er kannte Fälle, wo der obere der Kletterpartner den unteren vom Seil geschnitten hatte, um wenigstens sein eigenes Leben zu retten, doch er wäre unfähig dazu gewesen. Lieber erfror er oder stürzte mit Gwen zusammen in die Tiefe.
Er verfluchte die Russen, die das Fixseil hatten mitgehen lassen, er verfluchte die Franzosen, die kein neues eingezogen hatten, aber am meisten fluchte er auf sich selbst, weil er sich von Gwen um den Finger hatte wickeln lassen.
Die Minuten verstrichen. Jo merkte, wie die Kälte und eine bleierne Müdigkeit sich über ihn senkten. Lange würde er seine Position nicht mehr halten können, irgendwann wie ein Sack zusammenklappen, den Haken aus der Verankerung reißen und anderthalb Kilometer in die Tiefe sausen, bevor er auf dem Baltorogletscher aufschlug. Er wagte sich gar nicht vorzustellen, was einem bei einem Sturz dieser Länge alles durch den Kopf ging. Dass er da unten zusammen mit Gwen ein Grab finden würde, war das einzige, was ihn tröstete.
Als er sich zu drehen versuchte, um den Druck von seinem Arm zu nehmen, klimperte etwas an seinem Hüftgurt. Mit einem Schlag war er hellwach. Die Steigklemmen! Er hatte für den Fall, dass sie ein intaktes Fixseil vorfinden und mit Klettern nicht weiterkommen würden, Tibloc-Steigklemmen mitgenommen. Warum waren sie ihm nicht schon längst eingefallen?

Er konnte nur hoffen, dass Gwen in der Lage war, die Steigklemmen richtig einzufädeln und noch genügend Kraft hatte, sich wenigstens bis zu dem Felsvorsprung hochzuarbeiten, um dann das Seil zu entlasten, damit er sie das restliche Stück heraufhieven konnte. Dazu musste er jedoch erst an die Klemmen gelangen, ohne aus seiner prekären Lage herauszufallen. Mit dem freien rechten Arm langte er nach seinem Gürtel, an dem Hammer, Karabiner, Haken, Friends, Bandschlingen und Steigklemmen hingen. Nach einigem Suchen ertastete er die Tiblocs, löste die Karabiner, an denen sie befestigt waren, und verknotete sie mit einer Schlinge locker am Seil unter ihm. Da er dazu nur eine Hand benutzen konnte, dauerte es eine ganze Weile – um ein Haar wäre ihm das Set beim Einflechten aus der Hand gefallen. Nun tat sich das nächste Problem auf. Das Band mit den Tiblocs würde nur bis zum Felsvorsprung rutschen. Gwen musste versuchen, sich wenigstens einmal so weit von der Wand abzustoßen, damit das Seil genügend Spielraum freigab um die Steigklemmen durchzulassen. Er schrie er aus Leibeskräften, sie solle sich von der Wand abstoßen. Es dauerte eine ganze Weile, ehe sie reagierte, dann spürte er an dem sich verändernden Zug am Seil, dass sich da unten etwas bewegte und ließ die Schlaufe mit den Steigklemmen los. Sie rutschte genau bis zur Kante des Überhangs. Jetzt kam es darauf an, ob Gwen noch genügend Kraft besaß, um sich den entsprechenden Schwung zu geben. Er feuerte sie an, verfolgte angespannt, wie sie den Pendelradius mit jedem Anlauf ein klein wenig vergrößerte. Endlich, nach fast zwanzig Pendelschwüngen, rutschten die Klemmen durch. Er konnte am Ruckeln des Seils spüren, dass sie sich weiter hocharbeitete. Als ihr Helm über der Felskante auftauchte, stieß er einen Freudenruf aus. Kurz darauf hatte Gwen sicheren Stand gefunden, sodass er zum ersten Mal seit einer halben Stunde von dem Zug befreit war, der ihn in den Abgrund zu reißen drohte und ihm den Arm abschnürte.

Gwen rief, ob sie weiter »jümern« sollte. Er bejahte, weil er ihr mit seinem tauben Arm ohnehin keine große Hilfe gewesen wäre, und stemmte sich noch einmal in die Wand, um sie beim Aufstieg zu sichern. Dort, wo sich der Kamin verengte, begann Gwen zu klettern, bis sie fast zu ihm aufgeschlossen und Stand gefunden hatte. Er richtete sich auf und zog sie das letzte Stück zu sich hoch, von wo sie den Kamin vollends durchstiegen bis zur Kante eines gelben Sporns direkt über ihnen.

Gwen hatte den Gesichtsschutz heruntergezogen; sah mit ihren blauen Lippen und vereisten Augenbrauen wie eine sibirische Eisprinzessin aus. Er schloss sie in die Arme; sie zitterte am ganzen Körper.

»Hob i's jetz verkackt?«, fragte sie.

Gerade knapp dem Tod entronnen, dachte sie schon wieder an den Gipfel.

»Du hast es doch allein geschafft bis hier herauf, oder?«

»Ja und?«

»Das war die Bedingung!«

Gwen lächelte.

»Mei Jo, du bist a Schau! Danke!«

Sie zog seinen Mundschutz beiseite und drückte ihre eiskalten Lippen auf die seinen.

Tausend Meter unter ihnen waren die Zelte des Basislagers zu erkennen. Über ihnen, am Lager II, wo die Russen ihr Camp aufgeschlagen hatten, heulte der Sturm. Sie waren trotz aller Widrigkeiten bis auf 6750 Meter gekommen, auch wenn damit erst ein Bruchteil der Schwierigkeiten bei der K2-Besteigung über den »Normalweg«, den Abruzzengrat, bewältigt war, denn ab hier begannen die eigentlichen Herausforderungen – erst die berüchtigte »Schwarze Pyramide«, eine 400 Meter lange, fast vertikale Felspassage, dann der lawinengefährdete Schneehang oberhalb der Schulter, und schließlich der gefährlichste Teil der Besteigung: der »Flaschenhals«* – die Passage unter dem großen Sérac vorbei, bevor der Gipfelaufbau mit seinen steilen und ebenfalls lawinösen Schneehängen erreicht war.

Am Russenlager stürmte es so heftig, dass sie kaum aufrecht stehen und sich nur schreiend verständigen konnten. Drei Zelte standen herum, das eine schon halb zerfetzt vom Sturm. Die Russen hatten nicht einmal ihre Zelte abgebaut, dafür aber Seile und Leitern mitgehen lassen. Eine leere Wodkaflasche und ein paar zerknüllte Bierdosen lagen darin, außerdem jede Menge sonstiger Müll und ein russischer Playboy. Jo sah Gwen fragend an. Sie rümpfte die Nase. Aber sie hatten keine Wahl. Weder an einen weiteren Aufstieg, noch an einen Abstieg war heute zu denken, dazu waren sie zu geschwächt und durchgefroren. Eines der Russenzelte sah stabil aus und würde ihnen den nötigen Schutz für eine Übernachtung bieten. Während Gwen es säuberte, ihr Gepäck verstaute und Matten und Schlafsäcke ausbreitete, kochte Jo Wasser ab für Tee und Suppe, was jedesmal eine kleine Geduldsprobe darstellte, denn bis der Pressschnee im Topf sich in siedendes Wasser verwandelt hatte, konnte eine halbe Stunde vergehen. Umso schöner war es dann, im Schutz des Zeltes Suppe zu löffeln oder heißen Tee schluckweise zu genießen. Im fahlen und von den Zeltwänden bläulich verfärbten Licht der Dämmerung saßen sie sich gegenüber, in ihre Daunenanoraks gehüllt und halb in den Schlafsäcken sitzend, während draußen die Böen am Zelt rüttelten. Gwen lächelte; ihre weißumrandeten Augen im sonnenverbrannten Gesicht funkelten. Sie hatte ihn heute als furchtlose Kämpferin endgültig gewonnen – und sie wusste es.

Samstag, 1. August:
In der Nacht erwache ich mit heftigen Kopfschmerzen und Erstickungsgefühlen; ein mehrere Minuten währender Hustenanfall würgt mich. Wir sind für die Höhe nicht genügend akklimatisiert, hätten von hier aus eigentlich gleich wieder ins Basislager absteigen sollen. Der Sturm ist zum Orkan angewachsen, drückt die ihm zugewandte Zeltwand bis in Bodennähe. Ich setze mich davor, stemme mich dagegen, fühle die Kälte durch die Zeltwand und die Böen wie Schläge auf den Rücken. Gwen scheint von alledem nichts mitzubekommen und schläft tief in ihrem Schlafsack vergraben. Ich habe das Gefühl, etwas fundamental Wichtiges zu tun, wenn ich sie vor dem Sturm beschütze, so als würde ich die Welt retten.

Basislager (2)

Am nächsten Morgen hatte sich zwar der Sturm etwas gelegt, dafür herrschte dichtes Schneetreiben. Gwen klagte über Kopfweh, Schwindel und Atemnot.

Sie mussten so schnell wie möglich hinunter, ließen alles entbehrliche Material für den späteren Weitertransport zurück. Beim Abstieg brachte Jo trotz des Sturms an ausgesetzten Stellen Fixseile, im Housekamin eine Steigleiter an. Um 13 Uhr erreichten sie Lager I, beschlossen aber nach zwei Stunden Rast, ins Basislager mit seinem größeren Komfort abzusteigen. Je tiefer sie gelangten, desto mehr verflüchtigten sich die Symptome der Höhenkrankheit.

Im Basislager wurden sie gefeiert, als hätten sie den Gipfel hinter sich. Chantal und Solange drückten Jo Küsschen auf die Wangen, Roy, Gritt, Soile, Jaana und Tom schnappten sich Gwen, warfen sie mit vereinten Kräften in die Höhe. Beim Abendessen erzählte Gwen von ihrem Sturz, tat die Sache fast als eine Lappalie ab. Gritt wollte wissen, was sie ohne die Steigklemmen gemacht hätte.

Gwen zuckte mit den Schultern.

»I hätt drauf g'hofft, dass da Jo mi erst obschneidet, wenn i scho dafrorn woar.«

Der Runde blieb das Lachen im Hals stecken.

Arne fragte, was ihr denn durch den Kopf gegangen sei, als sie am Seil hing, eine halbe Stunde lang.

»Goar nix. S'Denken hob i'm Jo überlossn. I hob g'wusst, dass ihm was einfollt.«

Roy spöttelte, das nenne man Gottvertrauen.

Ein Gott sei Jo deswegen noch lange nicht, kicherte Gwen. Der gucke sich nicht nachts im Zelt mit der Stirnlampe in einem russischen Playboy weibliche Nackedeis mit Riesentitten an.

Den Playboy habe sie aus dem Russenzelt geholt und selbst drin geschmökert, verteidigte sich Jo mit leicht verfärbten Wangen.

»I hob bloß a Kochrezepterl g'suacht«, grinste Gwen.

»Ja mei«, feixte nun auch Gritt, »da Bua hot feingeistige Bedürfnisse, is doch kloar.«

Tom hüstelte.

Gwen meinte zweideutig:

»Er braucht mi ja bloß aufelossn!«

Sonntag, 2. August:
Es stürmt und schneit ohne Unterlass. K2-Wetter, meint Roy. Ein Nachmittag zum Absitzen, Zeit totschlagen. Wir hocken in Gruppen verteilt im Franzosenzelt. Anne, Bertrand, Claude, Jerome und Pascal, die Führergruppe, in der einen Ecke beim Studieren von Kartenmaterial, vor sich eine Kanne mit Tee; Gritt, Gwen, Chantal, Solange, Serge und Maxence in der anderen, kichernd beim Betrachten von Handyvideos, vor sich eine Flasche Apfelcidre. Gritt und Gwen haben sich am Vormittag als »Bergsteiger-Models« für ein Foto-Shooting mit Jerome und Pascal zur Verfügung gestellt und durch ihre teilweise ziemlich freizügigen Auftritte dabei Toms Unwillen erregt. Arne und Eva lesen auf Sitzkissen in Ofennähe; Bo, Ellen und ich sind auf Klappstühlen um den Beistelltisch gruppiert, Soile und Jaana hängen an ihren Handys, obwohl es kein Internet gibt, Tom schläft im Zelt.
Arne liest »Solo Faces« von James Salter, die Geschichte des verrückten amerikanischen Bergvagabunden Vernon Rand, der als Autodidakt im Alleingang die extremsten Kletterwände der französischen Alpen bezwang, Eva das Buch »Die Wolfsonate« von Hélène Grimault, in dem die berühmte Pianistin den komplizierten Weg ihrer Berufung beschreibt. Arne und Eva haben mir versprochen, die Bücher an mich weiterzureichen, sobald sie damit fertig sind. Ich beginne zu verstehen, warum Aleister Crowley seine Bücherkisten mit ins Basislager am K2 transportieren ließ*.*

Am Montag kündigte Météo France ein stabiles Hoch an, das für länger anhaltend gutes Wetter sorgen sollte. Die Franzosen bereiteten für Mittwoch den Aufstieg über den Abruzzengrat* vor, um die Lagerkette bis zum Gipfelaufbau fortzusetzen und dann bei günstigen Verhältnissen zuzuschlagen. Gwen war, wenn alles nach Plan lief und sie die konditionellen und technischen Herausforderungen meisterte, für eine mögliche Gipfelbesteigung eingeplant. Gerüchte kursierten, wonach die Ebeling-GmbH eine größere Summe »Führergebühr« an die französische Alpenvereinssektion, der Bertrand angehörte, überwiesen hatte. Gwen wischte sich vor Freude die Tränen von den Wangen. Als sie ihre Mama über Satellitentelefon darüber informierte, bestand Frau Ebeling auf einer lückenlosen Dokumentation der Expedition

– so wie bei der Baskin Edurne Pasaban*, die aufgrund ihres heroischen Einsatzes am K2 zur spanischen Nationalheldin aufstieg.
»Du wärst des jüngste Mädl, des je auf'm K2 g'stondn is und werst bestimmt so berühmt wie die Kaltenbrunner*«, prophezeite Gritt ihrer Schwester.
Arne wusste Genaueres über die österreichische Spitzenbergsteigerin Gerlinde Kaltenbrunner, die alle 14 Achttausender ohne Sauerstoff bezwungen hatte. Ursprünglich wollte sie Krankenpflegerin werden, doch auf den Touren in ihrer Heimat in Oberösterreich entdeckte sie ihre Liebe zu den Bergen und den Spaß am Bergsteigen. Gemessen an den Mitteln, die ihr zur Verfügung standen, legte sie eine phänomenale Karriere hin, blieb jedoch bescheiden und authentisch. Mehrmals half sie auf ihren Touren Verunglückten und rettete nicht nur Leben, sondern verzichtete dafür mehrmals sogar auf den eigenen Gipfelsieg.
Warum er ihnen ihnen das erzähle, fragte Gritt.
Arne ging nur indirekt auf ihre Frage ein.
Er kenne auch die Geschichte der Baskin Edurne Pasaban. Sie setzte – vor allem auf Druck ihrer ehrgeizigen Mutter – auf eine ausufernde mediale Vermarktung ihrer Expeditionen, nahm unkalkulierbare Risiken in Kauf und hielt sich nicht immer an das selbst gesetzte Motto »by fair means«, denn bei mindestens zwei ihrer Achttausender-Besteigungen kam künstlicher Sauerstoff zum Einsatz. Als sie 2004 den Gipfel des K2 völlig erschöpft erreichte, war sie beim Abstieg auf die Hilfe des gesamten Teams angewiesen, verlor zwei Zehen und handelte sich mehrere Wochen Krankenhausaufenthalt und ein Jahr Depressionen ein. Um ihr ehrgeiziges Ziel, als erste Frau alle Achttausender zu besteigen, zu erreichen, verzichtete sie später auf Familie und widmete sich ganz der Bergsteigerkarriere und ihrer Selbstvermarktung.
Gwen saß da und zog eine Flunsch.
»Holtst du mi vielleicht aa für so a überkandidelte Gons wie die Pasaban?«, fragte sie.
Arne schüttelte den Kopf.
»Edurne wurde in den Anfangsjahren Opfer der Umstände und des Drucks, der auf ihr lastete. Nach ihrer K2-Erfahrung und der damit verbundenen

Krise hat sie sich weitgehend davon frei machen können und dann ja auch noch Außerordentliches geleistet. Was ich damit sagen will, ist ganz einfach – man sollte bei allen alpinen Unternehmungen mit unkalkulierbaren Risiken das Motto des Alpinismus beherzigen: »Das Können ist des Dürfens Maß«. Es stammt von Paul Preuß, dem Bergsteiger, der Freeclimbing zu einer Disziplin gemacht hat, leider aber auch ihr erstes Opfer geworden ist*.«

Gwen schien nicht überzeugt.

»Oba um mei Können zu beweisn, muaß i doch a Risiko eingehn – oda? Und wer entscheidet, ob i derf oder nit?«

Arne lächelte.

»Letzten Endes du selbst!«

»Also – nocha loßt's mi doch geh'n. I waaß, dass i's konn!«

Arne erkundigte sich dann auch nach Toms und Jo's Plänen.

Jo erklärte, sie wollten zwischenzeitlich die Südwand erkunden, ein Depot und ein vorgeschobenes Lager errichten und soweit wie möglich aufsteigen, um an exponierten Stellen Fixseile anzubringen.

Arne und Bo versuchten ihnen den Plan mit der Südwand auszureden, wiesen auf das hohe Lawinenrisiko in den Couloirs hin und die ständige Gefahr von Seracabbrüchen.

Bo schloss sich Arne an und meinte, es sei kein Zufall, dass die Südwand seit dreißig Jahren von niemandem mehr angegangen worden war und seither die meisten Besteigungen über den Abruzzengrat erfolgten, der immer noch gefährlich genug sei. Der Direktanstieg über die Südwand sei selbst für den Grenzgänger Reinhold Messner ein unkalkulierbares Risiko geblieben*.

Es sei Russisches Roulette, was sie da spielten, aber nicht mit einer Patrone im Magazin, sondern mindestens mit drei, schloss sich Roy an.

»Viel Feind, viel Ehr!*«, entgegnete Jo trotzig.

Ob sie die Geschichte der Südwand-Erstbegehung eigentlich kannten, fragte Arne.

Tom zuckte mit den Schultern und brummte, die sei ihm egal, er werde jedenfalls eine eigene schreiben.

Arne meinte, sie sollten es sich auf jeden Fall als Warnung angedeihen lassen und begann mit einer kurzen Schilderung des Katastrophenjahrs 1986, in dem insgesamt 13 Tote unter den zehn Expeditionen aus den verschiedensten Ländern zu beklagen waren. Ausgerechnet in diesem Jahr hatte der Arzt und Expeditionsleiter Karl Maria Herrligkoffer ein Team von sechs Leuten auf die Durchsteigung der Südwand des K2 angesetzt, eine Route, die wegen ihres hohen Risikos von Sérac-Abbrüchen und Lawinen berüchtigt und bisher ohne Erfolg versucht worden war. Zum Team gehörten neben drei Schweizern und den Polen Jerzy Kukuczka und Tadeusz Piotrowski auch der Allgäuer Toni Freudig*.

Tom, der den Pfrontener Bergführer und Leiter einer Bergsportagentur kannte, war erfreut, dass sie in den Spuren eines Allgäuers wandeln würden, der in der internationalen Kletterszene als kühner Kletterer galt und viele Erstbegehungen gemeistert hatte.

Leider zwangen Freudig auf 6400 Metern Höhe gesundheitliche Problemen zum Umkehren, fuhr Arne fort. Die Schweizer hatten schon vorher aufgegeben, sodass die Polen allein auf sich gestellt waren. Nach mehreren wegen Schlechtwetter unterbrochenen Versuchen gelangten Kukuszka und Piotrowski beim letzten Anlauf bis auf 7600 Meter Höhe, wo sie ihr drittes Biwak errichteten. Ab da begannen die Probleme – zunächst wegen des extrem steilen Geländes, dann wegen des vielen Schnees in der Aufstiegsrinne.

Mit dem Neuschnee-Problem hätten sie es in diesem Jahr auch zu tun, merkte Roy an.

Das sei am K2 so gut wie immer der Fall, brummte Tom.

Am zweiten und dritten Tag schafften die Polen jeweils 200 Höhenmeter, fuhr Arne fort. Dann versperrte ein Felsriegel das Weiterkommen. Kraftraubende und ausgesetzte Kletterei im oberen fünften Grad brachten sie an diesem Tag nur zwanzig Meter höher.

Zwanzig Meter an einem Tag – bei dem Tempo bräuchten sie von da oben 60 Tage zum Gipfel, rechnete Roy.

Arne nickte.

»Das war das eine Problem – die Zeit lief ihnen davon und sie hatten kaum noch Vorräte. Aber es kam noch schlimmer. Beim Schneeschmelzen in ausge-

setzter Hanglage ging die Gaskartusche verloren. Am nächsten Morgen versuchten sie vergeblich, mit einer Kerze aus Schnee Wasser zu gewinnen, setzten dann alles auf eine Karte, ließen Zelt, Schlafsäcke und Kocher zurück und kletterten nur mit Trinkflasche, Fotoapparat und einer Folie im Rucksack weiter. Sie wussten, dass sie von da an zum Erfolg verdammt waren, da es in der Südwand aufgrund fehlender Standplätze keine Möglichkeit zum Abseilen gab.«
Gritt pustete die Luft aus und sah Tom und Jo mit gefurchten Augenbrauen an.
»Des is ja a Einbahnstraßn in'Himml – do gehts ihr nit aufe!«
»Z'toat g'fiircht isch öü gschtoarbe*«, grummelte Tom und zuckte mit den Achseln.
»Du grantiga Stierwoschn* – jetz sei nit so stur!«, schimpfte Gritt und schlug ihm den Handschuh um den Kopf, »geht's da nit in dein bledn Schädl eine, dass sich ondre Leit Sorgn mochn um eich?«
Tom zog eine Flunsch und schwieg.
»Nach weiterer schwierigster Kletterei in der dünnen Luft erreichten die Polen am vierten Tag endlich den Grat«, setzte Arne seinen Bericht fort. »Trotz der Dehydrierung schafften sie es noch am Abend bis zum Gipfel. Allerdings geriet der Abstieg zu einem Wettlauf mit der Zeit, da die Dunkelheit hereinbrach. Nach ein paar hundert Metern waren die Batterien der Stirnlampen leer und sie mussten ohne Zelt im Schnee biwakieren – in der Todeszone. Wegen der Kälte war nur Minutenschlaf möglich; den Großteil der Nacht verbrachten sie zitternd, armeschlagend und mit den Füßen stampfend. Beim Abstieg am Morgen verlor Piotrowski im stark abschüssigen vereisten Hang erst das eine, dann das zweite Steigeisen, rutschte schließlich aus und stürzte kopfüber aus dem Steilhang direkt an Kukuczka vorbei die Südwand hinab.
»Bessr waile g'falle als g'schtäät g'schtiige, haot dr Jooselar g'seit, wia'na b'soffe Diileschtiag naabocket isch*«, kommentierte Tom in einem Anflug von Zynismus.
Unter Schock und völlig dehydriert stieg Kukuczka im Delirium ab, fuhr Arne unbeirrt fort, erreichte an der Grenze zwischen Leben und Tod einen Tag später das Basislager und wurde, weil er ohne seinen Seilpartner eintraf, für dessen Tod verantwortlich gemacht. Drei Jahre später stürzte Jerzy Kukuczka an der Lhotse-Südwand tödlich ab.

»Dumm g'laufen«, sagte Gwen. »Aber unsterblich sans trotzdem worn!«
»Too high a price for a little fame – ein zu hoher Preis für ein wenig Ruhm!«, meinte Roy.

Montag, 3. August:
Die Franzosen leeren ihre Weinbestände, vielleicht weil sie fürchten, sie nach dem Gipfelsturm wieder ins Tal tragen zu müssen. Wir sind zum großen Festessen mit eingeladen. Als Vorspeise gibt es Escargot a la bourguignonne, gratiniert im eigenen Gehäuse mit Schneckenbutter, als Hauptgang Pièce de boeuf aux échalotes confites – zubereitet vom Chefkoch Maxence und seinen Gehilfinnen Chantal, Solange, Anne und Gritt, die auch zuständig sind für die Desserts: Crème brulée und Tarte Tatin. Für die Vegetarier serviert Anne Bohnen-Tomaten-Quiches mit Minz-Tapenade und als Hauptspeise Mediterrane Kartoffel-Gemüsepfanne. Tom, über der Leerung einer Flasche Bordeaux mit Maxence inzwischen versöhnt, ist für die Salate zuständig und hat auch ansonsten kräftig mitgemischt. Die Verständigung zwischen den Sechsen läuft über ein französisiertes und mit Kärntner und Allgäuer Brocken angereichertes Pig-Englisch, wie ich bei meinen Besuch im Küchenzelt am späten Nachmittag feststellen kann.
»Un peu plus vinaigre!«, moniert Maxence beim Abschmecken des Salatdressings. »A bit more Essique!«
Tom ist skeptisch.
»No mea vu deam Zuig? Not good. It will get too bitter, so the people will – äh – üüfkoppe.« Tom sucht vergeblich nach dem englischen Wort für »aufstoßen« und behilft sich auf seine Weise, indem er einen Rülpser produziert, um die Sachlage zu veranschaulichen. Die Französinnen quieken, halten sich die Hand vor den Mund. Gritt legt Tom von hinten die Arme um den Hals, säuselt ihm in ihrem liebreizendsten Tonfall ins Ohr: »It's a French kitchen, Tom, and you must cook wia da Moaster es oschafft. Soin's doch ihre Gosch'n verbrenna, sie ham gnua Alk zum Nochspüln!«
»Kitchen isch güet gseit fiar dean Laade dao homma«, murrt Tom und schüttet die halbe Flasche Essig über den Salat. »I do what the Chef will, but I will not carry the consequences!«

Der Salat wurde zwar am Abend weitgehend verschmäht, dafür fanden die übrigen Speisen umso mehr Zuspruch. Die Sitzordnung war vorher ausgelost worden, so dass ganz neue Paarungen entstanden. Jo kam mit Ellen, Anne und Arne an einen Tisch im hinteren Teil des Gemeinschaftszelts zu sitzen. Die Speisen wurden vom Küchenteam in großen Abständen aufgetragen, damit genügend Zeit für Konversation und das Verkosten französischer Spitzenrebensorten blieb: Beaujolais, Merlot, Grenache und Cerignan. Während Anne und Jo sich eine Flasche Cabernet Sauvignon aus dem Médoc teilten, tranken Arne und Ellen lieber Tee und unterhielten sich in ihrer Landessprache. Anne, eine schlanke Brünette mit Pferdeschwanz, schmalem Gesicht, smaragdgrünen Augen und Tight-fit-Jeans, stammte aus dem Poitou, war viel an den Kletterwänden der französischen Alpen unterwegs gewesen, hatte aber im Unterschied zu Jo bereits zwei Achttausender bestiegen – den Everest und den Manaslu.

Jo befragte sie zu ihren Erfahrungen am Everest.

»Il a été ennuyeux – de haut en bas et de bas en haut pour semaines – toujours en trot avec une foule des idiotes – es war nervtötend, wochenlang nur rauf und runter – immer im Trott mit einer Horde von Idioten«.

»Idioten?«

Anne lachte.

»Idiots comme moi – Idioten wie ich!

»Und der K2?«

»Le K2 est un vrai défi – un combat avec soi-même – der K2 ist eine echte Herausforderung – ein Kampf mit sich selbst!«

Jo fragte, ob sie das brauche.

»Bien sur – on ne peut pas vaincre sans se battre – man kann nicht siegen ohne zu kämpfen!«

»Man kann aber auch sterben dabei«, sagte Jo.

Anne sah ihn mit einem verschmitzten Lächeln an.

»Les meilleurs survivront – die Besten überleben!«

Sie tranken darauf – Rotwein aus dem Médoc. Anne kannte den Médoc vom Badeurlaub – ihre Tante besaß ein Mobile Home an einem Campingplatz in der Nähe von Soulac direkt am Meer. Sie zeigte Jo Handyfotos von weiten leeren Stränden vor einer schäumenden Brandung.

Es sei herrlich in der vordersten Reihe am Meer zu wohnen und dem Geräusch der Brandung zu lauschen, schwärmte sie.
Jo erklärte ihr in seinem besten Schulfranzösisch, dass sich der Sturm am Berg vor zwei Tagen wie ein tosendes Meer angehört habe. Vielleicht seien es aber auch die Berggeister mit ihrem wütenden Geheul gewesen.
Anne lachte.
»Rainer Maria Rilke a entendu la voix d'un »ange terrible« au milieu du son de la mer déchaînée après avoir vécu seul dans un château pendant deux mois – mais pour moi c'etait toujours comme une grande symphonie – Rainer Maria Rilke hörte die Stimme eines »schrecklichen Engels« aus der Brandung heraus, nachdem er zwei Monate in einem Schloss in der Normandie gelebt hatte, aber mir ist es immer wie eine großartige Symphonie vorgekommen!«
Jo stimmte ihr zu und fragte, woher sie Rilke kannte.
»In der Schule 'at mein Professeur mir einmal als Strafe für mauvaise conduite – schlechtes Betragen? – in der Klasse ein poème von Rilke zu lernen gegeben – sagt man ‚gegeben'?«
Jo nickte, erstaunt, dass Anne mit ihren Deutschkenntnissen bisher hinter dem Berg gehalten hatte.
»Le Carouselle – das Karussell* – kennst du es?«
Jo bejahte und sagte auf, was er davon noch behalten hatte:
»Mit einem Dach und seinem Schatten dreht
sich eine kleine Weile der Bestand,
von bunten Pferden, alle aus dem Land,
das lange zögert, eh es untergeht...«
Anne übernahm und rezitierte mit leichtem französischem Akzent weiter:
»...Zwar manche sind an Wagen angespannt,
doch alle 'aben Mut in ihren Mienen;
ein böser roter Löwe geht mit ihnen
und dann und wann ein weißer Elefant.«

Sie lachten, stießen mit den Gläsern an. Es war heiß geworden im Zelt. Stimmen, Gesprächsfetzen und Gelächter bildeten eine rauschende Kulisse,

während die Poesie ihnen zu Kopf stieg wie schwerer Wein. Anne, mit gerötetem Gesicht, war dicht herangerückt.
»Was ist dieses Land, das lange zögert, eh es untergeht?«, fragte sie, den Mund an seinem Ohr, als plane sie eine Verschwörung.
»Die Unschuld der Kindheit«, antwortete er, spürte ihren Atem wie einen Hauch auf seiner Wange.
»L'innocence de l'enfance – ist es das, wonach man sich sehnt?«
»Ja, aber der Weg führt fort von ihr.«
»C'est dommage – das ist schade«, sagte sie, während sie ihn aus nächster Nähe aus grünen Augen fixierte und dabei ihren Blick von einem Auge zum anderen wandern ließ.
»Nein«, erwiderte er, »nach Heinrich von Kleist müssen wir unsere Unschuld verlieren, um für das Höhere empfänglich und ihrer erneut teilhaftig zu werden*.«
Anne kicherte.
»Das Höhere? Qu'est-ce que tu entends par ca – dieux? Was verstehst du darunter – Gott?«
»In erster Linie das Leben, das uns zu ihm führt.«
Anne lächelte.
»Tu es mystique ou alpiniste? – Bist du Mystiker oder Bergsteiger?«
»Beides«, sagte er und zitierte aus Rilkes Stundenbuch:

»Es gibt im Grunde nur Gebete,
so sind die Hände uns geweiht,
dass sie nichts schufen, was nicht flehte;
ob einer malte oder mähte –
schon aus dem Ringen der Geräte
entfaltete sich Frömmigkeit.*«

»Du bist ein verrückter Kerl – viel zu verrückt für einen Allemand!«, lachte Anne, drückte ihm einen Kuss auf die Wange und wandte sich Bertrand zu, denn der hatte bereits mehrfach mit dem Messer an sein Glas geschlagen.

Bertrand begrüßte erst auf Englisch die schwedischen, finnischen, österreichischen und deutschen Gäste, dankte ihnen dafür, dass sie sein Team beim Aufbau der Lagerkette unterstützten und wünschte ihnen viel Glück bei der Besteigung der »Bestie«.

Sie sollten sich nicht von ihr einschüchtern lassen – es sei wie die Zähmung einer Widerspenstigen – je länger der Kampf, desto größer das Vergnügen!

Die Mädchen pfiffen; Chantal, die Bertrand am nächsten saß, bewarf ihn mit einem Stück Sahnetorte.

Nachdem Bertrand die Sahne von seinem Jackett gewischt hatte, beschwor er, an seine Landsleute gewandt, die lange Tradition französischer K2-Expeditionen am K2 und deren Erfolge. Er wolle auch dieses Jahr so viele Teilnehmer wie möglich auf den Gipfel bringen.

»Chacun de vous qui atteint le sommet devient immortels – jeder von euch, der den Gipfel erreicht, wird unsterblich!«, versprach Bertrand und erhielt von allen Seiten Beifall.

Anne fand, Unsterblichkeit klinge in ihren Ohren unendlich langweilig. Ein Leben, das nicht auf ein Ende hin ausgerichtet wäre, sei ziellos.

»Aber ein sinnloses Ende könne auch kein Ziel sein«, widersprach Jo.

»Alors on doit avant donner un sens à sa vie – dann muss man vorher seinem Leben einen Sinn geben!«

Nach dem Dessert wurden die Tische abgebaut, ein Stuhlkreis gebildet. Bertrand hatte von der musikalischen Performance der deutsch-österreichischen Expedition in Teheran gehört und wollte Kostproben hören. Er ließ nicht locker, bis Roy ein paar Nummern auf dem Saxophon zum Besten gab. Gwen stimmte im Duett mit ein, jodelte dann solo. Die Franzosen waren aus dem Häuschen. Bertrand bot Gwen an, sie auf den K2 zu tragen, wenn sie ihm am Gipfel ein Ständchen jodle, worauf Chantal angedüdelt fragte, ob er sie auch noch draufpacke, wenn sie ihm dort was blase. Maxence und Pascal spielten auf der Mundharmonika, während Chantal und Solange im Schein der Kerzen in hautengen Bodies zum Flötenspiel Jeromes einen »Schlangentanz« mit akrobatischen Einlagen und kunstvollen Verrenkungen aufführten. Roy dankte Allah, dass sich ihre Begleitoffiziere vor dem sündigen

Treiben rechtzeitig zu ihren Glaubensbrüdern an das Broad-Peak-Basislager geflüchtet hatten.

Im Zelt schlüpfte Gwen, nur mit dem Fleece-Pulli bekleidet, neben Jo unter die Decke und wollte wissen, ob er sich angetörnt gefühlt habe.
»Wovon?«
Gwen zupfte an seinem Ohrläppchen.
»Was hot sie dir ins Ohr g'flüstert?«
»Wer?«
»Des Mädl mit de Oarschbeißerhosn.«
»Ach, Anne meinst du. Ein Gedicht von Rilke.«
»Was für aans?«
Jo nannte den Titel, sagte auf ihren Wunsch das Gedicht sogar auf. Es gefiel Gwen, sie wollte mehr hören. Er trug ihr daraufhin »Der Panther« vor, dann »Es reifen schon die roten Berberitzen«. Gwen, mit glühenden Wangen, wollte immer mehr. Er rezitierte Rilkes Liebes-Lied:

»Wie soll ich meine Seele halten, dass
sie nicht an deine rührt? Wie soll ich sie
hinheben über dich zu anderen Dingen?
Ach gerne möchte ich sie bei irgendwas
Verlorenem im Dunkel unterbringen
An einer fremden Stelle, die
nicht weiterschwingt, wenn deine Tiefen schwingen.
Doch alles, was uns anrührt, dich und mich,
nimmt uns zusammen wie ein Bogenstrich,
der aus zwei Saiten eine Stimme zieht.
Auf welches Instrument sind wir gespannt?
Und welcher Geiger hat uns in der Hand?
O süßes Lied.«

»Des is wia a Ros'ng'witter«, flüsterte Gwen, Tränen in den Augenwinkeln.
Jo nickte.

»Oba i waaß, wer di in der Hand hot.«
»So? Das weißt du?«
»Ja kloar.«
»Und wer?«
»Aaane, die iberoll die erste Geign spielt.«

Südwand (1)

In der Morgendämmerung des übernächsten Tages brachen Tom und Jo auf. Ihr Plan sah vor, das erste Lager auf 6100 Metern Höhe zu errichten, morgen das zweite auf 6750 Metern Höhe, übermorgen Fixseile in den schwierigen Passagen oberhalb von Lager II anzubringen und auf 7350 Metern ein weiteres Mal zu biwakieren, um am vierten Tag zur Regeneration ins Basislager abzusteigen.

Vom Basislager zur Einstieg in die Südwand war es nicht sehr weit. Der Gipfel und die Flanken des Bergs waren noch in Nebel gehüllt. Das Moränengeröll, durch das ihr Weg führte, war an vielen Stellen von einer tückischen Eisschicht bedeckt, sodass sie sich gezwungen sahen, bereits hier die Steigeisen anzulegen.
Am Einstieg zur Südwand lichtete sich der Nebel und enthüllte die in den Schein der Morgensonne getauchte spektakuläre Gipfelkulisse des Karakorums. Es war einer jener Momente, wo alle Mühen und alle Plackerei mit einem Schlag gegenstandslos erschienen. Jo fühlte sich für einen Wimpernschlag durch die Größe der Landschaft herausgerissen aus aller Beschränktheit und spürte das Titanenhafte in sich wie etwas, aus dem er irgendwann gefallen war. Tom, mit wettergegerbtem Gesicht und blitzenden Augen, boxte ihn in die Schulter.
»Iatz packe br'n, dean Kooge, Jo!«
Genau in diesem Augenblick hörten sie ein dumpfes Rauschen weit oben, das rasch in ein bedrohliches Wummern und Grollen überging. Noch hielten sie das Ganze für ein Sommergewitter, das sich am Gipfel entlud, da kam die

Lawine bereits über die Schulter geschossen. Während sie die Flanke des Bergs hinunterraste, bauten sich die Eis- und Schneemassen zu einer allesvernichtenden Walze auf und pflügten donnernd ein paar hundert Meter östlich von ihnen über den Weg, den sie gekommen waren. Zwar holte die Druckwelle sie ein und traf sie wie ein nasskalter Schlag, doch sie blieben unversehrt. Tom sah es als gutes Omen an und meinte, während der Schneestaub auf sie herabrieselte, »isch doch dia schu amaol hünda.« Tatsächlich war ihre Route etwas sicherer geworden. Dennoch starteten sie mit einem mulmigen Gefühl in den Schneehang vor ihnen.

Die ersten sechshundert Höhenmeter bis zum Materialdepot, wo sie Gaskartuschen, Fixseile und Proviant zum späteren Weitertransport abluden, trug sie die Schneedecke, doch ähnlich wie am Abbruzzengrat wurde das Spuren mit zunehmender Sonneneinstrahlung bald zur Schinderei. Sie hatten trotz der Entlastung immer noch genug zu schleppen – außer Kleidung, Schlafsack, Kletterausrüstung, Fixseilen, Funkgerät, Kocher, Gasflaschen und Verpflegung jeder auch noch ein Zelt im Rucksack, sodass sie bei jedem Schritt bis zu den Knien einsanken. In immer kürzeren Abständen mussten sie beim Spuren abwechseln. Sie wussten, dass sie noch längst nicht optimal akklimatisiert waren und der geringste Fehler – wie ein zu schneller Anstieg, zu hoher Kräfteverschleiß oder zu wenig Flüssigkeit – an diesem Berg das Aus bedeuten konnte.

Völlig entkräftet gelangten sie über die unterste Flanke des Hauptpfeilers am späten Nachmittag zum vorgesehenen Lagerplatz auf 6200 Metern Höhe – der einzigen Stelle im gesamten Hang, die durch eine Felsrippe einigermaßen vor Lawinen geschützt war. Den Gedanken, von hier aus noch weiter aufzusteigen, um die morgige Etappe zu entschärfen, hatten sie längst aufgegeben. Der Kräfteverschleiß war zu groß gewesen und sie mussten erst einmal so gut es ging regenerieren. Stundenlang schmolzen sie Schnee, mischten Elektrolytpulver ins Wasser und tranken auch dann noch weiter, als das Durstgefühl erloschen war. Tom murrte zwar, man müsse das in der Nacht alles wieder »nüüssaiche«, schluckte das Gebräu aber trotzdem brav hinunter.

Über Funk erfuhren sie am späten Nachmittag von Gritt im Basislager, ihre Gruppe sei mit den Franzosen bis zum Lager II aufgestiegen und guter Dinge.
Sie berichteten von der Lawine; Gritt vom Sonnenbad, das sie mit Solange im Bikini vor dem Franzosenzelt genommen hatte, als Muhammed vorbeikam.
»Und?«, fragte Tom.
»Er hot d'Augen zuadruckt und gmaant: »Please don't come to me in my dreams!««
»Dea aolte Drecksack!«, schimpfte Tom.
Das Gerät krächzte, als Gritt lachte.
»Bloß kaan Neid! A Bussi und viel Glück morgn, ihr Zwaa! Bleibt's sauber!«

Mittwoch, 5. August:
Abendrot. Das Baltorotal unter uns liegt bereits tief im Schatten. Nur die Gipfel der höheren Berge leuchten noch – zuletzt die der Achttausender: Broad Peak, die beiden Gasherbrums und weit draußen der Nanga Parbat. Tom flucht, weil er seine Kamera im Basislager vergessen hat. Ich mache Handyfotos, filme auch den gold-gelben K2-Gipfel über uns. Er ist zum Greifen nah, als sei es ein Fußmarsch von ein paar Stunden, doch zwischen ihm und uns liegt die härteste Kletterei der Welt.
Ich habe Angst vor dieser Wand, die uns vom Gipfel trennt, fühle plötzlich ein Unbehagen, weil wir den schwersten Weg wählen, anstatt mit dem Normalaufstieg Vorlieb zu nehmen, der ja für sich genommen schon schwer genug ist. Seit 30 Jahren hat sich niemand mehr in diese Wand gewagt – und das aus triftigen Gründen. Es liegt eine Überheblichkeit in unserer Unternehmung, die mir jetzt, wo wir in die entscheidende Phase treten, fast anstößig vorkommt.

Am nächsten Tag nutzten sie die Gunst der frühen Stunde und stiegen noch vor dem Morgengrauen im Schein der Stirnlampen auf. Allmählich färbte sich der schwarze, sternübersäte Himmel im Osten erst bläulich, dann rot. Die verharschte Schneedecke auf der Felsrippe trug sie, die Zacken der Steigeisen griffen gut, nur ab und zu machten ihnen Blankeispassagen zu schaffen. Am

späten Vormittag hatten sie bereits die Hälfte der vorgesehenen Tagesetappe bewältigt. Als sie die 6700-Höhenmetermarke am frühen Nachmittag passierten, war klar, dass sie Lager II weiter nach oben verschieben würden, vielleicht sogar dorthin, wo die Polen 1986 ihr drittes Camp errichtet hatten.
Die Mittagspause machten sie an einer windgeschützten Stelle mit Blick auf die weitverzweigten Gletscherströme des Karakorums und die Kette der Achttausender – »den Königssaal der Berggötter«, wie die Einheimischen das Tal um den Concordiaplatz nannten. Tom scherzte, man könne doch gleich bis zum Gipfelgrat durchsteigen, wenn es so weiter ginge, doch sie wussten, dass die eis- und steinschlaggefährdeten Couloirs und die überhängende Wand noch vor ihnen lagen, bevor sie den Grat erreichten und sie noch längst nicht ausreichend höhenakklimatisiert für den Gipfelgang waren.

Beim Weitersteigen merkte Jo dann auch, wie er zunehmend an seine Grenzen stieß. Obwohl sie ein bedächtiges Tempo vorlegten, ging sein Atem hechelnd, der Puls raste. Beim Stehenbleiben flimmerte ihm öfter vor Augen. Einmal packte ihn der Schwindel, dass er den Pickel ins Eis rammte und sich daran festhalten musste. Auch Tom hatte zu kämpfen, bekam Hustenanfälle, die ihn zum Stehenbleiben zwangen, und klagte über Atemnot. Sie waren froh, als sie am späten Nachmittag bis auf 6900 Meter gelangten.
Nach längerer Suche fanden sie unter einem Abriss eine Stelle zum Zelten, die wenigstens ein wenig Schutz bot. Dafür mussten sie allerdings noch eine ebene Fläche schaffen – im Steilhang kein leichtes Unterfangen. Zwei Stunden waren sie mit den Lawinenschaufeln im Einsatz, um eine Terrasse von der nötigen Größe auszuschaufeln.

Donnerstag, 6. August:
Fünf Uhr. Die Armbanduhr piept. Mein Kopf wummert, der Kopfschmerz zieht sich über den ganzen Schädel bis hinab zu den Augen. Trotz Schlaftabletten habe ich kaum ein Auge zugetan. Die Füße fühlen sich an wie Eisklumpen. Ich schäle mich aus dem Schafsack, ziehe in mühsam Überhosen und Stiefel an, arbeite mich aus dem Zelt. Das Thermometer zeigt minus fünfundzwanzig Grad – für

die Höhe eine relativ milde Nacht. Der Wind ist moderat. Der Höhenmesser ist leicht gefallen, was weiterhin stabiles Wetter verspricht. Im Osten glüht der Horizont bereits tiefrot, während die hellsten Sterne noch zu erkennen sind. Mit bloßen Händen kratze ich ein paar Handvoll Schnee unter dem Harsch hervor, fülle den Alu-Topf damit und stolpere ins Zelt zurück. Mit tauben Fingern schaffe ich es irgendwie, den Gaskocher unter dem Topf zu entzünden, krame Päckchenbutter und –marmelade aus dem Rucksack und versuche, beides auf das Knäckebrot zu schmieren. Unter meinen gefrorenen Händen zerbricht es in Stücke, die ich mir einzeln in den Mund stopfe, Butter- und Marmeladebatzen auf dem Messer hinterher. Unter einem Hustenanfall kotze ich alles wieder heraus. Egal, ich habe sowieso keinen Hunger. Als der Schnee endlich geschmolzen ist und das Teewasser kocht, wecke ich Tom. Auch er leidet an Kopfschmerzen, außerdem unter Übelkeit. Zum Tee schlucken wir zu Ibuprofen zusätzlich Acetozolamid, dazu je zwei Guarana-Energizer-Kick-Tabletten. Wir sind zu Junkies geworden, abhängig von Medikamenten und Aufputschmitteln. *

Eine Weile folgten sie dem schmalen Grat auf der Felsrippe, bevor sich vor ihnen eine senkrechte und völlig vereiste Wand auftat. Sie hatten keine andere Wahl, als in ein Couloir zu queren, das sie wegen der Lawinengefahr eigentlich unbedingt meiden wollten.

»Es nutzt alls nix, dean Kogge miasse br iibrhie aagaong*«, sagte Tom und hangelte sich kaltblütig die 30 Meter breite Wand auf den Frontzacken seiner Steigeisen und an den Spitzen seiner Eisgeräte ungesichert hinüber, bevor er eine Eisschraube als Sicherung setzte und Jo nachkommen ließ.

Der Aufstieg im Couloir war mörderisch. Unter der feinen Eisschicht lag tiefer Pulverschnee, in den sie bis zum Schritt einsackten, manchmal bis zum Bauch. Es war wie Waten im Treibsand oder die Besteigung einer Kohlenhalde – zwei Schritte hinauf, einen zurück, oft auch wieder in die Ausgangshöhe oder weiter hinab. In zwei Stunden schafften sie gerade fünfzig Meter.

»Dees isch bigott schträngr wia schaffe*. Dao haot dr Gschpaaß a Loo*!«, schimpfte Tom.

Trotzdem schien die Route noch das kleinere Übel gegenüber den vereisten Felswänden links und rechts, über die immer wieder Eisbrocken wie Geschosse

von der Sérac-Abbruchkante herab sausten. Als sich der Hang im 50-Grad-Winkel aufbuckelte, geschah das Unvermeidliche: Der Schnee unter ihnen begann zu rutschen und wuchs im Nu zu einem Schneebrett an. Jo als Voraussteigender konnte sich noch rechtzeitig vor den Schneemassen an den Rand der Rinne retten, während der weiter unten stehende Tom den Halt verlor und davongeschwemmt wurde. Jo sah seinen Kopf noch ein paar Mal auf- und abtauchen wie eine Boje in der Brandung, bevor er in dem inzwischen zur Lawine angewachsenen Schneemassen verschwand und auf die Felskante zutrieb, unter der sich die senkrecht abfallende Wand auftat.
Jo schloss seine Augen, als könne er ausblenden, was da gerade vor sich ging. Ohne Tom wäre die Expedition zu Ende, bevor sie überhaupt richtig begonnen hatte. Ohne Tom wäre auch der Traum vom Hochland am Ende. Kein Traum, und sei er noch so erhaben, wog ein Menschenleben auf.
Als er die Augen öffnete, waren die Schneemassen durch die abnehmende Hangneigung weiter unten und durch die Verengung der Rinne zum Stillstand gekommen. Wenn Tom sich im oberen Teil der Lawine befand, gab es noch Hoffnung. Ohne lange zu zögern rutschte Jo auf dem Hosenboden, das Eisgerät als Bremse benutzend, die vom Treibschnee freigefegte Rinne hundert Meter hinab mitten in den Lawinenkegel hinein, riss das Ortungsgerät aus der Anoraktasche, schaltete auf Suchbetrieb und wühlte sich durch den Schnee. Schon nach wenigen Metern empfing er ein schwaches Signal, das sich talwärts verstärkte. Knapp vor der Abbruchkante war der Piepton am stärksten. Jo markierte die Stelle mit dem Pickel, löste die Lawinenschaufel vom Rucksack und begann zu graben. Der vorher lose Schnee war durch die Stauchung zum Pressschnee geworden, was das Schaufeln erschwerte. Immer wieder musste er Feinpeilungen vornehmen. Irgendwann stieß er auf etwas Hartes, wühlte mit den Händen weiter, förderte aber nur Eisbrocken zutage. Nach einer neuen Peilung traf seine Schaufel in einem Meter Tiefe schließlich auf Toms Helm. Mit den Händen legte er Toms Kopf frei. Tom war ohnmächtig, erwachte aber noch während er ihn ganz freischaufelte.
Nachdem er wieder zu sich gekommen war, nippte Tom im Schnee hockend vom Tee, den Jo ihm reichte und schimpfte noch ein bisschen neben der Kappe, warum Jo ihn denn geweckt habe.

»I hao g'raad so schii g'nuunet*!«
Jo zeigte schweigend auf die Abbruchkante.
Als Tom realisierte, dass er mit der Lawine zwei Meter vor dem Abgrund zum Stehen gekommen war, kam er langsam zu sich und pustete tief durch.
»Um's Aorschleacke!«
Jo nickte.
Tom, kein Freund großer Worte, drückte ihn und meinte, er hätte einen Wunsch bei ihm frei.
Jo wünschte sich, die Tour abzubrechen und ins Basislager zurückzukehren.
Tom widersprach. Es gehe ihm gut und er wäre unversehrt. Warum also nicht weitersteigen – es sei doch erst Mittag und hellschönes Wetter!
Jo wies daraufhin, dass er gerade fünfzehn Minuten bewusstlos gewesen und sozusagen von den Toten auferstanden sei.
Tom erwiderte, er fühle sich wie neugeboren. Sogar das Kopfweh sei weg!
Jo gab schließlich nach, obwohl ihm die Sache nicht ganz geheuer schien. Sie hatten heute das Schicksal herausgefordert und sollten es besser nicht ein zweites Mal versuchen.

Beim Teetrinken fragte Jo, wie es sich unter der Lawine angefühlt habe.
»I waiß gar numma, so gschwind isch es br gschwünde*«, antwortete Tom.
»Wenn dees dr Toat isch, na fiircht i'n numma!«
Jo fragte sich, inwieweit Toms Kaltblütigkeit nur aufgesetzt war. Tatsächlich schien sein Freund aber ins Sinnieren gekommen zu sein, denn nach einer Weile fragte er:
»Was muisch du, Jo – isch ba beldr hii*, wenn ba toat isch, oder?«
»Noai, i glöub it.«
»Abr wao isch ba naocha?«, bohrte Tom nach.
Jo zuckte mit den Schultern und flachste:
»Im schlimmste Faal b'm Teifl.«
Tom lachte.
»Und im beschte Faal?«
»Dao, wao br heakumme sind.«
»Fiar waas hämbr na aigetle g'leabt?«

Jo grinste über Toms plötzlich erwachte Neugier an philosophischen Fragestellungen und klopfte seinem Freund anerkennend auf die Schulter.
Das sei eine gute Frage, an der sich schon viele gescheite Leute die Zähne ausgebissen hätten, versuchte er ihn zu trösten. Er glaube, wenn es einen lieben Gott gebe, dann würde einem gewiss vergolten, was man Gutes getan habe.
»Mir sind doch allat oardele gwea, Jo, oder it?«
Jo lachte.
»I waiß it, Tom. Wenn i a dia gaonze Fehla denk, wao mir händ hocke long!«
Tom überlegte.
»Dia hämbr doch öü glickle g'macht, oder?«
Jo schmunzelte.
»Pleatzwies amaol schu*!«

Noch am späten Nachmittag erreichten sie den Kamin unterhalb der großen Wand. Die steile und schmale Felsrinne erwies sich bei näherer Betrachtung nicht nur wegen der Steinschlaggefahr als knifflige Angelegenheit, sondern auch wegen der Vereisung. Nach einer halbstündigen Pause griffen sie an, kletterten drei Seillängen in anspruchsvollem Mixed-Gelände – nicht schwieriger als der House-Kamin am Abruzzengrat, aber über tausend Meter höher – und keuchten wie alte Ackergäule vor dem Pflug, während sie der dünnen Luft den wenigen Sauerstoff abzutrotzen suchten. Eine Spindrift aus feinkörnigem Schnee rieselte ständig über sie hinweg und immer wieder sausten Fels- oder Eisbrocken herab, manchmal nur eine Handbreit an ihren Köpfen vorbei. Als Tom einen Treffer auf seinem Helm abbekam, schimpfte er, der Berg führe Krieg mit unfairen Mitteln.
Die Felsvorsprünge, auf die sie die Zacken ihrer Steigeisen stellten, waren nur Zentimeter breit. Sobald sie die Eisglasur zu stark mit dem Pickel bearbeiteten, sprang sie ab, darunter kam glatter Granit zum Vorschein. Nur an zwei Stellen gelang es Tom, mittels Friends und Klemmkeilen einigermaßen verlässliche Sicherungen zu setzen. Ein Tritt daneben und sie sausten zwanzig, vierzig Meter oder bis zum Fuß der Südwand hinab – je nachdem, wie viele der Sicherungen hielten.

Das Glück war mit ihnen – sie brauchten die Friends und Keile nicht auf ihre Belastbarkeit zu testen. Weiter oben stießen sie auf zwei Bohrhaken fast ohne Korrosionsspuren und fest im Fels verankert – vielleicht von einem Besteigungsversuch aus jüngerer Zeit. Sie gaben Tom das nötige Vertrauen, den restlichen Teil des Kamins hinauf zu turnen, wie Toms alter Bergfreund Hias Robl seine dynamische Art des Kletterns einmal genannt hatte.
»Dean hüere Gänggar* hämbr schu amaol!«, freute sich Tom, als sie die Passage hinter sich hatten.
Trotzdem folgte nach der ersten Euphorie rasch die Ernüchterung. Über ihnen tat sich eine senkrechte, im oberen Bereich sogar überhängende riesige Felsbarriere auf und versperrte den Weg zum Gipfelgrat. Eine Wand wie ein riesiger Brocken Anthrazit.
»A harte Nuss – so kurz vor Schluss!«, schimpfte Jo.
»Öü dia g'scholtene Kritle miasset am End g'freasse sing*«, zitierte Tom, hatte aber selbst keine Ahnung, wie sie dieses monströse Hindernis überwinden sollten. Selbst in normaler Höhe hätten sie dafür zwei Tage gebraucht – ein Hängebiwak in der Wand vorausgesetzt, das in dieser Höhe und bei den Temperaturen eine äußerst ungemütliche Angelegenheit wäre. Trotzdem gab sich Tom zuversichtlich. Sie waren in 7800 Meter Höhe gelangt – die restlichen 800 Höhenmeter würden sie irgendwie auch noch schaffen, meinte er. Vielleicht hätten die Polen im Sperrriegel ein paar brauchbare Haken und ihr Biwak hinterlassen mit einer Flasche Büffelgras-Wodka drin. Zur Not könne ja auch jemand vom Gipfelgrat ein Seil herunterschmeißen.
Immerhin bot der Absatz unter der überhängenden Felswand nicht nur Schutz vor Lawinen, sondern auch genügend Platz, dass sie ihr Zelt darauf stellen und an der Wand sichern konnten. Per Funk meldeten sie ihre erfolgreiche Mission und morgige Rückkehr ins Basislager.
Solange verstand kein Deutsch und beherrschte nur wenig Englisch. Tom verlangte Gritt zu sprechen.
»Gritt is not 'ere – she is wis Maxence in se tent!«
»Ming Fehl mit am aondre im Zealt – i glöüb, i verpass graad ebbas«, meinte Tom mit saurer Miene.

Freitag, 7. August, abends:
Eine weitere Nacht im Hochlager. Ich habe mich so auf den größeren Komfort und die Essvorräte in Lager II gefreut, doch die hereinbrechende Dunkelheit macht uns beim Abstieg einen Strich durch die Rechnung. Immerhin hält das Wetter – seit Tagen ist es schön, kaum ein Lüftchen regt sich. So gesehen sind wir absolute Glückspilze. Auch heute erleben wir wieder eine grandiose Abendstimmung mit einem Farbenkonzert quer durch das gesamte Regenbogenspektrum. Wenn nur das leidige Kopfweh nicht wäre, die Appetitlosigkeit und die ständige Schwäche, die die einfachsten Tätigkeiten in dieser Höhe zu einem anstrengenden Geschäft macht. Vielleicht haben wir uns ja doch die falsche Gegend und den falschen Berg ausgesucht – vielleicht wären Klettertouren in den Dolomiten und im Wilden Kaiser wirklich geeigneter, länger anhaltende Glücksgefühle auszulösen.
Als ich mit Tom darüber rede, gesteht er, schon ähnliche Gedanken gehabt zu haben.
»Es blaonget be schiedünder schu öü naoch dahuim. Dia Lit, dia Bearg, isa Doarf – ma haonget a dr Huimat a Leabe long und Fremde blibt haolt d'Fremde, dao bießt d'Müüs kuin Faade aab.«*
Warum wir dann überhaupt von zu Hause fort wären, frage ich.
»Dass br dees inna wearet!«*

Basislager (3)

Als sie am Nachmittag des nächsten Tages im Basislager ankamen, saßen Roy, Gritt, Soile, Solange und Maxence auf Matten an die Zeltwand gelehnt in der Sonne, die Mädchen in Shorts und T-Shirts, als pausierten sie auf einer Wanderung im Flachland, Roy mit bandagiertem Arm in der Schlinge. Aus dem Ghettoblaster tönte »Highway to Hell« von ACDC. Das Thermometer zeigte zwanzig Grad über Null.
Gwen sprang Jo entgegen, drückte den Mund auf seine aufgesprungenen Lippen, fuhr mit den Fingern lächelnd über seinen Dreitagebart und erzählte freudestrahlend, sie sei vorgestern bis auf 7350 Meter Höhe gestiegen und alles ganz alleine wieder heruntergeklettert.

»She climbs like a mountain-cat – sie klettert wie eine Bergkatze«, bestätigte Roy. Er selbst war beim Abseilen von der K2-Schulter durch ein loses Seilende gerutscht und zwanzig Meter den vereisten Steilhang hinunter geschlittert, bevor er mit dem Pickel Halt finden konnte.
»Drei Meter weiter und es wäre seine Fahrkarte ins Jenseits gewesen«, kommentierte Soile.
Ob er denn noch filmen könne, fragte Jo.
»Dein Mädel wird sich darum kümmern – ich hab ihr alles Notwendige beigebracht«, antwortete Roy mit einem aufgesetzten Grinsen.
Tom und Jo wechselten Blicke. Sie wären beide froh gewesen, wenn sich die Filmerei in der Südwand ganz erübrigt hätte.

Nachdem sie die Rucksäcke versorgt hatten, setzten sie sich an den Klapptisch und Gritt und Soile servierten Kaffee und Kuchen.
Auf seine Frage nach dem Verbleib der anderen erfuhr Jo, die Schweden hätten sich den Franzosen angeschlossen und planten morgen den Gipfelsturm. Jaana sei mit ihnen abgestiegen, liege im Zelt und kuriere ihre Höhenkrankheit aus.
Jo fragte Gwen, warum sie denn nicht beim Gipfelteam dabei sei.
Ihr sonnenverbranntes Gesicht wurde eine Schattierung röter.
»I hob anfoch kaa guat's Gfühl g'hobt. Und's Wetta soi aa umschlogn.«
Jo ließ es dabei bewenden.
Roy führte auf seinem Handy eine Videosequenz von der Monsterlawine vor, die er beim Aufstieg mit dem französischen Team vor drei Tagen am Abruzzengrat aufgenommen hatte, der aber wie durch ein Wunder niemand zum Opfer gefallen war. Tom schilderte daraufhin, wie er im Südwandcouloir in einem riesigen Schneebrett talwärts geschwommen war und bedauerte, dass er nie das Freischwimmerabzeichen gemacht hatte, weil er dann vielleicht obenauf gekommen wäre.
Gritt vermutete, dass es sich unter der Lawine bestimmt »gruslig« angefühlt habe, und wollte wissen, was Tom dabei durch den Kopf gegangen sei.
»Was du mit'm Max im Zält tong haosch«, stichelte Tom.
Gritt lachte und erklärte unbefangen, sie habe einen Riss in seinem Innenzelt genäht, nichts weiter!

Als Tom skeptisch dreinsah und fragte, ob Maxence dafür bei ihr auch etwas gestopft hätte, sprang Gritt von Toms Schoß, versetzte ihm eine schallende Ohrfeige, schimpfte, er sei ein alter eifersüchtiger Grantler und verschwand im Zelt.
Tom rollte die Augen.
»I glöüb, dia haon i vrgrämmt*!«, seufzte er.

Nach dem Abendessen besprachen sie mit Roy und Gwen die weiteren Pläne. Roy zeigte ihnen auf dem Kamera-Display Ausschnitte seiner bisherigen Dokumentation ihrer Tour – unter anderem vom Marsch der Träger am Braldu-Fluss entlang, von Gwen beim Jodeln in Urdukas vor den sonnenbestrahlten Trango-Türmen, beim Klettern in einer ausgesetzten Passage an der Schwarzen Pyramide und von Gwen und Gritt beim Sonnenbad im Bikini vor der K2-Kulisse.
»This is gonna be a blockbuster – das wird ein Kassenschlager«, meinte er – »and if it's only because of the breathtaking young ladies – und wenn es bloß wegen der atemberaubenden Mädels ist!«
Gwen lachte und meinte, dass Roy ganz offensichtlich Sandie fehle, an der sich seine erotischen Phantasien bisher immer entzündet hätten.
Atemberaubend sei auch die Kletterei im oberen Bereich der Südwand gewesen, versuchte Jo das Gespräch auf ihr eigentliches Anliegen zu lenken. Dort wäre ihnen wirklich die Luft weggeblieben!
Er zeigte ein paar Handyfotos vom Überhang unterhalb des Gipfelgrats. Roy fand die Wand herausfordernd, aber für so geübte Kletterchampions wie sie durchaus machbar und meinte, Gwen und Jo als Seilpartner gäbe darin sicher ein hübsches Motiv ab.
Jo stellte klar, dass diese Wand mit einem Schwierigkeitsgrad von 5+ bis 6- nur im Aufstieg zu klettern war. Wegen des Überhangs ließen sich keine Standplätze zum Abseilen einrichten. Herunter konnte man nur fliegen!
Er wolle ja auch gar nicht hinauf – der Sturz von der Schulter habe ihm vollauf gereicht, lachte Roy. Ein zweites Mal würde er sein Schicksal nicht herausfordern!
»Oba i!«, sagte Gwen, setzte sich auf Jo's Schoß und legte den Arm um ihn.

»Wieso?«, fragte Jo.
»I geh mit eich oder gaor nit auf'n Gipfl!«
Toms Augen weiteten sich, Jo klappte die Kinnlade herunter. Gwen hatte also nur deshalb auf den Gipfelgang verzichtet, weil sie mit ihnen über die Südwand hinauf wollte.
»I nimm aa die Kamera mit. Da Roy hat ma olles zoagt, wos i wissn muaß! Und ihr ziagt's mi anfach aufe, wenn's zaach wird*!«
»Auf gar keinen Fall«, sagte Jo.
»Bitte!«, flehte Gwen und schürzte ihren Schmollmund.
Jo schüttelte den Kopf.
»Das würde deine Mama nie zulassen!«
»Die hot da herobn nix zum Sogn. Oba i – i dreh eich'n Geldhahn zua, wenn ihr mi nit mitlosst's!«
»Das ist Erpressung!«
»Des is mir wurscht. Vergiss's nit – du host noch was guat z'mochn*!«

Sonntag, 9. August, morgens:
In der Nacht Alpträume von unserer Tour mit Gwen in der Südwand. Als sie stürzt, fliege ich hinterher, kriege sie aber nicht zu fassen. Während wir jeder für sich einem bodenlosen Abgrund entgegentreiben, kreischt Gwen »Mei, is des geil, Jo!«, breitet die Arme wie Flügel aus und entschwebt über mir in den Himmel.
Um zehn Uhr krieche ich aus dem Zelt, das sich in Seitenlage begeben hat, weil der Gletscher darunter arbeitet und der Wind daran zerrt. Das Wetter hat umgeschlagen – es herrscht Schneetreiben, dass man die Hand nicht vor Augen sieht. Wie mag es den Franzosen und Schweden da oben gehen? Sie werden sich in ihren Zelten einigeln müssen und auf baldige Wetterbesserung hoffen. Selbst ein Abstieg scheint bei diesen Bedingungen unmöglich.
Wortkarges Frühstück im Gruppenzelt zum Sound von »Knocking on Heaven's Door« von Guns'N Roses und »Amaranth« von der finnischen Hardrock-Gruppe Nightwish. Die Bässe bringen den Tisch zum Vibrieren, die Löffel in den Untertassen zum Klimpern. Muhammed, der sein Quartier nach dem Abzug der erfolglosen pakistanischen Expedition notgedrungen wieder zu uns verlegt hat, hält sich mit schmerzverzerrtem Gesicht die Ohren zu und schimpft, mit dem heid-

nischen Getöse würden wir Lawinen am K2 auslösen. Soile singt unbekümmert mit Frontfrau Floor Jansen: »Apart from the wandering pack, in this brief flight of time, we reach for the ones whoever dare – reaching, searching for the untouched – hearing voices of the never-fading – calling, calling, calling!«*
Der Vormittag verstreicht. Solange hat immer noch keinen Funkkontakt herstellen können. Wir sitzen in Decken gehüllt im Franzosenzelt, trinken heißen Tee und zittern mit Solange und Maxence um ihre Landsleute und die Skandinavier, während der Sturm draußen allmählich zum Orkan anwächst. Ich mag mir gar nicht ausmalen, wie es uns ergangen wäre, hätte uns der Blizzard da oben erwischt.

Abends. Gritt hat einen Funkspruch aus Lager IV von Arne erhalten. Die Akustik ist miserabel. Ein Zelt ist vom Sturm zerfetzt worden. Zwei Franzosen befinden sich im Abstieg, wollen sich an den Fixseilen bis zum Lager III hinabhangeln. Es sind Bertrand, Claude und Pascal. Anne und Arne kümmern sich um den höhenkranken Jerome. Chantal hat Erfrierungen an den Händen, Serge an den Füßen.
Muhammed sieht die Schuld von allem in unserem unsittlichen Treiben, mit dem wir den »Chogori«, wie die Einheimischen den K2 nennen, erzürnt haben. Gritt gibt die Wettervorhersage von Météo-France weiter, wonach das Sturmtief über dem Karakorum voraussichtlich erst in drei Tagen abzieht, sich aber vielleicht schon vorher etwas abschwächt. Arne will die erste Wetterbesserung nutzen, um Jerome ins Basislager zu bringen, bittet uns bei geeigneten Wetterverhältnissen Richtung Lager III entgegenzusteigen und Sauerstoff heraufzuschaffen.

Als Jo ins Zelt kam, lag Gwen schon im Schlafsack und las im Schein der Zeltlampe.
»Was liest du?«, fragte er.
Sie zeigte ihm ein kleines Bändchen mit Gedichten, das Ellen ihr geliehen hatte.
»I glaub, du host mi auf'n Trichter brocht«, meinte sie lächelnd. »Willst a Gedichterl hörn?«
»Gerne«, sagte Jo, während er in seinen Thermo-Schlafsack kroch.

Gwen las mit ihrer dunklen Stimme ohne Pathos und ohne ihren Kärntnerischen Akzent zu verleugnen, während der Wind in den Ösen und Ritzen des Zeltes heulte:

»Dein Hut lüftet sich leis, grüßt, schwebt im Wind,
dein unbedeckter Kopf hat's Wolken angetan,
dein Herz hat anderswo zu tun,
dein Mund verleibt sich neue Sprachen ein,
das Zittergras im Land nimmt überhand,
Sternblumen bläst der Sommer an und aus,
von Flocken blind erhebst du dein Gesicht,
du lachst und weinst und gehst an dir zugrund,
was soll dir noch geschehen –

Erklär mir, Liebe!
Der Pfau, in feierlichem Staunen, schlägt sein Rad,
die Taube schlägt den Federkragen hoch,
vom Gurren überfüllt, dehnt sich die Luft,
der Entrich schreit, vom wilden Honig nimmt
das ganze Land, auch im gesetzten Park
hat jedes Beet ein goldner Staub umsäumt.
Der Fisch errötet, überholt den Schwarm
und stürzt durch Grotten ins Korallenbett.
Zur Silbersandmusik tanzt scheu der Skorpion.
Der Käfer riecht die Herrlichste von weit;
hätt ich nur seinen Sinn, ich fühlte auch,
daß Flügel unter ihrem Panzer schimmern,
und nähm den Weg zum fernen Erdbeerstrauch!
Erklär mir, Liebe!
Wasser weiß zu reden,
die Welle nimmt die Welle an der Hand,
im Weinberg schwillt die Traube, springt und fällt.
So arglos tritt die Schnecke aus dem Haus!

Ein Stein weiß einen andern zu erweichen!
Erklär mir, Liebe, was ich nicht erklären kann:
sollt ich die kurze schauerliche Zeit
nur mit Gedanken Umgang haben und allein
nichts Liebes kennen und nichts Liebes tun?
Muss einer denken? Wird er nicht vermisst?
Du sagst: es zählt ein andrer Geist auf ihn ...
Erklär mir nichts. Ich seh den Salamander
durch jedes Feuer gehen.
Kein Schauer jagt ihn, und es schmerzt ihn nichts.*«

Die Matratze wuppte, als Gwen sich neben ihn rollte.
»Und?«, fragte sie.
»Wunderschön«, sagte Jo. »Ingeborg Bachmann hat es wie sonst kaum jemand verstanden, in ihren Chiffren und Bildern die wundersame Rätselhaftigkeit des Daseins wie in einem Prisma aufscheinen zu lassen.«
»Aber es geht in dem Gedicht doch um die Liebe.«
»Eben. Die Liebe – das größte Rätsel unseres Seins. Woher kommt sie und wozu dient sie? Das Gedicht ist voller Anspielungen auf die Liebe und Fruchtbarkeit in der Natur. Alles scheint von der Liebe getrieben und verzaubert – nur die Dichterin nicht.«
»Oba wieso nit?«
»Weil sie sich als Mensch den natürlichen Abläufen bis zu einem gewissen Grad verweigern kann. Sie ist einerseits fasziniert von Wirken der Liebe in der Natur und der Schönheit, die sie hervorbringt, andererseits traurig, weil sie sich davon ausgeschlossen fühlt.«
»Hot sie vielleicht Liebeskummer?«
»Vielleicht. Die erste Strophe deutet es an. Aber die Dichterin weitet am Ende die Fragestellung auf alle Menschen aus, die an der Liebe und am Leben verzweifeln. »Muss einer denken?« – was für eine Frage!«
»Wann er sich daschießt, muss er nimmer.«
»Genau.«
»Oba a Lösung is des aa nit.«

»Für manche Menschen vielleicht schon. Ingeborg Bachmann verweigert sich in der letzten Strophe dem Glauben an etwas Höheres. Das verleiht dem ganzen Treiben um die Liebe eine gewisse Absurdität. Wozu dient Schönheit, wozu dient die Liebe, wenn sie keine höhere Bestimmung hat? Ohne sie ist alles eine Posse, ein Narrenspiel. Die Dichterin hat wohl selbst unter dieser Erkenntnis gelitten. Und am Ende ist sie sogar deswegen durchs Feuer gegangen*.«

»Und du – wos glaubst du?«, fragte Gwen nach einer Weile.

»Ich weiß nicht, was ich glauben soll. Es scheint alles so trügerisch, so ohne Grund und festen Boden, dass man an sich selbst verzweifeln möchte. Manchmal wünsche ich, ich wäre ein Käfer.«

»Wieso a Käfer?«

»Hätt ich nur seinen Sinn, ich fühlte auch, dass Flügel unter deinem Panzer schimmern.«

»Wos soll'n des haaßn?«

»Dann könntest du auf den Berg hinauffliegen.«

Gwen lachte.

»Traust ma's vielleicht nit zua, dass i aufekumm?«

Jo schwieg, hatte keine Lust, mit ihr schon wieder über die Südwanddurchsteigung zu diskutieren.

»Wenn's da hilft, nocha unterschreib i da an Wisch, dass i allaan die Verantwortung übernimm!«

Er brummte, sie mache ohnehin, was sie wolle – sie hätte bisher noch immer ihren Kopf durchgesetzt.

Gwen grinste von einem Ohr zum anderen.

»Und? Hot's da g'schodt?«

»Das wird sich noch zeigen«, murmelte Jo.

»Ohne uns waart's ihr doch schon längst ab'kackt mit eierm Projekt. Wer finanziert eich denn? Wer hot'n eich herbrocht? Ihr wärt's ja jetzt noch mit'm Radl auf da Streck'n!«

»Darum geht es nicht.«

»Um wos nocha?«

»Es ist bergsteigerischer Irrsinn. Du warst noch nie auf einem Achttausender und bist noch nicht einmal voll akklimatisiert. Du bist da oben Gefahren ausgesetzt, von denen du keine Ahnung hast. Und du willst mit uns eine Route klettern, die bisher erst ein einziges Mal von den besten Kletterern der Welt mit knapper Not durchstiegen wurde!«

»Und wenn schon! Vor drei Togn bin i auf siebnaholbtausnd Meter g'standn und es hot ma goar nix ausg'mocht! I hätt noch locka weitasteign kennan – i hob den Gipfl schon fast in da Toschn g'hobt!«

Gwens hellgraue Augen strahlten, als blicke sie bereits vom K2 herab.

»Wie wär's, wenn wir den Gipfel gemeinsam über den Normalweg versuchten?«, fragte Jo listig.

Gwen stutzte.

»Über'n Abruzzengrat?«

»Ja.«

»Und die Südwond? Tat's ihr die für mi saus'n lossn?«

Jo nickte in der Hoffnung, sie würde anbeißen. Doch er hätte es besser wissen müssen.

»I will nit über'n Normalweg auf'n Gipfl – des konn a jeda! I will des erste Mädl sein, des über d'Südwond aufe is!«

»Aber warum denn?«

»Warum seid's ihr mit'm Radl vierahoibtausend Kilometer g'foahrn und wollt's jetz auf'n schwierigsten Berg von da Wölt und des auf da schwerstn Rout'n?«

Jo brauchte nicht lange zu überlegen.

»Weil wir verrückt sind«.

»Sigst«, grinste Gwen, »na hama doch aans schon gemeinsam!«

Rettungsaktion

Als Tom am nächsten Morgen um sechs Uhr den Kopf zu ihnen ins Zelt steckte, glaubte Jo zuerst an eine Erscheinung. Gwen überriss die Lage schneller und rief Tom über das Tosen des Sturms hinweg zu, sie werde auf jeden Fall mitkommen – schon allein deswegen, um sich noch weiter zu akklimatisieren. Tom bestellte sie in einer halben Stunde zum Frühstück ins Franzosenzelt.

Dort herrschte große Aufregung. Ein Funkspruch aus Hochlager IV war eingetroffen, Jeromes Zustand sei kritisch. Arne verlangte, bevor das Schlimmste eintrat, Sauerstoff und einen Certec-Sack, auch Gamow-Bag genannt – ein Kompressionszelt, mit dem man den Luftdruck künstlich erhöhen konnte, und bat sie, den Aufstieg wenigstens zu versuchen. Er wolle ihnen bis Lager III entgegenkommen, wo im Moment auch Bertrand, Claude und Pascal festsaßen, weil eine Orientierung im Orkan unmöglich war.
»Aber iis tääb'ba nüüfschicke und no drzüe mit so am Moardstrum Sack*«, murrte Tom und würgte einen Bissen Müsli-Ersatz hinunter. »Dia sottet deam Kerle bessr a Müüchebulvr* und an Küepflättrtee* gea!«
Die einzige Hoffnung, die blieb, war eine rasche Wetterbesserung. Andernfalls würde es ihnen nicht anders ergehen als Bertrand und Pascal. Solange meinte, die Aussichten ständen nicht ganz schlecht – zumindest für morgen sei leichte Wetterbesserung angesagt.

Sie packten so viele Sauerstoffflaschen in die Rucksäcke wie sie tragen konnten. Das Kompressionszelt wog allein schon sieben Kilo. Mit dem Marschgepäck und Proviant für geplante drei Tage kamen Tom und Jo auf über zwanzig Kilo, die sie auf 7300 Meter Höhe hinaufwuchten mussten – bei Schneetreiben und extrem böigem Wind. Ohne Gwens Mithilfe wären die Traglasten für sie noch beträchtlich höher ausgefallen. Die Frage war nur, ob Gwen den Strapazen gewachsen sein würde. Jo versprach ihr, die Sache mit der Südwand noch einmal zu überdenken, falls sie durchhalte.
Gritt fand die ganze Aktion widersinnig. Eine Rettungsmannschaft dem sicheren Tod auszusetzen!
»Üngkrütt vrgaoht it – es haot's no allat taong, as moan it*«, versuchte Tom sie zu trösten und verabschiedete sich mit einem Küsschen. Zwischen den beiden herrschte wieder Friede, seitdem Gritt ihm das von ihr genähte Zelt von Maxence gezeigt hatte. Umhüllt von drei Schichten Funktionsunterwäsche, Thermohosen und Daunenanoraks, den Kopf vermummt bis zur Unkenntlichkeit, traten sie mit ihren schweren Rucksäcken um kurz nach Sieben den Marsch an.

Die Sicht war miserabel – kaum drei Meter weit im dichten Schneegestöber. Das GPS-Navigationsgerät zeigte ihnen die grobe Richtung an, den Weg mussten sie aber selbst finden. Die Böen kamen überfallartig und schlugen sie wie unsichtbare Pranken aus dem Stand, sodass sie sich an den ausgesetzten Passagen tief gebückt vorwärtsbewegten wie im Schützengraben. Der Gletscherbruch bot etwas Schutz vor dem Wind, war aber tückisch, weil die Spalten von Schneeverwehungen verdeckt waren. Sie gingen am gespannten Seil, die Pickel im Anschlag, konnten aber trotzdem nicht verhindern, dass Gwen auf einer Schneebrücke einbrach und wie vom Boden verschluckt in einem Riss verschwand.

Der Schreck traf sie noch heftiger als der Ruck, der durch das Seil ging. Instinktiv stemmten sie sich gegen den Zug des Seils, wurden aber mehrere Meter mitgeschleift, bevor sie Gwens Fall bremsen konnten. Nachdem Jo das Seil an den bis zum Schaft in den Schnee getriebenen Pickeln festgezurrt hatte, leuchteten sie mit der Stirnlampe in die Gletscherspalte hinab. Noch einen Meter tiefer und Gwen wäre auf dem Spaltenboden aufgeschlagen.

»Um's Aorschleacke«, brummte Tom.

Gemeinsam zogen sie sie so weit herauf, bis Jo sie am Klettergurt fassen und aus der Spalte heraushieven konnte.

Gwen stand noch unter Schock, ließ sich aber nichts anmerken.

»Spoltensturztest b'stondn!«, sagte sie nur und schüttelte ihnen zum Dank die Hände.

Sie waren heilfroh, als sie den Gletscherbruch endlich hinter sich und den Steilhang erreicht hatten, sahen sich dort aber sogleich mit einer neuen Herausforderungen konfrontiert. Die Neuschneedecke betrug einen halben Meter und mehr, was nicht nur für die Vorausgehenden ein äußerst mühsames Spuren, sondern auch für die Nachfolgenden einen Kraftakt darstellte, von der Lawinengefahr ganz zu schweigen. Der kleine Tom als »Voarwaatar« verschwand stellenweise bis zu den Hüften in den Schneemassen, ließ sich aber nicht unterkriegen, selbst als er einmal von einem Schneebrett erfasst und eine Seillänge mit hinabgerissen wurde.

»Dia hüere Lända* kreage be it – dees sottet se aheebe doch wisse!«, schimpfte er und pinkelte auf den Schneehaufen, aus dem Gwen und Jo ihn mit vereinten Kräften gerade herausgezogen hatten. Gwen brach über so viel Unverfrorenheit in lautes Gelächter aus und verschreckte damit wohl alle bösen Berggeister, denn sie gelangten nach weiteren vier Stunden Plackerei schließlich wohlbehalten bis zum vorgeschobenen Basislager.

Nach einer längeren Ruhepause, in der sie ihre Energiereserven aufgefrischt hatten, griffen sie erneut an. Trotz kräftezehrender Kletterei kamen sie im Fels schneller voran als in den Schneehängen unten. Über weite Strecken konnten sie sich an den Fixseilen hochhangeln, nur im House-Kamin nahmen sie die Steigklemmen zu Hilfe. Sie befanden sich gerade in der Engstelle vor dem Ausstieg, wo Jo Gwens Sturz aufgefangen hatte, als ein Wummern über ihnen ertönte, das Jo bekannt vorkam. Sein Alptraum war dabei sich zu bewahrheiten.
»A Lää!«, rief er, »hänket uib ing!«
Das Wummern wuchs zum Grollen, schwoll zum Donnern an – und dann war sie direkt über ihnen – ein in Staub gehülltes riesiges Ungetüm, loses Geröll und riesige Brocken Eises vor sich herschiebend. Falls es den Weg durch den Kamin nahm, würden sie zum Spielball dieses Ungeheuers, auf der Talfahrt in seinem Maul zerschreddert und zu Füßen des K2 unter Tonnen von Schnee und Eis begraben, um vielleicht eines Tages in vielen Jahren in Form einiger verbleichter Knochen wieder daraus hervorzutauchen.
Gwen war schon beim ersten Grollen zu Tom und Jo heraufgestiegen, hatte sich wie sie in den Sicherungshaken eingehängt, obwohl sie alle wussten, dass der geballten Wucht einer Monsterlawine kein Haken und kein Seil widerstehen würden. Die Frontzacken ihrer Steigeisen ins Eis geschlagen harrten sie des Kommenden. Jo spürte Gwen, die sich an ihn drängte, durch die Daunen seines Anoraks zittern, hörte Tom noch rufen, sie sollten die Finger in die Ohren stecken und den Mund aufmachen – dann befanden sie sich auch schon mitten drin. Mit geschlossenen Augen und offenem Mund erlebte Jo das Inferno, ohne einen klaren Gedanken fassen zu können. In dem wahnwitzigen Getöse um sie herum verlor er völlig die Orientierung, wähnte sich schon im freien Fall mitten in der Lawine, rang im wirbelnden Schneestaub

nach Luft, meinte zu ersticken, hörte Gwen neben sich schreien und fühlte Schnee- und Eisbrocken über seinen Rücken prasseln.

Irgendwann, als der Lärm verebbte und nur noch als fernes Tosen zu ihnen heraufdrang, begriff er, dass er immer noch am Seil hing, dass die Lawine an ihnen vorbeigerauscht war, die Pranke nur mit ihnen gespielt, sie dann aber verächtlich links liegen gelassen hatte.

»D'Länd isch bschtaonde*«, sagte Tom in seiner trockenen Allgäuer Art, nachdem der gröbste Staub sich verzogen hatte.

Sie standen unter Schock und waren etwas eingestaubt, aber ohne größere Schäden davongekommen. Gwen hatte ein Felsbrocken getroffen und auf ihrem Helm eine Delle hinterlassen, Tom vermisste einen seiner zwei Pickel, und als Hinterlassenschaft des großen Donners plagte sie ein gellendes Pfeifen in den Ohren. Der gelbe Felssporn über ihnen hatte die Lawine geteilt – sie war links und rechts an ihnen vorbeigerauscht, nur ein kleiner Teil in den Kamin gedrungen. Fünfzig Meter weiter oben oder unten wären sie von den Schneemassen mitgerissen worden.

»Schwein g'hobt«, konstatierte Gwen, während sie sich vom Schneestaub säuberten, »schon wieder!«

Jo nickte und meinte, sieben Leben habe die Katze, mindestens drei davon hätten sie schon verbraucht.

»Mir sind wilde Hünd, kui Baole*!«, entgegnete Tom.

Am Russencamp oberhalb des Felssporns, wo Gwen und Jo vor elf Tagen campiert hatten, bot sich ein Bild der Verwüstung. Die Lawine hatte alles mit sich gerissen. Da sie keine eigenen Zelte mitführten, gab es keine andere Option als weiter aufzusteigen – nicht einmal an eine Teepause war an diesem ausgesetzten Ort zu denken.

Wie schon in der Südwand Tage zuvor hatte der Abgang der Lawine das Gefahrenpotential der vor ihnen liegenden Passage entschärft. Als sich die Sonne erst als milchig-weißer Fleck hinter den Wolken zeigte, dann zeitweise sogar hervorkam, stieg das Stimmungsbarometer. Dennoch war Vorsicht geboten – die Gefahr von Steinschlag und Eisabbrüchen drohte hier unabhängig von Lawinen; außerdem wussten sie von Roy, dass die Franzosen nur an den ausgesetzten Stellen Fixseile angebracht hatten. Die Kletterei im Mixed-Gelände über ihnen war zwar technisch nicht allzu anspruchsvoll, zog sich aber und forderte ebenso wie die zunehmende Höhe ihren Tribut.

Am Fuß der berüchtigten Schwarzen Pyramide war Gwen am Ende ihrer Kraft. Während der Trinkpause an einem Felsenband lehnte sie den Kopf an Jo's Schulter und bat ihn um »an Putscha« – ein Aufputschmittel aus der Notapotheke. Jo kramte in seinem Rucksack nach dem Päckchen, das ihm Maxence kurz vor dem Aufbruch mit einem Augenzwinkern und den Worten »Si la batterie est vide*!« in die Hand gedrückt hatte, entnahm eine Tablette und legte ihr das »Guzzerl« auf die Zunge, in der Hoffnung, es würde ihr den nötigen Schub für die vor ihnen liegenden 300 Höhenmeter verschärfte Kletterei verleihen. Es dauerte nicht lange, bis Gwens Lebensgeister zurückkehrten. Ihre erweiterten Pupillen machten ihn für einen Moment stutzig – er schrieb es dann aber der gefäßerweiternden Wirkung des Präparats zu. Als Gwen ihn nach kurzer Ruhepause bat, vorsteigen zu dürfen, um ihre Kletterfertigkeit unter Beweis zu stellen, zögerte er und schickte Tom einen fragenden Blick. Tom zuckte mit den Schultern.

»Lass se doch – nüüf bremset dr Bearg, naa's Seil!«

Gwen kannte die Passage ja bereits von ihrem letzten Aufstieg, fand mit instinktiver Sicherheit die richtigen Tritte und Griffe und half mit kühnen Sprüngen nach, wenn sie weiter auseinanderlagen.

»Dees haot an Schlaonz, wia dia Fehl häärzet*«, musste selbst Tom anerkennen. »Und schlinzeg* ische öü!«

Alle dreißig Meter – soweit das Seil eben reichte – schlug sie einen Sicherungshaken oder einen Klemmkeil ein. Mit der Zeit steigerte sie das Tempo und wurde so schnell, dass Tom und Jo Mühe hatten ihr zu folgen. Als sie vom Seil der Nachsteiger ausgebremst wurde, schimpfte sie und nannte sie »olte Tattln« und »faule Bagasch«. Tom, der anfangs darüber schmunzelte, geriet zunehmend in Rage und bat sich aushängen zu dürfen, um der »freche Henn« endlich die Flügel zu stutzen. Da in diesem Teil der Wand keine Fixseile hingen, bedeutete das für Tom, wenn er Gwen wirklich überholen wollte, Free Solo.

Er zwinkerte Jo zu.

»Kumm, Jo, dea zaige br's!«
Jo dachte an die wilde Kletterei ihrer Jugendjahre, als sie kein Risiko scheuten, um sich den letzten Adrenalinkick zu geben. Aber sie befanden sich nicht beim Bouldern in den Voralpen, sondern auf über 7000 Metern Höhe mit vollem Gepäck und unterwegs auf einer Rettungsaktion. Er brachte seine Einwände vor, doch Tom war nicht von seinem Vorhaben abzubringen, band sich aus dem Seil aus und legte los – mit nur einem Pickel und auf gute Griffe vertrauend. Vom Ehrgeiz gepackt, gewann er rasch an Höhe. Als Gwen ihn dicht unter sich entdeckte, stutzte sie erst, löste sich dann ebenfalls aus dem Seil und begann wie Tom Freestyle zu klettern. Zum Glück lehnte sich die Wand im oberen Teil etwas zurück, trotzdem war das Ganze bei den verschneiten und vereisten Felsen und in dieser Höhe ein Hasardspiel. Jo fluchte über die Leichtfertigkeit, mit der die beiden ihr Schicksal herausforderten, konnte aber nichts tun als das Seil aufnehmen und so schnell wie möglich nachsteigen, um den Anschluss nicht zu verlieren.

Tom hatte zwar nichts von seiner alten Form eingebüßt, tat sich aber offenbar trotzdem schwer mit Gwen, die sich mit affenartiger Behändigkeit emporbewegte, mitzuhalten. Über längere Zeit hinweg sah er die beiden dicht hintereinander in zwei verschiedenen Führen klettern, bis ihnen eine Eisplatte den Weg versperrte. Tom, mit nur einem Pickel, war hier chancenlos und wartete auf Jo, während Gwen das Hindernis mit ihren beiden Eisgeräten wie im Flug überwand und ihren Blicken bald entschwunden war.
Tom nahm es gelassen, ließ Jo zu sich aufschließen.
»Dass i dees no vrleab – Niiderachars Tom vu n'ar Fehl b'm Häärze de Raonk abg'schprünge*!«, lachte er, wunderte sich aber doch über Gwens Energieausbruch. Jo, inzwischen ebenfalls stutzig geworden, kramte das Päckchen hervor, das Maxence ihm in die Hand gedrückt hatte, las die Aufschrift auf der Verpackung und konnte Tom trösten, dass Gwen unter Droge stand.
Tom besah sich das Etikett ebenfalls und nickte grinsend.
»Methylamphetamin – a Panzarschokolaad hobba dees b'm Barras freier* g'haiße. Kui Wünder, dass dia Fehl wia a Granate abgaoht! Dees hettsch br ja glei sage kinne!«

Tom wusste auch, dass in den 50er-Jahren neben vielen Spitzenbergsteigern auch Hermann Buhl seinen Erfolg bei der Erstbesteigung des Nanga Parbat der Einnahme von Pervitin*, wie die Aufputschdroge auch hieß, zu verdanken hatte und machte sich Sorgen, Gwen könne sich unter der bewusstseinsverändernden Wirkung der Droge überschätzen oder übernehmen.

Die restlichen hundert Höhenmeter bis zur Schulter auf dem zunehmend flacheren Gelände überwanden sie im Eiltempo und erreichten noch vor Anbruch der Dunkelheit Hochlager III. Die Zelte waren alle bis auf eines leer. Dort lag Gwen mit Schuhen und Steigeisen. Sie hyperventilierte, hatte einen Puls von 130 und sah Jo aus geweiteten Pupillen an.
»Wos willst'n du do? Geh doch zu daaner Funzn obe!«, lallte sie.
Jo verabreichte ihr eine Beruhigungsspritze, meinte, die Hyperventilation würde von selbst abklingen; wichtig seien jetzt Ruhe und Flüssigkeitszufuhr. Während Tom Teewasser kochte, befreite Jo Gwen von Schuhen, Steigeisen und Anorak und bettete sie anschließend in ihren Schlafsack. Dann versuchte er über Funk das Basislager zu erreichen, um herauszufinden, wo die drei Franzosen abgeblieben waren. Nach mehreren Anläufen antwortete Solange, übergab aber gleich an Gritt. Die konnte nicht fassen, dass sie sich schon in Lager III befanden. Seine Frage, ob die Franzosen unten angekommen seien, wurde negativ beschieden. Auch Funkkontakt hätten sie schon länger nicht mehr gehabt – die letzte Meldung liege einen Tag zurück, als sie ihren Aufbruch hinab in Richtung Lager II ankündigten. Jo bat Gritt, Lager IV anzufunken, damit sie morgen jemand zu ihnen herunterschickten, um den Certec-Sack und den Sauerstoff zu holen – sie seien kräftemäßig am Ende. Gritt versprach ihnen Bescheid zu geben.
Gwens Atem und Puls normalisierten sich, aber sie schien weiterhin nicht ganz bei sich, schimpfte im Delirium auf eine imaginäre Widersacherin ein und drohte ihr mit Schlägen.
»He, Gitschn – wear nit goschert, sunst pik i da aane*!«
Als Jo ihr Tee einflößen wollte, meinte sie:
»Jo, Servas, aa schon do? Patschata Tschure, wos host'n so lang umagratscht im Gwentach?«

Tom fand das Ur-Kärntnerische fast so »kähl« wie ihr Allgäuer Idiom und wollte Gwen gelegentlich zu einem »Huigaarte*« in ihrer Landessprache bitten – dann aber ohne Crystal Meth.

Größere Sorgen bereiteten ihnen die Franzosen. Wenn sie tatsächlich abgestiegen waren, dann hätten sie sich eigentlich begegnen müssen – selbst im dichten Schneegestöber war es kaum möglich, sich auf der Aufstiegsroute zu verfehlen, sofern man nicht vom Weg abkam. An die Möglichkeit, dass sie in die Lawine geraten waren, wagten sie gar nicht zu denken. Spät am Abend – sie hatten sich gerade in ihre Schlafsäcke begeben – kam dann die erlösende Nachricht: Bertrand, Claude und Pascal waren in Lager II angekommen, hatten sich gestern im Schneetreiben verstiegen, biwakiert, besseres Wetter abgewartet und sie – und zum Glück auch die Lawine – wohl deshalb verpasst. Arne und Bo im Hochlager IV ließen wissen, sie würden die Sachen morgen Vormittag bei ihnen abholen, sofern das Wetter es zuließ. Der Zustand von Jerome war unverändert kritisch. Arne dankte ihnen jedenfalls schon mal und ließ Grüße ausrichten. Gritt schloss mit einem »Guat's Nächtle« und einem »Busserle« für jeden von ihnen.

Montag, 10. August:
In der Nacht erwache ich, bin Momente lang völlig orientierungslos, kann mich nicht darauf besinnen, wo ich mich befinde. Weder die Windbö, die über das Zelt streicht, noch das gebrochene Licht der Sterne, das durch die blaue Zeltwand schimmert, noch die Kälte, die durch die Daunen meines Schlafsacks dringt, bringen mich auf die Spur. Alles um mich herum ist fremd.
Ein Wimmern dringt aus der Ecke, ein Stöhnen – ich kann es Gwen zuordnen, auch wenn ich sie noch nie zuvor wimmern gehört habe. Gwen und die Sorge um sie holen mich aus meiner kosmischen Verlorenheit.

Bis zum späten Vormittag, als die Sonne schon über dem Zelt stand und es aufwärmte, lagen sie wie zerschmettert, wälzten sich hin und her und stöhnten abwechselnd. Gwen öffnete schließlich den Zelteingang, ließ frische Luft herein, holte Schnee und setzte den Topf auf den Gaskocher. Jo kroch auf

allen Vieren hinaus, schlug sein Wasser im Sitzen vor dem Zelt ab, spürte bei jeder Bewegung ein stechendes Kopfweh. Erst zwei Ibuprofen-Tabletten brachten die Lebensgeister allmählich zurück.
Die Gipfel und Gletscher, der Schnee – alles war in gleißendes Licht getaucht; der Himmel darüber schwarzblau, als umfinge sie die Nacht des Weltalls. Heute wäre der ideale Tag für den Gipfelsturm, doch die Franzosen und Schweden in Hochlager IV mussten sich um ihre Kranken kümmern.

Kurz nach halb Elf sahen sie drei Punkte, die unterhalb des Großen Séracs den steilen Schneehang querten. Manchmal schien es, als seien sie auf dem Weg erstarrt, so langsam kamen sie voran, als wären Zeit und Raum gedehnt in den fast schon kosmischen Dimensionen, in denen sie sich bewegten. Tom, der sich ein Sitzlager im Schnee gebaut hatte, identifizierte mit dem Feldstecher schließlich Arne, Eva und Ellen. Erst eine Stunde später waren sie bei ihnen angelangt.
Sie setzten sich auf die Rucksäcke im Halbkreis vor die Zelte mit Blick auf die Gasherbrums, den Broad Peak, den Vigne und die Chogolisa, tranken Ginseng-Tee und aßen englisches Gebäck, das Ellen vor ein paar Wochen auf dem Basar in Skardu erstanden hatte. Arne gab einen kurzen Rapport über den Stand der Dinge ab. Jeromes Zustand war trotz Einnahme von bewährten Medikamenten gegen Höhenkrankheit wie Nifedipin, Acetolamid und Dexamethason unverändert kritisch – er musste dringend aus der Todeszone in tiefere Regionen. Sie hatten schon an den Bau eines Schlittens gedacht, um ihn hinab zu transportieren, aber die schlechten Erfahrungen der amerikanischen Expedition von 1953 hielten sie schließlich doch davon ab. Der Rettungshubschrauber der pakistanischen Armee flog nicht über Höhen von 6000 Metern hinaus, war ihnen bereits bei der Ausstellung ihres Permits in Rawalpindi verlautbart worden. Alle Hoffnungen ruhten jetzt auf der Kompressionskammer in Kombination mit Sauerstoff-Beatmung. Arne wusste von einem vergleichbaren Fall einer slowenischen Expedition, wo ein ebenfalls schwer höhenkranker und von einem Lungenödem befallener Teilnehmer durch den Gamow-Sack soweit instand gesetzt worden war, dass er im Schlepptau seines Teams auf eigenen Beinen bis ins Lager I gelangt war. Aber jeder Fall konnte anders sein – eine Garantie gab es nicht.

Was sie im negativen Fall mit Jerome täten, wollte Gwen wissen.
Arne zuckte mit den Schultern.
»Denken wir nicht einmal daran.«
Tom wunderte sich, warum die drei Franzosen Jerome und das an Erfrierungen leidende Mädchen im Stich gelassen hätten. Arne rückte die Sache zurecht – Bertrand, Claude und Pascal hätten keine andere Wahl gehabt, nachdem der Sturm ihr Zelt zerfetzte – wären sie geblieben, hätte in den zwei übrigen Zelten eine drangvolle Enge geherrscht und außerdem das Proviant nicht ausgereicht. Und was sollten sie sonst tun? Deshalb habe er auch Ellen, Bo, Soile und Anne heute Nacht, als sich eine Wetterbesserung andeutete, erlaubt, einen erneuten Gipfelversuch zu wagen. Er hoffe, dass sie nicht wieder in einen Blizzard gerieten wie vor drei Tagen, als man buchstäblich die Hand nicht mehr vor Augen sah. Sie hätten zudem Glück gehabt, dass erst ein Drittel des Weges hinter ihnen lag, als das Unwetter losbrach – weiter oben wären sie verloren gewesen.
»What about you?«, fragte Eva. »Don't you wannna give it a try – wollt ihr es nicht auch versuchen?«
Jo antwortete, dass sie physisch im Moment nicht in der Lage wären, außerdem nach wie vor auf einen Aufstieg über die Südwand setzten.
Eva hatte von ihrem Gewaltmarsch gehört.
»They will not believe it down there – 2300 meters in one day in this height – it's simply incredible – sie werden euch das gar nicht abnehmen da unten – 2300 Meter in einem Tag in dieser Höhe – es ist unglaublich!«
Arne zwinkerte mit dem Auge.
»Did you take drugs?«
»We don't need drugs«, meinte Jo unbekümmert. »We are born junkies – wir brauchen keine Drogen, wir sind von Geburt an Junkies!«

Sie überreichten den Schweden Sauerstoff, Kompressionssack und Medikamente. Das Säckchen mit den »Bonbons« behielt Jo als allerletzte Geheimwaffe. Arne bat sie, Bertrand auszurichten, er solle ihm mit seinen Leuten entgegensteigen zum Hinuntertransport von Jerome und dem Mädchen. Vor allem Chantal mit ihren erfrorenen Händen benötigte beim Abseilen

Hilfe. Jo versprach sein Möglichstes zu tun und wünschte ihnen gutes Gelingen. Dann machten sie sich in unterschiedliche Richtungen auf den Weg.

Sie hatten zwar ihren Auftrag ausgeführt, aber noch einen langen Abstieg in miserabler konditioneller Verfassung vor sich. Tom bedauerte, dass sie nicht einen Ruhetag einlegen konnten – das Wetter trübte ein, sein Höhenmeter stieg unaufhörlich. Außerdem konnte man in dieser Höhe kaum noch regenerieren. Sie mussten hinab.
Die Tiefe unter ihnen war beängstigend. Ein Ausrutscher und es gäbe kein Halten mehr. Mit dem geleerten Rucksack fiel das Gehen zwar leichter, dennoch stolperte Jo mehr als er lief. Eine bleierne Müdigkeit war in ihm und lähmte ihn. Mechanisch setzte er einen Fuß vor den anderen in der Hoffnung, dass auch der nächste Schritt ihn weitertragen würde.
Auch Gwens Bewegungen hatten etwas Traumwandlerisches, als wäre sie nicht ganz bei Sinnen. Als sich die Zacken ihrer Steigeisen an der Gamasche verfingen, warf ihn der Zug am Seil fast um. Nur mit Mühe konnte er sie vor dem Abrutschen auf dem steil abfallenden Schneehang bewahren. Es wäre ein langer Fall geworden.

Im Windschatten einer Wächte rasteten sie und dopten sich mit Coca-Tee aus der Thermosflasche. Während Jo's Blick die Granittürme des Broad Peak, Ogre und Latok streifte, über den Concordiaplatz glitt, wo sieben Gletscherzungen zusammenflossen zum großen Strom, schien der Abstand zwischen ihm und dem Tal zu wachsen, der Horizont sich bis ins Unendliche zu dehnen, als ob sich die Welt da unten von ihnen abkoppelte. Mit leichter Verwunderung spürte er die Gleichgültigkeit gegenüber der Vorstellung, in die Leere abzutauchen, als sei die Option schon immer die bessere Wahl gewesen.
Tom rempelte ihn an und zeigte zum Himmel. Vor der Sonne stand ein Dunstvorhang, Nebelschwaden schwappten von Westen her über den Grat. »Mir sottet bizitte naa – 's Weattr macht a Muure*!«, drängte er.

Die Angst vor dem Schlechtwetter und der Coca-Tee machten ihnen Beine – sie mussten los, bevor erneutes Schneetreiben einsetzte und die Sicht

schlecht wurde. Um Zeit zu sparen, gingen sie im unteren Teil der Schulter ungesichert, jeder für sich. Das Gelände war stark abschüssig, forderte alle Sinne, ließ keinen Raum mehr für Gedanken, die über den nächsten Schritt hinausreichten. Die Nebelschwaden verdichteten sich zusehends, jagten wie graue Schleier vorüber. Graupelkörner prasselten auf ihre Helme, spickten von den Felsen ab wie winzige Gummibällchen. Als die Wolken sie einhüllten und sie sich gegenseitig aus dem Blick verloren, banden sie sich wieder ins Seil ein. Tom stieg voraus, folgte seinem Instinkt und den Kratzspuren ihrer Steigeisen vom Vortag. Den Abgrund vor Augen tasteten sie sich wie Schlafwandler von einer Felsleiste zur nächsten. Ab und zu spannte das Seil, wenn einer von ihnen zu weit zurückblieb. Das Geräusch der Zacken auf dem Fels klang wie das Quietschen von Kreide an einer Schiefertafel. Endlich stießen sie auf die Fixseile, die die Franzosen in der Schwarzen Pyramide, dem schwierigsten Teil der Wand, gelegt hatten. Sich an ihnen hinabzulassen war reine Routine im Vergleich zum Stolpern und Stochern im Nebel zuvor.
Am ehemaligen Russencamp klarte es auf. Zwar schien keine Sonne, aber der Blick nach unten war frei. Über ihnen, aus den gelb-grauen Wolken, drang eine gleißende Helle herab, die die Augen trotz der Gletscherbrillen schmerzen machte. Die auf halber Höhe abgeschnittenen Berge wirkten ebenso trostlos wie der zum Walfischskelett erstarrte Gletscherstrom darunter. Nach kurzer Rast folgten sie der Spur der Lawine hinab, erreichten am frühen Abend Lager I, hatten aber nicht mehr die Kraft ins Basislager abzusteigen. Ohne Teewasser zu kochen, schälten sie sich aus den Stiefeln, funkten eine Standortmeldung, verkrochen sich in die Schlafsäcke und fielen in einen ohnmachtsähnlichen Erschöpfungsschlaf.

Im Basislager (4)

Am Morgen herrschte Schneetreiben, doch der Sturm hatte nachgelassen. Auf wundersame Weise waren sie wieder zu Kräften gekommen und zum ersten Mal seit Tagen kopfwehfrei. Beim Frühstückstee imitierte Gwen Toms Schnarchorgie, wie sie es nannte. Als Tom sich mit einer Kostprobe von

Stöhn- und Schreilauten, die nach der Franzosenfete vor drei Tagen das nächtliche Basislager in Unruhe versetzt hatten, revanchierte, bekam Gwen einen Lachanfall, den Tom nur stoppen konnten, indem er ihr eine geballte Ladung Schnee in den Kragen stopfte.

Auf halber Strecke ins Basislager trafen sie auf Bertrand und seine Leute auf dem Weg nach oben. Jerome ginge es etwas besser, auch wenn er in dem Überdrucksack jedesmal unter klaustrophobischen Attacken litt. Die Skandinavier steckten oberhalb von Hochlager IV auf 8200 Metern Höhe bei Orkanböen in ihren winzigen Sturmzelten fest. Immerhin waren sie bei ihrem Versuch bis auf dreihundert Meter unter den Gipfel gekommen.
»Quel dommage – le temps pour les promenades ensoleillées jusqu'au sommet est passé – was für ein Pech – die Zeit für sonnige Spaziergänge auf den Gipfel ist vorbei«, scherzte Bertrand.

Im Basislager wurden sie gefeiert, als hätten sie den Gipfel erobert. Maxence bespritzte sie mit Sekt und taufte sie »cochon d'alpes« – »Alpenschweine«. Gritt herzte erst Tom und Jo, dann ihre Schwester, war gänzlich neidlos und voll Bewunderung.
»Was host'n mit der Gwennie ongstellt, dass sie da nochklettert wia a Aachkatzl?«, fragte sie Jo.
»Dope!«, sagte Tom und zwinkerte Maxence zu.
Jo stellte richtig, dass nicht Gwen ihnen, sondern sie ihr hinterhergeklettert waren. Tom ergänzte, er habe noch nie in seinem Leben jemand eine beinahe senkrechte Felswand in diesem Tempo hinaufklettern gesehen.
»Alors – la drogue a travaillé – dann hat die Droge gewirkt?«, schmunzelte Maxence.
»Wie eine Rakete!«, sagte Jo.
Gritt, die nicht alles mitbekommen hatte, versuchte sich einen Reim darauf zu machen.
»Wos maant's'n ihr mit »Dope«?«
Gwen umschlang Jo von hinten mit den Armen.
»Ihn«, schnurrte sie, »ihn maanan's.«

Diesmal war es Gritt, die grinste.
»Seine Raketn, oder?
Tom räusperte sich.
Roy bedauerte, dass sie Gwens Husarenstück nicht filmisch dokumentiert hatten.
»But which filmteam could keep pace with her – aber welches Filmteam könnte mit ihr Schritt halten?«
Tom fand die Filmerei nebensächlich. Seiner Meinung nach reichte das bisherige Filmmaterial längst für eine Doku aus.
»Oba da Höhepunkt kummt doch erst noch!«, widersprach Gwen.
Roy lachte.
»We've got no rocket to push us up there like you – wir haben keine Rakete, die uns dahin befördert wie du!«
Maxence fragte, warum sie denn nicht mit Helmkameras operierten wie sein Team. Roy monierte die schlechte Qualität der Kleinbildkameras, hielt sie in diesem Fall aber doch für einen vertretbaren Kompromiss, sofern überhaupt welche aufzutreiben seien.
Falls das Wetter mitspiele, seien mit den zurückkehrenden Leuten aus seinem Team bald eine ganze Reihe Helmkameras vorrätig, meinte Maxence.

Das Wetter besserte sich zwar nicht wesentlich, dennoch trafen schon am übernächsten Tag die ersten Seilschaften im Basislager ein. Es waren neben Bertrand, Claude und Pascal, die bei ihrem Rettungsversuch nur bis Lager III gekommen waren, auch Ellen, Bo, Soile und Jaana, die vor drei Tagen knapp unter dem Gipfel kehrtgemacht und sich seitdem im Schneesturm von Lager zu Lager hinabgekämpft hatten.
Die Nachricht von Jeromes Genesung, die gestern über Funk ins Basislager gedrungen war, erfreute sie, aber sie wussten, dass er erst hier unten wirklich gerettet sein würde. Alle Hoffnungen richteten sich auf eine baldige Wetterbesserung, die es den Helfern erlaubte, ihn herab zu geleiten und zu –seilen. Im Moment waren die Aussichten zwar nicht gut, aber Ellen und Bo wollten, sobald es das Wetter zuließ, wieder hinauf, um bei der Eskorte von Jerome und der ebenfalls gehandicapten Chantal zu helfen.

Roy gratulierte den Nordländern ganz unironisch zu ihrem Fast-Gipfel und beklagte, dass es beim Bergsteigen nur ein alles oder nichts gebe und nicht wenigstens eine Silber- oder Bronzemedaille.
Ellen und Bo nahmen es gelassen und meinten, die fehlenden 300 Meter könnten sie verschmerzen. Die Aussicht sei jedenfalls an ihrem Umkehrpunkt an dem Tag die gleiche gewesen wie am Gipfel – nämlich null. Soile und Jaana dagegen wirkten von den Strapazen gezeichnet und von dem Misserfolg ziemlich demoralisiert. Sie glaubten nicht an eine zweite Chance, zumindest nicht in diesem Jahr. Eine Wetterbesserung sei vorerst nicht in Sicht und ihr Urlaub neige sich dem Ende zu.
Wer wisse, wozu es gut gewesen wäre, versuchte Ellen sie zu trösten – sie seien wenigstens wieder heil heruntergekommen. Jo schloss sich ihr an und meinte, es sei mutiger so kurz vor dem Gipfel umzukehren, als sein Leben aufs Spiel zu setzen und weiter zu steigen.
»Ennen virsta väärää, kuin vaaksa vaaraa – eher eine Meile Umweg gelaufen als einen Zoll in die Gefahr«, meinte nun auch Jaana.
Soile nickte, während ihr die Tränen über die Wangen rannen.

Ellen wollte von Tom und Jo wissen, ob sie es noch einmal darauf ankommen ließen.
Tom nickte mit einem Ausdruck von fast grimmiger Entschlossenheit.
»With the girl?«
»Yes!«, rief Gwen im Brustton tiefster Überzeugung.
»As far as she can make it – soweit sie es schafft«, relativierte Jo.
»Wos soll'n des haaßn?«, fragte Gwen irritiert und schickte Jo unter gesenkten Augenlidern hervor einen warnenden Blick.
»Dass wir eine Option für den Notfall offenhalten.«
»Dann wollt ihr sie alleine zurückschicken, wenn sie es nicht schafft?«, fragte Bo.
Die Frage hatten sie sich tatsächlich noch nie gestellt. Gwen beantwortete sie kurzerhand stellvertretend für sie.
»Jetz scheißt's eich doch nit on – entweder i kumm nauf oder i geh drauf!«

Muhammed Kashani und Ali Khan, der Begleitoffizier der Franzosen, saßen nach dem Mittagessen, wenn alle übrigen Siesta hielten, gerne in einer Ecke des Gemeinschaftszelts neben dem Holzofen auf einer alten Matratze mit einem darübergebreiteten Gebetsteppich, rauchten Shisha und rezitierten Verse aus einem vergilbten Schmöker mit arabischen Schriftzeichen. Immer wieder hoben sie dabei zu einem Singsang an, den Qawwali-Gesängen der Baltis nicht unähnlich. Als Gwen und Jo am nächsten Tag zur Teestunde ins Hauptzelt kamen, waren die beiden gerade in einen Gesang vertieft, die Augen geschlossen, den Kopf weit zurückgelegt. Muhammeds Stimme klang heller als sonst, fast wie Falsetto, seine Gesichtszüge wirkten entspannt, die Fältchen in den Augenwinkeln gaben seiner Miene etwas Verschmitztes. Ein süßlicher Duft nach Sandelholz und Haschisch lag in der Luft.

Als Muhammed sie bemerkte, unterbrach er seinen Gesang, bot ihnen Platz an und bat sie, die Rezitation zu begleiten.

»I heard you sing at Urdukas with beautiful voices – ich habe in Urdukas eure schönen Stimmen gehört! Let's pray together for your companions on the mountain – lasst uns zusammen für eure Kameraden am Berg beten!«

Jo wollte widersprechen, doch Gwen legte ihm den Finger auf den Mund und zog ihn auf eines der Sitzkissen am Boden.

Sie könnten ja die zweite Stimme singen, schlug Gwen vor.

»No, you accompany us – nein – ihr begleitet uns! befahl Muhammed. But first inhale the scent of Allah – it will open your mind – kostet zuerst vom Duft Allahs – er wird euren Geist öffnen!«

Sie nahmen ein paar tiefe Züge aus der Shisha. Jo fand es bemerkenswert, dass Allah sich offenbar gerne mit dem Duft der Mohnblume zierte.

Auch Gwen grinste verschmitzt und flüsterte: »Die san ja high, die Zwei!«

»Now let's read the lyrics – lesen wir den Text!«, befahl Muhammed.

Er reichte ihnen das Buch und bat sie nachzusprechen:

»Malik-Ul-Mulk, Lashareeka Lahoo, Wahadahoo Laa Ilaahaa Illaahoo – Herrscher über die Welt, es gibt nichts Ebenbürtiges neben dir! Shams Tabraiz Gar Khuda Talabee, Khushboo Khuwan La Illaha Illahoo – Du bist der Versprochene – es gibt nicht Deinesgleichen!«

»Voglwild!«, lachte Gwen.

»It's Urdu, and it's a love-song to Allah – es ist Urdu und ein Liebeslied an Allah. You can sing the song to your god as well – he will understand it, I'm sure – aber ihr könnt das Lied auch zu eurem Gott singen – ich bin sicher, er versteht es!«, ergänzte Muhammed.

Sie nickten. Nachdem sie noch einmal ein paar Züge von Allahs Duft genommen hatten, gab Ali mit der Hand ein Zeichen und sie stimmten in den Vorgesang mit ein – ein langanhaltendes »Aaah!«, das zunehmend durch Modulationen und Tremolos variiert wurde. Gwen sang mit ihrer klaren Stimme eine Art Oberton, um den Muhammed sein »Aaah!« flocht wie eine Efeuranke. Ein leises Lächeln umspielte Gwens halbgeöffnete Lippen, während sie den Ton vorgab und auch die übrigen Stimmen sich ihr unterordneten.

»Wahadahoo Laa Ilaahaa Illaahoo – Du bist der Auserwählte, es gibt nichts außer Dir!«, sang Muhammed.

»Khushboo Khuwan La Illaha Illahoo – in jedem Duft bist nur du!«, übernahm Ali mit seiner schneidenden Stimme. »Laa Ilaahaa Teri Shaan Ya Wahdahoo – Herr, Du bist die versprochene Pracht – Tu Khayaal-O-Tajassus Tu He Aarzoo – Du bist die Neugierde, Du bist das Verlangen – Aankh Ki Roshni Dil Ki Awaaz Tu – das Licht meiner Augen, die Stimme meines Herzens! Allah Huu! Allah Huu!«

Nachdem Gwen den Zwischengesang zu Ende gebracht hatte, prustete sie mit einem Mal vor Lachen los und kicherte dann haltlos vor sich hin, dass ihr die Tränen über die Wangen liefen. Vergeblich versuchte Jo sie zur Räson zu bringen. Gwen war auch ohne Hasch bekannt für ihre Lachanfälle, die für gewöhnlich nichts außer einem Kübel kaltes Wasser stoppen konnte. Er entschuldigte sich bei Muhammed und Ali Khan mit ein paar hilflosen Gesten und brachte Gwen nach draußen.

Eine Böe fegte sie fast aus dem Stand. Auf dem Weg zum Zelt stieß Gwen ihn in eine Schneewehe. Eine Weile wälzten sie sich kichernd, rangen dann spielerisch miteinander. Gwen kam schließlich auf ihm zu liegen.

»Wahadahoo Laa Ilaahaa Illaahoo!«, flüsterte sie ihm heftig schnaufend ins Ohr.

»Was?«
»Shams Tabraiz Gar Khuda Talabee, Khushboo Khuwan La Illaha Illahoo!«
»Ich dich auch«, stöhnte er.
»Dearfst ma's ruhig glaubn!«
»Du bist ja high!«
»I maan's ernst. Du bist ma vasprochn, schon lang.«
»Von wem?«
» Maanst, i konn nit in daane Augn lesn?«
»Willst du mich etwa heiraten?«
»Könnt schon sein.«
»Damit ich dich auf den K2 mitnehme?«
Gwen kicherte.
»Du host's darrotn.«
»Also, wenn ich es mir genau überlege…«
»Was?«
»…dann wärst du zumindest eine ganz gute Partie!«
Gwen lachte.
»Is des olls, wos da dazu einfollt?«
»Soll ich dir vielleicht einen formellen Antrag machen?«
Gwen schmunzelte.
»Ja – oba wenn schon, nacha so, wie sich des g'hört!«
Im Schutz des großen Zelts kniete er vor Gwen nieder, die rechte Hand aufs Herz gedrückt, die andere Hand erhoben.
»Süße kleine Gwendolin!«
»Loss des »klaane« weg!«
»Süße Gwendolin! Willst du mich, Johannes Nepomuk Schädler – »
Gwen stutzte.
»Wia haaßt du?«
»Johannes Nepomuk!«
Gwen kreischte vor Lachen.
»Nepomuk! Des hob i ja goar nit g'wusst! Des is kaa Witz, oda?«
Jo zuckte mit den Schultern.
»Des klingt ja wia a Erbkronkheit!«

»Ist es ja auch! Soll ich jetzt weitermachen oder – «
In diesem Moment tauchten zwei Gestalten aus dem Schneesturm auf. Es waren Gritt und Tom auf dem Weg zum Franzosenzelt.
»Wos treibts'n ihr da?«, fragte Gritt.
»Da Jo wollt ma grod an Heiratsontrag mochn«, kicherte Gwen. »Oba i mag ihn schon glei goar nimmer, weil a mit seim zweitn Vornamen »Nepomuk« haaßt! Hobt's ihr so an damischn Namen schon amol g'heart? Nepomuk – so haaßt doch kaa Hund nit!«
»Seid's ihr bsoffn oder wos?«, fragte Gritt, sichtlich besorgt um ihre kleine Schwester.
»Naa, bloß high!«
Tom stutzte und schnüffelte an ihnen.
»High? Git's 'dao irgendebba an Shit?«
Jo erklärte ihm die Sache mit Muhammeds Shisha. Toms Augen leuchteten auf.
»Nix wia ning!«

Doch Muhammed und Ali Khan hatten sich bereits verzogen. Dafür kam kam ihnen Solange entgegen.
»Le temps s'améliora – das Wetter bessert sich!«, rief sie fröhlich und mit Lachgrübchen auf den Wangen. » A partir de demain il va faire beau – ab morgen ist es schön!«
Gritt gab ihr ein Küsschen.
»How long?«
»Cela nést pas encore sûr, mais au moins pour trois jours – das ist noch ungewiss, aber mindestens drei Tage!«
»Dees isch iis z'wäneg!«, murrte Tom, als Jo übersetzt hatte.
»How much do you want – three weeks? Wieviel willst du – drei Wochen?«, lästerte der hinzugetretene Roy.
Tom gab zu bedenken, dass sie oberhalb des Sperrriegels in der Falle säßen, falls das Wetter umschlüge. Von dort aus kämen sie dann weder hinauf noch hinunter.
Dann müssten sie die Südwand eben in drei Tagen durchsteigen, meinte Roy.

Tom nickte grimmig.
»I hao bigott kui Rakeete, dia wao be nüüftribt!«
»Du bisch doch seal uine!«, sagte Jo und boxte ihm in die Brust.

In der Südwand (2)

Nachdem der Sturm nachgelassen hatte und der Himmel allmählich aufklarte, schlug Tom vor, noch am gleichen Tag bis zum Materialzelt an der Südwand aufzusteigen. Sie hatten noch sechs Stunden Tageslicht und für alle Fälle ihre Stirnlampen. Jo's Einwände wegen des vielen frischgefallenen Schnees und der extremen Lawinengefahr wischte er beiseite. Das Risiko sei morgen nicht weniger klein.
Roy gab ihm Recht. Ihre Unternehmung sei ohnehin ein Pokerspiel. Ihr Einsatz sei alles oder nichts. Jetzt ginge es nur noch darum, straight face zu wahren, selbst wenn sie merkten, dass sie lauter Nieten in den Händen hielten.
Maxence lästerte, das klinge wie die Abschiedsrede des japanischen Kaisers für eine Truppe Kamikaze-Flieger.
Jo nickte stumm.
Tom hätte gerne noch eine Shisha mit Muhammed geraucht, doch der wollte davon nichts wissen. Immerhin legte er den Dreien den Daumen auf die Stirn, rieb ihn ein paarmal hin und her und murmelte »My Salem* is with you!«. Dass Gwen gar kein Permit für die Südwand besaß, übersah er großzügig.
Gwen fand es schade, dass sie um Jo's Heiratsantrag gekommen war. Jo versprach ihr, am Gipfel einen zu machen, falls sie jemals dort ankämen.
»Oba den Nepomuk losst fei heruntn!«, lachte Gwen.
Gritt umhalste ihre Schwester.
»Gwennie bleib do!«, bettelte sie. »Der Bearg is doch viel z'groß fia a klaans Mäderl wie di!«
»Gritterl, loss di dumman Sprüch! Du waaßt genau, du holtst mi nimma auf!«
»Des is doch da Wohnsinn, wos di Zwaa da vorham!«

»Deswegn geh i ja mit«, meinte Gwen ungerührt. »Die Kerle konnst' doch nit allaan lassn!«

Nachdem sie gepackt hatten, versammelten sich alle vor dem Eingang des Franzosenzelts. Der Wind hatte abgeflaut, der Schneefall nachgelassen. Die Wolkenfetzen hoch oben gaben ab und zu ein Stück blauen Himmels preis, einmal sogar die leuchtendweiße Spitze des Angelus direkt über ihnen. In den fünf Tagen seit ihrem letzten Abstieg hatte es mehr als einen Meter geschneit. Keiner von den Franzosen oder Nordländern hatte bisher den Gipfel erreicht. Sie waren das letzte Aufgebot. Falls sie den K2 tatsächlich über die Südwand bezwangen, waren sie nicht nur das zweite, sondern auch das jüngste Team, das es geschafft hatte und würden Berggeschichte schreiben. Aber im Grunde war es nicht das, was sie hinauftrieb.
Tom brachte es auf den Punkt: »Es isch, as ob ba i de Kriag ziache dät.«
»Who is your enemy – wer ist euer Feind?«, fragte Roy.
»Der Schweinehund in uns«, erwiderte Jo.
Es war der Kampf mit sich selbst, den sie nach vier Monaten Anfahrt und Anmarsch zu Ende bringen mussten.

Gwen hatte den Helm von Solange mit der Kamera auf. Die große Kamera ließen sie aus Gewichtsgründen zurück. Roy filmte sie damit ein letztes Mal. Gwen hatte ihre Gesichtsvermummung hochgezogen und formte mit ihren Schmolllippen einen Kussmund zur Kamera hin. Roy meinte, im Grunde sei sie viel zu hübsch, um in diese Hölle da oben geschickt zu werden. Tom mit seinem Vollbart sah aus wie ein Senn am Ende des Alpsommers. An seinem Rucksack flatterte der Wimpel mit dem Wappen von Oberstdorf.

Es war Zeit für den Abschied. Roy rechnete, dass sie in drei Tagen auf dem Gipfel stünden, wenn alles nach Plan lief. Eine Besteigung im Alpinstil wie Reinhold Messner! In spätestens einer Woche sollten sie wieder zurück sein, weil dann die Permits ausliefen.
Maxence meinte, bis dahin sei sein Team wahrscheinlich abgezogen.
»Alors dépêchez-vous – also beeilt euch!«

Er wollte wissen, ob sie noch genügend »Dope« hätten. Jo nickte grinsend. Jede Menge Amphetamin, Cephalon, Provigil – genug, um sie auf den Mond zu schießen!
»Bonne chance sur la lune!«, lachte Maxence und schüttelte Jo die Hand. Solange gab ihm nach französischer Art erst ein Küsschen links auf die Backe, dann rechts, dann wieder links.
»Vous êtes des héros – ihr seid Helden!«
»On verra – schaun wir mal«, beschwichtigte Jo.
Roy presste ihn wie ein Schraubstock.
»After all the ordeal behind you, I think you have deserved the K2 – nach der ganzen Tortur habt ihr den K2 verdient! Give him beans – gebt ihm Saures!«
Gritt hatte Tränen in den Augen.
»Pass ma ja auf's Gwennerl auf! Versprichst ma des, Jo?«
Er nickte und flüsterte ihr ins Ohr, sie hätten vor umzukehren, falls sie es nicht schaffen sollte.
»Danke!«, sagte Gritt und drückte ihm einen Abschiedskuss auf den Mund.

Im Zwielicht des sich neigenden Tages bahnten sie sich einen Weg durch die vom Neuschnee bedeckte Moräne hinüber zum Einstieg in die Südwand. Da sie auf den darunterliegenden Steinen immer wieder ausrutschten, montierten sie die Steigeisen. Die mächtigen Lawinenkegel neuesten Datums, die sie überquerten, führten ihnen vor Augen, in welcher Gefahrenzone sie sich bewegten. Trotzdem waren sie in guter Stimmung. Sie befanden sich in der Endphase ihrer Unternehmung. Die nächsten Tage würden die Entscheidung bringen. Nur der Berg konnte sie jetzt noch bremsen.
Am Einstieg rasteten sie kurz. Unerwartet riss es auf und der K2 zeigte sich in seiner ganzen Pracht, sein Gipfel von Licht überflutet. Der Anblick verschlug ihnen wieder einmal die Sprache. Gwen nutzte den Moment für ein »Gebet«, wie sie es nannte, einen kurzen Jodelgesang mit langen getragenen Einsätzen, und zauberte mit ihrer reinen Stimme ein Hochgefühl hervor, die Jo an die Aufbruchsstimmung und die Euphorie der ersten Wochen ihrer Unternehmung erinnerte.

Kurz vor Einbruch der Dunkelheit erreichten sie das Depotzelt. Es war zwar bis zum Giebel zugeschneit, nach einigem Schütteln und Schaufeln aber bald wieder bezugsfertig. Um mehr Platz zu gewinnen, gruben sie eine Schneehöhle, wo sie alles Material verstauten, das sie für die Nacht nicht brauchten. Gwen schmolz währenddessen Teewasser und kochte Suppe. Nach dem Essen wartete sie mit einer Überraschung auf. Sie zauberte eine Mini-Shisha aus ihrem Rucksack und einen Klumpen süßlich riechenden Tabak.
Tom grinste »wia a Raohmschleackar« und vergab eine weitere hohe Auszeichnung an Gwen.
»Du bisch it bloaß a wilde Henn – du bisch ommadet öü no a Pfündsfehl*!«

Gwen hatte das Päckchen Haschtabak von dem von ihrer Gesangs-Performance offenbar beeindruckten Muhammed zum Abschied zugesteckt bekommen, die Shisha aber schon im Basar in Askole erstanden – genau für solche Anlässe wie heute, wie sie sagte.
»Na haosch du dees am End schu gwisst, dass du mit iis uff de Bearg gaosch?«, wunderte sich Tom.
»Naa, umgekehrt«, erwiderte Gwen, »i hob gedacht, dass i vielleicht eich olte Grattler* aufeführn und bei guata Laune holt'n muaß!«
Tom schüttelte den Kopf und unterdrückte ein Grinsen.

Sie rauchten das halbe Päckchen auf – die andere Hälfte brachte Gwen in Sicherheit – für das »Gipfelpfeiferl«, wie sie sagte. Sie spürten die Wirkung des Krauts als leichten Schwindel und eine angenehme Lockerheit, die sich bei Gwen wie üblich in Kicherattacken entlud. Als Tom sich nach dem Essen ein paar Suppennudeln aus dem Vollbart zupfte, kriegte sie prompt einen Lachanfall und schlug vor, Tom solle seinen Bart doch gleich als Vorratskammer nutzen, dann könne er sogar während des Aufstiegs davon zehren.
»Mit deam, was du mit dr rumtreisch, kasch bigott a Jaohr laong Schmaolzgiega* schmiere!«, konterte Tom.
»Wie maantst'n des jetzt?«, fragte Gwen mit zusammengekniffenen Augen.
»Ding Schpeackfiidle halt!«, antwortete Tom in aller Gemütsruhe. Die ver-

ging ihm aber rasch, weil Gwen sich mit einem Satz auf ihn stürzte und in den Schwitzkasten nahm. Tom, der als durchtrainierter Athlet gelten konnte, bot alle seine Kräfte auf sich zu befreien und brachte dabei fast das Zelt zum Einsturz, schaffte es aber nicht, sich aus Gwens Armklemme herauszuwinden.
»Sog, dass des nit stimmt!«, fauchte Gwen.
Tom ließ sich nicht unterkriegen.
»Bi ding Fiidle brüüchsch a Motorrad, bis de daohii kusch, wao 'nes güet düet!«
Gwen kreischte vor Wut, begann Tom mit der freien Hand zu kitzeln und hatte damit seine einzige wirkliche Schwachstelle aufgetan. Er stieß Laute aus, die Jo noch nie von ihm gehört hatte – es klang wie das Jaulen eines auf den Schwanz getretenen Hundes. Innerhalb von zwei Minuten war der kitzlige Tom soweit, dass er alles, was er an Beleidigungen von sich gegeben hatte, zurücknahm und Gwen »ewige Ergebenheit« schwor. Die gab sich damit zwar zufrieden, wirkte von da an aber irgendwie verunsichert, denn sie fuhr mit den Händen ständig über ihr Gesäß, als wolle sie sich Klarheit über dessen wahre Proportionen verschaffen. Erst das Handyfoto, das Jo von ihr in den enganliegenden Goretex-Leggins machte, beruhigte sie.
Sie zeigte es Tom.
»Kaa Gramm Fett – olls Muckis!«
Tom lachte.
»Iatz waisch de, wao dees Woart »verarsche« heakut!«

Die Nacht war frostig. Die Kälte drang durch die Biwak- und Thermoschlafsäcke und ließ sie bibbern wie nasse Hunde. Sie knuddelten sich zusammen wie Welpen, um sich gegenseitig Wärme zu spenden. Gwen meinte am nächsten Morgen, der »Dreier« habe sie wahrscheinlich vom Erfrieren gerettet.
Das frühe Aufstehen waren sie nicht mehr gewöhnt – erst der Weckruf Gwens mit der Ankündigung von Schönwetter scheuchte sie aus den Schlafsäcken. Nach über einer Woche Schneesturm war der Anblick des purpurroten Morgenlichts über den Gipfeln der Achttausender wie eine Verheißung. Die

Aussicht auf einen zehnstündigen Kampf im Tiefschnee den Berg hinauf trübte die Stimmung allerdings.

Fast eine Stunde dauerte es, bis sie abmarschbereit waren. Verpflegung und Getränk für den Marsch mussten bereitgestellt, Schlafsäcke und Isoliermatten verstaut und die Rucksäcke gepackt werden. Dann folgte die lange Prozedur des Anziehens – Goretex-Unterwäsche und Unterhemden, Daunenjacke, Daunenoverall, Sturmhaube, Helm, Bergstiefel, Klettergurt, Gamaschen, Unter- und Überhandschuhe. Für die weniger steilen Passagen waren Teleskopskistöcke und Schneeschuhe angesagt, für die steileren die Eisgeräte. Zum Schluss erwartete sie Zeltabbau und Verteilen der Lasten.

Sie marschierten auf der Kuppe des Zentralpfeilers, zu ihrer Linken den fast senkrecht aufragenden Gipfelhang, zur Rechten den kaum weniger steilen Schulterhang, an dessen oberem Ende der große Serac thronte, der in unregelmäßigen Abständen Eisblöcke groß wie Zweifamilienhäuser kalbte und die Wand hinunterschickte.

»Es trifft, wean es trifft, haot drseal gseit, wia na se iibr d'Hosa g'saicht haot*«, versuchte Tom die Stimmung aufzulockern. Er spurte mit Bärenkräften und Jo versuchte es ihm gleichzutun, wenn er ihn ablöste. Sie kamen leidlich voran, überwanden noch vor Mittag die Steilstufe in den Hang, wo Tom von der Lawine erfasst worden war, spürten aber zunehmend die Höhe und mussten immer öfter Pausen zum Verschnaufen einlegen. Als der Hang steiler wurde und die Sonneneinstrahlung den Schnee auffirnte, wuchs auch die Lawinengefahr. Ein paarmal waren sie bereits mit Schneebrettern ins Rutschen gekommen, hatten sich durch beherzte Sprünge bisher jedesmal gerade noch retten können. Das würde nicht mehr lange gutgehen. Aber was tun? Der Hang bot kaum Schutz und eine Aufstiegsvariante gab es nicht – es sei denn, sie wählten den mühsamen Weg über die vereisten Felsgrate.

Zum Glück entdeckten sie nach einer weiteren Stunde Aufstieg einen größeren Felsvorsprung, der ihnen ein wenig Schutz bieten konnte – zumindest vor kleineren Schneebrettern. Direkt darunter schaufelten sie eine Sitzfläche frei und warteten auf den Rucksäcken hockend den kühleren Nachmittag ab. Es

herrschten 20 Grad Celsius – und das auf 6500 Metern Höhe. Gwen hatte alles bis auf ihren hautfarbenen Sport-Slip abgelegt, glänzte vor Sonnenöl und genoss das unerwartete Sonnenbad. Jo erinnerte sich an einen Bericht über die amerikanische K2-Expedition von 1978 unter der Leitung von John Whittaker, dessen Frau Dianne Roberts unter ähnlichen Bedingungen gestrippt hatte, unter den gierigen Blicken der männlichen Teamkollegen allerdings bald wieder in ihre Klamotten geflüchtet war*.
»Dees sind Trimmer, haot dr Schpatz g'seit und sine Waade a'glüeget*«, spottete Tom.
Gwen ließ sich davon nicht irritieren, räkelte sich und bot ungeniert ihre formschönen Brüste auf dem selbstgebastelten Liegepolster dar.
»Jetzt fehlt ma bloß noch a g'schpritzta Aperol!«, seufzte sie.
Tom schüttelte zwar den Kopf über so viel Unverfrorenheit, ließ es sich aber nicht nehmen, von der in dieser Gegend sich unerwartet darbietenden Augenweide sein siebtes Foto auf der Reise zu machen.

Sie hatten kaum eine halbe Stunde gedöst, als ein Rauschen über ihnen einen größeren Schneerutsch ankündigte. Jo wollte aufstehen, um nach dem Rechten zu schauen, doch Tom drückte ihn auf seinen Sitz zurück. Er hatte Recht – der einzig sichere Platz weit und breit war jetzt der Platz unmittelbar hinter dem Felsen. Es schien, als wäre der gesamte Hang um sie herum in Bewegung gekommen. Aus dem anfänglichen leisen Zischen wurde ein gefährliches Grollen. Links und rechts drifteten kniehohe Nassschneebretter an ihnen vorbei, nahmen allmählich Fahrt auf und bauten sich dabei zu einer Lawine auf, die rasch an Masse und Geschwindigkeit zulegte und dabei alles mitnahm, was sich ihr in den Weg stellte – wahrscheinlich auch ihr Depotzelt mitsamt dem Reservematerial, das dort lagerte. Ein langanhaltendes Grollen und Donnern aus dem Tal ließ erahnen, was für Ausmaße das Schneebrett weiter unten angenommen hatte. Wären sie eine halbe Stunde später dran gewesen, befänden sie sich jetzt allesamt mehrere Meter tief im Schnee begraben am Fuß des Berges. So erwischte sie nur eine kleine Nachhut, die über den Felsblock schwappte und Gwen mit einer Schneedusche beglückte.

»Dao haosch ding Schpritz!«, lachte Tom, während Gwen sich kreischend aus dem Schneehaufen wand.
Doch dann musste auch er sich erst einmal fassen und brummte, vor so viel Glück am Berg müsse man sich ja fast fürchten.
»Iis löüft wiidr amaol dr Schießdreck de Buggl nüüf*«, fasste er die Situation auf seine Art in Worte.
»I glaab, da Bearg losst uns aufe«, meinte Gwen, während sie sich Hosen, Goretex-Unterhemd und den Thermo-Fleece-Pulli überstreifte. »Wenn a uns nit möng tat, hätt a uns glei mit wegputzt.«
»Villiecht spiilt a öü bloaß a wink mit iis, erwiderte Tom, wia d'Katz mit dr Müüs. Am End haot se se no allat gfreasse*!«

Wieder einmal hatte der Lawinenabgang den Vorteil, dass sich das Risiko für sie verminderte und der Aufstieg um einiges leichter wurde. Der Hang war bis auf die Harschschicht von letzter Woche vom Neuschnee leergeräumt – an manchen Stellen konnten sie sogar noch ihre alten Spuren erkennen. Trotz des Risikos weiterer Lawinenabgänge machten sie sich an den Aufstieg, kamen mit den Steigeisen auf der festen Schneedecke anfangs zügig voran, wurden aber dann von der Höhe ausgebremst, mussten mehrmals Rast einlegen und erreichten die 7000-Meter-Marke erst am frühen Abend. In der Dunkelheit mit Stirnlampen noch einmal 900 Meter bis zu ihrem damaligen Lager III aufzusteigen traute sich keiner von ihnen zu. Da sie im Steilhang kein Zelt aufstellen konnten, hieß das allerdings, eine Nacht in den Biwaksäcken zu verbringen.
Gwen schien das eher anzutörnen.
»Nocha kemma kuschln, Jo!«
Sie waren im Basislager des Öfteren gemeinsam in den Biwacksack geschlüpft und Gwen hatte es immer sehr gemütlich empfunden. Unter den Bedingungen, wie sie hier herrschten, war das allerdings eher unwahrscheinlich.
»Nix kuschle – iatz wird zeerscht amaol g'schaffet!«, blaffte Tom.
Zunächst hieß es nämlich, einen wind- und lawinengeschützten Platz einzurichten. Der Abriss über ihnen bot nur wenig Schutz. Einbuddeln war das Einzige, was ihnen in ihrer Lage übrig blieb. Tom und Jo hoben mit den La-

winenschaufeln zunächst eine Plattform aus und bauten dann darauf aus Schneequadern eine Art Iglu. Dass diese Behausung bei einem Lawinenabgang zu Falle werden konnte, war ihnen klar. Die Fels- und Eisbrocken schossen manchmal mit der Geschwindigkeit einer Gewehrkugel vom Berg herunter und würden alles durchlöchern oder zerfetzen, was ihnen in den Weg kam. Im Prinzip befanden sie sich bereits hier in einer Art Todeszone.
»Leget de Helm aa, wenn dr zum Saiche oder Schieße gänd«, riet Tom.

Zum Abendessen gab es Gemüsesuppe und zwei Scheiben Vollkornbrot mit Frischkäse und für Tom und Jo Dosenwurst, zum Nachtisch getrocknete Früchte. Den Kalorienbedarf des heutigen Tages deckte das bei Weitem nicht.
Sie entzögen dem Körper Fettreserven und lebten auf Pump, meinte Tom. Irgendwann käme es zum Offenbarungseid.
»Guat, wenn ma a gscheit's Depot hot«, stichelte Gwen. Die Kapuze mit dem Kunstfellbesatz umschloss ihr hübsches Gesicht wie ein Bilderrahmen.
»Du bisch ja glei driemaol g'seagnet drmit«, grinste Tom in Anspielung an das barbusige Sonnenbad Gwens am Nachmittag.
»Die hom da g'folln, maane Möps, ha?«
»Woll bigott«, grinste Tom und sein sonnenverbranntes Gesicht wurde noch eine Schattierung röter. »Schu siet i's s'eerschtmaol i dr Sauna gseah hao.«
»Schad, dass ma die Gritt nit dabei hom. Die hot noo viel größere Apparatln wie i!«
Tom hüstelte.
»I waiß, dia haot öü gaonz schiene Laggl* detthaonge. Aber güet, dass d'es seisch – mir sottet se biziita amaol aafünke!«

Nachdem sie Kontakt mit dem Basislagerhergestellt hatten, erfuhren sie von Gritt, dass der Tross der Franzosen inzwischen im Basislager angelangt war. Jerome ging es den Umständen entsprechend gut, aber nicht gut genug für den langen Marsch durch das Baltorotal. Deshalb hatten sie in Gilgit um einen Hubschrauber gebeten, der ihn und Chantal morgen abholen und nach Skardu fliegen würde.

»Und die andern?«
»Von denen mog kaaner mehr aufe. Die hom d'Schnauzn voll. Wie laaft's'n bei eich?«
»Stell da vua, da Tom hot mi an Fettoarsch g'haaßn!
Kichernd berichtete sie von ihrem Ringkampf mit Tom und wie er klein beigeben musste.
»Oba sonst hobt's ihr kaa Problem?«, lachte Gritt.
»Heit hot er a Bildl von mir g'mocht, oben ohne, beim Sonnenbad. Wo er doch sonst nia fotografiert!«
»Bist du echt nackat in da Sunn g'legn?«
»Buudlnackat!«, rief Tom.
Gwen lachte.
»I hob doch nix zum Vabergn, oder? Und da Tom g'hört doch schon fast zur Familie.«
»Wie maantst'n jetz des?«
»Also, wenn da Jo mi heirat'und da Tom – na, du waaßt schon!«
»Nix waaß i!«
»Jetzt tua nit so! Er find't übrigens daane Tuttn* aa echt gigantisch!«
Im Hintergrund ertönte Gelächter.
»Sog amol – heart do noch jemand mit?«, fragte Gwen.
»Freilich – die gonze Bagasch!«, raunte Gritt. »Und da Roy übersetzt olls.«
»Du geschert's Luada – des hätt'st ja glei song kennan!«
»Du host doch selber g'sogt, du host nix zum Vabergn, oder?«, lachte Gritt.
»Gibt's sonst noch was Weltbewegendes?«
»Naa – außer, dass du uns da herobn fehlst. Bis jetzt hättst es locker dapackt. Und da Tom vermisst di ganz oarg, soll i da ausrichtn.«
»Schon guat. Richt' ihm aa scheene Griaß aus von mir. Mir drückn eich die Daumen! Also – ihr meld's eich wieder!«
»Freilich. Bis morgn! Gruß an olle!«

Tom sah Gwen mit einer Mischung aus Ingrimm und Belustigung an.
»Dea haosch es iatz aber g'schteckt!«
Gwen ergriff Toms Hand.

»Du waaßt schon, i maan's bloß guat mit dir.«
Tom blickte fragend.
»Die Gritt steht auf di, des waaß i. Sie hot bloß Ongst es zum Zaagn.«
»Wieso naocha dees?«
»Des is holt so. Wenn die Buabn sich ihrer Soch zu sicher san, wern's übermiatig.«
»A soo isch dees!«, sagte Tom. »Und d'Fehla it?«
»Schon aa«, grinste Gwen. »Oba bei da Gritt hot des nix zu bedeutn.«
Tom hob die Schultern, ließ sie wieder fallen und grinste.
»Na glöüb i dees haolt öü no!«

Später saßen sie bei einem Pfeifchen unter freiem Himmel und verfolgten, wie der Horizont sich erst rotgelb, dann blutrot verfärbte.
»Wenn's des moln tatst, war's kitschig«, sagte Gwen.
»Aigetle isch es a Schleachtweattrzaiche«, meinte Tom.
»Oder ein böses Omen«, sagte Jo.
»A soo an Zuig glöüb i it.«
»Hast du kaa Ongst vor'n Tod, Tom?«, fragte Gwen.
»I waiß it. Dees nitzt uim am End doch öü nix. Schtearbe müesch nettglie*.«
Tom lag halb gegen die Schneewand gelehnt, die Beine angewinkelt, die Hände in den Taschen und betrachtete den ersten blassen Stern, der über ihnen erschienen war.
»Oba s'is a Untaschied, ob ma mit 24 oder mit 84 an Löffel obgibt«.
»So aolt mecht i doch gar it weare.«
»Konnst da's oba nit aussuachn, oda?«
Tom lachte.
»Wenn i voorhea vum Bearg fall, schu!«
Eine Sternschnuppe kratzte einen weißen Strich in den nachtschwarzen Himmel über ihm.

Dienstag, 18. August:
Der Berg spielt mit uns. Bis jetzt war er gutmütig, doch je näher wir ihm kommen, desto gröber werden seine Scherze und desto gefährlicher unsere Annähe-

rungsversuche. Er lässt sich nicht im Spiel erobern, wir müssen bereit sein, alles zu geben – im äußersten Fall sogar das Leben. Nur so können wir über uns hinauswachsen, nur so das Hochland erobern. Gwen hat längst erkannt, was der Einsatz ist, kennt die Spielregeln. Es liegt ein perverser Reiz darin, der eine perverse Lust verspricht: Mit dem letzten Einsatz das Höchste zu erreichen oder daran zu zerbrechen.

Die Nacht mit Biwaksack im Iglu war ein einziger Kampf gegen die Kälte. Gwen und Jo zitterten um die Wette. Erst als sie sich aneinanderkuschelten, wich die Kälte allmählich aus den Extremitäten.
»So is des mit de Leit«, resümierte Gwen. »Allaan krepierst, wonn's d'frierst.«
Eng aneinander gepresst dämmerten sie dem nächsten Tag entgegen.

Am Morgen war der Himmel grau und eine dicke Neuschneeschicht lag auf den Biwaksäcken. Die Berge steckten bis zum Hals in den Wolken. Der Ausblick auf den dreitausend Meter unter ihnen liegenden Concordiaplatz war aufgrund ihrer exponierten Lage schwindelerregend. Die Temperatur betrug minus 35 Grad, von Osten wehte ein beißend kalter Wind. Wenn sie einen tiefen Atemzug nahmen, husteten sie die kalte Luft wieder aus, als hätten sie sich daran verschluckt.
»Isch dees a Hitz ündrem Viih, haot's Wieble g'seit, wia ner d'gotzeg Gaiß a d'Waond hii g'froare isch*«, lieferte Tom den passenden Spruch.
»Du bist schuld mit daan Schlechtwettazeichn!«, stichelte Gwen. Doch Tom ließ sich nicht aus der Ruhe bringen.
»Dees Weattr düet's doch gean!«
Ihre Höhenmesser waren nur um ein paar Meter gestiegen – ein Zeichen, dass der Luftdruck fast konstant geblieben war. Im Stehen aßen sie Müsliriegel, tranken Tee und versuchten die Kälte aus den Füßen zu stampfen. Gwen klagte über eingefrorene Zehen, weil die Batterien ihrer Fußsohlenheizung den Geist aufgegeben hatten. Jo wusste, dass mit taubgefrorenen Fingern und Zehen am Berg nicht zu spaßen war, hoffte aber, das Steigen würde Besserung bringen. Sie beschlossen, es darauf ankommen zu lassen.

Um halb Sieben brachen sie in Richtung Rinne auf, alle mit Kopfweh, schweren Beinen und durchgefroren. Es dauerte lange, bis sie endlich Betriebstemperatur erreicht hatten und ihre Finger wieder spürten.
»Oba mei Fiaß san imma noch kolt wie Eisklötz!«, jammerte Gwen.
Jo bat sie weiterzusteigen, bis die Blutzirkulation auch die unteren Extremitäten erreicht hätte.

Das Glück schien weiter mit ihnen zu sein. Eine Lawine hatte auch hier die Rinne vom Neuschnee freigefegt. Sie konnten relativ gefahrlos einsteigen und waren zudem der mühsamen Spurarbeit entledigt. Tom jubelte, das erspare ihnen mindestens zwei Stunden, doch er hatte sich zu früh gefreut. Auch ohne Tiefschnee wurde der Aufstieg zur Schinderei. Die Kälte lähmte die Muskeln und reizte Luftröhre und Lungen. Spindrift – feinkörniger Schnee, der über die steilen Flanken des K2 ununterbrochen herabrieselte, überzog sie beim Hinaufsteigen mit einer dicken Puderschicht und verlieh ihnen das Aussehen von Zuckerpuppen. Jeder Schritt erforderte eine neue Überwindung, eine neue Kraftanstrengung; immer wieder galt es, sich aufs Neue gut zuzureden, neue Gründe zu erfinden, warum man nicht einfach stehenblieb und der Quälerei ein Ende machte. Mehr noch als die Kälte setzte ihnen die Höhe zu. Knapp unterhalb der Todeszone war die Luft so dünn, dass ihre Lungen kaum noch Sauerstoff herauszufiltern vermochten und das Atmen ins Leere lief. Alle drei, vier Schritte blieben sie keuchend stehen, obwohl sie im Dauerbeschuss aus Eis- und Felsbrocken ausgesetzt waren und die Gefahr, von einem Brocken getroffen oder einer Lawine erfasst zu werden, mit der Verweildauer in der Rinne wuchs.

Sie befanden sich im oberen Teil der Rinne, als Gwen plötzlich in die Knie ging und den Kopf senkte.
»Was ist?«, fragte Jo, der sich dicht hinter ihr befand.
»Duck di! Schnell!«
Jo kniete nieder. Genau in diesem Augenblick knallte es oben im Couloir wie von einem Gewehrschuss, dann surrte etwas über ihren Köpfen vorbei. Jo konnte beim Hinabblicken gerade noch mehrere faustgroße Brocken er-

kennen, die sie haarscharf verfehlt hatten und nun über den weiter unten stehenden Tom hinwegsausten. Wären sie nicht am Boden gekauert, hätten sie sich genau in der Schussbahn befunden.

Jo half Gwen auf.

»Wie hast du – woher zum Teufel – wie wusstest du – ?«, stammelte er.

Gwen lächelte.

»Des woar mei Engerl«, meinte sie lapidar.

»Du glaubst an Engel?«

»Jeda hot aan, ob's des glaubst oder nit!«

Tom, der gerade aufgeschlossen hatte, meinte kopfschüttelnd:

»Und dr dieneg isch so groaß wia a Winterling*!«

Gegen Mittag setzte sich endlich die Sonne durch. Erst als eine schnell wandernde hellgelbe Kugel hinter der Nebelwand, dann als gleißende Scheibe, die die Wolken um sie herum in Fetzen riss und vom Himmel tilgte wie ein gefräßiges Ungeheuer. Binnen einer halben Stunde war der Himmel frei und die Berge standen in der klaren Luft wie reingewaschen vor dem tiefblauen Himmel. Sie rasteten ausgiebig unter einem Felsen, tranken Tee aus den Thermosflaschen und wärmten sich in der Sonne. Gwen zog ihre Schuhe und Strümpfe aus und Jo massierte ihre kalten Füße und lutschte ihre Zehen, bis sie zu kichern anfing.

»Mit dir moch i an Salon auf, Jo – mit daaner Pedikür woarst du da absolute Hit!«

Ob sie ihre Zehen wieder spüre, fragte Jo.

»Freilich, oba am Oarsch is ma noch kolt. Mogst mir den nit aa noo obleckn? Oder du, Tom?«

Tom hüstelte.

Ob sie nicht doch lieber umkehren wolle. Hier sei die letzte Gelegenheit dazu. Da oben warte der Horror und kein Weg zurück.

Gwen sah ihn aus zusammengekniffenen Augen an.

»Willst mi loswerd'n?«

»I mui bloaß«, sagte Tom und zuckte mit den Schultern.

»Wos taats'n ihr ohne mi und mei Schutzengerl? Naa, i konn eich doch nit im Stich lossn!«
Tom zog die Stirn hoch und schickte Jo einen ratlosen Blick.

Die Fixseile im Kamin unterhalb des großen Felsriegels waren vereist, aber nach einigem Schütteln und Abklopfen brauchbar und beim Hinaufklettern eine große Hilfe. Ohne sie wären sie aufgeschmissen gewesen, denn durch die Kälte und die fehlende Sonneneinstrahlung waren die Wände mit einer dicken Eisglasur überzogen, die manchmal hielt, manchmal aber auch bei Belastung unter den Zacken der Steigeisen einfach wegbrach. Nach einem Sturz ins Seil begann Tom deshalb, die Wand freizulegen und das Eis Zentimeter für Zentimeter mit dem Pickel wegzuschlagen. Kleine Eissplitter schossen auf Gwen und Jo herab wie Sprühregen. Jeder zweite Hieb brachte nichts. Sie würden Stunden brauchen, um den Kamin auf diese Weise zu durchsteigen.
Gwen fragte, warum sie denn nicht einfach die neuen Seilklemmen benutzten, um Höhe zu gewinnen.
Arne hatte ihnen vor ihrem Abmarsch einen Satz neuartige RollNLock-Steigklemmen mitgegeben, mit denen man sich noch kräfteschonender am Seil entlang hinaufhieven konnte. Tom, ein paar Meter über ihnen, stutzte, kratzte sich mit der Pickelspitze in Stirnhöhe unter dem Helmansatz und knöpfte die Steigklemmen vom Brustgurt. Wenig später hangelten sie sich der Reihe nach von einem Standplatz zum nächsten. Mit den Steighilfen war die Durchquerung des Kamins fast wie eine Fahrt im Aufzug.
»Es gaoht wiidr üüfwearts, haot dr Schpatz g'seit, wia 'nen d'Katz d'Baoneschtiag* nüüfgschlaift haot*«, blödelte Tom vor lauter Übermut.

Als sie eine Stunde später am Biwakplatz III standen, den Blick auf die letzte Barriere gerichtet, die sie vom Gipfel trennte, beschlich Jo ein euphorisches Gefühl. Zum ersten Mal gab es so etwas wie eine reale Chance, dass sie es schaffen könnten. Tom schien jedenfalls guter Dinge. Sie waren im Zeitplan, nicht trotz, sondern wegen Gwen. Er strahlte sie an und patschte ihr mit dem Handschuh auf die Sturmhaube.

»Fiar a Fehl bisch du fäi gaonz schii wiff!«, grinste er. »Ma hett di it dünd laong kinne!«
»Wiff – wos haaßt'n des schon wieda?«
»Gschied«, sagte Tom immer noch grinsend, »so gschied halt, wia a Fehl sing kaa!«
Gwen patschte mit der Hand auf Toms Kletterhelm.
»So gscheit, wie a Mädl sein konn – wos san denn des fia Macho-Sprüch? Geh, reiß di bloß zomm, Bürscherl!«
Bevor sich Tom aufplustern und dagegenhalten konnte, ermahnte Jo die Beiden, ihre Kräfte lieber für das Kommende zu schonen.

Während Jo und Gwen das Zelt auf dem Band unterhalb der großen Wand aufstellten und daran fixierten, Schnee kochten und die Abendmahlzeit herrichteten, machte sich Tom im Licht der untergehenden Sonne ans Klettern, um schon mal ein paar Haken anzubringen, damit sie morgen schneller durchkämen. Jo riet ihm ab, doch Tom blieb stur. Er habe schließlich noch etwas gutzumachen, meinte er.

Eine Stunde später kam er zurück – mit zerrissener Hose und auf dem linken Bein hinkend. Blut tropfte aus seinem Bart.
»Deesmaol haot's be g'heerig vrwischt«, meinte er wortkarg.
Beim Sturz hatte er sich nicht nur das Kinn aufgeschrammt, sondern auch das Knie.
Gwen wusch seine Wunden mit heißem Wasser und verband sie. Die Verletzung am Kinn war weniger schlimm als sie aussah, aber das Knie dick angeschwollen.
Die Kletterei sei schwerer gewesen, als er befürchtet habe, berichtete Tom. Eine spiegelglatte, senkrechte Wand – Kletterei im sechsten Grad! Die wenigen Griffe mit Eis überzogen, das sich nicht völlig wegschlagen ließ, aber auch nicht trug. Als er die Zacken seiner Steigeisen hineinschlug, zerbrach es wie Glas. Zum Glück hielt einer der alten Haken – wahrscheinlich noch von Kukuczka –, sonst befinde er sich jetzt tausend Meter tiefer.
»I kumm br voar wia a Aafängar!«, schimpfte er.

Jo verfluchte sich, ihn nicht begleitet zu haben.

Obwohl Tom das Gegenteil beteuerte, schien fraglich, ob er morgen klettern würde können. Ihre Unternehmung stand auf der Kippe. Fraglich war auch, ob Tom den Rückweg schaffen würde, zumal die Rinne und die steilen Schneehänge für einen Gehbehinderten auch hinab definitiv eher eine Überforderung als eine Herausforderung bedeuteten. Der nächste Tag würde die Entscheidung bringen.

Tom stöhnte die halbe Nacht vor Schmerzen, bis er mit Schlafmitteln ruhig gestellt die restliche Nacht wie ein Walross schnarchte. Als Jo endlich eingedöst war, piepste seine Armbanduhr. Es war fünf Uhr – in einer Stunde sollten sie abmarschbereit sein, wollten sie heute den Gipfel erreichen.

Nachdem er Tom wachgerüttelt hatte, wurde ihm jedoch rasch klar, dass sie ihr Vorhaben aufgeben mussten. Toms Knie war dick angeschwollen. Mit blutunterlaufenen Augen verfolgte er, wie sie die Rucksäcke packten.

»Wao bii'n i?«

Er artikulierte die Worte mühsam und versuchte vergeblich sein linkes Bein abzuwinkeln.

»Am Bearg«, antwortete Jo.

»Wao gaoht es denn hii?«

Jo tätschelte seine bärtige Wange.

»Tom – mir schtieget ab!«

Endlich fiel der Groschen.

»Mir schtieget ab? Wieso denn?«

Jo erklärte ihm, dass er in seinem Zustand nicht kletterfähig sei. Tom protestierte.

»I gaong uff kuin Fall naa! Mir ziachet dees iatz duur – und wenn i verreck drbie! Wechse Anton vum Hindrschtui isch naoch'm Kriag mit uim Fuaß und ar Prothees d'Schneagg Oschtwaond g'häärzet!«

Jo erklärte ihm, dass sie sich 6000 Meter höher befänden und die Kletterei hier die äußerste Anforderung schon an einen Gesunden stelle. Sie könnten von Glück sagen, wenn sie ihn heil hinunterbrächten.

Tom erwies sich, wie üblich, wenn er sich etwas in den Kopf gesetzt hatte,

rationaler Argumentation nicht zugänglich. Jo schlug schließlich einen Kompromiss vor. Gwen und er würden den heutigen Tag dazu benutzen, die vereiste Felswand bis zum Überhang mit Fixseilen zu versichern. Tom könne sich solange regenerieren.
Er war schließlich einverstanden, wenn auch murrend.
»Abr moan bin i drbie!«

Am Limit

Um elf Uhr verließen Gwen und Jo das Zelt, wie Gleichgewichtskünstler auf dem schmalen, exponierten Felssims balancierend. Ein paar Schleierwolken standen am Himmel. Ein böiger Wind blies von Südosten, die Luft war schneidend kalt. Bis auf die Trinkflasche, das Klettergeschirr und die um die Schultern geworfenen Seile hatten sie nichts dabei. Sie wollten am späten Nachmittag wieder zurück sein.
Die Stille der Wand umgab sie, ihre unglaublichen Ausmaße erdrückten sie. Der wie ein Monolith über ihnen aufragende Fels schien glatt wie polierter Marmor und von geradezu monströser Größe. Auf der rechten Seite schimmerte das Blankeis wie Glanzlack und machte ihnen klar, dass sich dort die Permafrostzon befand, doch Jo traute dem Eis nach der Erfahrung bei der gestrigen Durchsteigung der Rinne nicht. Ein kurzer Kletterversuch gab ihm Recht – das Eis löste sich schon nach wenigen Tritten unter ihm wie eine gepellte Eierschale, sodass er beinahe über das Felsband abgestürzt wäre. Auf der linken, mehr sonnenbeschienenen Seite kam zwar der blanke Fels zum Vorschein, aber Risse oder Bänder, also Hinweise auf eine kletterbare Route, waren kaum zu erkennen. Knapp zweihundert Meter rechts über ihnen neigte sich der Überhang vor wie die Brüstung eines unüberwindlichen Festungswalls. Jo hatte keine Ahnung, wie die Polen hier hochgekommen waren. Auch Gwen, die selten vor etwas zurückschreckte, furchte die Augenbrauen.
»Maanst, mir packn des?«
Jo fand, dass sie auf jeden Fall abwarten solle, bis er einen verlässlichen Standplatz gefunden hatte.

Die erste Seillänge war bereits versichert, aber selbst mit dieser Hilfe blieb die Kletterei extrem. Es war phänomenal, wie hoch Tom gekommen war, denn der erste Haken, den er nutzen konnte, steckte dreißig Meter über dem Einstieg. An dieser kurzen Passage hatte sich Jerzy Kukuczka einen Tag lang abgerackert. Es gab hier einfach nichts, woran man sich festhalten oder sichern konnte. Die unangenehme Erfahrung, die Tom am Abend zuvor mit dem trügerischen Eis gemacht hatte, blieb auch Jo nicht erspart. Die wenigen Haarrisse im Fels waren unter einer zentimerterdicken Eisschicht versiegelt, brachen aber öfter unter den Steigeisen weg, sobald er sie belastete, sodass er gezwungen war, das jeweils vor ihm liegende Wandstück erst freizulegen, bevor er sich an den weiteren Aufstieg wagte. Das kostete Zeit. Schauer losgesprengten Eises prasselten auf Gwen herab, die unten frierend wartete. Sie bat ihn, sie nachzuholen, doch er wollte sie dieser hochriskanten Kletterpartie vorerst lieber erst gar nicht aussetzen und vertröstete sie auf den nächsten Haken, den er setzen konnte.

Als er ungesichertes Terrain erreichte, wurde die Kletterei zum Hasardspiel. Unter ihm gähnten fast dreitausend Meter Abgrund. Die Ritzen oder Risse im Fels waren oft nur Millimeter breit und mit Handschuhen nicht aufzuspüren. Mit bloßen Händen tastete er die in mühsamer Klopfarbeit vom Eis befreite Wand auf Unebenheiten ab wie Blindenschrift, hangelte sich wie ein Zirkusartist ohne Netz und doppelten Boden von einem wackligen Tritt zum nächsten. Immer wieder riefen ihm herunterrieselnde Spindrifts und vorbeizischende Eis- und Steinbrocken in Erinnerung, dass da oben ein riesiger Serac thronte, dessen Abbruchkante jeden Moment kalben und die gesamte Südwand in ein tosendes Inferno verwandeln konnte.
Die Spur der Polenroute hatte er offenbar verloren – nirgendwo war ein Haken in Sicht. Er musste dringend einen neuen setzen – der rostige Haken, der Tom gestern gerade noch gehalten hatte, würde bei einem Sturz aus dreißig Metern Höhe aus der Wand knallen wie ein Sektkorken. Auf einem Sims von einem Zentimeter Breite balancierend versuchte er einen Klemmkeil einzuschlagen, doch der Spalt, in den er ihn hämmern wollte, widerstand sogar gehärtetem Titan-Stahl. In Sichtweite gab es nirgendwo sonst auch nur die kleinste Ritze.

Meter für Meter die Wand vom Eis säubernd, kletterte er Free Solo weiter, nur auf die Zacken der Steigeisen, die Spitze seines Eisgerätes und sein Geschick vertrauend. Seine ungeschützten Hände waren mittlerweile taub vor Kälte. Jede Bewegung, jeder Kletterzug hier oben erforderten das Zehnfache an Kraft wie unter normalen Umständen, als herrsche die Gravitation eines Jupiters. Der Abgrund zog an seinen Füßen wie Senkblei. Er hatte keine Ahnung, wie hoch er schon war, wagte aber nicht aus der Wand zu blicken, aus Angst der Schwindel würde ihn packen und hinabziehen wie ein Krakenarm. Jeder Atemzug in der dünnen Luft war ein Kampf, jede Zelle schrie nach Sauerstoff.

Irgendwann verließen ihn die Kräfte. Mit der Schwäche wuchs der Zweifel. Er sah sich mit der Möglichkeit konfrontiert, dass er dieser Wand nicht gewachsen war, dass er unverrichteter Dinge umkehren musste. Der Zweifel nistete sich ein, wuchs mit jedem weiteren Meter, den er an Höhe gewann, bis er die ganze Wand ausfüllte.
Er machte sich klar: Wenn er es jetzt nicht schaffte, dann war ihre Unternehmung gescheitert. Einen weiteren Versuch gab es nicht.
Er dachte an all die Hoffnungen und Ideale, die sie mit der Besteigung verbunden hatten und an das Geheimnis, dem sie auf der Spur waren.
Umsonst. Alles begann sich aufzulösen wie unter Ätzlauge. Sein Wille verlor sich.
Er schaffte es nicht.
Seine Beine fingen an zu zittern, seine Bewegungen wurden fahrig.
Plötzlich rutschte er ab. Mit der Spitze des Eisgeräts an einem winzigen Vorsprung hängend stocherte er von Panik energetisiert blindlings mit den Frontzacken der Steigeisen an der Wand unter ihm herum, fand aber weder Halt, noch besaß er die Kraft sich hochziehen.
Er hing in der Falle.
Angst nahm ihn in ihren Würgegriff. Ein Gefühl der Ohnmacht überkam ihn. Ihm war, als kriege er keine Luft, als erdrücke ihn die Wand. Zittern setzte ein, dann Schütteln. Schwarze Flecken tanzten vor seinen Augen. Vor Angst und Anstrengung konnte er sein Wasser nicht mehr halten und merkte, wie sich seine Hose abwärts erwärmte, gleich darauf zu Eis erstarrte.

Dann packte ihn der Schwindel. Alles um ihn drehte sich, als wäre er der Fixpunkt eines aus den Fugen geratenen Universums. Die Zeit schien stillzustehen.

»Jo? Wos is'n mit dir?«
Die Stimme klang wie aus dem Off. Als Jo aus seiner Starre erwachte, erkannte er schemenhaft eine Gestalt etwa fünfzehn Meter rechts über ihm. Er hatte keine Ahnung, wie sie dahin gekommen war. Vielleicht delirierte er auch nur. Inzwischen hatte er mit den Zacken eines seiner Steigeisen irgendwo Halt gefunden, befand sich aber nach wie vor in einer prekären Lage.
Erneut studierte er die Erscheinung in der Wand seitlich oberhalb. Obwohl die Sturmmaske außer der spiegelnden Gletscherbrille und ein Paar Lippen mit pinkfarbener Zinksalbe darauf nichts von ihrem Gesicht preisgab, sah sie verblüffend real aus – irgendwie fast so wie –
Gwen?
»Jo? Was mochst'n du da drübn?«
»Wie bist du hier hoch gekommen?«, fragte er mit brüchiger Stimme zurück.
»I hob Fixseile g'legt«, rief Gwen und klang gänzlich unbeschwert.
Die Erkenntnis, die sich vor ihm auftat, hatte etwas zutiefst Irritierendes. Gwen war hundertsechzig Meter in der vereisten Wand hochgeklettert und hatte dabei auch noch ein Seil verlegt.
»Mogst nit zu mir rübersteign?«
»Ich kann nicht!«, rief Jo zurück, »ich stecke fest!«
Gwen brachte es tatsächlich fertig herzhaft zu lachen.
»Meina Seel, wos mochst'n du für G'schichtn? Soll i da a Seil nübawerfn?«

Nachdem er das Seilende mit dem Karabiner daran endlich gefangen und sich daran gesichert hatte, zog Gwen ihn zu sich herüber wie eine Beute, drückte ihn aber nach der Umarmung aber gleich wieder auf Distanz.
»Sog amol – wie riachst'n du? Host du in d'Hosn brunzt?«
Nur gut, dass die Sturmhaube sein tiefrotes Gesicht verbarg. Gwen – in der Standsicherung mit beiden Beinen gegen die Wand gestemmt – kriegte sich gar nicht mehr ein vor Lachen. Er bekam schon Angst, sie würde die Eisschraube aus der Verankerung ziehen.

Das Eis auf dieser mehr östlichen und damit der Sonneneinstrahlung weniger zugänglichen Seite der Wand war tatsächlich dicker und trug hier oben, selbst wenn sie es zu zweit nebeneinanderstehend belasteten. Und er – er hatte sich in einer hochriskanten Free-Solo-Aktion zwei Stunden auf der sonnenbeschienenen Seite bis an den Rand der Erschöpfung damit verausgabt, es vom Felsen zu schlagen.

Nach einer kurzen Regenerationsphase setzten sie Eisschrauben und verlegten gemeinsam das Seil bis zum Beginn des Überhangs. An Dry-Tooling-Passagen, wo das Eis zu dünn oder brüchig war, kamen Akkubohrer und Felshaken zum Einsatz.

»Wenn da Tom dabei wär, könnt ma heit noch bis auf d'Schulter aufe«, seufzte Gwen, als sie sich zum Abseilen fertig machten. Jo bekannte offen, dass er heute im Gegensatz zu ihr ganz froh sei, eine Pause einlegen zu können. Allerdings würden sie nun einen Tag zusätzlich brauchen und darauf hoffen müssen, dass das Wetter nicht umschlug, sonst stießen sie rasch an ihre Grenzen.

Gwen grinste.

»Genau des wolltet's doch immer, oder?«

Tom kriegte einen Lachanfall, als Gwen ihm die Geschichte seiner »Rettung« erzählte. Jo versuchte, die reelle Lebensgefahr, in der er sich befunden hatte, auszublenden und gute Miene zu machen, tat sich aber mit Erklärungen schwer. Warum hatte das Eis Gwen gehalten und ihn nicht?
Die zehn Kilo, die sie weniger wog, konnten nicht der wahre Grund gewesen sein, vermutete Tom. Gwen bewege sich vielleicht einfach leichtfüßiger.
Gwen lachte.
»Da Jo is holt immer schon a Tschopperl g'wesn«, meinte sie lächelnd und wuschelte seine Haare. »Ob und zua muass ma ihn holt aus an Schlamassl holn. Oba jetzt sama quitt, Jo, gell*?«
Verliebt in eine Hexe, brummte Jo. Etwas Schlimmeres könne einem doch gar nicht widerfahren.
»Doch«, grinste Gwen, »valiebt in an Hosnpissla – des is noo schlimmer!«

Die Hose reinigte Jo mit heißem Wasser und dem letzten Rest von Gwens Haarshampoo. Tom lästerte, ob er ihm für morgen eine Inkontinenzwindel basteln solle. Ihm selbst ging es den Umständen entsprechend gut. Nachdem er sich eine Megadosis Cortison ins Knie gespritzt hatte, konnte er es schon wieder leicht abwinkeln. Jedenfalls war er nicht mehr davon abzubringen, morgen in die Wand einzusteigen. Jetzt, wo die Fixseile hingen, sowieso.
Sie einigten sich darauf, sich morgen mit Hilfe der neuen Steigklemmen bis zum Überhang zu hangeln. Jo würde als Letzter die Seile aufnehmen, um sie dann zusammen mit Gwen am noch ungesicherten Überhang anzubringen, während Tom im Hängebiwak solange auf sie wartete, bis sie ihn hochziehen konnten.
Sicherheitshalber funkten sie das Basislager wegen der Wetterprognose an. Gwen gab einen kurzen Rapport über den Stand der Dinge, ohne Toms Knieverletzung zu erwähnen, fragte dann wegen der Wetteraussichten.
»Ihr seid's fei echte Glückspilz!«, rief Gritt. »Morg'n und übermorg'n habt's ihr Sunn soviel ihr braucht's, am Samstog schlogt's um und weard stürmisch. Ab Sunntag schaut's nocha ganz düster aus – do is a richtigs Sauwetter im

Onzug. Maant's a, ihr schaffts'es?«
Tom und Jo wechselten einen skeptischen Blick. Sie rechneten bei günstigen Verhältnissen mit einer Rückkehr ins Basislager nicht vor Mittwoch. Gwen ließ sich davon nicht beirren und meinte, Dienstag wäre zu schaffen, notfalls mache sie ihren »Buabn« Beine.
»Du waaßt ja, wie des geht*«, kicherte Gritt, berichtete dann, Jerome und Chantal seien gestern ausgeflogen worden – beide in angeschlagenem gesundheitlichen Zustand. Die übrigen Franzosen harrten noch so lange wie möglich aus, aber in spätestens vier Tagen brächen sie die Zelte ab, weil sie ihren Rückflug fest gebucht hatten. Die Skandinavier drängten ebenfalls zur Abreise.
»Olso schaut's, dass ihr aufekummt's – ihr seid's jetzt schon die Stars in da Kletterszene!«
»Wieso?«, fragte Gwen und erbleichte.
Arne schaltete sich ein und erklärte, bei ihnen liefen die Strippen heiß – sie hätten Anfragen wegen Senderechten aus der halben Welt. Vorgestern sei im Auftrag der Ebeling-KG ein Team von Medienprofis ins Basislager eingeflogen worden, um eine Internet-Platform zur Live-Berichterstattung über den Fortgang der Unternehmung einzurichten. Experimente liefen, mit einer Drohnenkamera den Gipelgang mitzuverfolgen. Eine ganze Schar von Trägern sei mit schwerem Gepäck im Anmarsch, um für die zu erwartenden Journalisten und Kameraleute ein eigenes Zeltlager zu errichten. Ein Journalist aus Österreich habe den Medienrummel um sie bereits mit dem von Messners Everest-Solo-Besteigung* verglichen.
Tom drohte, er würde jeden PR-Fuzzi, der ihm am Berg unterkäme, persönlich mit einem Fußtritt zur Hölle befördern. Gritt lachte und meinte, das gelte hoffentlich nicht für ihre Mama, die mit einem ganzen Tross von Paparazzis bereits unterwegs nach ins Basislager sei, um sie nach ihrem Gipfelsieg gebührend zu empfangen.
Gwen, der das alles zu Kopf stieg, rief »Oh mein Gott!« und vergrub kopfschüttelnd ihr Gesicht in den Händen, als die versammelte Basecamp-Besatzung den Highland-Song* anstimmte und am Ende applaudierte, als seien sie schon am Gipfel angelangt.

Sie brauchten alle eine ganze Weile, um alles zu verarbeiten. Zeitgleich zu einem umfassenden Tiefdruckgebiet braute sich offenbar ein Medien-Hype hinter ihrem Rücken zusammen – zum Teil wohl von Barbara Ebeling gesteuert. Selbst Tom und Jo, die auf derlei Motivationshilfen eigentlich nicht angewiesen waren und ihre Erfolge lieber im Stillen feierten, konnten die Genugtuung über das große öffentliche Interesse nicht ganz ausblenden, auch wenn sie froh waren, dass sie sich in einem der unzugänglichsten Gebiet der Erde befanden und damit vorerst außer Reichweite der Paparazzi. Gwen dagegen schien regelrecht elektrisiert von der Vorstellung, im Zentrum eines weltweiten Medien-Hypes zu stehen und womöglich demnächst zu der Riege der größten Alpinistinnen zu gehören. Die Wange, die sie an Jo's drückte, glühte, und ihr Herz hämmerte.
»Mei Jo, i bin so häppy! I könnt d'Wölt umoarmen und vor lauta Freid zadruckn!«
Jo bat sie damit noch zu warten, bis sie ihnen zu Füßen lag.

Da sie durch das enge Schönwetterfenster unter Zeitdruck geraten waren, planten sie den Aufbruch am nächsten Tag für vier Uhr dreißig. Anders als ursprünglich vorgesehen, konnten sie sich kein weiteres Biwak mehr leisten, sondern mussten versuchen, den Grat auf 8300 Metern Höhe, wo die Südwandroute auf den Normalaufstieg traf, zu erreichen, am gleichen Tag noch den Gipfel zu schaffen und bis Lager III abzusteigen, weil die Franzosen Lager IV beim Abstieg aufgelöst hatten. Selbst Tom gab zu, dass der Plan unter den gegebenen Umständen »kähl*« sei, aber trotzdem der einzig praktikable, wenn sie nicht Opfer des Orkans werden wollten.
Noch könnten sie umkehren, gab Jo zu bedenken.
»Pschscht!«, machte Gwen, als hätte er etwas Verbotenes gesagt, und hob die rechte Hand.
»Rosenlippenmädchen, leichtfüßige Jungs!«, flüsterte sie.
Tom und Jo blickten sich belustigt an.
»Hebt's die rechte Hand und sprecht's es nach!«, befahl Gwen. Es klang durchaus ernstgemeint.
Sie folgten ihrer Anweisung, legten die Handflächen ineinander und intonierten die Worte leise wie einen Zauberspruch.

»Ma sott drzüe aaschtoaße!«, meinte Tom. Dann fiel ihm ein, dass sie den »Gipfelsekt« – ein Fläschchen Piccolo, das er seit Skardu mit sich schleppte, – bereits hier trinken könnten.
»Isch gmiatlener, wämbr'n dao hünda süüfet!«
Sie stießen mit den Teetassen an.
»Auf den K2! Evviva il Cappa Due!«
»Auf die Hochlandkönigin!«, fügte Jo hinzu.
Sie tranken andächtig, spürten, wie der Alkohol ihnen zu Kopf stieg wie Höhenkoller. Aber auch ohne ihn befanden sie sich wie im Rausch.
»Wisset dr was?«, fragte Tom unvermittelt.
Sie blickten ihn erwartungsvoll an.
»Iatz, wao br de Gipfelsekt g'soffe händ, miasse br öü nüüf uff dean Siache*!«

Später erkundigte sich Jo bei Gwen nach der Bedeutung des Trinkspruchs.
»Kennst du den Film »Jenseits von Afrika«?«, fragte Gwen.
Jo nickte.
»Im Offiziersclub von de Engländer in Kenia is des da Toast. Der Spruch geht auf a olts englisches Volksliaderl z'ruck über a paar leichtfüßign Buabn, die sich beim Hupfn über an Obgrund überschätzt hom und desweng obefalln, und auf ihre Mädln mit de Rosenlippn, denen es desweng 's Herz brochn hot*.«
»Aha«, sagte Jo, »und das ist jetzt unser Motto?«
»Solang mir noch nit obeg'folln san, schon«, antwortete Gwen mit einem undefinierbaren Lächeln.

Sie bezogen zeitig die Schlafsäcke, um für den entscheidenden nächsten Tag Kräfte zu tanken.
Gwen fragte Tom vor dem Schlafengehen, wie es ihm ginge.
»Wia d'r Müüs i dr Tätschfalle*«, gab er unumwunden zu.
Trotz Kortisonspritze und Schlaftabletten kam er nicht zur Ruhe, stöhnte vor Schmerz, jammerte und fluchte leise vor sich hin.
»Teiflingenöü und Boodesackzement, wänn i nu schu gschimpft schlaofe täät*!«

»Pschscht!«, machte Gwen, als habe sie Angst, er könne die guten Geister verscheuchen.
Tom entschuldigte sich, er sei sonst bestimmt nicht wehleidig, aber mit diesen fürchterlichen Schmerzen könne er nicht anders als »mente*«.
Gwen machte Licht, setzte sich auf und befahl ihm, sich zwischen ihren Beinen Platz zu nehmen.
Tom blickte sie verwundert an.
»Wieso na dees?«
»Frag nit und moch!«
Grummelnd tat Tom, wie ihm geheißen.
Gwen legte ihm von hinten die Hände an die Schläfen.
»Und jetz schliaß d'Augn und loss di folln!«
»Wia iatz?«
»Loss di anfoch folln, i fang di auf!«
Es dauerte eine Weile, aber irgendwann entspannten sich Toms Gesichtszüge, seine Augen schlossen sich und seine Kinnlade klappte herunter. Gwen legte ihn vorsichtig auf der Matte ab, kniete sich neben sein Bein und legte die Hände um sein verletztes Knie. Lange hörte Jo sie unverständliches Zeug flüstern, vernahm noch, wie ihr Geflüster in ein Summen überging und ihr Oberkörper zu schaukeln begann, und schlief darüber schließlich ein.

Donnerstag, 20. August, abends:
Es ist nur noch eine Wand zwischen uns und dem Gipfel, eine Wand, die sich uns entgegenstellt wie eine letzte Bastion. Nach fast vier Monaten Plackerei scheint unser Ziel so gut wie erreicht. Meine Angst, dass die Bezwingung dieses Bergs nicht hält, was ich mir davon versprochen habe, ist mindestens ebenso groß wie die Furcht vor dem letzten Hindernis, das sich scheinbar unüberwindlich vor uns auftürmt. Werden wir bessere Menschen sein da oben? Oder wird die Hochland-Saga sich als Schimäre entpuppen, als ein Hirngespinst, das nur von maßloser Eitelkeit und Ruhmsucht befeuert worden ist?
Manchmal scheint mir, dass mich nur das Mädchen bis hier herauf geführt hat. Gwens Unerschrockenheit und ihr unbändiger Wille sind beispiellos, ihre Zuversicht und ihr Glaube an die Sache mitreißend und über jeden Zweifel erhaben.

Die Wand

Jo erwachte vom Klappern des Geschirrs, das Gwen aus dem Frühstücksbeutel zog und mit den Tassen auf dem Zeltboden ausbreitete. Das Licht ihrer Stirnlampe glitt über ihn und hin zu Tom, der sich geblendet räkelte, aufsetzte und herzhaft gähnte. Es war vier Uhr morgens und draußen noch stockdunkel. Gwen reichte ihnen die Tassen mit dampfendem Tee.
»Guat g'schlofn?«, fragte sie.
»Woll bigott!«, sagte Tom, setzte sich im Schneidersitz auf und füllte Zucker in seine Tasse.
»Ja wia iatz«, wunderte sich Jo, »was isch mit ding Knia? Schpiarsch kuin Weatag mea*?«
Tom fasste sich erst an das linke, dann ans rechte Knie, winkelte es ab, schien sich zu erinnern. Gwen hatte offenbar ein kleines Wunder bewirkt.
»Ja sappermänt, Fehl – haosch du am End – «
»Jetz red nit so viel«, unterbrach ihn Gwen und unterdrückte ein Lächeln, »schau ma liaba, dass ma weiterkumman! Mir hom noch aaniges voa heit, Burschn!«

Sie packten nur das Notwendigste in ihre Rucksäcke – Wechselwäsche, Sturmkleidung, Biwaksack, Funkgerät, Kocher und Proviant für drei Tage. Die übrigen Ersatzteile und Essensrationen mussten sie ebenso zurücklassen wie das Zelt, denn es würde sie bei der Kletterpartie, die vor ihnen lag, behindern. Sie gingen ein hohes Risiko ein, denn sollten sie in der vorgegebenen Zeit nicht bis zu einem der Lager gelangen, waren sie den Elementen schutzlos ausgesetzt.
Im Schein der Stirnlampen hangelten sich vorbei am Zelt zum Felssims und zur Wand hinüber. Das Eis knirschte unter den Steigeisen, die Haken am Klettergurt klirrten. Die Temperatur betrug minus 28 Grad, es herrschte fast völlige Windstille. Die Wand lag noch im Dunkeln, doch darüber glitzerten Myriaden von Sternen. Die helle Wega in der Leier, der schiefhängende Große Wagen, das W der Kassiopeia, der gewaltige Orion mit Gürtel- und Schwertsternen und das blitzende Auge des Sirius im Großen Hund würden

ihnen das Geleit geben, wenn sie da hinaufstiegen, dem Firmament entgegen. Er fühlte ein Ziehen der Angst im Bauch, aber auch ein mächtiges Sehnen in der Brust, das zurückreichte bis in die Anfänge ihrer Unternehmung und seitdem vorwärtsdrängte. Er ahnte, dass sie heute an ihr Ziel kommen würden, so oder so.

Vor dem Einstieg in die Wand zogen sie die Steigeisen fest, kontrollierten die Gurte. Jo tauschte mit Gwen einen letzten Kuss, eine geflüsterte Aufmunterung.
»Nuusa denn*! Huit gilt's«, sagte Tom, »geabet alls, Kerle*!«
Gwen verneigte sich, legte die Hände auf die Wand vor ihr und murmelte etwas, das klang wie eine Gebetsformel. Über dem Broad Peak kündigte ein fahler Lichtstreif die Morgenröte an.

Sie benutzten anfangs die Steigklemmen für die schwierige erste Felsstufe, kletterten dann in zwanzig Meter Abstand am laufenden Seil mit eingeklinkter Tibloc-Rücklaufsperre, um schneller voranzukommen. Das Eis trug; nur selten mussten sie einen Tritt freischlagen. Gwen stieg wie vereinbart voran, leichtfüßig und trittsicher, dann folgte Tom. Man merkte ihm noch die Behinderung durch die Knieverletzung an, doch er überspielte sie geschickt und hielt Gwens hohes Tempo. Jo versuchte ihn zu bremsen, schon allein deshalb, weil er mit dem Seileinholen kaum nachkam, doch Tom blieb stur. Er habe einiges gutzumachen und sie stünden unter Zeitdruck, meinte er.

Zwei Stunden später hatten sie den Sperrriegel erreicht, das letzte große Hindernis auf dem Weg zum Gipfel. Es ragte etwa 180 Meter über ihnen auf, neigte sich dabei in einer fast majestätischen Abwehrhaltung vor, als wolle es ihnen den Zustieg zum Gipfelgrat verwehren. Jo hielt Ausschau nach Alternativrouten, fand links und rechts aber nur fast senkrecht abfallende Couloirs, durch die der große Serac ständig seine Absonderungen in Form von Spindrifts, Gesteins- und Eisbrocken schickte. Hier, in der überhängenden Wand, waren sie wenigstens davon weitgehend verschont.

An einem schmalen Felsvorsprung pausierten sie, hängten sich in den Sicherungshaken ein, tranken Tee und ließen sich von der aufgehenden Sonne wärmen. Sie sprachen wenig. Die Anspannung fühlte sich an, als stünden sie vor ihrer eigenen Hinrichtung. Tom verpasste sich eine weitere Cortison-Spritze und lehnte sich dann zurück um noch ein wenig zu dösen. Gwen und Jo stiegen nach einigen Dehnübungen in den Überhang ein und nutzten beim Aufstieg einen vorhandenen Haken, der aber unter Belastung herausbrach und entgingen nur deshalb einem Sturz ins Bodenlose, weil Jo eine doppelte Sicherung angebracht hatte. Er wies daraufhin Gwen an, am Fuß der Wand zu warten, bis er weiter oben einen verlässlichen Stand gefunden hatte, doch Gwen, die an der Eroberung des Bergs maßgeblich beteiligt sein wollte, ließ sich nicht abwimmeln.
»Liaba foll i mit dir obe, ols dass du mir noch amol auskummst!«
Er gab schließlich nach und konzentrierte sich ganz auf die Wand.

Seine Steigeisen ruhten auf winzigen Tritten, mit den Fingern seiner linken Hand krallte er sich an der einzigen Unebenheit im Fels weit und breit fest, nicht größer als eine Daumenkuppe, um nicht aus der überhängenden Wand zu kippen. Klettern im Überhang hatte er zwar schon öfter praktiziert, aber noch nie so extrem wie hier, wo neben der Kälte, die ihn lähmte, auch der nötige Sauerstoff für die kraftaufwendige Form der Fortbewegung in der Wand fehlte. Zudem waren die Griffe rar und meist auch noch vereist. Ein paarmal gelang es ihm, durch schwungvolles Eindrehen und Wechsel des Standbeins an Höhe zu gewinnen, aber nirgendwo vermochte er in seiner prekären Lage eine verlässliche Sicherung anzubringen, nur winzige Klemmkeile und einmal einen Beak. Bei einem Sturz aus größerer Höhe würde alles aus der Wand flutschen wie »d'Schieße uss'm Küafiidle«, wie Tom es plastisch umschrieb.

Jo war mit viel Glück und extremer Anspannung bis in die Mitte des Überhangs gelangt, als sich vor ihm eine breite, bedrohlich exponierte und vereiste Platte auftat. Es gab darin keine Griffe, keine Stelle, an der er einen Haken setzen konnte. Minutenlang tastete er vergeblich alles in Reichweite ab,

senkte dann resigniert seinen Kopf, bis sein Helm an den Fels stieß und wartete auf eine Eingebung. Aber es fiel ihm nichts ein.
Der Berg zeigte ihnen die kalte Schulter. Er wollte sie nicht haben. Jo überlegte, ob es nicht besser wäre, sich geschlagen zu geben. Sie waren bis auf vierhundert Meter unter den Gipfel gekommen – und das in der so gut wie unbezwingbaren Südwand. Warum sollten sie sich weiter schinden, die vielen unübersehbaren Risiken beim weiteren Aufstieg und noch mehr beim Abstieg auf sich nehmen? Sie alle hatten schließlich das Leben noch vor sich.

Hoch über ihm, viel zu hoch für ihn, entdeckte er einen Spalt in der Wand, gerade breit genug, um einen ordentlichen Haken darin zu versenken, der ihnen Halt zu geben vermochte. Eine Folge von vertikalen Rissen begann hier, von dort aus könnte er vielleicht zu dem Band gelangen, das sich fast dreißig Meter schräg nach rechts oben zog und die einzig kletterbare Route durch den Monolithen darzustellen schien. Aber der Spalt war unerreichbar weit weg. Er müsste Arme haben doppelt so lang oder hüpfen können wie eine Springmaus. Müsste, könnte – er bewegte sich in hypothetischen Gedankenkonstruktionen wie in einem Labyrinth.
»Nimm daane Pickl und ziag di aufe!«, rief Gwen. Sie klang genervt, fast verärgert. Ihre Worte hallten gespenstisch in der Wand.
Die Pickel! Gwen hatte Recht. Mit den Pickeln als verlängerte Arme könnte er sich vielleicht hinaufarbeiten, wenn das Eis trug. Könnte – vielleicht – wenn: Zwischen diesen Worten gähnte eine große, ungewisse Leere.
Er zog die Pickel aus den Rucksackschlaufen, schlug sie so fest er konnte über sich ins Eis und richtete sich auf, die Muskeln zum Zerreißen angespannt. Tief unter sich erkannte er Tom, der gerade dabei war sich einzuseilen; zwanzig Meter darüber Gwen, die frierend und erwartungsvoll zu ihm heraufschaute. Die beiden waren sein Publikum, und die majestätische Bergkulisse des Karakorums bildete die Tribüne zu einer der waghalsigsten Artistennummern, die diese Gegend jamals gesehen hatte.
Noch zögerte er, ausgebremst von einem unguten Gefühl, das sich seiner bemächtigte. Der nächste Haken, der seinen Sturz aufhalten konnte, war ein alter Bohrhaken – vielleicht aus einem Besteigungsversuch lange vor dem der

Polen – und befand sich gut zwanzig Meter unter ihm. Von dort würde er mindestens noch einmal zwanzig Meter fallen und Gwen und Tom auf dem Weg hinab mitreißen – wahrscheinlich in den Abgrund, denn kein Sicherungshaken würde dem geballten Sturzgewicht von 200 Kilogramm widerstehen – schon gar nicht, wenn er dreißig oder vierzig Jahren Rostfraß im Fels ausgesetzt gewesen war. Doch es gab keine echten Alternativen und die Zeit wurde allmählich eng. Er hatte für die ersten fünfzig Meter Wand mehr als vier Stunden gebraucht, und sie wollten heute, wenn nicht auf den Gipfel, doch zumindest bis zum Grat. Ein Hängebiwak in dieser Wand wäre ein Alptraum.
Vorsichtig belastete er die Pickel mit seinem Gewicht, rüttelte daran – sie hielten. Dann zog er sich hoch.
Selten hatte er seine Umgebung und sich so intensiv wahrgenommen wie in diesem Moment: Die winzigen Schneekristalle auf dem Eis, jedes für sich ein filigranes Wunderwerk, die Schneeluft, die vom Gletscher herüberwehte, der Schweiß, der zwischen seinen Schulterblättern herunterrann, die beißende Kälte an der Nasenspitze und in den Fingerkuppen, das pulsierende Rauschen des Blutes in seinen Ohren.
Die nächsten zwei Meter entschieden alles. Würden die Zacken seiner Steigeisen der Belastung standhalten, wenn er die Pickel aus dem Eis löste und sie erneut weiter oben darin versenkte?
Er wagte den Versuch. Ein Brocken Eis brach heraus, fiel dank des Überhangs an Gwen und Tom vorbei in die Tiefe, doch die Steigeisen hielten. Noch einmal der Klimmzug zwischen den Eisgeräten hinauf, noch einmal die Zacken ins Eis gerammt, und er war in Reichweite des Spalts angelangt.
Ein alter Haken befand sich darin, das konnte er von hier aus sehen. Er war also auf der richtigen Fährte. Einmal dort oben angelangt, würde ihn die Route durch den Riss und die sich daran anschließende Verschneidung direkt zum Grat hinauf führen. Jetzt brauchte er nur noch einen Tritt, um den Pickel im Spalt versenken zu können und sich daran hochzuziehen. Nur ein einziger Tritt, ein einziger Zug in einer Wand von dreitausend Metern Höhe, und er wäre in Sicherheit.
Er löste den rechten Fuß aus dem Eis, schlug die Zacken zwanzig Zentimeter weiter oben wieder hinein, belastete ihn und zog den linken Fuß nach.

Genau in dem Moment, als sein Gewicht auf dem rechten Fuß ruhte, brach das Eis. Die gesamte Platte, in der auch seine Pickel steckten, löste sich aus der überhängenden Felswand wie loser Mörtel.

Er fiel. Im Fallen merkte er noch, wie ihm die Eisbrocken um die Ohren sausten und er hintüber ins Bodenlose kippte. Er hatte das Gefühl, vom Fels weg katapultiert, vom Berg ausgespuckt zu werden, ruderte mit den Armen, als könne er die unsichtbaren Rettungsseile greifen, die ein barmherziger Gott für ihn gespannt hatte, flog an der schreienden Gwen vorbei, die in den Fels geduckt auf den Moment wartete, wo er sie mit einem Ruck zu sich holen würde, flog und flog, das Pfeifen der Luft um die Ohren, hörte das Rufen Toms, an dem er vorbeisegelte wie ein Abgesandter aus einer anderen Sphäre, und tauchte ab in die Leere, die sich unter ihm auftat. Er spürte weder Angst noch Trauer, vielleicht, weil er die Situation in ihrer ganzen Tragweite noch gar nicht überriss, vielleicht, weil er nicht glauben wollte, dass wirklich ihm das alles widerfuhr. Er kam sich vor wie in einem Film, in dem er zugleich Hauptperson und Zuschauer war. In den acht Sekunden seines Falls entschwebte er sich selbst.
Ein gewaltiger Ruck ging durch seinen Körper; der Klettergurt schnitt tief ein, als solle er lebendig gevierteilt werden. Er schrie vor Schmerzen laut auf. Irgendetwas da oben musste ihn gehalten haben. Vielleicht die Hand Gottes, vielleicht der rostige Polenhaken. Nur die Dehnung des elastischen Seils verhinderte, dass er dabei in Stücke gerissen wurde, doch der anschließende Zusammenprall mit der Felswand war trotz des Helms so heftig, dass er das Bewusstsein verlor.

Die Zeit schien stillzustehen, verdichtet auf einen Moment, eingefroren in Ewigkeit. Alles, was war und was sein würde, was ihn ausmachte und ihn umgab, war kondensiert, geschrumpft zu einem Punkt, aus dem alles entsprang und in dem alles endete. Alles dazwischen war Illusion, war Traum, Sehnsucht nach Form und Gestalt und Drang nach Erlösung und Vollendung geboren aus einem Geheimnis, das alles in sich barg.

»Jo! Wach auf!«

Erstaunt schlug er die Augen auf. Er befand sich demnach noch immer unter den Lebenden.

»Jo!«

Gwen stand zwanzig Meter über ihm auf dem Felsband am Fuß des Überhangs, wo sie vor ein paar Stunden pausiert hatten. Sie hielt das Seil in der Hand, an dem sie selbst gesichert war und das ihn mit ihr verband. Die amorphe Sehnsucht seines Traums verwandelte sich in die Freude darüber, dass Gwen da war, dass sie es war, die ihn zurückholte.

»Ja?«, rief er mit schwacher Stimme.

»Bist' verletzt?«

Er tastete sich ab. Bis auf die Beule an der Stelle, wo er mit dem Helm gegen die Felswand geknallt war, und die schmerzhaften Einschnitte, die der Klettergurt hinterlassen hatte, schien er unversehrt.

»Nein!«

»Guat!«

Sie gab Tom, der zwei Seillängen über ihr wartete, ein Zeichen. Tom winkte zurück.

Dann wandte sie sich wieder Jo zu.

»Maanst, du schoffst es allaan bis do aufe?«

Jo nickte.

»Nacha ziag on, dass ma weitakumman!«, rief sie.

Er fädelte seine Steigklemmen ein und kämpfte sich hinauf. Die Bewegungen fielen ihm schwer, die Blutzirkulation in den Armen und Beinen war wohl einige Zeit unterbrochen gewesen. Nur mit großer Mühe gelang es ihm, sich bis zu Gwens Standplatz emporzuarbeiten – das letzte Stück zog sie ihn. Als er endlich am Fuß der überhängenden Felswand angelangt war, stolperte er in ihre Arme. Gwen hatte Tränen in den Augen.

»Was ist?«

»I frei mi holt. Da Bearg losst uns nit aus!«

Als er erfuhr, dass er nur knapp zehn Minuten weg gewesen war, staunte er. Es sei ihm vorgekommen wie eine halbe Ewigkeit. Vielleicht gebe es ja auch

gar keine Zeit, dort, wo die irdische Sehnsucht Erlösung fand durch das himmlische Zauberwort, das allem zugrundelag*.
Gwen sah ihn halb spöttisch, halb belustigt an.
»Bist noch a wenk damisch?«

Während der kurzen Rast klärte sie ihn über das Vorgefallene auf. Tom hatte in der Zeit, als Jo vorstieg, einen neuen Bohrhaken an seinem Standplatz gesetzt – für alle Fälle, wie er sagte – und ihm damit wohl wohl das Leben gerettet. Der Polenhaken hätte der Belastung seines Vierzig-Meter-Sturzes wohl nicht standgehalten. Sie selbst hatte sich noch rechtzeitig aus seinem Seil ausgeklinkt, als sie ihn stürzen sah.
»I hob ma gedocht, es reicht schon, wenn aana obafallt.«
»Schlaues Mädchen«, lobte Jo. »Beinahe wärst du mich losgeworden.«
Gwen grinste.
»Pech für di – i loss di nämlich aa nit aus!«
In diesem Moment ertönte über ihnen ein Juchzger. Tom war in der Rinne angelangt, nach der Jo sich vergebens gestreckt hatte.
»Kummet rüüf!«, rief er, »i hao bis dao hea alls vrsailet!«

Tom, der Tausendsassa. Es blieb Jo lange unerfindlich, wie er trotz seiner Behinderung die Wand im Alleingang geknackt und dabei auch noch Haken für das Fixseil gesetzt hatte. Erst später wurde ihm klar, dass er nicht nur Cortison gespritzt, sondern auch Amphetamin geschluckt hatte. Trotzdem stellte Toms Bezwingung dieses Abschnitts der Monsterwand eine unglaubliche Leistung dar. Selbst im Nachstieg, wo sie sich nur am Fixseil entlang hinaufzuhangeln brauchten, stießen sie mehrmals an ihre Grenzen. Doch die Aussicht, die Tortur nach ein paar Hundert Metern hinter sich zu haben und am Grat zu stehen, mobilisierte ihre letzten Kräfte.
Die Hoffnung auf ein rasches Ende trog. Als sie bei Tom angekommen waren, wartete eine unangenehme Überraschung auf sie.
Die Rinne, die Jo von seinem letzten Standplatz vor dem Sturz als die einzig kletterbare Route angesehen hatte, wurde von einem zehn Meter breiten Spalt durchschnitten, der ihnen Ausblick auf den Sérac gewährte, der über

der Südflanke des K2 thronte und sich gegen alle Besteigungsversuche mit Beschuss durch Schnee- und Eisbrocken wehren würde.
»Iatz haot dia Göüde a End*«, brummte Jo.
»Noo it«, widersprach Tom und bat Jo, ihn am Seil hinunterzulassen.
»Steig ma wieda ab oder wos?«, fragte Gwen.
»Nui – mir pendlet num«, lachte Tom. »Traverse* – a Griif i s'alpine Trickkischtle!«
Das habe ihm gerade noch gefehlt, murrte Jo.
Tom hatte wie immer das passende Schprüchle parat.
»Ma müess neahme, was kut, haot drseal g'seit und b'm Pilzsammle d'Reabolla* mit i de Krätte* taong.«

Jo ließ Tom aus dem gesicherten Stand zwanzig Meter hinunter. Dort baumelte er und begann am Seil hin und herzupendeln wie ein Klöppel, bevor er zum ersten Mal an der Glocke anschlägt. Es dauerte, bis er endlich genug Schwung hatte, um mit der Hand in eine Spalte auf der gegenüberliegenden Wandseite zu greifen. Nachdem er sich kurz ausgeruht hatte, griff er auch mit der anderen Hand in den Fels, zog die Füße nach und kletterte flink wie ein Mauergecko die Wand hinauf bis dahin, wo die Rinne ihre Fortsetzung fand. Oben angekommen, ließ er einen Jüssgar hören, der von der gegenüberliegenden Wand wie ein Gegengruß zurückgeworfen wurde.
»Kummet naoch!«, rief er.
Jo ließ Gwen den Vortritt und ersparte ihr den Sprung in die Tiefe, indem er sie am Seil hinabließ. Beim Pendeln stieß sie sich mit den Füßen von der Wand ab und gelangte so noch schneller hinüber. Zielsicher fand ihre Hand die Spalte und sie selbst den Weg zur Rinne hinauf. Auch sie ließ einen Jodler hören, als sie zu Tom aufgeschlossen hatte.
Jo trat der kalte Schweiß auf die Stirn. Wie sollte er auf die andere Seite kommen? Er hasste Pendelgänge. Und er hatte niemand, der ihn hinabließ. Er würde einen Sturz ins Leere riskieren, falls die Sicherung nicht hielt oder das Seil riss. Dabei steckte ihm der letzte Sturz noch in den Knochen.
Der Schweiß rann ihm über den Rücken. Er spähte hinauf, ob es nicht doch eine kletterbare Alternative gab.

»Wos is, Jo? Host Schiss?«
Gwens Worte hallten äffend in der Wand nach.
Jo dachte an seine gestrige Einnässung in der Wand und die Demütigung, die es für ihn bedeutet hatte und sprang hinaus.
Sekundenbruchteile später straffte sich das Seil und er schlug an die Wand. Der Schmerz war heftig, verriet aber, dass er noch lebte. Vorsichtig horchte er in sich hinein. Sein Herz hämmerte, wie nicht anders zu erwarten war. Seine Arme und Beine ließen sich bewegen – wenn auch mühsam.
Er holte tief Luft und mobilisierte die letzten Kräfte für die Traverse. Nach mehrmaligem Pendeln erreichte er mit der gestreckten Rechten den Felsspalt auf der anderen Seite, zog sich hoch und begann zu klettern. Wenig später war er bei Gwen und Tom am Standplatz, lehnte sich mit dem Kopf an den Fels, schnaufte tief durch und bat den Berg, ihm keine Mutproben dieser Art mehr aufzuerlegen.

Um kurz vor 17 Uhr erreichten sie den Grat, 300 Meter unterhalb des Gipfels, wo die kühnste Route zum K2* auf den Normalanstieg traf.
Sie hatten die K2-Südwand durchstiegen – als das zweite Team überhaupt. Doch zum Jubeln fehlte ihnen die Kraft.
Toms Knie war erneut dick angeschwollen und ließ sich nicht mehr abwinkeln. Mit dem Rücken im Schnee liegend, winkte er müde ab, als Jo eine Lobeshymne auf ihn anstimmte und ihn vom »Wilde Hünd« zur »Oberbeargsöü« beförderte.
»Lass gaong, Jo«, meinte Tom mit mattem Lächeln. »Schpaar dr ding Schnüüfar* – es isch it dr Reed weart!«
Gwen kotzte währenddessen das Wenige an Nahrung heraus, das sie heute zu sich genommen hatte. Ihre konditionelle Leistung grenzte ans Übermenschliche, von ihrem klettertechnischen Geschick ganz zu schweigen. Doch nun war auch sie am Ende, hatte wieder ihren leicht irren Blick drauf und atmete schnappend. An einen Weiteraufstieg zum Gipfel war in diesem Zustand nicht zu denken. Selbst wenn sie noch in der Lage gewesen wären, neue Kräfte für den Gipfelgang zu mobilisieren, bräuchten sie im ungespurten Tiefschnee Stunden und gerieten spätestens beim Abstieg in die Dunkelheit.

Nach einer längeren Trinkpause und »Dope*« aus der Notapotheke besprachen sie das weitere Vorgehen.
Nachdem Hochlager IV dem Höhensturm vor einer Woche zum Opfer gefallen war, wollte Tom aus der Todeszone ins Hochlager III auf 7350 Meter absteigen, um dort zu regenerieren und morgen von da einen Gipfelversuch zu starten, falls das Wetter mitmachte. Jo war dagegen. Sie würden über 900 Meter zusätzlich ab- und aufsteigen müssen und kaum Zeit zum Regenerieren finden, überdies den Gipfel am darauffolgenden Tag erst am Nachmittag erreichen und womöglich in die angekündigte Schlechtwetterfront geraten.
Das könne ihnen auch bei einem Aufstieg von hier aus passieren, wandte Tom ein.
Jo plädierte trotzdem für ein Biwak vor Ort und einen Aufbruch morgen in aller Frühe, damit sie die Chance wahrten, bis zum Mittag den Gipfel zu erreichen und anschließend ins Lager III abzusteigen, noch bevor das Wetter eintrübte.
Gwen, etwas regeneriert, schlug sich auf seine Seite.
»I mecht nit die Oarschkoartn ziagn und dreihundert Meter unterm Gipfel umkehrn wie die Nordländer.«
Tom gab schließlich nach, auch deshalb, weil er im Moment zu einem längeren Abstieg gar nicht in der Lage war.

Während Gwen sich um das Schneeschmelzen und die Zubereitung von Tee und Suppe kümmerte, hob Jo eine Höhle für das Biwak aus und richtete das Lager her. Tom verfrachteten sie nach Verabreichung von viel Tee, Energietabletten und einer Beruhigungsspritze in die Schneehöhle und seinen Biwaksack.
»Wenn i moarn it vrwache, na länd be uifach flacke*«, waren seine letzten Worte.

Gwen funkte das Basislager an, wo sie schon seit Stunden begierig auf eine Nachricht von ihnen warteten.
Ein vielstimmiger Jubelschrei ertönte, als sie von ihrer erfolgreichen Südwanddurchsteigung berichtete.

»Mir san fei noch nit auf'm Gipfl!«, merkte Gwen an.
»Den nimmt eich jetz kaaner mehr!«, frohlockte Gritt, mahnte sie allerdings zur Eile, da das angekündigte Tief schon vor der Haustüre stehe. Bis morgen Nachmittag müssten sie in Lager III sein, dann gingen da oben nämlich die Lichter aus.
Arne vertröstete sie, dass sie dort notfalls ein paar Tage vom Notproviant zehren konnten, das sie dort zurückgelassen hatten.
»A bottle of frozen Whisky included«, rief Roy.
Wie denn die Südwand gewesen sei? fragte Bo.
Sie seien definitiv an ihr Limit gekommen, sagte Jo. Und das gleich mehrfach. Er selbst habe einen Flugversuch in der Wand unternommen, aber nur dank eines dehnbaren Nylonseils und eines Bohrhaken eine Bruchlandung vermieden. Den Überhang hätten sie nur aufgrund von Toms Pionierleistungen im Freiklettern und Pendeln geknackt.
»But you fucked the bitch – aber ihr habt sie bezwungen!«, lachte Roy.
Von Bezwingen könnte keine Rede sein, erwiderte Jo. Sie hätten irrwitziges Glück und der Berg Erbarmen mit ihnen gehabt. Und noch wären sie nicht oben, geschweige denn wieder unten.
»Cheer up, boy!« rief Roy, »you've got millions of fans waiting for you here – we're streaming over sky-network all over the world! Kopf hoch – Millionen Fans warten hier auf euch – wir sind live an das Sky-Network angeschlossen!«
»Olle Viertlstund ruaft irgend a Presseagentur oder a Medienfuzzerl on und will Neiigkeitn«, bestätigte Gritt. »Ihr seid's die Breaking News in oller Herrn Länder!«

Gwen berichtete von Jo's Sturz und Toms Bravourleistung im Überhang. Gritt wollte Details, machte sich Notizen.
»I hoff, ihr hobt's olls g'filmt!«
Jo bedauerte, Tom habe außer von Gwen beim Sonnenbad nur zwei weitere Fotos von den umliegenden Bergen und seinem geschwollenen Knie gemacht; seine eigene Helmkamera sei beim Aufprall an der Wand zerschellt. Gwen habe immerhin einen Sonnenuntergang und Toms Alleingang im Überhang mit der Kamera festgehalten.

»I think you guys will have to climb up there again, as soon as you're down – ich glaube, ihr müsst nochmal rauf, wenn ihr unten seid!«, schimpfte Roy.
»Kummt's guat aufe und schnappt's da obn nit über – ihr seid's schon jetz jeda mindestens a Million wert!«, rief Gritt zum Abschied.
»Pakistanische Rupies oder Euro?«, fragte Jo spaßeshalber.
»Dollar natürlich, du Aff!«, erwiderte Gritt.

Der Schatten des K2

Freitag, 21. August, abends:
Der Gipfel ist zum Greifen nahe. Heute ist der Tag, auf den sich all unsere Mühen und all unser Streben zugespitzt haben. Jenseits der Auszehrung und Erschöpfung aufgrund der ungeheuren Energieleistung des gestrigen Tages spüre ich eine Anspannung in mir, die letzten Kräfte freizusetzen, um das unmöglich Geglaubte möglich zu machen. Ich befinde mich in einer Art Trance, ausgelöst durch die Glückshormone, die als eine Art Vorschusslorbeeren das letzte Kräftepotential mobilisieren sollen. Es ist die Belohnung für unseren unermüdlichen Kampfesmut und unser unbeirrbares Streben.

Um fünf Uhr morgens schälte Jo sich aus dem Schlaf- und Biwaksack. Das Wetter beunruhigte ihn. Windfahnen zogen um die Gipfel von Broad Peak und Chogolisa; der K2 war in Nebel gehüllt. Trotzdem weckte er Gwen und versuchte Tom wachzurütteln. Er stierte Jo aus blutunterlaufenen Augen an, schien ihn nicht zu kennen, vergrub sich wieder in seinen Biwaksack und reagierte auf keinen seiner Aufrufe mehr. Mit Mühe gelang es Jo, seinen Puls zu fühlen. Er hatte die Frequenz eines Murmeltiers im Winterschlaf.
Noch während sie Schnee schmolzen und die Flaschen füllten, vertrieb ein scharfer Ostwind die Wolken und löste die Nebel auf. Mit der Wetterbesserung blieb die Chance auf den Gipfelsturm gewahrt. Jo versuchte Tom davon Mitteilung zu machen, doch der delirierte vor sich hin und reagierte erst auf eine kräftige Ohrfeige. Verständnislos blickte er Jo an und murmelte: »I

müess's Viih no uff d'Weid triebe. Gänd dir schu amaol hoofele* voar, i kumm na waile* naoch!«

Jo wollte es nicht glauben. Tom vergab seine Chance auf den K2 300 Meter unter dem Gipfel, nachdem er die Schlüsselstelle an der Südwand Free Solo durchstiegen hatte. Er fragte Gwen, ob sie ihn mit einer geballten Ladung Amphetamin dopen sollten. Gwen riet davon ab. Sie könnten Tom nicht gegen seinen Willen hinaufaufzwingen. Und falls er höhenkrank sei, fügten sie ihm vielleicht sogar irreparable Schäden zu.

»Und du?«

»Na kloar geh i mit. Oder willst mi vielleicht da loss'n?«

»Was ist, wenn Tom Hilfe braucht?«

»Mir san in vier oder fünf Stund wieda heruntn. Und außerdem – i allaan kann ihm eh nit helf'n.«

Gwen hatte Recht. Entweder sie blieben beide da oder sie versuchten gemeinsam ihr Glück. Tom benötigte vielleicht nur etwas Ruhe, damit er anschließend sicher mit ihnen absteigen konnte.

Während Gwen noch Zwiesprache mit dem Berg hielt, knüpfte Jo den Oberstdorfer Wimpel von Toms Rucksack, band ihn an den seinen und stapfte los. Die Tatsache, dass sie Tom zurücklassen mussten, lähmte seine Schritte fast mehr als der Tiefschnee, in den er bei jedem Tritt bis über die Knie einsackte. Wäre die Wettersituation eine andere gewesen, hätte er sich die Zeit genommen, Tom aufzupäppeln und ihn notfalls hinauf zu schleppen.

Bizarre und manchmal durchscheinend fragile Windverwehungen säumten den Weg wie Markierungen, doch nirgendwo gab es eine Spur. Seit dem letzten Besteigungsversuch der Franzosen und Skandinavier war jede Menge Neuschnee gefallen, der sich nur wenig gesetzt hatte. Der Gipfelaufbau, der vor ihnen lag, war steil wie ein Kirchendach und das Risiko, dass die Schneemassen sich plötzlich in Bewegung setzten und sie mitriss, beängstigend hoch.

Immerhin klarte es auf – bei fast völliger Windstille, was selten genug an diesem Berg vorkam. Als gegen sechs Uhr die Sonne hinter dem Broad Peak auftauchte und die Schneeflächen um sie herum in ein Meer glitzernder Kristalle verwandelte, wuchs ihre Hoffnung auf einen weiteren Schönwettertag. Gwen, die sich in seiner Spur leichter tat, nutzte eine Verschnaufpause, um einen getragenen Jodler anzustimmen, wie er in dieser Region wohl noch nie vernommen worden war. Jo filmte sie mit dem Handy, doch auch ohne Erinnerungshilfe würde ihm die Szene unvergesslich bleiben: Gwen mit hochgestülpter Sturmhaube im hüfthohen Schnee in das gewaltige Rund der Achttausender hinaus jodelnd, als stände sie als Vorsängerin auf der Pörtschacher Kirchenempore. Woher sie den Atem dafür in der dünnen Luft nahm, blieb ihm ein Rätsel.

Zwei Stunden später war aus dem Gehen ein Kriechen geworden. Um an den steilen Hängen spuren zu können, räumte Jo mit den Händen den Tiefschnee vor sich beiseite, rutschte aber immer wieder ab und hatte manchmal das Gefühl, er bewege sich auf der Stelle. Das unberührte Weiß nahm ihm das Raumgefühl. Nach jedem zweiten Schritt musste er keuchend innehalten, um Kraft zu schöpfen, während sich Blutgeschmack in seinem Mund mit bitterem Speichel mischte und Sternchen vor seinen Augen tanzten. Ein Gefühl von Hoffnungslosigkeit zog ihn jedes Mal wie ein Bleigewicht zu Boden, wenn er nach einer Rast den Kopf hob und nach oben schaute. Sie hatten zwei Stunden für hundert Höhenmeter gebraucht und noch längst war kein Ende in Sicht. Obwohl die Temperatur weit unter Null lag, hatte Jo nicht nur seine Thermo-Unterwäsche, sondern auch die darüber liegende Schicht nassgeschwitzt und fühlte sich trotz andauernder Trinkpausen dehydriert. Er bewegte sich nur noch aus Trotz vorwärts. Die berühmten Worte des Everest-Bezwingers Edmond Hillary auf die Frage, wie er denn bloß da hoch gekommen sei – »It's just putting one foot in front of each other!« – muteten ihm jetzt wie blanker Zynismus an. Der Anfeuerungsruf von Udo Bölts an den Kapitän der deutschen Rad-Equipe Jan Ullrich während der Tour der France 1997 »Quäl dich, du Sau!« erschien ihm als das weitaus passendere Motto für diese Art der Selbstkasteiung. Es ging längst nicht mehr darum, sich oder anderen etwas zu beweisen, sondern nur noch ums Durchhalten, um das Ertragen einer Tortur.

Gwen übernahm die Führung und bewegte sich viel gewandter den Hang empor als er. Er fragte sich ernsthaft, ob sie auch im Kampf mit dem Berg übernatürliche Kräfte entwickelte. Eine Weile lang folgte er ihrer Spur, fiel dann zurück, von Schwindel und Atemnot geplagt. Er blickte zum schwarzblauen Himmel, glaubte darüber das Weltall mit seinem Vakuum zu erkennen, delirierte, seine arme Seele schwebe bereits verloren dort oben und träume vom Gipfelsieg, während er längst tot im Schnee lag, gestorben aus Ruhmsucht für eine Phantasmagorie.

Plötzlich begann Gwen zu taumeln. Er eilte ihr zu Hilfe und konnte sie im letzten Moment vor dem Absturz bewahren.
»I brauch an Putscha!«, keuchte sie.
»Sorry, ich hab keinen«, gestand er.
Er hatte das Amphetamin am Biwaklager zurückgelassen. Es würde sie zwar beim Hinaufgehen aufputschen, dafür liefen sie beim Abstieg in Gefahr, im Delirium Opfer von Wahnvorstellungen und Sinnestäuschungen zu werden. Gwen trommelte mit den Fäusten auf ihn ein, ließ sich dann in den Schnee sinken.
»Million-Dollar-Baby*«, sagte Jo, um sie zu motivieren. Ein schwaches Lächeln huschte über ihr Gesicht.
»Sog ma aans, Jo – für wos tua ma uns des on? Was fia an Sinn hot des, sich bis zum Varreckn zum Schindn, bloß dass ma am End auf so an Scheißbearg steht?«
Er versuchte sie damit zu trösten, dass sie sich bereits im letzten Anstieg zur Gipfelpyramide befanden – nur noch 120 Höhenmeter fehlten.
»Glaubst du echt, da obn is es onders?«
»Da oben ist Hochland, Gwen. Da oben ist alles anders!«
Gwen brachte sogar noch ein müdes Lächeln zustande.
»Du Aff, verscheißern konn i mi selba!«

Am Gipfelgrat hatte der Wind den Schnee weitgehend weggefegt. Auf der harschigen Unterlage kamen sie leichter voran, bewegten sich aber vor Entkräftung nur noch im Zeitlupentempo und blieben alle drei Schritte stehen.

Sie waren schon fünf Stunden unterwegs und noch immer wand sich der Grat vor ihnen hinauf, unendlich weit, als wolle er eine Brücke zur blassen Mondsichel am Himmel schlagen.

Der Berg zog sich vor ihnen zurück, hielt sie zum Narren. Der Höhenmesser zeigte 8625 Meter – die zusätzlichen 14 Meter waren wohl dem fallenden Luftdruck geschuldet. Aber vielleicht war er ja noch viel tiefer gesunken und sie hatten noch fünfzig oder sechzig Meter vor sich. Erneut fiel er hinter Gwen zurück, verlor den Anschluss. Angst überkam ihn, seine Kraft würde nicht reichen und er hier oben auf den letzten Metern vor Entkräftung liegen bleiben. Niemand wäre in der Lage ihn zu retten. Er könnte nur hoffen, möglichst schnell zu erfrieren.

Die Ungewissheit drückte ihn nieder. Er sank zu Boden, wollte nie wieder aufstehen. Kälte nahm von ihm Besitz. Der Berg war ihm gleichgültig, die ganze Unternehmung erschien ihm plötzlich als ein grotesker Irrtum. Das was er suchte, würde er hier niemals finden. Vielleicht wäre es das Beste, hier sein Grab zu finden und als gescheitert, aber dennoch als Held zu sterben.

»Jo?«

Gwens Stimme kam wie aus dem Nichts, erinnerte ihn daran, dass er Verantwortung auch noch für jemand anderen trug.

Noch einmal raffte er sich auf, kämpfte sich zurück ins Hier und Jetzt.

»Ja?«, krächzte er.

»Jo – da herom geht's überoi bloß no obe!«

Gwens Stimme klang irgendwie anders als sonst, aufgeregter.

»Was?«

»I glaub, mir san am Gipfel!«

Mühsam schleppte er sich die zwanzig Schritte weiter bis dahin, wo der Gipfelgrat eben wurde.

Rechts von ihm ein Felsklotz, unter ihm, nach Süden hin, eine Wächte. Hinter ihm, Richtung Norden, eine vom Treibschnee blankgefegte Kuppe von etwa zwanzig Quadratmeter Durchmesser aus welligem Harsch, nach drei Seiten abfallend. Tief unter ihm, als blicke man aus einem Flugzeug, die braungrauen Gebirgsketten von Sinkiang mit einem der Erdrundung folgenden Dunstschleier darüber, nach Süden die großen Karakorumberge – Vigne, Chogolisa, Hidden Peak, Gasherbrum II, III, IV und die drei Gipfel des Broad Peak – in der klaren Luft zum Greifen nahe. Die mäandernden Eisströme des Baltorogletschers erschienen von hier oben als ein dunkler Graben. Darüber nichts als schwarzblauer Himmel.

Es war Samstag, der 22. August, um 13 Uhr 32. Die Temperatur betrug minus 18 Grad bei Windstärke drei. Der Berg zeigte ihnen seine beste Seite. Sie hatten es geschafft.

Jo sank in die Knie. Der Juchzger, den er anstimmen wollte, blieb ihm zwar im Hals stecken, doch die Erschöpfung, die ihn wenige Minuten zuvor niedergestreckt hatte, war mit einem Mal wie durch ein Wunder verflogen. Der Berg gab ihnen die Energie, die sie für seine Besteigung aufgewendet hatten, in Form von Glücksmomenten zurück. Die Euphorie breitete sich in ihm aus wie ein explosives Gemisch, befeuerte ihn und führte ihm aus versteckten Reserven neue Kräfte zu.

Gwen stand in der Mitte der Kuppe. Er stemmte sich am Pickel hoch, trat zu ihr.
»Mei, Jo, i glaub mi z'reißts glei!«, flüsterte sie und legte den Kopf an seine Brust. »Heit bin i's glücklichste Mädl auf dera Wöit!«
»Und deshalb heulst du?«
Gwen hob den Kopf, streifte die Sturmhaube zurück und brachte ein Lächeln zustande, während sie schluchzte: »Soviel lachn, wie i mecht, konn i nit, drum woan i.«
Jo streifte den Rucksack und die Fäustlinge ab, reichte ihr die Hände. Sie schauten sich an, auf Augenhöhe. In ihrem Blick mischten sich Kampfeslust mit Siegesgewissheit. Gwen hatte den Berg erobert, weil er sich ihr hingegeben hatte. Er konnte gar nicht anders.

Sie schwebten vor Leichtigkeit. Das Leben war ein Spiel in Rollen ihrer Wahl. Nichts gab es in diesem Moment, was sie beschwerte. Sie waren frei, frei, ganz in diesem Augenblick aufzugehen, frei, sich ihm vorbehaltlos hinzugeben.
»Mir homs dapackt«, lachte Gwen und legte die Arme um seine Schultern.
»Ohne dich hätt ich es nicht geschafft«, flüsterte Jo.
»I aa net ohne di. Mir san mitnond verschwoarn!«

Für einen Moment öffnete sich der Himmel und gab den Blick auf die magischen Meridiane frei, die Himmel und Erde verbanden. Sie befanden sich in einem Zwischenreich, wo Träume wahr wurden, nur weil man sie träumte. In diesem Zustand war alles möglich. Sie hätten weitersteigen können, immer weiter, bis sie so leicht wurden wie die feinen und im Sonnenlicht flimmernden Schneeflöckchen, die sie umgaben wie ein Konfettiregen, weitersteigen bis ins geheimnisvolle Hochland, um dort unsterblich zu werden. Aber etwas hinderte sie daran – etwas, das sie nur wahrmachen konnten, wenn sie ins Flachland zurückkehrten.
Im Moment bekümmerte Jo das gar nicht so sehr – zu sehr war er berauscht vom Gipfelsieg. Die Leichtigkeit, die ihn umfing, fühlte sich einfach zu gut an.

Während er den Oberstdorfer Wimpel um einen Felsblock band, funkte Gwen über Satellit das Basislager an. Gritt befand sich schon in Lauerstellung.
»Und?«
»Mir san drobn!«
Der Jubel im Basislager war unbeschreiblich – das blecherne Dröhnen aus dem kleinen Lautsprecher hielt über eine Minute an. Alle dort unten lagen sich in den Armen; Sektkorken knallten und Maxence rief »Vive l'Allgäu! Vive l'Autriche!«
»Ihr seid's da Wahnsinn!«, rief Gritt, als der Trubel sich allmählich beruhigte. »Ihr seid's da absolute Waaahnsinn!«
»Now you're on top of the world you can pee down on everybody!«, ließ sich Roy aus dem Hintergrund vernehmen.
Gritt wollte Genaueres über den Gipfelsturm wissen, Gwen berichtete.

»S'war a ewiger, elender Hatsch im ung'spurtn Tiefschnee auf d'Gipfelpyramidn nauf. Obwohl i meistns in da Spur vom Jo g'hatscht bin, hob i g'maant, i varreck und bin mehr als amol fast aus de Latschn kippt. Und z'mol woar ma drobn, i waaß selber net wia.«
»Und wia isses?«
»Saugeil! Megageil! I bin so high wie vom Muhammed sein Shit!«
Gelächter im Basecamp.
»I wünschat, ihr wärt's dabei!«
Gwen verschwieg, dass Tom nicht mit von der Partie war – vielleicht, weil sie die gute Stimmung nicht trüben wollte.
»Hobt's ihr schon Bildln g'mocht?«, fragte Gritt.
»Naa, noch nit.«
»Mir brauchn a poar echte Starfotos! Richtats eich a bissl zam!«
»Moch ma, Schwesterherz! I hob an Bikini schon griffbereit.«
Gritt lachte.
»Wie is'n's Wetter?«
Gwen schielte über den Rand der Gipfelkuppe.
»Scheen, oba's wird zunehmend schlierig. Bei uns dahaam tat ma sogn, es braut si wos zam.«
»Schaut's, dass ihr schnell obe kummts. Ihr hobt's fei bloß noch a poar Stundn Zeit, dann werd's ungmütlich. Wie weit obe wollt's 'n heit noch?«
»So weit ma kumman. Bis ins Lager Drei auf jedn Fall. Vielleicht noch weita.«
»Geht's liaba kaa Risiko ein. Ihr miasst's vielleicht a poar Tag im Zelt ausholt'n, bevor's wieder scheen wird. Hobt's wos zum Lesn?«
»An russischn Playboy.«
Gritt kicherte.
»Dann konn ja nix schiafgehn. Ihr meldet's eich. Kummt's guat obe!

Auf den Rucksäcken sitzend tranken sie Tee und knabberten Trockenobst und Müsliriegel, brachten aber nur ein paar Brocken hinunter. Gwen schüttelte immer wieder den Kopf und lachte.
»Was ist?«, fragte Jo.
»I glaub immer noch, i traam.«

»Du bist ja jetzt auch im Hochland.«
»Is des a Traam?«
»Ein Traum, der Wirklichkeit geworden ist, ja.«
»Und wann wach ma wieder auf?«
»Nie mehr!«, lachte Jo und kniete vor ihr nieder. »Du bist jetzt Hochländerin! Und als solche mir versprochen!«
Gwen lief unter der Sturmhaube rot an.
»Was soll'n des werdn? Spiel oder Schmäh*?«
»Das ist wahrscheinlich der erste Heiratsantrag am Gipfel des K2*«, gestand Jo und wusste nicht, ob es die dünne Luft oder die Aufregung war, die ihm den Atem nahm. Immer wieder unterbrochen von längeren Pausen, in denen er um Luft rang, fuhr er fort: »Gwendolin Ebeling, Schönstes aller Menschenkinder mit der Zauberstimme –

Ich will für dich den Weg durch spitze Dornen nehmen
und dir die roten Rosen pflücken,
zu kostbaren Gebinden winden
und dich krönen wie mit Diademen.

Ich will für dich das Firmament abschreiten,
dich zum Königsstern geleiten
und mit Sternenglanz umranden
wie mit wehenden Girlanden.

Ich will mit dir die wilden Pferde stehlen
durch die hellen Nächte reiten
um uns am Ende der Gezeiten
ein Lager zu bereiten.

Ich will ins Leuchten deiner Augen sinken
bis auf den tiefsten Grund,
von deinem unerhörten Mute trinken
und küssen deinen Mund.«

»Hast du des selba g'reimt?«, fragte Gwen, Tränchen in den Augenwinkeln. Jo nickte.
»Du bist so a Aff!«, schluchzte sie, zog ihn hoch und drückte ihn an sich.
»Heißt das jetzt ja oder nein?«
»I nimm di, weil i kaan Bessern net find – auf dera gonzn Welt nit!«, rief Gwen. »Und jetzt geh her und gib ma an gscheitn Kuss!«

Das Fotoshooting und Filmen zog sich hin. Die passenden Posen für das Gipfelfoto mussten erst einstudiert und ein beweiskräftiger Hintergrund gefunden werden. Gwen hatte zudem ein ganzes Arsenal an Kärntner Wimpeln und Fähnchen dabei, die Jo der Reihe nach zusammen mit ihr abfotografierte. Auf dem Film, den er von ihr drehte, hielt sie eine offenbar schon länger vorbereitete Rede, in der sie sich bei zunächst bei ihrer Mama, ohne deren Unterstützung ihre Unternehmung nie möglich gewesen wäre, dann bei allen möglichen Kärntner Sponsoren bedankte. Anschließend filmte er, wie sie in Glas versiegelte Sterbebildchen von Richard Gollhofer und Robert Nendl im ewigen Eis am Gipfel des K2 vergrub. Zum Schluss sprachen sie beide ein kurzes Gebet, auch für Gwens Vater, der heute wohl sehr stolz auf seine Tochter gewesen wäre.
»Es tuat ma leid«, sagte Gwen, als sie fertig waren.
»Was?«
»Dass ma eich ausbootet und a zweits Team losg'schickt hom. I woar von Anfong an dagegn. Aber du kennst ja die Mama. Die hätt des Projekt sonst abbrochn.«
»Ist schon gut. Ich hätte dich auch nicht so einfach zurücklassen dürfen. Ich gebe zu, dass ich deinen Mut, deine Ausdauer und dein bergsteigerisches Können ziemlich unterschätzt habe. Aber was wird deine Mama wohl zu unseren Heiratsplänen sagen? Sie wird mich doch nicht ernsthaft zum Firmenerben machen wollen, oder?«
Gwen schluckte.
»I werd des notfolls ohne die Mama durchziagn. Auf die Firma bin i eh nit schoarf. Host a Platzerl im Allgei fia mi?«
»Immer!«, lachte Jo.

»Dann geh i vielleicht aa noch amol auf an Bearg mit dir. Bei eich soll's doch a poar scheene Gipfl gebn, wo ma sich nit so schindn muass.«
»Melden Sie sich bitte frühzeitig an, Fräulein Ebeling – ich bin als Führer sehr begehrt speziell bei den jungen Damen.«
»Du Oarschgeign, du bleede!«, lachte Gwen. »Dir wear i an Marsch blos'n!«

Als sie aufbrachen, hatte der Wind deutlich aufgefrischt und von Norden her die ersten Wolken herangeschoben. In den Tälern stand durchscheinender Nebel, vor der Sonne hing ein Dunstvorhang. Der K2 warf einen langen Schatten nach Osten und sie konnten sogar ihre eigenen als kleine Striche darauf erkennen*. Plötzlich fiel ihm Gwens Wahrtraum ein.
»Gwen«, rief er, »du verdammtes Luder!«
»Wos is? Soll i da glei aan blos'n?«
»Dein Wahrtraum! Der Schatten des K2! Das hast du alles vorausgesehen!«
»Na und?«, sagte sie seelenruhig, »a jeda hätt's seng könnan, wenn a d'Augn aufg'sperrt hätt!«
»Hexe!«, titulierte er sie, doch diesmal schwang so etwas wie Hochachtung mit.
»Aa mit der wearst leb'n miassn«, grinste Gwen.
Jo legte Gwen die Hände auf die Schulter, fixierte sie.
»Also, meine allwissende Hexe, dann sag mir doch: Wo ist Tom?«
»I waaß es nit.«
»Kannst du das nicht auch sehen?«
»Vielleicht, aber dafia miasst i mi länger konzentriern, und des schaff i do herobn nit. Mir solltn so schnell wie möglich obe – am End liegt da Tom noch im Biwak und is am Dafriern!«

Abstieg I

Sie folgten der Aufstiegsspur wegen der Spalten. Jo nahm Gwen ans kurze Seil. Die Chance, dass er sie im Falle eines Sturzes würde halten können, war zwar gering, gab ihnen aber eine Illusion von Sicherheit. Jaana hatte nach ihrer Rückkehr berichtet, wie Soile beim Abstieg in einem Schneefeld plötzlich vor ihren Augen verschwand. Sie war durch die Schneedecke gebrochen und in eine jener unsichtbaren, manchmal aber Dutzende von Metern tiefe Spalten gefallen. Nur dem Umstand, dass sie zu mehreren am Seil gingen, hatte Soile ihre Rettung zu verdanken*.

Je tiefer sie kamen, desto schlechter wurde das Wetter. Wie feindliche Kavallerie bewegte sich eine endlose Reihe schwarzer Wolken auf sie zu. Der Wind gewann an Stärke und Schneetreiben setzte ein. Sie waren froh ihrer Aufstiegsspur folgen zu können, da das GPS-Gerät keine Daten mehr lieferte. Sie durften auf keinen Fall die Orientierung verlieren. Auf dem Gipfel gewesen zu sein um dann abzustürzen, wäre eine bizarre Krönung ihrer Unternehmung gewesen.

Jo wusste und rief es sich noch einmal in Erinnerung: Der Abstieg war meistens der gefährlichste Teil der Tour, vor allem am K2, wo man sich nach der Gipfeleuphorie fälschlicherweise der Illusion hingab, das Schlimmste überstanden zu haben. Die Schlüsselstellen am K2 – die steilen Hänge des Gipfelaufbaus, die Eistraverse und der Flaschenhals unter dem großen Serac, die Kletterei an der Schwarzen Pyramide – all das lag noch vor ihnen, und das bei schlechten Wetterverhältnissen. »The moment you get to the top of that mountain you have to worry about how to get down – in dem Moment, wo du am Gipfel dieses Bergs stehst, musst du dir Sorgen machen, wie du wieder herunterkommst«, hatte Roy es formuliert und ihnen vorgerechnet, dass über Dreiviertel aller tödlichen Unfälle am K2 beim Abstieg passierten*.

An einem Steilhang, wo eine Lawine ihre Aufstiegsspur verschüttet hatte, mussten sie sich bei der großräumigen Umgehung einen neuen Weg bahnen, erreichten nach einer weiteren Stunde schließlich ihren bereits leicht zugeschneiten Lagerplatz.

Jo leuchtete in die Schneehöhle, ertastete Toms Biwaksack, griff aber ins Leere. Auch Tom Rucksack fehlte.

»Nocha is er doch noch auf'n Gipfl«, vermutete Gwen.

»Dann hätten wir ihn doch getroffen!«

Sie blickten sich ratlos an. Ein Schatten fiel über ihre Unternehmung und das Hochland, in dem sie sich immer noch wähnten.

Nachdem sie Biwaksäcke und Depotgepäck in den Rucksäcken verstaut hatten, folgten sie ihren Spuren vom Vortag hinab, in der einzig plausibel erscheinenden Annahme, dass Tom ins Lager III abgestiegen war. Im dichter werdenden Schneetreiben tasteten sie sich vorwärts – dem Kompass von Jo's Vater folgend und den wenigen Angaben, die sie aus dem Führer entnahmen. Ihre Spur aus der Südwand herauf hatten sie bald hinter sich gelassen. Windgepresste, steil abfallende Schnee- und Eisplatten deuteten darauf hin, dass sie sich bereits im unteren Teil der Gipfelpyramide befanden. Jo ging jetzt voraus, um den Weg zu bahnen. Vorsichtig platzierte er die Steigeisen und stieß dabei jedesmal den Pickel fest in den vereisten Schnee, um einen zusätzlichen Halt zu haben. Er hatte schon öfter die unangenehme Erfahrung gemacht, dass beim frontalen Abstieg am Steilhang die Zacken der Steigeisen im Schnee oder in den Gamaschen hängen blieben.

Über eine Stunde hatten sie sich bereits hinabgearbeitet. Die Gipfeleuphorie war einer bleiernen Müdigkeit gewichen. Jo hatte ungeachtet der Gefahr, in der sie schwebten, Mühe die Augen offen zu halten und nicht in einen Sekundenschlaf zu fallen. Plötzlich gellte ein Schrei über ihm. Gwen war gestolpert und verlor den Halt. Kaum hatte er den Pickelschaft bis zum Ansatz in den Schnee gerammt und sich in den Hang gestemmt, sauste sie auch schon an ihm vorbei. Jo wusste, dass sie bei einem Sturz auf der steil abfallenden Schneeflanke wenig Überlebenschancen hatten und wartete mit geschlossenen Augen darauf, dass Gwen ihn mit hinabreißen würde – über die Abbruchkante des Gletschers dreitausend Meter hinunter zum Gilkey-Memorial, wo sie dank des Seils vielleicht ein gemeinsames Grab finden würden.

Wie abzusehen riss ihn der Ruck mit unwiderstehlicher Gewalt aus dem Stand, schleuderte ihn mitsamt dem Pickel, an den er sich geklammert hatte, in die Luft hinaus, wo er herumgewirbelt wurde wie ein Blatt im Herbststurm, bis ihn das Seil, an dem er mit Gwen hing, wieder einfing, herunterzog und er in rasender Geschwindigkeit bäuchlings den Hang hinabschlitterte. Er versuchte auf der Schneekruste, auf der sie entlangschrammten, mit dem Pickel zu bremsen, doch das Seil zerrte sie unerbittlich weiter. An einem Absatz wurde er noch einmal hinauskatapultiert, vorbei an Gwen durch die Luft geschleudert und herabgezogen – nur dass diesmal sein Sturz abrupt im schweren Schnee eines Lawinenkegels endete.

Benommen hockte er eine Weile da, bis zur Hüfte im Schnee steckend, aber unversehrt. Er konnte es kaum fassen. Wieder einmal waren sie dem Tod von der Schippe gesprungen. Der Herrgott hatte ihnen gerade rechtzeitig vor dem Abgrund eine Schaufel Schnee unter den Hintern geschmissen.

Gwen wühlte sich eine Seillänge oberhalb von ihm aus den Schneemassen.

»Gwen?«

»Jo?«

»Alles klar?«

»Bei mir schon. Und bei dir?«

»Auch.«

»Glück g'hobt.«

»Dass wir noch leben?«

»Dass ma uns a Stund Obstieg g'spoart hom.«

Das Lachen blieb ihm im Hals stecken.

Der Schock steckte dann doch tiefer. Gwen zitterte am ganzen Körper, als er sie in die Arme schloss.

»Des woar knapp am Oarsch vorbei«, sagte sie.

»Knapper geht es kaum«, erwiderte Jo und zeigte auf die Abbruchkante zwanzig Meter unter ihnen.

»I konn's fast nit glaub'n.«

»Ich auch nicht. Aber eins ist mir beim Sturz klar geworden.«

»Wos?«, fragte Gwen.

»Du bist einfach hinreißend!«

»Depp!«, rief Gwen, konnte aber schon wieder grinsen.

Zwei Stunden später hatten sie die Traverse am großen Serac vorbei hinter sich gebracht. Nun aber, auf der Schulter, wo die Fixseile der Franzosen endeten, blieben sie sich selbst überlassen. Wo befand sich Lager III? Der Nebel, der sie umschloss wie ein Gazevorhang, war inzwischen so dicht, dass sie

sich ohne Gletscherbrillen den Hang hinabtasteten, um in dem Zwielicht noch etwas zu erkennen. Zweimal riss der Himmel auf und enthüllte den gigantischen Serac über ihnen für einen kurzen Moment, doch weder von dem Plateau darunter noch von den Zelten konnten sie einen Blick erhaschen. Der Abstieg vom Dach des Hängegletschers, auf dem sie nach ihrer unfreiwilligen Rutschpartie gelandet waren, und die knifflige Traverse zum Flaschenhals hatten all ihre Energien erschöpft. Das Risiko, in der Nebelsuppe das Lager auf dem Plateau zu verpassen und stattdessen auf der chinesischen Seite hinabzusteigen, um sich dort in völliger Weglosigkeit zwischen den riesigen Wächten und Abgründen zu verirren, war groß. Hinzu kam, dass sie sich beide als Folge der Höhe und Dehydrierung am Rande völliger Erschöpfung bewegten – und das in extrem abschüssigem und lawinengefährdetem Gelände. Zwei Ameisen, die eine vielbefahrene Autobahn zu überqueren versuchten – das Bild, das Roy einmal spöttisch heraufbeschworen hatte, um ihnen die Gefährlichkeit des Terrains unterhalb des Seracs vor Augen zu führen, kam Jo während ihres Zickzack-Marsches den Hang hinab immer wieder in den Sinn.
Gwen streikte schließlich, setzte sich in den Schnee und bat ihn, allein weiterzugehen. Auf seine Weigerung hin wollte sie wenigstens an Ort und Stelle biwakieren. Er machte ihr klar, dass sie bei einem Sturm ohne den Schutz der Zelte verloren wären.
»Valorn sama doch eh schon, Jo – zwaa valoarne Seeln im valoarnsten Winkel von da Wölt. Kaa Mensch wird uns suachn, kaa Sau uns helfn!«, faselte Gwen, offenbar nicht mehr ganz bei Sinnen.
Jo trichterte ihr den letzten Rest Tee mit zwei Aufputschtabletten ein, brachte sie nach zwanzig Minuten soweit, dass sie ihm, an seinen Rucksack geklammert, hinabfolgte.

Der Hang nahm kein Ende. Vielleicht hatten sie ja auch Lager III bereits hinter sich gelassen und waren über den Rand des Plateaus hinausgestiegen auf die klettertechnisch höchst anspruchsvolle Cesen-Route* in der Südwand. In ihrem Zustand und ohne Orientierung wären sie auch darin hoffnungslos verloren gewesen.

Während einer Rast riss es plötzlich auf. Ein Windstoß teilte den Nebel für einen Augenblick und wie durch den Spalt einer leicht geöffneten Gardine konnte Jo keine hundert Meter unter sich die Farbflecke der Zelte von Hochlager III erkennen. Als er sie der apathisch im Schnee kauernden Gwen zeigen wollte, hatte sich die Nebelwand bereits wieder geschlossen.
Da Gwen keine Anstalten machte aufzustehen, zog er sie an beiden Füßen auf der Direttissima den Schneehang hinab hinter sich her. Sie ließ es widerspruchslos geschehen. Als sie in Sichtweite der Zelte kamen, stieß er als Signal für Tom einen Pfiff aus, erhielt aber keine Antwort.
Von den drei Zelten war eines durch die vom Wind zerfetzte Seitenwand unbrauchbar geworden, ein weiteres durch gebrochenes Gestänge windschief. Jo wählte das dritte, intakte Zelt, wo er auch Tom vermutete. Doch es war bis auf einige zurückgelassene Ausrüstungsgegenstände und Proviantsäcke leer. Schnell zog er Gwen die Schuhe samt Steigeisen aus und verfrachtete sie in den Schlafsack, um dann die zwei übrigen Zelte abzusuchen. Doch auch hier keine Spur von Tom.

Zum ersten Mal sah Jo sich mit der Möglichkeit konfrontiert, Tom könnte etwas zugestoßen sein. War er vielleicht beim Abstieg abgestürzt oder in eine Spalte gefallen und lag verletzt am Grund ohne Aussicht auf Rettung? Oder hatte er sich im Nebel verlaufen und irrte orientierungslos umher, den Kältetod vor Augen? Die möglichen Horrorszenarien mochte er sich gar nicht weiter ausmalen.
Er kam sich mies und schäbig vor. Warum hatte er Tom allein zurückgelassen, obwohl es ihm erkennbar schlecht ging, warum nicht auf den Gipfel verzichtet und Tom nicht gleich nach unten verfrachtet?
Über der Vorstellung, dass Tom tot sein könnte, stockte ihm der Atem. Reue packte und schüttelte ihn. Ihm war, als erdrücke ihn die Schuld. Ein paarmal schluchzte er laut auf. Rotz vermischte sich mit seinen Tränen und tropfte auf seine Hose. Es war ihm egal.
Vor dem Zelt kotzte er Blut und Galle. Hätte er sich nicht so schwach gefühlt, wäre er sofort losgelaufen, den Berg hinauf durch Nebel und Sturm, um dort nach Tom zu suchen, auch wenn es kaum Hoffnung gab. So war er

zum Warten verdammt, zum Hoffen auf die minimale Chance, dass Tom vielleicht doch noch auftauchen würde.

»Host an Tom gfund'n?«, fragte Gwen lethargisch, als er sie weckte, um ihr etwas Tee einzuflößen. Sie lallte und konnte kaum noch aus den verquollenen Augen sehen.
»Er schläft drüben«, log er, um sie nicht weiter zu beunruhigen.
»Sog ihm, 's tuat ma leid, dass ma ihn nit mit auf'n Gipfl g'nomman hom.«
Jo nickte.
»Das hab ich schon. Tom ist froh, dass er es bis hierher geschafft hat. Der Gipfel ist ihm nicht so wichtig.«
Gwen drückte seine Hand.
»I donk da, dass du mi heil obabrocht host. Meinst, mir kumman morgn bis ins Basislager?«
Er drückte ihr einen Kuss auf die Stirn
»Das hängt vom Wetter ab. Jetzt schlaf erst mal!«

Die Ruhe, die er Gwen zudachte, sollte ihm nicht zuteilwerden. Kaum war er eingenickt, weckte ihn ein wütendes Rütteln am Zelt. Die Stangen, die das dünne Zeltgewebe trugen, bogen sich bis zu ihm herunter. Ein heftiges Prasseln wie bei einem Platzregen war von draußen zu hören, darüber ein dumpfes Dröhnen von oben her, von der Gipfelpyramide – wie von tausend Bassorgeln. Das musste ein Orkan sein, der mit hundert oder mehr Stundenkilometern um die Grate und Felsen toste und Triebschnee gegen das Zelt wirbelte. Nun war er also eingetroffen – wie vorausgesagt. Falls Tom noch irgendwo herumirrte – spätestens jetzt war sein Schicksal besiegelt.
Jo dachte an die amerikanische K2-Expedition von 1953, die auf knapp 8000 Meter in einen Jetstream geriet und sieben Tage in ihren Zelten ausharren musste, bis sie mit dem höhenkranken Art Gilkey als Ballast den Abstieg wagte, der in einem Massensturz endete und für Gilkey tödlich ausging. Und er erinnerte sich an Arnes Erzählung vom Katastrophenjahr 1986 mit insgesamt zehn Toten am K2, wo eine Gruppe von sieben Bergsteigern, darunter Kurt Diemberger und Julie Tullis, auf dem Abstieg von einem Hö-

hensturm ähnlicher Stärke überrascht wurden und fünf Tage in den Zelten liegend knapp unterhalb der Todeszone verbrachten – am Ende ohne Wasser und Nahrung. Nur zwei – Kurt Diemberger und Willi Bauer – schafften danach mit letzter Kraft und schweren Erfrierungen an Händen und Füßen den Abstieg ins Basislager, die anderen starben vor Erschöpfung oder an der Höhenkrankheit im Zelt oder beim Abstieg*.
Drohte ihnen jetzt das gleiche Schicksal?

Der Sturm

Jo tauchte aus bleischweren Träumen empor wie ein Ertrinkender, setzte sich auf und japste nach Luft, bis sich sein Atem sich allmählich wieder normalisierte. Er ertrank in der dünnen Luft hier oben und hatte weder Sauerstoff noch passende Medikamente dagegen. Vielleicht würde er bald Toms Schicksal teilen.
Inzwischen war auch die neben ihm liegende Gwen erwacht, hatte sich aufgesetzt und leuchtete ihn mit der Stirnlampe an. Draußen heulte der Sturm mit unverminderter Stärke, bombardierte das Zelt mit Triebschnee.
»Host' schlecht traamt?«
Jo nickte und gestand ihr, dass Tom verschollen war. Früher oder später hätte Gwen sein Verschwinden ohnehin bemerkt. Sie blieb erstaunlich gelassen, wischte ihm die Tränen von den Wangen.
»Der kummt schon noch.«
»Bei dem Wetter?«
»Da Tom is zaach. Der gibt nit so schnell auf.«
Jo lehnte seine Stirn an ihre, schloss die Augen. Gwen strich sachte über seine Haare, zog ihn dann neben sich aufs Lager und deckte sie zu. In ihren Armen und über dem eintönigen Brausen des Sturms fand er schließlich den ersehnten Schlaf.

Am nächsten Morgen hatte der Sturm noch zugelegt. Inzwischen war es Neuschnee, den er mit über hundert Stundenkilometern vor sich hertrieb.

Hinter den im diffusen Tageslicht bläulich schimmernden Zeltwänden türmten sich Lagen von Neuschnee auf und drückten riesige Ausbuchtungen in die Zeltwände. Er musste sie davon befreien, bevor sie platzten und sie unter den Neuschneemassen begraben wurden.
Kaum hatte er sich, eingehüllt in Anorak, Sturmhaube und Überhose und bewaffnet mit der Lawinenschaufel, aus der engen Zeltöffnung gewunden und aufgerichtet, stürzte sich der Orkan auf ihn. Er schlug nach ihm wie ein wildgewordenes Raubtier, drückte ihn mit seinen Pranken nieder, als solle er sich nie wieder erheben. Selbst durch die Sturmmaske hindurch spürte er das Peitschen der Schnee- und Graupelkörner im Gesicht, wagte gar nicht erst die ungeschützten Augen zu öffnen. In der Hocke mit dem Rücken zum Sturm sein Wasser abzuschlagen und zwei Schaufeln Schnee für das Teewasser in den Topf zu tun war das einzige, was er zuwege brachte, bevor er wieder zurück ins Zelt flüchtete.

»Warum host'n nit glei ins Kochhäferl brunzt und an Teebeutel eineg'hängt«, spottete Gwen, als er ihr beim Frühstück von seinem erfolglosen Ausflug erzählte. Es gab Zwieback, Butter und Marmelade aus den zurückgelassenen Beständen der Franzosen. Obwohl es in dieser Höhe eigentlich keine Regeneration gab, schien Gwen wie durch ein Wunder einigermaßen wiederhergestellt, aß mit Appetit und erzählte nebenbei, dass sie im Traum mit Tom Kontakt gehabt habe. Er sitze irgendwo in einer Höhle und warte den Sturm ab.
Jo zuckte mit den Schultern und fragte, auf welcher Wellenlänge ihr Telepathie-Kanal denn zu empfangen sei.
Gwen lachte.
»Typisch!«
»Was?«
»Dass du des ins Lächerliche ziagst!«

Später versuchten sie per Satellitentelefon zum Lager durchzukommen, kriegten aber keinen Kontakt. Die Batterien des Geräts waren leer, Ersatz hatten sie keinen. Vielleicht war es ganz gut so. Jo hätte es nicht über sich gebracht, denen da unten das Verschwinden Toms zu melden und sich womöglich einer peinlichen Befragung zu stellen.

Zu zweit wagten sie am Nachmittag noch einmal einen Vorstoß nach draußen – diesmal mit Schneebrille und dick vermummt. Nur geduckt konnten sie sich aufrecht halten, sonst bestand Gefahr, von den Böen umgeworfen zu werden. Eine Fortbewegung gegen den Sturm war so gut wie unmöglich. Die Sicht betrug keine drei Meter, die Verständigung klappte nur schreiend direkt am Ohr des anderen. Bei diesen Verhältnissen wäre jeder Abstiegsversuch einem Selbstmordkommando gleichgekommen. Immerhin gelang es ihnen in kräftezehrender Arbeit, das Zelt so gut es ging von der Schneelast zu befreien und einen kleinen Wall als Windschutz zu bauen. Anschließend holten sie aus den zwei anderen Zelten alles Brauchbare – darunter mehrere Decken, drei Gaskartuschen und eine Flasche mit gefrorenem Malt-Whisky. Nach einer Erbsensuppe und mehreren Tassen heißem Tee verkrochen sie sich in die Schlafsäcke und dösten über dem Heulen des Sturmes und dem Knattern der Zeltwände schließlich ein.

Es musste Abend sein, als Jo erwachte; draußen dämmerte es bereits. Der Sturm hatte noch eine Windstärke zugelegt – die Zeltwände ratterten, als hätten sie sich bereits in Fetzen aufgelöst. Er hatte Kopfweh, Schmerzen vom langen Liegen und befand sich angesichts der ungünstigen Witterungsbedingungen und des ungewissen Schicksals Toms weiterhin in depressiver Stimmung.
Gwen kochte Teewasser, lächelte ihn an, als sie ihm die Tasse reichte.
Jo fragte sie, wie sie die Sache mit Tom so einfach wegsteckte.
»Der kummt schon wieder«, versicherte sie.
»Bei dem Sturm?«
»I hob da doch g'sogt, der hot sich irgendwo verkrochn. Es geht ihm nit wirklich guat, oba er lebt.«
Er packte sie an ihrer Fleece-Jacke und schüttelte sie.
»Woher willst du das wissen?«
Sie zuckte mit den Schultern.
»I waaß es doch selba nit!«

»Ist es wegen deiner hellseherischen Fähigkeiten?«
Gwen zuckte mit den Schultern.
»Dir ist klar, dass es eine andere Sphäre geben muss, wenn du Recht hast?«
»Wos maanst'n jetzt mit »Sphäre«?«
»Naja, eben einen übersinnlichen Informationsaustausch. Etwas, was im Widerspruch zu den Naturgesetzen steht.«
»Host du a Problem damit?«
»Ja!«
»Und wieso?«
»Ich müsste ja dann daran glauben*!«
Gwen lachte.
»Wos is'n mit dir los? Erst erzählst ma olls Mögliche vom Hochland und spirituellen Erfahrungen, die auf'm Gipfl auf uns woartn, und nocha, wo i dir auf'n zweithöchstn Bearg von da Wölt nochag'stiegn bin, willst auf aamol nix mehr davon wissn!«
»Weil dieser Traum kein Menschenleben wert ist!«
Gwen sah ihn eine Weile nachdenklich an.
»Jetzt kumm amol hea!«
Sie wies ihn an, sich zwischen ihre Beine zu setzen – mit dem Rücken zu ihr.
»Was hast du vor?«
»Moch anfoch, wos i da sog!«
Er folgte ihrer Anweisung. Gwen umschloss ihn von hinten mit den Armen, drückte ihre Stirn gegen seinen Hinterkopf.
»Moch die Augn zua, denk an den Tom und ruaf ihn!«
»Wie denn?«
»Stell ihn da anfach voa!«
Die Zeltwände knatterten wie ein MG im Dauerfeuer. Es war kalt und er wollte nicht an Tom denken – nicht in seiner jetzigen Situation, falls er überhaupt noch lebte.
»Ich kann das nicht!«
Gwen legte ihm die linke Hand auf die Stirn und begann zu summen. Er spürte ihre Körperwärme – auch am Hinterkopf, wo ihre Stirn auflag. Nach einiger Zeit wurde er gegen seinen Willen schläfrig. Zwischen Wachen und

Schlafen fiel er in eine Art Trance und begann Tom vor sich zu sehen, wie er ihn kannte – seine kantige Stirn mit den dichten Locken darüber, die buschigen Augenbrauen, seine kräftige Nase und sein ausgeprägtes Kinn unter dem Vollbart, das unternehmungslustige Glitzern in seinen Augen.
»Red mit ihm!«, flüsterte Gwen, »sog ihm, dass ma auf ihn woartn!«
Er folgte ihrer Anweisung. Es war ganz leicht. Er konnte Tom dabei sogar in die Augen schauen, so, als sei alles in Ordnung, als ob er tatsächlich noch lebe. Er sagte ihm, dass sie im Lager III auf ihn warteten – solange, bis der Sturm abflaute und er zu ihnen finde.
Tom blickte ihn eine Weile unverwandt und mit ausdrucksloser Miene an, nickte und schloss die Augen.

Jo drehte sich zu Gwen um.
»Was zum Teufel hast du mit mir gemacht?«
Sie lächelte.
»Goar nix hob i g'macht. Oba du – du host mit ihm g'redt, oder?«
Er nickte. Sie küsste ihn auf die Stirn.
»Mei Bua, du bist ja a richtig's Medium!«
Jetzt ging der Gaul mit ihm durch. Er stürzte sich auf sie und pinnte ihre Arme mit den Händen am Boden fest. Sie ließ es ohne Widerstand zu.
»Wos weard'n des, wonn's fertig is?«, kicherte sie.
»Ich möchte wissen, was du da für ein Spiel treibst!«
»Des is kaa Spiel!«, lachte sie.
»Soll ich etwa glauben, dass ich wirklich gerade mit Tom gesprochen habe?«
»Ja, wos'n sunst?«
»Du verscheißerst mich doch!«
»Do taat i mi ja selba verscheißern!«
»Ich glaub es ja nicht!«
»Glaub doch, wos d'willst und loss ma mei Ruah!«
Er gab auf. Gwen war nicht beizukommen.

Irgendwann in der Nacht rüttelte Gwen ihn wach. Das Zelt war auf ihrer Seite vom Sturm plattgedrückt und hatte sie unter sich eingequetscht. Müh-

sam befreite er sie aus ihrer misslichen Lage, indem er sich mit dem Rücken gegen die luvseitige Zeltwand stemmte. Weil Gefahr bestand, dass der Orkan auch die Halteseile aus der Verankerung riss, blieb er sitzen, um es zu stabilisieren – wie schon einmal im Russenlager. Auch hier fühlten die Böen sich wie Schläge auf seinen Rücken an.
Gwen angelte die angetaute Whiskyflasche aus ihrem Schlafsack und setzte sich neben ihn.
»On the rocks!«, lachte sie, trank in langen Zügen und reichte ihm den Whisky.
»Auf Tom!«, sagte er und trank.
»Wos tua ma jetz? Da hockn und woartn, bis da Sturm nochlosst?«
»Erzähl mir was. Etwas, was ich noch nicht weiß von dir. Dein dunkles Geheimnis.«
Gwen blickte ihn überrascht an.
»Was maanst'n damit?«
»Nichts Bestimmtes. Jeder hat doch irgendein Geheimnis.«
»Oba maans mechst nit hörn.«
»So schlimm?«
»Vielleicht schon.«
»Jetzt will ich's aber wissen!«
»Versprich ma, dass d'es kaan dazählst!«
»Versprochen.«
Bevor sie begann, nahm sie noch einen kräftigen Schluck aus der Flasche.
»Olso, i kenn da an Buabn, der hot sei Studium obbrochn und is auf und davon, weil er an Traam g'hobt hat von aana bessern Wölt in da Höh über de Wolkn, wo alls noch zammpasst und er zu sich selba findt. Den schwerstn Bearg hot a sich ausgsuacht dazua. Kaa Strapazn, kaa Schinderei woar ihm z'viel. Und wie a nocha drobn woar und es is ihm passiert, da hot er goar nit checkt, wos mit ihm g'wesn is. Zu seim Mädl, die aus Liab zu ihm olls mit ihm durchzogn hot, hot er nocha g'moant, dass er an des Ganze sowieso nit glaubn tuat. Is des net a varruckte G'schicht?«
Jo schwieg. Sein Rücken fühlte sich taub an vor Kälte.
Gwen sah ihn belustigt an.

»Bist jetzt eing'schnappt?«
»Was willst du eigentlich von mir?«, knurrte er.
»Dass du zu dem stehst, wos du glaubst!«
Er nahm einen tiefen Schluck aus der Flasche.
»Jetzt erzähl ich dir einmal eine Geschichte. Es war einmal ein Junge, der fühlte sich von klein auf in eine wirre Welt ohne tieferen Sinn hineingeboren und suchte verzweifelt nach einem größeren Zusammenhang. Vielleicht hatte er auch einfach bloß Sehnsucht nach etwas, das allem einen Sinn gab. Seine Eltern hatten auf seine Fragen keine Antwort, zumindest keine, die ihn zufriedenstellten. In der Schule hörte er sich Geschichten an über Gott, wie sie das Etwas nannten, das für die Welt zuständig sein sollte, die ihn verwirrten. Die meisten davon fand er unlogisch. Es waren ganz grundlegende Dinge, die ihm zu schaffen machten, so wie die unbestreitbare Tatsache, dass dieser Gott, wenn er alles war, auch das Nichts umfasste. Wie konnte etwas nichts umfassen? Der Junge wurde den Verdacht nicht los, dass Gott vielleicht selbst das Nichts war. Die Annahme, dass Gott alles sein sollte, barg übrigens noch ein weiteres Problem. Wenn Gott alles war, wie sollten die Menschen, die er in seine Schöpfung hinausschickte, etwas zurückbringen, was er nicht schon hatte, nicht schon wusste?
Um der Sache auf den Grund zu gehen, begann er nach der Schule Religion zu studieren. Doch beim Versuch, aus der Religion eine Wissenschaft zu machen, verwirrten sich seine Gedanken erst recht. Wie konnte man Gott mit menschlichen Maßstäben messen wollen? Es war, als ob sich eine Ameise aufmachte, den Mount Everest zu erobern. Groteske Dogmen zur Erbsünde, zum Fegefeuer und ewiger Höllenpein für die von Gott im Voraus Verdammten verwirrten ihn vollends. Einer seiner Lehrer riet ihm, einfach auf sich und seinen Glauben zu vertrauen. Auf den Glauben vertrauen? Das schien ihm wie der Versuch, die Südsee auf einer Eisscholle zu durchqueren. Der Junge, aus dem inzwischen ein junger Mann geworden war, schmiss sein Studium hin und beschloss, sich endlich seinen Traum zu erfüllen und Gott auf einem hohen Berg zu suchen. Er wusste, dass Gott, wenn es ihn überhaupt gab, auf einem Berg wohnte, wo er nur für die erreichbar war, die für ihn alles zu geben bereit waren, sogar ihr Leben. Deshalb wählte er sich

den schwierigsten Berg der Erde aus und bestieg ihn in der Hoffnung, dass Gott sich ihm in den Entbehrungen und Gefahren, denen er ausgesetzt war, offenbaren würde. Aber als er nach vielen überstandenen Strapazen den Gipfel erreichte, offenbarte sich Gott ihm nicht. Außer einem kurzen Moment des Gipfelglücks gab es dort nichts, was diesen Ort von allen anderen unterschieden hätte. Und als er beim Abstieg feststellen musste, dass sein bester Freund irgendwo am Berg verschollen und wahrscheinlich abgestürzt oder erfroren war, kamen in ihm all die quälenden Fragen seiner Jugend wieder hoch – warum die Menschen ungefragt auf diese Erde verbannt, warum sie Anfechtungen, Leid, Schmerzen und Tod ausgeliefert waren, und was von ihnen am Ende bleiben würde außer einem Häufchen Asche oder Staub.«

In dem Schweigen, das folgte, rüttelte der Sturm mit solcher Gewalt am Zelt, als wolle er es aus seiner Verankerung reißen und mitsamt seinem Inhalt in den Abgrund hinausschleudern.

»Und wos host'n du g'moant, wos am Gipfl passiert?«, fragte Gwen nach einer längeren Pause.

»Dass ich den Weg finden würde zu mir selbst und über mich selbst hinaus«, antwortete Jo, nachdem er die Whiskyflasche in einem Zug leergetrunken hatte.

»I vasteh di net. Was maanst'n mit »über di selba naus«?

»Dass irgendetwas bleibt von mir – irgendetwas, was mich besonders macht und heraushebt aus der Masse über den Tod hinaus.«

Gwen umfasste Jo's Kopf mit eiskalten Händen und fixierte ihn mit ihren hellgrauen Augen.

»Du bist a Esel. Warum machst es dir so schwer? Spiast es denn nit?«

»Was?«

»Du bist wie a jeda Mensch schon g'liabt von Anfang an*. Sunst wärst du ja goar nit do. Der Heargott braucht di!«

»Mich? Wieso?«

»Du host es doch selber g'sagt: Mir san Pioniere, wo die Liebe Gottes in uns und für eahn entdecken. Wie die Bienan an Honig, so miassn mir d'Liab für ihn sammeln. So wie mir ohne ihn verlorn san, is er ohne uns verlorn*.«

»Das soll ich glauben?«

»Glaub's anfoch und loss di folln*.«

»Und wenn ich ins Leere falle?«

Gwen schüttelte den Kopf.

»Du bist a stura Bock. Dann komm wenigstens in meine Oarm, du oarma Bua. I liab di nämlich aa!«

Montag, 24. August, morgens:

Ich erwache in der gleichen verkrampften Kauerstellung, in der ich eingeschlafen bin. Mein Nacken schmerzt, der Rücken ist taub vor Kälte. Gwen kauert zusammengerollt neben mir unter drei Lagen von Decken. Der Sturm hat sich beruhigt; von draußen dringt nur das leise Geräusch des Windes und dann und wann der Klang des Aufpralls eines Schneekorns auf der Wölbung des Zelts. Es ist Tag, doch durch das kleine Plastikfenster über mir sehe ich nur Grau, das Grau eines undurchdringlichen Nebels. Unter diesen Bedingungen wird es auch heute nichts mit dem Abstieg werden. Ich nehme es fast erleichtert zur Kenntnis. Die Kraftanstrengung der zigtausend Schritte hinunter türmt sich in meiner Vorstellung zu etwas Unvorstellbarem auf, zu etwas in gar keinem Fall zu Leistendem, das unter meinem hilflosen Aufbegehren zu etwas Bedrohlichem wächst und mich wie eine gewaltige Lawine unter sich zu begraben droht.

Dienstag, 25. August:

Der zehnte Tag am K2. Seit gestern Früh tobt der Sturm wieder, als hätte er nur kurz Atem geholt, um jetzt mit doppelter Stärke loszuschlagen. Eine bleierne Müdigkeit hat sich meiner bemächtigt, die nicht nur meine Glieder, sondern auch meine Gedanken lähmt. Das Kritzeln in das Notizbuch ist das Äußerste an Kraftanstrengung, was ich mir einmal am Tag noch zumuten kann. Unvorstellbar, wie ich vor ein paar Tagen noch die Energie zum Schneeschaufeln oder selbst zum Streit mit Gwen über Glaubensfragen aufbrachte. Schon die Vorstellung aufzustehen, um draußen mein Wasser abzuschlagen, überfordert mich und erscheint mir zudem als sinnlose Kräftevergeudung. Wie Gwen benutze ich den Kochtopf dazu – den gleichen, in dem wir dreimal am Tag den Schnee auftauen, den wir vom Zelteingang wegkratzen. Die meiste Zeit verbringe ich damit, eng an Gwens Rücken geschmiegt zu dösen und vor der Trostlosigkeit unserer Situation wegzutauchen, um mich in der Leere völliger Gedankenlosigkeit treiben zu lassen.

Mitten in der Nacht, als der Sturm sich so plötzlich legt, als habe der Heilige Geist ihn höchstpersönlich beschworen, fährt Gwen aus dem Schlaf hoch, knipst ihre Stirnlampe an, zieht ein zerknittertes Papier aus der Anoraktasche, fasst meine Hand und liest mit spröder Stimme stockend und immer wieder unterbrochen von Hustenanfällen ein Bachmann-Gedicht, das sie wohl aus Ellens Gedchtbändchen gerissen und in düsterer Vorahnung für diesen Moment mitgenommen hat:

Mein lieber Bruder, wann bauen wir uns ein Floß
und fahren den Himmel hinunter?
Mein lieber Bruder, bald ist die Fracht zu groß
und wir gehen unter.
Mein lieber Bruder, dann will ich an den Pfahl
gebunden sein und schreien.
Doch du reitest schon aus dem Totental
und wir fliehen zu zweien.
Nur wer an der goldenen Brücke für die Karfunkelfee
das Wort noch weiß, hat gewonnen.
Ich muss dir sagen, es ist mit dem letzten Schnee
im Garten zerronnen.
Von vielen, vielen Steinen sind unsre Füße so wund.
Einer heilt. Mit dem wollen wir springen,
bis der Kinderkönig, mit dem Schlüssel zu seinem Reich
im Mund uns holt, und wir werden singen:
Es ist eine schöne Zeit, wenn der Dattelkern keimt!
Jeder, der fällt, hat Flügel.
Roter Fingerhut ist's, der den Armen das Leichentuch säumt,
und dein Herzblatt sinkt auf mein Siegel.
Wir müssen schlafen gehn, Liebster, das Spiel ist aus.
Auf Zehenspitzen. Die weißen Hemden bauschen.
Vater und Mutter sagen, es geistert im Haus,
wenn wir den Atem tauschen. *

Ich weiß nicht, was mich mehr schaudern macht – Gwens fast tonlose Stimme, ihr irrer Blick oder die Todesahnung, die das Gedicht beherrscht. Sie reagiert nicht, als ich sie in die Arme nehmen will, lässt sich auf ihr Lager fallen, als wäre sie schon tot.

Mittwoch, 26. August:
Wie lange dauert dieser Sturm noch! Die Schneekristalle prasseln auf das Zelt, draußen, im Hintergrund, das dumpfe, gleichmäßige Dröhnen der Luftmassen, die den K2-Gipfel umtosen. Die Essensvorräte sind erschöpft, die Gaskartuschen fast leer; wir essen Schnee, den der Sturm durch Ritzen und Ösen im Zelt hereinbläst, gegen den Durst, der uns plagt und daran erinnert, dass wir noch immer in einem lebenden Organismus hausen, obwohl er sich anfühlt wie eine leere Hülle, abgestorben und bar jeglicher Energie. Ich mache mir Sorgen um Gwen – ihr Gesicht ist von den Strapazen gezeichnet, ihre sonst so klaren Augen von roten Äderchen durchzogen wie feine Risse.
»Daschieß mi, Jo, mach dea Sach a End!«, fleht sie mich einmal an, ein andermal schlägt sie auf mich ein, nennt mich Verführer, Hochstapler und Betrüger, klammert sich dann wieder an mich und bittet mich, sie nicht hier oben allein zurückzulassen. Ich füttere sie mit Vitamin- und Schlaftabletten, die ich in den Schnee hineinmische. Sie frisst mir erst gierig aus der Hand, leckt sie ab wie ein Hund, hadert dann plötzlich mit ihrem Schicksal und jammert, dass sie wegen mir so jung sterben muss. Alles, was sie sich vor drei Tagen noch an Erbaulichem über Gott und seine Liebe zusammengereimt hat, scheint vergessen, allein die nackte Angst vor dem Tod ist übrig geblieben – der Tod, der nur darauf wartet, ihr junges Leben dahinzuraffen, als sei es nie gewesen, als wäre es ohne Bedeutung und Bestimmung.
»Du hast uns alle auf'm G'wiss'n – di, an Tom und mi!«, ruft sie und bricht heulend zusammen. Ich mische zwei Schlaftabletten in den Schnee, den ich ihr zu essen gebe, nehme dann selbst eine.

Donnerstag, nachts:
Mitten in der Nacht erwache ich, das Gesicht im Schnee, den der Sturm durch den halboffenen Zelteingang hereingeblasen hat, erkenne plötzlich, welchem Irr-

tum ich aufgesessen bin. Wie eine Ruine unter den Schlägen der Abrissbirne fällt zusammen, was von meinem Traum noch übrig geblieben ist. Mit erschreckender Klarheit offenbart sich mir mit einem Mal, was das trügerische Gespinst aus Anmaßung und Überheblichkeit wirklich zusammengehalten hat. Es ist die Angst vor dem Eingeständnis meines Versagens auf der ganzen Linie – im Studium, in meinen Beziehungen und meiner Suche nach Gott und Unsterblichkeit. Die Furcht, am Ende mit leeren Händen dazustehen, hat mich in diese wahnwitzige Unternehmung getrieben – und wird mit mir Tom und bald auch Gwen in den Tod reißen.

Gott, der die Welt in seiner Allmacht, Güte, Allwissenheit und Gerechtigkeit geschaffen hatte, um sie mit seinen Geschöpfen in Liebe zu teilen, findet darin nicht mehr zu sich selbst, so sehr er sich auch müht. Die Schöpfung ist ihm entglitten, hat sich im Menschen zu etwas Eigenständigem und Monströsen entwickelt, was seiner ursprünglichen Idee zuwiderläuft. Die Freiheit, die er ihm zugestanden hat, um sich in seiner Liebe zu ihm wiederzufinden, ist vom Menschen missbraucht worden, um sich selbst zu vergötzen und von ihm loszusagen. Nun sind wir Gefangene unserer selbst geworden, unfähig aus dem Labyrinth eines fehlgeleiteten Planes zu entkommen.

Samstag, 29. August:
Ich weiß nicht, war es ein Traum oder bin ich schon ein Stück hinübergegangen. Merkwürdigerweise finde ich sogar noch die Kraft, mich aus meinem Delirium aufzuraffen und ihn aufzuschreiben.
Es ist kurz vor Sonnenaufgang, der Himmel klar und von dem tiefen Blau der Hochgebirgsregionen. Vor uns ragen mächtige Berge auf, die weißen Spitzen in gleißendes Sonnenlicht getaucht. Unser Weg, das weiß ich, führt über den Gletscher zwischen zwei hohen Eistürmen hindurch, an denen riesige Seracs hängen wie Wespennester. Im oberen Teil des Gletscherfelds, wo die Sonne bereits hineinscheint, funkeln die Schneekristalle wie ein Meer aus glitzernden Edelsteinen. Alles wirkt so klar konturiert, so scharf gezeichnet. Obwohl ich aus der Gruppe nur Robert und Richard vom Sehen kenne, sind mir doch alle vertraut wie gute Bekannte. Ich brauche deshalb auch gar nicht fragen, auf wen wir warten oder

wohin die Reise geht, denn es liegt unausgesprochen in der Luft. Der Meister wird uns über die Berge führen, heißt es, und es erfüllt mich mit Stolz und Freude, obwohl ich um die Gefahren weiß, die auf uns lauern. Er gibt jedem die Hand, auch mir, und auch mir schenkt er das Lächeln, das die Verheißung von allem Kommenden in sich trägt und den Blick mit einem Leuchten darin, für das ich ihm folgen würde über das Ende der Welt hinaus. Und doch trägt mich die Verheißung, als wir dem Meister in einer langen Reihe folgen, kaum über das erste Schneefeld. Ich versinke darin wie in Watte, sodass die anderen mich erst stützen und dann sogar tragen müssen. Ich erweise mich als zu schwer für diesen Weg und auch nicht leicht genug für die Querung der riesigen Spalte über eine schmale, zarte Schneebrücke. Während die anderen sicheren Schrittes hinübergehen, stehe ich unfähig, auch nur einen Fuß zu rühren und schaue ihnen voll Trauer nach. Als der Meister mir wie zum Abschied von der anderen Seite lächelnd zuwinkt, fühle ich mich fast getröstet von der Gewissheit, dass ich diesen Weg unter seiner Führung ein andermal antreten werde.

Abstieg (2)

Sonne? Jo blinzelte ungläubig die im gleißenden Licht erstrahlende blaue Zeltbahn über ihm an, rappelte sich hoch und zerrte den Reißverschluss am Zelteingang auf. Durch die winzige Öffnung am oberen Rand des Schneewalls vor dem Zelt schaute wahrhaftig der blaue Himmel herein. Noch wagte er nicht zu jubeln – vielleicht war es ja nur ein kurzes Aufreißen, bevor die Monsunwinde neue dunkle Wolkenmassen heranschoben. Fast panisch wühlte er sich durch den Triebschnee, der den Eingang verschüttet hatte, gelangte endlich ins Freie – und sah nach sechs Tagen Schneesturm und Halbdämmer endlich wieder klaren blauen Himmel und die Sonne über sich.

Zurück im Zelt beugte er sich über Gwen und fühlte ihren Puls. Er ging schwach und unregelmäßig. Ihr ausgemergeltes Gesicht war von einer geradezu asketischen Schönheit.
»Gwen – das Wetter ist gut! Wir steigen ab!«

Sie reagierte nicht, auch nicht auf das Tätscheln ihrer Wangen und sein Flehen. Erst eine Ohrfeige brachte sie zur Besinnung. Sie schlug die Augen auf, zwinkerte ein paarmal und starrte ihn dann mit einem Blick an, der zwischen Befremden und Entsetzen schwankte.
»Loss mi!«, war alles, was sie herausbrachte.
Wenn sie überhaupt noch zu retten war, musste sie so schnell wie möglich hinunter, raus aus der Todeszone, soviel war klar. Aber er konnte sie nicht hinuntertragen – nicht einmal ein ganzes Rettungsteam brächte sie über die steilen Kletterwände der Schwarzen Pyramide hinab.
Wenn sie nicht auf die Beine kam, gab es nur zwei Möglichkeiten – entweder er ließ Gwen zurück oder starb hier oben mit ihr. Zurücklassen konnte er sie nicht, solange es noch den Hauch einer Chance gab, und mit ihr sterben würde er nur, wenn er alles versucht hatte.
In der Notfallapotheke fand er neben Meth-Amphetamin zum Aufputschen Ibuprofen gegen Kopfschmerzen, Dexamethason gegen Hirnödem, Adalat-Kaukapseln mit dem Wirkstoff Nifedipin zur Gefäßerweiterung und den Viagraersatz Sildenafil* gegen Höhenkrankheit. Vielleicht brachte Gwen eine geballte Ladung von allem wieder auf die Beine. Vielleicht erlitt sie aber auch, geschwächt wie sie war, einen tödlichen Kollaps. Er musste es darauf ankommen lassen.
Behutsam legte er ihre Armbeuge frei und injizierte eine Ampulle Dexamethason in das, was er für die Vene hielt. Schwieriger gestaltete sich die Verabreichung der Tabletten. Er musste Gwen gleichzeitig den Mund aufhalten und die Pillen zusammen mit Schneewasser verabreichen. So oft er es versuchte – Gwen spuckte alles wieder aus. Schließlich zerstampfte er die Tabletten, rührte sie in einen Becher Wasser ein, hielt ihr die Nase zu und goss ihr das Gemisch in den Mund, als sie nach Luft schnappte. Einen Teil hustete sie hinaus, doch ein Teil gelangte wohl tatsächlich in ihren Magen. Bis die Arznei anschlug, packte er die Rucksäcke und zog Gwen und sich die Schuhe mit den Steigeisen an.
Noch während er an ihr herumhantierte, schlug Gwen die Augen auf, blickte beinahe verschreckt um sich.
»Gwen, steh auf – wir steigen ab!«
»Loss ma mei Ruah!«, wimmerte sie.

Er tätschelte ihre Wangen.
»Gwen – bitte steh auf! Die da unten warten auf uns!«
Keine Reaktion.
»Gritt und deine Mama warten auf uns!«
»I scheiß drauf«, murmelte sie.
Diesmal patschte er mit der Hand richtig fest auf ihre Wangen – links, rechts, links – und schie ihr ins Ohr: »Gwen – steh auf! Der Sturm ist vorbei – wir steigen ab!
Das endlich wirkte. Gwen ächzte, blickte blinzelnd um sich, sah ihn verstört an, setzte sich dann stöhnend auf.
»Wo bin i?«
»Am K2 in Lager III. Es ist schönes Wetter, wir können heute noch ins Basislager absteigen.«
Das war zwar gelogen, aber er musste ihr irgendeinen Anreiz geben.
»Mir is schlecht und i bin hundsmiad«, lallte Gwen mehr als sie sprach. »Loss mi doch anfach weitaschlofn.«
»Wir müssen runter. Die dünne Höhenluft tötet auch im Schlaf!«
»Des is ma wurscht. Sterbn miass ma olle.«
Jo verpasste ihr erneut zwei Ohrfeigen.
»Steh auf, Gwen! Du hast dein Leben nicht geschenkt bekommen, um es wegzuwerfen!«
»Geh doch schon voa, Jo. I komm naoch, wenn i ausgschlofn hob«, sagte sie müde und ließ sich wieder auf das Lager sinken.
»Jetzt reiß dich zusammen!«, schrie Jo und zog sie wieder in Sitzposition.
Sie sah zu ihm auf, ihr Blick flackerte.
»Bete zu deinem Schutzengel«, sagte Jo leise. »Er wird dir helfen.«
Gwen begann zu weinen.
»Steh auf!«, flehte Jo. »Tu es mir zuliebe. Wenn du mich liebst, dann steh jetzt auf!«
Eine ganze Weile passierte gar nichts. Gwen saß mit gesenktem Kopf, das Gesicht in den Händen vergraben. Er dachte schon, sie sei wieder eingeschlafen. Doch plötzlich stöhnte sie, nahm ein paar tiefe Atemzüge, erhob sich dann mit seiner Hilfe nach mehreren Anläufen und stand schließlich

schwankend, während er ihr Anorak, Mütze und Handschuhe überzog und den Klettergurt und Rucksack überstreifte.
Der Medikamenten- und Drogenmix war ihr rechtzeitig in die Knochen gefahren und hatte ihre letzten Kräfte mobilisiert. Es blieb zu hoffen, dass die Wirkung lange genug anhielt und sie nicht mitten auf der Strecke schlappmachte.

Vor dem gleißenden Sonnenlicht schloss sie geblendet die Augen. Jo setzte ihr die Sonnenbrille auf, drückte ihr den Pickel in die Hand und hängte sie ins Seil ein. Doch als er losgehen wollte, zog sie ihn daran zurück.
»Und da Tom?«
Jo wagte nicht auszusprechen, was er dachte und was mit großer Sicherheit der Fall war.
»Tom muss alleine gehen«, sagte er. »Er hat ja unsere Spur.«
Gwen nickte, als sei sie damit einverstanden, tappte dann aber in die falsche Richtung, zurück zum Zelt.
»Was ist los?«, fragte er.
»I hob's ma überlegt«, antwortete sie mit erloschener Stimme und halb in Trance. »I will net obe! Bitte loss mi herobn beim Tom!«
»Tom ist vielleicht schon längst unten und wartet auf uns. Lass uns gehen!«
»I schaff des nit, Jo. Geh du für mi. I woart auf di im Hochland.«
»Wer weiß, ob du da überhaupt hineinkommst, wenn du jetzt schlapp machst!«
»Nocha woart i holt in da Höll! I schaff des nit!«
»Gwen, wir schaffen das! Zu zweit schaffen wir das! Hab Vertrauen!«
Sie schüttelte den Kopf.
»I mog nimma und i konn nimma, Jo. Mir tuan jetz schon d'Fiaß weh. I glaub, i hob ma d'Zehn dafruan.«
Er flüsterte in ihr Ohr, dass sie seine Königin sei, Statthalterin des Hochlands auf Erden und es dort vertreten müsse, damit die Kunde davon zu den Menschen dringe und ihnen den Weg zum Heil eröffne.
Sie drückte ihn weg.
»Loss den Scheiß. Es gibt kaa Hochland. Und i bin aa nit dei Königin.«
»Aber mein Mädchen!«

»Nit amol des. Mama würd des nia zualossn.«
»Was?«
»Vergiss olls, wos zwischen uns woar. Sobald ma druntn san, sama g'schiedne Leit.«
Jo blieb der Mund offen stehen.
»Und mein Heiratsantrag?«
Gwen sank in den Schnee, schirmte ihre Augen mit der Hand vor der Sonne ab.
»Des woar doch nit ernst gmaant, du Depperl«, sagte sie mit leiser, fast ersterbender Stimme. »I konn di net heirotn – nit auf dera Wölt. Loss uns herobn bleibn – do druntn wearn ma niamols glücklich zamm.«
»Dann hast du mir also die ganze Zeit was vorgespielt?«
»Du doch aa!«
»Ist das jetzt ein Witz – oder was?«
»Meine Leit heirotn wegn an Göld, sunst nix. Und wenn d'wos onders machst, bist draußn.«
Gwen sank in sich zusammen, starrte lethargisch ins Leere.
»Mir ist dein Geld egal – scheißegal!«, rief Jo, packte Gwen an den Schultern und rüttelte sie. »Ich nehm dich, wie du bist – nur leben musst du!«
Gwen heulte, den Kopf an seine Schulter gelehnt. Es bedurfte erneut einiger »Watschn«, um sie zum Aufstehen zu bewegen. Schluchzend erhob sie sich, setzte tastend einen Fuß vor den anderen, als müsse sie das Gehen neu lernen.

Auch wenn es diesmal hinab statt hinauf ging, war der Weg im tiefen Neuschnee mühsam. Jo zog Gwen wie ein widerspenstiges Kalb am kurzen Seil hinter sich her, musste alle zehn Schritte stehenbleiben, weil sie das Tempo nicht halten konnte. Auch in ihm war eine Müdigkeit, die ihn lähmte. Nur Gwen zuliebe kämpfte er dagegen an, sich in den Schnee sinken zu lassen und darin liegenzubleiben, bis die Kälte ihn von allem erlöste.

Bei 7200 Meter endete das Schulterplateau an einer abrupten Abbruchkante. Hier begannen die Fixseile, die zur Schwarzen Pyramide hinunterführten. Arne hatte bereits angedeutet, die Franzosen hätten zum Schluss die ganze

Wand verseilt. Immerhin würde ihnen diesmal die mühsame Kletterei wie die beim Abstieg von ihrer Rettungsaktion erspart bleiben – sie konnten sich stattdessen ohne große Angst vom Weg abzukommen fast 2000 Meter abseilen und auf eine kräfteschonende Weise rasch Tiefe gewinnen.
Die unerwartete Hoffnung auf einen vielleicht doch noch halbwegs glücklichen Ausgang ihrer Unternehmung wirkte auf Jo wie ein Kräfteschub. Er band Gwen mit dem Abseilachter ins Fixseil ein, das an einem mächtigen Firnanker befestigt war ein, schärfte ihr ein, sich nicht über die Traverse hinabzulassen, und machte sich auf den Weg. Mit leisem Surren glitt das Seil durch die Metallacht an seinem Gurt, knirschend bissen die Zacken der Steigeisen ins Eis, während er sich abließ und dabei in regelmäßigen Abständen mit den Füßen von der Wand abstieß. Gwen folgte langsam, machte immer wieder Pausen, schien den Anforderungen aber gewachsen. Bald hatte er das erste Steilstück hinter sich gelassen und musste nun seitlich traversieren, um zur Schwarzen Pyramide zu gelangen. Fast wäre er zu weit gefahren, erwischte nur mit Mühe das Querseil und hangelte sich hinüber. Endlich fester Stand – das Schlimmste war geschafft. Doch wo blieb Gwen? Das Querseil hing reglos – sie hatte es wohl verfehlt. Ihm blieb nichts anderes übrig – er musste zurück.

Als er sich zur Hälfte zurückgehangelt hatte, sah er sie auch schon – etwa zwanzig Meter unter ihm, hilflos im Seil pendelnd.
»Nimm die Seilklemme und steig auf!«, rief er ihr zu.
»I konn nit!«, rief sie mit dünner Stimme zurück. »I bin z'schwach!«
»Gwen – du musst heraufkommen – ich kann dich nicht ziehen!«
»I konn nit!«

Er überlegte, was für Alternativen es gab. Heraufziehen konnte er sie nicht – dazu hatte er weder die Kraft noch ausreichend Stand. Aber vielleicht gab es ja noch eine Möglichkeit…
Er hangelte sich am Traversierungsseil entlang, bis er sich direkt über ihr befand, schnürte das 40-Meter-Seil vom Rucksack los, warf Gwen das eine Ende zu und bat sie, sich daran festzubinden. Dann führte er das andere Ende durch den Sicherungskarabiner des Querseils und ließ sich ab. Als er

auf Zug war, sah er, wie es Gwen unter ihm anhob. Sie brauchte kaum nachzuhelfen, schwebte allein durch sein Gewicht nach oben – das Gewicht, das er gleich unter kräftezehrender Kletterei wieder nach oben befördern musste. Nachdem Gwen an der Querung angelangt war, machte er sich auf den Rückweg. Obwohl er den Pickel zu Hilfe nahm, um sich im Blankeis emporzuarbeiten, reichten seine Kräfte dazu kaum noch aus. Nach jedem Meter musste er innehalten, keuchend den Kopf ans blaue Eis gelehnt. Einmal rutschte er mit den Zacken der Steigeisen ab und wäre unweigerlich wieder bis zu seinem Ausgangspunkt zurückgekehrt, hätte Gwen das Seil nicht mit einer Rücklaufsperre gesichert.

»Kluges Mädchen«, lobte er sie, als er endlich oben ankam, doch Gwen war an der Wand lehnend eingenickt.

Im unteren Teil der Schwarzen Pyramide war es leichter – hier brauchten sie nur das Seil um den Arm zu schlagen, den Achter einhängen und hinunterfahren. Gwen folgte ihm in Rufweite, sodass er sie jederzeit warnen konnte, wenn eine Traversierung anstand oder gar ein Fixseil plötzlich ins Leere lief. Im Geist versuchte er sich die verschiedenen Stationen der Abstiegsroute in Erinnerung zu rufen – die glatte Platte mit dem Kaminriss, die ausgesetzte Kletterstelle, den Beginn eines neuen Quergangs, den Knoten im Seil, wo er halten und hinüber auf den vorspringenden Erker musste – nur nicht danebensteigen! Die Handgriffe erfolgten mechanisch und wie ferngesteuert. Irgendwann überkam ihn das befremdende Gefühl, gar nicht mehr in seinem Körper zu stecken*, sah sich aus der Vogelperspektive als armseliges Bündel Mensch an einem seidenen Faden gar schon gen Himmel entschweben. Lange sann er darüber nach, wer von beiden er war – der Hinauf- oder der Hinunterschwebende, bis ein schmerzhafter Aufprall seines Knies an einer Felskante beim Ablassen wieder Klarheit schaffte.

Am frühen Abend erreichten sie Camp II auf 6750 Meter. Drei noch intakte Franzosenzelte standen auf dem Areal des früheren Russenlagers, das von der Lawine fortgerissen worden war. Gwen schleppte sich mit letzter Kraft zu einem der Zelte, ließ sich hineinfallen und rührte sich nicht mehr. Die Franzosen hatten ihnen zu seiner großen Freude nicht nur zwei Gaskartuschen, sondern auch ihren restlichen Proviant dagelassen – darunter ein paar Konserven, Päckchensuppe, Energieriegel und Mineralpulver. Vielleicht konnte er Gwen und sich bis morgen soweit hochpäppeln, dass sie den Marsch ins Basislager in einem Ruck hinter sich brachten. Sie war allerdings nicht zu motivieren etwas zu sich zu nehmen – nur mit Mühe gelang es ihm, ihr mit Mineralpulver angereicherten Tee einzutrichtern. Sie delirierte wieder, sprach vom Hochland, das sie gesehen habe, nur ein Stück weit über dem Gipfel – so unfassbar schön! Lauter Kreise und Wirbel – das Leben ein Tanz um eine Mitte, um eine Mitte, in der alles zusammenfinde zu einem Ganzen, das es einmal gewesen war!

»Warum san ma denn die poar Schritt nit noch aufegangan – nocha wär ma jetzt schon lang daham!«

»Weil wir hier unten einiges verpasst hätten«, sagte er und versuchte allen Sarkasmus auszublenden, doch sie hörte ihn nicht mehr, schwebte vielleicht schon in den höheren Sphären, wo sich alle irdischen Kalamitäten verflüchtigten wie Rauch im Wind.

Aus dem Nichts

Es war kurz vor Mitternacht, als Jo von einem Geräusch erwachte. Es hörte sich an wie das Röcheln eines Asthmatikers kurz vor dem Ersticken. Dann raschelte es vor dem Zelt nebenan, als ob sich jemand am Reißverschluss zu schaffen machte. Jo knipste die Stirnlampe an und krabbelte hinaus, den Pickel in der Hand. Im diffusen Mondlicht konnte er eine Gestalt am Eingang des Nachbarzelts erkennen. Als er sie ableuchtete, kauerte sie sich erst nieder wie ein scheues Tier, wandte ihm dann langsam das Gesicht zu – oder das, was davon zu sehen war unter der tief in die Stirn gezogenen Wollmütze und dem struppigen und eisbehangenen Vollbart.

Immer noch sperrte sich etwas in Jo, das Naheliegende als wahr zu begreifen. Es konnte nicht sein – es konnte einfach nicht sein nach sechs Tagen in Sturm und Kälte ohne Zelt, ohne Essen und Trinken.

»Tom?«
Jo lief in Strumpfsocken über den Schnee zum Nachbarzelt hinüber, es war ihm egal.
»Tom!«
Unter dem Schein der Stirnlampe duckte sich die Gestalt erneut weg, doch in der einen Sekunde, in der das Licht auf sie fiel, hatte Jo in ein halb zerstörtes Gesicht geblickt, ausgezehrt, hohlwangig und mit blutunterlaufenen Augen, schwarzen Frostbeulen auf der Nase und den Wangen.
»Tom!«
»Woll. I bii's.«
Es war mehr Krächzen als Stimme, aber es war eindeutig Tom. Tom lebte, hatte unter den widrigsten Bedingungen, die man sich vorstellen konnte, sechs Tage lebend überstanden.
Jo schwankte zwischen Heulen und Lachen und fiel Tom schließlich um den Hals.
Sie wiegten sich lange in den Armen, bis Jo merkte, dass Tom sich kaum noch auf den Beinen halten konnte. Rasch räumte er das zweite Zelt frei, bereitete Tom ein Lager und versorgte ihn mit Tee gemischt mit Mineralpulver. Toms Durst war noch größer als seine Erschöpfung und Jo kam mit dem Schneeschmelzen kaum hinterher. In den Pausen, wenn er gerade nicht trank, saß er apathisch da und stierte ausdruckslos vor sich hin.
Einmal fragte er mit rauer, krächzender Stimme: »Gwen?«
Jo deutete auf das Nachbarzelt und machte die Gebärde des Schlafens. Tom nickte ohne seinen starren Gesichtsausdruck zu ändern.
»Gipfel?«, fragte Jo.
Tom nickte.
Tom war also auf dem Gipfel gewesen. Dieser Hund! Es blieb Jo zwar ein Rätsel, wie sie sich verpasst haben konnten, aber sein Alleingang setzte dem Ganzen die Krone auf.
»Und wo warst du dann?«
Tom zuckte mit den Schultern, tat, als wolle er nicht darüber sprechen.
»Spalte?«
Tom nickte, krächzte dann kaum vernehmlich das Wort »Höhle«.

Mehr war nicht aus ihm herauszubringen. Jo half ihm, sich zu betten, deckte ihn zu und stellte ihm noch eine Flasche Tee ans Lager.

Sonntag, 30. August:
Seit einer Stunde wälze ich mich schlaflos auf meiner Matte, euphorisiert und aufgewühlt von der wunderbaren Auferstehung Toms. Die Freude darüber hebt mich aus dem Stimmungstief der letzten Tage, durchglüht mich und weckt die erstarrten Lebensgeister. Tom hat Blessuren davongetragen und ist schwer gezeichnet – aber er lebt. Es ist schier unbegreiflich – fünf Tage in einer Eishöhle knapp unterhalb der Todeszone des K2 verkrochen, nur Schnee gefressen und dann noch aus eigener Kraft zweitausend Meter abgestiegen! Ein Stoff für einen Film, ein Drama, vergleichbar mit Reinhold Messners Gewaltmarsch am Nanga Parbat über die Rupalwand und Diamirflanke oder Joe Simpsons Überlebenskampf am Siula Grande*.*
Noch unheimlicher und verwirrender mutet es an, dass Gwen mit ihrer Prophezeiung richtig lag, obwohl die Chancen dafür genauso minimal waren wie die Überlebenschancen von Tom – nämlich fast null. Muss ich mein umgestürztes Weltbild erneut revolutionieren und wieder an Dinge glauben, die mir die zermürbende Anfahrt und der nicht weniger desillusionierende Kampf am Berg ausgetrieben haben? Bleibt mir das Hochland nur deshalb verschlossen, weil ich mich ihm versperre?

Als Jo am nächsten Morgen gegen neun Uhr erwachte, fühlte er sich zerschlagen wie nach einem Gelage – sein Kopf wummerte, sein Atem ging rasselnd und sein Körpers sandte bei der geringsten Bewegung pulsierende Schmerzsignale. Doch für Regeneration blieb keine Zeit. Das Wetter hatte sich erneut eingetrübt und sie mussten sehen, dass sie das Basislager erreichten, bevor das nächste Monsuntief eintraf. Gwen war kaum wachzukriegen, flehte ihn an, sie doch noch ein Stündchen liegen zu lassen. Tom zeigte sich nicht viel kooperativer und fertigte ihn mit einem mit brüchiger Stimme gemurmelten »Laoss br doch ming Rüah!« ab. Also machte er sich erst einmal daran, Schnee zu schmelzen und so etwas wie Frühstück vorzubereiten, schluckte eine Handvoll Schmerztabletten und mischte das letzte verbliebene Aufputschmittel ins Teewasser.

Zwei Stunden später waren sie endlich abmarschbereit. Tom, der immer noch weggetreten wirkte und sich aufgrund mehrerer erfrorener Zehen nur hinkend fortbewegen konnte, nahmen sie in die Mitte, Gwen, die ebenfalls über Schmerzen in den Füßen klagte, bildete die Vorhut. Sie war immerhin soweit wieder hergestellt, dass Jo ihr zutraute, die Führung beim Abstieg, den sie ja bereits zweimal hinter sich gebracht hatten, zu übernehmen. In dem vor ihnen liegenden Mixed-Gelände mit abschüssigen Passagen auf Fels und Eisuntergrund und einigen mit Fixseilen und Leitern versehenen Kletterpassagen – darunter dem House-Kamin – war höchste Vorsicht angesagt – ein Fehltritt konnte die gesamte Gruppe in den Abgrund reißen.

Die andere Frage war, wie weit ihre Kräfte noch reichen würden, denn eigentlich befanden sie sich alle Drei von der physischen Konstitution her längst im roten Bereich, wo ihre Körper von der eigenen Substanz zehrten, um irgendwann unter der Auszehrung zu kollabieren. Tom hatte dieses Stadium schon längst erreicht, und es war wohl nur seiner mentalen Stärke zu verdanken, dass es noch nicht geschehen war. Die bloße Willenskraft hielt seinen eigentlich schon gar nicht mehr funktionsfähigen Organismus zusammen und holte mehr an Reserven aus ihm heraus, als er besaß. Jo selbst befand sich wohl noch nicht in dieser »Twilight-Zone*«, bezog seine Resilienz allein aus dem unbedingten Willen, die ihm als einzigem noch halbwegs »funktionierenden« Expeditionsteilnehmer anvertrauten havarierten Gefährten heil hinabzubringen.

Sie hatten sich gerade über den House-Kamin abgeseilt, als sie unter sich Stimmen hörten. In dem Nebel, der aufgezogen war, konnten sie lange nichts erkennen, doch als es kurz aufriss, machte Jo acht Leute mit schwerem Gepäck aus, darunter Arne, Roy, Bo und Ellen – den Rest der Truppe kannte er nicht. Schon von weitem hörte er Roys Bariton: »Who the fuck is coming down there?«
Als Roy sie beim Näherkommen erkannte, überschlug sich seine Stimme:
»Gwen, Tom, Jo!«
Die anderen stimmten in sein Hurra-Gebrüll mit ein.

Ellen konnte es nicht fassen, als sie sich gegenüberstanden, tastete Jo's und Gwens Gesicht mit den Händen ab, als ob sie prüfen wollte, ob sie nicht einem Spuk aufsitze.
Es sei ein bisschen wie Lazarus von den Toten auferstanden, meinte sie, und das im Dreierpack. Gruslig, wenn man es genau nehme.
»How did you survive, God damn it – wie habt ihr das bloß überlebt, verdammt nochmal?«, wunderte sich nun auch Roy.
Jo schüttelte den Kopf.
»Frag lieber nicht. Wahrscheinlich waren wir einfach zu kaputt um zu sterben.«

Man hatte sie schon aufgegeben. Kein Mensch könne sechs Tage Schneesturm mit Geschwindigkeiten bis zu 200 Stundenkilometern auf 7300 Metern Höhe bei minus 35 Grad lebend überstehen, war die einhellige Meinung aller – zumal ungewiss war, ob sie das Lager III überhaupt erreicht hatten. Frau Ebeling, die mit ihrem Tross in einem eigenen Camp in der Nähe des Basislagers residierte, hatte bereits Trauerbeflaggung angeordnet; der Suchtrupp sollte nur noch die sterblichen Überreste, falls auffindbar, bergen und ins Tal befördern.
»Jetzt hobt's as g'fundn, unsre sterblichen Überrest«, krächzte Gwen, die sich kaum noch auf den Beinen halten konnte, »also sackt's uns endlich eina!«

Die vier Sanitäter des Kärntner Alpenvereins bauten den eigentlich zur Leichenbergung mitgeführten Rettungsschlitten zusammen und legten den kurz vor dem endgültigen Kollaps befindlichen Tom nach einer notärztlichen Erstversorgung in einem Fellsack in die Wanne des Schlittens. Gwen und Jo bekamen Injektionen zur Kreislaufstabilisierung und isotonische Getränke. Nach einer halben Stunde Pause ging es Gwen tatsächlich besser, doch sie bedauerte, dass es nur einen Schlitten gebe und sie keine Lust mehr auf einen langen »Haatsch« habe, worauf einer der Sanis ihr anbot, sie auf dem Rücken zu tragen, sobald es das Gelände zuließ.
Sie waren gerade abmarschbereit, als das Basislager sich per Funk meldete. Es war Gritt, die sich über den neuesten Stand der Dinge informieren ließ. Der

Jubel der im Pressezelt versammelten Mannschaft des Ebeling-Teams über die Wiederauferstehung der Drei übertraf den am Gipfel noch bei weitem.
Dann herrschte dort eine Weile Schweigen. Nur Gritts Schluchzen drang scheppernd aus den Lautsprechern.
»Mir ham schon g'maant, ihr wärts obkratzt«, gestand Gritt ihrer Schwester, nachdem sie sich wieder gefangen hatte. »Seit fümf Tog hab i so gut wie nit g'schlofn oda gessn. Ohne di und die zwaa Buabn hob i nimma weiterlebn wolln.«
Erneutes Schweigen.
»Oba i hob bet' fia eich«, sagte Gritt nach einer Weile. »I hob bet', dass a Wunda g'schieht.«
»Danke«, sagte Gwen. »I woar am End sogar zum Betn z'schwach. Oba i hob gspiart, dass ihr do untn auf mi wart's. Und des hot ma die Kraft gebn oba z'steign. Des und da Jo, der nit locker lassn hot.«
»Ja wia jetz des?«
»A poar Watschn hot a ma gebn, dass g'scheppert hot. Und ong'schrien hot a mi zum Fiarchtn!«
»Dea hot schnell g'learnt vo dir«, kicherte Gritt. »Oba hoarch, do mecht dir no jemand was sogn.«
»Frau Ebeling?«, tönte eine sonore Stimme mit leicht kärntnerischem Akzent aus dem Funkgerät. »Hier ist die K2-Basislager-PR-Zentrale. Sie sprechen mit Karl Probatschnik, zweiter Vorsitzender des österreichischen Alpenvereins. Sie sind über Sky-Network live weltweit zu hören!«
Gwen zog eine Flunsch und rollte mit den Augen, trällerte dann aber mit Falsetto-Stimme: »Servus, Koarl! Du dearfst mi Gwen nennan!«
Herr Probatschnik ignorierte die Weisung.
»Frau Ebeling – ich darf Ihnen und Ihrem Team auch im Namen Österreichs und der internationalen Bergsteigerelite zu dem grandiosen Gipfelerfolg gratulieren. Sie sind die bisher jüngste Besteigerin des K2 und das auf der erst einmal durchstiegenen Südwand und dürfen sich und Ihre Teamkollegen ab sofort zu den Top-Mountaineers weltweit zählen!«
»Donk der scheen, Koarl«, trällerte Gwen laut in das Gerät, um das Hintergrundrauschen zu übertönen, »aber noch sama nit druntn! Woart mit deine

Glückwünsch noch a bissl – im Basislager kannst ma nocha an Spritza ausgebn!«
Herr Probatschnik ging nicht weiter darauf ein und wollte wissen, wie Gwen sich ihre weitere bergsteigerische Karriere vorstelle.
Gwen lachte.
»Also, wie g'sogt, erst amol miass ma heil obakumman, nocha bin i fia's erste schon z'friedn. Und wos mei »Bergsteigerkarriere« ongeht, Koarl, konnst ma'n Buckl oberutschn. Der Krampn hot ma fia mein Lebtog g'reicht!«
Aus dem Gerät drang Krächzen.
»Koarl? Bist du noch dran?«
Es herrschte Funkstille. Die Verbindung war offenbar abgebrochen.

Jo grinste.
»Für eine Mediendiva sollten Sie sich dringend feinere Umgangsformen zulegen, Frau Ebeling! Vor allem, wenn Sie sich über Skynet an ein Millionenpublikum wenden!«
»Du Aff – jetz fangst du aa noch on! »Gratulation im Namen der Bergsteigerelite!« Die wer'n uns fia varruckt hoitn. Und wenn ma's g'nau nimmt, sama's aa.«
Jo gab ihr Recht, fürchtete nur, dass sie den Medienzirkus* trotzdem über sich ergehen lassen mussten.

Nachdem sie die Kletterstellen hinter sich gelassen hatten, setzte sich die merkwürdige Karawane in Richtung Basislager in Bewegung – Tom im Schlitten gezogen und gehalten von zwei Sanitätern, Gwen Huckepack auf dem Rücken eines weiteren, der sich seinerseits auf den Schultern eines Vorausgehenden abstützte. Jo informierte Roy und die Schweden in aller Kürze über die Ereignisse nach Erreichen des Gipfels. Roy schüttelte mehrfach den Kopf und meinte, dass ihnen die Story kein Mensch abnehmen würde, sie sollten sich am besten gleich eine neue ausdenken. Selbst der sonst nicht so leicht aus der Ruhe zu bringende Arne war fassungslos und wollte wissen, ob sie mit Gott oder dem Teufel im Bund seien.
Jo meinte, wahrscheinlich mit beiden.

»Ihr habt auf jeden Fall ein neues Kapitel in der Besteigungsgeschichte des K2 geschrieben«, meinte Arne. »Ein 22-jähriges Mädchen ohne Vorerfahrung an Achttausendern durchsteigt mit zwei 24-jährigen Allgäuer Bergführern die Südwand über eine Route, die sich selbst ein Reinhold Messner nicht zutraute!«

Roy nickte.

»And they sit out a six-day-snowstorm in the death-zone drinking Malt-Whisky and trying to find out who is responsible for the mess in this fucking universe – und sie sitzen einen sechstägigen Schneesturm aus und trinken Malt-Whisky in der Todeszone um herauszufinden, wer schuld an diesem verkorksten Universum ist!«

Im Basislager (5)

Sechs Stunden später trafen sie im Basislager ein – nach über zwei Wochen in den Klauen des K2. Gwen und Tom waren, soweit es das Gelände erlaubte, vom Rettungsteam des Kärntner Alpenvereins befördert worden. Jo befand sich am Ende seiner Kräfte und hielt sich nur aus Trotz auf den Beinen, um sich keine Blöße zu geben. Roy hatte ihm gesteckt, dass ein ganzer Tross aus Medien-Fuzzis mit Sondererlaubnis des pakistanischen Ministeriums per Hubschrauber eingeflogen worden war. Und dieses ausgehungerte Pack würde nun über sie herfallen wie ein Rudel Wölfe über eine Herde Lämmer!

Ein paar hundert Meter oberhalb des Lagers fing sie eine Schar Paparazzi ab und begleitete sie das restliche Wegstück.

Wie sie das bloß überlebt hätten, wollte ein besonders unverfrorener Journalist wissen, der ihnen in kurzen Hosen und Turnschuhen bis zum Gletscherbruch entgegengelaufen war.

Indem sie nicht gestorben wären, antwortete Jo lakonisch. Der Journalist fand die Antwort so denkwürdig, dass er sie notierte.

»Was war das für ein Gefühl da oben auf dem Gipfel?«, fragte ein anderer, der sich ihnen als Michael Stüken, Sportreporter beim Weser-Kurier, vorstellte

und Gwen, die mittlerweile wieder einigermaßen regeniert war und auf eigenen Beinen ging, das Mikro vor die Nase hielt.
Gwen fasste sich kurz.
»Geil!«
»Können Sie das etwas präzisieren, Frau Ebeling?«
Die dämliche Frage reizte Gwens Spottlust und puschte sie kurzfristig aus ihrer Lethargie.
»Du willlst echt wissn, wie sich geil onfühlt?«
Der Reporter nickte.
»Stell da voa, i taat da'n Schwonz lutschn, Michi«, flüsterte Gwen ins Mikrofon.
Der Journalist wechselte die Gesichtsfarbe.
»Sie verarschen mich doch, oder?«
»Scheiß die Wand an, Piefke!«, fertigte Gwen ihn daraufhin mit schallendem Gelächter ab.
»Und Sie, Herr Schädler, was haben Sie den Bergfans in aller Welt mitzuteilen?«, wollte der Reporter von Sky Sport Austria von Jo wissen. »Wir sind auf Live-Schaltung vor einem Millionen-Publikum!«
Auch Jo hatte keine Lust für lange Erklärungen und versuchte, die Sache auf den Punkt zu bringen.
»Der K2 hat uns fast den Arsch aufgerissen.«
»Wieso?«
»Schauen Sie sich Tom an, der fünf Tage im Sturm in einer Eishöhle bei minus 30 Grad Schnee gefressen und seine eigene Pisse getrunken hat, dann wissen Sie, was der englische Begriff »frostbites« bedeutet.«
Der Reporter stellte keine weiteren Fragen, aber sein Foto vom schwer gezeichneten Tom ging um die Welt, und die von ihm verfasste Story dazu war eine Woche später der Aufmacher in diversen österreichischen und deutschen Illustrierten. Ihren Einmarsch ins Basislager konnte man am nächsten Tag in der Filmversion in allen Nachrichtensendungen rund um die Welt sehen; Gwens schnoddrige Replik an den Reporter wurde zum Renner in den »social medias«.

Es gab auch seriösere Gespräche. Eine Volontärin im Auftrag des ZEIT-Magazins mit dem klingenden Namen Malina Maiglögg fragte Jo geradeheraus, was er mitnehme von der Tour.
»Eine Frostbeule an der rechten Pobacke, ein paar taube Zehen, Hüftschmerzen und müde Knochen«, antwortete Jo trocken.
Malina stimmte ein silberhelles Lachen an, das ihn entwaffnete. Als sie ihn fragte, ob nicht auch etwas von Wert bleibe, antwortetet er, ja, eine Erkenntnis sei geblieben, nämlich eine gesunde Ernüchterung gegenüber dem Streben der Menschen, sich über ihre naturgegebenen Grenzen zu erheben.
Ob sie das abdrucken dürfe? fragte Malina.
Ja, erwiderte er. Und sie dürfe auch schreiben, dass er die gute Absicht der Presse durchaus zu schätzen wisse bei den Versuchen, ihre »Heldentaten« in der Öffentlichkeit publik zu machen. Leider habe er dabei das diffuse Gefühl, dabei werde mehr Schaden angerichtet als Gutes daraus entstehe. Junge unerfahrene Menschen würden womöglich angestiftet, denselben Fehler wie sie zu begehen und die Sterne vom Himmel holen, anstatt zu ihnen aufzublicken und sie zum Navigieren zu benutzen. Ein Himmel ohne Sterne aber sei ein trostloser Anblick.

Für kurze Zeit waren sie tatsächlich das, was sie – oder zumindest Jo und Tom – hatten vermeiden wollen: Berühmtheiten. Das ganze Ausmaß des Hypes, den man um sie veranstaltete, wurde Jo erst viel später klar, als er sich durch die Unzahl von Presseberichten in Zeitungen und Illustrierten aus dem In- und Ausland arbeitete, die seine Mutter über ihre Unternehmung gesammelt hatte. In der ersten Septemberwoche dieses Jahres gab es kaum eine Tageszeitung, wo ihr Foto nicht im überregionalen Teil, manchmal sogar auf der Titelseite prangte, kaum eine Illustrierte, die ihnen nicht wenigstens einen Artikel, meist aber eine Fotostory widmete. Mit Schlagzeilen wie »Die neuen Wilden der Berge«, »Oberstdorfer Kletterduo mischt die Alpinisten-Szene auf«, »Im Handstreich durch die Südwand auf den K2« und »Allgäuer-Kärntner-Heldentrio setzt neue Maßstäbe am K2« wurden sie zu fragwürdigen Ikonen stilisiert. Fast mit Erleichterung konstatierte Jo, dass sich mit zunehmendem Abstand vom Geschehen auch immer mehr kritische

Kommentare in die Berichterstattung mischten, darunter von namhaften Alpinisten wie Reinhold Messner, Hans Kammerlander, Kurt Diemberger, Simone Moro, Ralf Dujmovitz und anderen, die ihnen Leichtsinn und sogar Fahrlässigkeit unterstellten und ihre Unternehmung als ein abschreckendes Beispiel ansahen, das auf keinen Fall Nachahmung finden dürfe. Damit konnte Jo sich schon eher identifizieren, war dann aber doch froh und erstaunt zugleich, wie rasch der ganze Hype abebbte. Keine drei Wochen vermochten sie das Medieninteresse wachzuhalten, dann verschwanden sie aus dem Rampenlicht der Öffentlichkeit fast so schnell wie sie hineingeraten waren.

Im Moment ihrer Ankunft im Basislager hatte Jo von alledem noch keine Ahnung und nahm den Wirbel, der um sie veranstaltet wurde, nur am Rande wahr wie etwas, was in Wirklichkeit gar nicht ihm galt, obwohl er, nachdem Gwen und Tom ins Ebelingsche Sanitätszelt verfrachtet worden waren, im Mittelpunkt des Interesses stand und sich der vielen Fragen kaum erwehren konnte. Einiges schien im Vorfeld bereits an die Medien weitergereicht worden zu sein, denn ein Journalist erkundigte sich, welchen leistunssteigernden Präparaten sie ihren Erfolg zu verdanken hätten, ein anderer bot eine hohe Summe Geld für Toms Foto der barbusig sonnenbadenden Gwen auf 6700 Metern (das eine Woche später die Titelseite der Illustrierten »BUNTE« zierte), ein dritter wusste gar von Jo's Heiratsantrag an Gwen und versuchte herauszufinden, wo und wann die Feierlichkeiten stattfinden würden. Zum Glück konnte er sich auf den Vertrag mit Frau Ebeling berufen, wonach alle Rechte der Vermarktung ihrer Unternehmung dem Konzern oblagen und er ohne Weisung keine Auskünfte erteilen durfte.

Wie er später von Gritt erfuhr, lief in dem provisorisch eingerichteten PR-Büro schon seit einigen Tagen das Satellitentelephon heiß. Mehrere Illustrierte schacherten mit dem Ebeling-Konzern um Exklusivverträge zum Abdruck ihrer Geschichte noch bevor sie zu Ende war; eine Agentur fragte wegen der Verfilmungsrechte an, und ein namhaften Buchverlag versuchte sich die Rechte an der Story zu sichern.

Roy war es, der Jo schließlich erst einmal ins Küchenzelt, das die vor drei Tagen abgereisten Franzosen freundlicherweise stehen gelassen hatten, in Sicherheit brachte, indem er das Reportervolk lautstark abwimmelte und Jo zum Gesundheitscheck ins Krankenquartier schickte. Nachdem man dort seine Frostbeulen verarztet und ihm eine Elektrolyt-Infusion verpasst hatte, entließ man ihn ins Franzosenzelt, wo Ellen ihn mit Glühwein und Gebäck aufpäppelte.

»You're in a frightening good shape – deine Kondition ist geradezu furchterregend, Jo!«, lobte Roy. »Is that due to the Highland-Breeze you sniffed up there – ist das wegen der Hochland-Luft da oben?«

Jo lächelte schwach und erwiderte, er habe bei seinem Kampf mit dem Berg unzählige Male ans Aufgeben gedacht und sei mehrmals kurz davor gestanden, vor lauter Schwäche einfach liegen zu bleiben.

»So what kept you going in the end – was hat dich weitergetrieben?«, hakte Roy nach.

Jo zögerte lange, bevor er leise sagte: »Gwen.«

Roy lachte herzhaft.

»Das ewig Weibliche zieht uns hinan* – just follow the scent of a cunt*!«

»Gleichwie«, intervenierte Arne etwas betreten, »ihr habt es als einzige geschafft – noch dazu auf der schwersten Route!«

»Wir hatten Glück mit dem Wetter, ihr nicht, das ist alles. Aber wir waren ja auch für euch oben.«

Arne nickte.

»Und das Hochland? Habt ihr es gefunden?«

Jo seufzte.

»Ich glaube, wir waren nicht hoch genug.«

Arne lächelte.

»Du hast sicher ein Stück davon mitgenommen. Aber das merkst du erst später.«

»Meinst du wirklich?«

Nach dem Abendessen erschien Gritt im Franzosenzelt – trotz des ausdrücklichen Verbots ihrer Mama, wie sie betonte.

Gritt drückte Jo mit Tränen in den Augen an sich.

»Was host'n mit'm Gwennerl g'macht?«
An Gwens Füßen waren schwere Frostschäden diagnostiziert worden. Es bestand sogar Gefahr, dass einige Zehen amputiert werden mussten. Für morgen war ein Armeehubschrauber aus Gilgit bestellt, der Gwen und Tom nach Skardu bringen sollte.
Jo merkte kleinlaut an, dass Gwen nie über Schmerzen geklagt habe, nur einmal über kalte Füße.
Gritt lachte bitter.
»Kaa Wunder – sie woa ja vollpumpt mit Dope!«
Jo bedauerte, anders habe er sie nicht mobilisieren können.
»Desweng is die Mama aa so ongfressn. Drogen am Bearg. Des is Beschiss!«
Jo zuckte mit den Schultern.
»Das machen doch fast alle*!«
»Oba noch mehr vagrätzt is sie, weil des mit der Filmerei nit hing'haut hat. Olso die Sach mit da Sandie, und dass da Roy nit mit eich gongan is. Es gibt so guat wia kaa Filmmaterial von eira Südwand-Durchquerung, des homa grad von da Gwen erfoahrn.«
»Ist das so schlimm?«
Gritt nickte bedrückt.
»Da Film woar die geplante Hauptattraktion, wo die ganzn Sponsorn sich hättn präsentiern kennan. Jetzt springan die vielleicht olle ab und d'Mama hot Ongst, dass sie auf an Bearg Schulden hockn bleibt. Konn sein, dass da auf eich noch wos zukummt.«
Roy wollte von Gritt wissen, wie sich ihre Mama die filmische »Vermarktung« einer Expedition in der schwierigsten Route am schwierigsten Berg der Erde vorstelle, bei der man existentiellen Gefahren wie Lawinen, Steinschlag, Sauerstoffmangel, Dehydrierung, Auszehrung, und vor allem extremen klimatischen Bedingungen wie arktische Kälte und Jet-Streams ausgesetzt sei? An der Grenze zwischen Leben und Tod habe man für derlei Schnickschnack weder die Nerven noch die Muße!
Gritt blieb unbeirrt.
»Bei andern Expeditionen is des doch aa gongan – schaut's eich bloß die Pasaban* an. Und wos den »Schnickschnack« ongeht – wenn ma solche varruckte

Sochn mocht, is des meistens auf a Medienspektakl hin ausg'richtet!«
»Das war, wie du weißt, aber nie unsere Absicht«, wandte Jo ein.
»Oba die von der Mama. Und mit der hobt's ihr an Vertrag untaschriebn.«
»Gilt der denn noch?«
»Freilich, und da kummt ihr aa nit aussa.«
»Und was ist mit Gwen?«
»›Kontaktsperre‹ hot die Mama ongordnet.«
»Darf ich sie wenigstens nochmal sehen, bevor sie abfliegt?«
Gritt schnaufte tief durch.
»I waaß, du konnst ja eigntlich nix dafür, Jo. I waaß, du woarst ollweil dagegn, dass s'Gwennerl mit auf'n Bearg geht und goar noch durch die Südwand. I wear seng, wos i für di tuan konn!«

Gritt handelte bei ihrer Mama eine halbe Stunde Besuchszeit heraus, wenn Jo bis morgen einen detaillierten Expeditionsbericht ablieferte. Barbara ließ aber ausrichten, er solle sich ja keine Hoffnung auf ihre Tochter machen. Gwendolyn würde mal einen »vernünftigen« Mann heiraten, keinen größenwahnsinnigen Hasardeur.
»Danke fürs Gespräch«, sagte Jo.
Gritt zwinkerte mit einem Auge.
»Des maant die Mama nit so. Und selbst wenn – sie hot die Rechnung ohne's Gwennerl g'mocht. Der is no kaaner Herr woardn, wenn's nit wolln hot.«
»Ich weiß«, seufzte Jo.
Gritt lachte.
»Du kenntast aan grod leid tuan – drobn beitelt di da Bearg, untn die Weiber*!«

Gwen war in einem abgetrennten Bereich innerhalb von Frau Ebelings Kommandozentrale untergebracht. Der Stationsarzt führte ihn herein und ermahnte ihn eindringlich, Gwen ja nicht in Aufregung zu versetzen, verweigerte ihm aber jede Auskunft über Gwens Zustand.
Sie hing am Tropf und sah auf dem weißen Kissen mit ihren wie ein Strahlenfächer um ihren Kopf herum drapierten Haaren, dem wettergegerbten, sonnenverbrannten Gesicht, den aufgesprungenen Lippen und den hohlen

Wangen furchterregend aus. Doch ihre Augen hatten den alten Glanz wieder zurückgewonnen und funkelten ihn an.
»He Spatzl«, begrüßte sie ihn mit rauer Stimme, »scheen, dass du aa noch amol kummst!«
Er drückte ihr einen Kuss auf die Lippen und wies auf die über sie verhängte Kontaktsperre hin.
»Des is typisch Mama«, schimpfte Gwen, »immer olls glei aufbauschn.«
»Sorry«, sagte er, »von deinen erfrorenen Zehen wusste ich nichts.«
»I aa nit. I hob's erst g'seng, wie's ma d'Schuah auszogn hom. Oba die wearn schon wieda. Viel schlimmer is, dass i bei da Gipflfeier nit dabei bin.«
Jo lächelte matt.
»Wenn das deine ganzen Sorgen sind! Tom wird auch nicht dabei sein. Und ich – ich weiß nicht, mir ist eigentlich gar nicht nach Feiern zumute. Mir hat der Rummel da draußen schon gereicht.«
Gwen grinste.
»Sie san jetz a Berühmtheit, Herr Schädler, ob's Ihnan passt oder nit!«
»Davon kann ich mir auch nichts kaufen«, murrte er.
Sie schüttelte den Kopf.
»Oba holla! Waaßt du, wos die Mama schon an Vorverträg obgschlossn hot? Davon kemma uns a Luxusvilla in Portofino oder Saint Tropez kaufn!«
»Lieber in Oberstdorf.«
»Von mir aus aa im Allgei, wo immer des is!«
Er lächelte.
»Ich bin gespannt, was deine Mama dazu sagt.«
»Des is ma wurscht.«
Jo hob die rechte Hand.
»Ich schwöre dir ewige Treue, Gwendolin, schönstes aller Menschenkinder, Wildeste der Wilden, Kletterass und Hüterin des Hochlands!«
Gwen grinste.
»Spruchbeitl!«
Sie hob das Teeglas auf der Konsole neben ihrem Bett.
»Und jetzt trink i drauf, dass ma heil runtakumman san! Rosenlippenmädl – «
» – leichtfüßige Jungs!«

Toms Geschichte

Tom lag ein Zelt weiter – ebenfalls an Tropf und Monitor – wirkte noch etwas angeschlagen, hatte schon wieder den Schalk in den Augen. Die Frostbeulen in seinem Gesicht waren dick mit Paste überschmiert, die Finger der einen Hand und beide Füße mit Mullbinden umwickelt. Im Beisein von Gritt und Bertl Zapperoni, Sportredakteur der »Kleinen Zeitung« in Klagenfurt, der zum engeren Team von Barbara Ebeling gehörte und auf seinem Audio-Rekorder alles mitschnitt, erzählte Tom die Geschichte seiner fünftägigen »Auszeit«, beginnend mit dem Morgen, als Gwen und Jo ohne Tom zum Gipfel aufbrachen. Gritt, Roy und Arne waren ebenfalls zugegen.

»A deam Moarge bin i uifach it uff d'Fiaß kumme«, begann Tom seinen Bericht. »Dao haot's br bigott an Lumpe g'freasse*.«
Kein Wunder nach seiner Heldentat am Sperrriegel, meinte Jo. Im Alleingang mit lädiertem Knie einen Überhang auf 8000 Metern Höhe im sechsten Schwierigkeitsgrad hinaufzuturnen und nebenher noch Fixseile zu legen – das solle ihm erst mal jemand nachmachen!
»Du haosch es voarg'macht, bis de g'flooge bisch!«, grinste Tom und erzählte weiter, zwei Stunden später sei er dann doch noch zum Gipfel aufgebrochen und ihrer Spur gefolgt – nicht ganz ohne schlechtes Gewissen, weil er Jo die Spurarbeit überließ.
»Dees haot dr gwiiß de Gischbl gnaome*«, vermutete Tom.
Jo bestätigte, dass er sich selten so geschunden habe wie beim Kampf durch die Neuschneemassen am Gipfelhang des K2. Ein Dutzend Mal sei er hart am Aufgeben gewesen. Ohne Gwen, die mindestens ein Drittel der Spurarbeit geleiste habe, hätte er es nie geschafft.
Tom schüttelte den Kopf.
»Dia Fehl isch trooge diige*! Giib nu Oobacht, Jo – dia wiard dr noo d'Schneid abköüfe!«
Gritt kicherte.
»Des hot sie ihm doch schon längst – host du noch nix von seim Heiratsontrag am Gipfl g'heart?«

Tom grinste.
»Isch dees bätsch* waohr?«
Jo zuckte mit den Schultern.
»Dees kasch vrgeasse. Gwen müaß d'Fiarma hiere, it mii.«
»Obwoartn!«, lachte Gritt. »Am End is sie der Mama noch immer Herr woarn!«

Tom fuhr fort, wie zur Strafe seien am Gipfelhang plötzlich die Schneemassen über ihm ins Rutschen gekommen. Zum Glück konnte er sich gerade noch rechtzeitig in Sicherheit bringen, doch die Spur fand er von da an nicht mehr wieder, auch weil Nebel aufzog und Graupelschauer einsetzte.
»I hao naoch uib gschruie wia a Joochgaier*, aber dir händ dao domma ja namas Besser's z'Dind g'het*!«
Tom fuhr fort, ihm sei nichts weiter übrig geblieben, als sich weiter hinaufzuwühlen und zu hoffen, am Gipfel auf sie zu treffen.
»I hao g'heerig an Vrlitt g'hett*. Z'letscht wär br fascht dr Blaoscht üüsgaonge.* I hao baofet wia a Kämmatloo* und all Henneschiss Eecha tuu miasse*, bis i z'letscht uff deam gääche* Kooge g'schtaonde bi und ming Name i de Schnea g'saicht hao.«
»Du buxena* Siach, du«, kommentierte Jo, »i glöüb, dii müass ba g'schtoarbena noo vrschlaage*!«

Da er am Gipfel außer ihren Wimpeln nichts sah, fuhr Tom fort, trat er nach kurzer Rast den Rückweg an, während das Wetter immer ungemütlicher wurde. Im Schneetreiben verlor er bald seine eigene Spur und tappte wie blind durch die Gegend. Zweimal stand er hart am Rand eines Abgrunds, musste wieder hinaufsteigen und stellte nach zwei Stunden fest, dass er sich immer noch auf 8400 Metern befand. Das Schneetreiben war inzwischen zum Schneesturm geworden.
»Tom, haon i g'seit, iatz derfsch früeteg* a Plätzle zum Grüebe* finde, wenn de uss dea G'schicht noo leabeg rüüskumme witt!«
In seiner Not ließ er sich an einer Pickelsicherung in eine Gletscherspalte hinab, über die er unversehens gestolpert war, fand in etwa vier Metern Tiefe

eine kleine Höhle vor, gerade ausreichend, um sein Lager darin aufzuschlagen.
»Hett i g'wisst, dass i fümf Tääg dao dinn bliebe müeß – i wär gäälings de Graot naagjuckt*!«

Die erste Nacht überstand er, in der Biwakhülle und im Schlafsack vor der schlimmsten Kälte geschützt, noch halbwegs gut. Am nächsten Morgen verzehrte er die Proviantreste, trank die letzten paar Schluck Tee aus der Thermosflasche und kletterte dann die Spalte hinauf, um einen Abstiegsversuch zu wagen. Als ihm der Jet-Stream erst die Mütze vom Kopf riss und dann den Boden unter den Füßen wegzog, ließ er sich unverrichteter Dinge wieder in sein Loch hinab und beschloss, dort das Ende des Sturms abzuwarten. Den Tag verbrachte er vor Kälte zitternd in Schlaf- und Biwaksack vergraben.
»G'froare haottes be wia an Gitterlesschießar*! Und am End hao'n i's öü numma vrflacke kinne. I wär belder liabr vrfroore, as i deam Loo z'vrgroode*.«
Er versuchte sich indessen die Zeit zu vertreiben, indem er die Tour noch einmal in Gedanken an sich vorbeiziehen ließ. Zu seinem Verdruss musste er feststellen, dass sein Gedächtnis ihm dabei offenbar Streiche spielte.
Das ging schon beim Aufbruch los: Waren sie in Oberstdorf im Kurpark oder am Marktplatz gestartet? Hatte der zweite Bürgermeister wirklich eine Krawatte mit dem Wappen von Oberstdorf getragen? Und wieso wählten sie die Route über das Hahntennjoch? War das eine Schnapsidee von Jo gewesen?
»Vu dir«, flocht Jo ein, doch Tom glaubte ihm nicht und zählte weitere Ungereimtheiten auf. Hatte die Blaskapelle in Heiligenblut zum Abschied wirklich den Königgrätzer Marsch gespielt? Ausgerechnet den Königgrätzer, wo die Österreicher an diesem Ort doch die Schlacht gegen die Preußen verloren hatten, und der Marsch noch dazu von einem Militärmusiker namens Piefke komponiert worden war*!
Am zweiten Tag, während es oben immer noch stürmte und er in seiner Höhle unten an Kälte, Hunger und Durst litt, fielen ihm noch ganz andere Merkwürdigkeiten auf. Warum traten die Mädchen, die sie auf der Anreise kennenlernten, immer paarweise in Erscheinung? Gritt und Gwen, Isa und Alexa, Banu und Idil – eine hübscher als die andere – das grenzte doch an

Vorsehung! Und immer hatte er die Kleinere von beiden abbekommen, was er im Nachhinein als ungerecht empfand, vor allem, weil er schon daheim und in der Schule deswegen gehänselt worden war.

»I bi allat dr klei Krottar* gwea!«, jammerte Tom, als sei er im Irrgarten seiner Erinnerungen gefangen.

»Öü kleine Lit kinnet an groaße Schatte wearfe«, versuchte Jo ihn aufzubauen.

»Klei, aber wehrle*!«

Gritt tröstete ihn damit, dass er mit einem entscheidenden Körperteil doch mit ganz imposanter Größe auftrumpfen könne. Tom jedoch hörte gar nicht mehr, war bereits beim dritten Tag angelangt, wo er sich zu wundern begann über den seltsamen Hochland-Virus, mit dem Jo die Mädchen der Reihe nach infizierte, sodass sie ihnen wie dressierte Hündchen folgten. Unheimlich und fast abartig kam es ihm vor, wie ein aus Jux und Übermut erfundener Begriff* Gestalt annahm und fast dämonische Kräfte entfesselte!

Er fing dann an Schnee zu essen, obwohl es den Durst nur verschlimmerte, pinkelte einmal sogar in den Schnee, bevor er ihn aß, nur um einen anderen Geschmack zu bekommen, doch das endete in Brechanfällen.

»I hao Breckle g'lachet*, bis br's Lache vrgange isch!«

Am vierten Tag beschäftigte ihn eine andere Ungereimtheit. Wieso war Jo als Hochländer ein Ündermäärtar*, die bekanntlich beim Wettstreit zwischen den zwei Ortshälften meist den Kürzeren zogen? Ob im Wettpinkeln oder beim Mädelausspannen – so gut wie immer waren die Obermäärtar die Sieger und die Ündermäärtar schlechte Verlierer, die billige Rache übten, indem sie beim Obermäärtar-Fasnachtsball die Stiefel der Mädchen in der Garderobe vollkotzten, bei den Bundesjugendspielen ihre Höschen aus der Umkleide klauten oder beim Landschulausflug Weißlacker in den Heizungsverdunster im Schlafsaal stopften. Wie konnte aus so einer niederen Gesinnung eine so hochfliegende Idee wie die des Hochlands geboren werden?

Den fünften Tag delirierte er fast schon friedlich vor sich hin, fuhr Tom nach einer längeren Pause fort. Die Leute, denen sie auf ihrer Reise begegnet waren, vermischten sich zu einer gesichtslosen Masse und wurden genauso ununterscheidbar und austauschbar wie die Orte, die an ihm vorüberzogen. Die meiste Zeit schlief er, manchmal im Schnee liegend, ohne etwas dabei zu empfinden. Schnee und Kälte verloren allmählich ihren Schrecken, wurden Vertraute und Verbündete, sodass er die Höhle am liebsten gar nicht mehr verlassen hätte. Wären die Stimmen am sechsten Tag nicht gewesen, er läge heute noch darin.

»Welche Stimmen?«, fragte Gritt.

»Uimaol vum Guggi*, der be g'mahnet haot, es sei a Sind, so füül dao homma rumz'flacke, wao dahuim no soo viil Aarbat uff be waarte tei. Und naocha dia vum Jo. Dea isch uff uimal dao gschtaonde und haot g'muit, i sott raakumme, se teie dünd am Laager Drie uff be warte.«

Jo setzte Gritt und Bertl von Gwens parapsychologischem Experiment in Kenntnis, das seiner Zählung nach allerdings nicht am sechsten, sondern am zweiten Tag stattgefunden hatte.

Gritt schüttelte den Kopf.

»A bissl a Hex is' ollweil schon g'wesn, 's Gwennerl. Oba ollmählich wird's ma grod selba unheimlich. Schaug bloß, dass's di nit vahext, Jo!«

»Dees haot se doch schu lang«, grinste Tom, »lüeg bloaß, was dia mit deam Kerle aag'richt haot*!«

Als er am sechsten Tag den blauen Himmel über sich sah, brauchte er lange um sich aufzuraffen. Die Versuchung, einfach liegen zu bleiben und in Frieden mit dem kuschligen Schnee in der gemütlichen Höhle zu verschmelzen, war fast übermächtig.

»I hao g'muit, es tei schu hiimele*.«

Doch dann hörte er draußen einen Hund bellen und wenig später steckte Streuner seinen Kopf herein und jaulte.

»Dao haot's be fei g'risse* – i hao gar it gwisst, dass öü d'Hünd i de Hiiml kummet!«

Doch ihm fehlte die Kraft, die Spalte hochzuklettern. Das gelang ihm erst nach einer Dosis Crystal Meth.

»Ihr dopts ja schlimmer als die Russn! schimpfte Gritt. Am End werd's ihr no disqualifiziert aa und wart's ganz umsonst drom!«

Jo bat Bertl, die Sache mit dem Aufputschmittel in seiner Berichterstattung besser unerwähnt zu lassen.

Tom ging von da ab wie in Trance einfach immer abwärts durch Tiefschnee, über Eisplatten und Abhänge hinunter, purzelte und rutschte einmal einen Hang hinab und fand sich wie durch ein Wunder unversehrt hundert Meter tiefer in einem Schneefeld wieder. Die ganze Zeit über hörte er Stimmen und sah Gestalten, wo eigentlich keine hätten sein dürfen. Die meisten entpuppten sich beim näheren Hinschauen als zerbrechliche Schneegangerln*, doch einige schienen aus anderem Holz geschnitzt, schnitten grimmige Gesichter und fletschten die Zähne.

»I bi halb vrleachnet* gwea und hao im Hoaliacht* d'Engele singe g'heart.«

Zum Glück gesellte sich irgendwann Hias Robl*, sein Kletterspezl und vormaliger Ausbilder bei der Gebirgsjägerbrigade in Mittenwald zu ihm. Obwohl schon vor etlichen Jahren tödlich abgestürzt, trieb er sich noch immer in den Bergen herum und war zufällig gerade auf dem Hinunterweg vom K2. Hias wies ihm nicht nur den Weg hinab, er zeigte ihm auch die unsichtbaren Pässe, die Himmel und Erde verbanden. Klar und deutlich wie riesige Regenbögen sah Tom die Englein der auf- und absteigenden Liebe* und die Seelen der Menschen wie einen unablässigen Strom von funkelnden Lichtern. Er war zu müde, um sich zu wundern, aber eine Frage drängte sich ihm doch auf. Bevor er sie stellen konnte, wusste Hias schon, was ihm auf dem Herzen lag.

»Du mechtesch wisse, wiaso dia gaonze Lit friewilleg uss'm Hiiml raakummet, gell*?«

Tom nickte.

»Genöüsogüet kinnt i di fraoge, wieso du friewilleg i G'faohr, Weatag und Kelte uff de Bearg nüüfschtigsch, wao's doch daohuim i dr warme Schtuube viil gmiatlener isch.«

Tom ging ein Licht auf.

»Asoo isch dees, dia händ dao domm Dwiellang*! Na kaan es bigott mit deam Hiiml it so wiit hea sing! Dees wenn i em Pfaarar Guggebeargar v'rzell!«

Hias ließ sein kerniges Berglerlachen hören.

»Na wiard a dr sage, fier an gschiede Allgeiar isch dr Hiiml allat schu i de Bearge gwea!«

Als Tom am Lager III ankam, waren Gwen und Jo längst aufgebrochen, doch Tom hatte ihre Spur und noch genügend Kraft, sich über die Schwarze Pyramide hinabzulassen. An der Querung rettete ihn der Knoten im Seil – er wäre sonst unweigerlich die Wand hinabgefahren und wohl nie mehr wieder heraufgekommen. Die Fixseile, das Mondlicht und der Hund waren beim weiteren Abstieg seine Rettung, denn die Batterien seiner Stirnlampe hatte er in der Höhle aufgebraucht. Streuner, der behände wie ein Steinbock die Felswände hinabturnte, heulte jedesmal auf, wenn Tom im Begriff war, einen Fehltritt zu tun, und kläffte, wenn er beim Abseilen einzuschlafen drohte.

»I hao dean Hünd mit sing eewige Bäffzgarie* am End numma heare kinne – aber i hao'nem mea as uimaol 's Leabe zum Vrdaonke!«

Tom schwieg, war am Ende angelangt.

»Du bisch bigott 'm Teifl us dr Butte g'juckt*!«, fasste Jo seine Anerkennung nach Allgäuer Art in Worte.

Bertl meinte, aus der Story könne man einen ganzen Roman machen. Oder einen Film. Etwa vom Kaliber wie »Cast away*« mit Tom Hanks oder »127 Hours« über den Bergsteiger Aron Ralston, der in einem Canyon in Utah fünf Tage lang von einem herabgefallenen Felsbrocken eingeklemmt war, bevor er sich den Arm mit einem Taschenmesser abtrennte. Auf jeden Fall aber sollte man daraus eine fetzige Reportage basteln, dass den Leuten die Gänsehaut auffahre über die Helden der Berge, die Grenzgänger, die mit übermenschlichem Mut sogar dem Tod die Stirn boten!

Warum man aus allem gleich eine Sensation machen müsse, brummte Tom. Gut – er habe in einer schwierigen Situation mit knapper Not überlebt, aber das gelte für Millionen unter Hungersnot, Elend und Krieg leidenden Menschen in der Dritten Welt jeden Tag. Eigentlich sei die Geschichte seiner wundersamen Rettung eher ein Anlass zu Bescheidenheit als für Selbstinszenierung und Prahlerei. Er jedenfalls wisse fortan, wie dünn der Lebensfaden gestrickt wäre – es sei nur ein Spinnweb, der einen von der Ewigkeit trenne, und wenn man es bei rechtem Licht besehe, dann sei man eigentlich immer schon ein Teil davon.

Bravo! rief Bertl, als Tom geendet hatte. Das sei auf jeden Fall schon einmal druckreif – auch wenn es dem Sensationsjournalismus als Mahnung diente. Er indessen glaube, es stecke mehr dahinter – nämlich das Bekenntnis eines Extrembergsteigers zu der Tatsache, dass sein Wandeln zwischen Leben und Tod in Wirklichkeit eine Suche nach Höherem sei. Die Berge wären für Tom und Jo sozusagen nur die Treppe, um dort hinaufzugelangen, wo der Normalsterbliche an seine Grenze stieße. Gritt habe ihm ja schon einiges erzählt vom »Hochland«, das sich da oben für die auftue, die schneidig genug seien, die Schwelle zu überschreiten!
Gritt geriet in Verlegenheit, vielleicht, weil sie sich an ihr Versprechen erinnerte, das »Hochland« als Geheimnis zu bewahren. Jo sprang ihr bei.
Das »Hochland« sei einem Jux entsprungen, dem Übermut von zwei Allgäuer Geißböcken, die vor lauter Tollerei glaubten, mit ihren Bocksprüngen den Himmel einrennen zu können. Dass sie dabei die Schwerkraft, die sie wieder herunterzog, für sich neu entdeckten, wäre der ganze Clou der Geschichte. Am Boden bleiben und sich nicht mit denen messen, die über ihnen ständen, sondern denen eine Hilfe sein, die sich aus eigener Kraft nicht aus ihrem Unglück und Elend erheben könnten – das sei das wahre Hochlanddenken.
Bertl schmunzelte.
»I sieg schon – mit eich is kaa Staat zu mochn, wos a gscheite Vermoarktung ongeht, und i bezweifl, ob eier Motto kommenden Alpinisten als Motivation fia weitre Heldentaten dienen konn. Wohres Heldentum wird aa weita an Himml einreißen wolln, so wie ihr es g'mocht hobt, denn es g'heart nun mol zur Natur des Menschen. Drum seid's ma nit bös, wenn i euch a bisserl aufmotz zu dem, wos ihr in Wirklichkeit seids – wilde Hund!«
Tom nickte. »Wilde Hünd simbr, woll – dees deafsch schriebe!«

Rückmarsch

Barbara ließ Jo nicht zu sich vor, als er am Morgen seinen fünfseitigen Bericht abliefern wollte und um ein Gespräch mit ihr als Vertragspartnerin bat. Sie stände kurz vor der Abreise und könnte sich im Moment nicht um Geschäftliches kümmern. Als er durch ihren Manager übermitteln ließ, dass es in Wirklichkeit mehr um Privates, nämlich um seine Beziehung zu Gwen ging, ließ sie ausrichten, dass sie auch dazu keine Zeit und daran eigentlich auch kein Interesse habe, denn der Fall sei für sie ein für alle Mal abgeschlossen. Ihre Töchter seien ab sofort tabu für ihn und Tom.

Um kurz nach zehn Uhr landeten zwei pakistanische Armee-Hubschrauber vom Typ Mi 17 aus Gilgit auf dem Gletscher in der Nähe des Basecamps und erzeugten dabei einen Schneesturm vergleichbar mit dem in Hochlager IV während der letzten paar Tage. Der eine Helikopter war für Küchenpersonal, Begleitmannschaft und Tom reserviert, der andere für Frau Ebeling, ihren Beraterstab sowie Gritt und Gwen. Muhammed Kashani, der nun schon seit acht Wochen mit ihnen unterwegs war, betrachtete seinen Auftrag wohl auch als erledigt, denn Jo sah ihn mit der Begleitmannschaft in den Hubschrauber steigen. Für die europäische Reisegruppe ging die Reise von Skardu über einen Zwischenstopp in Islamabad weiter nach Wien, wo entschieden werden sollte, welches Spezialkrankenhaus für Gwen und Tom das geeignetste wäre.

Von Roy, der als ein in Ungnade Gefallener keine Mitflugerlaubnis und stattdessen den Auftrag erhalten hatte, den Mercedes-Van nach Kärnten zu überführen, erfuhr er, dass die Firma Ebeling allein die Sondergenehmigung für die Hubschrauber-Flüge ein kleines Vermögen kostete – zwischen 8000 und 25000 Dollar – je nach der Laune des zuständigen Kommandeurs in Gilgit. Es war eine der vielen Investitionen in ihr Unternehmen, die sich vermutlich am Ende aber doch auszahlten. Jo fragte sich, ob sie ihre Haut nicht doch zu billig verkauft hatten.
Bei der Abreise bekam er weder Gwen noch Tom noch einmal zu Gesicht, da die mit Kalaschnikows bewaffneten pakistanischen Armeeangehörigen, die den Tross vom Ebeling-Hauptquartier bis zum Landeplatz geleiteten, niemand vorließen. Nur Gritt schaffte es, die Eskorte kurzfristig zu durchbrechen und ihm ein Briefchen Gwens zuzustecken, bevor sie von einem der Wachleute wieder in die Reihe zurückgetrieben wurde.

»Meld di, wonn's z'ruck bist!«, rief Gritt ihm zu, bevor sie verschwand. Jo machte sich allerdings wenig Hoffnung, dass Barbara seine Kontaktsperre zu ihren Töchtern in absehbarer Zeit aufheben würde, nach allem, was vorgefallen war. In den letzten Pressemeldungen war sie mit Tom und ihm heftig ins Gericht gegangen. Demnach hatten sie ihre jüngste Tochter nicht nur ermutigt, an der Südwand-Durchsteigung teilzunehmen, sondern angeblich auch die Gefahren dabei völlig unterschätzt und Gwen mehrmals durch Leichtsinn und Unerfahrenheit und die Verwendung von illegalen Dopingmitteln in Lebensgefahr gebracht. Dass Gwen schwer gezeichnet, aber doch lebend von diesem Monsterberg heruntergelangt sei, habe sie nur ihrer unglaublichen Willenskraft und ihrer zähen Konstitution zu verdanken. Sie sei eben aus Ebeling-Holz geschnitzt. Ob sie selbst rechtliche Schritte gegen die Allgäuer einleite, wollte sie nach ihrer Rückkehr mit ihrem Anwalt prüfen.
Roy hielt das Ganze für eine Finte, um sie auszubooten und um den ihnen zustehenden finanziellen Anteil zu bringen. Jo war das egal. Das einzige, was ihm Sorge bereitete, war der Zustand Gwens. Der Zirkus um die Vermarktung war ihm von Anfang an zuwider gewesen. Es bekümmerte ihn nicht, ob die Unternehmung Geld abwarf oder nicht, solange er keine Schulden mehr aufnehmen musste.

Gwen hatte auf die Rückseite der ärztlichen Gebührenverordnung geschrieben:
Lieber Johannes,
in aller Eile noch ein paar Zeilen bevor wir fliegen. Sorry, es tut mir leid, was da gerade abgeht. Ich habe es ja kommen sehen. Meine Mutter ist angefressen und lässt sich im Moment von nix umstimmen. Ich bin aber ziemlich sicher, dass sie sich bald wieder einkriegt, denn eigentlich hat sie ihre zwei Allgeier Buabn tief ins Herz geschlossn, obwohl die aus Pörtschach einfach abgehauen sind und uns daheim sitzen ließen. Außerdem hab ich da auch noch a Wörterl mitzumreden. Du kennst ja meinen Leitspruch!
Wann ich in die Zukunft schau, dann seh ich uns nächstes Joahr an Sonnwend vor der Johanneskirche in Pörtschach stehn – i in am weißen Dirndl in Brokat mit am gscheitn Balkon vorn dran und du hübsch trächtig in der Lederhosn nach

Allgeier Art. Maane Leit und die gonze Bagasch is versammelt – Tom und Roy, Isa und Alexa, die Franzosen und die Schweden. Und stell dir vor, sogar die Sandie is kommen und hot extra a kurzes Röckerl für dich anzogn – is des net liab? Der K2 ist das bisher Größte in maam Lebn. Es war zwar a Schinderei, bis ma endlich drom gstandn sind, aber i glaub, es hot sich schon desweng gelohnt, weil du am Gipfel endlich dein Ontrag rauslossn hast. Jo, i hob di liab, aa wenn du manchmal a stura Bock bist. Du bist und bleibst mei Herziburschi – kaan ondern mag i nit!
Dein Rosenlippenmädl Gwen.
PS: Dass ich entgegen deinem Vorurteil auch das Hochdeutsch perfekt beherrsche, habe ich dir hiermit hoffentlich hinreichend unter Beweis gestellt.

Dienstag, 1. September:
Der Berg hat nun doch noch ein Opfer gefordert. Wie uns über Satellitentelefon mitgeteilt wurde, ist Jerome während des Rücktransports im Flugzeug an einer Lungenembolie verstorben. Dass es unter ärztlicher Betreuung passierte, während man ihn schon in Sicherheit wähnte, macht das Ganze besonders tragisch. Der lange Schatten des K2, der bereits Robert Nendl und Richard Gollhofer zum Verhängnis wurde, hat sich ein weiteres Opfer geholt und verdunkelt nicht nur unseren strahlenden Gipfelsieg, sondern die gesamte Unternehmung. Im ehemaligen Franzosenzelt fand heute eine kleine Trauerfeier für Jerome statt – nach einer Schweigeminute begleitete Roy die Schwedinnen Eva und Ellen bei »Fly with me« und »Gabriella's Song« aus dem Film »Wie im Himmel« auf dem Saxophon. Es klingt fast sarkastisch, aber Jerome hat wohl als einziger von uns allen den Zugang zum wahren Hochland gefunden.

Donnerstag, 3. September:
Die Presse erdrückt mich fast. Nachdem ich der einzig zurückgebliebene (Doppelsinn?) Hauptakteur bin, stürzen sich die Paparazzis auf mich. Arne versucht, alles in eine Pressekonferenz zu bündeln, doch die großen Zeitungen bestehen auf Exklusivinterviews, denen ich mich laut Vertrag mit der Ebeling KG allen stellen muss. Die Fragen sind immer die gleichen: Wie kamen wir auf die Idee mit der Unternehmung, wem wollten wir was beweisen, welche Rolle spielten die Kärnt-

ner Mädchen, warum die Durchsteigung der von allen Expeditionen gemiedenen Südwand und warum mit einem im Höhenbergsteigen unerfahrenen Mädchen? Wenn ich darauf verweise, dass die Antworten darauf schon zigmal gegeben wurden, dann bohren die Journalisten erst recht nach, wollen Details, die bisher noch unveröffentlicht sind. Als ich einmal schwach werde und der blutjungen Korrespondentin vom Corriere della Sella, die mich anfleht, ihr etwas Besonderes zu bieten, weil sie sonst ihren Vertrag nicht verlängert bekommt, die Geschichte meines Heiratsantrags am Gipfel erzähle und ihr ein paar Handyfotos überlasse, laufen zwei Tage später, nachdem sich ganz Norditalien an der herzzerreißenden Story erwärmt hat, die Presseleute vor Ort Sturm und pochen auf die Preisgabe weiterer pikanter Details. Ich bin heilfroh, als endlich der Hubschrauber aus Gilgit eintrifft, der den ganzen Paparazzi-Tross wegbefördert.

Freitag, 4. September:
Katzenjammer im Basislager, trotz des schönen Wetters, das sich überraschend eingestellt hat. In Erwartung unseres baldigen Rückmarsches herrscht eine Stimmung wie Matthäi am Letzten. Zu sechst halten wir die Stellung, bis die Trägerkolonne aus Skardu eintrifft. Inzwischen packen wir die Ausrüstung zusammen, bündeln das Trägergepäck und brechen die Zelte ab. In der übrigen Zeit liege ich herum, döse und sinniere, ob die Unternehmung ein Erfolg oder vielleicht doch eher ein Schlag ins Wasser war.
Die Leere, die ich dort oben gesucht habe, jetzt ist sie da, aber so anders. Es ist die Leere einer ausgebrannten Seele. Den Berg bezwungen zu haben, bedeutet mir wenig. Der Gipfelsieg ist nichts anderes als das Resultat einer selbstzerstörerischen und damit eigentlich widernatürlichen Schinderei und Kasteiung, die niemandem als Vorbild dienen kann. Jeromes Tod weist uns die Grenze auf, jenseits der das Absurde beginnt und die glanzvollsten Gipfelsiege zu Frevel werden. Dankbarkeit aufbringen für das unverschämte Glück, das wir hatten, vermag ich auch nicht. Es ist alles Zufall gewesen, der Zufall hat uns verschont, aber ohne Plan.
Roy schilt mich der Miesepeterei und meint, es sei in Wirklichkeit der Liebeskummer, der mich so runterzieht. Wie sehr er Recht hat, wage ich mir gar nicht einzugestehen.

Am Abend saßen sie in dem Überbleibsel, das vom Küchenzelt der Franzosen verblieben war, und vertilgten, was sie an Ess- und Trinkbarem zurückgelassen hatten – unter anderem drei Flaschen Cabernet Sauvignon.

Arne bat Jo nach all den verwirrenden Nachrichten und Gerüchten, die sich in den Medien um ihre Unternehmung rankten, ein wenig Licht in die Sache zu bringen, um der Legendenbildung vorzubeugen. Nicht, dass er grundsätzlich etwas gegen Legenden habe, aber in ihrem Fall sei aufgrund von Unwissenheit, Neid oder Missgunst zu befürchten, dass eine objektive Sicht der Dinge nicht mehr gewährleistet sei. Jo erwiderte, er täte ihm und seinen Landsleuten gerne den Gefallen, schon allein deshalb, weil sie ohne ihre tatkräftige Unterstützung und die Fixseile, die sie da oben mit angebracht hatten, ebenso verloren gewesen wären wie ohne den mentalen Rückhalt bei ihrer Unternehmung.

Nachdem sie die Geschichte ihres Aufstiegs durch die Südwand, der Gipfelbesteigung und des Schneesturm-Dramas im Detail vernommen hatten, herrschte ungläubiges Staunen. Sogar Roy unterließ alle süffisanten Kommentare und nannte es »the K2-miracle« – das Wunder vom K2, worauf Arne korrigierte, das sei nicht ein Wunder, das seien mindestens sieben, wenn man alle Unglücksfälle, denen sie haarscharf entronnen waren, zusammenrechne.

Der Berg habe wohl gerade keinen Appetit gehabt, meinte Bo.

Vielleicht waren sie ihm einfach zu unbedeutend oder er hatte Mitleid mit ihnen, erwiderte Jo.

Er müsse sich trotzdem wie ein Held fühlen, nach alledem, was er durchgemacht, aber letztlich doch erreicht habe, gab Eva zu bedenken.

Nein, sagte Jo, im besten Fall sei er jemand, der alles heil überstanden, aber auch alles verloren habe – ein Typ wie Hans im Glück vielleicht.

Drei Tage später erschienen 36 Baltis, die sich für ihren Anmarsch stolze zwölf Tage Zeit gelassen hatten. Wie sich bald herausstellte, waren es viel zu wenig, um die komplette Zeltstadt des Ebeling-Konzerns hinab zu befördern, eigentlich gerade genug, um ihr Gepäck zu transportieren. Tatsächlich waren aufgrund eines Übermittlungsfehlers statt 66 nur 36 losgeschickt worden.

Sie mussten wohl oder übel damit zurechtkommen. Bis die für die restlichen Zelte nötigen Träger angefordert und heraufmarschiert wären, würden weitere zwei bis drei Wochen ins Land gehen. Sie beschlossen daher, die Ebeling-Zelte einfach stehen zu lassen. Überstanden sie den Winter, dann freuten sich die Expeditionen im Frühjahr, wenn sie zusätzliche Aufenthaltsräume und Unterstellmöglichkeiten hatten. Und im Moment taugten sie immerhin für die Unterbringung der Träger.

Während der sechs Tage Abbau- und Packarbeit herrschte schönstes Wetter, kaum ein Lüftchen regte sich. Bo schimpfte, der Berg mache sich wohl lustig über sie, und Arne meinte, man hätte eigentlich noch einmal einen Verstoß unternehmen sollen. Die Damen waren anderer Ansicht. Eva stellte klar, keine zehn Pferde brächten sie da noch einmal hinauf. Dieser Berg, der ganz zu Recht auch »The Savage Mountain« – der unbarmherzige Berg – hieße, sei ein Stück in den Himmel ragender Hölle und gehöre wegen seiner Gemeingefährlichkeit von Rechts wegen längst plattgemacht. Bo lachte, hatte aber einen besseren Vorschlag. Man könne den Berg doch in Scheiben schneiden und ihn an die Länder verkaufen, die ganz ohne Erhebungen auskommen müssten – wie zum Beispiel ihre finnischen Nachbarn. Vielleicht helfe es ihnen ja dabei, endlich auch einmal über den Tellerrand zu schauen! Arne fand das ein bisschen ungerecht – schon wegen Soile und Jaana, die ihre Aspiration zu Höherem doch wirklich hinreichend unter Beweis gestellt hätten. Und der Berg selbst – ein Muster an Schönheit und Erhabenheit – könne doch wirklich nichts dafür, wenn sich ständig die Monsunwinde an ihm brächen.
Man kam schließlich überein, den K2 doch stehen zu lassen, schon aus dem Grund, weil man in den nächsten Jahren wiederzukommen gedenke.

Nach drei Tagen wären sie eigentlich abmarschbereit gewesen, aber das Schachern mit den Baltis um das Gewicht der Traglasten zog sich noch einmal fast einen halben Tag hin. Sie hatten dummerweise keine Waage zur Verfügung und mussten beim Abwiegen mit einer selbstkonstruierten Vorrichtung bestehend aus einem Brett und einem Korb mit Steinen operieren. Wie fast vorauszusehen war, blieben am Schluss Traglasten für drei Träger übrig, die auch gegen Zusatzlohn nicht an den Mann zu bringen waren. Am Ende mussten sie die Last unter sich aufteilen. Bo murrte, er werde gleich nach seiner Rückkehr eine Gewerkschaft für Extrembergsteiger gründen, die ihnen für solche Fälle das Streikrecht einräume.

Der Marsch nach Askole zog sich in die Länge und kam ihm noch mühsamer vor als der Aufstieg ins Basislager. Trotz der imposanten Bergkulisse, die sich in strahlenden Sonnenschein präsentierte, befand er sich die meiste Zeit in einer Art Trance und dachte, das Augenmerk nur auf die nächsten paar Schritte gerichtet, an die saftigen und immergrünen Wiesen seiner Heimat, die idyllischen und gepflegten Dörfer, die Reinlichkeit und Ordnungsliebe ihrer Bewohner und beneidete sie um ihren Biedersinn, der sie dort festhielt, wo sie waren. Irgendwie schämte er sich dann sogar für die Überheblichkeit, mit der er sich über sie gestellt hatte. Die »Künstler des Unnützen« hatten nicht das geringste Anrecht darauf sich besser zu dünken, bloß weil sie ihre überschüssigen Energien in waghalsige Unternehmungen steckten, anstatt in geregelte Arbeit, Familiensinn und Ehrenämter.

Mit Arne führte er noch einmal ein Gespräch über das, was eigentlich der Anlass für ihre Unternehmung gewesen war, wenn man einmal den rein alpinistischen Aspekt beiseiteließ. Er hatte Arne ja bereits gestanden, dass ihm am Gipfel das Hochland ferner gerückt war denn je. Nun wartete er immer noch auf die Enthüllung, die er ihm versprochen hatte.

Arne schien erheitert über den Begriff »Enthüllung«, der seiner Ansicht nach Raum für ganz ungeahnte Konnotationen eröffne. Vielleicht solle man doch besser von Erfahrung sprechen. Seines Wissens habe er ihm damals als Einziges die Erfahrung der Demut vor dem Berg* in Aussicht gestellt, die aber durchaus auf das Göttliche in und außer ihnen verweisen könne.

Jo fragte ihn, ob das Gefühl der Leere, das ihn seit der Rückkehr ins Basislager immer wieder beschleiche, etwas damit zu tun habe.

Nein, das sei Folge der Erschöpfung und der ganz normale Kater nach dem Gipfelrausch – dazu die Entzauberung des Ganzen durch Jeromes Tod.

Was aber bliebe denn dann? Das Gefühl der Kleinheit vor dem Berg und vor der Schöpfung? Das habe er schon vorher gespürt.

Arne lachte.
Es ginge nicht darum sich kleinzumachen, sondern mit dem Berg zu wachsen und sich am Ende darin wiederzufinden.
Aber, widersprach Jo und wunderte sich über seine eigene Begriffsstutzigkeit, wie könne man sich denn an einem Berg, noch dazu so einem gewaltigen und unbarmherzigen, denn wiederfinden?
Genau das sei der Punkt, über den er springen müsse, sagte Arne.

Irgendwie kamen sie dann auch auf die übernatürlichen Fähigkeiten Gwens zu sprechen. Jo hatte eigentlich erwartet, Arne würde sich als nüchterner und rational denkender Mensch auf die naturwissenschaftliche Position zurückziehen und alles andere als Humbug abtun, wurde aber eines Besseren belehrt.
Das Netz, das die moderne Wissenschaft benutze, um die Welt zu erforschen, sei noch immer viel zu grobmaschig, als dass es die letzten Wahrheiten zu Tage fördern könne oder die größeren Zusammenhänge erahnen ließe, meinte Arne. Zwar müssten die Naturwissenschaftler aufgrund neuer Erkenntnisse ihr Weltbild immer wieder erweitern und manchmal auch revolutionieren – Beispiele dafür seien etwa die Quanten- und Relativitätstheorie, die die Gesetze der Klassischen Physik zu einem Sonderfall degradierten – trotzdem seien sie in der Regel nicht bereit, sich auf Spekulationen oder Visionen einzulassen, um ihrer Forschung neue Impulse oder gar einen sinnstiftenden Rahmen zu geben. Lieber stochere man weiter im Nebel herum und fische im Trüben, als dass man sich auf unbewiesene, aber plausible Annahmen stütze. Manchmal würden den Wissenschaftlern solche Annahmen geradezu aufgezwungen – wie etwa die Existenz des Higgs-Feldes* oder der Dunklen Materie* –, aber solange sie nicht bewiesen sei, werte man sie bestenfalls als Arbeitshypothese. Das alles habe ihn dazu veranlasst, gelegentlich auch mal über den Tellerrand zu schauen und Erklärungsmodelle heranzuziehen, die den traditionellen wissenschaftlichen Rahmen sprengten.
Was für Modelle? fragte Jo.
Zum Beispiel das holographische Weltbild*, in dem alles mit allem vernetzt sei und Information sich in einer nicht-lokalen Realität überlichtschnell aus-

breite oder die Transpersonale Psychologie von Ken Wilber*. C.G. Jung habe diese neue Weltsicht mit der Annahme eines kollektiven Unbewussten oder in seiner Untersuchung von Synchronizitäten bereits in Teilen vorweggenommen. All diesen Denkansätzen sei gemeinsam, dass sie den menschlichen Geist in einen größeren Rahmen einbetteten als etwas, das auch unabhängig von einer materiellen Grundlage existieren könnte. Innerhalb dieses Modells ließen sich auch übernatürliche Phänomene wie Remote Viewing, Gedankenlesen, Hellsehen oder Geistheilung zwanglos erklären.

»Und daran glaubst du?«, fragte Jo.

Arne lachte.

»Na du doch auch, alter Hochländer! Oder was meinst du, auf welche Weise du dich in die höheren Sphären hinaufschwingst – mit dem Arsch sicher nicht!«

»Aber mit dem Kopf doch auch nicht«, entgegnete Jo. »Meine Vernunft hat sich jedenfalls bisher nicht mit solchen Annahmen anfreunden können.«

»Wir sind das strahlende Gewand Gottes – Kundschafter, die vordringen in Nacht und Finsternis, um uns der Unendlichkeit seiner Liebe zu vergewissern – was hat es damit auf sich?«, fragte Arne augenzwinkernd.

Jo errötete.

»Das hat Sandie mir angedichtet«, log er.

»Du Kind des wissenschaftlichen Paradigmas!«, spöttelte Arne. »Du wirst nie ein echter Hochländer!«

»Aber wenn das alles nicht stimmt? Was ist, wenn nun doch mit dem Tod alles vorbei ist und wir im Nichts verschwinden?«

Arne lächelte.

»Das würde in Bezug auf unsere Lebenseinstellung und –führung nichts Wesentliches ändern. Als selbstverantwortliche Menschen müssen wir auch ohne die Perspektive auf ein Weiterleben nach dem Tod darauf achten, in Harmonie mit unseren Mitmenschen und der Umwelt zu leben, um selbst glücklich werden zu können. Der Horizont verengt sich etwas, aber das macht die Sache nur umso spannender!«

»Dann gibt es so etwas wie eine Pflicht zum Gutsein?«, sinnierte Jo.

»Wenn das Ganze rund laufen soll, ja. Leider stehen vielen Menschen Egoismus und auf kurzfristige Vorteile ausgerichtetes Denken im Weg und manche erweisen sich schlichtweg als nicht lernfähig. Das gefährdet den Fortschritt aller ungemein.«

»Und was soll ich jetzt tun?«

»Das ist deine beste Frage heute«, lachte Arne. »Fang einfach damit an, Jo!«

»Womit?«

»Gutes zu tun!«

Mit Roy besuchte Jo am nächsten Tag die heißen Quellen von Askole. Das erste Bad nach acht Wochen tat richtig gut, auch wenn die Gedanken an die Zeit mit Gwen immer wieder schmerzend in Erinnerung traten. Roy versuchte seinen Blick nach vorne zu richten und fragte nach seinen weiteren Plänen.

Er hatte keine. Er wusste nur, dass eine Rückreise mit dem Rad nicht in Frage kam.

Ob er mit ihm das Auto überführen wolle? fragte Roy.

Nach Pörtschach?

Roy nickte.

Nein, sagte er. Er sei dort nicht willkommen.

Persona non grata, frotzelte Roy. Aber er könne ihn natürlich vorher irgendwo absetzen, von wo er mit dem Zug nach Hause käme.

Jo stellte sich vor, wie peinlich es wäre, ohne Tom nach Hause zu kommen. Aber selbst mit Tom erschien ihm der Trubel, der dann wohl um sie veranstaltet würde, abschreckend. Schon am Kreisel am Ortseingang von Oberstdorf prangten ihre Namen und ihre Konterfeis auf einer großen Tafel, und darunter stände zu lesen »Oberstdorf ist stolz auf seine Top-Alpinisten!« oder »K2-Südwand-Bezwinger – willkommen in der Heimat!« Und falls sie mit der Bahn anreisten, dann gäbe es einen Festempfang mit Blasmusik und Trachtlern und Fähnchen schwenkenden Kindern, am nächsten Tag dann einen Konvoi im Cabrio durch die West- und Oststraße bis hinauf zum Schattenbergstadion, wo sich im Auslauf ein Festkomitee mit Honoratioren aus Oberstdorf und dem gesamten Landkreis versammelt hätte, und sie, weithin sichtbar für die tausenden von Schaulustigen durch eine gigantische Videoleinwand und für weitere abertausende Menschen in der Republik auf

den Fernsehkanälen, die Ehrenbürgermedaille durch Bürgermeister Laurent Mies und Landrat Toni Klotz überreicht bekämen, Dutzende von Interviews geben und Lobreden über sich ergehen lassen müssten...
»Nein«, sagte er, »ich will noch nicht nach Hause.«
Roy grinste.
»Want to pay a visit to your bitches in Samsun, Istanbul and Belgrad before settling down – möchtest du deinen Flittchen noch einen Besuch abstatten, bevor du sesshaft wirst?«
»Witzig«, sagte Jo.
»Was dann?«
Er brauche eine Auszeit. Vielleicht fliege er nach Kathmandu und bleibe da noch ein paar Wochen, um zu sich zu kommen.
Roy vermutete, dass er Größeres vorhatte und den Everest noch draufsetzen wollte.

Skardu (2)

Sie logierten wieder im Hotel DewaneKhas, wo auch die Räder und der Van untergestellt waren. An der Rezeption übereichte man Jo zwei Faxschreiben mit Glückwünschen von TransAlpin und seiner Familie. Chris schrieb, es sei zwar zum Fürchten, was sie sich da geleistet hätten, trotzdem wolle er ihnen im Namen der Bergschule gratulieren und Respekt zollen. Im Übrigen wünschte er Tom und Gwen baldige Genesung.
Mama schrieb, daheim sei alles aus dem Häuschen und ihr ein Stein vom Herzen gefallen. Sie bat um Rückruf und hoffte auf seine baldige Rückkehr nach Hause, bevor man wegen der nach Deutschland strömenden Flüchtlingen die Grenzen dicht mache.
Am Telefon fragte Jo seine Mutter, ob sie ihn mit den Flüchtlingen gleichsetzen wolle?
Nein, das sicher nicht, antwortete Mama. Aber er sei doch jetzt fast schon ein halbes Jahr fort!
»I kumm baold«, sagte Jo.

Als sie fragte, was »bald« hieße und Jo sie auf Weihnachten vertröstete, hörte er seine Mutter leise weinen.

Für das Checken der WhatsApp- und Facebook-Nachrichten brauchte er fast zwei Stunden. Gwen war gut angekommen, befand sich zusammen mit Tom in der gefäßchirurgischen Abteilung der Universitätsklinik Innsbruck und nach einer Infusionsbehandlung auf dem Weg der Besserung. Zehen hatte man ihr bisher keine amputieren müssen, doch ob die Gewebeschäden tiefer reichten oder von selbst abheilten, würde sich erst in den nächsten zwei bis drei Wochen herausstellen. Tom hatte man die Kuppen von drei Zehen und zwei Zehen ganz abnehmen müssen, die Erfrierungen an der Nase und den Händen hingegen schienen am Verheilen.
Die Erleichterung, die Jo spürte, kam einem Glücksgefühl gleich. Ganz egal, ob er Gwen noch einmal wiedersehen würde oder nicht – ihre Verstümmelung hätte er nicht ertragen, selbst wenn es nur einen ihrer Zehen oder Finger betroffen hätte. Es wäre nicht nur einem hässlichen Kratzer in dem Schönheitsideal gleichgekommen, das Gwen für ihn darstellte, er hätte sich dann auch wirklich schuldig gefühlt, sie zeitlebens beschädigt zu haben. Bei Tom war das etwas anderes. Er würde mit seinen restlichen Zehen genauso weiterklettern wie bisher und psychisch daran keinen Anstoß nehmen. Trotzdem freute er sich natürlich auch für ihn, dass seine sechstägige Gefangenschaft in der Eishöhle keine schlimmeren Spuren hinterlassen hatte.
Gwen schrieb weiter, Tom ließe Grüße ausrichten, da er selber noch nicht tippen könne. Sie schickte jeweils drei Küsse und Herzchen, hatte zudem das Gipfelfoto mit Jo zu ihrem Profilbild auf Facebook gemacht. Die Anzahl seiner Freunde und Bekannten, die ihm über die sozialen Netzwerke persönlich gratulierten, war schier unüberschaubar. Einige hatten Artikel aus Zeitungen und Illustrierten angehängt, auch das Video Roys mit der Monsterlawine geisterte bereits im Netz herum. Facebook bot ihm aufgrund der vielen Freundschaftsanfragen an, ihn zu einer Person des öffentlichen Lebens aufzuwerten. Er lehnte dankend ab, da er annahm, dass der Hype rasch abflauen würde – eine Vermutung, die sich dann ja auch ziemlich bald bestätigte.

Ob er den Shitstorm ohne soziale Blessuren überstanden habe, fragte Roy, mit dem er das Doppelzimmer teilte, nachdem er das Handy endlich aus der Hand gelegt hatte.
Jo wunderte sich selbst, wie glimpflich man bisher mit ihnen umgesprungen war. Offenbar begriff außer den Spitzenbergsteigern gar niemand so richtig, was für ein bodenloser Leichtsinn es gewesen war, als in Extremtouren unerfahrener Mittelklassebergsteiger in eine der schwierigsten Wände aller Achttausender einzusteigen – noch dazu mit einem noch viel unerfahreneren Mädchen, das gerade mal ein paar Alpenwände als Trainingserfolg vorzuweisen hatte. Eigentlich sollten sie die mediale Öffentlichkeit scheuen, so gut es nur ging. Das erwies sich allerdings schwieriger als gedacht.

Auf dem Weg zum Nachmittagstee fing ihn ein Reporter der »Krone« ab, des auflagenstärksten österreichischen Boulevardblatts, und bat ihn um ein Interview. Er war verspätet angereist und hatte den Heli-Flug des Reporterteams ins Basislager verpasst. Jo versuchte ihn abzuwimmeln, indem er darauf hinwies, dass alles Wissenswerte über sie doch schon gesagt und geschrieben sei. Erst als er erfuhr, dass Gritt ihn zu ihm geschickt hatte, gab er nach.
Peter stammte aus Pörtschach, war mit Gritt eine Zeit lang in der gleichen Klasse am Gymnasium gewesen und kannte die Ebeling-Töchter gut.
»Des san ja schon immer die Kronprinzessinnen gwes'n – an die hot sich kaaner so richtig rantraut, so scheen und mit so viel Moos. Wer die amol kriegt, hot's g'haaßn, der hot ausg'sorgt!«
Peter zwinkerte ihm zu.
»Wos habt's 'n ihr ongstellt, dass die so an Noarrn an eich g'fressn hom? Noch dazua ols Deitsche?«
Jo bat Peter, zur Sache zu kommen.
»Nix für unguat, Johannes, i maan's bloß guat mit eich. Ich find des ja ganz a tolle G'schicht. Und gegen die Deitschn hob i aa nix, wenn's nit grod eingebildete Piefkes san. Dass ihr die Mädln mit auf eire Tour g'nommen und die Gwen über die Südwand auf'n Gipfl vom K2 gebrocht hobt's, des is a absolute Sensation, do fehlt si nix.«
Er bat Peter neuerlich, zur Sache zu kommen.

»Die Gritt hot oba trotzdem wos in den internationaln Presseberichtn vermisst, nämlich die Idee hinter der gonzn Soch.«
Er bat Peter sich zu präzisieren.
»Sie hat g'maant, des eigentliche Ziel von eirer Unternehmung sei das »Hochland«. I hab z'erst gedocht, des sei a Teil von eirer Expedition oder die Erkundung unerforschter Gebiete, bis i kapiert hob, dass es sich um etwas Geistiges, a Idee handelt. Sie hot sich oba g'weigert, mir nähere Auskunft zu gebn. Des müsst i schon selba in Erfoahrung bringan – und zwoar von demjenigen, der die Idee in die Welt gsetzt hot. Und deswegn bin i da, Johannes.«
Jo erklärte Peter, dass es sich bei ihrer sogenannten Hochland-Erfahrung um einen euphorischen Zustand handelte, der sich manchmal beim Klettern einstellte und zu einem Gefühl kosmischer Einheit führe. Sie hatten gehofft, die Erfahrung auch am K2 machen zu können.
Peter pfiff durch die Zähne.
»A spirituelle Erfoahrung also! Und? Hot's geklappt?«
Jo erwiderte, bei ihrem Kampf mit dem Berg in der Südwand hätten sie alles möglich gespürt – Kälte, Entkräftung, Dehydration und Todesangst, aber kein kosmisches oder spirituelles Einheitserlebnis. Nicht einmal am Gipfel.
Peter schien enttäuscht. Er tat Jo fast leid.
»Hör zu, Peter. Du willst eine Sensationsstory für deine Zeitung. Dann schreib, dass zwei Narren aus dem Allgäu loszogen, weil sie glaubten, sie könnten durch eine Heldentat nicht nur über sich selbst hinauswachsen, sondern sich auch unsterblich vor Gott machen. Dazu wollten sie ins Hochland vordringen, in das Land der Halbgötter, der Über-Menschen, die es geschafft haben, etwas in die himmlischen Gefilde mit einzubringen, was von bleibendem Wert ist und dort überdauert – so wie die Heldentaten des Herakles oder Odysseus. Leider ging es ihnen wie den Ameisen im Gedicht von Joachim Ringelnatz, die nach Australien reisen wollten.«
Peter grinste.
»Sie konntn nit schwimmen?«
»Sie kamen nicht einmal bis zum Meer. »Bei Altona auf der Chaussee, da taten ihnen die Beinchen weh, und da verzichteten sie weise dann auf den letzten Teil der Reise.*«

Peter lachte.

»Oba ihr hobt's den Bearg doch bezwungen! Warum macht's ihr eich so klaan?«

»Vor diesem Berg wird alles klein. Und vor Gott erst recht.«

»Du bist religiös?«

Jo gestand, dass er während der Anreise und am Berg immer mal wieder himmlisch angemutet worden sei, aber Gott habe er da oben nicht gefunden.

»Dann is also nix geblieb'n?«, fragte Peter nach einer Weile.

Jo zuckte mit den Schultern.

»Vielleicht doch. Eine unglückliche Liebe.«

Peter wurde neugierig und Jo erzählte ihm die Geschichte von Gwen und ihm von Pörtschach bis zum heutigen Tag. Peter hörte geduldig zu und meinte am Ende, dann sei er ja doch nicht ganz vergebens angereist. Und vielleicht könne er ihm sogar einen Gefallen tun dafür, dass er ihm Rede und Antwort gestanden habe.

»Was für einen Gefallen?«

»No, i kenn ja die Babsi gonz guat. Die hot mehr des Gschäftliche im Sinn und fürchtet um ihre Firma, wenn da jemand einheiratet, der fremd in der Branche is. Ma muaß ihr holt kloarmachn, dass manchmol die Liab wichtiger ist als das G'schäft.«

Jo bat ihn, die Sache um Himmels willen nicht zu einer Sensationsstory aufzubauschen.

»Ganz Österreich wird sich auf daane Seitn stelln, Johannes, wenn die Story erst amol publik is!«, versicherte Peter mit einem unschuldigen Grinsen.

Die nächsten zwei Tage verbrachten sie damit, ihre Ausrüstung und die Bikes am Basar zu verkaufen, da es ihren Wert überstiegen hätte, sie als Luftfracht nach Hause zu schicken und Roys Van bereits mit Ebeling-Gepäck voll beladen war. Mit dem Ende der offiziellen Bergsteigersaison hatten sie natürlich den ungünstigsten Zeitpunkt erwischt. Sie versuchten den Händlern klarzumachen, dass ihre Gerätschaften keinem Haltbarkeitslimit unterworfen und nächstes Frühjahr noch genauso viel wert seien wie jetzt, wurden aber eines Besseren belehrt, da sie die Geldwertminderung durch die Inflationsrate nicht berücksichtigt hätten. Am Ende verhökerte Jo, wie zu erwarten gewesen war, die Trekkingräder und Gespanne weit unter Wert. Roy erging es mit den Fixseilen und den übrigen Ausrüstungsgegenständen genauso. Das reiche nicht einmal mehr für einen Bordellbesuch, schimpfte er. Hätte er nicht noch die Reserven aus dem Ebeling-Spesenkonto, müsste er auf der Überführungsfahrt Hungers sterben!

Das Abendessen am dritten Tag glich einer Henkersmahlzeit, denn die Schweden brachen am nächsten Morgen in aller Früh auf. Beim Abschied wurden sie richtig herzlich – von Eva und Ellen bekam er ein Küsschen auf jede Backe. Arne gab ihm seine Visitenkarte und lud ihn ein, ihn und Eva in Stockholm zu besuchen.
»Wir haben zwar keinen Berg über 2000 Meter in Schweden*, aber man kann sich auch bei uns an den Kletterwänden den Arsch aufreißen.«
Jo erwiderte, gerne, falls das kein Test für den nächsten Achttausender wäre. Die hätte er erstmal von seiner To-do-Liste gestrichen.
Bo meinte, die Sucht würde er nicht mehr los. Einmal Höhenluft-Luft geschnuppert und man komme nie mehr richtig runter davon.
Er patschte ihm mit seiner Pranke auf den Rücken.
»Am besten ist es, du bleibst dran, so lang du kannst, sonst bereust du es irgendwann!«

Nachdem die Schweden abgezogen waren, lud Roy ihn zu einem Drink an die Bar ein. Aus dem Spiegel hinter dem Tresen blickte ihn ein in die Jahre gekommener bärtiger Hippie mit einer zerschlissenen und ausgebleichten Bandana um die zerfurchte Stirn entgegen, daneben ein abgehalfterter Jungspund, hohlwangig, sonnenverbrannt und mit müden Augen.
»Time to celebrate!«, rief Roy und hielt sein Glas hoch.
Was es zu feiern gebe, fragte Jo.
»Don't hide your light under the bushel – stell dein Licht nicht unter den Scheffel. You three crazy bastards have written mountain-history – ihr drei verrückten Bastarde habt Berggeschichte geschrieben – ob ihr es nun glaubt oder nicht!«
Sie würden als Exempel dienen, wie man es nicht machen solle, erwiderte er.

Roy wirkte fast verärgert.
»You goddam crank – du verdammter Miesepeter!«
Er rechnete ihm vor, wie viele Expeditionen am K2 schon gescheitert waren, obwohl sie von gut ausgebildeten und trainierten Alpinisten geplant und durchgeführt worden waren.
»Mindestens ein Drittel, wenn nicht die Hälfte – und das auf dem Normalanstieg! Und ihr spaziert im zweiten Anlauf die schwierigste aller Routen hinauf!«
»Von Spazieren kann keine Rede sein«, wandte Jo ein.
»Ihr habt keinen Fehler gemacht, außer dass ihr am Ende zur falschen Zeit am falschen Ort wart!«
Jo gab Roy Recht, einfach schon deshalb, weil ihn das Thema zu langweilen begann.

Am nächsten Tag kutschierte ihn Roy über den Karakorum-Highway bis nach Islamabad. Während der Fahrt hörten sie den CD-Mitschnitt ihres »Konzerts« in Teheran, den ihnen der österreichische Botschafter Thomas Buchsbaum an ihre Hoteladresse geschickt hatte. Roy lachte sich einen ab über die Sub-Professionalität der Orchestrierung, doch Gwens Jodelpartien waren, wie er offen zugab, selbst über seine Kritik erhaben.
»It's a pity that we split up – we could have started a brilliant carreer – schade, dass wir auseinandergegangen sind – wir hätten eine glänzende Karriere starten können!«, lachte er und schlug vor, Jo solle ihre Reiseerlebnisse doch wenigstens in einem Buch festhalten, um der Nachwelt ein Zeugnis von ihrem verrückten Treiben zu überliefern. Jo gab zu, dass er daran auch schon gedacht hatte, räumte aber ein, dass sich bereits in seinen Tagebuchaufzeichnungen zeige, wie schwierig es sei, ein Sammelsurium von Erlebnissen und subjektiven Eindrücken zu einer halbwegs nachvollziehbaren Dokumentation zu machen, die das wiedergebe, was einem dabei wirklich am Herzen lag.
»You mean the »Quest« and the search for your »Highland« – meinst du die Suche nach dem Sinn und dem Hochland?«, fragte Roy mit spöttischem Gesichtsausdruck.

Jo zuckte mit den Schultern.
Roy schüttelte den Kopf.
»Forget it! Your Highland is nothing you have to search for – it's always there – you just have to snatch the opportunity! – Vergiss es! Dein »Hochland« ist nichts, was du suchen musst – es ist immer da – du brauchst nur die Gelegenheit beim Schopf zu packen!«
Jo nickte. Unabhängig davon, ob Roy Recht oder Unrecht hatte – er würde ihm fehlen.

Beim Abschied am Flughafen Terminal in Islamabad grinste Roy.
»On whom will I build my high hopes once you're gone? – Auf wen werde ich meine Hoffnungen setzen, wenn du weg bist?«
Jo erwiderte, er habe ihm als Zyniker immer am besten gefallen und ihn am Ende dahin geholt, wo er hingehöre – auf den Boden der Tatsachen.
Roy schmunzelte.
»At least you can't fall any more with your ass on the floor – immerhin kannst mit dem Arsch am Boden nicht mehr tiefer fallen!«
Jo grinste.
Das sei genau die Art von Zuspruch, die er so schätzen gelernt habe.
Roy lachte und versuchte es mit einem Bob-Dylan-Zitat: »You can't be wise and in love at the same time – du kannst nicht weise und verliebt zugleich sein!«
Jo dachte an sein Gespräch mit Gwen über die Unseriosität der Liebe und nickte.
»I've got one more for you, boy: Shoot for the moon – even if you miss you'll land among the stars*!«
Jo dankte für die aufbauenden Worte, meinte aber, er wolle seinen Blick in Zukunft statt auf Himmel und Sterne mehr auf die Erde richten und etwas wirklich Nützliches tun.
Er musste Roy dann noch versprechen, ihn über seine Beziehungskiste mit Gwen auf dem Laufenden zu halten.
»She's the wildest chick I've ever met – born to tame a screwball like you – sie ist das wildeste Mädel, das ich kenne und ausersehen, einen Spinner wie dich

zur Vernunft zu bringen. Behold my words, boy – this gal won't let you go – denk an meine Worte, Junge – dieses Mädel wird dich nicht gehen lassen!«
Jo wandte ein, als bankrotter Alpinist gehöre er leider nicht zu ihrer Preisklasse, was Roy immerhin veranlasste, ihm noch ein Bündel Dollarnoten zuzustecken, bevor er durch den Abfertigungsschalter ging.

Nepal

Montag, 28. September:
Ich lasse mich durch die engen und lärmigen Straßen Kathmandus treiben wie ein Touri und die Eindrücke ungefiltert auf mich wirken. Um mich hupende Tuk Tuks, knatternde Motorräder, Hundegebell, Handglocken und die schrille Trillerpfeife des Polizisten, der mit weißen Handschuhen und mit einem Schlagstock bewehrt das Verkehrschaos zu bändigen versucht. Alles gehüllt in eine dichte Smogglocke, die die gleißende Sonnenscheibe verdunkelt. Der edle Gang der Frauen mit an Stirnriemen befestigten, schwer beladenen Körben auf dem Rücken. Rikschaläufer mit Beinen dürr wie Besenstiele, die sich durch Schutthäufen und unter den verknäulten, tief hängenden Stromkabeln hindurchschlängeln. Dampfende Garküchen und der permanente Geruch von Räucherstäbchen und Gewürzen. Gemüse und Früchte werden auf umgebauten Fahrrädern angeboten, Fleisch unkonventionell dargeboten an der offenen Ladentheke am Straßenrand. Trotz des chaotischen Verkehrs herrscht keine Hektik.
Unterkunft habe ich mitten in Thamel im »Backpacker's Lodge« gefunden.
Es ist, als ob ich eine schwere Last abgesetzt hätte und in diesem Land einen Moment der Schwerelosigkeit und Ungebundenheit genießen darf.
Ein Anruf bei »Happy Children e.V.« hat ergeben, dass Ulya und Gizem bereits vor über einem Monat in die Türkei zurückgekehrt sind. Auch zu Isa und Alexa kann ich keinen Kontakt herstellen.
Zum ersten Mal auf der Reise bin ich ganz auf mich allein gestellt.

Ein Mönch lehnt mitten im Menschengedränge an einer schattigen Hauswand und tastet mit geschlossenen Augen die Tulsiholzperlen seiner Gebetskette ab. Men-

schen aller Altersstufen sitzen auf den Treppen vor Stupas und Tempeln. Sie tragen ihre Armut ohne Groll zur Schau und blicken mit sanften Augen nach Nirgendwo. Einige Passanten, denen ich begegne, lächeln mich offen an, als seien wir uns schon einmal begegnet. Ein Junge mit schwarzen Strubbelhaaren, der einen Hund auf dem Rücken trägt, bietet sich als Guide an.

»No money, Mister!«, beschwichtigt er mich.

Ich lasse mich durch die Gassen und Tempel von Thamel führen und bekomme nebenher das ganze Ausmaß der Erdbebenschäden vor Augen geführt. Die meisten Häuser haben Risse, manche sind nur noch Ruinen – darunter einige Stupas und Tempel. Auch fünf Monate nach dem letzten Beben türmen sich immer noch Schutthalden von den Aufräumarbeiten an jeder Straßenecke – Bilder, die mich an zerbombte Städte im Nachkriegsdeutschland erinnern.

Ich lade Amal an einem Imbissstand zu Dhal Bhat ein – Reis mit Linsensauce und Kartoffeln. Wir essen mit den Fingern gemeinsam aus einem Blechteller, tunken die Sauce mit Fladenbrot. Amal grinst, als ich über der Schärfe der Chilischoten die Luft einziehe, warnt mich aber vor dem Wasser, das mir der Verkäufer in einem Glas anbietet.

»No good, Mister! Only drink water in bottle!«

Aus dem Reiseführer weiß ich, dass das hiesige Leitungswasser die Hygienestandards nicht erfüllt. In einem kleinen Supermarkt kaufe ich eine Plastikflasche mit »safe water«, gebe auch dem Hund etwas davon ab. Den Reis, den ich ihm in einer Schüssel hinstelle, beschnuppert er nur und lässt ihn wegen des Chilis stehen.

Ich frage Amal, warum er den Hund mit sich herumträgt. Aus Mitleid mit dem herrenlosen Tier und weil er auf ein besseres Karma hofft, sagt er und lässt grinsend die weißen Zähne in seinem braunen Gesicht blitzen. Ich verkneife mir die Frage, ob er auch mich dazu benutzt. Aber Amals Menschenfreundlichkeit scheint echt. Er lädt mich zum Chiyaa nach Hause ein, will, dass ich seine Schwester kennenlerne. Nebenbei erfahre ich, dass seine Eltern beim Erdbeben umgekommen sind. Begraben unter den Trümmern einer buddhistischen Stupa, die über ihnen beim zweiten Beben zusammenstürzte, während sie Dankgebete verrichteten, weil sie beim ersten Beben verschont geblieben waren.

Wir erreichen einen Wellblechzaun, öffnen ein Tor und überqueren einen Hof, an dessen Ende ein Holzschuppen steht. Amal wohnt in einem notdürftig umgebauten Ziegenstall. Außer einem Tisch und drei Stühlen gibt es keine Möbel. Ein paar Teller und Töpfe stehen herum, ein Wasserkanister und ein aufgeschlitzter Sack Basmathi-Reis. An den Wänden hängen Plastiktüten, in denen Amals Schwester ihren Besitz verwahrt. Dazwischen ein Foto von der Familie im Glasrahmen. Amals Mutter war erst 35, der Vater wenig älter.
In dem mit Brettern notdürfig abgeteilten Nebenraum stehen zwei angerostete Bettgestelle mit zerschlissenen Matratzen. Ein Kochtopf über einem Gasbrenner und ein Brett als Anrichte fungieren als Küche. Ein zerschlissenes Tuch vor dem Fenster mit zerborstenen Scheiben soll die Kälte der Nacht draußen halten. Über einer Wäscheleine hängen Kleider, damit ist das Zimmer schon voll. Im Hof gibt es einen Wasserhahn und einen Abort, der von mehreren Mietparteien der umliegenden Hütten genutzt wird.
Während Amal Teewasser abkocht, erzählt er auf meine Nachfrage, dass er ab und zu in die Schule geht, meist aber schwarzarbeitet, um seinen Lebensunterhalt zu bestreiten. In der Regel sind es Aufräumarbeiten, für die er ein paar Rupien bekommt, manchmal auch Lastenschleppen oder Touristenführungen. Dabei hat er sich das bisschen Englisch angeeignet.
»My English good, Mister?«
»Very good«, antworte ich und bitte ihn, mich Johannes zu nennen.

Später, während ich Amal Handy-Fotos von unserer Expedition zeige, kommt die Schwester mit Prem herein, einem krausköpfigen Baby mit großen Kulleraugen. Jass ist 16 oder 17, dunkelhäutig und mit ihren asiatischen Gesichtszügen, den großen schwarzen Augen und dem kunstvoll tätowierten Stirnchakra eine exotische Schönheit. Sie setzt sich auf den freien Stuhl, das Baby auf dem Schoß.
»Namasté!«, sage ich und bringe meine einzige Nepali-Vokabel zur Anwendung.*
»Namasté«, antwortet sie, ohne den Blick zu heben.
»This is Johannes Mister!«, stellt Amal mich vor.
»Only Johannes«, verbessere ich.
»This is Only Johannes Mister!«, sagt Amal.
Jass zeigt ihre blendend weißen Zähne, als sie über ihren jüngeren Bruder lacht.

Einen Moment lang hellt sich ihr Gesicht auf.

Amal gießt Tee aus der angerosteten Blechkanne in zwei schmutzverkrustete Gläser. Ich frage Jass, wie sie sich, das Baby und Amal über Wasser hält. Sie antwortet zunächst ausweichend in einem Englisch nur wenig besser als das von Amal. Erst nach und nach erfahre ich, dass sie tagsüber in einem Touristenhotel arbeitet. Als Zimmerservice auf Bestellung.
»Sorry!«, sagt Jass, während sie ohne Scham dem Baby die Brust gibt, »we need the money!«

An ihrem »Arbeitsplatz« verkehren hauptsächlich Touristen. Touristen auch aus Deutschland. Die zählten aber noch zu den angenehmeren Kunden, erklärt Jass. Die schlimmsten seien die Inder. »Treat me like dog!«
Von einem Inder ist sie auch geschwängert worden. Gegen ihren Willen. Als sie ihre Schwangerschaft bemerkte, war der Mann längst über alle Berge.
»But I still love the baby!«, sagt sie und küsst Prem auf die Stirn.
Der Staat hat weder Geld für die vielen durch das Erdbeben verwaisten Kinder, noch für die unehelichen Kinder aus den eigentlich illegalen Bordellen. Es ist ein Teufelskreislauf. Um zu überleben, müssen die Mädchen anschaffen gehen und bringen aufgrund fehlender Verhütungsmittel neue Kinder zur Welt – meist Kinder ohne Hoffnung auf ein menschenwürdiges Dasein.

Amal versucht dem Hund das Apportieren beizubringen. Jass richtet einige dem Ton nach zurechtweisende Worte an ihren Bruder, versucht ihm wohl klarzumachen, dass ein Hund das Letzte ist, was sie in ihrer Hütte brauchen. Amal geht nicht darauf ein. Sie streiten sich. Jass wird laut, tritt mit ihren Gummilatschen nach Amal.
Ich versuche zu schlichten, biete Jass an, auf den Hund aufzupassen und die Hütte ein wenig auf Vordermann zu bringen, wenn sie arbeitet.
Amal grinst.
»Very good plan, Johannes Mister! You build room for me and you!«
Ich nicke, auch wenn ich nicht weiß, ob meine handwerklichen Fähigkeiten dazu ausreichen und ob ich dem Elend hier überhaupt längere Zeit gewachsen bin.

Jass schimpft Amal – vermutlich wegen seiner Zudringlichkeit.
»Johannes is here on holiday – not for work!«
Ich sage, dass es mir nichts ausmachen würde.
Amal fragt, ob ich ihm auch Englischunterricht geben könne. Ihm und ein paar von seinen Freunden. Er will mir dafür Kathmandu und seine Sehenswürdigkeiten zeigen.
Ich bezweifle, ob mein Nepali dazu ausreicht, will es aber auf einen Versuch ankommen lassen.
Jass sieht mich aus ihren schwarzen Augen mit einer Mischung aus Neugierde und Misstrauen an.
»Why do you do that – warum tust du das?«
Ich erkläre ihr, dass ich auf besseres Karma hoffe.
»Have you done something bad – hast du etwas ausgefressen?«
»Yes«, sage ich, ohne den Blick zu heben.
Ich kann ihr nicht erklären, dass mich die Anmaßung und die Überheblichkeit meines Gebarens in den letzten fünf Monaten niederdrücken. Dass einen hier, inmitten der bittersten Armut, die Geschlagenen Demut lehren, und ich zu ahnen beginne, worum es wirklich geht.

Amal kennt jemand, der billig Bauholz abgibt und Wellblech für das Dach organisieren kann. Wir machen uns auf den Weg. Als ich ihm erzähle, dass ich Bergführer bin, ist er aus dem Häuschen. Bergführer ist sein Traumberuf, Reinhold Messner sein großes Vorbild. Er schmiedet Pläne für die Zeit, wenn »unser Haus« fertig ist, will mit mir auf die Anapurna.
»You know, the high mountains are seats of the gods – die hohen Berge sind die Sitze der Götter!«*
»Ich weiß«, sage ich.

In der Nacht träume ich von einem Haus aus wenig Holz und viel Glas auf einem Berg. Der Weg dahin ist mühsam, doch irgendwann bin ich oben und genieße die herrliche Rundsicht. Hier möchte ich wohnen, denke ich. Mein Berg scheint alle anderen Berge zu überragen, aber ich weiß, dass das eine Täuschung ist. Das Haus spiegelt die Landschaft, ist aber gleichzeitig völlig durchsichtig. Wer mag es

hierhergestellt haben? Es fasziniert mich, wirkt aber so zerbrechlich, dass ich mich gar nicht hineintraue. Und doch habe ich das Gefühl, es gehöre mir.
Wenn du so durchsichtig bist wie dieses Haus, dann kannst du hineingehen und darin wohnen, sagt eine Stimme und ich weiß, es ist meine eigene, die von meinem durchsichtigen Ich.

Donnerstag, 15. Oktober
Der Anbau ist fertig, dank der Hilfe einiger Nachbarn und Freunde, die uns auch das nötige Werkzeug und Material zur Verfügung stellten. Jass und Amal haben nun jeder ihr eigenes Zimmer, dazu elektrisches Licht und Strom. Auch ein Wasseranschluss ist installiert. Strom und Wasser gibt es allerdings nur zu gewissen Tageszeiten, aber daran ist man hierzulande gewöhnt.
Jass hat mir Unterkunft bei ihr angeboten und ich bin aus der Lodge ausgezogen und teile das Lager mit ihr und Prem, weil sie nicht in einem Raum mit Amals Hund schlafen will. Sie hat ihren Job als Masseuse gekündigt, leidet aber wie Amal noch immer unter dem Verlust ihrer Eltern und den Erniedrigungen, denen sie drei Monate an ihrer Arbeitsstätte ausgeliefert war. Wenn sie nachts aus ihren Alpträumen erwacht und weinend bei mir Schutz sucht, dann halte ich sie in den Armen wie ein Kind und fühle mich wie damals, als ich mich im Hochlager gegen den Sturm stemmte und über Gwens Schlaf wachte.
Tagsüber unterrichte ich eine ganze Schar von Kindern, die Amal auf der Straße angeworben hat, im einzig noch intakten Raum des zerstörten Schulgebäudes ganz in der Nähe. Der Wiederaufbau ist das nächste Großprojekt, das ansteht. Mit Bildern als Anschauungsmaterial und meinem rudimentär angeeigneten Nepali-Kenntnissen läuft der Englischunterricht ganz gut – die Kinder sind trotz der armseligen Rahmenbedingungen motiviert und wissbegierig. Jass und Amal helfen mir beim Betreuen und Bekochen der Kinderschar, lernen nebenbei Englisch und fungieren zugleich als Dolmetscher. Prem ist der Liebling der jungen Mädchen, die sich darum reißen, ihn mit gesüßtem Reisbrei zu füttern und ihn zu hätscheln. Zweimal am Tag gibt es kostenlos Tee und Mahlzeiten – auch für Kinder, die nicht am Unterricht teilnehmen. Wir finanzieren uns über das Kinderhilfswerk vor Ort und Spenden aus Deutschland, auch Unicef hat bereits einen Geldbetrag für unser Projekt in Aussicht gestellt. Das Zermürbende bei der Sache

sind nicht so sehr das Elend und die Zerstörung ringsumher, sondern die Behördengänge und der bürokratische Aufwand, der für jede kleinste Errungenschaft aufgewendet werden muss. So wurde ich von der Schulbehörde aufgefordert, mich für meine Lehrtätigkeit einer Englisch-Prüfung zu unterziehen vor einem Gremium, in dem die meisten Prüfer nur gebrochen Englisch sprechen. Die Baubehörde behindert die notdürftige Sanierung des Schulgebäudes und fordert Pläne selbst für die kleinste Wiederinstandsetzung in einer Stadt, die zur Hälfte aus Ruinen besteht. Und vom Konsulat erfahre ich, dass mein Touristenvisum in ein Geschäftsvisum mit Steuerpflicht umgewandelt werden muss, wenn ich vor Ort einer beruflichen Tätigkeit nachgehe. Mein Einwand, dass ich ehrenamtlich tätig bin und gar keine Einnahmen habe, lässt man nicht gelten – schließlich müsse ich ja irgendwo wohnen und für mein Essen bezahlen.

Freitag, 27. November:

Gute Nachrichten. Das deutsche Konsulat hat sich eingeschaltet und eine auf ein Jahr befristete Aufenthaltserlaubnis bei der zuständigen nepalesischen Behörde für mich erwirkt. Zugleich wurde mir eine amtliche Lehrerlaubnis erteilt – ich bekomme sogar ein Salär von monatlich 6000 Rupies – das entspricht etwa 50 Euro. Amal findet, in Nepal sei ich damit ein reicher Mann. Noch erfreulicher ist, die weitere Instandsetzung der Schule hat von den hiesigen Behörden oberste Priorität bekommen – in einem halben Jahr soll der Unterrichtsbetrieb offiziell wieder aufgenommen werden. Bis dahin leiste ich zusammen mit drei einheimischen Aushilfslehrkräften Notunterricht. Jass und Amal sind jetzt offiziell als Schüler eingeschrieben. Ich habe für beide die Patenschaft und damit die Kosten bis zum Erwerb des School Leaving Certificate in der zehnten Klasse übernommen – ebenso wie für acht weitere Kinder, die keine Eltern mehr haben und die Schule sonst verlassen müssten. Prem ist während der Vormittage in einer Kindertagesstätte untergebracht, die ich über Spenden ebenfalls finanziell unterstütze. Jass möchte nach dem Schulabschluss an ein College gehen und sich einer Lehrerausbildung unterziehen. Inzwischen unterrichtet sie mich in unserer spärlichen Freizeit in Nepali. Wenn sie sich über meine Aussprache lustig macht, findet sie zu ihrem früheren, offenen Lachen zurück, das ein bisschen wie das von Gwen klingt. Auch der Glanz ist zurück-*

gekehrt in ihre dunklen Augen, wenn sie mich manchmal anblickt und dabei ihre schönen weißen Zähne entblößt. Ich bin auf der Hut, will das Vertrauen nicht missbrauchen, das sie in mich setzt, ihr aber auch keine falschen Hoffnungen machen. Ich weiß, meine Zeit hier ist begrenzt und ich bin – wenn auch ohne Hoffnung – anderswo gebunden.

Barbara Ebeling hat letzte Woche 50.000 Euro für das Projekt, weitere 50.000 Euro an mich persönlich für meinen »herausragenden Beitrag zum Gelingen der Allgäu-Kärntner K2-Expedition« überwiesen. Sie ist wohl unter Zugzwang geraten, nachdem Peter Ruland im Aufmacher der Kronenzeitung für mich Partei ergriffen hat.
Gritt zitierte am Telefon: »Das Paar, das im Kampf am zweithöchsten und schwierigsten Berg der Erde zusammengefunden und sich am Gipfel ewige Liebe und Treue geschworen hat, wegen Erwägungen die weitere Zukunft der Firma betreffend auseinanderzubringen, erscheint herzlos und von einem einseitig materialistischen Denken bestimmt.«
»Du konnst da goar nit vuastelln, wos bei uns los war«, lachte Gritt. »Nit bloß, dass a poar hundert Leit ongrufn hom und genausoviel Briaf und Mails kumman san, aa im Internet hot's an Shitstorm gebn, dass eier Orkan am K2 a Dreck dagegn woar!«
Ich fragte, wie Gwen darauf reagierte.
»Die hot sich an Oarsch abg'locht und g'maant, des g'schieht da Mama gonz recht. Ihr hobt's jetzt jedenfalls an guatn Rücknwind und i bin sicher, am End richtat sich olls.«
Ich wagte nicht nachzufragen, was sie mit »richten« meinte. Gritt veriet mir immerhin so viel, Gwen stehe meinem neuen Projekt mit großer Hochachtung gegenüber. Sie finde, ich hätte jetzt das wahre Hochland betreten.
Dann erzählte Gritt, dass sie sich zur Freude ihrer Mama entschlossen habe, in die Firma einzusteigen. Einen Compagnon hätte sie zwar noch nicht, gestand sie lachend, aber der würde sich irgendwann auch noch finden. Zur Not täte es ja auch ein Allgäuer Bergführer – der besitze wenigstens schon mal den Schneid, den man als Führungskraft brauche.

Tom hat sich ebenfalls gemeldet und gefragt, ob ich Weihnachten nach Hause komme – man will uns beide endlich gebührend feiern. Im Dorf geht schon das Gerücht, dass ich mich wegen Luisa schäme, weil die sich inzwischen verlobt hat – mit einem Schöllanger, wie Tom leicht abschätzig hinzufügt.
Die Zeit ist ihr wohl zu lang geworden, sage ich.
»Oder dia Gschichtle a wink z'gschpässeg, wao ba im Doarf iibr iis vrzellt«, lacht Tom. »Dia denket all, mir seie dia meaner Zit a de Wiebr g'hanget statt am Bearg*. D'r Guggi haot g'muit, wenn dees alls schtimme tei, miasste br b'm Eeschgang* uff de Knia duur d'Waida rütsche*.«*
Ich kann nicht umhin zu schmunzeln, versuche ihn damit zu trösten, dass er seine Strafe ja in Form von seinen Blessuren schon bekommen hat.

Tom ist trotz seiner amputierten Zehen guter Dinge und will bald schon wieder mit dem Bergführen beginnen – wie ich es vorausgesehen habe.
TransAlpin biete neuerdings auch Winterbegehungen an, berichtet er. Ob ich nicht Lust hätte, als Bergführer wieder mit einzusteigen?
Ich verweise auf die drängenden Aufgaben, die vor mir liegen.
Ich hätte da ja wohl meine Berufung gefunden, meint Tom.
Es habe sich eben so ergeben, antworte ich. Ich täte einfach das Nächstliegende, das, was am Nötigsten sei.
Tom findet, es sei lobenswert, aber doch keine Lebensperspektive.
Das hänge davon ab, was man daraus mache, entgegne ich.
Tom wird ungeduldig, scheint noch etwas auf dem Herzen zu haben.
Wie lange ich denn noch in Nepal zu bleiben gedenke? will er wissen.
Ich antworte, ich hätte keine Ahnung. In einem halben Jahr solle der Schulbetrieb wieder aufgenommen werden, dann könne ich mich vielleicht abseilen. Es könne aber auch gut sein, dass sich der Wiederaufbau um ein Jahr verzögere, bei dem Chaos, das im Moment herrsche. Im Moment jedenfalls würde ich noch dringend gebraucht.
Tom erzählt von den vielen Flüchtlingen, die gerade über die Balkanroute nach Deutschland kommen – hauptsächlich aus dem zerstörten Syrien. Da ließe sich auch viel Gutes tun, meint er – und zwar direkt vor Ort. Ob ich denn kein Heimweh hätte?*

Machmal schon, gebe ich zu, aber ich käme vor lauter Arbeit nur selten dazu.
»Ii mangle de, Jo«, gesteht Tom geradeheraus und zitiert einen seiner Lieblingssprüche: »Es isch nuits mea, wia n'es g'weache isch, bloaß d'Henna scheeret allat no hinderse*.«*
Ich lache und verspreche ihm, mich bald in der Heimat blicken zu lassen.
An Weihnachten müsse ich jedenfalls unbedingt vor Ort sein, beharrt Tom. Da habe sich bei TransAlpin jemand für die Trettach-Winterbegehung angemeldet mit dem Vermerk »Nur mit Bergführer Johannes Nepomuk Schädler persönlich.«
»Lieber Gott!«, entfährt es mir.
»Nuui, dea it«, kichert Tom, »aber uine, wao öü allat kriat, was se will. Du waisch ja – d'Wiebr händ mea Gwaolt as a Schiaßpulver!«*

Glossar

Hier finden sich Erklärungshilfen und Anmerkungen zum Inhalt, geographischen oder geschichtlichen Besonderheiten sowie Übersetzungshilfen zu den in der Oberstdorfer und Kärntner Mundart abgefassten Redeteilen. Was den Kärntner Dialekt betrifft, wurden wegen seiner Nähe zum weiter verbreiteten bairischen Dialekt nur schwer verständliche Wendungen oder Begriffe in das Glossar aufgenommen. Ähnlich wie im Bairischen wird der Laut »a« mit einer starken o-Einfärbung gesprochen (wie in Boss oder Most). Die mundartbedingten Auslautverschleifungen (z. B. oba für aber) wurden von der Schreibung der Aussprache angenähert.

Was den Allgäuer Dialekt anbetrifft, so folgt die Verschriftlichung der Lautung so weit wie möglich, deutet lange Vokale oder Umlaute (außer bei Worten, die mit dem Hochdeutschen identisch sind) durch Doppelung und die Diphthonge durch ao (Zwischenlaut zwischen a und nasalem o wie in Gong) und oa (wie in Boah!) an. Jo's Allgäuerisch ist bedingt durch seine Mutter aus dem Ostrachtal in der Monophthongierung der Umlaute nicht ganz so konsequent wie der Oberstdorfer Dialekt (vgl. Söü/Süü, bei/bii etc).

Da im Text aus Gründen der besseren Lesbarkeit auf phonetische Lautschrift verzichtet wird und der Allgäuer Dialekt deutlich mehr Vokalfarben hat als das Hochdeutsche, machen die schriftliche Wiedergabe und die korrekte Aussprache speziell der Vokale einige zusätzliche Erklärungen nötig. Joachim Jäger, Mitarbeiter am Wörterbuch der Oberstdorfer Mundart und verantwortlich für Phonetik und Lautschrift, hat dazu folgende Hilfestellungen verfasst:

Vokal -a-: Keine deutlichen Unterschiede zum HD, es ist allenfalls palataler (offener) gefärbt als im Standard-Deutschen (vor allem auch in der Länge).
Vokal -e-: Hier ist die Wiedergabe einfacher, da sich auch in der Schriftsprache der offene Vokal kennzeichnen lässt – nämlich mit -ä-. Der deutlichste Unterschied zum HD ist das kurze -e-, das auch als geschlossene Variante vorkommt (Bsp. sechs: HD-Lautung säks; Dialekt: seks; ebenso Heft u.a.).
Vokal -i-: Im Hochdeutschen ist das kurze -i- in der Regel offen (ich bin), das lange -i- geschlossen (Biene; Lied). Im Dialekt kann das lange -i- dieselbe Qualität haben (liecht = leicht; Schie = Ski). Dieses lange i: wird hier als -ie- geschrieben, wie es auch oft im Hochdeutschen wiedergegeben wird (vgl. obige Beispiele). Es gibt aber im Dialekt auch ein offenes langes -i-, das sich deutlich vom ge-

schlossenen abhebt. Um das wiederzugeben, wird die Schreibung -ii- verwendet (viil = viel). Die Vokalfärbung ist also dieselbe wie bei HD »ich bin«, aber der Vokal lang. Dasselbe Schema betrifft auch den kurzen Vokal, der im Hochdeutschen regelmäßig offen ist: Sind = (sie) sind wird im Dialekt genauso wie im HD ausgesprochen. Daneben gibt es aber im Dialekt häufig das kurze -i- in geschlossener Färbung (z.B. Sind = Sünde, was im HD nicht vorkommt. Dieser Unterschied lässt sich im Schriftbild ohne zusätzliche phonetische Zeichen nicht wiedergeben.

Da das -ie- ausschließlich für das lange geschlossene -i- verwendet wird, kann es nicht den Diphthong bezeichnen, der besonders vor -r- vorkommt (Bsp.: Bier). Dafür wird im Dialekt dann der Diphthong –ia- geschrieben (Biar).

Vokal -o-: Im HD ist kurzes -o- in der Regel offen, langes -o- geschlossen. Im Dialekt dagegen gibt es offene und geschlossene Varianten sowohl beim kurzen wie beim langen -o-. Um dies zu kennzeichnen, wird die offene Variante, wo sie nur im Dialekt auftritt, als -ao- wiedergegeben (Baole = Kater, waohne =wohnen). Beim langen geschlossenen -o-, ist die Aussprache im HD und im Dialekt gleich: Hof; Kohle. Auch beim kurzen offenen -o- ist die Aussprache wie im HD. Es kommt in vielen Wörtern vor, die im HD ein -a- haben, z.B. kaolt = kalt, Waold = Wald). Zuletzt noch ein Bsp. für das kurze geschlossene -o-, das es nur m Dialekt gibt: Woll (=Wolle); offa (=offen) – die Qualität des -o- ist im HD verschieden vom Dialekt.

Vokal -u-: Insofern einfach, als es im Dialekt eigentlich nur die offene Form gibt, ob das -u- nun lang ist oder kurz. Also Brunnen / Brunne hat denselben kurzen offenen Vokal. In der Länge bleibt das -u- im Dialekt offen, im HD ist es geschlossen. Das -u- in Zuug (Dialekt) hat also eine andere Qualität als im HD Zug.

Wer sich darüber hinaus über die Sprachgeschichte des Allgäuer und speziell des Oberstdorfer Dialekts und seine phonetischen Besonderheiten wie offene und geschlossene Vokale, aspiriertes k, Konsonantenverschärfung, Betonung etc. interessiert, der möge das akademisch aufbereitete »Wörterbuch der Oberstdorfer Mundart« zu Rate ziehen.

Erste Etappe: Anfahrt

Aufbruch

Schulda wia Schittrbiiga: Schulden so zahlreich wie die Holzscheite, die man im Allgäu vor der Heizperiode längs der Häuserwände stapelt.

A minders Weattr…: Das Allgäu ist speziell im Frühjahr und Sommer für lang anhaltende Niederschläge berüchtigt – Oberstdorf gar gilt als einer der niederschlagsreichsten Orte Deutschlands!

Oberstdorfer Mundart: »Die Oberstdorfer Mundart gehört, großräumig betrachtet, zum Alemannischen im engeren Sinn, wie ihre Nachbarmundarten im Oberen Iller- und Ostrachtal, im Kleinen Walsertal und im Bregenzer Wald, und hat in vielem den Lautstand des Mittelhochdeutschen – eine hochdeutsche Sprachstufe aus der Zeit zwischen der Mitte des 11. Jahrhunderts bis etwa um 1350 – bewahrt. Sie hat aber doch ihre spezifischen Eigenheiten, an denen ein aufmerksamer Zuhörer den Oberstdorfer bald von einem Hindelanger, ja sogar von einem Rubinger zu unterscheiden vermag.« [Aus: Wörterbuch der Oberstdorfer Mundart, S. 15]

Allgäuer Dialekt: »Den einen, einheitlichen Allgäuer Dialekt gibt es nicht, auch wenn von ihm immer wieder gesprochen und geschrieben wird. Man stößt nämlich zwischen Bodensee und Ammergebirge auf solch gewaltige Mundartunterschiede, dass selbst fremde Ohren sie nicht überhören können. Dieser Gebietsstreifen ist von einer scharfen Mundartgrenze, der Wiib-Weib-Linie, durchschnitten. Sie schlägt nach der traditionellen und noch heute in der Sprachwissenschaft üblichen Einteilung das Westallgäu (einschließlich dem Umland von Wangen und Isny) und das Oberallgäu südlich von Immenstadt dem Alemannischen zu, die übrigen Gebiete des Allgäus aber dem Schwäbischen.« [Dr. Manfred Renn, Universität Augsburg, Fachbereich Germanistik]

Dea schwätzt as wia a Boatrtraagar: Das Mundwerk eines Rosenkranzträgers (Boatrtraagar) steht beim Beten niemals still. Auf Hochdeutsch »Der redet wie ein Wasserfall«.

Iatz sind dr g'richt: Doppelsinnig: »Jetzt seid ihr bereit« – »Jetzt seid ihr alleingelassen«

Aond tuu: Leidtun. Dem typischen Oberstdorfer wird große Heimatliebe und Standorttreue nachgesagt. Das »Gai« (hier: Allgäu) verlässt er nur ungern.

Heafats: Die viergipflige Höfats (2259 m, nahe Oberstdorf) ist einer der markantesten Allgäuer Grasberge und mit seiner Formschönheit und steilen Flanken einzigartig in den Ostalpen.

Messner-Expedition von 1979: Reinhold Andreas Messner (* 17. September 1944 in Brixen, Südtirol) ist ein italienischer Alpinist, Abenteurer, Buchautor und gilt als einer der bekanntesten Bergsteiger der Welt. Er stand als Erster auf den Gipfeln aller vierzehn Achttausender (1970–1986, jeweils ohne Flaschensauerstoff). 1979 bestieg er zusammen mit dem Peitinger Extrembergsteiger Michael Dacher (1933 – 94) den in Rekordzeit.

Rießet'n raa, dean Kooge!: Der Originalspruch Michl Dachers beim Aufbruch zum Gipfel mit Reinhold Messner am 12. Juli 1979 lautete: »Reiß ma'n runter, den Zapfen!«

Bergschule TransAlpin: Der Name ist erfunden. In Oberstdorf existieren mehrere namhafte Bergschulen, darunter einige, die auch Hochgebirgsexpeditionen organisieren – der K2 stand allerdings bisher noch bei keiner auf dem Programm.

Jüssgar: Jodelschrei

Wilda Hünd: Die »Wilden Hunde« Oberstdorfs – draufgängerische Kletterer, Skispringer und –

fahrer der Pionierzeit – sind spätesten seit dem gleichnamigen Joram-Lee-Song weit über die Ortsgrenzen bekannt geworden. Vgl. dazu auch Kapitel »Pörtschach« und »Promotion«.

Wässr: Hochdeutsch etwa »Weichei« oder »Schlappschwanz«

Schiißfiidlar: Hosenscheißer

Hochland: Jo's Hochland-Konzeption ist – so viel darf bereits hier verraten werden – bis zum Schluss diffus und Wandlungen unterworfen. Was am Anfang als elitäres Überheblichkeitsgehabe von zwei Spitzenbergsteigern und eine Art Kletterphilosophie zur Erlangung von Glücksmomenten daherkommt, wird zunehmend spirituell befrachtet, bis die Suche nach dem Hochland am Ende in der Frage nach dem Sinn des Daseins gipfelt. Letzten Endes bleibt der Berg ein Mythos und der Kampf mit ihm eine weitgehend irrationale Angelegenheit. Vielleicht trifft es das folgende Zitat ganz gut: »«Der Berg ist von jeher eine Verbindung zwischen Himmel und Erde. Wer auf den Berg steigt, der nähert sich den Göttern. Darum eignet sich das Bergsteigen vorzüglich als Metapher für den geistigen und spirituellen Aufstieg. Einschließlich der entsprechenden Gefahren, die so ein Aufstieg mit sich bringt: Die Luft ist dünn in den höheren Sphären, es drohen Schwindelgefühle und Atemnot, die Götter sind unberechenbar und lassen sich Unwetter und Steinschlag einfallen, der Mensch ist schwach oder unaufmerksam, er tritt daneben und stürzt ab. Zum Mythos des Berges gehört der Mythos des Bergsteigers. Letzteren müssen wir uns als einen introvertierten, asketischen, zähen Menschen vorstellen. Als einen Menschen, der nicht unbedingt auf Gottsuche ist, wohl aber auf der Suche nach einer so genannten Grenzerfahrung oder dem besseren, höheren Selbst.« [Aus der Rezension von James Salters »In der Wand« von Hans-Ulrich Treibel in der FAZ vom 30.11.1999]

Free Solo: Klettern ohne Seil und Haken

Cho Oyu: Der Cho Oyu ist mit 8201 Metern der sechsthöchste und von den Anforderungen her der leichteste Achttausender. Er liegt im zentralen Himalaya nur 20 km westlich von Mount Everest und Lhotse.

Oberallgäuer K2-Besteiger: Vielleicht gibt es inzwischen K2-Bezwinger oder gar Bezwingerinnen aus dem Oberallgäu? Die amtlichen Dokumentationen erteilen darüber zumindest bisher keine Auskunft.

Träger am K2: Im Gegensatz zum Everest, wo Sherpas mittlerweile nicht nur Rucksäcke und Verpflegung für die Gipfelaspiranten hinaufbefördern, sondern auch Fixseile und Leitern in der Aufstiegsroute verlegen, finden sich am K2 nur wenige Baltis oder Hunzas, die bereit sind, über das vorgeschobene Basislager hinaus Lasten und Gepäck zu tragen, da die meisten von ihnen dem schwierigen Berg mit seinen steilen Flanken klettertechnisch nicht gewachsen sind und das hohe Risiko von Steinschlag und Lawinenabgängen scheuen.

Göran Kropp (1966 – 2002): Schwedischer Extrembergsteiger. Seine Bergsteigerkarriere nahm einen rasanten Verlauf, als er 1990 als Vierter den Mustagh Tower – den »unmöglichen Berg« bestieg. Weltbekannt wurde Kropp 1996 durch seine Reise mit dem Fahrrad von Stockholm nach Nepal in den Himalaya und der anschließenden Besteigung des Mount Everest (beschrieben in seinem Buch »Allein auf den Everest«). Am 30. September 2002 verunglückte Göran Kropp südlich von Seattle, Washington, bei einer Klettertour tödlich.

Wenn schu v'rruckt, naocha g'schied!: »Wenn schon verrückt, dann richtig!«

Dummelsmoos: Ortsteil mit vorgelagerten Weideflächen im Nordosten von Oberstdorf

Naa schiabet alle Hailige, nüüf kui Teifl: Tom hadert mit dem Gesetz der Schwerkraft.

A güet's Schtuck furt vu dahuim: Die Beiden haben immerhin schon 40 von 8000 km hinter sich gebracht!

Hahntennjoch: Auf 29 kurvenreichen Kilometern verbindet die teilweise enge Straße das Tiroler Lechtal mit dem Oberen Inntal. Die Strecke ist besonders bei Motorradfahrern beliebt.

Gschtäärgrindegkeit: Dickköpfigkeit, Eigensinn – Eigenschaften, die traditionell dem Allgäuer zugeschrieben werden.

So viel kasch gar it vrschlaage…: Nicht wörtlich zu verstehende Unmutsbekundung Toms!

Leachtlar: Bewohner des Lechtals und der umliegenden Ortschaften

Nääch an ar Doatsind: Beinahe eine Todsünde (im Oberstdorfer Originalzitat ist es »a Sünthofar«, der die gotteslästerliche Anrede darstellt).

Bschosse: Schlagfertig

Schwaz hinter Innsbruck: Die Beiden hatten am ersten Tag 196 Kilometer und 2400 Höhenmeter zurückgelegt!

Dass br leabeg huimkummet: Jeder fünfte Besteigungsversuch am K2 endet tödlich.

Ringgschmeckte: Eine aus der Fremde Zugezogene

Boarzar, Millnuudlar: Oberstdorfer Spottnamen für die Bewohner der der Marktgemeinde Oberstdorf vorgelagerten, aber bereits dem Landkreis Sonthofen zugehörigen Dörfer Altstädten und Hinang

Ingkhierete: Eingeheiratete

Gschieda Oberschdoarfar: Nach (inoffiziellen) Regularien gilt man erst in der dritten Generation mit festem Wohnsitz in Oberstdorf als Einheimischer.

Vrnuitse: Heruntermachen, über einen ablästern

Aafrääme: Sich fremd fühlen (aufgrund fehlender Willkommenskultur)

Ma seit it allat Mulle: »Ab und zu muss man auch Klartext sprechen/die Dinge beim Namen nennen.« (Mulle = Kosename für ein Kätzchen)

Tröüfkändl: Dachrinne

Kriigl: Hals (oft abschätzig gleichbedeutend mit Kopf gebraucht)

Brooglar: Angeber (vgl. engl. »brag«)

Dao dünda: In den geographisch südlich gelegenen Ländern

Fehla (von lat. filia): Mädchen

Wassr de Baa naatrage: »Eulen nach Athen tragen« (auch: »De Mischthüüfe dünge«)

S'Griss haong: Bei den Mädchen gut ankommen (»Aufreißer«)

Dees wird an Haiggl haong: »Das ist doch völlig belanglos!«

Iatz giesch de: Beruhige dich, komm runter

Flack uff d'Buugrat: »Leg dich ins Bett« (die Buugrat bedeutet eigentlich Alphüttenlager, wird im Allgäu aber auch als Synonym für Bett gebraucht)

Bigott: Bei Gott (meist zur Verstärkung des Gesagten gebraucht)

Der Pass

Obhaiter: Sonnig über einer geschlossenen Wolkendecke

Heiligenblut (1288 m): Am Fuße des Großglockners und am obersten Ende des Mölltals im Nationalpark Hohe Tauern gelegenes Alpendorf.

Reliquie: Der Legende nach wurde der dänische Prinz Briccius im Jahr 914 an der Stelle der heutigen Bricciuskapelle beim Versuch einer Alpenüberquerung von einer Lawine erschlagen. Er führte eine Ampulle mit dem Blut von Jesus Christus mit sich, das aus einem Bildnis des Gekreuzigten in der Sophienkirche von Konstantinopel geflossen sein soll.

Ja, verreck am Schatte: Unmutsbekundung angesichts eines unvermutet auftretenden Hindernisses oder Missgeschicks

Dees kut vu dea hüüre Bressierarie: Das ganze Sprüchlein lautet: »...haot dr Schneack g'seit, wia'ra i siebe Jaohr ibr a Bruck krieset und am End doch no g'schtolpret isch.«

Hopfe und Maolz: Gemeint ist natürlich Bier. Das »Maolz« (eigentlich »Malz«) ist des Reimes wegen mit ao geschrieben.

's Hüüs verluurt nuits: Das Haus verliert nichts – und eine verloren geglaubte Socke findet sich in der Krautschüssel wieder. In einer Variante kommt es für das Allgäuer Weible noch dicker: »Ünda kut's dick, haot's Wieble g'seit und de Butzlumpe uss dr Suppeschissl zooge!«

Allgäuer Schprüchleschatz: Neben dem »Wörterbuch der Oberstdorfer Mundart« mit seinen vielen idiomatischen Wendungen ist das natürlich Alfred Weitnauers »Lachendes Allgäu«, das inzwischen schon Generationen von Lesern heitere Einblicke in die urtümliche Denk- und Lebensweise der Allgäuer vermittelt.

Aber a wink neabe dr Kappe bisch nettglii gwea: »Aber ein wenig zerstreut warst du trotzdem.«

Dia laot nuits üüs: Die lässt keine Gelegenheit ungenutzt

Drie Tääg Luude: »Drei Tage sturmfreie Bude!«

Wia d'Veegele im Haompfsaome: Wie Gott in Frankreich

Gschwindr a Üüsreed: »Schneller eine Ausrede finden als eine Maus ein Loch.«

Pörtschach

Hoch- und Niederalemannisch: Entgegen aller Vermutung bildet die Staatsgrenze zu Österreich keine klare Mundartgrenze. Im nördlichen Bregenzer Wald spricht man nur geringfügig anders als im Westallgäu; vergleichbar dazu gibt es eine große sprachliche Nähe zwischen Pfronten und dem Tannheimer Tal oder zwischen Füssen und dem Tiroler Raum um Vils und Reutte. Einzig das Kleinwalsertal hebt sich durch die aus der alten Heimat, dem Ober-Wallis, mitgebrachten und bewahrten Sprachmerkmale des Hochalemannischen ziemlich deutlich von den Oberallgäuer Nachbarn ab. [Dr. Manfred Renn, Universität Augsburg, Fachbereich Germanistik]

Oberstdorfer/Kleinwalsertaler: Das Kleine Walsertal ist als politische und geografische Enklave für den Straßenverkehr nur über Oberstdorf erreichbar.

Pörtschach am Wörthersee: Sommerurlaubs- und Luftkurort im Bezirk Klagenfurt-Land. In den Sechziger- und Siebziger-Jahren war der Ort Treffpunkt speziell mondäner Gesellschaftsschichten.

Gwendolin: Der Name Gwendolin ist keltischer Herkunft. Er setzt sich zusammen aus **gwyn** ‚weiß, schön' und **dolen** »Bogen, Kreis«. Gwendolin ist ein in walisischen Sagen beliebter Name von Zauberinnen und Feen. [Wikipedia]

Dea kaa fei öü Noai sage: »Der kann auch Nein sagen!« (Das »Noai« entspricht dem Hindelangerisch eingefärbten Dialekt Jo's; in Oberstdorf heißt es »Nui«.)

Piefke: In Österreich abwertend für Deutsche (speziell Norddeutsche)

Untergatt'n: Kärntnerisch für Unterhose

Blutt wia a g'schloffes Miesle: Nackt wie ein frisch geschlüpftes Mäuschen

Bist' g'schaamig: »Schämst du dich etwa?«

Belze: Ursprünglich das pelzige Gefühl in tauben Gliedmaßen. Im übertragenen Sinn bezeichnet der Begriff Unverfrorenheit, Kaltblütigkeit und Wagemut.

Lei: Kärntnerisch für »nur«

Wilde Henna: Das feminine Pendant zu »Wilde Hünd«

Daohuim schtearbet d'Lit: Entspricht statistisch zwar nicht mehr ganz den Tatsachen – gestorben wird heute überwiegend in Krankenhäusern und Hospizen – aber eben vergleichsweise selten am Berg.

Dwiillang: Langeweile

Ein Schloss am Wörthersee: 34-teilige deutsch-österreichische Fernsehserie, die zwischen 1990 und 1992 von Lisa Film für RTL produziert wurde. In den Staffeln 1 und 2 spielte Roy Black die Hauptrolle, in Staffel 3 Uschi Glas.

Länzeg wearet d'Fehla fänzig: Länzeg = Im Lenz (Frühling); fänzeg: übermütig. Frühlingsgefühle (nicht nur) bei den Mädchen!

Wiebr: Weiber – im Dialekt (im Gegensatz zum HD) noch ohne negative Konnotation.

Löüe: Klo

Ingeborg Bachmann, geb. 1926 in Klagenfurt, gest. 1973 in Rom, gilt als eine der bedeutendsten deutschsprachigen Lyrikerinnen und Prosaschriftstellerinnen des 20. Jahrhunderts. Das »Robert-Musil-Literatur-Museum« zeigt ständige Ausstellungen zu Robert Musil, Christine Lavant und Ingeborg Bachmann und befindet sich im Klagenfurter Geburtshaus des österreichischen Dichters Robert Musil (1880 – 1942).

Cy Twombly (Edwin Parker Twombly Jr., 1928 – 2011): US-amerikanischer Maler, Fotograf und Objektkünstler; zählt zu den wichtigsten Vertretern des abstrakten Expressionismus. Bei der Gestaltung seiner späten »Rosen«-Bilder hat Cy Twombly Verse bekannter Lyriker einfließen lassen, darunter Ingeborg Bachmanns »Im Gewitter der Rosen«. Das Original des Gemäldes befindet sich im Museum Brandhorst in München.

Giegar z'Oberschdoarf: Die Unternehmensgruppe Geiger mit Hauptsitz in Oberstdorf mit mehr als 2000 Mitarbeitern und 50 Standorten im In- und Ausland liefert, baut, saniert und entsorgt für Kunden aus den Bereichen Infrastruktur, Immobilien und Umwelt.

Mi haobba it gaonz so äschtimiert: »Mir wurde nicht so viel Wertschätzung zuteil.«

A wink vrnaafet: Ein wenig vernarrt

Rieche Fehla und an Beatlarkääs laot ba it rief weare: »Die reichen Mädchen heiratet man jung und arme Leute essen den Käse, bevor er reif ist.«

Hochland

Eecha!: Halt! Stopp!

Shangri-La ist ein paradiesischer, fiktiver Ort, der im weitesten Sinne im Himalaya, genauer in Tibet, liegen soll. Der Topos wurde von dem Schriftsteller James Hilton in die westliche Kulturgeschichte eingeführt. Sein 1933 erschienener Roman Lost Horizon (Der verlorene Horizont) basiert auf einer alten östlichen Legende von einem verborgenen Paradies. Im Westen wurde der Begriff alsbald mystifiziert und entwickelte ein Eigenleben, das bis heute anhält. [Nach Wikipedia]

Chogori (Betonung auf dem i): Der K2 – bei den Balti und Pakistani »Chogori«/«Lambha Pahar« = Großer Berg, ansonsten auch »Berg der Berge«, der »Verfluchte Berg« und »Savage Mountain« (wilder/brutaler Berg) genannt.

Flachländer: In seinem Buch »Eros, Kosmos, Logos« prägte Ken Wilber den Begriff »Flachland« in seiner übertragenen Bedeutung. Er bezeichnet eine Weltsicht, in der Innerlichkeit, Sinn, Tiefe und Spiritualität keinen Platz haben und in der das Universum auf das zufällige Durcheinander von Materie, bzw. »verspielten Schmutz« reduziert wird. Die »Flachland-Welt« ist zweidimensional und eine sie durchquerende Kugel wird darin nur als Kreis ohne Tiefe wahrgenommen.

Flow: Die Theorie des Flow (englisch »Fließen«) wurde von dem amerikanischen Psychologen Mihaly Csikszentmihalyi entwickelt. Flow bezeichnet das Glücksempfinden beim restlosen Aufgehen in einer Tätigkeit, die wie von selbst vor sich zu gehen scheint – verbunden mit dem Gefühl, alles unter Kontrolle zu haben. Handeln und Bewusstsein verschmelzen – die übliche Spaltung zwischen Handeln und Handlung ist aufgehoben. Manche Menschen erleben Flow auch als Hingabe und Selbstversunkenheit oder machen über dem Gefühl, über sich selbst hinauszuwachsen und die eigenen Grenzen zu überwinden, die Erfahrung der Selbsttranszendenz.

Bergsteigen und Spiritualität: Definiert man Spiritualität nicht spezifisch religiös als Verbindung zum Jenseitigen, sondern als geistige Beschäftigung mit der eigenen Existenz und der Sinnhaftigkeit des Daseins, so drängt sich eine spirituelle Komponente im Bergsteigen geradezu auf. Die Abgeschiedenheit des Gebirges, Einsamkeit – sofern man sich abseits der Touristenströme bewegt – zeichnen es als einen idealen Ort zur Kontemplation und Meditation aus. Berge fordern zum Verweilen, zum Schauen und Staunen auf. Sie zu besteigen, hält körperlich und geistig in Bewegung. Das Hochgebirge, dessen auch bedrohliche Schönheit gern mit dem Wort »erhaben« umschrieben wird, löst ein Gefühl der Ehrfurcht aus. Reinhold Messner wollte als junger Alpinist einmal hoch hinaufsteigen, um tief in sich hineinsehen zu können. Mit der körperlichen Anstrengung des Bergsteigens geht auch häufig das Gefühl einher, ganz bei sich selbst zu sein – Gerlinde Kaltenbrunner hat ihrer Biografie sogar einen gleichlautenden Titel gegeben. Manche Bergsteiger berichten von transzendentalen Erfahrungen; auf einem Gipfel zu stehen bedeutet für andere eine größere Nähe zu Gott. Auf die Hilfe der Berge bei der Suche nach ethischer Orientierung zählen sogar Repräsentanten des extremen Klettersports wie die aus dem katholisch geprägten Oberbayern stammenden Brüder Thomas und Alexander Huber, die beide als Vorbild ihren Vater zitieren: »Viele Wege führen zu Gott, einer davon über den Berg.« Tamara Lunger führt während ihrer Touren Gespräche mit ihrem »Seilschaftsführer« Jesus, wie sie offen bekennt. [Karin Steinbach Tarnutzer, Im Bann der Berge, 30.12.2011]

Glücksgefühl beim Bergsteigen: Das Gipfelerlebnis wird von vielen Bergsteigern aller Couleurs übereinstimmend als Glück, Euphorie, völliges Einssein mit sich selbst, Rausch und sogar als »Droge« beschrieben – ein Glück, das auch über den Tag hinausreicht. So schreibt Gerlinde Kaltenbrunner: »Dass es uns gelungen war, den Shisha Pangma von Süden nach Norden zu überschreiten, was noch nie vorher gemacht worden war, freute mich maßlos. Den ganzen Tag fühlte ich mich wie getragen, tief zufrieden. Ich schwebte. Ich kann mir nicht vorstellen, dass es irgendeine Droge gibt, die so ein Gefühl auslöst. Auch im Nachhinein freue ich mich noch lange über einen Gipfelerfolg, wenngleich viele andere Eindrücke das ganz intensive Gefühl in den Hintergrund drängen.« (»Ganz bei mir«, S. 207 f). Tamara Lunger, geb. 1986 in Bozen, mittlerweile eine der stärksten Bergsteigerinnen der Welt, empfindet die Glückserfahrung beim Bergsteigen in ihrem Buch unter Umständen sogar als lebensgestaltend: »Uns alle leitet der menschliche Instinkt, die Neigung zur absoluten Schönheit, die Lust, die Messlatte immer weiter nach oben zu verschieben, um herauszufinden, was man alles aushalten kann. Es ist die bedingungslose Liebe zu den Bergen, die Suche nach dem Berg, den vor dir noch keiner berührt hat oder die Suche nach dem Zauber, den vor dir keiner erlebt hat. Für den einen ist es das Absolute, für den anderen die Suche nach Gott – immer getrieben von der Überzeugung, die wahrscheinlich einer Illusion nahekommt, dass man aufgrund dieser Momente eine bessere Person sein kann.« (»Meine Glückseligkeit an der Grenze zum Tod«, S. 132)

Wilde G'schicht: Beruht auf einem Bericht von Engelbert Wille aus Bad Oberdorf, selbst Extrembergsteiger und »Wilda Hünd«, der mit seinem Kletterfreund und Hindelanger Bergführer Max Keck in den Siebzigern diese Geschichte so (oder so ähnlich) erlebte. Max Keck verunglückte 1978 bei einer Skitour im Wallis tödlich.

Es gaoht a Waase: »Da geht was!«

Hochlanderfahrung der anderen Art: Jo's Schilderung seiner Empfindungen beim Beischlaf mit Gwen (»Entgrenzung«, »Wissen um etwas Größeres«, »Verschmelzung«, »Einssein mit allem«) deuten darauf hin, dass auch dem Geschlechtsakt durchaus etwas Hochländerisches innewohnen kann, das die Liebenden kurzfristig in eine andere Sphäre befördert. Die ironische Pointe besteht allerdings darin, dass Jo die größte Lust aus dem Zurückfallen in die Körperlichkeit zieht.

Renata Chlumska, geboren 1973 in Malmö, ist Schwedin, Abenteurerin, Bergsteigerin und Dozentin. 1996 begleitete sie Göran Kropp auf seiner Reise in den Himalaya und zurück. 1999 wurde sie die erste Schwedin, die den Mount Everest bestieg. Im Jahr 2003 kürte sie American Outside zu einer der weltweit führenden Abenteuerfrauen. Als erste Schwedin hat Chlumska die Sieben Gipfel (die jeweils höchsten Gipfel der sieben Kontinente) bestiegen. Sie war Verlobte von Göran Kropp, bis er 2002 beim Felsklettern in den Vereinigten Staaten starb.

Komoot wär's beldr schu: »Bequem wäre es sicherlich schon.«

Bisch du huit a Wäächa: »Bist du heute chic!« Wääch: Fein oder festlich angezogen

I deam Sunntaghääs gliechesch glei viil mea: »Im Sonntagsstaat machst du gleich viel mehr her!«

Du brüüchsch br gar it hääl tuu: Du brauchst mir nicht zu schmeicheln!

Du rüüsputzeda Schpaagehansl: »Du herausgeputzter Hampelmann«

Maschkregaonge: Maskiert gehen

Du Tschopperle waaßt echt nit, wos fesch is: »Du Trottel weißt echt nicht, was modisch angesagt ist.«

Zum Patrozinium an Johannis (doppeldeutig): Zum Patrozinium (Namenstag der Kirche) an Johannis (24. Juni) oder zum Patrozinium an (einen) Johannes.

Uff de Güügehaafe neame: Huckepack nehmen

Pfündsfehla: Doppelsinnig: schwer in Ordnung und schwergewichtig

Winterling: Einjähriges Kalb

Zünga wia Riebiese: Tom erzählt von seiner Zeit als Jungviehhirte und wie ihm die Schumpen mit ihren rauen Zungen Gesicht und Waden abschleckten, um ihren Salzhunger zu stillen.

Rüüs us'm Saich: Raus aus dem Trott (wörtl. »aus der Pisse«)

Fremda: Tourist

Mulfe: Mampfen; hier: Wiederkäuen

Hindrsinneg: Trübsinnig, depressiv

Grüebe: Ausruhen

Dees truigt: Das täuscht

Mit am Hüüfe Rindviicher z'tind g'hett: Mit den Rindviechern ist natürlich Toms (hypothetische) Kundschaft als leitender Angestellter bei der Ebeling-KG gemeint

Nüüf uff dean Siache so gschwind es gaoht: »Rauf auf den Kerl (Berg) so schnell wie möglich!«

Kletterwände des Allgäus: »Ein paar steile Felswände gibt es schon, an denen Allgäuer Klettergeschichte geschrieben wurde. Die große Wildenverschneidung ließ früher den Allgäuer Kletterern ein Schaudern über den Rücken laufen. Kaum zu glauben, dass in mitten der Allgäuer Grasberge eine derartige Dolomitenwand steht. Auf sieben Seillängen gibt es wenige Meter, die den sechsten Schwierigkeitsgrad unterschreiten. Die teilweise überhängende Ostwand des Schneck galt lange Zeit als schwierigste Klettertour der Allgäuer Alpen. Bis zum Jahre 1946 war die Führe nach ihrer Erstbegehung durch Risch (1922) erst einmal wiederholt worden (1936). Anderl Heckmaier (Erstbegeher der Eiger Nordwand) schätzte die Route schwieriger ein als die Nordwand der Großen Zinne (Comici). Nur die »ganz Wilden« zog es hinauf in die Oberstdorfer Hochtäler um solche Herausforderungen zu bestehen…« [Walter Hoelzler]

Mir sind doch kui Schwaobe: Die Schwaben sind für ihre Sparsamkeit bekannt und brachten nach dem Krieg auf ihren Ausflügen ins Allgäu bisweilen Essen und Getränke mit, anstatt die Gastronomie vor Ort zu nutzen.

Philosophie der maximalen Einfachheit der Mittel im Bergsport: »Stark durch Einfachheit in der Strategie, schnell in der operativen Ausführung wollen wir sein. Nicht mehr Budget, Größe der Mannschaft und Materialeinsatz sollen über den Erfolg entscheiden, sondern die Qualität der Mannschaft, das Know-How und die Innovationskraft. Wir wollen auch sehen, ob es gelingt [dieses Konzept] zum Katalysator für eine Revolution im Achttausenderbergsteigen zu machen.« [Reinhold Messner, Berge versetzen. Das Credo eines Grenzgängers]

Üüsgfuchst: Ausgefuchst, raffiniert

Gleagele äärbesletes 'na haolt a wink schpäätr: »Manchmal dauert es ein wenig länger, bis der Groschen fällt, aber am Ende haben wir uns noch immer verstanden, wenn's darauf ankam – verstanden?«

Schön-Rohtraut: Die Ballade des schwäbischen Pfarrers und Dichters Eduard Mörike (1804-1875) handelt von einer schönen Prinzessin und einem jungen Höfling, der sie liebt, ihr aber nicht ebenbürtig ist. Die Prinzessin ist emanzipiert und erlaubt ihrem Verehrer, sie auf den Mund zu küssen. Das allerdings ist für beide der äußerste Schritt. Trotzdem fühlt sich der junge Höfling durch die Gunstbezeigung der Prinzessin wie im siebten Himmel.

Das verlassene Mägdlein: Wie der Titel bereits vorgibt, geht es beim 1829 verfassten Gedicht von Eduard Mörike um eine Magd, die von ihrem Liebhaber verlassen wurde. Ihr Arbeitstag beginnt früh morgens, wenn die Hähne krähen. »In Leid versunken« beobachtet sie den Schein des Herdfeuers. Plötzlich wird ihr klar, dass sie nachts von dem »treulosen Knaben« geträumt hat, der sie verlassen hat. Sie beginnt zu weinen und wünscht sich, der Tag wäre schon vorüber.

Grenzgänger: Der Begriff wird gerne mit Reinhold Messner in Verbindung gebracht: »Er hat alle Achttausender der Welt bestiegen, den Mount Everest im Alleingang und ohne künstlichen Sauerstoff. Er hat die Antarktis durchquert, Grönland und die Wüste Gobi. Er baut Museen, schreibt Bücher, hält Vorträge, produziert Filme. Messner ist ein Getriebener, ein Grenzgänger. Er sucht die Selbstüberwindung, die existenziellen Erfahrungen an der Grenze des Menschenmöglichen, an der Grenze zum Tod.«

Tückische Höhenkrankheit: Vgl. dazu Hans Kammerlanders Bericht über seinen Anmarsch zum K2 1994, bei der eine tschechische Expedition seine eigene zu einem Wettlauf herausforderte und die Strecke zum Basislager zur schnelleren Akklimatisation im Sprint bewältigte: »Dabei ließen sie die wichtigsten Regeln des Höhenbergsteigens außer Acht. Sie liefen, was die Beine hergaben, ignorierten Kopfschmerzen und Kurzatmigkeit, bis sich der Organismus wehrte… Unweit des Basislagers starb einer der Expeditionsteilnehmer ein paar Tage nach seiner Ankunft am Fuß des Berges qualvoll an akuter Höhenkrankheit.« [Bergsüchtig, S. 237]

A Fehl, wao johlet, dr Teifl holet: Bis weit ins 20. Jahrhundert hinein war das Jodeln im Allgäu traditionell den Männern vorbehalten.

Hubert von Goisern, eigentlich Hubert Achleitner: Österreichischer Liedermacher und Weltmusiker. Seine Mischung von Rockmusik mit Elementen traditioneller Volksmusik machte ihn zu einem der wichtigsten Vertreter der Neuen Volksmusik, genauer des Alpenrock, und die Heimatmusik und das Jodeln auf internationalen Konzerten salonfähig. Aus der Zeit von Hubert von Goisern mit den »Alpinkatzen« (1986 – 1995) stammen mehrere der Titel, die Gwen, Gritt und der »Highland-Choir« zum Besten geben – z. B. da Kuahmelcher, Kiahsuacha, Juchitzer, Krippensteiner und Heast as net.

Jo fühlte sich in ein Hochland der anderen Art entführt: Gesang, Jodeln, Musik und die Kunst überhaupt sind (solange nicht kommerziell vermarktet) zweckfrei und losgelöst von allen Zwängen zur Selbst- und Arterhaltung. Schon Friedrich von Schiller deklarierte in seinen Ästhetischen Schriften das Spiel (und damit auch die Kunst) zum Humanitätsideal: »Frei ist der Mensch nur da, wo er spielt.« Und Arthur Schopenhauer ernannte die Musik zu edelsten aller Künste, weil sie den menschlichen Geist kurzzeitig aus der Befangenheit im Subjektiven befreien könne: »Das unaussprechlich Innige aller Musik, vermöge dessen sie als ein so ganz vertrautes und doch ewig fernes Paradies an uns vorüberzieht, so ganz verständlich und doch so unerklärlich ist, beruht darauf, dass sie alle Regungen unseres Wesens wiedergibt, aber ganz ohne die Wirklichkeit und ihrer Qual.« [Die Welt als Wille und Vorstellung I, Zürcher Ausgabe, S. 331]

D'Hennebrupfa üüffahre: Gänsehaut bekommen

Drääne: Großvater

Mit Johle kasch de Heargott seal zum Jüssge bringe: Jodeln bringt selbst den Herrgott zum Jauchzen.

Joram Lee und Wilde Hünd: »Joram Lee« ist eine Kultband aus Oberstdorf und Umgebung, die unter der Leitung von Josef Geiger international bekannte Songs mit Texten in Allgäuer Mundart covert und darin Heimat und Brauchtum preist, aber auch Missstände mit z.T. derbem Humor geißelt. Im Song »Wilde Hünd« geht es um die waghalsigen Kletter- und Skispringer-Pioniere aus Oberstdorf früherer Zeiten und die Aufforderung an die heutige bequem gewordene Jugend, es ihnen nachzutun.

Originaltext »Wilde Hünd« von Joram Lee:

Wilde Hünd, he, kennsch du öü uin?
Wilde Hünd haot's allat gea.

Wilde Hünd, dao saget d'Fehla:
Wilde Hünd – ma mag's gean seah!
Wilde Hünd, dia händ kui Angscht it,
Wilde Hünd hand öü kuin Gründ,
weil Gschichtle voll mit Ruhm und Ehr
bliebet bloaß de wilde Hünd!

Bun iis git es etle Gipfl,
dia händ gar kuin güete Rüef.
Dia maischte Lit, dia händ Reschpekt.
A paar händ gseit »Dao müess i nüüf!«
Ob im roate Loo b'd'r Heafats,
Ob Schneagg Oscht, ob Rädlargraot,
etle biaßet's mit'm Leabe,
bis z'maol a wilda Hünd domm schtaoht.

Lüeget huit amaol dia Jünge aa:
Kui Schmaolz, kuin Schtolz, kuin Müet!
Flaacket i dr g'haizte Schtuube,
füül und fett, es gaoht'na z'güet.
Rüüs us'm Saich, rießet na zäämet !
Schtaondet üüf, weil uiba Schtünd,
Dia haot iatz entle gschlaage:
Mir brüüchtet wiidr wilde Hünd!

Nennars Näzl, Brutschars Daone,
Schwarze Kaschpar, Millars Hans,
Häselars Peter, Wildelar Bums
und öü Faschingsleitnars Franz,
Schedlars Hermann und dr Liese,
Grüabars Bäschtle, Gummi Klein,
Awandars Hermann, Lixars Seppl,
Rietzler Johann eins und zwei!

[Zu den Leistungen herausragender Skiwettkämpfer siehe http://www.skiclub-oberstdorf.de/club/40-jahre-skilauf-oberstdorf]

Rosen, die in stillen Gärten stehn: Anspielung auf das gleichnamige Gedicht von Christian Morgenstern:

> Oh, wer um alle Rosen wüsste,
> die rings in stillen Gärten stehn,
> oh, wer um alle wüsste,
> müsste wie im Rausch durchs Leben gehn.
>
> Du brichst herein mit rauen Sinnen, als wie ein Wind in einem Wald –
> und wie ein Duft wehst du von hinnen, dir selbst verwandelte Gestalt.
> Oh, wer um alle Rosen wüsste, die rings in stillen Gärten stehn
> – oh, wer um alle wüsste, müsste wie im Rausch durchs Leben gehen.
> [Ein Sommer, 1900)

Flucht

Ruie: Leidtun

I'd Gaggl schliafe: Einen Rückzieher machen (wörtl. »sich ins Schneckenhaus zurückziehen«)

Mit dr Nääs schlittle: Mit der Nase Schlitten fahren: Bildlich für »den Kopf hängen lassen«

Grind: In den alemannischen Dialekten gebräuchlicher Ausdruck für Kopf. Ob sich der Ausdruck etymologisch auf den Wundschorf (= hochdeutsch Grind), der sich auch am Kopf bildet, zurückzuführen ist, wäre zu prüfen.

Bocksear: Stinksauer

Läfass: Blödel

Maria Elend: Die Gemeinde Maria Elend im Rosental liegt südlich vom Faaker See und nördlich der Karawanken. Der Ort ist benannt nach der Wallfahrtskirche, die zum Gedenken an Marias Flucht vor Herodes nach Ägypten errichtet wurde. Das Wasser aus dem nahegelegenen Brunnen gilt als heilkräftig.

Dea hoat a Gingge: »Der hat eine Macke.«

Es git allat a Naocha: »Es gibt immer ein Danach.« Der Dialog erreicht hier eine fast metaphysische Dimension.

Na süüf i dii i Gründ und Boode ning: Tom kündigt hier ein Kampfbesäufnis an, bei dem die Männerehre auf dem Spiel steht!

Lüttr wündrgeale Wuurza: Ausweichende Antwort auf eine neugierige Frage (wündrgeal = neugierig)

Dr glingg Holtsche fint de greachte: Jeder Topf findet seinen Deckel (wörtl. »Der linke Holzschuh findet zum rechten«).

Es git sottage und sottage: Es gibt solche und solche. Und dann gibt's noch die anderen. Aber das sind die Schlimmsten.«

Wea wit fraoget, wird wit gwiise: »Auf eine unbestimmte Frage kriegt man eine unbestimmte Antwort.«

Waorum laosch se na hocke: »Wieso lässt du sie dann sitzen?«

Mit den Walsern geplagt: Die Oberstdorfer sind mit der österreichischen Enklave Kleines Walsertal, die nur über das Allgäu erreichbar ist, in einer Art Zwangsehe verbunden.

Oberstdorfer Rechtler: »Aufgabe des Vereins der Rechtler ist die Bewirtschaftung der Grundstücke, die im Teilungsvertrag mit der Marktgemeinde Oberstdorf zur Aufhebung der Gemeindenutzungsrechte in unseren Besitz übergegangen sind. Auf die Häuser, nicht die Familien, die darin lebten, wurden von alters her die tradierten »Rechte« verteilt. Zum Beispiel das an Holz aus den »Allmende«-Wald, an der Nutzung der Weiden und Alpen für das Vieh und anderes mehr. Maximal fünf solcher Rechte erhielt jedes Haus. Festgeschrieben, verbrieft, vererbbar, unverkäuflich an Nicht-«Rechtler«. Heute sind die 327 Rechte auf 270 Personen aufgeteilt.« [Aus der Homepage der Rechtler von Oberstdorf]

Schlagabtausch der Redewendungen:

Ma dearf d'Fiaß it heachr haolte as ba saiche kaa: In typisch »hagebüchenem« Allgäuer Idiom abgefasste Mahnung, die eigenen Fähigkeiten richtig einzuschätzen und sich nicht zu übernehmen oder zu überschätzen.

Wo d'Liab hiifellt, blibt se flacke – und wenn's uff an Mischthüüfe isch: Gar nicht so abfällig, wie es sich anhört – Mist wird im Frühjahr zum Düngen verwendet und damit zum fruchtbaren Nährboden!

Leedeg g'schtoarbe isch öü it verreckt: Trostspruch eines Sitzengelassenen (oder besser Sitzenlassenden).

Ma dearf dr Noat kuin Schwüng laong: »Man darf der Not keinen Vorschub tun« (sich nichts anmerken lassen).

Wenn d'Katz a Rooß wär, kinnt ba d'Bämm nüüfritte: Originelle Warnung vor unkritischem Wunschdenken

Dir sobba vum Süümeal koche: »Saumehl« ist der eigentlich ungenießbare Rest vom Schwein, nur zur Strafe oder seinen schlimmsten Feinden als Speise vorzusetzen!

Siach: Kerl – je nach Zusammenhang (wie hier mit »dickköpfig«) abwertend oder auch anerkennend gebraucht – vgl. »a Hergottssiach«.

Dii sott dr Blitz b'm Schieße treaffe: Verwünschung mit Pfiff!

Es gaoht, bis Gott a Gniage haot: »Der Krug geht solange zum Wasser, bis dass der Henkel bricht.«

Uss dr Hütt fahre und neabedet naahocke: Aus der Haut fahren und sich dann daneben hinsetzen – kann man den Zustand der gerechten Empörung plastischer in Worte fassen?

Kui Wiebrgschichtle mea: Tom und Jo geloben, allen Anfechtungen durch das weibliche Geschlecht künftig tapfer zu widerstehen.

Mit a wink am Schwund müesch allat reachne: In der Kaufmannssprache bedeutet »Schwund« die natürliche Gewichtsabnahme durch Lagerung oder Beförderung der Ware (z.B. bei Lebensmitteln). Tom verwendet den Begriff hier ironisch für den Verlust seines Mageninhalts.

Loiblpass (auch Loibl, slowenisch: Ljubelj) ist ein 1368 m hoher Alpenpass über die Karawanken und die kürzeste Verbindung zwischen Ferlach in Kärnten und der slowenischen Oberkrain.

I de Senkl schtelle: Scharf zurechtweisen, niedermachen

Aag'fahre wia d'Söü (Süü) im Sack: Jemanden (grundlos) zurechtweisen oder anschreien

Wao i doch dia güat Schtünd seal bii: »Wo ich doch der friedfertigste Mensch bin.«

Richtig vrschmeckt: Den richtigen Riecher gehabt, die richtige Entscheidung getroffen.

Der faocht doch schu ben uib aa: Der Balkan galt im ausgehenden 19. und frühen 20. Jahrhundert als eine Region, in der die Dekadenz und Korruption und der die Region beherrschenden k.u.k. Donaumonarchie ein ganz eigenes Gepräge annahm.

Zweite Etappe: Balkan
Laibach

Metelkowa ist eine beliebte Sehenswürdigkeit Ljubljanas. Das Zentrum alternativer Kultur entwickelte sich aus einem Squat – einem leerstehenden Kasernenkomplex, der von Künstlern und Aktivisten besetzt wurde und heute einen Ort kreativer Wohnkultur und Events darstellt.

Bruuslat: Schar, größere Menge

Vo deana sobba an Bruuslat zu iis nüüf schicke: Der typische Allgäuer ist bekannt dafür, dass er seinen Frohsinn nur zu besonderen Gelegenheiten (meist unter Alkoholeinfluss) hervorkehrt und sich ansonsten gerne einen eher übellaunigen Anstrich gibt.

Messner und die »Nutzlosigkeit« des Bergsteigens: »Ich stehe zu der Aussage am Beginn meines Buches: Meine Tätigkeit ist nutzlos. Trotzdem kann sie sinnvoll sein. Das hängt von meiner Stimmung ab, von meinem Identifikationsvermögen, vor allem mit meinem Einssein mit meinem Tun… Gerade das Nutzlose am Grenzgang zwingt zum Sinnbegreifen. Oft, wenn ich unterwegs war – in schwierigen und kritischen Augenblicken, aber auch am frühen Morgen bei Sonnenaufgang oder beim Zurückkommen aus lebensfeindlicher Umwelt zum fließenden Wasser und zu den Blumen,- gab es keine

Fragen zu stellen. Weil ich die Antwort selbst war. Weil alle Zweifel aufgehoben waren durch mein Da-Sein, durch mein Tun... Der Sinn in mir war definiert durch das, was ich tat, auch wenn es nutzlos war.« (Reinhold Messner: »Berge versetzen. Das Credo eines Grenzgängers«, S. 20 f)

Du kasch br doch uff d'Kiarbe kumme: »Du kannst mir doch den Buckel runterrutschen.«

Im Sii: Im Sinn

Nasvidenje: Auf Wiedersehen

Überlandfahrt

Gedicht von Hugo von Hofmannsthal: Ballade des äußeren Lebens, Strophen 4 – 6

Ma hocket z'Aobet gean hii, wemba de gaonze Taag g'seasse isch: Leicht abgewandeltes Zitat aus »Das Lachende Allgäu« von Alfred Weitnauer, das sich am Beispiel eines Schneiders über ein altes Problem von Sitzberufen lustig macht.

Iatz laosch aber d'Fiattr seache: Abgenutzte Möbelstücke, bei denen das Innenfutter herausschaut, werden hier in kühner Metaphorik mit Menschen gleichgesetzt, die Zeichen der Schwäche oder des Verfalls zeigen.

Uib händ se ja i's Hian g'schisse: Derbe Redewendung, um sich von einer törichten Idee oder Denkweise anderer zu distanzieren.

Sit wenn looseschc du uff des Gschwätz vu de Lit: »Loose« (vgl. Losung): hören: Lit: Leute

Ma kaa an Fuurz it uff a Breat naagle: Mit dem »Fuurz« könnte die Idee zu der Unternehmung gemeint sein.

Belgrad

Kalemegdan: Strategisch auf einem 50 Meter hohen Kalksporn über der Mündung der Save in die Donau gelegen, ist die Festung das Wahrzeichen der Stadt und bildet den historischen Kern der serbischen Hauptstadt. Während der militärischen Konfrontation um die Vorherrschaft in Ostmitteleuropa zwischen der Habsburgermonarchie und dem Osmanischen Reich war sie erbittert umkämpft.

Lache wia a Raohmschleackar: Zwei etymologische Deutungsmöglichkeiten bieten sich an: a) Ein Lachen von einem, der den Rahm von der Milch abschöpfen darf; b) Ein Lachen wie von einem, bei dem der Rahm der frischen Milch nach dem Trinken ein breites Grinsen im Gesicht hinterlassen hat.

Prostitution in Serbien: Offiziell ist Prostitution in Serbien illegal, dennoch gehen viele Mädchen diesem Gewerbe trotzdem nach – auch wegen der hohen Jugendarbeitslosigkeit. Elite-Prostituierte genießen in Serbien die Protektion reicher Leute und sogar Abgeordneter des Parlaments.

Bis daohii, wao n'es schii isch: Tom will damit andeuten, dass die Hostessen viel Näherliegendes im Sinn haben, als sie zu irgendwelchen Sehenswürdigkeiten außer Hauses zu führen.

Rääß: Würzig, rassig

Puff in Oberstdorf: Schon 2014 legte der allseits ebenso gefürchtete wie beliebte Fastenprediger Franz Bisle alias »Frater Gallus« bei einem seiner Bockbierfestauftritte in Oberstdorf der Figur eines selbst ernannten Ortsmanagers die Forderung in den Mund, das leerstehende alte Oberstdorfer Rathaus bis auf weiteres in dieser Funktion zu nutzen.

Ob sie nicht auch zu dieser Kategorie von Menschen zählten: Die Frage, ob Hochleistungssportler und Extrembergsteiger, die sich freiwillig bis zur Selbstkasteiung schinden, masochistische Verhaltensmerkmale zeigen, ist oft gestellt worden. Jo und Tom nehmen Entbehrungen und Schmerz aber nicht um der »Lust« willen in Kauf, sondern eines Zieles wegen, das im Sinne Epikurs eine »Investition« in die Zukunft (Erreichen eines höheren Glückszustandes) darstellt.

Kumm hea dao…: Beschwichtigungsfloskeln eines Allgäuer Hundeflüsterers

Mill-Brocke: In den Milchkaffee eingetunkte Brötchen zum Frühstück

Sophia

Some people are so poor…: »Manche Leute sind so arm – alles, was sie besitzen ist Geld!«

Marood: Krank

Nichts am Grunde des Seins: Nirwana ist ein buddhistischer Schlüsselbegriff, der den Austritt aus dem Samsara, dem Kreislauf des Leidens und der Wiedergeburten (Reinkarnation), durch Erwachen (Bodhi) bezeichnet. Das Wort bedeutet »Erlöschen« (wörtlich »verwehen«) im Sinne des Endes aller mit falschen persönlichen Vorstellungen vom Dasein verbundenen Faktoren, wie Ich-Sucht, Gier, Anhaften (Upadana). Der Begriff ist schwer zu definieren und hat in der Rezeptionsgeschichte des Buddhismus im Westen zu Missverständnissen geführt. Im Verlauf einer längeren Übersetzungsgeschichte aus dem Sanskrit bis ins Thailändische wurde das Wort von dort aus zunächst mit »Nichts« in den westeuropäischen Sprachraum übertragen. Diese irreführende Übersetzung hat dem Buddhismus aus der Perspektive der westeuropäischen Philosophie den Vorwurf eingebracht, es handele sich um eine nihilistische Lehre. [Nach Wikipedia]

A Müülvool Wing kaa kui Schaade sing / Allat noo bessr an Rüüsch as a Fiabr: Alkoholverniedlichung auf Allgäuer Art.

Alemannisch/Urdeutsch: Zur Verbreitung des Oberallgäuer Dialekts siehe den Beitrag von Dr. Manfred Renn zu Beginn des Glossars. Im Übrigen sind sowohl das Schwäbisch als auch das Allgäuerisch eindeutig regionale Sprachvarianten und damit als Dialekte dem Hochdeutschen untergeordnet.

Das Allgäu geographisch: Das Allgäu lässt sich geografisch nicht genau eingrenzen. Es besteht in allen Fällen aus dem südlichsten Teil des bayerischen Regierungsbezirks Schwaben mit den Landkreisen Oberallgäu und Ostallgäu als Kern des Allgäus. Teile des baden-württembergischen Landkreises Ravensburg zusammen mit Teilen des bayerischen Landkreises Lindau zählen als Westallgäu dazu. Das zu Österreich gehörende Grenzgebiet Kleinwalsertal wird wegen der fehlenden Anbindung zum eigenen Land teilweise dem Allgäu zugeordnet. Während sich das Allgäu selbst größtenteils innerhalb der deutschen Grenze befindet, liegen die Allgäuer Alpen als südliche Grenze des Allgäus etwa zur Hälfte auf österreichischem Gebiet.

Bauernkrieg und Menschenrechte: Im Februar/März 1525 trafen sich 50 Vertreter der Bauernhaufen in der freien Reichsstadt Memmingen, deren Bürgerschaft mit den Bauern sympathisierte. Hier versuchten die Führer aller drei Haufen, die Forderungen der Bauern zu artikulieren und mit der Bibel argumentativ zu unterlegen. Dabei wurden die »Zwölf Artikel« verfasst, deren Urheberschaft Sebastian Lotzer und Christoph Schappeler, einem Kürschnergesellen und einem Prädikanten in Memmingen, zugesprochen wird, und die mit der Forderung nach mehr Selbstbestimmung, Abschaffung der Leibeigenschaft und einer verbindlichen und einklagbaren Rechtsordnung die Grundlage für die künftigen Menschenrechte schufen.

Allgäuer Braunvieh: Das Braunvieh ist ein einheitlich braunes bis graubraunes Rind mit schwarzem, hell eingefasstem Flotzmaul. Seine Hörner sind hell mit dunkler Spitze. Außer in der Schweiz wird das Braunvieh vor allem in Südtirol, in Österreich in Vorarlberg, Westtirol und der Obersteiermark und in Deutschland in Schwaben und im Allgäu gehalten. Es handelt sich um eine milchbetonte Doppelnutzungsrasse mit einer hohen Milchleistung, die in Abhängigkeit vom Standort zwischen 7.200 (Bergregionen) und 12.000 Litern pro Jahr schwankt. Bedroht ist das Original Braunvieh seit den 80er Jahren durch Einkreuzungen mit der aus Amerika stammenden Brown-Swiss-Rasse mit höherer Milchleistung. [Allgäu-Rundschau vom 10.02.2016]

Die Breitachklamm liegt am Ausgang des Kleinwalsertals bei Tiefenbach, einem Ortsteil der Gemeinde Oberstdorf. »Das einzigartige Naturdenkmal ist nicht nur die tiefste, sondern auch eine der imposantesten Felsenschluchten Mitteleuropas und zählt zu den schönsten Geotopen Bayerns. Gesäumt von fast hundert Meter hohen senkrechten und überhängenden Wänden stürzt die Breitach donnernd über hohe Felsbänke, strudelt durch tiefe Gumpen und versprüht sich in feinste Tröpfchen, in denen das Licht spielt. Manche der düsteren Klammwände haben noch nie die Sonne gesehen. Tiefgrüne Moose und zierliche Farne lieben die Feuchte und einige unerschrockene Fichtenbäume haben sich kühn auf kleinsten Felsvorsprüngen angesiedelt.« [Aus dem Prospekt]

Die Heini-Klopfer-Schanze ist eine von derzeit nur fünf Skiflugschanzen weltweit und die einzige dieser Art in Deutschland. Sie ist eine der größten Skiflugschanzen der Welt mit einer Hillsize von 235 m und einem Schanzenrekord von 238 m. Die Anlage, eine spektakuläre freistehende Spannbeton-Konstruktion im Stillachtal südlich der Marktgemeinde Oberstdorf, wurde in den 70er- und 80er-Jahren errichtet. Benannt ist die Schanze nach der Oberstdorfer Skisprunglegende Heini Klopfer. Er war es auch, der als Architekt 1950 die erste Skiflugschanze im Stillachtal als Holzkonstruktion erbaute. Zur Skiflug-WM 2018 wurde die Schanze komplett runderneuert. [Aus dem Prospekt der Marktgemeinde Oberstdorf)

Die Alexander-Newski-Kathedrale ist ein funktionierendes Gotteshaus und eines der Wahrzeichen der bulgarischen Hauptstadt Sofia. Sie wurde zur Erinnerung an Zar Alexander II. und die rund 20.000 russischen Soldaten, die bei der Befreiung Bulgariens von der osmanischen Herrschaft im Russisch-Osmanischen Krieg von 1877–78 starben, errichtet.

Erdbeben am Everest: Im Mai 2015 wurde der Mount Everest nach dem verheerenden Beben in Nepal und den dadurch am Berg ausgelösten Lawinen, die das Basislager am Everest zerstörten und 19 Menschen das Leben kosteten, für weitere Besteigungen gesperrt.

Patriarchalische Gesellschaftsordnung: Von Männern dominierte Gesellschaft

De roate Mong aalüege: Toms ganz eigene Weise, eine aufkeimende Herzensangelegenheit in Worte zu fassen.

Harmanli

Z' Oberschdoarf isch ba schu b'm Hoibe: Im Mai findet im Allgäu der erste Schnitt (Friihoibat) statt.

Flüchtlingslager Harmanli: Im Süden Bulgariens, nur 70 km von der türkischen Grenze entfernt, befindet sich das mit (meist illegalen) Flüchtlingen aus Afghanistan, Syrien und Afrika chronisch überfüllte Auffanglager Harmanli in einer ehemaligen Kaserne. Für die meisten Ankömmlinge wird das Lager zur Sackgasse, da Bulgarien keine Flüchtlinge aufzunehmen bereit ist und seit der Schließung der Balkanroute auch keine mehr weitergeleitet werden können. Im November 2016 kam es zu schweren Ausschreitungen, als Flüchtlinge gegen die über sie verhängte Ausgangssperre, die unzumutbaren Lebensbedingungen und ihre hoffnungslose Lage demonstrierten.

Abebes Trommelspiel: Ein weiteres Beispiel, wie Spiel und Musik die Beschränktheit äußerer Umstände für kurze Zeit aufheben und zu einem »Hochland«-Erlebnis führen können.

Flüchtlingswelle wie ein Tsunami: Alis Prophezeiung ging wenige Monate in Erfüllung, als sich im Herbst 2015 die Flüchtlingsströme über Europa ergossen und Bundeskanzlerin Angela Merkel mit dem Leitspruch »Wir schaffen das!« die Willkommenskultur in Deutschland mit innen- und außenpolitisch unabsehbaren Folgen begründete.

Großes mediales Interesse: Tom stapelt natürlich hoch, um sein Publikum für sich zu gewinnen und die Schieberbande unter Druck zu setzen.

Wemba-Lied (leicht adaptiert; die chorischen Einsätze sind kursiv):

Wemba, wemba an Maa,
wemba, wemba,
dünda, dünda an am Baa,
dünda, dünda,
wemba, wemba an Maa,
wemba, wemba,
dünda am Baa,
nackat, nackat seache kaa,
jessesnaaaaaa!

Kum naa, kumm naa,
kumm ja naa, naa an Baa,
kumm naa, kumm naa,
kumm ja naa, naa an Baa!

Freuet na, freuet na,
dünd am Baa, a nackat Maa,
freuet na, freuet na,
dünd am Baa, a nackat Maa!

Broadway-Joe und sein Anliegen als Mundart-Kabarettist und –Sänger: »Ich habe das Glück, dass ich genau zu dem Zeitpunkt, da in den Medien diskutiert wird, ob man den Dialekt sprechenden Menschen nicht unter Artenschutz stellen sollte, dem Allgäuer den Dialekt durch meinen »Blödsinn« näher bringen kann. Ich bekomme viele »I-Mehls« von Eltern, die mir schreiben, dass in der Familie wieder mehr Dialekt gesprochen wird, weil die Kinder Fans von meiner Musik sind. Außerdem wünscht sich das Allgäuer Publikum auch jemand, der sie in einer einfachen direkten Sprache, eben Allgäuerisch, unterhält, wo sie doch den ganzen Tag mit Hochdeutsch zugedröhnt werden, einer Sprache, die die Eigenart besitzt, alles zu verkomplizieren. Wenn ich Sie nach Ihrer Meinung fragen würde, wären Sie bestimmt derselben Ansicht, oder? Diese Frage heißt auf Allgäuerisch schlicht und einfach: Gell, schu?!«

So tier wia a Gealdschießar: »So teuer wie ein Geldscheißer« – Wortspiel als Replik auf »Really dear!«

Zum Bleare aafaocht: Zum Heulen anfängt

Jannah-Lied: Ein religiös inspiriertes arabisches Volkslied: »I know that this life is only finite/ The good and the bad times / Will all be left behind / As we make our way through this journey / To the finest place for infinity/ Allah don't deny me/ Your Paradise.«

Dritte Etappe: Türkei
Istanbul

Kalabalik: Ursprünglich (Menschen-)Gedränge, im modernen Istanbul mit seinen chronisch verstopften Verkehrsadern aber auch zu Bezeichnung von Verkehrsstau benutzt.

Deutsche Schule Istanbul (kurz DSI, türkisch Özel Alman Lisesi) ist ein Privatschule, die sich im Istanbuler Stadtteil Beyoğlu befindet. Die Schule ist sowohl an das Bundesministerium für Bildung und Forschung als auch an das Bildungsministerium der Türkei angeschlossen. Sie wurde im Jahre 1868 als Deutsche und Schweizer Bürgerschule gegründet und sollte zunächst der deutschsprachigen Bevölkerung dienen. In der folgenden Zeit wurden in der Schule aber nicht nur deutschsprachige, sondern auch türkische Schüler aufgenommen und auf Deutsch unterrichtet. Die Absolventen dieser Schule unterziehen sich am Ende der Schulzeit einer Reifeprüfung und können mit dem Abiturdiplom in Deutschland, Österreich und der Schweiz studieren. [Offizielle Webseite der DSI]

Tören (mit Schwebebetonung auf beiden Silben): Wörtlich »Zeremonie«; hier die morgendliche Versammlung der DSI-Schüler zum Absingen der Türkischen Nationalhymne.

D'Zeachenäägl üüfschtelle: Nicht nur im Allgäu ein bildlicher Ausdruck für Abscheu und Ekel

Dog-Dazer: Hundeabwehr-Gerät mit Ultraschall. Die britische Reiseschriftstellerin Bettina Selby beschreibt in ihrem Buch »Ararat!« den erfolgreichen Einsatz des Geräts folgendermaßen: »Die Belästigungen [auf der Strecke zwischen Dogubeyazit und Van] begannen im selben Moment, als ich von der Hauptverkehrsstrecke abbog und auf dem engen Sträßchen in südlicher Richtung weiterfuhr. Zwei brutal aussehende Jugendliche banden einen knurrenden Hund los und hetzten ihn gezielt auf mich. Der Dazer war augenblicklich in meiner Hand. Sobald ich auf den Knopf drückte, machte das Vieh halt und wich zurück, unsicher, was es als nächstes tun sollte. Die Jungen sahen sogar noch verdutzter aus. Sie legten ihn wieder an die Leine, murmelten auf Kurdisch ein paar Verwünschungen und trollten sich.« [Bettina Selby, Ararat! Mit dem Fahrrad durch Kurdistan, S. 165]

Allat no bessr halbverruckt als it gaonz bache: Immer noch besser halbverrückt als nicht bei Verstand.

Elsbeths gespaltene Persönlichkeit: Elsbeth hat sich – vielleicht aus Verunsicherung, vielleicht aber auch als vernachlässigte Ehefrau in einer restriktiven und patriarchalischen Gesellschaft – in sich zurückgezogen und benutzt die Kunst als Refugium, um sich und ihre Träume auszuleben – eine andere Form des Hochländertums?

Tractor-Girl: Was Oskar nicht wusste: Die Holländerin Manon Ossevort hatte sich ein halbes Jahr zuvor im zweiten Anlauf ihren Lebenstraum erfüllt. Am 12.12. 2014 erreichte sie den südlichsten Punkt der Erde. Die 38-jährige gelernte Schauspielerin und Mutter einer zehn Monate alten Tochter war am 22. November mit einem siebenköpfigen Team in Europa gestartet und mit dem 5,5-Tonner quer durch Afrika und von dort aus 2500 Kilometer zum Südpol gefahren. »Die Antarktis-Tour der Niederländerin war alles andere als ein Spaziergang. In der weißen Wüste herrschten extreme Temperaturen von bis zu minus 56 Grad Celsius. Zeitweise kam die Expedition nur mit einer Geschwindigkeit von 10 km/h voran.« [Zitat aus der Nachrichtenagentur AFP]

Maale: Großmutter

Ende der Verwestlichung: Nach dem gescheiterten Putschversuch im Juli 2016 hat Präsident Recep Tayyip Erdogan das von Kemal Atatürk eingeführte laizistische System der Türkei mit Hilfe von Notstandsgesetzen und einer Verfassungsreform weiter unterhöhlt und die Islamisierung aller Lebensbereiche fortgeführt. Angefangen von einer konservativen Frauenpolitik bis hin zur Aufwertung der Religionsbehörde scheint die Türkei auf einen islamischen Staat basierend auf den Gesetzen der Scharia zuzusteuern.

Happy Children e.V: Näheres zu diesem Hilfsprojekt mit Hochlandcharakter unter www.happy-children.de

Bis wiit iibr Kempte naa: Ausdruck natürlicher Bodenständigkeit der Allgäuer. Vgl. »Lachendes Allgäu« von Alfred Weitnauer, S.3: »S'Weible hot gsait: D'Wealt isch groß, se goht bis weit unterhalb Kempta na.«

Şile

Şile ist ein türkischer Badeort am Schwarzen Meer 65 km von Istanbul entfernt. Die Stadt ist wegen der Nähe zu Istanbul und wegen der langen Sandstrände ein beliebtes Ziel für den Wochenendausflügler aus der Großstadt. Als Sehenswürdigkeiten gelten der Hafen mit Fischmarkt, die Burgruine aus der Zeit der genuesischen Besatzung und das Natur-Amphitheater aus griechischer Zeit.

Verschmutzte Strände: »Diese Strände [der türkischen Wochenendausflügler in Şile] wurden von einer fast ununterbrochenen Reihe von Zeltplätzen gesäumt und rundherum lag ein Wirrwarr von Abfällen und Überresten von Kochstellen. Abgesehen von den Myriaden von Kindern und dem Lärm, der aus unzähligen Lautsprechern drang, wirkte es wie der Rastplatz einer nomadischen Invasionsarmee.« [Bettina Selby, Ararat, S.29]

Dao haot es be bätsch amaol iibrvoartlet: Da war ich doch glatt einmal überfordert.

»Rituelle Waschungen«: »Die wenigen Frauen, die Badeanzüge trugen, blieben furchtsam im Seichten. Andere vergnügten sich in voller Kleidung – sogar die Kopftücher blieben um den Kopf geknüpft. Wo sich ein paar wenige dieser Gestalten hinauswagten oder von ihren männlichen Begleitern ins tiefere Wasser gezerrt wurden, bauschten sich die vielen Lagen ihrer Röcke rund um sie herum und drohten sie umzukippen oder unter die Wellen zu ziehen.« [Bettina Selby, ebd.]
Kuttebrunzar: Im Allgäu ursprünglich Schimpfwort für Kapuzinermönche im ihrem langen Habitus.
George Leigh Mallory: »Kein Name ist so eng mit dem Mount Everest verknüpft wie dieser. Das gesamte Drama und die Symbolik des Bergsteigens am höchsten Gipfel der Welt sind auf sein Leben und seinen Charakter projiziert worden. Seine eigene Antwort, warum er den Everest besteigen wollte, ist legendär: »Weil er da ist.« Bei seinem dritten Versuch ist Mallory verschollen, gemeinsam mit seinem Partner Andrew Irvine. Am 8. Juni 1924 um 12.50 Uhr mittags wurden sie zum letzten Mal gesehen, bevor sie der Nebel verschluckte, zwei dunkle Punkte hoch oben am Nordostgrat, »energisch dem Gipfel entgegenstrebend««. [www.faz-net, 25.03.2003]
So a Geldschießare hett i öü gean as Mensch: »So eine Geldscheißerin hätte ich auch gern als Freundin.«

Karasu

Xenophon und der Zug der Zehntausend: Der antike griechische Schriftsteller Xenophon beschreibt in der »Anabasis« den Rückzug des griechischen Söldnerheeres nach der verlorenen Schlacht gegen die Perser und die Entbehrungen auf dem Weg von Babylon durch das kleinasiatische Hochland bis zur Schwarzmeerküste. Berühmt als literarischer und historischer Topos für eine Rettung nach langer Mühsal wurde, wie das ganze Heer auf der letzten Hügelkette vor der Schwarzmeerküste in den Ausruf Thálatta! Thálatta! – »Das Meer, das Meer!« ausbrach.
Ne burada yapyorsiniz? Problem varmi?: Was macht ihr hier? Gibt es ein Problem?

Gerede

Ararat: Der Ararat ist ein ruhender Vulkan in Ostanatolien nahe der Grenze zu Armenien, dem Iran und der aserbaidschanischen Exklave Nachitschewan und mit 5137 m über dem Meeresspiegel der höchste Berg der Türkei.
Geschichte der K2-Besteigungen: Fakten und Hintergründe zur Besteigungsgeschichte aus: Reinhold Messner, »K2 Chogori – Der Große Berg«
Todeszone: Der Begriff bezeichnet den Aufenthalt in Höhen oberhalb von 7000 Metern. Das ist die ungefähre Grenze, oberhalb der ein optimal akklimatisierter Mensch sich auch ohne weitere körper-

liche Anstrengungen nicht mehr regenerieren kann. Der Körper baut unweigerlich so ab, dass ein dauerhafter Aufenthalt unmöglich ist, da man an der Höhenkrankheit sterben würde. Häufig wird als Todeszone auch erst die Region oberhalb von 8000 Metern bezeichnet, in der bei mehr als 48 Stunden Aufenthalt ein Überleben extrem unwahrscheinlich ist. Auch die Psyche wird in diesen Höhen außerordentlichen Belastungen ausgesetzt. Bedingt durch Sauerstoffunterversorgung, Dehydrierung und Erschöpfung nehmen die Denkleistung und die Fähigkeit, in kritischen Momenten rationale Entscheidungen zu treffen, rapide ab. Nicht selten treten zusätzlich Bewusstseinsstörungen und Halluzinationen auf. [Nach Wikipedia]

Aleister Crowley (1875 – 1947): Britischer Okkultist, Schriftsteller und Bergsteiger – Teilnehmer an der ersten K2-Expedition 1902 unter der Leitung von Oscar Eckenstein. Sein Vorschlag über den Südostgrat aufzusteigen – heute die meistbegangene Route zum Gipfel des K2 – war von Eckenstein und Knowles verworfen worden.

Craving: Übersetzt bedeutet der englische Begriff »Craving« intensives Verlangen oder Begierde. In der Wissenschaft wird dieser Begriff verwendet, um das starke Verlangen bei Suchtkranken nach einer bestimmten Substanzwirkung zu beschreiben. Übertragen auf Extremsport oder –bergsteigen bezeichnet es die Sucht nach immer höheren Leistungen und noch gefährlicheren Herausforderungen.

Existentielles Vakuum: Sinnfindung und –orientierung stellt eine primäre Motivation des Menschen dar. Der Mediziner und Psychiater Viktor E. Frankl (1905-1997), der eine sinnzentrierte Psychotherapie – die sogenannte Logotheraphie – begründet hat, spricht in diesem Zusammenhang von einem »Willen zum Sinn«. Frankl sieht in der gegenwärtigen Frustrierung des Strebens nach Sinn die Hauptursache von Angst, Depression und Sucht, eine Situation, die er als »existentielles Vakuum« beschreibt.

Es git Lit, dia fröit dr Dreck uff dr Schtraoß: Die Freude am Hässlichen und Schlechten in der Welt ist oft schon Gegenstand philosophischer Betrachtungen gewesen. Die meisten Glücksforscher sind sich darin einig, dass Pessimismus auf Dauer nicht zu mehr Zufriedenheit, sondern eher zu Trübsinn und Selbstzerstörung führt.

Samsun

Amisos: Im 7. Jahrhundert v. Chr. gründeten Siedler aus Milet an der Schwarzmeerküste den Ort Amisos, dessen Reste etwa drei Kilometer nordwestlich des heutigen Stadtzentrums ausgegraben wurden. Amisos gehörte ab etwa 300 v. Chr. zum Königreich Pontos. König Mithridates VI. (132–63 v. Chr.) residierte zeitweilig in der Stadt und vergoldete die Kuppeln seiner Paläste. Im ersten Mithridatischen Krieg gegen die Römer wurde Amisos vom römischen Feldherrn Lucullus nach einer Belagerung erobert. [Wikipedia]

Die Schlacht von Gallipoli wurde während des Ersten Weltkriegs vor und auf der türkischen Halbinsel Gallipoli, aber auch auf der asiatischen Seite der Meerenge, zwischen Ägäis und Marmarameer ausgetragen. Die Entente-Mächte wollten in einer gemeinsamen Operation die Halbinsel besetzen und sie als Ausgangsbasis für die Eroberung der osmanischen Hauptstadt Istanbul nutzen, scheiterten jedoch an den Verteidigern. Beide Seiten verloren insgesamt etwa 350.000 Mann (100.000 Tote und 250.000 Verwundete), was fast der Hälfte der zum Einsatz gekommenen Soldaten entspricht [ebd.]

Der Türkische Befreiungskrieg: Unabhängigkeitskrieg von 1919 bis 1923 unter der Führung Mustafa Kemal Paschas gegen die Besetzung und politische und wirtschaftliche Bevormundung durch fremde Mächte. Seine Ankunft in Samsun am 19. Mai 1919 markiert den Beginn des Befreiungskrieges und wird heute noch in der Türkei als Nationalfeiertag gefeiert. [ebd.]

Yabançilar: Fremde, Ausländer

Glischteg: Gelüste habend, scharf auf etwas sein

Wia dr Hak uff d'Henna: Wie der Habicht auf die Hühner

Dees schmeck i um drie Ränk rum: »Das rieche ich um drei Ecken.«

Gegenseitige Interessenslage: Tom und Jo sind mittlerweile ein eingespieltes Team und wissen um die Vorlieben gegenüber dem anderen Geschlecht. Zu ihrem Glück (oder Verderben?) nähert sich ihnen die Versuchung immer paarweise.

Woll, bigott: Lakonische Bekundung entschiedenen Einverständnisses auf Allgäuer Art

Sandy Pittman: John Krakauer zeichnet in seiner Dokumentation der Everest-Tragödie 1996 »Into thin air«, Deutsch »In eisigen Höhen«, kein sehr gutes Bild von der Bergsteiger-Lady aus der Manhattan-Schickeria. Selbst im Himalaja wollte Sandy Hill Pittman den von New York gewohnten Luxus nicht missen. Sie trank Espresso aus der mitgebrachten Maschine, ließ sich von Sherpas ihren Schlafsack rollen und die letzte Ausgabe der Zeitschrift »Vogue« hinterhertragen. Pittman gehörte einer von zwei Expeditionen an, die am 10. Mai 1996 den Mount Everest bestiegen. Im Lauf dieses Tages erreichten 31 Bergsteiger den Gipfel, darunter die New Yorkerin, die sich laut Krakauer über weite Strecken von ihrem Sherpa hinaufziehen und schließlich sogar zum Gipfel tragen ließ, obwohl die von den Bergführern befohlene Umkehrzeit längst verstrichen war. Beim Abstieg gerieten die Gruppen auch aufgrund dieser Verzögerungen in einen Schneesturm, in dem neun Teilnehmer, darunter die Leiter der Expedition Rob Hall und Scott Fischer, ihr Leben verloren.

Uff dees sobba uin süüfe: Auf das sollte man einen trinken

Pforte des Paradieses hüten: In den provinziellen Gebieten der Türkei müssen die Mädchen, wenn sie die Familienehre nicht in den Schmutz ziehen wollen, bis heute als Jungfrauen in die Ehe gehen.

D'Süüglocke litte: Unkeusche Reden führen

Naagle: hier: bumsen

Sinda fiirchte: Moralische Bedenken haben

Es haobbe uifach iiberkumme: Es ist einfach so über mich gekommen

Was kaschde mache geege d'Gwaolt: Sexismus verkehrt – gilt es als Einverständnis zum Geschlechtsverkehr, wenn sich der »Kerle« vom Mädchen ins Bett ziehen lässt?

O Captain! My Captain! Eingangsworte eines Gedichts von Walt Whitman zum Tode von Abraham Lincoln 1865, dem Prototyp des amerikanischen Self-Made-Man, des zielstrebigen Mannes aus einfachsten Verhältnissen, der dem Glauben an sich selbst und seiner Idee unbeirrbar folgte und dafür sogar sein Leben gab.

Our fearful trip is [not yet] done: Jo dichtet die zweite Hälfte der ersten Verszeile um, denn seine Unternehmung ist noch nicht zu Ende.

Schwarzmeerregion

Land der Amazonen: Der Geschichtsschreiber Strabo berichtet von einem kriegerischen Stamm aus Mädchen und Frauen, abgeschieden von der von Männern dominierten Zivilisation »am Rand der bekannten Welt« an der nördlichen Schwarzmeerküste lebend. Die Mädchen wurden früh zu Kriegerinnen und Jägern erzogen und begaben sich jedes Frühjahr über die Berge zu den Gargariern, um sich wahllos von deren Männern schwängern zu lassen. Den weiblichen Nachwuchs zogen sie selbst groß, den männlichen schickten sie zurück zu den Gargariern. Die Amazonen waren sich ihrer Freiheit durchaus bewusst und vermochten sie Jahrhunderte lang zu verteidigen. [Nach Bettina Selby, Ararat, S. 81 f]

Jason ist eine Heldengestalt aus der griechischen Sage. Er war der Sohn des Aison, eines Königs von Iolkos, und der Alkimede. Jason zog mit 50 Gefährten, den nach ihrem Schiff Argo genannten Argonauten aus, um das Goldene Vlies aus Kolchis am Ostufer des Schwarzen Meeres zu rauben.

Dao kinntesch graad vrgägge: »Das ist doch zum Verzweifeln.« (Wörtlich: Zum Draufgehen.)

Alpe Schlappold: Vom Rappenalptal südlich von Oberstdorf führt die höchste asphaltierte Straße Deutschlands auf die höchste bewirtschaftete Alpe im Allgäu auf 1760 m hinauf. Die Rampe mit insgesamt 940 Höhenmetern und dem schönen Namen »Himmelsleiter« hat auf einem Teilstück von vier Kilometern durchschnittlich mehr als 18% Steigung und stellt damit eine Herausforderung selbst für geübte Radsportler dar.

Ma müess viel üüsheebe, bis ba de Schlotter numma bieße kaa: Man muss viel ertragen, bis man das Gnadenbrot kriegt (wörtl. »bis man die Sauermilch nicht mehr beißen kann«).

Marco Polo (*1254-1324) war ein venezianischer Händler, der durch die Berichte über seine China-Reise bekannt wurde. Die Rückreise nach Venedig erfolgte auf 14 Dschunken mit insgesamt 600

Passagieren, von denen am Ende nur 17 überlebten. Nach 20 Monaten der Weiterfahrt erreichte das Schiff das Königreich Trapezunt am Schwarzen Meer, das heutige Trabzon, wo die dortigen Beamten von den Seefahrern etwa 500 Kilogramm Rohseide, die die Polos mit nach Hause bringen wollten, konfiszierten. 1295 erreichten die Reisenden schließlich die Republik Venedig. [Nach Wikipedia]

Johannes Bobrowski:

ABENDS,
der Strom ertönt,
der schwere Atem der Wälder,
Himmel, beflogen
von schreienden Vögeln, Küsten
der Finsternis, alt,
darüber die Feuer der Sterne.

Menschlich habe ich gelebt,
zu zählen vergessen die Tore,
die offenen. An die verschlossenen
hab ich gepocht.

Jedes Tor steht offen.
Der Rufer steht mit gebreiteten
Armen. So tritt an den Tisch.
Rede: Die Wälder tönen,
den eratmenden Strom
durchfliegen die Fische, der Himmel
zittert von Feuern.

Als **Pontisches Gebirge** oder Pontische Alpen wird eine Reihe von Gebirgsketten im Norden der Türkei bezeichnet, die sich etwa 1000 km entlang der Schwarzmeerküste von Kleinasien erstrecken. Bayburt: Die Garnisonsstadt Bayburt lag an der Seidenstraße und wurde im Lauf der Geschichte von vielen Völkern beherrscht (Urartäer, Mongolen, Armenier, Perser, das Römische Reich und die Seldschuken). Die osmanische Festung Bayburt Kalesi befindet sich innerhalb der Stadt auf einem steilen Felsvorsprung oberhalb des Çoruh-Flusses.

Kurdistan

Gestörtes Verhältnis: Durch den Vertrag von Lausanne wurde Kurdistan durch die Alliierten und die Türkei bei der Auflösung des osmanischen Reiches auf die vier Staaten Iran, Irak, Türkei und Syrien aufgeteilt. Der größte Teil fiel an die Türkei. Auf diese Weise wurden mehr als die Hälfte der Kurden Staatsbürger der neuen türkischen Republik. Die Türkei erkannte die Kurden aber nicht als ethnische Minderheit an, der Gebrauch der kurdischen Sprache war verboten. Eine Reihe von Aufständen wurden von der türkischen Armee niedergeschlagen. [Nach Wikipedia]

Kurdenkonflikt: Während der Konflikte kamen geschätzte 35.000 Menschen ums Leben. Im Zuge der Beitrittsverhandlungen der Türkei mit der Europäischen Union wurden die Rechte der Minderheiten in der Türkei zwar verbessert, aber mit der kurdischen Autonomiebewegung im Gefolge des Irak- und Syrienkriegs verschärfte sich die Situation erneut.

Prophetische Worte Babas: Nach dem verheerenden Bombenanschlag gegen friedliche Demonstranten in der türkischen Stadt Suruç im Juli 2015 folgten Anschläge der PKK auf türkische Polizisten. Die Türkei reagierte mit aller Härte, schickte Militär in die Kurdengebiete und legte auf der Jagd nach Terroristen ganze Landstriche in Schutt und Asche. Da die EU versucht, die Türkei als Puffer für die Migrationsbewegung nach Europa zu gewinnen, hat die türkische Regierung freie Hand in ihrem Vorgehen gegen kurdische Separatistenbewegungen. [ebd.]

Göran Kropp, wilde Hunde und Steinewerfer: »Wildernde Hunde laufen hinter mir her und beißen in meinen Fahrradanhänger, und manchmal stoße ich auf merkwürdige Phänomene, die mir während meiner Reise noch öfter begegnen werden. Irgendwelche Kerle werfen mit Steinen nach mir – dieser Zeitvertreib scheint international verbreitet zu sein – und ich nehme mir vor, beim nächsten Mal zurückzuwerfen, hart und zielgenau. Ich werde den Jungs ein paar lebensnotwendige Lektionen erteilen.« [Göran Kropp, Allein auf den Everest, S.64] Bettina Selby schildert in ihrem Reisebericht »Ararat – eine Frau erfährt den Garten Eden« eindringlich, wie sie nur dank ihres Dog-Dazers einen gezielten Angriff auf sie gehetzter Hunde überlebt (vgl. Hertmuts Bericht im Kapitel Istanbul –Arnavutköy).

Dia händ iis welle muine: »Die hatten's auf uns abgesehen.«

Krippl: Bedeutet sowohl »Krüppel« als auch »frecher Bub« – ein Beispiel dafür, dass die Allgäuer Mundart (wie das Hochdeutsche auch – vgl. »Spast«, »Mongo«) in Schimpfwörtern und Beleidigungen nicht nur ehrverletzend wirken kann, sondern auch Behinderte verunglimpft (hierzu passt auch die Redensart »Wiascht tüet wiascht«).

Mipfließ: »Mit Fleiß« – mit Absicht oder Vorsatz

Dogubeyazit

Doğubeyazıt, bis 1934 Bayazit, ist eine Stadt mit rund 75.000 Einwohnern in der Provinz Ağrı im äußersten Osten der Türkei. Die Stadt liegt in einer Grasebene auf 1625 Metern und an einer wichtigen Handelsroute, die Trabzon mit Täbris in Persien verband. Bis zur iranischen Grenze sind es von der Stadt rund 35 km. 1930 wurde Bayazit von der türkischen Armee nach dem Ararat-Aufstand zerstört und später sechs Kilometer weiter südlich als Doğubeyazıt neu erbaut. [Nach Wikipedia]

Als **Seidenstraße** bezeichnet man ein altes Netz von Karawanenstraßen, dessen Hauptroute das Mittelmeer auf dem Landweg über Zentralasien mit Ostasien verband. Auf der Seidenstraße wurde hauptsächlich Seide in westliche, Wolle, Gold und Silber in östliche Richtung gehandelt.

Dao gaoht's züe wia im Hiiml voarduss: Großes Gedränge (vor dem Tor zum Paradies)

Kese-Massage: Neben Schwitzen und warmen Wassergüssen steht im Hamam die Arbeit des sog. Tellak (=Bademeister/Masseur) bzw. der Natir (=Bademeisterin/Masseurin) im Vordergrund. Die Hamam-Waschung ist eine Mischung aus einer Waschung mit Kernseife, einem Peeling mit einem Handschuh aus Wildseide (Kese) und einer Massage, wodurch Durchblutung und Stoffwechsel angeregt, Schlacke und Giftstoffe ausgeschieden sowie die natürlichen Abwehrkräfte aktiviert werden.

Laoss de huimgiige: Schäm dich!

Wie solle er da eine Wahl treffen: Man sollte Jo bei seiner sexistischen Tirade nicht nur die sechs Pils auf nüchternen Magen und die Frustration über die gescheiterten Beziehungen zugutehalten, sondern auch eine Portion Selbstironie unterstellen!

Hüere Wiebr: Das Wort »hüere« leitet sich nicht von »Hure« ab, sondern vom westallgäuerischen »hürre«, das saisonbedingte Überschwemmung von Wiesen und Weideflächen mit anschließender Verkrautung bezeichnet. Sowohl als Adjektiv als auch als Verb hat »hüere« eine stark negative Konnotation (die im vorliegenden Fall mit »nichtsnutzige« oder »Scheiß«weiber verdeutscht werden könnte). »Es hüeret« bedeutet demnach, dass etwas schlecht oder »beschissen« läuft.

D'Fiaß täätesch'r kisse, wenn se moan voar dr schtiand: »Die Füße würdest du ihr küssen, wenn sie morgen vor dir stände« – Fußküssen gilt als Geste der ultimativen Unterwerfung

Saich be uff de Grind: »Piss mir auf den Kopf« – Geste der größtmöglichen Demütigung. Jo will damit natürlich klarstellen, dass Fußküssen für ihn nicht in Frage käme.

Das Treffen

Vrnussbiklet: mit Hangover (wörtl. »schlechtes Aussehen infolge ausschweifenden Lebenswandels«)

Schaid: Viehscheid. Der Abtrieb der Kühe von den hochgelegenen Alpen ins Tal findet im Oberstdorf traditionsgemäß Mitte September statt und wird von den Oberstdorfer Älplern, Hirten, Bauern und den zahlreichen Besuchern von auswärts im Festzelt im Ried kräftig begossen.

Acht Maoß vrbutzet: Acht Liter Bier getrunken

Mir dünkt es öü, as sei d'Wealt a wink schealawänkesch: »Mir kommt es so vor, als sei die Erde aus dem Lot geraten.« Die Mundartautorin Cornelia Beßler aus Bad Hindelang definiert »schealewengesch« im gleichnamigen Büchlein in Ostrachtaler Mundart als »a bissle onderschd als normal«.

Schu: »Auf jeden Fall – aber sicher doch!« Vergleiche Broadway Joes Auslassungen über die unübertreffliche Prägnanz des Oberallgäuer Dialekts.

Bätsch richteg: Genau richtig

Kaare: Auto, Wagen

Bi deana häm br g'herig ingbiaßt: »Bei denen haben wir ziemlich an Ansehen verloren.«

Versöhnung

Aaschtänd: Vorwürfe

Tuu wia Roos und Schlitte: Sich wie wahnsinnig gebärden

S'Schiising gaoht e'na bigott it im Weag um: Lobpreis der Schönheit von Frauen auf Allgäuer Art

I däät de ja gean uff de Grind saiche – aber i kaa it! Vgl. Dogubeyazit »Saich br uff de Grind«

Besteigungsgenehmigung: Für die Achttausender (und teilweise auch für niedrigere Berge) verlangen die zuständigen Behörden der jeweiligen Länder gebührenpflichtige Permits. Die Anzahl der erteilten Besteigungsgenehmigungen ist begrenzt – die Quote schwankt von Jahr zu Jahr je nach Gutdünken der Regierung.

Höhenzelt: Der neueste Trend, um die Gipfelchancen an den höchsten Bergen der Welt zu verbessern – schon zu Hause Akklimatisieren. Beim Training auf dem Laufband oder Ergometer wird der Sauerstoff für die Atemmaske oder die Luft im Höhenzelt ausgefiltert oder mit Stickstoff verdünnt, um große Höhe zu simulieren. Mit dieser »Flash-Expedition« kann man sich bis zu zwei Wochen Akklimatisation am Berg sparen.

Vorbereitung auf größere Höhen: Die eigentliche Akklimatisierung für die höchsten Berge der Welt erfolgt für gewöhnlich zunächst im Basislager und dann am Berg durch langsames Vorrücken zu den Höhenlagern, immer wieder unterbrochen durch Abstiege und längere Aufenthalte im Basislager. Die Höhen-Akklimatisation für den Gipfelgang zum Everest oder zum K2 kann je nach Kondition und körperlicher Verfassung vier bis acht Wochen dauern.

Der andere Teil der Truppe: Gemeint sind natürlich Tom und Jo, die sich in Sophia stillschweigend »verdünnisierten«.

Vierte Etappe: Iran

Die Grenze

Der **Tschador** ist ein großes, meist dunkles Tuch in Form eines umsäumten Halbkreises, das vor allem von muslimischen Frauen im Iran als Umhang um Kopf und Körper gewunden wird und lediglich das Gesicht oder Partien des Gesichtes frei lässt. Er wird in der iranischen Öffentlichkeit über der übrigen Kleidung getragen, vorwiegend von konservativen Frauen. Die Motive für das Tragen des Tschadors sind vielfältig und ändern sich auch mit der gesellschaftlichen und politischen Lage. Nach der Islamischen Revolution wurde die staatlich auferlegte Pflicht, eine Form von Hijab (eingedeutscht Hidschab) zu tragen, zunehmend lästig und gilt nunmehr als Zeichen besonderer Glaubensstrenge. Viele Iranerinnen tragen stattdessen ein Kopftuch und einen leichten Mantel (Manto oder Abaya), der oft nur noch eine Alibifunktion hat. Insbesondere junge Frauen aus dem städtischen Milieu tragen oft Mäntel, die enger anliegen und bis knapp über die Knie reichen. Ein das Haar bedeckender Schal (Chimar) rutscht bei ihnen betont oft »zufällig« auf die Schultern herunter. [Nach Wikipedia]

Miachtln: Nach Schweiß riechen, stinken

Ruhollah Musawi Chomeini, auch Khomeini (1902-1989) war ein iranischer Ajatollah, politischer und religiöser Führer der Islamischen Revolution von 1979 und danach bis zu seinem Tod iranisches Staatsoberhaupt. Mit der Revolution stürzte er aus dem französischen Exil heraus die Regierung von Mohammad Reza Pahlavi, dem damaligen Schah des Iran. Chomeini gilt als der Gründer der Islamischen Republik im Iran.

Ajatollah Sejjed Ali Chāmene'i, auch Khamenei, *1939, ist als Oberster Religionsführer seit 1989 der politische und religiöse Führer des schiitischen Iran. Eine andere Bezeichnung für sein Amt ist »Revolutionsführer«. Er ist damit die höchste geistliche und politische Instanz, der Oberbefehlshaber der iranischen Streitkräfte und das Staatsoberhaupt des Iran.

Respected Ladies: Observe the Islamic dress code: Verehrte Damen, respektieren Sie die islamische Kleiderordnung!

Farsi: Die persische Sprache

200.000 Rial: Etwa 5 € (Stand 2015)

Aserbaidschan

Garten Eden: Der britische Ägyptologe David Rohl lokalisierte den Garten Eden im Gebiet von Täbris, der Hauptstadt der iranischen Provinz Ost-Aserbaidschan. Eden soll in der Ebene gelegen haben, die von der Stadt bis zum Urmiasee reicht.

El-Goli-Park: El Gölü ist der Name eines großen Parks in Täbris mit einem quadratischen künstlichen See, der an allen vier Seiten von Spazierwegen umsäumt ist. In der Mitte des Sees befindet sich ein kleiner Palast, der während der Qajar-Dynastie als königlicher Sommerpalast diente. Im Süden des Sees erhebt sich ein mit Bäumen bedeckter Hügel, zwei reich verzierte Treppen verbinden die Seitenwege mit der Spitze des Hügels und dem Hotel Pars. [www.tripadvisor]

Gastfreundschaft und Aufgeschlossenheit der Bevölkerung gegenüber den Touristen: »Angst vor einem Mangel an menschlichem Kontakt im Iran, das ist ungefähr so, als würde ein Weltumsegler sich Sorgen machen, ob er unterwegs auch ein bisschen Sonnenbräune abkriegt – hier fühlt man sich nie allein als Tourist.« [Stephan Orth, Couchsurfing im Iran, S.43]

Kandovan ist ein Felsendorf mit etwa 1000 Einwohnern in der iranischen Provinz Ost-Aserbaidschan, 55 km südlich der Provinzhauptstadt Täbris. Kulturell interessant ist Kandovan wegen seiner hinkelsteinartigen Häuser. Entstanden sind die Steingebilde durch Vulkanismus, Erosion, Verwitterung und menschliches Zutun gleichermaßen. Ähnlich wie in Kappadokien (Göreme) oder Südspanien (Granada) haben die Bewohner ihre Behausungen als Höhlenwohnungen in den weichen Tuffstein gegraben und lediglich Türen, Fenster und Treppenzugänge sind von außen sichtbar. [Nach Wikipedia]

Windschatten: Speziell im Rennradsport eine bewährte Methode, um in einer Gruppe im Windschatten des Vorausfahrenden Kräfte zu sparen. Dabei wird im Idealfall regelmäßig die Führung gewechselt – bei der Tour de France übernehmen das die »Wasserträger« für ihren Kapitän. Windschattenfahren ist nicht ganz ungefährlich, kommt es doch bei unvorhergesehenen Hindernissen bzw. Bremsmanövern gern zu Auffahrunfällen.

Tuu wia a Henn in am Bittl: Wörtlich: »Sich gebärden wie eine Henne im Beutel«; Hier: »Die Sau rauslassen.«

Ma wiard aheebe aolt: »Man wird allmählich alt« – Standardspruch nicht nur der älteren Generation als Ausflucht zur Erklärung von Schwäche oder Beschwerden

Robert Scott: Zweiter im ewigen Eis: Am 16. Januar 1912 erreichte Scott den Südpol – einen Monat später als sein großer Rivale Roald Amundsen. Der Rückweg durch die Eishölle wurde für die Verlierer zum Horrortrip, bei dem alle Teilnehmer der Expedition ihr Leben verloren.

Hubert von Goisern »Krippensteiner«: Aus dem Album »Federn Live 2014-2016«

Qawwali (gesprochen: Ka-u-ali) ist ein zum Sufismus gehörender devotionaler Gesangsstil, dessen Heimat in der ehemaligen Provinz Punjab im heutigen Pakistan und Nordindien liegt. Der Stil geht auf persische qaul-Gesänge zurück, die Sufi-Prediger Ende des 10. bzw. Anfang des 11. Jahrhunderts nach Indien brachten. International bekannt wurde Qawwali in den 80ern und 90ern durch Nusrat Fateh Ali Khan mit seinem von westlicher Populärmusik beeinflussten Stil. [Nach Wikipedia]

Zandschan

Taarof: »Iraner bieten einem manchmal die tollsten Dinge an: Gratistaxifahrten, geschenkte Teppiche, kostenlose Einkäufe am Basarstand. Wer das nicht als Höflichkeitsgeste erkennt, tappt knöcheltief ins Fettnäpfchen. Die Regel: Immer zweimal freundlich ablehnen. Erst wenn dann ein drittes Mal das Angebot kommt, kann man sicher sein, dass es wirklich ernst gemeint ist und ohne Gesichtsverlust für den anderen angenommen werden darf.« [Stephan Orth, Couchsurfing im Iran, S. 45]

Rumi: Dschalāl ad-Dīn Muhammad ar-Rūmī – kurz Rumi genannt (*1207 in Afghanistan †1273 in Konya) war ein persischer Sufi-Mystiker, Gelehrter und einer der bedeutendsten persischsprachigen Dichter des Mittelalters. Nach ihm ist der Mevlevi-Derwisch-Orden benannt. Mevlana Rumi stammte aus einer angesehenen Familie im Norden Afghanistans, studierte Theologie in Konya und übernahm nach seines Vaters Tod im Jahre 1230 dessen Lehrstuhl an der Universität. Ein Sufimeister führte ihn in die islamische Mystik ein. Schon damals galt Maulana Rumi als großer Gelehrter und lebte vor, dass man auch durch Praktiken, die einem strenggläubigen Muslim verboten waren – Weintrinken, Sinnenfreude, Gesang und Tanz – Gott näherkommen konnte. Er reformierte seine Religion zu einer Zeit, als in der christlichen Kirche an Reformation noch lange nicht zu denken war. Bis heute praktizieren die Sufis des Mevlana-Ordens in ihren Tänzen das, was der Meister vorlebte. [www.tagesspiegel.de, 30.09.2007]

Freigeist Rumi: »Ausgerechnet dort, wo man die Sprache des auf Persisch schreibenden Dichters spricht, wird er kaum gefeiert. Die Iraner haben wahrscheinlich viel zu viel Angst vor dem subversiven Erbe dieses sinnenfreudigen Rebells und Reformators. Das einzige, was dem Kulturverantwortlichen des iranischen Parlaments einfiel, war der Satz, Maulana sei »ein iranischer Dichter« gewesen, »und wir sind stolz auf seine Persönlichkeit.« Maulana Rumi – ein »iranischer Dichter«? In dieser Logik war auch Gandhi ein iranischer Politiker, denn das Persische Reich reichte einst bis Indien. Gegen eine solche nationalistische Denkweise hätte sich der Meister selbst am meisten verwahrt.« [www.tagesspiegel.de, 30.09.2007]

Teheran

Stau und Smog in Teheran: »Die meisten Wochen des Jahres hüllt sich die Stadt in eine Smogwolke. Das tägliche Verkehrschaos ist legendär – auf zehn Millionen Einwohner kommen fast vier Millionen Autos.... Die meisten ihrer fast vier Millionen Auspuffe können über Begriffe wie »Katalysator« oder »Euro-5-Norm« nur rußheiser lachen. Teherans Dreckschleudern erzeugen mehr Kohlenstoffmonoxid als alle in Deutschland rollenden Fahrzeuge zusammen. Jedes Jahr sterben Tausende an den Folgen des Smogs.« [Stephan Orth, ebd. S. 16]

Johlaraobed bi de Baraabar: Die Iraner wären erbost, wenn sie erführen, dass Tom sie hier in einen Topf mit den Arabern wirft. Sie betrachten sich als reinrassige Arier, was sich schon aus dem Namen Iran = »Land der Arier« erschließen lässt.

Vuimera: Das Allgäuer Musikprojekt mit den Musikern Benno Wechs, Stefan Kienle, Peter Stannecker und Hedwig Roth als Jodelvirtuosin will die Menschen mit ihren instrumentalen Klängen (Mundharmonika, Querflöte, Saxofon, Harfe, Steirischer Kontrabass, Piano) und Jodelgesangseinlagen in besonderen Räumen und an wunderbaren Orten musikalisch berühren – in Kirchen und Kapellen bei Kerzenschein, auf Berggipfeln, an einem See oder auf einer Burgruine – im Allgäu oder bei grenzüberschreitenden Projekten in Südtirol. Mit dem Erlös aus den Konzerteinnahmen unterstützt VUIMERA humanitäre Hilfsprojekte in Nepal. »Der Wunsch und das Gespür dafür, Menschen mit der Musik zu berühren war die Motivation Peter Stanneckers, das Musikprojekt »VUIMERA Klänge« entstehen zu lassen und immer weiter zu entwickeln, immer wieder neue Zusammensetzungen von Musikern und Instrumenten zu finden, um sehr besondere und spezielle »Klänge«, wie Stannecker diese Art der Konzerte nennt, zu erspüren – eingebettet in die wunderbarsten Raum- und Lichtatmosphären, die er sich dafür vorstellen kann, irgendwo zwischen zeitgenössischer Klassik, weichstem Jazz und der musikalischen Heimat…« [Aus der Facebook-Seite von VUIMERA].

Kultband Arian: »Mit einem Paukenschlag hat die iranische Pop-Band »Arian« ihren Abschied von der Bühne angekündigt. Nach mehr als fünf Millionen verkaufter Alben soll nun Schluss sein: 15 Jahre Auseinandersetzung mit staatlicher Zensur haben die Musiker zermürbt. Vor 15 Jahren gelang der Pop Band »Arian« mit dem Song »Parvaz« der Durchbruch. Das Lied war auch gesellschaftlich eine Sensation. Denn Arian war die erste Pop-Gruppe in der Islamischen Republik Iran: Eine Band, die im Iran allein dadurch ein Tabu brach, weil sie Popmusik macht. Nun haben die Musiker die Auflösung der Kultband erklärt – was Millionen Fans betrauern, gesteht Sänger und Gründer Ali Pahlavan. »Wir konnten im Jahr nur drei bis vier Konzerte in Teheran gehen und vielleicht höchstens drei auf der Insel Kish. In allen anderen Städten bekamen wir keine Genehmigung, weil wir eine gemischte Band waren, in der Frauen und Männer spielten. Mit sechs Konzerten im Jahr ist »Arian« nicht die einzige Band im Iran, die sich von der Bühne verabschiedet. Jüngst hat sich Irans bekannteste Rock Band »O-Hum« ähnlich geäußert. »Um als Musiker offiziell zu arbeiten, brauchst du eine Genehmigung. Bis man die bekommt, vergeht ein Jahr. Um ein Album aufzunehmen braucht man eine weitere Genehmigung für Musik und Texte, die mindestens zwei Monate auf sich warten lässt. Für Konzerte brauchst du ebenfalls noch eine Genehmigung, das dauert wieder ein paar Monate. Wenn du das alles zusammen hast, dann willst du dir eine Konzerthalle mieten. Die Kosten sind aber so hoch, dass du sie auf die Besucher umlegst. Die Folge ist, dass kaum jemand so teure Tickets bezahlen kann…« [Deutschlandfunk-Kultur – Beitrag vom 03.04.2015]

Sabine Kapfinger: Sie hat Hubert von Goisern dazu inspiriert, Jodeln als Stilmittel bei den Alpinkatzen zu etablieren. Mit Zwölf stieg Sabine samt Vater Sepp als jüngste Jodlerin des Landes im Walchsee-Seerosen-Trio ein, wo Hubert auf sie aufmerksam wurde, fortan bei ihr Jodelunterricht nahm und sie schließlich bei seinen Alpinkatzen engagierte. Mit 16 Jahren war Sabine im Studio mit dabei, wenig später als »Frontfrau« zusammen mit Hubert auf nationalen und internationalen Konzerten beim Jodeln zu hören. Ihre klare Stimme und ihre virtuose Art zu jodeln lösten jedes Mal Begeisterungsstürme beim Publikum aus. 1994 löste Hubert von Goisern die Gruppe nach einer fulminanten Abschiedstournee auf, um sich fortan um Solo-Projekte zu kümmern.

Kui minders Hüüswease: »Kein schlimmeres Hauswesen« – Tom sorgt sich um den guten Ruf seiner Familie

Pfarrer Peter Guggenberger war von 1994 bis 2016 katholischer Seelsorger in Oberstdorf.

Das **Evin-Gefängnis** ist das bekannteste iranische Gefängnis und für die Inhaftierung von politischen Häftlingen des Iran und brutale Foltermethoden berüchtigt. Es liegt am nördlichen Stadtrand von Teheran. Ursprünglich für 320 Insassen ausgelegt, waren nach der islamischen Revolution bis zu 15.000 Gefangene inhaftiert, darunter alle namhaften Regimegegner, Kritiker und Schriftsteller.

Allgäuer Wortkunde:

Tätigkeiten und Bedürfnisse: Ahääße = anziehen, schträäle = kämmen, freasse = essen, süüfe = trinken, schlaarpe/schiarge = schlurfen, schlurgge = schlürfen, schieße = scheißen, saiche = urinieren, nuune = Mittagschlaf halten, üüfhocke = Beischlaf.

Verlautbarungen des Unmuts, Jammerns oder Ärgers: A Läätsche ziache = schmollen dräiße/klammse = jammern, knieschde/gimmse = stöhnen, koldre = poltern, zornig sein, beafzge/schaonze = schimpfen.

Körperteile: Grind = Kopf, Müül = Mund, Kiibui = Kinn, Bratze = Hände, Büü = Bauch, Raonze = Bauch, Fiidle = Hintern, Knoode = Knöchel.

Typen: Briaslar = Nörgler, Lotschar = Schlamper, Blearhääfele = Heulsuse, Gischpl = fahriger Mensch, Klemmfiidlar = Geizkragen, Schpringingelar = Hansdampf in allen Gassen.

Atom-Deal: Am 14.07.2015 unterzeichneten die USA und Iran ein Abkommen, wonach der Iran sich verpflichtet, die Atomanlagen nicht zur Herstellung von Atomwaffen zu nutzen. Im Gegenzug wurden die Wirtschaftssanktionen schrittweise aufgehoben.

Iatz äärbesletes br: Zungenbrecher – im Hochdeutschen fällt der Groschen, im Allgäu sind es die

Erbsen. Vgl. auch »Promotion«.

Iatz kasch be aabhaogge: Jetzt kannst du mich vergessen.

Temperaturen von bis zu 50 Grad: Der Sommer 2015 war für die Länder des Nahen Ostens und speziell für den Iran und Pakistan der heißeste seit Menschengedenken. Tausende von Menschen fielen der extremen Hitzewelle zum Opfer.

Überführung

Öü wembr eh schu i dr Schieße hocket – vrsüüfe mecht i bigott it grad din: »Auch wenn wir sowieso schon in der Scheiße sitzen – ersaufen möchte ich nicht darin.«

Lachegolkar: Handbetriebene Jauchepumpe zum Düngen der Wiesen

Dees müass a reachta Süühünd sing, wao se all Taag wäscht: Der Allgäuer hat es immer schon gewusst, dass tägliches Duschen der Haut nicht zuträglich ist. Das Sprüchlein stammt aus Alfred Weitnauers »Lachendes Allgäu«.

Mir kut es öü g'schpässeg fiir…: »Mir kommt es auch komisch vor.«

It z'baottre kumme: Nicht zum Zug kommen.

Ihr seid's des Gschpusi und die ondern mochn die Musi: Im Klartext: Tom und Jo sind aus dem Rennen und das zweite Team hat ihren Platz übernommen.

D'Lit länd se biige: »Menschen lassen sich stapeln.«

Dees kut zimle nääch hii a dees, was ba b'n iis Üüfhocke haißt: Dass der Allgäuer für den Beischlaf die Umschreibung »Aufhocken« wählten, sagt einiges über seine patriarchalisch geprägten Sexpraktiken aus.

Niemandsland

Die **Dascht-e Lut** (dasht bedeutet »Ebene, Plateau; Wüste«; lut »leer«) ist mit 166.000 km² die größte Wüste Irans. Südwestlich liegt das Zagros-Gebirge, das zur Aridität beiträgt. Im Norden schließt sich die zweite große iranische Wüste, die Kawir an. Infolge dieser Bedingungen ist der jährliche Niederschlag geringer als 50 mm (bei einer potentiellen Verdunstung von 5.000 mm). Die Dasht-e Lut ist einer der heißesten Orte der Erde. Eine wissenschaftliche Expedition konnte bei einer Bodenmessung im Sommer eine Temperatur von 78,2 °C messen. Die Lut ist aufgrund dieser lebensfeindlichen Konditionen auch heute noch menschenleer. [Wikipedia]

It-girl: Auf Deutsch bedeutet It-Girl so viel wie »Mädchen mit dem gewissen Etwas« und beschreibt in der Regel eine junge Frau, die lediglich durch eine auffallende und übertriebene Medienpräsenz bekannt ist. Die drei wichtigsten Eigenschaften eines IT-Girls sind Sexappeal, Charisma und Ausstrahlung.

Paris Hilton ist ein amerikanisches Model, Sängerin, Schauspielerin und Designerin. Sie ist die Urenkelin des Hotelgründers Conrad Hilton und eine der zukünftigen Erben des Hilton-Vermögens. Mit ihrem schillernden Lebensstil und ihren provozierenden Auftritten zieht Paris Hilton bewusst das Medieninteresse auf sich und nutzt diesen Umstand zur erfolgreichen Selbstvermarktung. 2005 wurde sie vom Musiksender VH1 mit dem Titel »It-Girl des Jahres« ausgezeichnet.

Rosie Huntington-Whiteley wurde aufgrund ihrer vollen Lippen, für die sie heute berühmt ist, und ihres doppelten Nachnamens in ihrer Kindheit oft gehänselt. Seit 2006 modelt sie für das US-Unterwäschelabel Victoria's Secret. 2009 wurde sie mit dem Elle Style Award als »Model des Jahres« ausgezeichnet. Beim Casting zu dem Film Transformers 3 überzeugte sie schauspielerisch so sehr, dass sie Megan Fox in der weiblichen Hauptrolle der Mikaela Banes ersetzte. Bei den 2011 CinemaCon Awards wurde sie dafür mit dem »Female Star of Tomorrow«-Award ausgezeichnet. Von den internationalen Lesern der Männermagazine Maxim und FHM wurde sie jeweils zur Sexiest Woman in the World 2011 gewählt. [Nach Wikipedia]

Jennifer Anne Garner (* 17. April 1972 in Houston, Texas), ist eine US-amerikanische Schauspielerin, Filmproduzentin und Filmregisseurin. Sie ist unter anderem Golden-Globe-Preisträgerin.

Per Anhalter durch die Galaxis, Originaltitel The Hitchhiker's Guide to the Galaxy, ist das bekannteste Werk des britischen Schriftstellers Douglas Adams. Es handelt sich um eine Mischung aus Komödie, Satire und Science Fiction, die zuerst als Hörspielserie vom BBC-Radio ausgestrahlt wurde. Die Geschichte, die allen Versionen zugrunde liegt, sind die Abenteuer des Arthur Dent, eines Durchschnittsengländers, der mit knapper Not und mit Hilfe seines Freundes Ford Prefect der totalen Zerstörung des Planeten Erde durch eine außerirdische Rasse namens Vogonen entgeht. Gemeinsam begeben sie sich auf die Suche nach dem legendären Planeten Magrathea, den sie auch finden. Dort treffen sie auf Slartibartfaß, der ihnen erklärt, dass die Erde in Wahrheit ein Supercomputer war, an dem er mitgearbeitet hat. Der einzige Zweck der Erde bestand darin, die Frage nach dem Sinn des Lebens, dem Universum und dem ganzen Rest zu finden. Die Antwort auf die Frage – die Zahl 42 – wurde nach sieben Millionen Jahren Rechenzeit von einer früheren Version des Supercomputers Deep Thought errechnet, der sich allerdings außerstande sah, die zugrunde liegende Frage zu formulieren. [Wikipedia]

Armageddon: In der Offenbarung des Johannes Ort der endzeitlichen Entscheidungsschlacht. Der Name wird oft synonym für »Weltuntergang« benutzt.

Intelligent Design (ID) ist eine Anschauung, die die Behauptung aufstellt, dass das Leben nicht durch eine planlose, zufällige Evolution, sondern durch planvolle Schöpfung innerhalb eines begrenzten Zeitraums (laut Bibel in sechs Tagen) entstand. Nach Auffassung von ID ist das Leben zu komplex, um rein zufällig zu entstehen, weshalb die Anhänger der Bewegung hinter solchen Fragen eine übergeordnete Kraft sehen, eine Art göttlichen Plan. ID ist eine Abwandlung des Kreationismus, gegründet aus politischer Motivation, um als eigene Wissenschaftsdisziplin in den amerikanischen Schulunterricht aufgenommen zu werden, da dies dem Kreationismus durch den Bescheid des Obersten Gerichtshofs verwehrt wurde. Intelligent Design distanziert sich zwar von der Religion und vermeidet Wörter wie Gott und Schöpfung, geht aber mit im Wesentlichen mit theistischen Vorstellungen des Christentums einher. [Lexikon science@home.de]

George Gordon Noel Byron (*1788 in London; †1824 in Griechenland), bekannt als Lord Byron, war ein britischer Dichter. Byrons Werke, die der englischen Spätromantik (sog. Schwarze Romantik) zuzuordnen sind, sind von Ablehnung althergebrachter Strukturen geprägt, seine Helden intelligent, mutig und leidenschaftlich, jedoch gleichermaßen rastlos, verletzlich und einsam, so dass ihnen letztlich Zufriedenheit und Glück versagt bleiben. [Nach Wikipedia]

Im Anfang war das Wort: Der im Ur-Evangelium verwendete altgriechische Ausdruck logos hat einen großen Bedeutungsspielraum. Er wird unspezifisch im Sinne von »Wort« und »Rede« sowie deren Gehalt (»Sinn«) gebraucht, bezeichnet aber auch das geistige Vermögen und das, was dieses hervorbringt (die Vernunft) sowie den Gesamtsinn der Wirklichkeit (die Weltvernunft). Die Stoa sieht im Logos ein Vernunftprinzip des geordneten Kosmos, einen ruhenden Ursprung, aus dem alle Tätigkeit hervorgeht.

Musik der Schöpfung: J.R.R. Tolkien beschreibt in seinem Spätwerk »The Silmarillion« die Entstehung der Welt als musikalisches Gleichnis. Das erste Kapitel »Ainulindale« (die Musik der Ainur) berichtet zunächst über die Erschaffung der Geister, die Ainur, durch den Schöpfergott Iluvatar. Zunächst sangen die Ainur nur für sich selbst oder mit wenigen zusammen. Und es geschah, dass Ilúvatar alle Ainur zusammenrief und sie eine gewaltige Melodie lehrte. Sie handelte von der Schöpfung des Universums und der Erde. Melkor, der mächtigste der Ainur, strebte danach, seiner ihm zugewiesenen Stimme durch Eigenkompositionen mehr Glanz und Macht zu verleihen und verdarb die Klänge, indem er eigene Töne sang, die nicht zur Melodie Ilúvatars passten. Dieser Fehler ließ sich selbst durch Ilúvatar nicht mehr beheben. Der Missklang, oder auch das Böse, war nun in der Welt und blieb auch dort.

Fünfte Etappe: Pakistan
Die Wüste

Sand- und Staubsturm: Bei einem Sandsturm handelt es sich um einen sehr trockenen und heißen Wind, der in Trockengebieten große Mengen Sand zunächst hoch aufwirbelt und anschließend mit-

führt. Einige Stürme transportieren bis zu 100 Millionen Tonnen Sand über zum Teil sehr große Entfernungen. Die größten Partikel bilden an windgeschützten Stellen Dünen.
Wenn die feineren Partikel in dichten, hohen Wolken in die Luft gehoben werden, nennt man das Phänomen einen Staubsturm. Ein Staubsturm kommt als dunkle Wolke heran, die vom Erdboden bis zu mehreren Kilometern Höhe reicht. Die Sichtweite ist auf wenige Meter reduziert und feiner, erstickender Staub dringt überall ein. Es wird geschätzt, dass ein Kubikmeter Luft bis zu 1 g Staub enthalten kann. [Wikipedia]
Sandsturm und Dampfstrahler: »Stunden später gerieten wir in den Sandsturm, der uns aus dem klaren Morgen heraus anfiel, aus dem Nichts kommend. Es ist, als wäre der Boden mit Dampfröhren unterlegt mit tausenden von Düsen, durch die winzige Strahlen Dampf hinausgeblasen werden. Der Sand hüpft in kleinen Rucks und Wirbeln, Zentimeter um Zentimeter hebt sich die Unruhe, so wie der Wind an Stärke gewinnt. Es scheint, als höbe sich die ganze Oberfläche der Wüste in Übereinstimmung mit einer unterirdischen, nach oben stoßenden Kraft. Größere Kieselsteine schlagen gegen Schienbein, Knie, Oberschenkel, die Sandkörper klettern am Körper hoch, bis der Sand ins Gesicht schlägt und über den Kopf hinausgeht. Der Himmel hat sich entzogen, alles außer den nächsten Gegenständen entschwindet der Sicht, das Universum füllt sich.« [Aus: »Der englische Patient« von Michael Ondaatje]
Iisa Fröü: Die Muttergottes Maria, die in vielen Orten des Allgäus besondere Verehrung genießt (vgl. »iisa liabe Fröü vum Oaschtrachtal«)
Ajetappe: »Aje« (hinunter) und »uje« (hinauf) sind im Allgäuer Dialekt kaum noch gebräuchlich, stattdessen werden heute »naa« und »nüüf« verwendet.
Gestriger Beitrag zur Preisfrage: »Wir sind das strahlende Gewand Gottes, das hinausreicht in die Weiten des Alls bis in die tiefsten Schwärzen. Wir sind Kundschafter, die staunend vordringen in Nacht und Finsternis, um seine unermessliche Größe unter Leid und Schmerzen auszuloten. Wir sind die Pioniere, die das Unerhörte wagen, um ihn und uns der Unendlichkeit seiner Liebe zu vergewissern.«
Weil es alle traditionellen Gottesvorstellungen auf den Kopf stellt: Traditionell hat das Böse und damit verbunden Leid, Schmerz und Tod keinen Platz im Schöpfungsplan eines gütigen Gottes und wird seinem Widersacher, dem Teufel zugewiesen. Unklar bleibt dabei jedoch, warum ein allmächtiger und gütiger Gott einen Widersacher neben sich duldet, der seinen Plan immer wieder durchkreuzt. Die Frage nach dem Stellenwert des Bösen in der Welt hat der Philosoph Gottfried Wilhelm Leibniz in seiner »Theodizee« dahingehend beantwortet, wir lebten »in der besten aller Welten«. Folgt man dieser Auffassung, dann muss das Böse in dieser Welt einen Sinn haben, der das Gut-Böse-Schema

transzendiert, und es, wie etwa die Mystik, in einen größeren Zusammenhang einbettet, wo es als treibende Kraft für die Hervorbringung von Liebe und damit auch des Guten angesehen werden kann.

Belutschistan

Baluchen: Seit bald zwölf Jahren tobt mitten in Pakistan ein blutiger Kampf: Die Belutschen verlangen mehr Rechte und eine Beteiligung an den Reichtümern durch Rohstoffe, die es in der Provinz gibt. Weil der pakistanische Staat ihnen das aber verweigert, fordern manche Nationalisten ein unabhängiges Belutschistan – was das Militär zu harschen Schlägen provoziert. Vorsichtigen Schätzungen zufolge gelten mehr als 6000 Menschen als vermisst und jeden Tag verschwinden weitere. Nicht nur die Weltöffentlichkeit bekommt kaum etwas davon mit, selbst die pakistanische Bevölkerung außerhalb von Belutschistan weiß wenig über die Vorgänge in der Provinz, die zwar 43 Prozent der Fläche des Landes ausmacht, in der aber nur fünf Prozent der pakistanischen Bevölkerung leben. Zeitungen verstecken ihre Berichte über die Region auf den hinteren Seiten. Deshalb versuchen radikale Gruppierungen unter den Belutschen, das Augenmerk der Bevölkerung und der Welt durch Geiselnahmen von pakistanischen Politikern und Touristen auf sich zu ziehen. [spiegel-online vom 02.03.2012]

Allgäuer Kässpatzen (oft auch Kääsknepfle genannt): Nicht für die Bewohner des Allgäus ein Gaumenschmaus – Rezepte finden sich im Internet!

Am End it lugglaong, voar es loasgaoht: »Du wirst doch am Ende nicht aufgeben, bevor es losgeht.«

Mir raiset doch vor niimede drvuu: »raise« = rennen. Die Frage, ob die Unternehmung von Tom und Jo letztlich nur einen Ausbruchsversuch aus kleinbürgerlicher Enge und beruflicher Perspektivlosigkeit darstellt, wurde ja schon mehrfach thematisiert (vgl. Harmanli, Gerede und Istanbul).

Tschrirschn: Kärntnerisch für »Einfaltspinsel«

Saolznäägar: Eine sicher nicht rassistisch gemeinte Schmähung der Einbrecher durch Tom

Geldhaschat: Geldgierig

Der wer i d'Wodln fiere richtn: Kärntnerisch für »zeigen, wo's langgeht«

Islamabad

Schwierigste Route am K2: Die Polen Jerzy Kukuczka und Tadeusz Piotrowski bestiegen 1986 den K2 über die Südwand, die aufgrund der ständigen Lawinenabgänge und ausgesetzter Kletterei als die schwierigste und gefährlichste Route am K2 gilt. Die Geschichte der Südwanddurchsteigung findet sich im 2. Teil, Kapitel »Basislager (2).

Reinhold Messner und die Südwand: Messner hatte 1979 ursprünglich vorgehabt, den K2 auf der sogenannten »Magic Line« – eine Art Direttissima durch die Südwand, die etwas weiter westlich von der Polenroute direkt auf den Gipfel führt, zu besteigen, verwarf den Plan aber nach einem Vorstoß auf 7000 Meter und eingehender Begutachtung der Verhältnisse wegen der extremen Lawinengefahr, der sein Team in der Wand über weite Strecken ausgesetzt sein würde, mit den Worten: »Diese Route gehst du nur einmal – und dann bist du tot.«

Mit aondre Lit Fiidle isch güet duur d'Brennnessla rütsche: Die Allgäuer Redewendung gibt es auch in der Variante »duur's Fuir rütsche« – sie drückt plastisch den Unwillen Toms aus, für andere Leute bzw. deren Angelegenheiten den Kopf hinzuhalten – in diesem Fall Frau Ebeling »Promotion«-Hilfe zu leisten und dafür unwägbare Risiken auf sich zu nehmen.

Schachbrettartig angelegte Stadt: Islamabad (deutsch ‚Wohnsitz des Islam') ist die Hauptstadt Pakistans und hat heute ca. 700.000 Einwohner. Die erst in den 1960er Jahren gegründete und geplante Stadt wurde an einer klimatisch äußerst vorteilhaften Stelle am Rande des Pothohar-Plateaus, unterhalb der Margalla-Hügel auf einem schachbrettartigen Grundriss angelegt. Islamabad gehört historisch zum Punjab, wurde aber 1970 aus der Provinz ausgegliedert und zu einem eigenständigen Hauptstadtterritorium. [Nach Wikipedia]

Naran

Der 1284 Kilometer lange **Karakorum Highway** (KKH) im nordwestlichen Teil Chinas und in Nordpakistan ist sicher eine der weltweit spektakulärsten Hochgebirgsstraßen. Von 1967-1982 arbeiteten 15.000 Pakistanis und 20.000 Chinesen an diesem gemeinsamen Straßenbauprojekt. Der Highway beginnt in der Stadt Kashgar, führt über die hohen Pässe des Pamir und des Karakorum-Gebirges, entlang des Himalaya und durch das Tal des Indus, vorbei am 8125 Meter hohen Nanga Parbat und vielen über 7000 Meter hohen Bergen bis 100 Kilometer vor Islamabad, der Hauptstadt Pakistans. Der Grenzübergang am Khunjerab-Pass zwischen China und Nordpakistan ist Teil dieser Straße und liegt auf 4720 Meter Höhe. Für Touristen ist diese Straße inklusive dem Grenzübergang erst seit 1986 frei gegeben. Der Karakorum Highway war zu Zeiten der Seidenstraße eine wichtige Verbindung über die hohen Gebirgszüge Richtung Indiens. [www.heart-of-silkroad.de]

Maria Scharapowa: Der Begriff Grunting (englisch für Grunzen, ugs. »Stöhnen«) wird im Tennis verwendet für Lautäußerungen von Spielern beim Schlagen eines Balles. Diese werden immer wieder, besonders bei Sportlerinnen, auch als mögliche Störung des jeweiligen Gegners thematisiert. Ein Spitzenplatz wird der portugiesischen Spielerin Michelle Larcher de Brito mit 109 Dezibel zugeschrieben. Weitere bekannte laute Stöhnerinnen sind: Marija Scharapowa (101 dB), Monica Seles (93,2 dB), Serena Williams (88,9 dB). Im Herrensport werden Lautäußerungen anders wahrgenommen als beim Damentennis, wo sie Assoziationen zu solchen im Zusammenhang mit Sexualität auslösen. Die weibliche Ekstase durch Verausgabung ist stets eine unmissverständlich erotische, während der maskuline Star die Arbeitsmaschine imitiert, die im Kampf ihr Letztes gibt.
[Aus: Merkur: deutsche Zeitschrift für europäisches Denken, 1993]
Schnackseln: Es miteinander treiben
Naadänglet: Hingeschlagen
A Güata hebt's üüs und um an Schleachte isch it schaad: Sozialdarwinismus auf Allgäuer Art
Wiebrar: Weiberheld, Aufreißer
Macht der Ideale: »Wir glauben gewöhnlich, dass Ideen einfach so in unserem Kopf entstehen, und verwechseln unsere Ansichten mit Ideen. Doch wenn wir nachdenken, kommen wir bald dahinter, dass Ideen etwas Größeres sind als wir selbst. Sie »haben« uns, nicht wir sie. Wir führen unser Leben aufgrund unserer Ideen. Man könnte sagen, wir sind unsere Ideen. Alles, was ein Mensch im Leben tut, hängt von den Ideen ab, die er hegt.« [Vito Mancuso, Die Seele und ihr Schicksal, S.224]
Never, never, never give up: Tatsächlich sagte Churchill am 29. Oktober 1941 – Großbritannnien war nach dem »Blitzkrieg« Hitlers und der Eroberung halb Europas ziemlich isoliert – in seiner Rede an der Harrow School, in der er selbst Schüler gewesen war: »...never give in, never, never, never, never—in nothing, great or small, large or petty—never give in except to convictions of honour and good sense – gib niemals ... auf, in keiner Sache, groß oder klein oder unbedeutend – gib niemals auf, außer es gibt berechtigte Einwände von Seiten der Ehre oder der Vernunft.« Churchill fuhr fort: »Never yield to force, never yield to the apparently overwhelming might of the enemy – weiche niemals vor Gewalt oder der anscheinenden Übermacht des Feindes.«

Zweites Buch: Der Berg
Skardu

Der **Nanga Parbat**, auch als Diamir (‚König der Berge') bekannt, ist mit 8125 m Höhe der neunthöchste Berg der Erde und gilt wegen seiner Besteigungsgeschichte als »Schicksalsberg der Deutschen«. Am Ende des westlichen Himalaya im nördlichen, pakistanisch kontrollierten Teil von Kaschmir gelegen, ist er die größte freistehende Massenerhebung der Erde. Der Höhenunterschied zum 25 km entfernten Industal (und Karakorum Highway) beträgt etwa 7000 m. Die gegen Süden gelegene Wand (Rupal-Flanke) ist mit 4500 m die höchste Gebirgswand der Erde.

Skardu ist der Hauptort der Region Baltistan und liegt im 10 km breiten und 40 km langen Skardu-Tal am Zusammenfluss von Indus und Shigar. Die Stadt steht auf einem fast 2.500 m hoch gelegenen Plateau und wird von grau-braunen Bergketten umfasst. Die dahinter gelegenen Achttausender des Karakorum ziehen Touristen, Trekker und Bergsteiger aus der ganzen Welt an. Skardu, das nahe gelegenen Askole und das Hushe-Tal sind die Haupttore, durch die die Anfahrt erfolgt. Dieser Umstand verhalf Skardu, sich zur bedeutendsten Touristen- und Bergsteigerbasis im gesamten Gebiet zu entwickeln mit einer umfassenden Reiseinfrastruktur und vielen Geschäften und Hotels.

Unwetterkatastrophe in Oberstdorf: »Der andauernde Starkregen im Allgäu hat am Sonntagabend eine Schlammlawine ausgelöst. In Oberstdorf (Landkreis Oberallgäu) ist deshalb vorsorglich ein bedrohtes Wohngebiet evakuiert worden, teilte die Polizei mit. Von der Evakuierung waren 400 bis 500 Menschen betroffen. Bei 20 Menschen seien die Häuser einsturzgefährdet, so der Sprecher. Die Betroffenen müssen weiter in der Notunterkunft bleiben. Zuvor war der Faltenbach oberhalb des Orts so stark angeschwollen, dass sich an seinem Ufer Schlammmassen lösten. Diese rutschten talwärts und kamen in der Nähe der Oberstdorfer Skisprungarena zum Stehen. In der Skisprungarena stand der Schlamm nach Polizeiangaben acht bis zehn Meter hoch.« [www.welt.de, 15.06.2015]

Plattebiichl: Villenviertel von Oberstdorf in östlicher Hanglage unweit der Nebelhorn-Skiabfahrt

Wenn de nu schu wiidr hünd wäresch: Frau Niederacher macht sich Sorgen und wünscht sich ihr Sohn wäre schon wieder zurück vom Berg.

»Der **Heilbronner Höhenweg** ist sicherlich das Bergsteiger-Highlight in den Allgäuer Alpen. Schroff, ausgesetzt und vielerorts stahlseilversichert führt der hochalpinste Höhenweg Deutschlands vom Einstieg unterhalb des Hohen Lichts bis zur Bockkarscharte auf dem Grat des zentralen Allgäuer Hauptkammes oberhalb von 2.400 Metern über einige der höchsten Berge in den Allgäuer Alpen. Bei guten Sichtverhältnissen sind traumhafte Ausblicke auf hunderte von Alpengipfeln garantiert.« [www.oberstdorf.de/alpininfo]

Mindelheimer Klettersteig: Im Jahre 1975 errichtete die DAV-Sektion Mindelheim den erlebnisreichen und heutzutage sehr beliebten Klettersteig. Der zerklüftete und raue Hauptdolomit, der die gesamte Palette seines Facettenreichtums zeigt, und die ausgeklügelte Wegführung des Klettersteiges sorgen für das besondere Klettersteigerlebnis. Der traumhafte Rundumblick zum gegenüberliegenden Allgäuer Hauptkamm bis hin zum Gottesackerplateau im Kleinwalsertal lassen eine Begehung des Eisenweges einmalig werden. Aufgrund seiner Länge gilt der Klettersteig als anspruchsvoll, ist aber nur in einzelnen Abschnitten richtig ausgesetzt. [ebd.].

Trettachspitze: Immer wieder wird dieser Berg als »Allgäuer Matterhorn« bezeichnet. Je nach Perspektive ist dieser Vergleich nicht mal an den Haaren herbei gezogen. Ausgangspunkt ist in der Regel das Dörfchen Einödsbach – mit seinen sonnenverbrannten Holzhäusern und der kleinen Kapelle vor der Kulisse von Trettach, Mädelegabel und Hochfrottspitze wohl das Fotomotiv Nummer 1 des Allgäus. Genau so eindrucksvoll ist die Besteigung der Trettachspitze, die irgendwo zwischen Wandern und Klettern einzustufen ist. Beide Normalrouten, sowohl der Nordostgrat als auch der Nordwestgrat, fordern anhaltende, exponierte Kletterei im II. Grad mit jeweils kurzen, zwingenden Stellen im unteren III. Grad. [freieberge.wordpress.com/author/kristianrr]

Trishul: 7120 m hoher Berg in der Garhwal-Region in Indien und einer der meistbestiegenen Siebentausender.

Kraonkat: Krankheit

Süüfet ning ii uiban dumme Grind: Trinkspruch für hartgesottene Allgäuer, die (vom vielen Saufen?) einen dummen »Grind« (Kopf) haben.

Der **Alpinstil** ist eine Variante des Höhenbergsteigens, bei der die gesamte Besteigung »wie in den Alpen« durchgeführt wird. (Vgl. dazu auch Teil I »Pörtschach – Promotion« zur Philosophie der maximalen Einfachheit im Bergsport.) Das bedeutet, auch höchste Berge bis hin zu den Achttausendern werden als kleine Seilschaft ohne Fremdhilfe, ohne vorher präparierte Route und in einem Zug vom Basislager zum Gipfel und zurück bestiegen, die benötigte Verpflegung und die gesamte alpine Ausrüstung dabei selbst mitgeführt. Zelte werden nur im Bedarfsfall aufgebaut und am nächsten Morgen wieder eingepackt. Man verzichtet vollständig auf den Einsatz von Flaschensauerstoff und auf »Belagerungsalpinismus« wie er für den klassischen Expeditionsstil kennzeichnend ist: Hochträger, fest installierte Hochlager, Materialdepots, Fixseile, Leitern usw. Somit ist Alpinstil hinsichtlich der eingesetzten Mittel und Vorgehensweisen das Gegenteil von Besteigungen im Expeditionsstil. Inspiriert durch den österreichischen Alpinisten Hermann Buhl und den italienischen Bergsteiger Walter Bonatti übertrug Reinhold Messner als einer der ersten Stil und Taktik der alpinen Kletterkunst (by fair means) auf das Höhenbergsteigen im Himalaya. So bestieg er im Alpinstil als erster die Achttausender ohne Flaschensauerstoff, Infrastruktur und Fixseile im Alleingang, mit einem Bergpartner oder mit kleinen, am Berg flexibel agierenden Gruppen, wobei die Gipfel nicht mehr, wie bis dahin üblich, wochenlang im Expeditionsstil mit zahlreichen Höhenlagern materialaufwendig »belagert« wurden. Vielmehr konnten die Achttausender dank leichter und minimaler Ausrüstung bei günstigen Wetterverhältnissen schnell bestiegen und wieder verlassen werden. So wurde der Aufenthalt in der Todeszone zeitlich minimiert. [Wikipedia]

Der **Kaschmir-Konflikt:** Indien und Pakistan wurden im Jahr 1947 selbstständige Staaten, nachdem sie zuvor britische Kolonie gewesen waren. Bereits im Herbst 1947 entbrannte zwischen ihnen der Streit um Kaschmir, das zunächst als eigenständiger Staat vorgesehen war. Truppen beider Länder marschierten ein, es kam zum ersten Indisch-Pakistanischen Krieg. Das Ergebnis war die faktische Teilung Kaschmirs. Seitdem stehen sich dort indische und pakistanische Truppen gegenüber – im Hochgebirge in Höhen zwischen 5000 und 6000 m. Der Baltoro-Gletscher und damit die vier Achttausender wären wohl militärisches Sperrgebiet, wenn dem pakistanischen Staat damit nicht so viele Gebühren für dortige Besteigungen entgehen würden. [www.himalaya-info.org/kaschmirkonflikt]

Ethnien in Skardu: Skardu ist ein bunter Schmelztiegel unterschiedlicher Ethnien und Nationalitäten. Seit der Gründung des Landes emigrierten verschiedene Volksgruppen aus allen Gebieten Pakistans in dieses Gebiet – neben Paschtunen, Panjaber, Hunzukuc und Uiguren hauptsächlich Balti-Tibeter – Skardu wird deshalb manchmal auch das »Kleine Tibet« Pakistans genannt.

A wink isch allat no bessr as nuits: Bezogen auf die »fair means«, die lauteren Mittel bei der Besteigung eines Achttausenders, ist der Verzicht auf künstlichen Sauerstoff immerhin schon ein erhebliches Zugeständnis.

Jerzy Kukuczka (*1948 in Kattowitz; †1989 an der Lhotse-Südwand, Nepal) war ein erfolgreicher polnischer Bergsteiger. Kukuczka bestieg zwischen 1979 und 1987 als zweiter Mensch (nach Reinhold Messner) alle 14 Achttausender. Würde man den Broad Peak Central als eigenständigen Gipfel anerkennen, dann wäre Jerzy Kukuczka der einzige, der alle 15 Achttausender bestiegen hat. Während seiner Besteigungen eröffnete er neun neue Routen inkl. einer Solobegehung am Makalu. Fünf Besteigungen führte er im Alpinstil durch und vier erstmals im Winter. Bei den Olympischen Winterspielen 1988 in Calgary wollte das IOC Messner und Kukuczka jeweils Olympische Orden in Silber verleihen. Messner lehnte die Auszeichnung jedoch mit der Begründung ab, dass er so eine Neuauflage eines Wettbewerbs bei der Besteigung aller Achttausender verhindern wolle. Kukuczka, der einen entscheidenden Unterschied zwischen der Ehrenmedaille des Olympischen Ordens und einer Olympiamedaille sah, nahm die Auszeichnung dagegen an. Beim Versuch, als Erster die Lhotse-Südwand zu durchsteigen, verunglückte Kukuczka 1989 auf einer Höhe von 8200 m tödlich, als das Seil riss und er zwei Kilometer in die Tiefe stürzte. [Nach Wikipedia]

Tadeusz Piotrowski (19.09.1939 – 10.07.1986) war ein polnischer Bergsteiger und Autor mehrerer Bücher zu diesem Thema. Er wurde als bester Winterbergsteiger seiner Zeit bezeichnet. Piotrowski starb am 10. Juli 1986. Zwei Tage zuvor hatten er und Jerzy Kukuczka die Erstbegehung der Südwand des K2 (auch »Polnische Linie« genannt) beendet – eine äußerst schwierige und gefährliche Route, von Seracs bedroht und von Reinhold Messner als »Selbstmord« bezeichnet. Die Route ist so lawinenanfällig, dass seitdem niemand einen neuen Versuch in Betracht gezogen hat. Während des Abstiegs auf einer klassischen Route verlor Piotrowski beide Steigeisen und stürzte auf einer Höhe von rund 7900 Metern nach zwei Nachtbiwaks ohne Verpflegung und Wasser am Gipfelhang des K2 in den Tod. [ebd.]

Hellsehen (Fachbegriff Präkognition) ist die Fähigkeit, ein zukünftiges Ereignis wahrzunehmen oder vorherzusagen, ohne dass zum Zeitpunkt des Erkennens rationales Wissen zur Verfügung steht – die Kausalität ist aufgehoben, weil die Präkognition zeitlich vor dem Ereignis liegt. Präkognition wird neben Telepathie in der Parapsychologie als außersinnliche Wahrnehmung betrachtet. Der Philosoph und Physiker Carl Friedrich von Weizsäcker meinte, es liege nahe, »zu den zwei wissenschaftlich zugänglichen Modi der zeitlichen Modallogik, der Faktizität und der Möglichkeit, einen dritten, unserer Wissenschaft bis heute unzugänglichen Modus hinzuzufügen, den man vielleicht ‚zeitüberbrückende Wahrnehmbarkeit' nennen würde.« Eine Theorie hierzu müsse über Faktizität und Möglichkeit »ähnlich hinausgehen, wie die Quantentheorie über die Grundbegriffe der klassischen Physik«. [Carl Friedrich von Weizsäcker: Aufbau der Physik. dtv, München 1988]

Ein Klartraum, auch luzider Traum (von lateinisch lux, »Licht«), ist ein Traum, in dem der Träumer sich dessen bewusst ist, dass er träumt. Die Fähigkeit, Klarträume zu erleben, hat vermutlich jeder Mensch. Eine Untersuchung der Max-Planck-Institute für Psychiatrie und Kognitions- und Neurowissenschaften konnte im Jahr 2012 bei Personen im luziden Traum eine Aktivierung eines spezifischen kortikalen Netzwerks nachweisen. Demnach ist im klaren Zustand im Vergleich zu einem normalen Traum die Aktivität im rechten präfrontalen Kortex und den frontopolaren Regionen erhöht. Diese Gehirnareale werden allgemein mit Selbsteinschätzung, der Bewertung eigener Gedanken und Gefühle sowie der Selbstwahrnehmung in Zusammenhang gebracht. [Nach Wikipedia]

Askole

Wahrheit, dass Geld nicht essbar ist: Diese (wahre) Geschichte ist dem SPIEGEL-Artikel über die Messner-Expedition von 1979 (Nr.28-31/79) entnommen.

Ennui und Reizüberflutung: »In früheren geschichtlichen Epochen waren die Tage mit dem Broterwerb ausgefüllt. Ob sich hier die Frage nach der Selbstverwirklichung als Lebensthema überhaupt stellte, bleibt anzuzweifeln. Erst die industriell bedingte Erhöhung der Arbeitsproduktivität machte Freizeit möglich. Die so gewonnene Zeit wird häufig gefüllt mit einer unablässigen Jagd nach Erlebnissen – nach dem Thrill oder Kick – wofür die enorme Ausweitung von Erlebnis- und Risikosportarten kennzeichnend ist. Ob die Möglichkeiten des Individualismus glücksfördernd sind, sei dahingestellt, sie verheißen zumindest Einmaligkeit und Einzigartigkeit. Doch hinter der Vielfalt der

Angebote lauert aufgrund der Kommerzialisierung Fremdbestimmung und – als eine neue Form von Anpassung – eine subtile Art von Uniformität.« [Helmut Krauß, »Glück«, S 12. Vgl. auch die Anmerkung zu »Craving« im 1. Teil, Kap. Gerede]

Das Zuckerfest (arabisch Id al-Fitr und türkisch Seker Bayrami) beendet den Monat Ramadan. Mit ihm danken die Muslime Allah dafür, dass sie das Fasten und alle damit verbundenen Aufgaben und Anstrengungen geschafft und überstanden haben. Außerdem bitten sie Allah, ihre Gebete und ihre Mühe im Ramadan anzunehmen und ihnen ihre Fehler zu verzeihen. An diesem Tag soll es allen gut gehen und jeder soll mitfeiern können. Dafür sorgt die zakat-ul-fitr, das Spendenpopfer. Das Geld, das mit dieser Spendenaktion gesammelt wird, erhalten die ärmeren Menschen in der muslimischen Gemeinde. [www.religionen entdecken]

Gretchenfrage bezeichnet als Gattungsbegriff eine direkte, an den Kern eines Problems gehende Frage, die die Absichten und die Gesinnung des Gefragten aufdecken soll. Sie ist dem Gefragten meistens unangenehm, da sie ihn zu einem Bekenntnis bewegen soll, das er bisher nicht abgegeben hat. Im engeren Sinne ist mit Gretchenfrage die Frage nach der Religiosität der jeweils angesprochenen Person gemeint, so wie in Johann Wolfgang von Goethes Tragödie Faust I. Darin stellt Gretchen, die Geliebte der Hauptfigur Faust die Frage: »Nun sag, wie hast du's mit der Religion? Du bist ein herzlich guter Mann, allein ich glaub, du hältst nicht viel davon.«

Anmarsch

Haberer: Freunde, Kumpel

An Brezgemaart haong: Viel Aufhebens um nichts machen.

Rebellesch: Widerspenstig, aufsässig

Hans Kammerlander und die Trägerrevolte: Hans Kammerlander beschreibt diesen Trick auf seiner Tour zum Broad Peak 1994 in »Bergsüchtig« auf S. 232 f.

Der Scheich aus Abu Dhabi: Manche Legenden, die sich um den K2 ranken, scheinen der Phantasie müder und schwer beladener Wanderer beim langen Anmarsch entsprungen zu sein.

Aleister Crowleys vielzitierter Ausspruch: »Berge sind nichts als konturlose Schutthaufen gewaltigen Ausmaßes. Die Gedanken während ihrer Besteigung bestehen aus nichts als dem nagenden Wunsch, die Plackerei hinter sich zu bringen.«

Gefährlicher Anmarsch zum K2: So beschrieben auch von Kurt Diemberger auf seinem Marsch zum K2 1986: »Auf den über hundert Kilometern bewegst du dich meist auf sandigen Bergziegenpfaden, immer wieder unter Blöcken durch, die irgendwo über dir im labilen Gleichgewicht hängen, im Bereich mächtiger Wände aus zusammengebackenen Steinen, riesiger Schutthalden, die jederzeit in Bewegung geraten können – ja, es heißt, die Augen offen halten! Nach eisigen Flussarmen, die zu queren sind, folgen vierzig Kilometer auf dem mächtigen Gletscher… Meine Partnerin Julie meint, sie habe mehr Furcht, sich beim Anmarsch zu verletzen, als bei der kommenden Kletterei über Tausende von Fuß am zweithöchsten Berg der Welt.« [K2 – Traum und Schicksal, S. 77 f]

Aber wisse müess as: Auch wenn es nichts mehr nützt – schimpfen erleichtert das Herz! [Aus: »Das Lachende Allgäu«, S. 181]

I dr Schüel i dr letscht Reihe gseasse: Im übertragenen Sinn wohl auch notenmäßig hintendran [ebd. S. 261]

Hindrfiir: Verkehrt, verschroben

Haagebüechena: haagebüeche = zäh, widerstandsfähig, unverwüstlich – das Urbild des Allgäuers!

Laadnare: Verkäuferin

A Schtucker zeeche Pfiefa: Zehn Stück Pfeifen, die der unverfrorene Wilderer in den Mund schiebt, um zu prüfen, ob sie in seine Zahnlücke passen.

I kaa se bigott it i's Fiidle klemme: Der »haagebüechene« Allgäuer, wie er im Buche steht – zäh, unverwüstlich, nicht aus der Ruhe zu bringen, immer gerade heraus und um keine Antwort verlegen. [ebd. S. 6]

Zum ersten Mal das Ziel vor Augen: Vergleiche dazu den auch den pathosgeladenen Tagebuch-Eintrag von Dr. Heinrich Pfannl, Teilnehmer der ersten K2-Expedition unter Oscar Eckenstein 1902: »Wir selbst stehen schon in Mont-Blanc-Höhe und der Riese baut sich noch 4000 Meter über uns auf. Kein Vorberg deckt seine Größe; aus prachtvoll gewelltem Firnmantel reißt er sich los, in hohen Stufen stehen die Grate zusammen, scharf schneiden die Eisrinnen durch, in denen gleich duftiger Zier die Wölkchen todbringender Lawinen verstäuben; und schier unglaublich hoch schwebt die höchste Firngruppe, im Lichte badend, das Lichtsehnen weckend in der Menschenseele, zu Tat drängend und zu Tod!« [Zitiert aus: Reinhold Messner, K2 – Chogori, S.21]

Was für eine Bestie! Die Worte Renato Casarottos, als er auf der Messner-Expedition von 1979 zum ersten Mal dem K2 gegenüberstand, sind Legende geworden. Der britische Himalaya-Star Chris Bonington, der 1978 seinen Freund Nick Eastcourt am Westgrat durch eine Lawine verlor, nannte den Berg »Killer«.

Umweltverschmutzung am Berg auch im Allgäu: »In den Allgäuer Hochalpen ist Zelten und Feuermachen verboten. Das Naturschutzgebiet am Schrecksee bei Hinterstein war in letzter Zeit wegen Wild-Campern und deren Hinterlassenschaft schon öfter in der Zeitung. Die Ostrachtaler Mundartautorin Cornelia Beßler nahm das zum Anlass und schrieb darüber ein Gedicht in Mundart (Gekürzt, Schreibung und Lautung originalbelassen und nicht dem Oberstdorfer Dialekt angepasst):

D'r Schrecksea isch grad in aller Munde
als schinschta Alpesea macht a die Runde.
Do gend ietz Lit nüf vu ieberal hea,
dean Summer seie sogar Japanar domm'gwea.
Mi dünkt es grad gschpässig, weil do git es a Gschicht.
die sei wirkle wohr und kui Gerücht,
Isa Heargott hab am Schrecksea die erschte Mensche erschaffe.
die erschte seie vergraote, habe üsgseache wie Affe. (...)
Es scheint, dass d'Affe wieder zruckkumme sind,
abr do schiebt ba ietzt an Rigel voar ganz gschwind.
De eigene Schutt und de eigene Dreck
Dean rummet bloas d'Vicher it üf und it weg!

[»Naturschutzgebiet am Schrecksee« – aus dem Freizeitmagazin SommerZEIT des Allgäuer Anzeigeblatts vom 2. Juli 2018]

S'isch wia mit'm Hiere: »Es ist wie mit dem Heiraten«. Arthur Schopenhauer verglich die Ehe mit einem Vertrag, bei dem der Mann seine Rechte halbiert und seine Pflichten verdoppelt – und das schon im 19. Jahrhundert, als die Frauen so gut wie keine Rechte besaßen!

Gier nach immer mehr: »Der Markt heizt Egoismus und Konkurrenzdenken an, Nationalpopulisten predigen Abschottung und das Gegeneinander der Völker und Volksgruppen... Seine Dynamik weckt Konkurrenz- und Kampfgefühle. Die Menschen achten kaum darauf, welches Leid ihr Handeln anderen bringt, wenn sie sich im Marktgeschehen bewegen. Die meisten wollen gewinnen. Die anderen werden in den Wettbewerb hineingezogen, weil sie sonst die Verlierer sind.« [Aus DIE ZEIT, »Wir statt Gier«, 26.10.2017]

Jeremia (»Gott erhört«) ist neben Jesaja und Ezechiel einer der drei großen Schriftpropheten der Bibel. Theologische und ethische Analysen der gesellschaftlichen Missstände gehen im Buch Jeremia ineinander über, ebenso Kritik. Ein Grundgedanke seiner Anklage ist, nicht mehr das Recht Jahwes und Solidarität, sondern Täuschung, Betrug und Gewinnsucht prägten die Gesellschaft Israels.

Iatz flacke br dao wia vrmähte Fresch: »Jetzt liegen wir da wie plattgemacht.«

Ebbas aonders laot ba be ja it: Jo beklagt sich hier über die ihm von Gwen auferlegte sexuelle Enthaltsamkeit (vgl. »Die Versöhnung«)

Pfiefedeckl: »Und sonst noch was!?«

I vrschnell: »Ich platze«

Giebele, Gääbele, Reachezaa: Spottvers auf die Umkehrung der patriarchalischen Rangordnung.

Schnackseln: Der Allgäuer umschreibt den Koitus mit »im laonge Hääs haondle«.

Basislager (1)

Tragödie am K2 2008: Vgl. Graham Bowley, Kein Weg zurück: Leben und Sterben am K2.

À bientôt – À tout à l'heure: Bis bald / bis später – eine Nuance macht den Unterschied…

Amerikanische K2-Expedition von 1953: Siehe auch: Reinhold Messner, K2 Chogori, Der Große Berg, S. 34 ff und Charles Houston, The Savage Mountain.

Dia muinet öü, se kinntet mit am Fuurz d'Viiwaid dünge: Eine gewaltige Herausforderung völlig unterschätzen

Dr Schießdreck löuft de Buggl nüüf: Großes Glück haben (so groß, dass die Naturgesetze außer Kraft gesetzt scheinen)

Kiible: »kübeln« = laut rülpsen

Be'n iis wachset d'Bämm it i de Hiiml: Bei uns wachsen die Bäume nicht in den Himmel

'S ísch iibraall ebbas, was de Himml hebt: Klage über die Unvollkommenheit der Welt – der Himmel bleibt unerreichbar.

Wer sudert, wird net pudert: »Wer viel jammert, macht keinen Stich (bei den Mädchen).«

Der Tibloc ist eine Steigklemme, die in eine Richtung blockiert. Durch die Form der Aussparungen für den Karabiner wird dieser bei Zug nach unten gegen das Seil gedrückt. Dadurch können die wie Widerhaken geformten und nach unten gerichteten Metallzähne an der Innenseite des Tiblocs das Seil greifen und sich in den Mantel des Seils graben. Bei Zug nach oben werden die Zähne sowie der Karabiner vom Seil weggezogen, so dass das Seil durchlaufen kann.

Hoosa raa: »Hosen herunter = zeig, was (für Karten) du hast!«

C. G. Jung, Erinnerungen, Gedanken, Träume (die von Gwen zitierte Lesestelle findet sich auf S. 305). Vergleiche auch folgende Äußerung Jungs, die in einer Zeit des aufblühenden Populismus' allerorten eine neue Aktualität gewinnt: »Unsere Zeit hat alle Betonung auf den diesseitigen Menschen verschoben und damit eine Dämonisierung des Menschen und seiner Welt herbeigeführt. Die Erscheinung der Diktatoren und all des Elends, das sie gebracht haben, geht darauf zurück, dass dem Menschen durch die Kurzsichtigkeit der Allzuklugen die Jenseitigkeit geraubt wurde. Wie diese ist auch er der Unbewusstheit zum Opfer gefallen. Die Aufgabe des Menschen nämlich wäre ganz im Gegenteil, sich dessen, was vom Unbewussten her andrängt, bewusst zu werden, anstatt darüber unbewusst oder damit identisch zu bleiben. In beiden Fällen würde er seiner Bestimmung, Bewusstsein zu schaffen, untreu. Soweit wir zu erkennen vermögen, ist es der einzige Sinn der menschlichen Exis-

tenz, ein Licht anzuzünden in der Finsternis des bloßen Seins. Es ist sogar anzunehmen, dass, wie das Unbewusste auf uns wirkt, so auch die Vermehrung unseres Bewusstseins auf das Unbewusste.«
Der Begriff **Synchronizität** wurde von C.G. Jung geprägt, um ein akausales, aber sinnfälliges Zusammentreffen von Ereignissen zu beschreiben. Es handelt sich dabei um ein inneres Ereignis (eine lebhafte, aufrührende Idee, einen Traum, eine Vision oder Emotion) und ein äußeres, physisches Ereignis, welches eine Spiegelung des inneren Zustandes bzw. dessen Entsprechung darstellt. Um das Doppelereignis tatsächlich als Synchronizität definieren zu können, ist es unerlässlich, dass das innere chronologisch vor oder aber genau gleichzeitig (»synchron«) mit dem äußeren Ereignis geschehen ist. Eine Erklärung für dieses Phänomen liefert Jungs Weltbild, wonach Unterbewusstsein, Geist und Materie eng miteinander verkoppelt sind. Ein anderer Begriff, den Jung in diesem Zusammenhang verwendete, ist das »kollektive Unterbewusstsein«. Er versteht darunter einen Speicher von Erfahrungen aus der gesamten Menschheitsgeschichte, mit dem wir durch unser Unterbewusstsein verbunden sind. [transinformation.net]

Erster Anlauf

Dao müesch schaonze wia a Burdetraagar: Die »Burde« ist ein verschnürtes Heubündel, ca. 2 – 3 Zentner schwer, das in früheren Zeiten von den Bauern vom sommerlichen Lagerplatz im Gebirge zu Tal gebracht werden musste – daher »schaonze« = Schwerstarbeit leisten, sich abplacken.
Flaschenhals: Die Route auf den 8.611 Meter hoch gelegenen Gipfel des K2 von der rund 600 Meter tiefer liegenden Schulter durch den Flaschenhals ist laut Bergsteigerlegende Reinhold Messner eine »höllisch gefährliche Angelegenheit«. »Die Engstelle zwischen Fels und senkrechtem Eisabbruch ist durch immer wieder herausbrechende Seracs (Eistürme) gekennzeichnet«. Der Flaschenhals sei eine Engstelle, über der sich ein senkrechter Abbruch befindet. Über diesen würde sich langsam, aber stetig Eis schieben. »In gewissen Abständen brechen dann Seracs heraus und reißen alles darunter Befindliche mit«, sagte Messner. Unter dieser gefährlichen Stelle müssten die Bergsteiger »schnell durchklettern«, um möglichst kurz im Einzugsgebiet der fallenden Eisbrocken zu sein. Zudem biete sich den Bergsteigern nach dieser Engstelle eine »unendliche Schinderei«. Viele würden in dem flachen Gebiet nach dem Flaschenhals im brusthohen Schnee stecken bleiben und aufgeben. Ohne Sauerstoffgeräte sei es nahezu unmöglich, dort eine Spur zu legen. Daher sei man auf andere Expeditionen angewiesen, die mit der entsprechenden Ausrüstung vorangehen. [diepresse.com/Reinhold-Messner_K2]

»Solo Faces« von James Salter, Klappentext: »In der Wand« ist die Geschichte eines leidenschaftlichen Bergsteigers. Rand, ein Amerikaner, kehrt nach Europa zurück, um die schwierigsten Wände der Alpen zu bezwingen – meist allein. Als er mit seinem Freund Cabot klettert, stürzt dieser ab. Er überlebt, bleibt jedoch gelähmt. Rand reist ihm nach und versucht, ihn zu heilen – körperlich und psychisch. Der Roman setzt das Bergsteigen gegen das normale Leben und zugleich in Beziehung dazu.«

»Die Wolfsonate« von Hélène Grimault: »Geradezu inbrünstig beschwört Hélène Grimaud in ihrem Buch die Erlösungskraft der Musik. Sie beschreibt ihr Erweckungserlebnis als ein Eintauchen in eine höhere Wirklichkeit. Der Klavierunterricht wird ihr zur »Stunde Blau«. Die Lieblingskomponisten erscheinen als überwältigende metaphysische Kraftspender. Jeder Interpret erwecke durch sein Spiel die verlorenen Paradiese wieder zum Leben, schreibt sie und fragt an anderer Stelle: »Warum hat mich die Musik so sehr gefangen genommen?« – »Weil sie auf ihrem Höhepunkt selbst verschwindet und uns vor dem Absoluten zurücklässt.« Das hätten die Romantiker zu Beginn des 19. Jahrhunderts auch nicht pathetischer formuliert. Zu ihnen fühlt sie sich hingezogen, in ihren Idealen geht sie auf. Man mag es kaum glauben, dass sich so viel unverbrüchliches 19. Jahrhundert in unsere Gegenwart hinübergerettet hat. Oder erhält da der romantische Kunsterlösungsglaube genau in dem Augenblick neue Nahrung, in dem die Welt endgültig von ihm abgefallen scheint?« [Claus Spahn, www.zeit.de/2005/10]

Aleister Crowleys Bücherkisten: »Eckenstein wollte, dass ich meine Bücherei zurückließ. Seiner Theorie des Reisens sollte man dabei vorübergehend zum absoluten Wilden werden, aber die Erfahrung hatte mich gelehrt, dass man nicht vom Brot allein leben kann. Die bei fast bei jeder Entdeckungsfahrt anzutreffende geistige und moralische Instabilität der Europäer führte ich deshalb auch eher auf den Mangel an intellektueller Entspannung zurück als auf die mit den physischen Bedingungen verbundenen Qualen und Nöte. Nun will ich nicht gerade behaupten, dass ich ohne Milton und die anderen den Baltoro-Gletscher nicht ertragen hätte, aber andererseits steht es fest, dass Pfannl verrückt und Wessely derart fresssüchtig wurde, dass er knapp vor dem Diebstahl stand.« [Aus dem Berg-Tagebuch Aleister Crowleys]

Abruzzengrat: Im Jahr 1909 erreichte eine italienische Expedition unter der Führung von Luigi Amedeo di Savoia, Herzog der Abruzzen, bei einem ersten Besteigungsversuch über den Südostgrat eine Höhe von etwa 6000 m. Diese heute meistbegangene Route am K2 ist als Abruzzengrat bekannt.

Edurne Pasaban wurde 1973 in Tolosa (im spanischen Baskenland) geboren, hat alle 14 Achttausender bestiegen und zählt neben Wanda Rutkiewicz, Oh Eun-Sun, Gerlinde Kaltenbrunner und Nives Meroi zu den erfolgreichsten Bergsteigerinnen. Kritik erntete sie für die kommerzielle Vermarktung ihrer Unternehmungen – auf vielen Expeditionen wurde sie von einem Filmteam bis zum Gipfel begleitet – und mehrfach setzte sie bei ihren Besteigungen künstlichen Sauerstoff ein.

Gerlinde Kaltenbrunner (*1970 in Kirchdorf an der Krems, Oberösterreich) ist eine der erfolgreichsten Höhenbergsteigerinnen der Welt. Mit dem Erreichen des des K2-Gipfels 2011 ist sie die dritte Frau, die die alle 14 Achttausender bestieg und die erste, der das ohne zusätzlich mitgeführten Sauerstoff gelang. Reinhold Messner würdigte Kaltenbrunners Touren unter Verzicht auf zusätzlichen Sauerstoff als große Leistungen. Zugleich relativierte er ihre Verdienste, indem er einen Großteil ihrer Achttausender-Unternehmungen als »Pistenbergsteigerei« bezeichnete, da sie meist auf von Hochgebirgsträgern angelegte Infrastrukturen und Spuren zurückgegriffen habe.

Paul Preuß (* 19. August 1886 in Altaussee; † 3. Oktober 1913): Preuß war einer der bekanntesten und besten Bergsteiger seiner Zeit, der nicht nur für seine Leistungen, sondern auch für seine Leitsprüche berühmt ist. Besonders anerkannt ist in Kletterkreisen seine Forderung, man müsse die Kletterstellen, die man nach oben klettert, auch frei abklettern können. Er gilt heute als einer der geistigen Väter des Freikletterns. In seinem kurzen Leben – er verunglückte im Alter von nur 27 Jahren an der Nordkante des Mandlkogels im Gosaukamm des Dachsteingebirges – vollbrachte er mehr als 1200 Fels-, Ski- und Hochtouren, davon waren 150 Erstbegehungen und 300 Besteigungen im Alleingang. Er verzichtete bewusst auf jegliche Sicherungs- und Hilfsmittel, sogar das Abseilen lehnte er ab. [Wikipedia]

Reinhold Messner und die Magic Line: »Diese Linie [über den Südsüdwestgrat] wird vom Berg selber suggeriert. Sie ist phantastisch strukturiert und drei Monate meines Lebens wert, die ich darauf verwende, ihr zu folgen«, erklärte Messner noch im Februar 1979 in Mailand, als er sein K-2-Projekt der Presse präsentierte. Doch als er vor Ort mit dem Fernglas auf den Südpfeiler hinaufspähte, wurde ihm bewusst, dass zwischen seiner Idee und dieser Wirklichkeit kein »Gleichgewicht« zu finden war. Über der geplanten Aufstiegsroute befand sich ein Hängegletscher, der peu à peu über eine Felskante rutschte, bis sein vorderes Ende abbrach und in die Wand hinunterprasselte. Messner kam zur Erkenntnis: »Das hieße, dass wir einen Unfall mit mindestens einer Seilschaft blindwütig herausfordern. Minimum zwei Tote.« Der Zauber war raus aus der Magic Line. Eine Alternative konnte Reinhold Messner vom Savoia-Gletscher aus auf der Südwestseite des K-2 nicht entdecken. Sein Weg zum Gipfel führte über die Standard-Route am Abruzzensporn. [Gekürzt aus dem SPIEGEL-Bericht über die Messner-Expedition 23.07.1979]

»Viel Feind, viel Ehr!*« – das Zitat wird dem schwäbischen Heerführer Georg von Frundsberg zugeschrieben, der sich in den Bauernkriegen nicht aus der Ruhe bringen ließ, als er von der wachsenden Anzahl der Aufständischen hörte.

Toni Freudig wurde 1959 in Pfronten im Allgäu geboren. Sein Leben und seine Leidenschaft widmete er seit seiner Jugend der Bergwelt. Der staatlich geprüfte Bergführer und Rettungssanitäter widmete sich über lange Jahre ehrenamtlich der Absicherung der Tannheimer Kletterrouten. In den 70er und 80er Jahren durchstieg Toni Freudig bekannte Routen wie die Eiger-Nordwand, den Tofana-Pfeiler, die Große Zinne Nordwand sowie die Marmolata Südwand. 1986 nahm Freudig an einer Expedition zum K2 und Broad Peak teil, wobei er den 8028 m hohen »Rocky-Summit« des Broad Peak bezwang. 2010 gelang es ihm in 10 Tagen 10 Sechstausender in Chile zu besteigen. 2014 konnte er sein Projekt »7 Summits der Anden« (die jeweils höchsten Anden-Gipfel der 7 Andenländer) als erster Europäer und in Rekordzeit erfolgreich ad acta legen. Toni Freudig verunglückte beim Klettern in den Pfrontener Bergen im April 2017 tödlich. [Gekürzt aus dem Bergsteiger Magazin vom 05.05.2017].

Z'toat g'fiircht isch öü gschtoarbe: Sich zu Tode fürchten dürfte gar nicht so einfach sein, aber Angst ist nicht immer der beste Ratgeber.

Stierwoschn: Kärntnerisch für Sturkopf

Besser waile g'falle: »Besser schnell gefallen als lahm gestiegen, sagte Jooselar, als er betrunken die Dachbodentreppe hinunterpurzelte.«

Rainer Maria Rilke, Das Karussell (Juni 1906, Paris, Jardin du Luxembourg):

Mit einem Dach und seinem Schatten dreht
sich eine kleine Weile der Bestand
von bunten Pferden, alle aus dem Land,
das lange zögert, eh es untergeht.
Zwar manche sind an Wagen angespannt,
doch alle haben Mut in ihren Mienen;
ein böser roter Löwe geht mit ihnen
und dann und wann ein weißer Elefant.
Sogar ein Hirsch ist da, ganz wie im Wald,
nur dass er einen Sattel trägt und drüber
ein kleines blaues Mädchen aufgeschnallt.
Und auf dem Löwen reitet weiß ein Junge
und hält sich mit der kleinen heißen Hand,
dieweil der Löwe Zähne zeigt und Zunge.
Und dann und wann ein weißer Elefant.
Und auf den Pferden kommen sie vorüber,
auch Mädchen, helle, diesem Pferdesprunge

fast schon entwachsen; mitten in dem Schwunge
schauen sie auf, irgendwohin, herüber –
Und dann und wann ein weißer Elefant.
Und das geht hin und eilt sich, daß es endet,
und kreist und dreht sich nur und hat kein Ziel.
Ein Rot, ein Grün, ein Grau vorbeigesendet,
ein kleines kaum begonnenes Profil –.
Und manchesmal ein Lächeln, hergewendet,
ein seliges, das blendet und verschwendet
an dieses atemlose Spiel …

Heinrich von Kleist, Über das Marionettentheater, 1810: »… Wir sehen, dass in dem Maße, als in der organischen Welt die Reflexion dunkler und schwächer wird, die Grazie darin immer strahlender und herrschender hervortritt. – Doch so, wie sich der Durchschnitt zweier Linien, auf der einen Seite eines Punkts, nach dem Durchgang durch das Unendliche, plötzlich wieder auf der andern Seite einfindet, oder das Bild des Hohlspiegels, nachdem es sich in das Unendliche entfernt hat, plötzlich wieder dicht vor uns tritt: so findet sich auch, wenn die Erkenntnis gleichsam durch ein Unendliches gegangen ist, die Grazie wieder ein; so, dass sie, zu gleicher Zeit, in demjenigen menschlichen Körperbau am reinsten erscheint, der entweder gar keins, oder ein unendliches Bewusstsein hat, d. h. in dem Gliedermann, oder in dem Gott.« Mithin, sagte ich ein wenig zerstreut, müssten wir wieder von dem Baum der Erkenntnis essen, um in den Stand der Unschuld zurückzufallen? »Allerdings, antwortete er, das ist das letzte Kapitel von der Geschichte der Welt.«

Rainer Maria Rilke: Alle, die ihre Hände regen

Alle, die ihre Hände regen
nicht in der Zeit, der armen Stadt,
alle, die sie an Leises legen,
an eine Stelle, fern den Wegen,
die kaum noch einen Namen hat, –
sprechen dich aus, du Alltagssegen,
und sagen sanft auf einem Blatt:
Es giebt im Grunde nur Gebete,
so sind die Hände uns geweiht,
dass sie nichts schufen, was nicht flehte;

ob einer malte oder mähte,
schon aus dem Ringen der Geräte
entfaltete sich Frömmigkeit.
Die Zeit ist eine vielgestalte.
Wir hören manchmal von der Zeit,
und tun das Ewige und Alte;
wir wissen, dass uns Gott umwallte
groß wie ein Bart und wie ein Kleid.
Wir sind wie Adern im Basalte
in Gottes harter Herrlichkeit.

Aus: Das Stundenbuch / Buch vom Mönchischen Leben (1899)

In der Südwand (1)

Doping am Berg: Das Wundermittel aus den Labors der 1970er Jahre heißt Diamox. Es hilft Symptome eines Hirnödems bei auftretender Höhenkrankheit abzumildern. Zusammen mit Dexamethason und Dexedrin, einem Amphetamin, also reinem »Speed«, wurde daraus der berühmteste Cocktail der Alpingeschichte gemixt – der 3D-Cocktail. »Have you had the 3D?«, lautete damals die wohl gängigste Frage in den Basislagern der Achttausender. Wie schnell ein Mittel den Weg vom Achttausender in die Niederungen findet, zeigen auch diese Zahlen: Im Jahr 1986 wird die Substanz Acetazolamid (Diamox) erst von rund zwei Prozent aller Bergamateure konsumiert. 1998 sind es dann bereits zwölf Prozent und 2010 sogar 44 Prozent. In den 1990er Jahren wiesen Wissenschaftler auf der Capanna Margherita nach, dass das Medikament Nifedipin beim präventiven Einsatz gegen das Höhenlungenödem gute Arbeit leistet. Seither ist es Teil vieler Rucksackapotheken. Seit Forscher vor einigen Jahren zeigten, dass der Arzneistoff Sildenafil gegen Höhenkrankheit helfen kann, wird auch dieses Präparat nicht länger nur im Schlafzimmer eingenommen. Sildenafil ist unter dem Handelsnamen Viagra zur Behandlung der »erektilen Dysfunktion« vorgesehen. Und immer, wenn ein Präparat im Spitzensport reüssiert, ist der Weg in den Spitzenalpinismus nicht weit. »Ich bin überzeugt, dass im Höhenbergsteigen gleich viel gedopt wird wie in anderen Sportarten, wenn nicht sogar mehr«, meint der Tiroler Extrembergsteiger Stephan Keck. [Walter Aeschimann in »Neue Zürcher Zeitung« vom 16.12.2011]

Iibrhie aagaong: Etwas direkt angehen

Dees isch schträngr wia schaffe: »Das ist anstrengender als arbeiten.« Michl Dacher am K2: »Aufsteigen im Tiefschnee ist das Zermürbendste und Deprimierendste, was die Achttausender zu bieten haben. Du kommst dir vor wie ein mieser kleiner Ohrenkäfer, der aus einer Badewanne zu krabbeln versucht.« In: Reinhold Messner K2 – Berg der Berge, S. 114

Dao haot dr Gschpaaß a Loo: Da hat der Spaß ein Ende.

I hao g'raad so schii g'nuunet: »Ich hab gerade so ein schönes Mittagsschläfchen gemacht.«

So gschwind isch es br gschwünde: »So schnell bin ich ohnmächtig geworden.« Eingemauert im Schnee verlieren Lawinen-Verschüttete aus einem Überlebensinstinkt in der Regel ziemlich schnell das Bewusstsein, um dem Ersticken durch Sauerstoffmangel aufgrund von Panikattacken zuvorzukommen.

Isch ba beldr hii: »Ist man wirklich tot, wenn man tot ist?«

Pleatzwiis schu: »Stellenweise schon«

Gänggar: Enger Durchlass, Kamin

Öü dia g'scholtene Kritle miasset am End g'freasse sing: Nett verpackter Rat, unangenehme Aufgaben nicht vor sich herzuschieben. G'scholtene Kritle = missratene Krautkrapfen

Es blaonget be schiedünder schu öü naoch dahuim: Tom gesteht Jo gelegentliches Heimweh.

D'Fremde blibt haolt d'Fremde: Getreu dem Motto des Münchner Komikers Karl Valentin: »Fremd ist der Fremde nur in der Fremde.«

Dass br dees inna wearet: Dass wir dessen gewahr werden!

Basislager (3)

Dia haon i vrgrämmt: »Die habe ich verärgert!«

Wenn's zaach wird: »Wenn es mit dem Klettern nicht mehr vorangeht.«

Du host noch was guat z'mochn: Gwen spielt hier wohl auf die Flucht Jo's aus Pörtschach und seine »Eskapaden« an.

Apart from the wandering pack…: »Abseits der ziellos umherirrenden Meute nutzen wir diese kurze Spanne Zeit, um den Wagemutigen auf der Suche nach dem Unberührten zu folgen und den niemals erlöschenden Stimmen, die uns rufen, rufen, rufen!«

Ingeborg Bachmann: »Erklär mir, Liebe«. In: Die gestundete Zeit, Piper, München 1978

Am Ende ist sie selbst durchs Feuer gegangen: In der Nacht vom 25. auf den 26. September 1973 erlitt Ingeborg Bachmann in ihrer römischen Wohnung schwere Verletzungen durch einen Brand, der beim Einschlafen mit einer brennenden Zigarette ausgelöst worden war. Aufgrund ihrer schon seit Jahren bestehenden starken Abhängigkeit von Beruhigungsmitteln (Barbiturate), von der die behandelnden Ärzte zunächst nichts wussten, starb sie im Alter von 47 Jahren an tödlichen Entzugserscheinungen (Konvulsionen, die epileptischen Anfällen glichen) am 17. Oktober 1973 im Krankenhaus Sant'Eugenio. [Wikipedia]

Aber iis tääb'ba nüüfschicke: »Aber uns schickt man (trotz der großen Gefahren) hinauf!«

Müüchebulvr: Aus getrockneten Kellerasseln hergestelltes Allgäuer Naturheilmittel gegen Husten

Küepflättrtee: Erprobtes Heilmittel bei Lungenentzündung

Es haot's no allat taong, as moan it: »Et kütt wie et kütt« und »Et hätt noch emmer joot jejange«, wie der Kölner sagt. »Mach dir keine Sorgen um die Zukunft!«

Länd /Lända (außerhalb Oberstdorfs »Lää«): Lawine(n)

D'Länd isch bschtaonde – die Gefahr ist vorbei: Stehender Spruch in einer Region, wo im Winter Lawinen zum Alltag der Menschen gehörten.

Baole: Kater

Si la batterie est vide: »Falls der Ofen aus ist.«

Schlaonz: Schmiss, Reiz

Häärze: Klettern

Schlinzeg: Gut gebaut, wohlgeformt

De Raonk abschpringe: Den Rang ablaufen

Freier: Früher

Pervitin ist eine synthetisch hergestellte Substanz aus der Stoffgruppe der Phenylethylamine. Sie wird sowohl in der Medizin als Arzneistoff wie auch missbräuchlich als euphorisierende und stimulierende Rauschdroge verwendet. In der Drogenszene wird auch von Crystal Meth, Meth, Ice oder Crystal gesprochen. Methylamphetamin unterdrückt Müdigkeit, Hungergefühl und Schmerz. Es verleiht kurzzeitig Selbstvertrauen, ein Gefühl der Stärke und dem Leben eine ungewohnte Geschwindigkeit. Insbesondere während der Blitzkriege gegen Polen und Frankreich 1939/40 fand Meth-Amphetamin millionenfache Verwendung. Unter den Spitznamen Panzerschokolade, Stuka-Tabletten, Hermann-Göring-Pillen und Fliegermarzipan diente das Mittel zur Dämpfung des Angstgefühls sowie zur Steigerung der Leistungs- und Konzentrationsfähigkeit bei Soldaten, Fahrzeugführern und Piloten. Herrligkoffer schreibt in seinem Buch »Nanga Parbat. Sieben Jahrzehnte Gipfelkampf in Sonnenglut und Eis« unverkrampft über den pharmazeutischen Höhenschub. Er propagierte damals Pervitin als Grundausstattung für die persönliche Apotheke eines jeden Alpinisten. Das brachte einige zwar auf die Gipfel, aber auch um ihre Finger oder gar um ihr Leben. Der deutsche Alpinist Sigi Löw, der als zweiter Mensch auf dem Nanga Parbat stand, und viele andere sind wohl umgekommen, weil sie auf dem Gipfel »völlig plemplem« (Messner) gewesen waren und nicht mehr wussten, was sie taten. Zu den Nebenwirkungen gehören Persönlichkeitsveränderungen, Psychosen und Paranoia aufgrund von Schlafentzug oder bei Prädisposition. Eine häufige Einnahme führt auch zu körperlichen Schädigungen wie Zahnfäule, Haarausfall und Auszehrung. [Nach Wikipedia]

He, Gitschn – wear net goschert, sunst pik i da aane: Auf Deutsch etwa »He, blöde Tuss, werde nicht frech, sonst schmier ich dir eine!«

Patschata Tschuri, was hast'n so lang umagratscht im Gwentach: »Tollpatschiger Kerl, was hast du denn so lang in der Wand herumgetrödelt?«

Huigaarte: Allgäuer Bezeichnung für einen nachbarlichen Plausch über den Gartenzaun hinweg.

We don't need drugs, we are born junkies: Wir brauchen keine Drogen, wir sind von Geburt an Junkies! (Jo spielt hier wahrscheinlich auf ihre Adrenalinsucht an)

's Weattr macht a Muure: Das Wetter schlägt um.

In der Südwand (2)

My Salem is with you: »Mein Friede sei mit dir!«

Ommadet öü no a Pfundsfehl: »Zu alledem auch noch ein Pfundsmädchen«

Grattler: Verwahrloster Mensch ohne feste Unterkunft, Penner

Schmaolzgiege: Butterstulle

Es trifft, wean es trifft: Ergießungen über die Unwägbarkeit des Schicksals auf Allgäuerisch

Sonnenbad am K2: »Im Sonnenglast der Südwand wühlen sich Messner und Mutschlechner angeseilt am Rand des De-Filippi-Gletschers durch den Neuschnee bis auf 6100 Meter, buddeln eine Terrasse in den steilen Hang und verankern ihr Biwakzelt an einem einigermaßen sicher scheinenden Platz unterhalb der gewaltigen Eisbrüche, die in einer Schrägrinne hinunter auf den Gletscher zielen. Es ist einer der raren warmen Tage, wie der, an dem Dianne Roberts, die fotografierende Frau des amerikanischen Expeditionschefs Jim Whittacker, im letzten Jahr beschloss, ein Sonnenbad im Bikini zu nehmen – bis das Wolfsgeheul der darbenden Kletterer sie zurück in ihre Kleider trieb. [SPIEGEL-Bericht über die Messner-Expedition von 1979]

Dees sind Trimmer…: Es kommt immer auf den Blickwinkel an – ein neckisches Sprüchlein aus dem »Lachenden Allgäu«.

Iis löuft dr'Schießdreck de Buggl nüüf: Der Hintersinn dieser Allgäuer Redewendung für »Unverschämtes Glück haben« erschließt sich nicht sofort. Vielleicht basiert sie auf der Erfahrung, dass zu viel Glück haben dem normalen Gang der Dinge zuwiderläuft und langfristig ins Unglück führt.

Am End haot se (die Katze) se (die Gipfelaspiranten) no allat g'freasse: Als »Menschenfresser-Berg« wird zwar der 7285 Meter hohe Ogre im Karakorum bezeichnet, doch angesichts der hohen Sterblichkeitsrate am K2 (jeder fünfte Besteigungsversuch endet tödlich) könnte man diese Bezeichnung auch dem K2 zudenken.

Gaonz schiene Laggl detthaonge: »Laggl« (großer Mensch) wird von Tom hier im übertragenen Sinn zur Beschreibung von Körperteilen gebraucht (überdimensioniert).

Buudlnackat: Pudelnackt

Tuttn: Kärntnerisch für »Titten« bzw. »Busen«

Nettglie: Trotzdem

Allaan krepierst, wonn's d'frierst: Soziale Kontakte und die damit verbundene menschliche Wärme können überlebenswichtig sein, wie Experimente in psychiatrischen Anstalten der Sowjetunion und die Folgen von Isolationshaft klar belegen. In seiner Fabel von den Stachelschweinen warnt Schopenhauer allerdings auch vor dem anderen Extrem – zu viel menschliche Nähe wirkt beengend.

Isch dees a Hitz ündrem Viih: Über der eisigen Kälte im Stall ist die einzige Geiß der Bäuerin an der Wand festgefroren. Ihr Kommentar belegt, dass auch Ironie zum Repertoire des Allgäuer Humors zählt. (Aus »Lachendes Allgäu«)

Winterling: Einjähriges Kalb. »Kind händ an Schutzengl so groaß wia a Winterling« lautet eine Allgäuer Redensart.

Es gaoht wiidr üüfwearts…: Manche Allgäuer Redensarten wirken je nach Lesart zynisch bis makaber. Die vorliegende aus der Spruchsammlung »Lachendes Allgäu« soll wohl allzu großen Übermut ausbremsen.

Baoneschtiag: Treppe auf den Heuboden

Rosenlippenmädel, leichtfüßige Jungs

Oba jetzt sama quitt: Gwen spielt hier auf ihren Sturz im House-Kamin an, wo Jo sie aus ihrer misslichen Lage befreite (»Erster Anlauf«).

Du waaßt ja, wie des geht: Anspielung entweder auf den furiosen Klettersprint Gwens an der Schwarzen Pyramide oder ihre rabiate Art, sich Respekt zu verschaffen (vgl. Kap. »Versöhnung« und »Naran«).

Messners Everest-Solo-Besteigung: Am 8. Mai 1978 stand Reinhold Messner zusammen mit dem Allgäuer Peter Habeler auf dem Gipfel des Mount Everest. Dies gelang ihnen als ersten Menschen überhaupt ohne die Verwendung von zusätzlichem Sauerstoff. Vor dieser Besteigung war umstritten, ob dies überhaupt ohne gesundheitliche Folgeschäden möglich wäre.

Highland-Song:

[…] Now I finally have decided
I will leave it all behind
And discover something better
And I know where I will find

Find a place of harmony, of laughter and of dreams
If you want me, that is where I'll be
I'll be waiting on the Highland
With its wonderful serenity
Where the stars glow and the brooks flow
That's my way of life
When the mountains on the Highland
And the nature is surrounding me
When the wind blows
That's all I need, all I need [...]

Kähl: Ursprüngliche Bedeutung »hässlich«, abscheulich«. In den 60er-Jahren erfuhr das Wort vor allem in der Jugendszene einen Bedeutungswandel ins Gegenteil zu »abgefahren«, »flippig«.

Miasse br öü nüüf uf dean Siache: Tom meint, der vorzeitige Gipfelsekt verpflichte zur Besteigung des »Siache«.

Siach wird sowohl positiv (deescht a Siach – der traut sich was; a Herrgottssiach – ein tüchtiger Bursche) als auch mit negativer Konnotation gebraucht (a bleeda oder a wiaschta Siach). Im vorliegenden Fall dürfte der K2 bei Tom sowohl positive als auch negative Gefühle auslösen.

Rose-lipped maiden, light foot lads:

With rue my heart is laden
For golden friends I had,
For many a rose-lipped maiden
And many a light foot lad.
By brooks too broad for leaping
The light foot boys are laid;
The rose-lipped girls are sleeping
In fields where roses fade.

Wia d'Müüs i dr Tätschfalle: »Wie eine Maus in der Falle« – frei nach der Redensart »Es düet's ar Müüs i dr Tätschfalle am zweite Daag besser als am earschte.«

Wänn i nu schu gschimpft schlaofe täät: »Wenn ich nur schon schliefe!« (Egal wie – ob geschimpft oder gelobt)

Mente: Fluchen

Die Wand

Schpiarsch kuin Weatag mea: »Tut dir nichts mehr weh?«

Nuusa denn: »Wohlan denn!«

Geabet alls, Kerle: Dass Tom Gwen mit »Kerl« anspricht, darf als Zeichen seiner Hochachtung interpretiert werden.

Zauberwort, das allem zugrunde liegt: Vgl. Joseph von Eichendorffs Wünschelrute (1838): »Schläft ein Lied in allen Dingen / Die da träumen fort und fort / Und die Welt hebt an zu singen / Triffst du nur das Zauberwort.«

Iatz haot dia Göüde a End: »Jetzt hat der Spaß ein Ende.«

Traverse oder Quergang ist ein Begriff aus dem Klettern und bezeichnet einen waagerecht verlaufenden Abschnitt in einer Kletterroute. In einem Quergang wird also nicht senkrecht nach oben geklettert, sondern die Fortbewegung erfolgt ohne wesentlichen Höhengewinn seitlich. In Mehrseillängenrouten beim traditionellen Klettern oder alpinen Sportklettern versperren Quergänge oft, nachdem die Kletternden sie überwunden haben, einen einfachen Rückzug der Seilschaft aus der Kletterroute durch Abseilen, denn um in den unteren Teil der Route zu gelangen, muss der Quergang zurückgeklettert werden. Eine weitere Besonderheit in Quergängen besteht darin, dass der Nachsteiger genau wie der Vorsteiger stürzen kann. Die dabei auftretenden Pendelstürze gelten zudem als gefährlicher als die normalen Stürze. Deshalb eignen sich Routen mit größeren Quergängen nicht für den Nachstieg durch einen deutlich leistungsschwächeren Kletterpartner. [Wikipedia]

Reabolla: Rehwildlosung

Krätte: Korb

Kühnste Route zum K2: So bezeichnet von Reinhold Messner (in »K2 – Chogori«, S.174)

Schpaar dr ding Schnüüfar: Spar dir die Worte (wörtl. den Atem)

»Dope« aus der Notapotheke: Damit sind hier die handelsüblichen »legalen« Aufputschmittel gemeint.

Länd be uifach flacke: »Lasst mich einfach liegen.«

Der Schatten des K2

Hoofele: Langsam

Waile: Schnell

Million Dollar Baby: Hinter der klassischen Hollywood-Story des mit vier Oscars ausgezeichneten Films verbirgt sich ein pessimistisches Drama über die Brutalität des Lebens und eine bittere Satire auf den American Dream: Du kannst es schaffen, dich aus dem Dreck zu wühlen, aber glaub' ja nicht, dass du dafür keinen Preis bezahlen musst. Für die Kellnerin aus ärmlichen Verhältnissen Maggie Fitzgerald, die Frankie Dunn, den Leiter einer heruntergekommenen Boxschule in Los Angeles, dazu bringt, sie zu coachen, ist der Preis hoch. Nach einer kometenhaften Karriere wird sie in einen mit einer Million dotierten Titelkampf gegen die amtierende Boxweltmeisterin im Mittelgewicht so schwer verletzt, dass sie vom Hals ab querschnittsgelähmt dahinvegetiert und schließlich Frankie dazu überredet, ihr die Todesspritze zu geben.

Schmäh: Der Duden leitet das Wort Schmäh von mittelhochdeutsch smæhe ab, was »Beschimpfung« oder »verächtliche Behandlung« bedeutet. In der österreichischen Umgangssprache bedeutet Schmäh sowohl »Kunstgriff«, »Trick«, »Schwindelei« oder »Unwahrheit« als auch »verbindliche Freundlichkeit«, »Sprüche« und »Scherze« – insbesondere in der Redewendung »einen Schmäh führen«. Das Variantenwörterbuch des Deutschen definiert [Wiener] Schmäh »als typisch österreichisch angesehene, gelegentlich auch als oberflächliche Freundlichkeit empfundene, charmante Grundhaltung, die besonders im Westen Österreichs den Wienern zugeschrieben wird«. [Wikipedia]

Der erste Heiratsantrag am Gipfel des K2: Michl Dacher hat seiner Frau als deutscher Erstbesteiger (auf der Messner-Expedition 1979) immerhin per Funkgerät Blumen vom Gipfel des K2 bestellt.

Schatten des K2: »Die Rundsicht ist nach allen Himmelsrichtungen offen, sie reicht 300 km weit. Über allem liegt ein Hauch von Fröhlichkeit: Das schönste Panorama, das ich je gesehen habe! Nur im Osten greift wie ein schwarzer Keil der Schatten des K2 über das Hochland von Sinkiang. Wie eine Gruft liegt die klare Zeichnung auf der Erde... Im Schatten des K2 suche ich nach einem Anhaltspunkt und erkenne diesen in einem bleistiftdicken Strich auf dem tief unten liegenden Gipfel. Bei dieser Vorstellung muss ich lachen. Dieses sonderbare Gefühl beim Blick auf meinen eigenen, über Meilen auf die Erde geworfenen Schatten erinnert mich an den Tod. – Jetzt weiß ich, woher ich komme und wohin ich gehe.« [Reinhold Messner am Gipfel des K2 – aus K2 – Berg der Berge, S.115 f]

Abstieg (1)

Spaltensturz: Hans Kammerlander schildert in seiner Bergsteiger-Biografie »Am seidenen Faden« (S. 116 f) die kuriose Geschichte eines Japaners, der im Sommer 1999 bei einer Erkundungstour in der Nähe des Basislagers am Masherbrum in eine grundlose Spalte fiel, nach zwanzig Metern Sturz von einer dünnen Schneebrücke aufgehalten und nur durch Zufall vom Lager-Koch Abdul entdeckt wurde, als er die Essensreste der soeben aufgebrochenen japanischen Expedition entsorgte. Da Abdul allein nicht in der Lage war, den Verunglückten heraufzuziehen, ließ er Getränke, Essen, Daunenjacke und sogar einen Schlafsack an einer Reepschnur in die Spalte hinab und hielt den Japaner so lange am Leben, bis die Expedition nach zwei Tagen vom Berg zurückkehrte und den armen Kerl herauszog.

Tragödie beim Abstieg: »Am 1. August 2008 ereignete sich am K2 das bisher größte Unglück – an diesem Tag und in der darauffolgenden Nacht starben insgesamt elf Bergsteiger in relativer Gipfelnähe, als sich oberhalb des Flaschenhalses eine große Eislawine löste und mehrere Bergsteiger beim Gipfelversuch tötete. Dadurch wurde einigen Bergsteigern, die davor schon auf dem Gipfel waren, der Rückweg an dieser Stelle abgeschnitten, da die Eislawine alle Fixseile und Verankerungen mitriss. Vier Bergsteiger überlebten die Nacht und konnten gerettet werden; die übrigen Bergsteiger sind vermutlich in einer Höhe von über 8200 m nachts beim ungesicherten Abstieg abgestürzt oder erfroren.« [Aus einer Zeitungsmeldung – die genaue Schilderung der Ereignisse findet sich in Graham Bowleys Kein Weg zurück: Leben und Sterben am K2]

Cesen-Route: 1986 durchstieg der Slowene Tomo Česen die Südwand über eine neue Route auf die Schulter. Obwohl er auf Grund des schlechten Wetters den Gipfel nicht erreichen konnte, wird diese Route über den SSO-Rücken seitdem Česen-Route genannt. Erstmals bis zum Gipfel über diese Route kam eine baskische Expedition mit Juanito Oiarzabal im Jahr 1994. Damit bekam diese Route noch zusätzlich die Bezeichnung Basken-Route.

Kurt Diemberger am K2: Eine genaue Schilderung der Katastrophe findet sich im Julie Tullis gewidmeten Buch K2 – Traum und Schicksal.

Der Sturm

Ich müsste ja dann daran glauben: Jo fühlt sich dem Paradigma der wissenschaftlichen Welterklärung verpflichtet.

Du bist wie a jeda Mensch scho g'liabt von Anfang an: Der Geigenbauer Martin Schleske vergleicht in seinem Buch »Der Klang« den Geigenbau mit der Ausformung des Menschen zur inneren und äußeren Reife. Dazu gehört seiner Meinung nach auch ein »Urvertrauen« in ein voraussetzungsloses Angenommensein durch Gott: »Zeitlebens sind wir berufen, in das Mysterium der Gottesliebe tiefer hineinzuwachsen und so zu begreifen, wer wir sind. Wir dürfen nicht nur hören, was wir sollen. Wir müssen uns zugesprochen sein! Das ist das Wesen der Liebe. Sie zeigt uns, wer wir sind. Es anzunehmen heißt, sich in diesem Zuspruch zu glauben. Denn wer sich nicht glaubt, dem bleibt einzig, sich in seiner Welt täglich »zu beweisen«. Und nicht selten richten wir mit einer solchen verbissenen, maßlosen, waghalsigen, friedlosen Beweisführung uns (und die uns anvertraute Mitwelt) zugrunde! Kein Sollen oder Tun kann je ersetzen, was einem Menschen fehlt, der nicht weiß, wer er ist, weil er den Zuspruch nicht erfährt, der es ihm zeigt.« (Schleske, S. 99) »Aus diesem Grund lehren uns die Mystiker, dass spirituelle Arbeit in erster Linie ein »Nicht-Tun« sei, ein »Nicht-Arbeiten« und Warten, damit die göttliche Energie in uns sein kann... Wir wollen stets tun, machen, werden, erobern –

dabei ist die einzig wahre Eroberung die, die wir an uns vollziehen: uns selbst zu akzeptieren, in Frieden zu leben, glücklich zu sein und still, wie ein kleines Kind bei der Mutter.« (Mancuso, S. 156)

Wie die Bienen an Honig, so miassn mir d'Liab für eahn sammeln: Plotin (205 – 270), Begründer des Neuplatonismus, sieht im Kosmos eine immanente Ordnung, die er in das Bild der goldenen Kette des Seins fasst – eine ununterbrochene Folge aufsteigender und absteigender Werte. Das Ganze bildet eine Harmonie, worin jede Stufe in der nächsthöheren ist. Bei jedem Schritt des Aufstiegs muss das Niedrigere »umfangen« und »durchdrungen« werden, sodass die aufsteigende und die absteigende Bewegung auf jeder Stufe ineinandergreifen. Oder christlich gesprochen: Eros oder transzendente Weisheit (das Niedrige, das zum Höheren hinaufstrebt) muss auf jeder Stufe mit Agape oder Mitgefühl (das Höhere, das sich zum Niedrigeren neigt und es umfängt) im Gleichgewicht sein. [Zitiert nach Ken Wilber, Eros, Kosmos, Logos, S. 411 f; siehe dazu auch den Dialog zwischen Hias Robl und Tom in »Toms Geschichte«.]

So wie mir ohne ihn verlorn san, is er ohne uns verlorn: »Ich bin der Weinstock, ihr seid die Reben. Wer in mir bleibt und ich in ihm, der bringt viel Frucht, denn ohne mich könnt ihr nichts tun« (Johannes 15,4-5). Eine Rebe bringt keine Frucht, wenn sie nicht am Weinstock bleibt, doch wir übersehen allzu schnell das andere: Auch ein Weinstock bringt keine Frucht, wenn die Reben fehlen. Das Bewusstsein dieser Wechselseitigkeit ist das Wesentliche des geisterfüllten Lebens.« [Martin Schleske, Der Klang, S. 163]

Glaub's anfoch: »So wenig Gott meiner bedarf, um Gott zu sein, so ist er doch nur da ganz Gott, wo er mit mir spielt. Die Einwilligung meines Herzens, die ich zu diesem Spiel gebe, heißt Glaube. Durch den Glauben entsteht ein anderes, ein inniges, ein suchendes, fragendes, sinnvolles Spiel des Lebens. Denn Gott ist nicht nur der Welt gegenüber, er ist auch durch die Welt.« [Martin Schleske, Der Klang, S. 165]

Ingeborg Bachmann: »Das Spiel ist aus« (gekürzt aus Die gestundete Zeit]

Abstieg (2)

Sildenafil ist ein Arzneistoff aus der Gruppe der PDE-5-Hemmer, einer Gruppe gefäßerweiternder Substanzen. Große Bekanntheit erlangte er als Wirkstoff des 1998 von dem US-amerikanischen Unternehmen Pfizer unter dem Namen Viagra auf den Markt gebrachten Arzneimittels zur Behandlung der erektilen Dysfunktion (Erektionsstörung) beim Mann. Diese Wirkung wurde zufällig im Rahmen der Entwicklung von Sildenafil als Mittel zur Behandlung von Bluthochdruck und Angina Pectoris entdeckt. Außer den oben genannten Bereichen ist eine Wirkung und ein Einsatz von Sildenafil zur Linderung der Höhenkrankheit beschrieben. [Wikipedia]

Das befremdende Gefühl, gar nicht mehr in seinem Körper zu stecken: Vgl. Tamara Lungers Erlebnis am Lhotse 2010: »Im Lager 4 rasteten wir. Da ich zu wenig Flüssigkeit zu mir genommen hatte, fühlte ich mich ziemlich kaputt und war physisch so am Boden, dass es mir vorkam, die Verbindung zwischen Geist und Körper sei getrennt worden. Mein ganzes »Funktionssystem« war gekippt; ich wollte mit dem Sherpa Englisch sprechen und konnte es nicht, es kamen nur unverständliche Laute aus meinem Mund. Nie zuvor hatte ich so einen Zustand erlebt… An einem gewissen Punkt merkte ich, wie sich meine Seele vom Körper trennte. Ich schaute wie ein Engelchen von weit oben auf mich selbst herab, sah meinen Körper, der mit den Seilen hantierte, aber ich fühlte keine Kälte, keinen Schmerz und auch mich selbst nicht. Meine Seele blieb eine kurze Zeit dort oben und kehrte dann in mich zurück.« [»Meine Glückseligkeit an der Grenze zum Tod«, S. 120]

Aus dem Nichts

Messner-Drama am Nanga Parbat: Im Mai und Juni 1970 nahm Reinhold Messner an der von Karl Herrligkoffer geleiteten Nanga-Parbat-Südwand-Expedition teil, die das Ziel hatte, die noch unbegangene Rupalwand zu durchsteigen, die höchste Steilwand der Erde. Als Ersatzmann war sein Bruder Günther nachgerückt. Reinhold Messner war am Morgen des 27. Juni in der Annahme, das Wetter werde sich bald verschlechtern, allein vom letzten Hochlager gestartet; sein Bruder stieg ihm aber überraschend nach und holte ihn noch vor dem Gipfel ein. Am späten Nachmittag erreichten beide den Gipfel des Berges und mussten aufgrund des nahenden Abends ein Notbiwak ohne Zelt, Schlafsäcke und Kocher einlegen. Die folgenden Ereignisse sind bis heute nicht endgültig geklärt. Gesichert ist, dass Reinhold über die Diamirflanke abstieg, dabei die erste Überschreitung des Nanga Parbat ausführte und nach sechs Tagen mit schweren Erfrierungen ins Tal gelangte. Günther wurde nach seiner Darstellung beim Abstieg von einer Lawine verschüttet. [Nach Wikipedia]

Joe Simpson (* 13. August 1960 in Kuala Lumpur) ist ein britischer Bergsteiger, Autor und Vortragsredner. Bekannt wurde Simpson durch sein Buch Touching the Void (dt. Titel: Sturz ins Leere), das 2003 auch verfilmt wurde. Simpson beschreibt darin seine qualvolle Rückkehr ins Basislager, nachdem er sich beim Abstieg vom Siula Grande (Anden) bei einem Sturz das rechte Knie zertrümmert hatte. Beim Versuch seines Partners Simon Yates den Verletzten Simpson abzuseilen, blieb dieser unter einem Eisüberhang frei am Seil hängen. Um sein eigenes Leben zu retten, schnitt Yates das Seil durch. Simpson stürzte in eine Gletscherspalte, wurde von Yates für tot gehalten und zurückgelassen. Simpson, der den Absturz überlebte, kroch mit gebrochenem Bein auf allen Vieren durch die Gletscherspalte und ohne Essensvorrat in vier Tagen bis ins Basislager. Nach seiner Genesung, zu der insgesamt sechs Operationen notwendig waren, fing Simpson wieder mit dem Bergsteigen an.

Twilight Zone: Mehrere Extrembergsteiger – darunter Hermann Buhl, Walter Bonatti, Kurt Diemberger und Reinhold Messner – haben Grenzerfahrungen zwischen Leben und Tod in Berichten oder Biografien eindrucksvoll geschildert und ihre oft gleichlautende Erfahrung, beim Klettern oder Gehen im Trance-Zustand in extremen Höhen und ausgesetztem Gelände von einer unterbewussten, vielleicht auch außerpersönlichen Instanz geführt und gesteuert worden zu sein. Manche der Betroffenen hörten sogar Stimmen und hatten das Gefühl, mit weit entfernten oder gar verstorbenen Personen in Kontakt getreten zu sein. Alle der Betroffenen beteuern die Echtheit der Erfahrungen und vor allem die Tatsache, dass sie ohne sie nicht die Kraft zum Durchhalten gehabt hätten. Eine wissenschaftliche Begründung dafür stellte der Neurologe Arne Dietrich im Oktober 2011 auf dem International Mountain Summit in Brixen vor. Der Psychologieprofessor an der American University in Beirut untersuchte in seinen Forschungen zu bewegungsinduzierten Bewusstseinsveränderungen die Ursachen für mystische oder transzendente Erlebnisse beim Bergsteigen. Weil Bewegung aufgrund der erforderlichen Koordination die für den Körper aufwendigste Aufgabe sei, verbrauche eine Fortbewegung wie das Klettern enorme Ressourcen im Gehirn. Zunächst verzichte das Gehirn auf die Fähigkeit, vor- und zurückzudenken, so dass das Gefühl erzeugt werde, man befinde sich im Hier und Jetzt. Halte die Ausdauerbelastung weiter an, verliere man nach und nach das Selbstkonzept und empfinde sich daher als einig mit der umgebenden Natur. Für gläubige Menschen könne das auch bedeuten, dass sie sich mit verstorbenen Personen oder Gott verbunden fühlten. Zu Dietrichs Ergebnissen passen Erfahrungen von Höhenbergsteigern, die vom Gefühl berichten, sich außerhalb ihres Körpers zu befinden oder von einer zweiten Person begleitet zu sein. [Karin Steinbach Tarnutzer, Neue Zürcher Zeitung, 30.12.2011]

Medienzirkus: »Den einzigen Wettkampf, den es hier gibt, der liegt einzig bei den Journalisten und jenen, die es gerne sein möchten. Wer hat die Infos schneller, wer hat mehr Besucher auf seiner Seite, wer krönt sich mit den Aktionen der Anwesenden hier im Basislager des Nanga Parbat. Besser ist immer, wenn man etwas findet, was man kritisieren kann, über das man spekulieren kann... Wir Bergsteiger haben hier genügend Action, auch wenn es nicht um Mord und Tragödien geht. Hier geht es unter anderem auch ums Überleben. In der Eiseskälte genügt ein blöder Fehler und man ist möglicherweise bei Gott. Das alles, was wir hier machen, hat für uns einen großen Wert. Aber auch wir als Personen haben einen gewissen Wert, der manchmal wirklich zerbrechlich scheint.« [Tamara Lunger, Meine Glückseligkeit an der Grenze zum Tod, S.165]

Im Basislager (5)

Das ewig Weibliche zieht uns hinan: Schlussverse von »Faust II«:

»Alles Vergängliche
Ist nur ein Gleichnis;
Das Unzulängliche,
Hier wird's Ereignis;
Das Unbeschreibliche,
Hier ist's getan;
Das Ewig-Weibliche
Zieht uns hinan.«

Just follow the scent of a cunt: Derbe Formulierung Roys, die den verführerischen »Duft der Frauen« parodiert (cunt = Fotze)

Das machen doch fast alle: Vgl. In der Südwand (1), Doping am Berg

Drobn beitelt di da Bearg, untn die Weiber: »Da oben macht dir der Berg die Hölle heiß, unten die Weiber.«

Schaut's eich bloß die Pasaban an: Vgl. Basislager (2)

Toms Geschichte

Dao haot's br bigott an Lumpe g'freasse: Die Redewendung lässt sich nur schwer verdolmetschen, denn dem Hochdeutschen fehlen einfach die Worte, wenn ein Mensch Ausfallerscheinungen zeigt wie eine Maschine, die wegen eines Putzlumpens, der versehentlich ins Getriebe geraten ist, ins Stottern oder zum Stillstand kommt.

Dees haot dr gwiiß de Gischbl gnomme: »Das hat dir bestimmt den Übermut ausgetrieben.«

Dia Fehl isch trooge diige: »Man möchte es nicht glauben, aber das Mädchen ist zäh.« (Trooge: Den Schein trügend)

Bätsch: Wird gern als Ausdruck des Erstaunens im Sinne von wirklich, tatsächlich gebraucht.

Schruie wia a Joochgaier: Überlaut schreien

Namas Besser's z'Dind g'het: Tom bezieht sich hier auf den Heiratsantrag Jo's am Gipfel.

I hao g'heerig an Vrlitt g'hett: »Da habe ich mich ganz schön abgeschunden!«

Mir isch fascht dr Blaoscht üüsgaonge: Mir ist beinahe die Luft weggeblieben.

Baofe wia'r a Kämmatloo: »Schnaufen wie ein Kaminloch«

All Henneschiss Eecha tuu miasse: »Alle paar Meter anhalten müssen.«

Gääch: Steil

Buxe: Zäh, hart

Dii müass ba g'schtoarbena noo vrschlaage: Derbe Redewendung über einen, der durch nichts umzubringen ist. Man beachte, dass das Allgäuerisch neben dem erweiterten Dativ (Jesus haot zu Petruse g'seit) auch einen Translativ hat (g'schtoarbena = Als ein Gestorbener).

Früeteg: Hurtig, schnell

Grüebe: Ausruhen

I wär gäälings de Graot naagjuckt: »Ich wäre geradewegs den Grat hinuntergesprungen.«

Friere wia a Gitterlesschießar: »Frieren, dass es einen schüttelt.« Etymologisch ist die Redewendung insofern interessant, als sie Einblick in die sanitären Verhältnisse der dörflichen Unterschicht in früheren Zeiten gewährt. Manche der Ärmsten besaßen in ihren Häusern nicht einmal ein Örtchen für dringliche Verrichtungen. Ein Sitzgitter in der Nähe des Misthaufens trat an seine Stelle – speziell im Winter wurden entsprechende »Geschäfte« zu einer frostigen Angelegenheit.

Vrgroode: Verfaulen, verrotten

In der **Schlacht bei Königgrätz** trafen im »Deutschen Krieg« die Truppen Preußens am 3. Juli 1866 auf die Armeen Österreichs und Sachsens. In einem Gelände von etwa zehn Kilometern Breite und fünf Kilometern Tiefe bekämpften sich über 400.000 Soldaten in einer verlustreichen Schlacht. Durch den Sieg in dieser kriegsentscheidenden Schlacht wurde Preußen Führungsmacht in Deutschland und Bismarck setzte damit die kleindeutsche Lösung durch. Die Schlacht gilt als einer der Wegbereiter für die Deutsche Reichsgründung 1871. Der preußische Militärmusiker Gottfried Piefke (dessen Name in Österreich bis heute als pejoratives Synonym für die (preußisch) Deutschen steht) komponierte zur Erinnerung an die Schlacht noch auf dem Gefechtsfeld den Königgrätzer Marsch. Dieser ist bis heute einer der im In- und Ausland bekanntesten deutschen Militärmärsche; in Österreich wird er aus naheliegenden Gründen sehr selten aufgeführt. [Nach Wikipedia]

Dr klei Krottar: Wörtlich »die kleine Kröte« – im Allgäu eine nicht unbedingt abwertend gemeinte Bezeichnung für einen kleinen Menschen

Klei, aber wehrle: Klein, aber tüchtig

Ein aus Jux und Übermut erfundener Begriff: Mit dem »Hochland« grenzten sich Tom und Jo ja ursprünglich von den »Unterländern« (den Bewohnern des nördlichen Allgäus) ab; erst im Laufe der Anreise wird der Begriff psychologisch und spirituell überhöht.

Breckle lache: Neckische Umschreibung für »kotzen«

Ündermäärtar – Obermäärtar: Die Bewohner der Marktgemeinde Oberstdorf teilen sich in zwei (nicht selten miteinander rivalisierende) Hälften auf und werden »Oobermäärtar« oder »Ündermäärtar« genannt, je nachdem, ob sie am oberen oder unteren Markt wohnen. Tom spielt im Folgenden auf die »Revierkämpfe« speziell zwischen den Jugendlichen der beiden Lager an.

Guggi: Kosename für Josef Guggenberger, den damaligen Pfarrer der Marktgemeinde

Lüeg bloaß, was dia mit deam Kerle aag'richt haot: Tom mokiert sich hier wohl über die »Hexenkünste« Gwens, Jo nicht nur die Erlaubnis zur Teilnahme an der K2-Südwandbesteigung, sondern auch noch einen Heiratsantrag am Gipfel abgerungen zu haben.

Hiimele: Dem Sterben nahe sein

Dao haot's be fei g'risse: Wörtlich »erschreckt«, hier »aufgrüttelt«.

Schneegangerln: Bairisch für Schneeverwehung; auf Allgäuerisch »Gäävinde«

Vrleachnet: Verdurstet

Hoaliacht: schemenhafter (Gipfel) Horizont

Matthias »Hias« Robl (* 15. Dezember 1969 in Oberstdorf; † 11. Mai 2008 in Innsbruck) war ein deutscher Alpinist, Leistungs-, Ski-, und Höhenbergsteiger und bereits als Jugendlicher ein Klettertalent. Mit 17 Jahren hatte er alle schwierigen Routen im Allgäu absolviert. Zuletzt war er Rettungssanitäter und Heeresbergführer an der Edelweiß-Kaserne in Mittenwald (Oberbayern). Robl absolvierte insgesamt etwa 2.500 Fels- und Eistouren, darunter mehr als 30 Erstbesteigungen. Sein Spezialgebiet war das Eisklettern, was ihm den Beinamen »der Eiszapfenkletterer« eintrug. Zu seinen größten sportlichen Erfolgen zählte die Besteigung des Cho Oyu (8.188 m) am 9. Mai 2004 von der tibetischen Seite aus und des Ama Dablam (6.856 m) in Nepal. Am 10. Mai 2008 stürzte Robl vor den Augen seiner Frau am Öfelekopf bei Leutasch in Tirol während der Einrichtung einer neuen Tour ab.

Gell: Nicht wahr?

Dia händ dao domm Dwielang: Dwielang = Langeweile. Eine leicht vereinfachte und speziell auf das schöne Allgäu zugeschnittene Version von Plotins »Goldener Kette des Seins« – vgl. den Kommentar zu Gwens Bienengleichnis unter »Der Sturm«.

Bäffzgarie: Kläffen, Bellen

Du bisch bigott 'm Teifl uss dr Butte gjuckt: Butte: Butterfass; Putzige Umschreibung für einen Teufelskerl und Tausendsassa

Cast Away – Verschollen ist ein US-amerikanischer Spielfilm aus dem Jahr 2000 von Robert Zemeckis. Die Hauptrolle der Robinsonade spielt Tom Hanks, der nach einem Flugzeugabsturz auf einer kleinen Südseeinsel strandet und von dort nach mehr als vier Jahren Einsiedelei mit einem selbstgebauten Floß entkommen kann.

Rückmarsch

Demut vor dem Berg: Vergleiche Arnes Ausführungen am Schluss des Kapitels »Anmarsch«.

Higgs-Feld: Durch den Higgs-Mechanismus (nach dem britischen Physiker Peter Higgs) wird beschrieben, wie die grundlegende Eigenschaft »Masse« auf der Ebene der Elementarteilchen zustande kommt. Als zentraler Bestandteil des Standardmodells der Elementarteilchenphysik erklärt der Mechanismus, warum bestimmte Austauschteilchen nicht die Masse Null besitzen. Demnach gewinnen sie ihre Masse durch Wechselwirkung mit dem sogenannten Higgs-Feld, welches im ganzen Universum allgegenwärtig ist. Auch die Massen aller anderen (massebehafteten) Elementarteilchen wie Elektronen und Quarks werden hierbei als Folge der Wechselwirkung mit dem Higgs-Feld erklärt. Mit diesem Ansatz wurde es möglich, die schwache und die elektromagnetische Wechselwirkung als zwei verschieden starke Aspekte einer einzigen grundlegenden elektroschwachen Wechselwirkung zu deuten, was einen der wichtigsten Schritte zur Aufstellung des Standardmodells darstellt. Während das Higgs-Feld nicht direkt messbar ist, muss bei seiner Existenz ein weiteres Elementarteilchen auftreten, das »Higgs-Boson«, das aber noch nicht endgültig nachgewiesen werden konnte. [Wikipedia]

Dunkle Materie ist eine postulierte Form von Materie, die nicht direkt sichtbar ist, aber über die Gravitation wechselwirkt. Ihre Existenz wird postuliert, weil im Standardmodell der Kosmologie nur so die Bewegung der sichtbaren Materie erklärt werden kann, insbesondere die Geschwindigkeit, mit der sichtbare Sterne das Zentrum ihrer Galaxie umkreisen. In den Außenbereichen ist diese Geschwindigkeit deutlich höher, als man es allein auf Grund der Gravitation der Sterne, Gas- und Staubwolken erwarten würde. Auch für die beobachtete Stärke des Gravitationslinseneffekts wird Dunkle Materie postuliert. Nach derzeitigen Erkenntnissen ist demnach nur etwa ein Sechstel der Materie sichtbar und im Standardmodell der Elementarteilchenphysik erfasst. Die Natur der Dunklen Materie ist eine wichtige offene Frage der Kosmologie.

Das holografische Weltbild: Der Begriff des »holographischen Weltbildes« geht auf den Neurochirurgen und Hirnforscher Karl H. Pribram und den Physiker David Bohm zurück, die der Funktion des Gehirns und der Betrachtung naturwissenschaftlicher Phänomene die Funktionsweise des Hologramms – das Ganze ist in jedem Teil enthalten – zugrunde legten. Der Begriff des holographischen Weltbildes ist mittlerweile Teil des Neuen Paradigmas in den Naturwissenschaften und wurde von vielen Autoren der Transpersonalen Psychologie aufgegriffen (vgl. Ken Wilber 1982, Fritjof Capra 1987, Michael Talbot 1992). Innerhalb des holographischen Weltbildes löst sich die Begrenztheit von Raum und Zeit auf und die Getrenntheit aller Dinge erweist sich als Illusion – eine Erfahrung, die von den spirituellen Traditionen aller Zeiten und Völker beschrieben wird. Da der Mensch über seinen Geist Zugang zu sämtlichen Informationen des Universums hat, kann er auch Energien aus höheren Daseinsebenen für seine Zwecke nutzen und paranormale Phänomene wie Präkognition, Telepathie und Geistheilung finden eine natürliche Erklärung.

Mit Transpersonaler Psychologie werden eine Reihe inhaltlich unterschiedlicher psychologischer Ansätze bezeichnet, die sich mit der Erfahrung veränderter Bewusstseinszustände auseinandersetzen. Zur Beschreibung und Erklärung veränderter Bewusstseinszustände und des entsprechenden Erlebens wird innerhalb der verschiedenen Ansätze der Transpersonalen Psychologie auch auf genuin religiöse Vorstellungen zurückgegriffen, namentlich auf Aspekte des Zen-Buddhismus, des Sufismus und des Hinduismus. Die Transpersonale Psychologie versucht, spirituelle Erfahrungen zu beschreiben und in bereits vorhandene, moderne psychologische Theorieansätze zu integrieren. Diverse Auffassungen innerhalb der transpersonal-psychologischen Ansätze setzen voraus, dass eine Art Seele existiert, die materiell und zeitlich mitunter unabhängig vom Körper Erfahrungen speichern kann, auch aus der Zeit vor der Zeugung. Wesentliche Begründer und Theoretiker der Transpersonalen Psychologie waren und sind Stanislav Grof, Roger Walsh, Abraham Maslow und Ken Wilber. In Europa wurden auch Elemente der Analytischen Psychologie von Carl Gustav Jung, der von Viktor Emil Frankl begründeten Logotherapie und der von Karlfried Graf Dürckheim begründeten Initiatischen Therapie in die Transpersonale Psychologie integriert. [Wikipedia]

Skardu (2)

Joachim Ringelnatz, Die zwei Ameisen:

In Hamburg lebten zwei Ameisen,
die wollten nach Australien reisen.
Bei Altona auf der Chaussee,
Da taten ihnen die Beine weh,
Und da verzichteten sie weise
Dann auf den letzten Teil der Reise.
So will man oft und kann doch nicht
Und leistet dann recht gern Verzicht.

Höchster Berg Schwedens ist der Kebnekaise mit 2099 m.

Shoot for the moon…: Zitat von Norman Vincent Peale. Deutsch etwa »Ziel zum Mond – selbst wenn du ihn verpasst, landest du in den Sternen.«

Nepal

Namasté bedeutet wörtlich übersetzt »Verbeugung zu dir« und ist in Indien sowie einigen weiteren asiatischen Ländern eine unter Hindus verbreitete Grußformel und Grußgeste. Bei der Ausübung der Geste werden üblicherweise die Innenhandflächen zusammengeführt, in Nähe des Herzens an die Brust gelegt und der Kopf leicht gebeugt. Während in der westlichen Welt normalerweise der Gruß Namasté auch ausgesprochen wird, ist dies in Indien nicht notwendigerweise der Fall.

Berge als Sitz der Götter: Kailash – verehrt von Hindus, Buddhisten, Mount Everest (nepal. Sagarmatha »Stirn des Himmels«/tibet. Chomolungma »Mutter des Universums«), Annapurna (»die Nahrung spendende Göttin«, Beiname der Göttin Parvati) und viele andere Berge des Himalaya werden mit Gottheiten in Verbindung gebracht, oder als Gottheit personifiziert. Der Machapucharé im Annapurna-Massiv gilt als Sitz des Amitabha, des Buddhas des grenzenlosen Lichts.

Schulpatenschaft: Trotz staatlicher Förderung und ausländischer Spenden ist die Schulausbildung in Nepal mit Kosten verbunden. Nicht nur Schulmaterialien und Schulbücher, sondern auch die Schulgebühren müssen von den Familien der Kinder selbst getragen werden. Hinzu kommen zusätzliche Kosten für Schuluniform und (später im College) für praktische Übungen sowie Klausuranmeldungen. Diese zum Teil hohen Kosten können sich viele Nepalesen nicht leisten. Kinder aus Familien, die an der Armutsgrenze leben, haben von Anfang an, schlechtere Chancen auf eine gesicherte Zukunft. Auch Familien aus der Mittelschicht leiden unter dem hohen Kostendruck. Aus diesem Grund ist eine Förderung dieser Wohltätigkeitseinrichtungen und die Übernahme von Patenschaften äußerst wichtig. Die Nepalhilfe Allgäu e.V. und der Weltladen Pfronten (um nur ein paar Beispiele aus der Region zu nennen) pflegen und vermitteln seit vielen Jahren Patenschaften für Schulkinder in Nepal.

A wink z'gschpässeg: Tom fürchtet, dass die Gerüchte über ihren unlauteren Lebenswandel während der Reise Luisa verstört haben könnten (gschpässeg = sonderbar, seltsam, befremdlich).

Dia meaner Zit a de Wiebr g'hanget statt am Bearg: »Mehr Zeit an den Weibern gehangen als am Berg«

Eeschgang: Bittgang durch die Felder um Christi Himmelfahrt

Duur d'Waide rütsche: Beim Bittgang auf Knien durch die Felder rutschen.

Flüchtlingsstrom: 2015 versuchten insgesamt mehr als eine Million Menschen die Einwanderung über das Mittelmeer in die EU. 848.000 kamen in Griechenland an, 153.000 Flüchtlinge landeten in Italien. Etwa 3.735 Menschen starben dabei. Insgesamt wagten viermal so viele Menschen wie 2014 die Reise über das Mittelmeer. Fast die Hälfte der Menschen kam aus Syrien, jeder Fünfte stammte aus Afghanistan, acht Prozent flohen aus dem Irak. Die meisten Einwanderungswilligen wählten dabei die Balkanroute. Im Verlauf des Jahres 2015 gelangten 1.294.000 Menschen nach Europa. Die bei weitem meisten Asylanträge wurden in Deutschland gestellt – auch dank der »Willkommenskultur« der Bundesregierung unter Kanzlerin Angela Merkel. [Nach Wikipedia]

I mangle de: Du fehlst mir.

Es isch nuits mea, wie n'es g'weache isch: »Es ist nichts mehr, wie es war, nur die Hühner scharren immer noch hinter sich.«

D'Wiebr händ mea Gwaolt...als Schießpulver. Das Fazit zu Toms und Jo's Reise?

Bibliographie

- Peter Weiss (Hrsg.), Wörterbuch der Oberstdorfer Mundart, Walserdruck, Riezlern 2003
- Göran Kropp, Allein auf den Everest, Goldmann, München 1998
- Ingeborg Bachmann, Die gestundete Zeit, Piper, München 1978
- James Hilton, Der verlorene Horizont, Piper, München 2018
- Ken Wilber, Eros, Kosmos, Logos, Krüger, Frankfurt a.M. 1996
- Csikzentmihalyi, Mihaly: Flow. Das Geheimnis des Glücks, Klett-Cotta, Stuttgart 1996
- Gerlinde Kaltenbrunner, Ganz bei mir – Leidenschaft Achttausender, Malik, München 2009
- Tamara Lunger, Meine Glückseligkeit an der Grenze zum Tod, Athesia-Tappeiner, Bozen 2017
- Reinhold Messner, Berge versetzen – das Credo eines Grenzgängers, BLV, München 1993
- Hugo von Hofmannsthal: Gesammelte Werke. Erste Reihe in drei Bänden, Berlin: S. Fischer, 1924.
- Friedrich Schiller, Über die ästhetische Erziehung des Menschen. In: Schillers Werke, Vierter Band, Insel, Frankfurt a.M. 1966
- Arthur Schopenhauer, Zürcher Ausgabe, Werke in zehn Bänden, Band I, Die Welt als Wille und Vorstellung, Zürich 1977
- Christian Morgenstern, Gedichte in einem Band, Insel, Berlin 2004
- Alfred Weitnauer, Lachendes Allgäu, Verlag für Heimatpflege, Kempten im Allgäu
- Bettina Selby, Ararat! Eine Frau erfährt den Garten Eden, Schweizer Verlagshaus, Zürich 1994
- Cornelia Beßler, Sepp Schmid, Schealawengesch, Ursus Verlag, Bad Hindelang, 2006
- Reinhold Messner, K2 Chogori – der große Berg, Frederking & Thaler, München 2004
- Viktor E. Frankl, Der Wille zum Sinn, Verlag Hans Huber, Bern 2007
- John Krakauer, In eisige Höhen, Piper, München 2000
- Stephan Orth, Couchsurfing im Iran, Meine Reise hinter verschlossene Türen, Piper, München 2015
- Douglas Adams, Hitchhikers Guide to the Galaxy (Per Anhalter durch die Galaxis), Pan Books,

London 1979
• Michael Ondaatje, Der englische Patient, Hanser, München 1993
• Vito Mancuso, Die Seele und ihr Schicksal, Kösel, München 2013
• Helmut Krauß, »Glück«, Ein Arbeitsbuch für die Oberstufe des Gymnasiums, bsv, Frankfurt a.M. 1998
• Hans Kammerlander, Bergsüchtig, Piper, München 1999
• Kurt Diemberger, K2 – Traum und Schicksal, Bruckmann, München 2001
• Graham Bowley, Kein Weg zurück: Leben und Sterben am K2. Malik, Zürich 2012.
• Charles Houston, The Savage Mountain – the Classic True Story of Disaster and Survival on the World's Second Highest Mountain, Rowman & Littlefield, Lanham, Maryland 2008
• C. G. Jung, Erinnerungen, Gedanken, Träume, hrsg. V. Aniela Jaffé, Walter Verlag, Olten 1971
• James Salter, In der Wand (Solo Faces), Berlin Verlag, Berlin 1979
• Hélène Grimault, Die Wolfsonate, blanvalet, München 2003
• Harald Atmanspacher, Hans Primas, Eva Wertenschlag-Birkhäuser (Hrsg.), Der Pauli-Jung-Dialog und seine Bedeutung für die moderne Wissenschaft, Springer, Berlin 1992
• Rainer Marie Rilke, Neue Gedichte, Insel, Frankfurt a.M. 1907
• Rainer Marie Rilke, Das Stundenbuch, Hofenberg Sonderausgabe, Berlin 2016
• Heinrich von Kleist, Über das Marionettentheater. In: H. v. Kleist, Werke in einem Band, Hanser, München 1966
• Herrligkoffer, Karl Maria: Nanga Parbat. Sieben Jahrzehnte Gipfelkampf in Sonnenglut und Eis. Deutscher Bücherbund, Stuttgart 1967
• Reinhold Messner / A. Gogna: K2 – Berg der Berge, BLV, München 1980
• Carl Friedrich von Weizsäcker: Aufbau der Physik, dtv, München 1988
• Andy Kirkpatrick, Psycho Vertikal – Wenn Klettern zum Leben wird, Malik, Zürich 2015
• Hans Kammerlander, Am seidenen Faden, Piper, München 2005
• Robert Steiner, Selig, wer in Träumen stirbt, Panico Alpinverlag, Köngen 2013
• Graham Bowley: Kein Weg zurück: Leben und Sterben am K2. Malik, Zürich 2012
• Joe Simpson, Sturz ins Leere, Ein Überlebenskampf in den Anden, Heyne, München 1999
• Martin Schleske, Der Klang. Vom unerhörten Sinn des Lebens. Goldmann, München 2014
• Ingeborg Bachmann: Das Spiel ist aus, in: Sämtliche Gedichte, Pieper Verlag
• Ken Wilber (Hrsg.), Das holographische Weltbild – Wissenschaft und Forschung auf dem Weg zu einem ganzheitlichen Weltverständnis, Scherz Verlag, München 1986
• Joachim Ringelnatz: Die Schnupftabakdose, Piper, München 1912

Danksagungen

Inspiriert zu diesem Roman wurde ich von mehreren Seiten – einmal von dem Bildband »K2 – Berg der Berge«, herausgegeben von Reinhold Messner mit einer tagebuchartigen und zum Teil geradezu poetischen Dokumentation der Deutsch-Südtiroler K2-Expedition von 1978, zum anderen von Göran Kropps Reisebericht »Allein auf den Everest« über seine Anfahrt per Rad zum Himalaya und seine Solo-Besteigung des Mount Everests ohne Zuhilfenahme von Fixseilen und künstlichem Sauerstoff. Verrücktheit steckt an! Eine weitere Inspirationsquelle und Vorbilder für die zwei »Helden« Tom und Jo waren die von der Oberstdorfer Kultband »Joram Lee« besungenen »Wilden Hünd« – Pioniere bei der Durchsteigung schwieriger Kletterwände im Allgäu und Trendsetter im aufkommenden Skisport und Skispringen. Was trieb wohl 1910 einen Langenwanger Lehrer über den später nach ihm benannten schwindelerregenden Rädlergrat auf das Himmelhorn – ohne Sicherung, weil die Haken im grasigen Untergrund sowieso nicht gehalten hätten? »Weil i leabeg numma raakumme wär«, lautete seine lapidare Antwort. Damit sind wir beim urwüchsigen Oberallgäuer Dialekt, der den Lautstand des Mittelhochdeutschen aus der Zeit des 12. Jahrhunderts weitgehend bewahrt hat und wohl auch deshalb im Gegensatz zum Bairischen literarisch leider nie richtig salonfähig wurde. Der Versuch, diesen Missstand mittels eines Glossars mit Worterklärungen zu beheben, ist nicht neu und verlangt dem dialektunkundigen Leser Geduld ab – ich vertraue aber darauf, dass viele der mundartlichen Verlautbarungen der beiden Oberallgäuer Protagonisten selbsterklärend sind. Zu schade wäre es, wenn der eigenartige Reiz des in seiner Urtümlichkeit herzerfrischenden Oberallgäuer Dialekts, der es nicht verdient hat, zwischen Hochdeutsch, Schwäbisch, Bairisch, Denglisch und Jugendslang zerrieben zu werden, nicht auch einem größeren Leserkreis zugänglich gemacht werden würde.
Über hundert Allgäuer Redewendungen und Sprüche enthält das Glossar und mindestens noch einmal so viele Worterklärungen – zum großen Teil entnommen dem »Wörterbuch der Oberstdorfer Mundart« – ein akademischen Standards genügendes Nachschlagewerk und eine wahre Fundgrube für alle Dialektliebhaber!

In diesem Zusammenhang ergeht besonderer Dank an Joachim Jäger, Philologe und selbst Mitarbeiter am Oberstdorfer Mundartwörterbuch, der es sich nicht nehmen ließ, die Dialektpassagen im vorliegenden Buch mit professioneller Akribie gleich zweimal auf korrekte Schreibung und Lautung zu überprüfen und mir dabei immer wieder vor Augen führte, wie himmelweit mein »Hindelangerisch« vom echten Oberstdorfer Dialekt entfernt ist!

Dank auch an meine Tochter Pia-Marie, die neben ihrem Studium der Germanistik den Text einer Rechtschreib- und Grammatikprüfung unterzog und Evelin Wilhelmer aus Klagenfurt, die die Lektorierung des Kärntnerischen Dialekts übernahm und ihre Aufgabe, die zwei Pörtschacher Mädels Gritt und Gwen möglichst echt klingen zu lassen, mit großem Geschick erfüllte.

Ein weiteres Dankeschön an meinen Schwager Stefan Haußner für die Gestaltung des Titelbilds!

Beratung, wertvolle Tipps und aufbauende Worte während der Arbeit am Roman erhielt ich von

- meiner Frau Christine und meiner Tochter Pia
- meinem Studienfreund und als ehemaliger Skispringer, Lokalpolitiker und Frater Gallus in Oberstdorf allseits bekannten Franz Bisle
- meinem alten Freund und Klassenkamerad Johann Vielberth, gebürtiger Oberstdorfer und Inspirationsquelle für die Jugendstreiche der Protagonisten
- den Kletterexperten Ben Miroux und Martin Birkhofer
- meinen Hindelanger Radlerfreunden Helmut Schofer und Klaus und Bernd Wippler, die mir auf unseren diversen Alpenüberquerungen das mühsame Geschäft des Radtrekkings schmackhaft machten
- Thomas Niehörster vom ehemaligen Ursus-Verlag für seine Vermittlerdienste und nicht zuletzt Peter Elgaß vom Verlag Edition Allgäu in Immenstadt für seinen Mut als Verleger und Förderer des Allgäuer Schrifttums und die Grafikerin Ramona Klein, der die mühevolle Arbeit des Redigierens und Setzens zufiel.

Ein herzliches Vergeltsgott an alle!

Tiefenberg, Oktober 2018

Der Autor

Der Autor Andreas Gross ist gebürtiger Ostrachtaler. Den Hindelanger Dialekt lernte er an der Volkschule Bad Oberdorf, weil dort Ende der Fünfziger Jahre außer ihm kein Kind Hochdeutsch sprach. Die Liebe zu den Bergen wurde ihm als Allgäuer in die Wiege gelegt, doch über die Viertausender der Westalpen und ein paar Sechstausender in den Anden gelangte er nie hinaus; seinen Traum einen Achttausender zu besteigen, konnte er sich nur in Buchform erfüllen. Rad-Trekkingtouren mit seinen Hindelanger Sportsfreunden führten ihn zwar mehrmals über die Alpen, doch die Städte und Wüsten des Irans und das Karakorum hat er erst bei den Recherchen zu diesem Buch kennen gelernt. Tom und Jo und die zwei Mädels aus Pörtschach, die die Hauptrollen im Road- und Bergmovie »Hochländer« spielen, sind für ihn nach vier Jahren Arbeit am Buch fast real geworden. Mit Jo teilt er den Hang zu Poesie, Philosophie und Mystik, aber im Gegensatz zu ihm hat er sein Lehramtsstudium nicht abgebrochen und ist seinem Beruf bis heute treu geblieben. Tom ist als waschechter Oberstdorfer mit seiner bodenständigen und originellen Art und seinem kernigen Dialekt eine Hommage an die südlichste Marktgemeinde Deutschlands, wo der Autor während der Abfassung des Romans zu wohnen die Ehre hatte. Inzwischen residiert er in Tiefenberg bei Ofterschwang, genießt den Blick auf die Oberstdorfer Berge und das Rubihorn, das ihn, im Licht des Vollmonds und umwallt von Nebelschwaden, manchmal an die Konturen des K2 gemahnt.

Weitere Bücher aus der Edition Allgäu

Gegengleich

Der Zimmermann Bertl und die Künstlerin Sarah bewirtschaften im Sommer eine Alpe in den Allgäuer Bergen. Doch für den Rest des Jahres haben sie noch kein eigenes Zuhause. Darum ziehen sie im Herbst hinaus in die Welt, um das Leben zu entdecken. Zu Fuß mit Rucksack und Zelt geht es über die Alpen Richtung Süden. Die Reise hält jedoch nicht nur viele Höhenmeter, sondern auch eine Reihe Stolpersteine für sie bereit.

Sarah Fehr, 136 Seiten, Format 12 x 19 cm, Softcover, Best.-Nr. 056, Preis 9,80 €

Faszination BERG

Sie führen seit vielen Jahrzehnten ein Leben voller Abenteuer zwischen Steilwänden und dem Erobern neuer Routen zum Gipfel. Das Ehepaar Hermine und Heinz Sommer waren ein fester Bestandteil der Allgäuer Kletterszene und gehört zu deren Urgesteinen. In »Faszination BERG« hat Heinz Sommer (verst. 2017) zahlreiche Klettergeschichten und alpine Anekdoten aus seinem großen Erfahrungs- und Erinnerungsschatz gesammelt und gibt wieder, was ihn am Bergsteigen so bezaubert und dem Ehepaar unvergessliche Erlebnisse beschert hat.

Heinz Sommer, 253 Seiten, Format 21 x 29,7 cm, Softcover, Best.-Nr. 065, Preis 19,80 €

Das komplette Angebot der EDITION ALLGÄU finden Sie in unserem Online-Shop unter

www.edition-allgaeu.de

oder bestellen Sie direkt telefonisch unter 08379/728016

EDITION ALLGÄU